复旦宋代文学研究书系　第二辑

王水照　主编

南宋「五山文学」研究

王汝娟　著

复旦大学出版社

国家社科基金后期资助项目
出版说明

　　后期资助项目是国家社科基金设立的一类重要项目，旨在鼓励广大社科研究者潜心治学，支持基础研究多出优秀成果。它是经过严格评审，从接近完成的科研成果中遴选立项的。为扩大后期资助项目的影响，更好地推动学术发展，促进成果转化，全国哲学社会科学工作办公室按照"统一设计、统一标识、统一版式、形成系列"的总体要求，组织出版国家社科基金后期资助项目成果。

全国哲学社会科学工作办公室

复旦宋代文学研究书系第二辑序

王水照

2013年,我们推出了"复旦宋代文学研究书系"第一辑,这套"书系"承袭我所编"日本宋学六人集"而来,可谓"六人集"的国内版。其中选入六部中青年学者的著作,作者都是我的学生。"书系"出版后,引起学术界的关注。同年12月,我们在复旦大学召开了新书座谈会,邀请中国社会科学院、北京师范大学、南京大学、华东师范大学、华中师范大学、上海外国语大学等高校的同行,就这套书做了一次集中评议,讨论评述了"书系"的学术价值和相关问题,评议成果陆续在各类期刊发表。同时,在这次座谈会参与人员的基础上,这批中青年学者又联络同道,互相砥砺,相约成立了宋代文学同人读书会,编辑《宋代文学评论》专刊。"书系"的积极效应显现,影响力也明显扩大,获得了第十二届上海市哲学社会科学优秀成果一等奖(集体),其中两部著作又获得了教育部第七届高校人文社会科学优秀成果二等奖、三等奖。这些都说明,我在第一辑序言中许下的"精选几部著作,形成一个品牌"的愿望,得以部分实现。

当然,要真正"形成一个品牌"并不是一件容易的事情,只有坚持标准,持续发力,才可能得到大家广泛认可。我们秉持"文化—文学"的学术思路,在强调文学本位的同时,注重交叉型课题的研究,以拓宽研究视野和研究路径,期能在得出具体论断之外,也为学界提供一些研究方法和研究角度上的启示。职是之故,我们又精心遴选,推出了第二辑。本辑在学术理念上,与第一辑一脉相承。比如本辑陈元锋《北宋翰林学士与文学研究》一书,是其博士学位论文《北宋馆阁翰苑与诗坛研究》的姊妹篇,两书研究角度都聚焦于"制度与文学"这一交叉型课题。书中全面讨论了北宋翰林学士的政治文化职能,以及他们主持文坛所形成的文学图景,突出了翰林学士在文学集团中的领袖作用,拓展了我们对北宋文学的认识。他提到交叉型课题要避免使文学沦为历史文化研究的附庸,这是我在第一辑序言中也着重强调过的。又如朱刚的《苏轼苏辙研究》,是作者长期钻研唐宋八大家的重要成果,与第一辑的《唐宋"古文运动"与士大夫文学》形成互补,加深了我们对苏氏兄弟文学、文献和行迹的认识,丰富了北宋士大夫文学的面相。再如侯体健的《士人身份与南宋诗文研究》,标题拈出"士人身份"一词,这在第一辑《刘克庄的文学世界——晚宋文学生态的一种考察》中,就已是全书的关键词之一;而戴路《南宋理宗朝诗坛研究》也主要从不同的诗人身份入手,架构全文。这都充分显示出本辑和第一辑内在的延续性。

但更值得注意的是,本辑较第一辑又有一些新的变化,某种程度上反映出近年来宋代文学研究整体格局的调整,主要表现在以下三个方面:

一是研究时段后移,南宋文学逐渐被大家所重视。第一辑的研究重心在北宋,除了侯体健一书是论南宋刘克庄,其他几部都是讨论北宋的文学现象,像朱刚《唐宋"古文运动"与士大夫文学》、李贵《中唐至北宋的典范选择与诗歌因革》两部还是从中唐谈起的。本辑论题在时段上则以南宋为主,侯体健《士人身份与南宋诗文研究》、戴路《南宋理宗朝诗坛研究》、王汝娟《南宋"五山文学"研究》书名都明确标示出南宋,赵惠俊《朝野与雅俗:宋真宗至高宗朝词坛生态与词体雅化研究》也有半部涉及南宋。侯体健在引言中还提出了"作为独立研究单元的南宋文学"的理念,更是显示出作者对南宋文学的特别关注。十多年前,我曾指出宋代文学研究存在"三重三轻"(重北宋轻南宋、重词轻诗文、重大作家轻中小作家)的偏颇。经过学界同仁的共同努力,这些偏颇现在都得到不同程度的纠正,宋代文学研究格局日益合理。我认为南宋文学是我国文学史上一个独立的发展阶段,呈现出诸多重大特点:文学重心在空间上的南移,作家层级下移,文体文风由"雅"趋"俗",文学商品化的演进与文学传播广度、密度的加大等,都具有里程碑式的转折意义。我们应该在文学领域积极推动"重新认识南宋"这一课题的深入。侯体健、戴路、王汝娟的著作,可以说是对这个课题的初步探索与回应。

二是论题的综合性趋强,所涉文体论域更广。宋代是我国文学样式、文人身份、文体种类最为丰富的历史时期之一,要全面展现这个时代的文学图景,就必须多层次、多视角、多维度地观照。第一辑主要集中于以欧、苏为代表的士大夫文学,即使是刘克庄这样的文人,也多具士大夫色彩;文体上则偏重诗歌,如李贵论典范选择、金甫暻论苏轼"和陶"、成玮论宋初诗坛都是讨论宋诗之作。第二辑论题就明显广泛一些:从身份来看,除了依然关注翰林学士、苏轼兄弟之外,江湖诗人、地方文人、禅僧诗人被着重提出来讨论,在好几部书中都有不同程度的反映;从文体来看,诗文虽然仍是重点,但又添入赵惠俊关于词体雅化一书,可谓弥补了第一辑宋词缺席的遗憾,而且讨论宋代骈文的篇幅明显增加,侯体健、王汝娟的著作都有专章专节研讨"宋四六";从研究模式来看,个案研究明显减少,时段研究、专题研究增多,出现了"翰林学士与文学""理宗诗坛""五山文学""词的雅化"等具有学术个性的专题,等等。这从侧面反映出当前宋代文学研究已经进入新的阶段。突破个案局限,走向更具挑战性的综合研究,成为大家共同的选择。这自然也对作者的知识结构、学术视野和资料搜集解读能力,提出了更高的要求。

三是尝试提出新视角与新概念,显示出学理性建构的努力。本辑的一些研究视角,都是以前研究比较少见或多有忽视的,比如陈元锋从翰林学士角度切入讨论北宋文坛,戴路以诗人身份属性分疏理宗诗坛,赵惠俊重构词体雅化脉络等,前人都未特别措意,他们却能独出机杼,另辟蹊径,提供了有意义的研究视角。另外还有一些新概念被提出来,如王汝娟使用南宋"五山文学",这是受到日本五山文学的影响而自创的概念。我们知道,日本之所以有"五山十刹"之称,本就是受到南宋寺庙规制影响,然而南宋禅宗文学并无专门指称,现在再"由日推中",借用为南宋"五山文学"以代指南宋禅僧文学,是具有学理意义的。侯体健则提出"祠官文学",以统称那些领任祠禄官的宋代士人表达祠官身份和志趣的文学作品,并认为是一窥南宋文人心灵世界的重要视角,也颇有启发意义。这些新的概念能否为大家所接受并获得进一步的讨论,自然有待时间的检验,但它们确实有助于我们思考当前宋代文学研究如何拓展视野,更新路径,以获得长足发展。

其他像陈元锋对翰林学士制诰典册的解读、朱刚对审刑院本《乌台诗案》的分析、侯体健对南宋骈文程式的讨论、王汝娟对日本所存禅宗文献的利用、戴路对晚宋士大夫诗人群体的挖掘、赵惠俊对词作的细读及"雅词"的辨析等具体的创获还很多,这里就不一一介绍了。宋代大儒朱熹有云"旧学商量加邃密,新知培养转深沉",本辑所收著作既有对旧题的再讨论、再补充、再纠正,也有自创新题的开拓与建构,邃密深沉,两兼其美,展现出宋代文学研究领域的求新面貌和广阔前景。

本辑呈现的变化,既是大家不甘守旧、努力创新的结果,也是学界新生力量不断成长的必然。第一辑的作者以出生于 60、70 年代为主,这一辑则已然是 80、90 后占绝对优势;而且他们中间有几位是我学生的学生,戴路是吕肖奂的博士,赵惠俊是朱刚的博士,王汝娟也曾随朱刚读研。学术事业,薪火相传,这是作为老师的我非常乐意也非常期盼见到的,希望他们能够戒骄戒躁,再接再厉,百尺竿头更进一步。

最后,我还想借此机会诚邀全国优秀的中青年学者加入我们,只要认同我们的学术理念,符合我们所追求的学术品格,就欢迎加盟,以推出第三辑、第四辑、第五辑……真正让"复旦宋代文学研究书系"成为学术共同体广泛认同的品牌。

目 录

序章 "五山文学":宋代文学花园的一枝幽兰 ⋯⋯⋯⋯ 1
 一、南宋五山制度与敕差住持制 ⋯⋯⋯⋯⋯⋯⋯⋯ 1
 二、南宋"五山文学"概貌 ⋯⋯⋯⋯⋯⋯⋯⋯⋯⋯⋯ 5
 三、文献综述 ⋯⋯⋯⋯⋯⋯⋯⋯⋯⋯⋯⋯⋯⋯⋯⋯ 8
 四、研究方法与思路 ⋯⋯⋯⋯⋯⋯⋯⋯⋯⋯⋯⋯⋯ 13

第一章 大慧派之形成与兴盛 ⋯⋯⋯⋯⋯⋯⋯⋯⋯⋯⋯ 15
 第一节 闻道临安似弈棋:大慧派与南宋朝廷之纠葛 ⋯⋯ 16
  一、宋代禅宗与政治的密切关系 ⋯⋯⋯⋯⋯⋯⋯⋯ 16
  二、南宋政坛风云与大慧宗杲的人生沉浮 ⋯⋯⋯⋯ 18
  三、大慧门人与赵宋皇室的互动往来 ⋯⋯⋯⋯⋯⋯ 21
 第二节 庵主手段与诸方别:大慧宗杲之禅风与门风 ⋯⋯ 22
  一、饱参遍参 ⋯⋯⋯⋯⋯⋯⋯⋯⋯⋯⋯⋯⋯⋯⋯ 22
  二、看话禅 ⋯⋯⋯⋯⋯⋯⋯⋯⋯⋯⋯⋯⋯⋯⋯⋯ 24
  三、对文字禅和默照禅的批判 ⋯⋯⋯⋯⋯⋯⋯⋯⋯ 28
  四、不拘一格的教育方式 ⋯⋯⋯⋯⋯⋯⋯⋯⋯⋯⋯ 31

第二章 大慧派禅僧著述与南宋"五山文学"之开端 ⋯⋯⋯ 34
 第一节 大慧派禅僧著述考 ⋯⋯⋯⋯⋯⋯⋯⋯⋯⋯⋯ 34
  一、大慧宗杲及其弟子 ⋯⋯⋯⋯⋯⋯⋯⋯⋯⋯⋯⋯ 35

二、大慧派第三代门人 …………………………… 44
　　三、大慧派第四代门人 …………………………… 49
　　四、大慧派第五代门人 …………………………… 55
第二节　大慧派禅僧著述整体观 ………………………… 56
　　一、著述种类 ……………………………………… 57
　　二、作品特点 ……………………………………… 62
　　三、南宋"五山文学"之开端 ……………………… 65

第三章　大慧派禅僧著述个案研究 …………………… 68
第一节　《大慧普觉禅师语录》析论 …………………… 68
　　一、《大慧普觉禅师语录》蕴含之历史信息 ……… 69
　　二、内容特色 ……………………………………… 71
　　三、语言及修辞 …………………………………… 76
　　四、对宗门内外之影响及流弊 …………………… 79
第二节　云卧晓莹及其笔记《罗湖野录》《云卧纪谭》 … 85
　　一、晓莹行履与著述续考 ………………………… 86
　　二、《罗湖野录》《云卧纪谭》的写作 ……………… 90
　　三、《罗湖野录》《云卧纪谭》之文献、文学价值 … 94
　　四、《罗湖野录》《云卧纪谭》与晓莹文学观及南宋"五山
　　　　文学" ………………………………………… 100
第三节　北磵居简及其诗歌创作 ………………………… 124
　　一、行履与著述 …………………………………… 125
　　二、不薄今人爱古人：北磵诗学观 ……………… 128
　　三、不妨随俗暂婵娟：北磵诗歌之内容与题材 … 133
　　四、旬月有人加锻炼，壶觞无地不婆娑：北磵诗歌之艺术
　　　　特色 …………………………………………… 140
第四节　物初大观及其《物初賸语》小考 ……………… 146

一、大观行履与著述考 ······· 147
　　二、《物初滕语》之成书与流传情况 ······· 150
　　三、《物初滕语》之文献价值 ······· 155

第四章　虎丘派之形成与隆盛 ······· 161
第一节　虎丘派之形成 ······· 161
　　一、绍隆禅师与虎丘派 ······· 161
　　二、禅宗灯录对虎丘绍隆法嗣及伦叙记载之不实 ······· 163
　　三、虎丘绍隆之法嗣应庵昙华 ······· 168
第二节　虎丘派之传衍与隆盛 ······· 170
　　一、密庵咸杰及其传法活动 ······· 170
　　二、密庵下三支——松源、曹源、破庵 ······· 173
　　三、虎丘派与南宋禅文化之东传 ······· 174

第五章　虎丘派禅僧著述与南宋"五山文学"之高潮 ······· 176
第一节　虎丘派禅僧著述考 ······· 176
　　一、虎丘绍隆及其弟子 ······· 176
　　二、虎丘派第三代门人 ······· 178
　　三、虎丘派第四代门人 ······· 178
　　四、虎丘派第五代门人 ······· 179
　　五、虎丘派第六代门人 ······· 182
　　六、虎丘派第七代门人 ······· 191
第二节　虎丘派禅僧著述整体观 ······· 194
　　一、从沉寂到繁荣 ······· 194
　　二、著述形式进一步多样化 ······· 195
　　三、文学题材的拓展 ······· 197
　　四、南宋"五山文学"之高潮 ······· 198

第六章　虎丘派禅僧著述个案研究 …… 202

第一节　石溪心月《语录》《杂录》之"小佛事"四六 …… 202
一、文体形成与确立 …… 203
二、文体特征 …… 206
三、"小佛事"四六之形成及文体特征的思想史背景考察 …… 210
四、向庶民世界及通俗文学的渗透 …… 214

第二节　临安末照中的禅僧诗变容：觉庵梦真《籁鸣集》《籁鸣续集》 …… 217
一、亲历宋元鼎革 …… 218
二、对昏君奸臣的赤裸裸抨击 …… 220
三、禅僧诗之变容 …… 225

第三节　斓斑要作自家衣：亚愚绍嵩《江浙纪行集句诗》 …… 228
一、题材的广泛化、严肃性 …… 229
二、集句来源的多样化及所集作者的"下移"趋势 …… 232
三、技法的自然圆融 …… 233
四、《江浙纪行集句诗》之象征性意义 …… 236

第四节　松坡宗憩《江湖风月集》成书与解题 …… 238
一、《江湖风月集》之作者、编者及成书再考 …… 239
二、关于"江湖" …… 246
三、所谓"风月" …… 252

第七章　南宋"五山文学"于中国文学史之地位与意义 …… 257

第一节　"庶民"的发现：南宋五山禅僧之语录概观 …… 257
一、南宋五山禅僧语录之刊刻 …… 258
二、"白话出版"的第一次浪潮 …… 265

三、从五山禅僧语录的刊刻到江湖诗人作品的编刊 ……… 269
第二节　从"晚唐体"到"江湖体"：南宋五山禅僧之诗歌
　　　　总貌 ……………………………………………………… 270
　　一、南宋五山禅僧诗歌创作概况 ……………………… 271
　　二、对"蔬笋气"、"酸馅气"、"香火气"的自觉反省与脱离 …… 273
　　三、从"晚唐体"到"江湖体" ……………………………… 278
第三节　公案的诗化阐释：南宋五山禅僧之颂古浅探 …… 291
　　一、颂古之源流 ……………………………………… 292
　　二、《禅宗颂古联珠通集》之成书、版本及概貌 ……… 297
　　三、颂古之创作机制 ………………………………… 301
　　四、文字禅："拼图"的"点铁成金"、"夺胎换骨" ……… 307
第四节　宋代古文的重要一翼：南宋五山禅僧之古文
　　　　概览 ……………………………………………………… 311
　　一、五山禅僧古文创作概况 ………………………… 312
　　二、五山禅僧何以能文 ……………………………… 316
　　三、五山禅僧古文之艺术特点 ……………………… 319
　　四、五山禅僧古文之文献价值 ……………………… 321
第五节　"破体"的承续：南宋五山禅四六论略 …………… 326
　　一、南宋五山禅四六概貌 …………………………… 327
　　二、东坡四六之遗响远韵 …………………………… 331
　　三、士大夫化与世俗化：南宋五山禅四六的两种并行走向
　　　　 ……………………………………………………… 338
　　四、南宋五山禅四六之文献价值 …………………… 344
　　五、南宋五山禅四六于中外文学之影响 …………… 347
第六节　士大夫文化的渗透：南宋五山禅僧道号及道号
　　　　颂管窥 …………………………………………………… 349
　　一、禅僧道号源流略考 ……………………………… 350

二、道号的命名、使用及其文化背景 ……………………… 355
　　　三、道号颂的兴盛及其文学、文化意义 …………………… 361
　第七节　走向民间：南宋五山禅僧、"五山文学"与庶民
　　　　　世界、通俗文学 …………………………………………… 366
　　　一、南宋"江湖文人"的重要一翼 …………………………… 367
　　　二、南宋五山禅林的"江湖"文学圈 ………………………… 369
　　　三、南宋"五山文学"与庶民文化、通俗文学 ……………… 373

第八章　东海儿孙日转多：南宋"五山文学"之东渐 ………………… 382
　第一节　入宋日僧与渡日宋僧 …………………………………… 383
　　　一、南宋来华日本禅僧与中土禅籍之东传 ………………… 384
　　　二、传法东瀛的南宋高僧 …………………………………… 389
　　　三、中日禅僧的笔墨交游 …………………………………… 395
　第二节　南宋五山禅文化与禅文学在东瀛的移植 ……………… 399
　　　一、南宋五山制度在日本的复制 …………………………… 400
　　　二、南宋五山禅文学典籍向日本的传播 …………………… 404
　　　三、南宋"五山文学"在日本禅林的移植 …………………… 409
　第三节　日本五山文学概貌及其研究现状 ……………………… 412
　　　一、日本五山文学概貌 ……………………………………… 412
　　　二、日本学界对五山文学的研究现状 ……………………… 414

结语 …………………………………………………………………… 419

附录　《禅宗颂古联珠通集》作者考 …………………………………… 420

主要参考文献 ………………………………………………………… 528

序章
"五山文学":宋代文学花园的一枝幽兰

日本镰仓至室町时代,由于中国禅宗的传入,以镰仓、京都"五山十刹"为中心,汉文学创作在禅僧中全面兴起,并渐呈燎原之势,即进入所谓的"五山文学"时期,成为日本汉文学史上的一个重要时代。日本之"五山十刹",乃效中国南宋"五山十刹"规制而建,是为子与父的关系。然而南宋一朝,文墨之风虽在"五山"禅僧中蔓延流布,却未尝有专门之称呼予以标榜举扬。故今笔者于南宋文学中拈出"五山文学"一语,乃借鉴东瀛之概念,是为由子而及父。南宋"五山"以临济宗禅僧为主角,主要是大慧、虎丘二派,间有少量曹洞宗僧人。故而本书要探讨的"五山文学"主要即大慧、虎丘二派禅僧之文学。

一、南宋五山制度与敕差住持制

佛教作为一种出世的宗教,本该超脱于世俗的政治权力而获得自身之独立。但在古代中国,它似乎自传入伊始就一直未尝摆脱与政治纠葛的命运。政教关系的友好或紧张,无不在相当程度上影响甚至决定着佛教的具体走向,其宗教独立性经常为世俗权力凌驾于上。天水一朝,政教之间总体而言呈现出较为友好的状态,朝廷对佛教大致持宽容和扶持的态度。其中具有代表性的事件,便是南渡后"五山"制度的创立,即朝廷敕封径山寺、净慈寺、灵隐寺、天童寺和阿育王寺为五座皇家寺院。

关于这一制度，据笔者目前所搜获的宋代文献，俱不见载。逮乎元季，这一说法始正式出现。元成廷珪《寄四明梦堂噩禅师兼简用堂上人》曰："五山十刹郁嵯峨，独爱溪堂隐薜萝。"①黄溍《虎丘云岩禅寺兴造记》云："绍兴间，长老大比丘隆父以圆悟嫡子，坐镇兹山，法席鼎盛。东南大丛林，号称五山十刹者，虎丘实居其一。"②《平江承天能仁寺记》云："珍楼宝阁，绀殿缁庐，雄据乎万井中，而隐然为一大丛林，五山十刹殆无以尚也。"③谢应芳《悼大林庵主日公》："五山十刹都传语，莫遣闲云出岫飞。"④张宪《送康上人归觐兼游方》："五山十刹占奇观，天生鬼造非人功。"⑤然元人的这些记述皆是一种文学性的轻描淡写，于具体情况语焉不详，殊为憾事。

南宋五山制度创立之缘由及过程，较早出现于明代宋濂所撰的两篇塔铭中，兹抄录于下。《天界善世禅寺第四代觉原禅师慧昙遗衣塔铭》曰：

> 浮图之为禅学者，自隋唐以来，初无定止，唯借律院以居。至宋而楼观方盛，然犹不分等第，唯推在京巨刹为之首。南渡之后，始定江南为五山十刹，使其拾级而升，黄梅、曹溪诸道场反不与其间，则其去古也益远矣。⑥

《净慈孤峰德禅师塔铭》曰：

> 古者住持各据席说法，以利益有情，未尝有崇卑位焉。逮乎

---

① 成廷珪《寄四明梦堂噩禅师兼简用堂上人》，《居竹轩诗集》卷三，《文渊阁四库全书》本。
② 黄溍《虎丘云岩禅寺兴造记》，《金华黄先生文集》卷一二，《四部丛刊》本。
③ 黄溍《平江承天能仁寺记》，《金华黄先生文集》卷一二，《四部丛刊》本。
④ 谢应芳《悼大林庵主日公》，《龟巢稿》卷八，《四部丛刊》本。
⑤ 张宪《送康上人归觐兼游方》，《玉笥集》卷七，《文渊阁四库全书》本。
⑥ 宋濂《天界善世禅寺第四代觉原禅师慧昙遗衣塔铭》，《宋学士文集》卷二五，《四部丛刊》本。

宋季,史卫王奏立五山十刹,如世之所谓官署,其服劳于其间者,必出世小院,候其声华彰著,然后使之拾级而升,其得至于五名山,殆犹仕宦而至将相,为人情之至荣,无复有所增加。缁素之人,往往歆艳之。①

"史卫王"即史弥远(1164—1233),宁宗嘉定年间开始执掌朝政大权。比宋濂稍后的田汝成《西湖游览志余》有云:

> 嘉定间,品第江南诸寺,以余杭径山寺,钱唐灵隐寺、净慈寺,宁波天童寺、育王寺,为禅院五山。钱唐中天竺寺,湖州道场寺,温州江心寺,金华双林寺,宁波雪窦寺,台州国清寺,福州雪峰寺,建康灵谷寺,苏州万寿寺、虎丘寺,为禅院十刹。②

综合二人的记载,我们可以大致窥见南宋"五山十刹"之形成。而他们此言所本为何,二人在文中俱未提及。但我们并不能因为前代文献的缺失而断定他们所言为无稽之谈。证以异域文献,日本建长三年(1251)创立的建长兴国禅寺碑文曰:"十一月初八日开基创草,为始作大伽蓝,拟中国之天下径山为首。"③公元1251年正值南宋理宗淳祐十一年,比宁宗嘉定(1208—1224)约晚三四十年的时间,此时五山制度已传至日本并为日本所效仿,与宋濂《净慈孤峰德禅师塔铭》"史卫王奏立五山十刹"和田汝成《西湖游览志余》"嘉定间,品第江南诸寺"云云无有龃龉。刘长东撰《宋代的五山十刹制》④,在检讨总结前人研究的基础上,对宋代禅院五山十刹说的信实性进行了考订,史

---

① 宋濂《净慈孤峰德禅师塔铭》,《宋学士文集》卷四〇,《四部丛刊》本。
② 田汝成《西湖游览志余》卷一四"方外玄踪",中华书局,1958年,第260页。
③ 转引自[日]鹫尾顺敬《五山十刹的起源沿革》,见氏著《日本禅宗史的研究》,京都金尾文渊堂,1947年,第237页。
④ 参刘长东《宋代佛教政策论稿》第七章"宋代的五山十刹制",巴蜀书社,2005年。

料翔实,逻辑严密,推论出明清人记载较详的禅院五山十刹制在宋代是实际存在的。此不一一。

而"五山十刹"之中,以"五山"位次为高,象征了国家政权与宗教的最高结合。五山分布于今杭州及宁波一带,与南宋的政治权力中心十分接近。然而另外一方面"黄梅、曹溪诸道场反不与其间",足见朝廷用意之所在。作为御前的五座禅寺,"犹世之官署",朝廷当然不会坐视不管。其控制、管理中最重要的一环,便是敕差住持制,即五山的住持主要由朝廷派遣任命。

宋代禅寺,有十方寺和甲乙寺之分。前者住持向四方延请,后者则由师徒相传,类似于世俗之世袭制。五山禅寺属于十方制寺院。聘请何人来当住持,本当依禅僧悟法之深浅高下、在宗门内的声名威望等因素而定,本乃宗门内部之事务,与朝廷无涉。但朝廷通过敕差的方式掌控其住持的任免,看似是朝廷对佛门的礼遇、对宗派的恩典,实则包含着更深层次的施政意图。"在宋代,由官方支持的推进文明的政府行为似乎特别普遍和频繁","以权力推进生活伦理与道德秩序的做法,始终得到皇帝与中央政府的支持"。[①] 尤其是洎宋室南渡,丢失了北方国土,庞大的僧侣队伍,对于国家财政、社会劳动力、社会思想文化等莫不构成较大的压力。特别是在社会思想文化方面,一方面是禅僧自身的文化水平比较高,又身处一个舆论、出版便利的时代,足以形成一个相当规模的丛林文化圈;另一方面士大夫禅悦之风盛行,与禅僧频繁交流互动,这个"丛林文化圈"进一步扩展,声势益盛,成为一个庞大、错综的文化网络。掌控了这个网络,便在相当大的程度上掌控了社会思想与文化,这是南宋朝廷实施思想控制的重要一环。实际上,敕差住持的方式并不始于此时,最早可追

---

① 葛兆光《中国思想史》第二卷《七世纪至十九世纪中国的知识、思想与信仰》,复旦大学出版社,2014年,第228、225页。

溯到唐代。但唐代和北宋时期敕差住持只是偶尔为之,尚未形成规模。据不完全统计,自建隆二年(961)至宣和七年(1125),敕差住持僧共 38 人次;而自建炎初(1127)至南宋末,敕差住持僧共 66 人次①。如果我们再考虑到南宋的国土面积大约仅北宋的一半、国祚比北宋短十余年的话,那么这组数据的比勘就更能说明问题。

石井修道曾据《扶桑五山记》对南宋五山历任住持做过较为全面的清理②,同时参以刘长东《宋代敕差住持一览表》,综合二人的研究结果我们可以发现,南宋建炎至淳熙初,五山住持中大慧派门人占据了泰半之法席,几乎一直是大慧派一枝独秀的时代;尤其是大慧宗杲的弟子佛照德光,得南宋皇帝之宠遇,连住灵隐、育王、径山。至淳熙年间虎丘派的密庵咸杰出世,连住径山、灵隐、天童,虎丘派始与大慧派相颉颃。密庵座下又出松源、曹源、破庵三枝,传衍益盛,遂与大慧派中分五山法席。当然,南宋时代的五山住持,并非只有临济宗大慧、虎丘二派,也偶有曹洞宗僧人(如宏智正觉等),但仅仅是极个别的一二人而已,远远无法与大慧、虎丘两派的声势相匹敌。故本书探讨"五山文学",将以大慧、虎丘派僧人为主要对象,暂且不对曹洞宗僧人作专门讨论。

二、南宋"五山文学"概貌

南宋五山禅僧,多有舞文弄墨、吟咏风骚之好尚。虽在北宋之前,便有所谓的"诗僧",但尚未形成相当之气候。以诗歌这种文学体裁为例,《全唐诗》中收录了唐代百余位诗僧的诗作四十余卷。宋代则不然。宋初便出现了"九僧"这样的诗僧群体,《全宋诗》中收录的僧人作品也显然远非唐代诗僧可望其项背;朱刚、陈珏又多方搜辑考

---

① 此据刘长东《宋代敕差住持一览表》,见氏著《宋代佛教政策论稿》,第 297—304 页。
② 见[日]石井修道《中国の五山十刹制度の基础的研究(三)》,《驹泽大学佛教学部论集》第 15 号,1984 年。

订,辑得《全宋诗》失收的宋代禅僧诗歌近七十五万字,是为《宋代禅僧诗辑考》[①]。若从更具体的时段来说,较之北宋,又以南宋禅僧的创作数量最为丰富;而南宋擅长文墨的禅僧,基本为五山僧人。五山禅僧诗歌创作数量之庞大,一方面当然说明"诗僧"、"文学僧"在南宋禅林已经蔚然成风;另一方面也在提醒我们:"五山文学"是宋代文学的一个重要组成部分,若对这部分作品视而不见,宋代文学便犹如隔了一层面纱,使我们难睹其整体面貌。

除了诗歌,南宋五山禅僧也进行着其他形式的创作,如骈文、古文、词、语录、笔记、杂著,等等,留存至今者亦为数不少。尤其是南宋中后期,相当数量的五山禅僧与出版印刷业联袂,结集出版和发行自己的作品。社会上也开始流行一些专门的僧诗选本,如《圣宋高僧诗选》《中兴禅林风月集》《江湖风月集》,等等。这些"宋人选宋诗"的选集,使我们从一个侧面窥得时人对僧人文学作品的审美趋尚。而在出版业发达的时代,这种审美趋尚又会反作用于僧人的文学创作,在一定程度上影响"五山文学"的走向。

值得一提的是,虽然目前还没有发现南宋五山禅僧有诗话、词话、文话等文学批评专著,但他们留下的作品中,有不少篇章明确表达了自己的文学观念。显然,他们并非视文学创作为禅外余事,而已然具有文学自觉意识。若能对这些材料进行搜集和梳理,进而探究他们的审美趣味与士大夫群体之异同、其文学批评与文学创作之关系、其文学观念在中国文学批评史上的地位等问题,当是一项有意义的工作。

中国的五山制度、"五山文学"传入日本,引发镰仓时代以后日本五山文学的兴起与繁盛。日本学者于他们本国之五山文学,已然有自觉之关注,其研究早已形成兴隆之势,在文献整理、文献学研究、文

---

① 朱刚、陈珏《宋代禅僧诗辑考》,复旦大学出版社,2012年。

学史及文化史研究等方面取得了极为丰富的成果①。但我国南宋之"五山文学"研究,以笔者有限的见闻,似乎仍是一片空白。这首先当然与宋代文学研究中长期存在的重北宋轻南宋、重士大夫文学轻其他文学不无关联;其次它至少涉及禅学、文学两大领域的知识,易使初次接触者望而生畏;再者目前"五山文学"之文献整理工作尚未全面展开,许多文献已在中土失传而流于异邦,虽已有《宋代禅僧诗辑考》等此类著作,但其他文体相关作品的文献整理,力度仍然十分薄弱。种种因素,导致了南宋"五山文学"至今仍是一片未开垦的处女地。但它就如一枝幽兰,并不因无人问津而不芳。

依笔者的阅读印象,大慧派标志了南宋"五山文学"之开端,虎丘派则把它推向高潮。"五山文学"的创作主体是五山禅僧,这是一个特殊的作者群体。传统的文学研究,关注的往往是士大夫文学;但是近世的社会结构中,除了士大夫,还存在着大量的乡绅胥吏、幕僚门客、江湖文人、僧侣道士等,他们也在创造着文学、艺术、思想。② 我们不妨称其为"士大夫周边"作者群体:他们在身份上与士大夫并非截然对立、泾渭分明,两者存在着一定的交集,并且时而发生动态的变换;他们创造的文化与士大夫文化也不是两条完全没有交点的平行线,而是既有共通也有异质;并且他们作为社会结构中的"中间阶层",是沟通士大夫文化与庶民文化、通俗文化的一座重要桥梁。"五山文学"处在南宋"文化下移"的大语境下,是文学由庙堂跌落江湖、由雅而俗总体演进过程的一大枢纽。对文学史领域以往一些诸如"唐宋转型"、"雅俗关系"等之类的"大判断",我们有必要尝试从各个方面去对它们作具体的回应与解答。"五山文学"恰是"唐宋转型"的一面重要镜子。它与士大夫文学相较而言,在形式、语言、风格、内

---

① 详参本书第八章第三节"日本五山文学概貌及其研究现状"。
② 详参朱刚《中国文学传统》"上编 作者论",高等教育出版社,2018年。

容、思想等诸方面都呈现出别具一格的风貌。了解了它,我们才能更好地领受宋代文学花园的烂漫春光。

三、文献综述

佛教自西土传入中国,之后便逐渐在中国文化的土壤中生根、发芽和成长,汲取中国文化之营养,并努力适应中华文化之环境。在此过程中,佛教与中国文学结下了难解难分之关系。概而言之,这种关系主要体现为两个方面。其一是佛教对中国文学的影响,包括佛教观念、佛教语言等在文学作品的内容、形式、体裁、意境等诸方面留下的印记。佛教与文学,两者犹如树与藤之相互纠结缠绕,如"诗佛"王维诗、小说《红楼梦》是也。其二即形成所谓的"佛教文学",佛教与文学合二而一,水乳交融,如佛教通俗文学(俗讲、变文、宝卷等)、禅僧著述是也。随着佛教的传播,"佛教文学"亦超越了红尘与方外的界限,成为世间和出世间一切人类共同的文化遗产。

自前辈学者开创"佛教与中国文学"研究之风气以来,已经取得了丰富的成果。但统观前人的研究,可以发现他们的着眼与着力点,大多在"佛教与文学之关系"的探讨上。而把"佛教文学"视作文学的一个专门或特殊种类,梳理、考辨其基本文献,探求它本身的成因、特色等诸问题,发掘其在"文学史"上的地位与价值,相较于前一种"关系研究"而言,学界则对此关注较少。具体到南宋"五山文学"而言,之前尚未有学者明确提出这一概念并对之进行全面系统的研究,目前仅有一些较为零散的相关研究成果:

一是对南宋五山制度的政治史、宗教史等角度的考察。兹举若干代表性论著。1923—1925年,忽滑谷快天《禅学思想史》[①]出版,其中"五山十刹"一节,引《艺苑田涉》卷一之材料,指出江南禅院、教院

---

① [日]忽滑谷快天《禅学思想史》(上、下卷),东京玄黄社,1923—1925年。

各有五山十刹,但未有所展开。1945年,鹫尾顺敬出版《日本禅宗史研究》①,其中《五山十刹的起源沿革》一篇,引宋濂《净慈孤峰德禅师塔铭》《天界善世禅寺第四代觉原禅师慧昙遗衣塔铭》,指出南宋禅林存在五山十刹制度,以及此制度对日本"五山十刹"之影响。60年代,胡适写成《南宋以后的五山十刹与日本的五山十刹》《关于"五山十刹"的资料》《再记"五山十刹"》《黄溍〈金华黄先生集〉里的"五山十刹"》等四篇读书札记②,从文献角度进行了补充。1982—1985年,石井修道发表系列论文《中国五山十刹制度的基础性研究》③,着重考证了南宋"五山十刹"制度的建立、历任住持等问题。2005年,刘长东出版《宋代佛教政策论稿》④,辟"宋代的五山十刹制"专章,先对前人的研究进行了系统而简洁的归纳总结,再从"禅院五山十刹奏立说的信实性"、"对教院五山十刹奏立说信实性的质疑"、"五山十刹制在宋代政教关系中的意义"三个方面展开了讨论;另有"宋代的甲乙制与十方制寺院"、"宋代寺院的敕差住持制"等章节,于南宋五山相关问题多有涉及。

二是与南宋五山禅僧有关的文献整理。1969年,荒木见悟出版标点译注本《大慧书》⑤。1999—2001年,柳田圣山、椎名宏雄编纂出版的《禅学典籍丛刊》⑥中,收录了大慧宗杲的语录、年谱、杂著等著作,以及松坡宗憩编《江湖风月集》的五种版本。2001年,李国玲出版《宋僧录》⑦,2007年又出版《宋僧著述考》⑧,二书分别对有宋一代僧人的传记资料和著述情况进行了整理归纳,其中有不少是南宋五山

---

① [日]鹫尾顺敬《日本禅宗史の研究》,京都金尾文渊堂,1945年。
② 均见胡适《中国佛学史》,中华书局,1997年。
③ [日]石井修道《中国の五山十刹制度の基础的研究》(一、二、三、四),《驹沢大学仏教学部论集》第13、14、15、16号,1982、1983、1984、1985年。
④ 刘长东《宋代佛教政策论稿》,巴蜀书社,2005年。
⑤ [日]荒木见悟标点译注《大慧书》,《禅の语录》17,东京筑摩书房,1969年。
⑥ [日]柳田圣山、椎名宏雄《禅学典籍丛刊》,京都临川书店,1999—2001年。
⑦ 李国玲《宋僧录》,线装书局,2001年。
⑧ 李国玲《宋僧著述考》,四川大学出版社,2007年。

禅僧。2003 年,芳泽胜弘会校《江湖风月集》的多种传本及后人题跋,并加以解说,撰成《江湖风月集译注》[①]。2012 年,西南师范大学出版社和人民出版社联合出版的《日本五山版汉籍善本集刊》[②]中,收录了《五灯会元》《大慧普觉禅师书》《大慧普觉禅师宗门武库》《五家正宗赞》,和虚堂智愚、虎丘绍隆、断桥妙伦、无学祖元、大川普济、应庵昙华、密庵咸杰、松源崇岳、破庵祖先、运庵普岩、无准师范之《语录》,以及《北磵诗文集》《藏叟摘稿》等诸多南宋五山禅僧的著作;金程宇影印出版《和刻本中国古逸书丛刊》[③],其中收录了《橘洲文集》《淮海挐音》《淮海外集》《北磵诗集》《北磵文集》《无文印》《物初賸语》《藏叟摘稿》《江湖风月集》等数种南宋五山禅僧的诗文集;朱刚、陈珏出版《宋代禅僧诗辑考》[④],从文献角度出发,以《全宋诗》为操作平台,对《全宋诗》失收、错收、重收的有宋一代禅僧诗作了全面的考订,对相关禅僧的法系作了细致的梳理,其中涉及不少南宋五山禅僧及其作品;是年椎名宏雄开始出版《五山版中国禅籍丛刊》[⑤],迄 2018 年 3 月已面世的诸卷,分为"灯史"、"语录"、"诗文"、"尺牍"、"诗话"、"纲要"、"清规"、"公案"、"注解"等类别,其中收录的南宋五山禅僧的作品有《联灯会要》《五灯会元》等灯录,痴绝道冲、曹源道生、断桥妙伦、兀庵普宁、石溪心月、北磵居简、物初大观、大川普济、介石智朋等禅僧的《语录》,《感山云卧纪谭》等笔记,以及《北磵诗集》《北磵文集》《北磵外集》《藏叟摘稿》《江湖风月集》等诗文集。许红霞对从日本觅得的五种中国业已失传的宋僧诗文集加以会校、标点,于 2013 年出版《珍本宋集五种——日藏宋僧诗文集整理研究》[⑥],其中《北磵和尚外集、续

---

① [日]芳泽胜弘《江湖风月集訳注》,京都禅文化研究所,2003 年。
② 《日本五山版汉籍善本集刊》,西南师范大学出版社、人民出版社,2012 年。
③ 金程宇《和刻本中国古逸书丛刊》,凤凰出版社,2012 年。
④ 朱刚、陈珏《宋代禅僧诗辑考》,复旦大学出版社,2012 年。
⑤ [日]椎名宏雄《五山版中国禅籍叢刊》,京都临川书店,2012— 。
⑥ 许红霞辑著《珍本宋集五种——日藏宋僧诗文集整理研究》,北京大学出版社,2013 年。

集》《籁鸣集、续集》和《物初賸语》三种为南宋五山僧人之作。

三是与南宋五山禅僧有关的文学史、文化史研究。专著方面,主要有黄启江《一味禅与江湖诗:南宋文学僧与禅文化的蜕变》①《〈无文印〉的迷思与解读》②《文学僧藏叟善珍与南宋末世的禅文化:〈藏叟摘稿〉之论析与点校》③,江静《赴日宋僧无学祖元研究》④,以及方新蓉《大慧宗杲与两宋诗禅世界》⑤,等等。黄启江《一味禅与江湖诗》选取南宋五山著名诗僧橘洲宝昙、北磵居简、物初大观、无文道璨等为主要对象,考察他们与同时代之官僚、文士的交游、周旋与互动,从而观察他们从"一味禅"向"江湖诗"的蜕变。《〈无文印〉的迷思与解读》《文学僧藏叟善珍与南宋末世的禅文化》则以五山诗僧无文道璨、藏叟善珍为专门研究对象,对他们的交游与创作之关系作了具体的梳理辨析。江静《赴日宋僧无学祖元研究》以宋末元初赴日弘法的五山僧人无学祖元为研究对象,主要考察了他对于中日文化交流所起的重要作用。方新蓉《大慧宗杲与两宋诗禅世界》分为"宗杲与两宋士大夫关系考略"、"宗杲禅学与士大夫的话语同构"、"士大夫对宗杲禅法的接受"、"宗杲与苏轼诗学"、"诗到江西别是禅——宗杲与江西诗派"、"中兴诗人对宗杲禅学的诗学演绎"、"参禅精子与参诗精子"等章节,对有关大慧宗杲的外围问题进行了较全面的清理。论文方面,主要有如下数篇:石井修道《大慧语录的基础性研究》(上、中、下)⑥、《大慧普觉禅师年谱研究》(上、中、下)⑦,椎名宏雄《关于北磵

---

① 黄启江《一味禅与江湖诗:南宋文学僧与禅文化的蜕变》,台湾商务印书馆,2010年。
② 黄启江《〈无文印〉的迷思与解读》,台湾商务印书馆,2010年。
③ 黄启江《文学僧藏叟善珍与南宋末世的禅文化:〈藏叟摘稿〉之论析与点校》,台湾新文丰,2010年。
④ 江静《赴日宋僧无学祖元研究》,商务印书馆,2011年。
⑤ 方新蓉《大慧宗杲与两宋诗禅世界》,中华书局,2013年。
⑥ [日]石井修道《大慧語録の基礎的研究》(上、中、下),《驹沢大学仏教学部研究紀要》第31,32,33号,1973、1974、1975年。
⑦ [日]石井修道《大慧普覚禅師年譜の研究》(上、中、下),《駒沢大学仏教学部研究紀要》第37,38,40号,1979、1980、1982年。

与物初著作的文献学考察》①,刘方《大慧宗杲"妙悟"说的美学意蕴及影响》②《大慧宗杲"看话禅"的美学贡献》③,须山长治《〈江湖风月集〉中的禅僧》④、黄启江《参访名师:南宋求法日僧与江浙佛教丛林》⑤,陈捷《日本入宋僧南浦绍明与宋僧诗集〈一帆风〉》⑥,金程宇《尊经阁文库所藏〈籁鸣集〉、〈籁鸣续集〉校录》⑦,许红霞《晓莹生平事迹初探》⑧《居简交游考》⑨《元肇生平及著作考述》⑩《从南宋诗僧诗文集的刊刻流传情况看南宋诗僧与日本五山诗僧的密切关系》⑪,李贵《宋末诗僧觉庵梦真及其〈籁鸣集〉小考》⑫,方新蓉《活法:"法"到"活"的转变——大慧宗杲对吕本中"活法"诗论的影响》⑬,以及张硕《南宋临济宗诗僧研究》⑭等。从这些论文的标题,我们已可大致知道它们的探讨内容,在此不再一一作具体介绍。

以上这些既有研究成果不仅为开展南宋"五山文学"研究提供了文献基础和方便法门,更给予我们一个深刻启示:"佛教文学"是文学史不可分割的组成部分,"五山文学"本身即宋代文学花园的一枝幽

---

① [日]椎名宏雄《北礀と物初の著作に関する書誌的考察》,《駒沢大学仏教学部研究紀要》第46号,1988年。
② 刘方《大慧宗杲"妙悟"说的美学意蕴及影响》,《学术界》1997年第4期。
③ 刘方《大慧宗杲"看话禅"的美学贡献》,《湖州师范学院学报》2004年第5期。
④ [日]须山长治《江湖風月集の禅僧たち》,《駒沢短期大学仏教論集》第4号,1998年。
⑤ 黄启江《参访名师:南宋求法日僧与江浙佛教丛林》,《佛学研究中心学报》第10期,2005年。
⑥ 陈捷《日本入宋僧南浦绍明与宋僧诗集〈一帆风〉》,《中国典籍与文化论丛》第9辑,2007年。
⑦ 金程宇《尊经阁文库所藏〈籁鸣集〉、〈籁鸣续集〉校录》,氏著《稀见唐宋文献丛考》,中华书局,2009年。
⑧ 许红霞《晓莹生平事迹初探》,《北京大学中国古文献研究中心集刊》第5辑,2005年。
⑨ 许红霞《居简交游考》,《北京大学中国古文献研究中心集刊》第6辑,2006年。
⑩ 许红霞《元肇生平及著作考述》,《北京大学中国古文献研究中心集刊》第8辑,2008年。
⑪ 许红霞《从南宋诗僧诗文集的刊刻流传情况看南宋诗僧与日本五山诗僧的密切关系》,《北京大学中国古文献研究中心集刊》第10辑,2010年。
⑫ 李贵《宋末诗僧觉庵梦真及其〈籁鸣集〉小考》,《项楚先生欣开八秩颂寿文集》,中华书局,2012年。
⑬ 方新蓉《活法:"法"到"活"的转变——大慧宗杲对吕本中"活法"诗论的影响》,《项楚先生欣开八秩颂寿文集》,中华书局,2012年。
⑭ 张硕《南宋临济宗诗僧研究》,四川大学2014年博士学位论文。

兰,值得我们予以充分关注。然而从以上所举前人论著我们也可以明显看出,他们大多都立足于"关系研究"和"外围研究",而甚少对"五山文学"内部本身诸方面的问题有所深入。且他们的研究对象大多局限于个人,而忽略了师门派系乃至整个"五山文学"的总体样貌及其在中国文学史、文化史上的影响与地位,这对于我们全面认识和评价南宋五山禅僧,全面了解和把握宋代禅宗史、文学史,显然是有所遗憾的。至目前,学界对南宋"五山文学"本身的系统和全面研究,尚为一片荒芜,因而本书具有一定的开创性意义。

四、研究方法与思路

禅宗自初创时主张"不立文字"逐渐到之后的"不离文字",反映了它从重视思想本身到重视语言、著述的内在发展历程,北宋"文字禅"的产生就是一个鲜明和突出的标志。南宋"五山文学"自大慧宗杲肇其端,之后一直弦歌不绝,绵延贯穿整个南宋文学史。从有关南宋"五山文学"的文献来看,数量庞大、版本复杂,对其进行全面的梳理与研究,是一项艰巨和长远的工程,远远超越了笔者目前的学识水平与能力范围。故以笔者有限的学识与能力,暂以大慧派和虎丘派僧人著述的总体情况和若干有代表性的个案为重点考察对象,希冀能够窥斑而知豹,尽量勾勒和再现出南宋"五山文学"之外在与内在的历史图景。

根据南宋"五山文学"之学理性质,本书改变以往惯用的"关系研究"模式,立足于"佛教文学"本身,力求给读者揭示和展现南宋"五山文学"之"本来面目"。全书拟在"文化史"视野下,立足于"文学"本位。在具体操作上,采取整体观照与个案研究相结合、文献考证和理论批评并重的研究途径:力求既对南宋"五山文学"有整体和宏观的认识与把握,同时又辨明部分著名文学僧的创作个性与特质,以点勾线、以线铺面,点线面结合;既着重对大慧、虎丘二派的来源、法系盛衰以及禅僧生平、著述、作品流传、作品文献价值等问题进行考辨,又探析其作品的形式、语言、题材、思想等诸方面的特色,并努力挖掘南宋"五山文学"在中国文学史演进过程中的地位、影响与意义。全书分四个部分来进行论述:

第一部分(第一~三章)为对拉开南宋"五山文学"之序幕的大慧派禅僧著述的考察,主要包括大慧派形成与兴盛的历史背景、著作考辨与整理、创作的总体样貌、有代表性的个案研究;

第二部分(第四~六章)为对将南宋"五山文学"推向高潮的虎丘派禅僧著述的考察,主要包括虎丘派形成与兴盛的历史背景、著作考辨与整理、创作的总体样貌、有代表性的个案研究;

第三部分(第七章)先分别选取南宋五山僧人创作最多的四种文体——语录、诗歌、颂古、古文、"禅四六",探讨它们在中国文学史上所具有的价值,并由此对"五山文学"的性质和意义作一宏观性总结,然后以道号、话本等为切入点,由此来观察南宋"五山文学"与士大夫文化及庶民文化、通俗文学之关系;

第四部分(第八章)主要讨论南宋五山禅文化、禅文学东传日本的具体过程,以及对于日本文学史、文化史的巨大影响。

另外需要说明的是,日本汉文学史上把他们本国五山僧人创作的文学称为"五山文学"的习惯由来已久。而中国南宋虽然有"五山",但学界尚未有"五山文学"一说。笔者姑且借鉴东瀛的概念,将中国五山僧人创作的文学也称为"五山文学",即本书开头所讲的"由子而及父"。由于这是一个"舶来"的概念,故在行文过程中特加双引号""以与日本的五山文学相区别。通过对这个南宋特殊文学群体"本来面目"的尽力还原与再现,从而拓展和深化宋代文学研究,正是本书之旨归所在。

第一章
大慧派之形成与兴盛

大慧宗杲(1089—1163),俗姓奚,宣州宁国县人。他十七岁落发,嗣法圆悟克勤,是两宋之际临济宗杨岐派的一位伟大禅僧。靖康元年(1126),宗杲受赐紫衣和"佛日"师号;绍兴七年(1137)、绍兴二十八年(1158)两次敕住径山,绍兴二十六年(1156)敕住育王;绍兴末年,受赐"大慧"师号。座中道徒,最多时达一千七百余众,所谓"一千七百痴衲子,围绕这个无明叟"①是也。宗杲门庭,蔚为广大,他不仅是临济宗僧人的追随对象,对其他宗派的禅人也拥有巨大感召力。"大慧之名震天骇地,道传其徒,遍满天下"②,俨然一时之宗教领袖。"师行首山,令起临济宗,憧憧往来,其门如市。学徒咨扣,日入玄奥,规绳不立,而法社肃如也。由是宗风大振,号临济再兴"③,于杨岐下自开一派。大慧门下,龙象辈出,至南宋中期之前,五山法席几乎为其门人独占。如其弟子德光,历住灵隐、育王、径山,三次入对选德殿,孝宗赐"佛照大师"之号,宠遇优渥,无以复加。大慧一脉,一时光焰煊赫,大放异彩,成为杨岐派乃至整个临济宗的形象代言人。声势之隆,远超云门、曹洞诸宗。所谓"临济子孙遍天下",确切地说,此时实为

---

① 释宗杲《悟本禅人求赞》,释蕴闻编《大慧普觉禅师语录》卷一二,《大正藏》第47册。
② 张抡《大慧禅师年谱序》,释祖咏《大慧普觉禅师年谱》卷首,吴洪泽编《宋人年谱集目/宋编宋人年谱选刊》,巴蜀书社,1995年,第168页。
③ 释祖咏《大慧普觉禅师年谱》,《宋人年谱集目/宋编宋人年谱选刊》,第183页。

"大慧子孙遍天下"的时代。大慧法门之隆盛,一方面当然离不开朝廷和士大夫的支持;另一方面,也与宗杲本人的个人魅力和作风有关。

第一节 闻道临安似弈棋:大慧派与南宋朝廷之纠葛

宋代禅宗与世俗政治权力之关系较之以往空前密切,而五山作为南宋皇家寺院尤其如此。大慧宗杲毕生之荣辱沉浮,莫不与当时政坛的局势变动息息相关。其弟子佛照德光等,也与赵宋皇室多有牵缠。

一、宋代禅宗与政治的密切关系

本书序章已经提到,天水一朝,政教关系基本上是良性和友好的。朝廷似乎对佛教的发展颇为关注,多方给以礼遇。早在太祖、太宗朝,就定下了"尊佛"的基调:宋太祖皇位的取得,传说与麻衣道者的谶言有关;及其即位,屡建佛寺,岁度僧人;遣沙门入西域求佛书,并敕文胜编《大藏经随函索隐》凡六百六十卷;对于讥佛、谤佛者予以严厉打击;等等。宋太宗亦深有佛缘,《玉壶清话》载:

> 开宝塔成,欲撰记。太宗谓近臣曰:"儒人多薄佛典。向西域僧法遇自摩竭陁国来,表述本国有金刚坐,乃释迦成道时所踞之坐,求立碑坐侧。朕令苏易简撰文赐之,中有鄙佛为夷人之语,朕甚不喜。词臣中独不见朱昂有讥佛之迹。"因诏公撰之。①

太宗对释教之尊崇,至少在口头宣言上超越了华夏夷狄之辨,实为难

---

① 释文莹《玉壶清话》卷二,中华书局,1991年,第11页。

能。他还敕赞宁修僧传,亲自注《圆觉经》赐径山,设立译经院,重新开始废置已久的译经事业……不一而足。"祖宗家法"对后世的垂训作用显而易见,太祖、太宗朝的很多佛教政策,诸如试经、译经、赐师号紫衣等,在之后被袭用下来,对宋代佛教的发展影响深远。甚至还有不少皇帝与禅僧以诗歌酬唱,如仁宗皇帝与大觉怀琏、高宗皇帝与大慧宗杲,等等,即所谓的"道术相忘"是也。只在徽宗宣和元年(1119),改僧为"德士",改佛寺为道观,通过纯粹的行政力量使道教吞并了佛教,无论朝廷的真实目的是出自政治还是经济,都可算作一段不愉快的小插曲。这种表面上和总体上看似友好的氛围,却也从一个侧面反映了禅宗与世俗政治权力之间的胶着越来越紧密。

我们似乎看不出宋代的禅僧有多么鲜明或刚烈的政治立场,他们对现实政治并没有表现出多么浓厚的兴趣和积极的热情。很多禅僧,如真净克文、佛印了元等,和新党人物及旧党人物的关系都不错。这一方面当然是由禅僧的方外身份所致;另一方面,在君主专制时代,一个宗教的存在与发展若是失去了朝廷和士大夫的支持,将会是镜花水月。唐代的佛门"法难",想必会成为后世禅僧心头抹不去的伤痛印记。禅僧开堂说法,拈三炷香,第一炷为今皇帝,第二炷为地方官,第三炷为嗣法之师。这不是媚俗,而是出于护宗卫教的现实需要。

然而,禅僧并不尖锐、鲜明的政治立场和较为"圆融"的处事态度,却仍然没有使他们避免被卷入政治斗争的漩涡。如参寥子道潜,因与东坡私交笃厚,惨遭东坡政敌吕惠卿迫害;惠洪因与张商英相善,为蔡京党羽所陷,被迫还俗并入狱;宗杲因与张九成论"神臂弓"而遭秦桧猜忌,被毁衣牒,徙衡州、梅州;昙广南"其道将振,而为有力者攘之"[①]……禅僧对世俗权力的"圆融"态度乃至刻意迎合,与

---

① 释道融《丛林盛事》卷下"昙广南"条,《卍续藏》第148册。

世俗权力对禅僧或予礼遇或予摧残的干预,恰好显示了两者之间一种双向的紧张关系。

二、南宋政坛风云与大慧宗杲的人生沉浮

本书序章已经提到,南宋禅僧"拾级而升,其得至于五名山,殆犹仕宦而至将相,为人情之至荣,无复有所增加。缁素之人,往往歆艳之",佛门价值观已为朝廷所成功改造,五山禅僧实际上就是一批特殊的文官。加之他们弘法于皇家寺院,无论是在江湖还是庙堂,都拥有相当大的影响力。因而,他们自然成了朝廷和官员掌控的重要对象。

临济宗的根据地原来在北方,其创始人临济义玄久住镇州临济院,主要嗣法弟子如兴化存奖、三圣慧然、宝寿沼等,多在魏府、镇州等北方地区传法。兴化存奖五传至石霜慈明楚圆,慈明楚圆于潭州弘法,遂把临济正宗带到了南方。慈明楚圆下出黄龙慧南、杨岐方会,于临济下别开二派,皆布道于江西,学徒云集。然彼时以云门宗声势最为浩大,在禅宗各派中最为繁盛。北宋元丰六年(1083),新法政府从开封大相国寺辟出慧林、智海两个禅院,诏云门宗高僧苏州瑞光寺宗本、临济宗高僧庐山东林寺常总赴京,为第一代住持。临济宗的常总选择了拒诏,一直留居庐山东林寺,宋初绵延于北方的临济宗已泰半南下,为该宗在南宋的兴盛奠定了基础;原本兴盛于南方的云门宗,以宗本应诏住持慧林为标志,呈现向北发展的趋势。但随着徽宗、钦宗为金人所掳,北方国土的丧失,云门宗风流云散,为北宋政权作了陪葬。当时禅宗的另外一支——曹洞宗,作风内敛,整日坐禅,基本上是"息交绝游",故而受外界影响相对要小很多,从北宋至南宋,始终不温不火。宋室南渡后,根据地已转移到南方的临济宗自然便"近水楼台先得月"了。这一总体局势,当是南宋五山住持基本来自临济宗大慧、虎丘二派的首要原因。

绍兴七年(1137),宗杲四十九岁,始奉诏住临安径山寺。"大慧

禅师在泉州云门庵,公在蜀,圆悟亲以师嘱,谓真得法髓。公回朝,遂以临安府径山延之。"①如果这条材料属实,宗杲确为他的同门紫岩居士张浚奏请而得住径山的话,便有些值得我们深味。按《大慧普觉禅师年谱》,宗杲于靖康元年(1126)因时任御史中丞的吕好问的推荐而受赐紫衣和"佛日"之号;而据史书记载,"商英作相,适承蔡京之后,小变其政,譬饥者易为食,故蒙忠直之名。靖康褒表司马光、范仲淹,而商英亦赠太保"。② 无尽居士张商英,宗杲早年因请他写授业之师湛堂文准的塔铭而与之结识,一见而为莫逆,相随无间,并通过张商英的举荐而得以入圆悟克勤之室。所以,靖康年间宗杲受赐紫衣师号绝非佛门内的孤立事件。南渡后,宗杲驰誉于士人、衲子之间,师门学徒众多,不少士大夫往来门下,如张九成、张浚、李邴、徐俯、韩驹、吕本中等。有学者认为宗杲属主战派阵营③,但笔者目前阅读的材料中,尚难以搜寻出宗杲明确的"主战"言论。不过,他交往密切的士大夫大多与秦桧政见不一倒是事实。

然而朝廷的局势很快出现了反转。绍兴八年(1138),秦桧复相;十一年(1141)四月,秦桧奏诏岳飞、韩世忠、张俊入朝,名曰"论功行赏",实为释兵权。五月,宗杲即被敕追牒责衡州;至绍兴二十年(1150)六月,准命移梅州;绍兴二十五年(1155),秦桧死,其同党亦遭打击,十二月宗杲蒙恩自便;次年三月被旨复僧衣,十月敕住育王;绍兴二十八年(1158)正月,敕住径山;绍兴三十一年(1161)谢事径山,居明月堂;隆兴元年(1163)八月十日示寂,赐谥"普觉"。

综观宗杲一生,其荣辱沉浮莫不缘于当权者走马灯似的变动。当权者不免要仰仗他作为宗教领袖所产生的社会影响和精神力量,作为向敌对方宣战的一面重要旗帜。其三次被旨住山,固然有出于

---

① 释心泰编《佛法金汤编》卷一四,《卍续藏》第148册。
② 脱脱等《宋史》卷三五一《张商英传》,中华书局,1977年,第11098页。
③ 杨惠南《看话禅和南宋主战派之间的交涉》,《中华佛学学报》1994年第7期。

当政者对其佛法认可的成分,但也不能不让我们怀疑是否更多地掺杂了政治因素。其《年谱》记载:

> 超然居士赵表之裦与师同法席于大梁、欧阜,每以不宦游、出世为戒。时表之偶辟南外宗正司,师赴径山,适会衢之官驿,师述偈见意云:"超然妙喜两同参,蓦地相逢各负惭。我去住山君跃马,前三三与后三三。"①

宗杲视住径山犹人臣之仕宦,或许是他将这局棋的种种规则,早已看透了吧。但在客观上,由于五山在丛林中位次高、影响大,因而他三次住山,道俗钦慕,学徒纷至。绍兴八年,"乃入院(径山)之明年,众将一千,皆诸方角立之士";绍兴二十七年,"住育王。裹粮问道者万二千指,百废并举,檀度响从,冠于今昔";次年"三月九日入院(径山),坐夏千余众"。② 宗杲作为一介佛门衲子,却身不由己地被卷入政事纷争,一生历尽升降起伏,好在他宠辱不惊,履风波似平地,全无奴颜婢膝之态;即便在困厄之中,亦提携后学,勤勉不倦。"方贼桧擅国,挟虏要君,灭弃纲常,戕毒忠义,天下之士敢怒而不敢言。大慧于此时,乃能犯不测之祸,陈义切责,濒死靡悔,风概凛凛。"③当时朝野上下,反秦之声很大,故宗杲在与秦桧斗争过程中表现出的坚贞气节,获得了广泛尊崇与响应。他被编管衡州时,"居廖季绎通直之西园,四方衲子云委川会,攟粮景从,庵无以容,来学散处花药"④;贬梅州时,"郡守谢朝议以大慧语僚属曰:'朝廷编置所谓长老者,但一僧耳,兵马司东偏之隙地,从其居止。'既而僧行日至,几数百指。施锹

---

① 释祖咏《大慧普觉禅师年谱》,《宋人年谱集目/宋编宋人年谱选刊》,第182页。
② 同上书,第182、190、191页。
③ 刘震孙语,见释祖咏《大慧普觉禅师年谱》附录,同上书,第195页。
④ 释祖咏《大慧普觉禅师年谱》,同上书,第185页。

镵而平基址,运竹木而缚屋庐,听其指呼,无敢怠者",①"四方衲子忘躯命往从之"②。其对僧俗的感召力可见一斑。时隔多年后,他的三世法孙无文道璨仍不无自豪地追忆说:"曾大父忧国爱君,语忤秦氏,迁衡徙梅,其道大振,千载人也。"③

三、大慧门人与赵宋皇室的互动往来

宗杲开创了大慧派,嗣法弟子主要有懒庵鼎需、教忠弥光、卍庵道颜、西禅守净、遯庵宗演、佛照德光、无用净全等。诸弟子中,佛照德光尤善交游,数度与孝宗忘怀论道,有《佛照禅师奏对录》存世④。淳熙三年(1176)德光敕住灵隐,十一月始见孝宗。按其《奏对录》,德光向孝宗汇报籍贯和嗣法之后,孝宗曰:"朕惜不见大慧。"可见孝宗有追怀大慧之意。后德光又屡与孝宗以偈颂酬唱,君"臣"相得,甚为融洽:

> 孝宗皇帝在位二十七年,每宣诸山长老论道,唯佛照禅师最为知遇。淳熙初,住冷泉,宣入选德殿论宗门事。五宿禁闼,从古未有也。故佛照尝奏曰:"陛下前后宣诸山长老论道,如何?"孝宗曰:"难得似长老直捷。"佛照又奏曰:"臣生长山林,语言粗疏,伏乞陛下宽贷。"孝宗曰:"不妨这里与长老忘怀论道。"前后赐诸山偈语不为不多,赐佛照者最为尊敬。圣语曰:"大暑流金石,寒风结冻云。梅华香度远,自有一枝春。"⑤

因德光得孝宗皇帝为护法,后又历住育王(淳熙七年)、径山(绍熙四

---

① 释晓莹《云卧纪谭》卷上,《卍续藏》第148册。
② 潜说友《咸淳临安志》卷七〇"人物"一一"宗杲"条,《文渊阁四库全书》本。
③ 释道璨《书赵腾可云萍录》《无文印》卷一〇,《全宋文》第349册,第327页。
④ 收于颐藏主《古尊宿语录》卷四八,《卍续藏》第118册。
⑤ 释道融《丛林盛事》卷下"孝宗遇佛照"条,《卍续藏》第148册。

年),嗣法弟子有秀岩师瑞、浙翁如琰、妙峰之善、无际了派、空叟宗印、少林妙嵩、北礀居简等,在大慧诸弟子中传衍最盛。浙翁如琰下出大川普济、偃溪广闻、介石智朋、弁山阡,妙峰之善下出藏叟善珍、无方安、东叟仲颖,无际了派下出无境彻,北礀居简下出物初大观,薪火相传,大慧法脉赖此数枝绵延入元。

第二节　庵主手段与诸方别:大慧宗杲之禅风与门风

《联灯会要》中记载:"时妙喜庵于洋屿。师之友弥光,与师书云:庵主手段与诸方别,可来少款,如何?"①当时为大慧宗杲之友人、后来成为其入室弟子的晦庵弥光,认为他"手段与诸方别",领悟到了其禅风与门风的与众不同。那么大慧宗杲作为两宋之际的一位宗教领袖,其"手段"究竟有何独特之处呢?

一、饱参遍参

禅林素有"行脚参访"之风,即僧人不满足于拜一人为师,不拘囿于一家一户的学说,而是奔走于江湖,参拜多方善知识,转益多师,寻求契悟。以至于那些多家门下轮转来、又未尝担任住持,且灯录谱系中没有记载的禅僧,因无缘开堂拈香交代自己的嗣法之师,我们无从判断其法系,搞不清楚他究竟是谁的弟子。宋代印刷术的兴起,为各种文献的出版和流行提供了现实可能。传播媒介的这次飞跃,使僧人可以更便捷、广泛地接触和浏览各家学说,"饱参遍参"之风尤浓。宗杲本人即是"饱参遍参"的典型。他十七岁时,"虽在村院,常买诸家语录看,便喜云门睦州说话"②;既落发,担板云门下,又从曹洞诸老

---

① 释悟明《联灯会要》卷一七《福州西禅鼎需禅师》,《卍续藏》第136册。
② 释祖咏《大慧普觉禅师年谱》,吴洪泽编《宋人年谱集目/宋编宋人年谱选刊》,第170页。

宿游。后久依湛堂文准,最后于圆悟克勤座下有省。从他"看话禅"所参的话头来看,亦不局限于杨岐或临济之门户,而是"不分门类,不问云门、临济、曹洞、沩仰、法眼宗,但有正知正见,可以令人悟入者"①,皆参之。宗杲编撰的《正法眼藏》,亦是"决择五家,提掣最正者凡百余人,裒以成帙","四七古锥宗眼,二三老汉家珍,不涉程途,一览具足"②,是当时后学参禅的重要教科书。宗杲以其切身经历和贯通五家的作风,为行走江湖的衲子提供了悟入的方便法门。

尤为引人注目的是,宗杲之"饱参遍参",非限于释氏门下画地为笼,而是"贯串宗乘,出入孔老"③,广泛吸收儒、道等各家思想资源。从哲学史和思想史的角度看,宋代"道冠儒履佛袈裟,和会三家作一家"④;从宗杲个人角度而言,他年幼时曾入乡校"读世间书",接受过良好的启蒙教育,因而各家语要典故常常信口拈来,以"世间书"论"出世法":

《庄子》云:"言而足,终日言而尽道;言而不足,终日言而尽物。道物之极,言默不足以载。非言非默,义有所极。"我也不曾看郭象解并诸家注解,只据我杜撰,说破尔这默然。岂不见孔夫子一日大惊小怪曰:"参乎,吾道一以贯之。"曾子曰:"唯。"尔措大家,才闻个"唯"字,便来这里恶口。却云这一唯,与天地同根、万物一体,致君于尧舜之上,成家立国,出将入相,以至启手足时,不出这一唯,且喜没交涉。殊不知这个道理,便是曾子言而足,孔子言而足。其徒不会,却问曰:"何谓也?"曾子见他理会不得,却向第二头答他话,谓夫子之道不可无言。所以云:

---

① 释宗杲《答张侍郎》,[日] 荒木见悟标点译注《大慧书》卷下,第192页。
② 释圆澄《重刻正法眼藏序》,见释宗杲《正法眼藏》卷首,《卍续藏》第118册。
③ 李日华《题刻大慧禅师正法眼藏》,见释宗杲《正法眼藏》卷首,《卍续藏》第118册。
④ 释晓莹《云卧纪谭》卷下"佛印谒王荆公"条,《卍续藏》第148册。

"夫子之道,忠恕而已矣。"要之道与物至极处,不在言语上,不在默然处。①

宗杲的这段语录,多次以《论语》《庄子》等儒、道经典来"注我"。有学者谓宋代禅僧存在着向强大的中国传统文化,尤其是占据主流意识形态的儒家文化妥协与调和,进而抱残守缺的倾向②。这种观点可能忽略了宋代禅僧由于学兼内外,对各种思想资源进行思索融会,及至最终开悟、了脱生死的那一瞬间带给心灵的强烈震颤。另一方面,宗杲毫不避讳地引用诸家外典阐扬佛理,显示了一种宽容和开放的文化心态。由此反观他对"默照禅"的排斥与抨击,并非出于狭隘的门户之见,而是真真切切的痛心疾首、大声疾呼。"饱参遍参"的切身经历、宽容开放的宗教心态、和会诸家并集其大成,对丛林衲子无疑具有较强的吸引力。

二、看话禅

宗杲一生,大倡"看话禅",即通过看"话头"来达到开悟的目的。话头不等同于公案,是公案中的答话部分,如"(狗子)无(佛性)"、"麻三斤"、"东山水上行"、"庭前柏树子"之类,因而"看话禅"与"公案禅"有区别。宗杲带领学者最常看的话头是"(狗子)无(佛性)"。对看话禅的具体修习方法,宗杲作了如下说明:

> 看时不用抟量,不用注解,不用要得分晓,不用向开口处承

---

① 释蕴闻编《大慧普觉禅师语录》卷一七,《大正藏》第47册。
② 例如方立天《中国佛教文化》(中国人民大学出版社,2006年):"宋元明清时代,佛教某些宗派虽然也一度中兴,但总的趋势是花开花落,每况愈下了。在这个漫长的历史阶段中,佛教某些哲学思想也被理学(新儒学)所吸取,而显得黯然失色,失去独立存在的价值。一些重要的佛教学者为了图求佛教的生存,就更加注重调和中国传统思想,直接匍匐在强大的儒家思想下面,抱残守缺。"

当,不用向举起处作道理,不用堕在空寂处,不用将心等悟,不用向宗师说处领略,不用掉在无事甲里,但行住坐卧,时时提撕。①

才觉思量尘劳事时,不用着力排遣,只就思量处,轻轻拨转话头。省无限力,亦得无限力。请公只如此崖将去。莫存心等悟,忽地自悟去。②

概括而言,即"夫读书不求文义,玩索都无意见,此正近年释氏所谓看话头者"③。宗杲就是要学人摒除概念、分析、理性等逻辑思维,代之以直觉体验,不思量、不计较,扫除情识见解。公案须"参",话头当"看",两个动词的细微区别也正好反映了"公案禅"与"看话禅"的根本差异。心理学领域精神分析学派有所谓的"意象对话",即当人们看到一些外在的物象时,不通过理性、言语的方式对它进行分析,而是用情感、直觉直接接触它,在潜意识层面与它进行对话。这种对话无法通过语言来表达,但是它会通过潜意识潜移默化地进行,从而对人的心理层面发挥作用,这种作用同样也是只能意会而不可言传。宗杲的看话禅与"意象对话"十分类似。参禅者开悟的前提条件是起疑情,而话头相当于"意象",一般都比较简洁,大多是寥寥数字,从逻辑上来说往往让人觉得不知所云。但如果听凭于直觉和潜意识,往往会从"疑"雾中获得非常个人化的宗教体验,用禅宗的话来讲就是"如人饮水,冷暖自知",大疑而大悟,最终达到"成佛"的目的:

千疑万疑,只是一疑。话头上疑破,则千疑万疑一时破。话头不破,则且就上面与之厮崖。若弃了话头,却去别文字上起疑、经教上起疑、古人公案上起疑、日用尘劳中起疑,皆是邪魔眷

---

① 释宗杲《示吕机宜》,释蕴闻编《大慧普觉禅师语录》卷二一,《大正藏》第47册。
② 释宗杲《答赵待制》,[日]荒木见悟标点译注《大慧书》卷上,第75—76页。
③ 朱熹《答许生》,《晦庵集》卷六〇,《四部丛刊》本。

> 属。第一不得向举起处承当,又不得思量卜度。但着意就不可思量处思量,心无所之,老鼠入牛角,便见倒断也。又方寸若闹,但只举"狗子无佛性"话。佛语祖语诸方老宿语,千差万别,若透得个"无"字,一时透过,不着问人。①

朱子言其"不求文义",实际上是指不求逻辑、不纠缠概念、不执着于只言片语,而直取机锋妙用,即所谓的"击石火闪电光"。"明心见性,顿悟成佛"是慧能南宗禅法的根本要旨。而人的"根"有利钝之分,达到"顿悟"的途径也是不同的。陈师道认为,看话禅是针对"钝根"的修习方法:

> 唐人根利,一闻千悟,故大梅才得祖一言,入山坐庵。诸老之门既悟,亦曰得坐披衣,向后自看,不复学也。今人根钝,闻一知一,故雪窦以古人初悟之语为学者入道之门,谓之因缘,退而体究,谓之看话,盖无言下悟理之质矣。②

这实际上是一条"因语入义"的参禅途径,这种"义"是直觉的、体验的、个人的、无法言说的。宗杲尝曰:"依于义不依语,依了义经不依不了义经。佛只说因语入义,不说因义入语。禅家千差万别,种种言句亦如是。"③因为话头都是现成的、具体的,所以看话禅相较于宗杲大力抨击的蒲团面壁、穷思默究的"默照禅",少了几分虚妄、多了几分真实,少了几分抽象、多了几分具体:

> 杂念起时但举话头,盖话头如大火聚,不容蚊蚋蝼蚁所泊。

---

① 释宗杲《答吕舍人》,[日]荒木见悟标点译注《大慧书》卷下,第 127 页。
② 陈师道《后山谈丛》卷二,李伟国校点,上海古籍出版社,1989 年,第 14 页。
③ 释蕴闻编《大慧普觉禅师语录》卷二〇,《大正藏》第 47 册。

> 举来举去，日月浸久，忽然心无所之，不觉㘞地一发，当恁么时，生也不着问人，死也不着问人，不生不死底也不着问人，作如是说者也不着问人，受如是说者也不着问人。如人吃饭，吃到饱足处，自不生思食想矣。①

在他看来，看话禅的修习就"如人吃饭"般平常自然，人人可为。"看话"是宗杲禅法的方法论层面，其目标指向是"妙悟"。禅宗修行的根本目的是使自己"成佛"，而不是成为学问高深的佛学理论家。一个禅僧佛学理论修养再高，而无常迅速、死生事大，若自家的"本命元辰"依旧不知落处，这些理论不是自家悟得，终究只如隔靴搔痒，没有任何意义，所以宗杲提倡"妙悟"，"妙悟"是其佛学理论的一个核心概念。"妙悟"就是要"自证自悟"、"亲证亲悟"，从而达到"无念为宗，无相为体，无住为本"的境界：

> 种种变化，成就一切法，毁坏一切法。七颠八倒，皆不出此无所了心。正当恁么时，不是如来禅，不是祖师禅，不是心性禅，不是默照禅，不是棒喝禅，不是寂灭禅，不是过头禅，不是教外别传底禅，不是五家宗派禅，不是妙喜老汉杜撰底禅。既非如上所说底禅，毕竟是个甚么？到这里莫道别人理会不得，妙喜老汉亦自理会不得，真如道人请自看取。②

试想，既不需要净室焚香，也不需要羸形苦修，甚至连净土宗那样念诵"南无阿弥陀佛"佛号都不需要，只要在日常的行住坐卧、应机接物之中时时提撕话头纯熟，便可一悟而成佛，怎么不让人神往呢？总而

---

① 释宗杲《示罗知县》，释蕴闻编《大慧普觉禅师语录》卷二〇，《大正藏》第 47 册。
② 释宗杲《示真如道人》，释蕴闻编《大慧普觉禅师语录》卷二〇，《大正藏》第 47 册。

言之,看话禅无疑是一种直观、简捷的参禅法门。

三、对文字禅和默照禅的批判

宗杲鼓唱"看话禅"的同时,对当时丛林的弊病也有着较深切的认识。他不无痛心地说:"近代佛法可伤。邪师说法,如恒河沙,各立门风,各说奇特,逐旋捏合,疑误后昆,不可胜数。参禅者既不具择法眼,为师者又道眼不明,以至如是。"①他对诸种"邪师门风"有过这样的总结:

> 今时学道人,不问僧俗,皆有二种大病。一种多学言句,于言句中作奇特想。一种不能见月亡指,于言句悟入,而闻说佛法禅道不在言句上,便尽拨弃,一向闭眉合眼,做死模样,谓之静坐观心默照。②

概括而言,宗杲主要是抨击宋代以来禅林日渐流行的文字化倾向(文字禅)和静观倾向(默照禅)。宋代禅林中灯录僧史的编撰、颂古拈古的创作、公案语录的修纂、笔记杂著的书写等已经蔚然成风,而惠洪倡"文字禅"尤力,热衷于舞文弄墨,实堪视为禅宗文字化进程中的一大关结。他甚至常为"绮美不忘情之语"③,创作了很多香艳性感的诗文。这是一种"绕路说禅"的言语方式,与南宗禅"不立文字,直指人心"的宗旨是南辕北辙的。宗杲的老师圆悟克勤"老婆心切"作《碧岩录》,以雪窦重显《颂古百则》为基础,加以评唱、著语,被禅林很多学人奉为圭臬,然而"至道实乎无言,宗师垂慈救弊。傥如是见,方知彻

---

① 释蕴闻编《大慧普觉禅师语录》卷一四,《大正藏》第47册。
② 释宗杲《示真如道人》,释蕴闻编《大慧普觉禅师语录》卷二〇,《大正藏》第47册。
③ 释惠洪《题自诗与隆上人》,《石门文字禅》卷二六,《四部丛刊》本。

底老婆;其或泥句沉言,未免灭佛种族",①宗杲亦毫不留情地将其刻板付之丙丁。宗杲认为禅宗就是要以心传心,而知见言辞会妨碍正道:"天下老和尚各各以心传心,相续不断,若不识其要妙,一向溺于知见,驰骋言词,正法眼藏流布岂到今日?"②不过,从实际情况来看,宗杲生前对惠洪甚为尊重,多次请他作序;并常为文字之乐,留下了大量偈颂等文字作品;也常以文学水平之高下来评价和选拔后学,等等,同样也有很重的"文字禅"倾向。即使是提倡静坐默照的宏智正觉,现存《宏智禅师广录》中所收的偈颂、拈古、箴铭、赞等文学作品,为数也不少。宗杲所持的论调似乎与自己的实际情况自相矛盾,有"掩耳盗铃"之嫌。实际上文字化已经成为当时禅林的普遍潮流,但它带来的弊病也显而易见:禅僧沉溺于笔墨,以佛禅为余事;娴于文字、理论的条分缕析,而灵魂依旧无着落处;彼此互争高下,起贪欲和执着之心;作丽辞艳语,与出家人的身份相违背,等等。因此宗杲反对"文字禅",并非否定它本身,而主要是担忧它发展过头之后可能造成的恶果。

后者"不能见月亡指,于言句悟入"以曹洞宗宏智正觉为代表,提倡息心默坐,即所谓的"默默忘言,昭昭现前。鉴时廓尔,体处灵然。灵然独照,照中还妙"③。宏智正觉的追随者甚众,"道法寖盛于江淮,大被于吴越。经行所暨,都邑为倾。一时名胜之流争趋之,如不及也"④。虽然宗杲与正觉私人交情不错,时有酬酢往来,正觉还曾为宗杲筹措僧粮,宗杲也曾为正觉置办后事,但他终其一生对"默照禅"的攻击不遗余力,屡屡斥之为"杜撰禅"、"邪禅"、"枯禅"等,正觉也时常被他讥为"杜撰长老"、"邪师"、"瞎眼汉":

---

① 释普照《佛果圆悟禅师碧岩录序》,《佛果圆悟禅师碧岩录》卷首附,《大正藏》第48册。
② 释蕴闻编《大慧普觉禅师语录》卷一,《大正藏》第47册。
③ 释正觉《默照铭》,释集成等编《宏智禅师广录》卷八,《大正藏》第48册。
④ 冯温舒《天童觉和尚小参语录序》,同上书,卷五。

> 杜撰长老辈,教左右静坐等作佛,岂非虚妄之本乎？又言静处无失、闹处有失,岂非坏世间相而求实相乎？若如此修行,如何契得懒融所谓"今说无心处,不与有心殊"？①
>
> 而今默照邪师辈,只以无言无说为极则,唤作威音那畔事,亦唤作空劫已前事,不信有悟门,以悟为诳,以悟为第二头,以悟为方便语,以悟为接引之词。②

宗杲对默照禅的批判,主要而言一是认为默照禅的修习是先定而后慧,忽视自心自性的发明,有违"定慧不二"的南宗禅之旨,从而难以达到真正的"妙悟";二是认为终日默坐参禅妨碍了"世间相",有悖于"平常心是道"、"不坏世间相而谈实相",即后来他的弟子佛照德光所谓"明镜当台,物来斯照"观念③。当年南岳怀让以"磨砖既不成镜,坐禅岂得作佛"教育马祖道一,静观之风在宋代的复苏,固然有对达摩"壁观禅"的继承,但更多是宋人"转向内在"的一大产物。

宗杲对当时丛林的批判,主要是针对由唐代的农禅逐渐转向宋代的士大夫禅后相随而生的某些弊病而言的。唐代禅僧,大多是农民出身,大字不识,文化水平低下。六祖慧能就反复公开号称自己目不识丁,从而吸引了大批真正目不识丁的学员。主张"顿悟"、"见性成佛"、"运水搬柴,无非妙道"的南宗禅战胜"渐修"、"拂尘看净"的北宗禅成为禅门正宗,除了受一些外在因素影响外,正是当时之形势所趋。试想,在僧人混迹托身于渔夫猎人队伍或"一日不作,一日不食"的农禅时代,文字禅、壁观禅怎么可能有广阔的市场？宋代则不然。不少禅僧在出家前受过良好的学校启蒙教育,饕餮于经史,沉潜乎翰藻。太祖朝确立的"试经"制度,又从客观上催化了僧人文化水平的

---

① 释宗杲《答刘通判 第一书》,[日]荒木见悟标点译注《大慧书》卷上,第94页。
② 释宗杲《答宗直阁》,同上书,卷下,第156页。
③ 《佛照禅师奏对录》,颐藏主编《古尊宿语录》卷四八,《卍续藏》第68册。

提高。士大夫与禅僧之间也越来越频繁地发生关系,常以诗文相酬。加之宋人内敛沉静的文化心态,种种因缘,使得宋代学禅者更容易浸淫于文字和静坐默思。这两种禅法本身未必不好,但发展过度之后很容易走向反面:理论修养、逻辑思维、表达能力越来越好,而与之相对的情感、体验、直觉等却受到障蔽,而后者正是"成佛"所必需的。宗杲以十分理性和冷静的精神审视两宋禅林,这是值得称道的。

四、不拘一格的教育方式

《人天眼目》对临济宗风作了如此概括:"临济宗者,大机大用,脱罗笼出窠臼,虎骤龙奔,星驰电激,转天关斡地轴,负冲天意气,用格外提持,卷舒擒纵,杀活自在。"①宗杲可谓是临济宗的最佳代言人。宗杲禅风,机锋峻烈,往来问答之间,迅疾急迫,步步紧逼,不漏一丝缝罅,置之绝处而使重生,"以竹篦应机施设,电闪星飞,不容拟议,丛林活然归重"②。这种峻烈禅风在其语录中也有较明显的反映,将在第三章第一节中作具体讨论。在语言风格上,不假玄妙奇特,不避鄙俚浅俗,而以平白如水的日常语言娓娓说来,指引学者自证自悟。这种日常化的、总体上呈白话性质的语录,对后世影响很大,试举二例:

> 如今人不曾亲证亲悟,只管百般计较。明日要升座,一夜睡不着。这个册子上记得两句,那个册子上记得两句。斗斗凑凑,说得一片,如华似锦。被明眼人冷地觑见,只成一场笑具。③
>
> 杜撰长老辈,既自无所证,便逐旋捏合,虽教他人歇,渠自心火熠熠,昼夜不停,如缺二税百姓相似。④

---

① 释智昭《人天眼目》卷二,《大正藏》第 48 册。
② 释祖琇《僧宝正续传》卷六"径山杲禅师",《卍续藏》第 137 册。
③ 释蕴闻编《大慧普觉禅师语录》卷一三,《大正藏》第 47 册。
④ 释宗杲《答刘宝学》,[日] 荒木见悟标点译注《大慧书》卷上,第 87 页。

大慧说禅论道,平易幽默如此。

除了语言问答外,他还常常采用棒喝的方式启发学者,并且根据学者的具体情况,"据学人问处,信口便说,更无滞碍,自然如风吹水"①。正如其弟子晦庵弥光所言"庵主手段与诸方别",因其特别善于随机引导、因材施教,所以在他门下开悟得度的弟子很多。从这个意义上说,宗杲也是禅林的一位伟大教育家。《嘉泰普灯录》载:

> (玉泉昙懿禅师)尝久依圆悟,自谓不疑。绍兴初,出住兴化祥云,法席颇盛。大慧入闽,知其所见未谛,致书令来。师迟迟。慧小参,且痛斥,仍榜告四众。师不得已,破夏谒之。慧鞠其所证,既而曰:"汝恁么见解,敢嗣圆悟老人耶?"师退院亲之。一日入室,慧问:"我要个不会禅底做国师。"师云:"我做得国师去也。"慧喝出。居无何,语之曰:"香严悟处不在击竹边,俱胝得处不在指头上。"师乃顿明。后住玉泉,为慧拈香。②

大慧开发学人,机智警猛如此。

最后,大慧法门之隆盛,也是他自觉努力的结果。一方面,宗杲有意识地发掘和培养优秀人才,时人有载:

> 有彻白头者,三衢人,与恭同出宏智门。操履孤洁,不与世接。尝典宾于太白。妙喜见大俊敏,私喜之,以计诱其过玉几。彻秉志不渝,竟依老天童。③
>
> 空东山,福人。初见草堂清,后见妙喜。喜见其姿气超卓,

---

① 释蕴闻编《大慧普觉禅师语录》卷一三,《大正藏》第 47 册。
② 释正受《嘉泰普灯录》卷一八"福州玉泉昙懿禅师",《卍续藏》第 137 册。
③ 释道融《丛林盛事》卷下"石窗恭"条,《卍续藏》第 148 册。

意欲罗笼至。①

对此道融赞叹说:"观夫前辈之汲引后进,唯是公论,初无宗党之分耳。"②大慧突破门户之见,以才取人,这是十分难能的。另一方面,大慧门人多善交游,有意识地寻求并借助朝廷和士大夫的力量外护宗教,"只欲袒肩担佛法",尤以宗杲和德光为典型。这从他们的语录和给士大夫的书信就可以很明显地看出来。

宗杲之追随者李邴曰:"师于临济为十二代孙,其道大故其摄者众,其门峻故其登者难,其旨的故其悟者亲,其论高故其听者惊且疑。"③可谓是对大慧禅风与门风最贴切的概括。大慧一脉,传衍繁盛,又多善诗文,一个特殊的文学群体正在形成,一个崭新的文学时代即将到来。

---

① 释道融《丛林盛事》卷下"空东山"条,《卍续藏》第 148 册。
② 同上书,卷上"鉴咦庵"条。
③ 释祖咏《大慧普觉禅师年谱》,《宋人年谱集目/宋编宋人年谱选刊》,第 184 页。

第二章
大慧派禅僧著述与南宋"五山文学"之开端

大慧法脉，南宋一朝传衍特盛，于禅宗各家中尤为夺目。大慧派禅僧，多有风骚之尚，是为南宋"五山文学"之发端。他们的创作主要有诗歌、散文、骈文、笔记、语录、杂著等几类，体裁十分广泛。与士大夫文学相比，除了词数量相对较少外，其他体裁几乎都涵盖了，而且他们的文字水平较之士大夫未必为亚流。本章将先考证他们的著作情况，再对其总体面貌作一概览。

第一节 大慧派禅僧著述考

大慧派禅僧多雅好文墨，其作品可考者，南宋一朝有110余人。限于篇幅，本节仅选取其中若干人对其著述进行粗浅的考察。选择的对象，或其作品数量较多（《全宋诗》《全宋诗订补》《宋代禅僧诗辑考》录诗30首以上，或《全宋文》录文10篇以上，或有诗文集、语录、笔记等著作），或其在宗门内影响重大、于法脉传承贡献殊甚者。编排以法系为序，先简述禅僧生平，次考其著作情况[1]，庶几可窥斑而知

---

[1] 法系、生平与著述之考辨，于［日］石井修道《中国の五山十刹制度の基礎的研究（三）》（《駒沢大学仏教学部論集》第15号，1984年），李国玲《宋僧录》（线装书局，2001年）、《宋僧著述考》（四川大学出版社，2007年），朱刚、陈珏《宋代禅僧诗辑考》（复旦大学出版社，2012年）等论著多有参考，以下不一一出注。

豹,使我们对大慧派僧人之文学创作获得最初步的印象。

需要说明的是,一位禅僧之诗风、文风与其所属宗派、法系并无直接和必然之联系。同一宗门内,甚至同一禅师座下,文学趋尚往往千人千面,各领风骚。尤其是宋代禅林"饱参遍参"习气甚浓,不少禅僧曾得多家宗师锤炼,若以某个禅僧所属宗派之作风简单机械地套用于其诗文创作之概括上,则未免牵强和笼统。本节以分派的方式考辨他们的著述和讨论他们的诗风文风,仅是为便于探讨之权宜之计。

一、大慧宗杲及其弟子

(一) 大慧宗杲(1089—1163),宣州宁国奚氏子。张商英名其庵曰妙喜,字之曰昙晦。钦宗赐号佛日,孝宗赐号大慧,赐谥普觉。临济宗大慧派始祖。住云门、洋屿、育王,两住径山。法系:杨岐方会——白云守端——五祖法演——圆悟克勤——大慧宗杲。

1.《大慧语录》

(1) 四卷。《直斋书录解题》著录,道谦录,张浚撰《序》。另居简有《侃都寺重开大慧语录疏》①;大观有《送潗维那刊大慧语录序》②,谓其板存于径山,淳祐壬寅为丙丁所夺,故而募资重开。可见该语录在南宋至少有过两次刊刻。今佚。

(2) 五卷。黄文昌编。《宋史·艺文志》著录。今佚。

2.《大慧普觉禅师语录》

三十卷。蕴闻编。今《大正藏》第47册收录。卷首有蕴闻《进大慧禅师语录奏札》、德潜《题词》,卷末附蕴闻《谢降赐大慧禅师语录入藏奏札》。乾道八年(1172)入大藏流行。卷一至九为说法语录,卷一〇为颂古,卷一一至一二为偈颂赞,卷一三至一八为普说,卷一九至

---

① 释居简《侃都寺重开大慧语录疏》,《北磵文集》卷九,《全宋文》第299册,第100页。
② 释大观《送潗维那刊大慧语录序》,《物初賸语》卷一三,《珍本宋集五种——日藏宋僧诗文集整理研究》(下),第770页。

二四为法语,卷二五至三〇为书信。

3.《大慧广录》

三十卷。道融《丛林盛事》云:"(遯庵宗演)与最庵印、同庵珪,裒集《大慧广录》三十卷。"①今未见。

4.《普觉宗杲禅师语录》

二卷。法宏、道谦编。今《卍续藏》第 121 册收录。卷首有祖庆淳熙五年(1178)撰《序》,卷下开头有李邴绍兴十一年(1141)撰《跋》,卷末有祖庆绍熙元年(1190)撰《跋》:"大慧先师,以无量三昧辩才秉佛慧炬,洞烛人心。承学之徒,随说抄录,散落诸方。末后最庵道印法兄裒次编正,总为一集,名曰《广录》。"据祖庆所叙编者情况及著作名称,可知该《跋》实为《大慧广录》所作。

5.《正法眼藏》

三卷。《嘉泰普灯录》卷一五著录。王质撰《序》②,楼钥撰《跋》③。今有万历四十四年(1616)徐弘泽刻本(北京大学图书馆藏)。《卍续藏》第 118 册收录,卷首附宗杲《答张子韶侍郎书》、圆澄《重刻正法眼藏序》、李日华《题刻大慧禅师正法眼藏》。

6.《宗门武库》

一卷。道谦编。今有明洪武十二年(1379)刻本(国家图书馆藏)。《大正藏》《卍续藏》收录,均为一卷凡 121 则,仅个别文字有小异。《卍续藏》本卷首有李泳撰《序》。

7.《禅宗杂毒海》

晓莹《云卧庵主书》曰:

(宗杲)在衡阳见一道者写册,取而读,则曰:"其间亦有我说

---

① 释道融《丛林盛事》卷下"遯庵演"条,《卍续藏》第 148 册。
② 王质《大慧禅师正法眼藏序》,《雪山集》卷五,《文渊阁四库全书》本。
③ 楼钥《跋正法眼藏》,《攻媿集》卷八一,《文渊阁四库全书》本。

话,何得名为《武库》?"遂曰:"今后得暇说百件,与丛林结缘,而易其名。"未几,移梅阳。至癸酉夏,宏首座以前语伸请,于是闲坐间有说,则宏录之。自"大吕申公执政",至"保宁勇禅师四明人",乃五十五段而罢兴。时福州礼兄亦与编次。宏遂以老师洋屿众寮榜其门有"兄弟参禅不得,多是杂毒入心"之语,取禀而立为《杂毒海》。①

由晓莹所记,可见《禅宗杂毒海》与《宗门武库》之性质、体例相似,共有55则,今未见。其在流传过程中有数次增删,规模较大者有龙山仲猷、恕中无愠、南涧行悦等。今《卍续藏》收录清代性音重集八卷本,内容为诸禅师偈颂,与大慧《杂毒海》之本来面目恐已相远。

8.《大慧法语》

(1) 三十卷本。《咸淳临安志》载:"其徒纂法语前后集三十卷,浚为序。淳熙初,诏随大藏流行。"②从"前后集"、"浚为序"、"淳熙初,诏随大藏流行"等特征来看,其所指并非三十卷本《大慧普觉禅师语录》,而是专指单独的法语。今未见。

(2) 六卷本。《大慧普觉禅师语录》卷一九至二四收录(《大正藏》第47册)。

师范有《跋大慧法语》③。

9.《大慧普觉禅师书》

(1) 二卷本。清《善本书室藏书志》著录,慧然录,净智居士黄文昌重编。今有元刻本(国家图书馆藏),日本有五山版(御茶之水图书馆藏)。荒木见悟有标点译注本《大慧书》,卷末附黄文昌撰《后序》。

(2) 六卷本。今见《大慧普觉禅师语录》卷二五至卷三〇(《大正

---

① 释晓莹《云卧庵主书》,《云卧纪谭》卷末附,《卍续藏》第148册。
② 潜说友《咸淳临安志》卷七一,《文渊阁四库全书》本。
③ 释师范《跋大慧法语》,《无准师范禅师语录》卷五,《卍续藏》第121册。

藏》第 47 册)。

比对二卷本与六卷本,内容、次序均一致,仅个别文字偶有出入。

10.《禅林宝训》

(1) 二卷本。明《万卷堂书目》著录,宗杲、士珪共集,淳熙间净善重集。今有明刻本(上海图书馆藏)。

(2) 四卷本。清《千顷堂书目》著录。今《大正藏》《嘉兴藏》《中华大藏经》收录,卷首有净善撰《序》。据净善《序》,原本已首尾不全,净善于后来语录、传记等书中仅辑得 50 余篇,余者皆为其新集。

11.《大慧集钞》

十卷。李贽批点,今有明万历四十二年(1596)刻《李卓吾先生批点大慧集钞》(吉林大学图书馆藏)。

按,李国玲《宋僧著述考》据民国张寿镛辑《四明宋僧诗》谓"杲著有《指源集》"而将《指源集》归入宗杲名下[①],误。南宋僧志磐《佛祖统纪》载《指源集》乃天台僧如杲所撰,至民国《杭州府志》《四明宋僧诗》,始目为宗杲之作,当讹。

宗杲诗,《全宋诗》帙为五卷,《宋代禅僧诗辑考》续辑五十一首。按,"处处真处处真,尘尘尽是本来人。真实说时声不现,正体堂堂没却身"一首,《全宋诗》(第 19367 页)误收于宗杲名下,当是前人语句。"清净慈门刹尘数,共生如来一妙相。一一诸相莫不然,是故见者无厌足"一首,《全宋诗》(第 19377 页)误收于宗杲名下,乃《华严经》中语。宗杲文,《全宋文》录十五卷,其中偈、赞与《全宋诗》所录重复。

(二) 云卧晓莹,洪州人。字仲温,号云卧庵主,丛林常称"莹仲温"、"仲温莹"。尝掌大慧记室,大慧以竹篦付之。庵于罗湖,杜

---

① 李国玲《宋僧著述考》,第 423 页。

门却扫,不与世接。学博而赡,善为文章。法系:大慧宗杲——云卧晓莹。

1.《罗湖野录》

(1) 一卷本。今有明刻《唐宋丛书九十种》本(南京图书馆、武汉大学图书馆等藏)、明刻《唐宋丛书八十八种》本(首都图书馆、湖南省图书馆等藏)、《说郛》本(复旦大学图书馆、上海图书馆等藏)。

(2) 二卷本。今有明抄本(河南省图书馆藏)、清光绪刻朱印本(上海图书馆藏)。《卍续藏》第 142 册收录,卷首有晓莹《自序》,卷末有妙总撰《跋》。

(3) 四卷本。今有明万历刻《宝颜堂续秘笈五十种》本(复旦大学图书馆、北京图书馆等藏)、《文渊阁四库全书》本、《丛书集成初编》本,卷首《序》、卷末《跋》同二卷本。

2.《云卧纪谭》(《感山云卧纪谭》)

二卷。今日本有贞和二年(1346)刊本(东北大学图书馆藏)、宽永年间覆刻本(东洋文库藏)等。《卍续藏》第 148 册收录,卷首有晓莹《自序》,卷末附晓莹《云卧庵主书》。

《全宋诗》录其诗一首,《宋代禅僧诗辑考》续辑六首。《全宋文》录其文三:《与径山遯庵无言首座禅师书》《云卧纪谈自叙》《罗湖野录叙》。按,《续灯存稿》卷一《吉州青原信庵唯裎禅师》谓唯裎示寂后"罗湖莹仲温状其行",可知晓莹撰有唯裎禅师之行状,今佚。另晓莹曾任书记之职,其所撰当有大量应用文书,今亦不见。

(三) 祖咏,南宋大慧派僧。尝住越之兴善。法系:大慧宗杲——祖咏。

《大慧普觉禅师年谱》

祖咏编,宗演增订。今有宋宝祐元年(1253)径山明月堂刊本(国家图书馆藏),卷首有张抡撰《序》,卷末有宗演撰《跋》。《嘉兴藏》《中华大藏经》收录。

(四) 懒庵鼎需(1092—1153),福州林氏子。自号懒庵。住福州西禅。法系:大慧宗杲——懒庵鼎需。

《懒庵需禅师语》

一卷。有上堂语录、小参、法语、室中机缘、颂古。收于《续古尊宿语要》卷五。

《全宋诗》录其诗一卷,《全宋诗订补》补一首,《宋代禅僧诗辑考》续补二首。

(五) 卍庵道颜(1094—1164),潼川鲜于氏子。号卍庵。曾住下山、荐福、报恩、白杨、东林。法系:大慧宗杲——卍庵道颜。

《卍庵法语》

约三百言。陆游撰有《跋卍庵语》[①],居简撰有《跋卍庵法语》[②]。大慧长书、佛眼普说、卍庵法语,时号"天下三绝"。今佚。

《全宋诗》录其诗两卷,其中卷一八二四之颂古 110 首为龙翔士珪所作,误归道颜名下。《宋代禅僧诗辑考》续辑四首。《全宋文》录其赞三首,与《全宋诗》所录重复。

(六) 竹原宗元(1100—1176),建宁府连氏子。号竹原庵主。得法后归旧里结茅,号众妙园,高卧不出。法系:大慧宗杲——竹原宗元。

《竹原元庵主语》

一卷。《续古尊宿语要》卷五收录。

《全宋诗》录其诗三首。

---

① 陆游《跋卍庵语》,《渭南文集》卷二六,《四部丛刊》本。
② 释居简《跋卍庵法语》,《北磵文集》卷七,《全宋文》第 298 册,第 275 页。

（七）蒙庵思岳，江州人。号蒙庵。住鼓山、东禅。法系：大慧宗杲——蒙庵思岳。

《东禅蒙庵岳和尚语》

一卷。《续古尊宿语要》卷五收录。

《全宋诗》录其诗十八首。

（八）无著妙总，苏颂女孙，适毗陵许氏，年三十许落发。大慧号之曰无著。住平江资寿。机锋锐利，大慧尤赏之。法系：大慧宗杲——无著妙总。

《全宋诗》录其诗四首，《宋代禅僧诗辑考》续辑四十首，《全宋文》无其人。妙总有《罗湖野录跋》①，《全宋文》失收。

（九）遯庵宗演，福州郑氏子。号遯庵。住常州华藏。《大慧广录》三十卷本编者之一。法系：大慧宗杲——遯庵宗演。

《遯庵演和尚语》

一卷。有上堂、小参、偈颂。《续古尊宿语要》卷五收录。

《全宋诗》录其诗一卷，《宋代禅僧诗辑考》续辑二首。《全宋文》录其文二：《丛林盛事跋》《大慧先师年谱跋》。

（十）此庵守净，福州人。号此庵。住福州西禅。法系：大慧宗杲——此庵守净。

《此庵净禅师语》

一卷。有上堂语录、颂古。张九成撰《序》。《续古尊宿语要》卷五收录。

《全宋诗》录其诗三十三首。

---

① 释妙总《罗湖野录跋》，释晓莹《罗湖野录》卷末附，《卍续藏》第142册。

(十一) 谁庵了演,福州人。号谁庵。历住龙翔、兴教、崇先、灵隐。法系:大慧宗杲——谁庵了演。

《谁庵演禅师语》

一卷。有上堂语录、颂古。《续古尊宿语要》卷五收录。

《全宋诗》录其诗二十八首,《宋代禅僧诗辑考》续辑四首。

(十二) 晦庵弥光(?—1155),闽之李氏子。号晦庵,大慧称之为"禅状元"。住泉州教忠。法系:大慧宗杲——晦庵弥光。

《龟山晦庵光状元和尚语》

一卷。《续古尊宿语要》卷五收录。

《全宋诗》录其诗九首,《宋代禅僧诗辑考》续辑一首。

(十三) 佛照德光(1121—1203),临江彭氏子。自号拙庵,孝宗赐号佛照禅师。曾住台州鸿福、光孝,以及灵隐、径山,两住育王。谥普慧宗觉,塔曰圆鉴。周必大撰《圆鉴塔铭》①。法系:大慧宗杲——佛照德光。

1.《佛照光和尚语》

一卷。有上堂、小参、拈古、赞、偈颂。《续古尊宿语要》卷五收录。

2.《佛照禅师奏对录》

一卷。乃佛照与孝宗问答机缘。《古尊宿语录》卷四八收录。

3.《佛照禅师语录》

五卷。陆游庆元三年撰《佛照禅师语录序》曰:"(佛照)晚庵居阿育王山中,其徒相与尽裒五会所说法,凡数万言,为五卷,遣侍者正球走山阴泽中,请某作序。"②上述《续古尊宿语要》所收《佛照光和尚语》

---

① 周必大《圆鉴塔铭》,《文忠集》卷八〇,《文渊阁四库全书》本。
② 陆游《佛照禅师语录序》,《渭南文集》卷一四,《四部丛刊》本。

凡约四千言,与陆游所述"数万言"出入较大,当在《佛照光和尚语》外另有语录。今佚。

《全宋诗》录其诗三十七首,《宋代禅僧诗辑考》续辑五首。《全宋文》录其文四。

(十四) 无用净全(1137—1207),越州诸暨翁氏子。自号无用。历住狼山、承天、广教、保宁、天童。钱象祖撰《天童无用净全禅师塔铭》①。法系:大慧宗杲——无用净全。

《无用净全禅师语录》

陆游撰有《天童无用禅师语录序》②,楼钥撰有《书全无用语录》③。今佚。

《全宋诗》录诗七首,《宋代禅僧诗辑考》续辑二首。

(十五) 橘洲宝昙(1129—1197),号橘洲。其法系颇有争议,可能原为杨岐派僧人,嗣法华藏安民;出川后,或有趋炎改嗣之举,转嗣大慧宗杲④。此处姑列于大慧派之下。

1.《大光明藏》

三卷。《枯崖和尚漫录》卷上著录。今日本有应永七年(1400)刊本(东洋文库藏)、庆安四年(1651)中野五郎左卫门刊本(佐贺县图书馆、国会图书馆藏)。《卍续藏》第137册收录,卷首有史弥远、心月、慧开、绍明撰《序》,卷末有文礼、赵孟頫撰《跋》。

2.《橘洲文集》

十卷。《和刻本汉籍分类目录》著录。今日本有元禄十一年

---

① 钱象祖《天童无用净全禅师塔铭》,《全宋文》第303册,第42—44页。
② 陆游《天童无用禅师语录序》,《渭南文集》卷一五,《四部丛刊》本。
③ 楼钥《书全无用语录》,《攻媿集》卷八一,《文渊阁四库全书》本。
④ 参朱刚、陈珏《宋代禅僧诗辑考》第672页"释宝昙"。

(1698)刊本(内阁文库藏)。卷首有昙观嘉定元年(1208)撰《序》,卷末有无名氏题词。《禅门逸书初编》《续修四库全书》收录。

《全宋诗》录其诗四卷。《全宋文》录其文四卷。

二、大慧派第三代门人

(一) 混源昙密(1120—1188),天台卢氏子。号混源。历住上方、紫箨、鸿福、万年、净慈。法系:大慧宗杲——晦庵弥光——混源昙密。

《混源密和尚语》

一卷。有上堂、颂古。《续古尊宿语要》卷五收录。

《全宋诗》录其诗十五首,《宋代禅僧诗辑考》续辑四首。

(二) 西山亮(1153—1242),全名俟考,梓州税氏子。号西山。住清真、小灵隐。法系:大慧宗杲——遯庵宗演——西山亮。

《西山亮禅师语录》

一卷。觉心、志清编。卷首有文礼撰《序》,卷末附居简撰《塔铭》、道冲撰《跋》、师范撰《跋》。《卍续藏》第121册收录。

《全宋诗》录其诗二十八首。

(三) 空叟宗印,西蜀人。号空叟。历住湖山、崇光、保寿、育王。法系:大慧宗杲——佛照德光——空叟宗印。

《空叟印禅师语》

一卷。《续古尊宿语要》卷五收录。

《全宋诗》录其诗十一首,其小传、作品之错讹情况《宋代禅僧诗辑考》已指出,并续辑七首。

(四) 少林妙崧,建宁浦城徐氏子。嘉定间,赐号佛行禅师并金襕袈裟。历住报本、净慈、灵隐、径山。法系:大慧宗杲——佛照德光——少林妙嵩。

《少林妙嵩禅师语录》

《径山志》载:"佛行少林嵩禅师,建宁人。有《语录》十卷,板厄于火。"①今佚。

《宋代禅僧诗辑考》辑其诗一首。

(五) 退谷义云(1149—1206),福州闽清黄氏子。号退谷。住香山、台州光孝、镇江甘露、平江万寿、长芦、育王、净慈。陆游撰《退谷云禅师塔铭》②。法系:大慧宗杲——佛照德光——退谷义云。

《七会录》

退谷义云语录。陆游《退谷云禅师塔铭》:"学者集师语,为《七会录》,行于世。"今佚。

《宋代禅僧诗辑考》辑其诗四首。

(六) 浙翁如琰(1151—1225),台州周氏子。号浙翁。住蒋山、天童、径山等。法系:大慧宗杲——佛照德光——浙翁如琰。

《全宋诗》录其诗五首,《宋代禅僧诗辑考》续辑六十首。

(七) 率庵梵琮,号率庵。历住庆元府仗锡山延胜禅院、南康军云居山真如禅院。法系:大慧宗杲——佛照德光——率庵梵琮。

《率庵梵琮禅师语录》

一卷。了见、文郁、本空编。《卍续藏》第121册收录。

《外集》

二卷。《率庵梵琮禅师语录》卷末有"更有《外集》二卷,板留东湖

---

① 宋奎光《径山志》卷二,西泠印社,2011年。
② 陆游《退谷云禅师塔铭》,《渭南文集》卷四〇,《四部丛刊》本。

钱堰高路分宅"识语。今佚。

《全宋诗》录其诗一卷,《宋代禅僧诗辑考》续辑四十七首。

(八)朴翁义铦,原名葛天民,字无怀,会稽人。法名义铦,号朴翁,后返初服。法系:大慧宗杲——佛照德光——朴翁义铦。

1.《葛无怀诗》(《葛天民小集》《葛无怀小集》)

一卷,《郡斋读书志》著录。另《江湖小集》卷六七有《葛天民小集》一卷,《两宋名贤小集》卷二八五有《葛无怀小集》一卷,二者所录诗作相同。

2.《不可刹那无此君》

一卷。题下署"宋达磨山沙门义铦述",当是其为比丘时作。今《卍续藏》第101册收录。

3.《朴翁诗集》

《物初賸语》著录。今未见。或即《葛无怀诗》。

4.《朴翁旧稿》

《物初賸语》著录。今未见。

《全宋诗》第51册"葛天民"下录其诗二十五首,又第72册第45297页作身世无考者处理,录诗一首;《宋代禅僧诗辑考》续辑三十二首。《全宋文》"释义铦"下录其文一。

(九)无际了派,历住保安、天童。法系:大慧宗杲——佛照德光——无际了派。

《续灯存稿》卷一"明州天童无际了派禅师"下有其上堂说法语录。

《宋代禅僧诗辑考》辑其诗三十四首。

(十)北磵居简(1164—1246),潼川通泉龙氏子。字敬叟,号北磵,丛林常称"简敬叟"。历住般若、报恩、铁观音、大觉、圆觉、彰教、显庆、崇明、慧日、道场、净慈。事详《北礀禅师行状》①。法系：大慧宗杲——佛照德光——北礀居简。

1.《北礀居简禅师语录》

一卷。大观编。明《国史经籍志》著录。今日本有宋淳祐刊本（内阁文库、宫内厅书陵部藏）。《卍续藏》第121册收录，卷首分别有楼治、心月、普济、刘震孙所撰之《序》。

2.《北礀诗集》

九卷。编者俟考。《文渊阁书目》《和刻本汉籍分类目录》等著录。今有宋刻本（日本御茶之水图书馆藏）、应安七年（1374）覆宋刻本（日本内阁文库藏）、木活字本（静嘉堂文库藏）、清抄本（国家图书馆、上海图书馆藏）。

3.《北礀文集》

十卷。编者俟考。《文渊阁书目》《和刻本汉籍分类目录》等著录。《四库全书总目提要》于之尤多褒赏之辞。今有宋崔尚书宅刻本（国家图书馆存卷一至卷八，日本宫内厅书陵部存卷七至卷一〇）、应安七年（1374）覆宋刻本（日本东洋文库、内阁文库藏）、抄本（静嘉堂文库藏）、五山版（东洋文库藏）。《文渊阁四库全书》收录，卷首有张自明撰《北礀集原序》。

4.《北礀诗文集》

四十卷。大观《北礀禅师行状》著录，当有南宋刻本，今未见。《行状》并未述及其有《诗集》《文集》分刊本，故而诗、文分刊当是后人所为。《诗文集》与《诗集》《文集》之关系俟考。

5.《北礀和尚外集、续集》

各一卷。《书舶庸谈》《和刻本汉籍分类目录》著录，大观编。

---

① 释大观《北礀禅师行状》，《物初賸语》卷二四，《珍本宋集五种——日藏宋僧诗文集整理研究》（下），第984—986页。

今日本有宋淳祐刻本(宫内厅书陵部藏)、应安七年(1374)覆宋刻本(内阁文库藏),其卷首有大观撰《序》,卷末有大观撰《行述》、日僧圆月撰《跋》。

《全宋诗》录其诗十二卷,《全宋诗订补》补辑二首,《宋代禅僧诗辑考》续补二十六首。《全宋文》录其文二十卷,其中铭、赞与《全宋诗》所录重复。

(十一)木庵安永(?—1173),闽县吴氏子。号木庵。住怡山、云门、乾元、黄檗、鼓山。法系:大慧宗杲——懒庵鼎需——木庵安永。

《木庵永和尚语》

一卷。《续古尊宿语要》卷五收录。

《全宋诗》录其诗四十六首,《宋代禅僧诗辑考》续辑二首。

(十二)柏堂南雅,闽人。号柏堂。住紫箨、净社、龙翔。法系:大慧宗杲——懒庵鼎需——柏堂南雅。

《柏堂雅和尚语》

一卷。《续古尊宿语要》卷五收录。

《全宋诗》录其诗十一首,《宋代禅僧诗辑考》续辑一首。

(十三)肯堂彦充,於潜盛氏子。号肯堂。住净慈。法系:大慧宗杲——卍庵道颜——肯堂彦充。

《肯堂语录》

《文渊阁书目》卷四著录。今佚。

《全宋诗》录其诗二首。《宋代禅僧诗辑考》续辑三十首。

(十四)别峰云,全名俟考。兴化人。历住福州支提、莆阳华严。法系:大慧宗杲——此庵守净——别峰云。

《别峰云和尚语》

一卷。《续古尊宿语要》卷六收录。

《全宋诗》录其诗四十二首,《宋代禅僧诗辑考》续辑三首。

(十五)笑翁妙堪(1177—1248),四明慈溪毛氏子。号笑翁。历住妙胜、金文、报恩、虎丘、灵隐、净慈、育王等。大观撰《笑翁禅师行状》①。法系:大慧宗杲——无用净全——笑翁妙堪。

《笑翁和尚语录》

普济《跋笑翁和尚语录》云:"前佛后佛,挝涂毒鼓。笑翁一笑起死,学者如稻麻竹苇。"②妙堪开悟偈为:"大涂毒鼓,轰天震地。转脑回头,横尸万里。"③可知普济所谓"笑翁和尚"即妙堪。今佚。

《全宋诗》录其诗二首,《宋代禅僧诗辑考》续辑三十六首。

(十六)石庵知玿,号石庵。住福州鼓山。法系:大慧宗杲——蒙庵思岳——石庵知玿。

《石庵玿和尚语》

一卷。有上堂、小参。《续古尊宿语要》卷五收录。

《全宋诗》作"释玿",录其诗四十首。

三、大慧派第四代门人

(一)大川普济(1179—1253),明州奉化张氏子。自号大川。历住妙胜、宝陀、岳林、光孝、大慈、兰亭、净慈、灵隐。法系:大慧宗杲——佛照德光——浙翁如琰——大川普济。

---

① 释大观《笑翁禅师行状》,《物初賸语》卷二四,《珍本宋集五种——日藏宋僧诗文集整理研究》(下),第992—996页。
② 释元恺编《大川普济禅师语录》,《卍续藏》第121册。
③ 释圆悟《枯崖漫录》卷一,《卍续藏》第148册。

1.《大川普济禅师语录》

一卷。元恺编。卷末附大观撰《灵隐大川禅师行状》。今《卍续藏》第 121 册收录。

2.《五灯会元》

二十卷。今有宋刻本(国家图书馆藏)、苏渊雷点校本(中华书局,1984 年版),卷首有普济撰《题词》、王楠撰《序》、沈净明撰《跋》;《卍续藏》本(第 138 册收录),卷首又分别有大曦和廷俊撰《重刊五灯会元序》。

《全宋诗》录其诗一卷,《宋代禅僧诗辑考》续辑二十三首。《全宋文》录其文三十五篇,其中赞与《全宋诗》所录重复。

(二)偃溪广闻(1189—1263),侯官林氏子。号偃溪,理宗赐号佛智。历住显应、香山、庆元、雪窦、育王、净慈、灵隐、径山。林希逸有《径山偃溪佛智禅师塔铭》①。法系:大慧宗杲——佛照德光——浙翁如琰——偃溪广闻。

《偃溪广闻禅师语录》(《佛智禅师偃溪和尚语录》)

二卷。元清、净志、普晖等编。卷首有尤焴、汤汉分别撰《序》,卷末附林希逸撰《塔铭》。今日本有宽永五年活字本。《卍续藏》第 121 册收录。

《全宋诗》录诗二卷,《宋代禅僧诗辑考》续辑十一首。

(三)淮海元肇(1189—1265②),通州静海潘氏子。法名又作"原肇",字圣徒,号淮海。历住光孝、双塔、清凉、万年、万寿、江心、育王、净慈、灵隐、径山。大观撰《淮海禅师行状》。法系:大慧宗杲——佛

---

① 林希逸《径山偃溪佛智禅师塔铭》,《鬳斋续集》卷二一,《文渊阁四库全书》本。
② 卒年据释大观《淮海禅师行状》,《物初賸语》卷二四,《珍本宋集五种——日藏宋僧诗文集整理研究》(下),第 1001—1004 页。

照德光——浙翁如琰——淮海元肇。

1.《淮海原肇禅师语录》(《淮海和尚语录》)

一卷。实仁、宗文、法奇等编。有开堂语录、佛祖赞颂。今《卍续藏》第121册收录。

2.《淮海挐音》

二卷。《和刻本汉籍分类目录》著录,为元肇诗集。今日本有元禄八年(1695)茨城方道仿宋刊本(东洋文库、国会图书馆、内阁文库、静嘉堂文库藏)、《成篑堂丛书》翻宋本(中央图书馆藏)。元禄八年刊本卷首有居简、陆应龙陆应凤、赵汝回、程公许、周弼分别撰《序》,卷末有茨城方道题签。

3.《淮海外录集》

二卷。《和刻本汉籍分类目录》著录,为元肇文集。大观撰《淮海外集序》①。今日本有宝永七年(1710)活字本(国会图书馆、茨城大学图书馆藏)。

《全宋诗》录其诗二卷,《宋代禅僧诗辑考》续辑八首。《全宋文》录文二篇,《淮海外录集》中的篇目当补入。

(四) 介石智朋,秦溪人。号介石,晚年匾其室曰青山外人。历住雁山、临平、大梅、香山、云黄、承天、柏山、净慈。法系:大慧宗杲——佛照德光——浙翁如琰——介石智朋。

1.《介石智朋禅师语录》

一卷。正贤等编。《卍续藏》第121册收录,卷首有林希逸撰《序》②。

2.《宗门会要》

道璨《宗门会要序》:"闽人朋介石,为书曰《宗门会要》。根以统

---

① 释大观《淮海外集序》,《物初賸语》卷一三,《珍本宋集五种——日藏宋僧诗文集整理研究》(下),第786—787页。
② 林希逸《介石语录序》,《鬳斋续集》卷一二,《文渊阁四库全书》本。

要,参以五灯。"①今佚。

《全宋诗》录其诗一卷,《宋代禅僧诗辑考》续辑八首。《全宋文》录其文三十一篇,其中赞与《全宋诗》所录重复。

(五) 子愚太初,字子愚,泉州陈氏子。住沩山二十年。法系:大慧宗杲——懒庵鼎需——木庵安永——子愚太初。

1.《太初语录》

《澹生堂书目·子部二》:"《太初语录》,三册三卷。"今佚。

2.《太初诗文集》

《民国福建通志》卷四六著录。今佚。

《全宋诗》《全宋文》《宋代禅僧诗辑考》无其人。《枯崖漫录》录其《承天寺僧堂记》②,《全宋文》失收。

(六) 晦翁悟明,福州人。字晦翁,号真懒子。历住崇福、净慈。法系:大慧宗杲——懒庵鼎需——木庵安永——晦翁悟明。

《联灯会要》

三十卷。《卍续藏》第 136 册收录,卷首有悟明《自序》、李泳《序》、思忠《序》。

《宋代禅僧诗辑考》辑其诗一首。《全宋文》无其人,《联灯会要自序》当补入。

(七) 藏叟善珍(1194—1277),泉州南安吕氏子。字藏叟,丛林常称"珍藏叟"。历住光孝、承天、思溪、圆觉、雪峰、育王、径山。法系:大慧宗杲——佛照德光——妙峰之善——藏叟善珍。

---

① 释道璨《宗门会要序》,《柳塘外集》卷三,《全宋文》第 349 册,第 304 页。
② 见释圆悟《枯崖漫录》卷三"潭州大沩泉山初禅师",《卍续藏》第 148 册。

《藏叟摘稿》

二卷。为诗文合集。大观撰《藏叟诗序》①。日本存五山版(尊经阁文库、东洋文库、国会图书馆藏)、宽文十二年(1672)藤田六兵卫刻本(内阁文库藏)。

《全宋诗》录其诗一卷,《宋代禅僧诗辑考》据《重刊贞和类聚祖苑联芳集》等续辑九首,当据《藏叟摘稿》续补。

(八) 无量崇寿,抚州人。法名又作"宗寿",字无量。曾住瑞岩。法系:大慧宗杲——佛照德光——秀岩师瑞——无量崇寿。

《入众日用》(《无量寿禅师日用小清规》)

一卷。《卍续藏》第111册收录。

《全宋诗》"释宗寿"下录诗一首,《宋代禅僧诗辑考》续辑十首。

(九) 物初大观(1201—1268),明州鄞县陆氏子。号物初,字大观。历住法相、显慈、象田、智门、大慈、育王。元熙撰有《鄮峰西庵塔铭》②。法系:大慧宗杲——佛照德光——北磵居简——物初大观。

1.《物初大观禅师语录》

一卷。德溥等编校。有开堂语录、法语、颂古、佛祖赞、偈颂等。《卍续藏》第121册收录。

2.《物初賸语》

二十五卷。嘿子潜编。元熙《鄮峰西庵塔铭》载录。卷一至七为诗,卷八至二五为文。今日本有宋刻本(御茶之水图书馆藏)、宝永五年(1708)活字本(国会图书馆、驹泽大学图书馆等藏)、抄配本(尊经

---

① 释大观《藏叟诗序》,《物初賸语》卷一三,《珍本宋集五种——日藏宋僧诗文集整理研究》(下),第781页。
② 释元熙《鄮峰西庵塔铭》,郭子章撰、释畹荃续《明州阿育王山志》卷八下,明万历刻、清乾隆续刻木。

阁文库藏)。

《全宋诗》录其诗一卷,《宋代禅僧诗辑考》续辑二十八首,《全宋文》录其文二卷。当据《物初賸语》续补。

(十) 无文道璨(1213—1271),吉安泰和陶氏子。法名亦作"道璨",自号无文。两住荐福,又住开先。法系:大慧宗杲——无用净全——笑翁妙堪——无文道璨。

1.《无文道璨禅师语录》

一卷。惟康编。今有宋刻本(《无文印》卷末附)。《卍续藏》第150册收录。卷首有仲颖撰《序》,卷末有普度撰《跋》(《卍续藏》本《跋》在卷首)。

2.《无文印》

二十卷。为诗文合集。道璨示寂后其门人惟康编。今有宋咸淳九年(1273)刻本(辽宁图书馆、日本国会图书馆藏),卷首有李之极撰《序》。日本内阁文库藏有室町时代抄本,书页上有"昌平坂学问所"、"林氏藏书"印章,当为林罗山家旧藏。该抄本卷首除李之极《序》外,还有普度《跋》、仲颖《序》(内容同《语录》所附二人所撰序跋)。大观撰有《无文印序》①。

3.《柳塘外集》

(1) 四卷本。乃诗文合集。今有清抄本(北京大学图书馆藏)。《文渊阁四库全书》、《禅门逸书初编》(据四库本影印)收录。

(2) 二卷本。乃诗集。今有清初抄本(中山图书馆藏)、清抄本(北京大学图书馆藏)。

(3) 六卷本。乃诗文合集。今有清抄本(浙江图书馆藏)。

---

① 释大观《无文印序》,《物初賸语》卷一三,《珍本宋集五种——日藏宋僧诗文集整理研究》(下),第771—772页。

《全宋诗》录其诗二卷,《全宋诗订补》补辑二首,《宋代禅僧诗辑考》续补一首。《全宋文》录其文十五卷。

四、大慧派第五代门人

(一) 石门善来,南宋大慧派禅僧。法系:大慧宗杲——佛照德光——浙翁如琰——大川普济——石门善来。

《全宋诗》无其人。《宋代禅僧诗辑考》录其诗四十四首。

(二) 野翁炳同(1223—1302),新昌张氏子。字野翁,号少野。尝掌记室。历住大慈、延寿、香山、杖锡、雪窦。与陈著善,《本堂集》中有不少陈著与之唱酬诗文。牟巘撰《野翁禅师塔铭》①。法系:大慧宗杲——佛照德光——浙翁如琰——大川普济——野翁炳同。

《文集》

牟巘《野翁禅师塔铭》:"《文集》十卷,该淹经史,诗偈尤洒落。每升坐,记禅人骚语,联络贯串,总为一说。而条分缕析,各中肯綮,颇效痴绝云。"今佚。

《宋代禅僧诗辑考》辑其诗二首。

(三) 栴堂元益,温州人。号栴堂。历住天宁、荐福、太平、彰圣、岳林。法系:大慧宗杲——佛照德光——妙峰之善——东叟仲颖——栴堂元益。

《宋代禅僧诗辑考》辑其诗四十二首。

(四) 晦机元熙(1238—1319),豫章唐氏子。物初字之曰晦机。历

---

① 牟巘《野翁禅师塔铭》,《陵阳集》卷二四,《文渊阁四库全书》本。

住百丈、净慈、径山、仰山。虞集撰有《晦机禅师塔铭》①。晦机著述虽不多,然大慧法脉,赖其绵延入元。法系:大慧宗杲——佛照德光——北磵居简——物初大观——晦机元熙。

《全宋诗》"释晦机"下录诗一首,《宋代禅僧诗辑考》续辑七首。

(五)元叟行端(1254—1341),临海何氏子。字景元、元叟。自称寒拾里人。历住翔凤、中天竺、灵隐、径山。元大德中赐号慧文正辩大师并金襕袈裟,皇庆中又赐号佛日普照。黄溍撰有《径山元叟禅师塔铭》②。法系:大慧宗杲——佛照德光——妙峰之善——藏叟善珍——元叟行端。

1.《元叟行端禅师语录》

八卷。法林、禅噩等编。《卍续藏》第124册收录。卷首有虞集撰《序》、宋濂撰《重刻元叟端禅师四会语题辞》。卷末附黄溍撰《塔铭》、妙道撰《跋》。

2.《寒拾里人稿》

《元史艺文志》《元书·艺文志》《(雍正)浙江通志》等著录。《元诗选二集》壬集据此书录诗二十七首。

3.《山居谣》

宋濂《护法录》卷一〇著录。今佚。

《全宋诗》无其人,《宋代禅僧诗辑考》辑其诗一百八十一首。

第二节 大慧派禅僧著述整体观

王禹偁(954—1001)在《左街僧录通惠大师文集序》中开篇盛赞赞

---

① 虞集《晦机禅师塔铭》,《道园学古录》卷四九,《四部丛刊》本。
② 黄溍《径山元叟禅师塔铭》,释法林等编《元叟行端禅师语录》卷末附,《卍续藏》第124册。

宁曰:"释子谓佛书为内典,谓儒书为外学。工诗则众,工文则鲜。并是四者,其惟大师。"①生活于五代末北宋初的高僧赞宁,大体上承当得起这个评价。但我们若继续往后看,放眼于整个两宋禅林,特别是南宋,那么"并是四者"已经屡见不鲜了,我们可以很容易地列出一长串名单。而大慧一脉中,大部分僧人列入这串名单,应该是当之无愧的。

"文字禅"经过惠洪(1071—1128)的激扬,至南宋已然成为一阵席卷之风,各宗各派都被遍拂无遗。和惠洪所处的时代相比,南宋时变化已是天翻地覆了:惠洪在当时的禅林中是一个"异端",其文墨之好使他背上了"浪子和尚"的恶名,饱受世人诟病,他自己对此亦无法释怀,"予幻梦人间,游戏笔砚,登高临远,时时为未忘情之语,旋踵羞悔汗下"②;他生前也许怎么也不会想到,就在他身后数年,不通文墨者才是丛林的"异端"——禅僧们操觚染翰、吟风弄月不仅完全名正言顺,不再受指责,而且凭借自己的文学才能还能谋得名山大刹的住持席位,这在北宋简直是匪夷所思的。若惠洪寂后有知,恐怕会为自己早生了几十年而悔恨不已吧。正是在这阵风潮无孔不入的激荡下,大慧派门人顺时应势地创造出了辉煌的禅文学。

一、著述种类

从上一节所考察的大慧派四十余位禅僧的著述情况来看,我们不得不为他们作品的数量之丰富、形式之多样而惊叹。大致概括起来,他们的著述主要可以分为如下四类。

一是语录。这是大慧派禅僧所有著述中数量最多的一种,尤其是一些在宗门内影响重大者,如大慧宗杲、佛照德光等,还出现了由不同参学者记录、版本不同的语录。同一种语录,又往往经过多次刊

---

① 王禹偁《左街僧录通惠大师文集序》,《小畜集》卷二〇,《四部丛刊》本。
② 释惠洪《题言上人所蓄诗》,《石门文字禅》卷二六,《四部丛刊》本。

刻或抄写,有意的增删窜改或无意的鱼鲁豕亥都在所难免。这给我们今天对它们进行文献学考察造成了相当的困难。早期号称"逢佛杀佛,逢祖杀祖,逢罗汉杀罗汉,逢父母杀父母,逢亲眷杀亲眷"①的具有高度斥破和怀疑精神的临济禅,此时反而进入弟子对老师的语录顶礼膜拜的时代。语言文字不仅成为他们取代"拈花微笑"来传达"涅槃妙心"的工具,而且本身成为参悟研究的重要对象。语言文字由"工具"晋升为"对象",这不仅仅是"不离文字",而是已经在此基础上又迈出了新的一大步,即"语言从承载意义的符号变成意义,从传递真理的工具变成真理本身"②。

有学者谓"石头希迁(700—791)一系更重视偈颂","马祖道一(709—788)一系则更重视语录"。③ 其实我们从《全宋诗》《全宋文》中可以看到禅僧偈颂大部分是从他们的语录中辑出的,二者关系犹如子与父,而非各行其道之平行线。所谓"更重视偈颂",无非是言其偈颂数量多、质量高。因此我们不妨这样说:马祖一系的语录更富于文学性。大慧派禅僧的语录继承了此种特色,韵、散相间,又多用各式修辞。我们今日读之,其人形象、个性宛然在目。胡适谓禅宗和尚语录"如果用古文记,就记不到那样的亲切,那样的不失说话时的神气。所以不知不觉便替白话文学、白话散文开了一个新天地。尤其是湖南'德山'和尚和河北'灵济'和尚的《语录》,可以说都是用最通俗的话写成的"④。当然正如周裕锴所指出,宋元禅籍语言是一种不雅不俗、又雅又俗的介于文言与白话之间的特殊"行业语","如果纯粹按照考察白话口语的态度来对待禅语,那么很容易出现方枘圆凿、牛头不对马嘴的情况"⑤。

---
① 释慧然编《镇州临济慧照禅师语录》,《大正藏》第 47 册。
② 葛兆光《中国思想史》第二卷《七世纪至十九世纪中国的知识、思想与信仰》,第 84 页。
③ 孙昌武《禅文献与禅文学》,《文坛佛影》,中华书局,2001 年,第 185 页。
④ 胡适《传记文学(节录)》,《胡适古典文学研究论集(下)》,上海古籍出版社,2013 年,第 1094 页。
⑤ 周裕锴《禅宗语言研究入门》,复旦大学出版社,2019 年,第 70 页。

但总体上来说,南宋五山僧人的语录大致还是可以归入"白话"的范畴。而其中大慧宗杲的语录,内容丰富、影响重大,不仅是禅僧们学习的教材,在宗门外也有广阔读者群,朱熹就号称自己年轻时只阅此一书。其具体情况,有必要在之后的章节进行专门考察。

二是灯录。禅宗史上两部重要的灯录——《联灯会要》和《五灯会元》都出自大慧门人之手。前者为"南宋二灯"之一;后者"会五灯为一书"①,并于"青原下"、"南岳下"首开五家分列的撰述体例,法系的辨析趋于精密细致。灯录制作的风行,首先和宋人的"尚统"思潮有关②,禅门以灯灯相传喻法脉之承续,其性质类似于儒家的"道统"和"学统",之后它为儒家"学案"所效仿;其次它的出现同语录、公案一样,标志着禅宗已然重视自己的历史、重视前贤往哲的思想成果;再次,《五灯会元》这部具有总结性质的灯录的出现,意味着禅宗已经进入所谓的"烂熟"和总结性阶段,之后的禅宗,再难以在理论上有所突破和超越。

灯录是佛教专门史,理所当然具有史书的性质。然而禅僧写作灯录和士大夫修史,目的有所不同:

> 灯史之书绝不是单纯地记录了历史的事实,而是宗教信仰传承的表现。与其说它们是被写作出来的,还不如说是历史地产生出来的。传承的一个一个传说如果是虚构的话,虚构的必然理由却蕴含于内。……在认真玩味虚构出来的一个一个记录的过程中,虚构之人的历史的、社会的宗教本质就会得以明了;与所谓"史实"不同层次的、不同意蕴上的史实,就会历史地彰显出来。③

---

① 释大曦《重刊五灯会元叙》,释普济《五灯会元》卷首,苏渊雷点校,中华书局,1984年。
② 参王水照《北宋的文学结盟与尚"统"的社会思潮》,《王水照自选集》,上海教育出版社,2000年。
③ [日] 柳田圣山《初期禅宗史書の研究》,第17—18页,京都法藏馆,2000年。

灯录写作者的意图并不完全在于还原和描述禅宗史上的前后人物和事件,也在很大程度上意图借此表达自己对佛禅的理解,因而不免对史实进行改造和发挥,以符合创作者本人的观念和主旨。我们现在所耳熟能详的一些禅宗标志性的话语,很多都是在宋僧笔下成型的,比如"教外别传,不立文字,直指人心,见性成佛",便最早见于善卿《祖庭事苑》中。这和凭空臆造和虚构并不等同,是在史实基础上的艺术加工,因而灯录是"历史"和"文学"杂交的产物。孙昌武曾对达摩、慧可等禅师的形象在禅籍中的形成和确立过程进行过考察,得出"并不是达摩创造了禅宗,而是禅宗创造了达摩"之论①,即是典型的例证。《联灯会要》《五灯会元》对于禅僧偈颂都格外关注,其描写的祖师和僧人形象文学色彩非常浓郁。例如,著名的佛祖和迦叶"拈花微笑"极富诗意的传法画面,较早见于中晚唐时期《宝林传》的释迦牟尼传记中,《联灯会要》《五灯会元》承续了这一记载;同时,《五灯会元》对之前"五灯"进行增删改易,其增补的篇幅,绝大部分都是偈颂等韵语。这些都充分表现出灯录作者对于"文学"的重视和关注。谁能说,这样的著作仅仅是严肃的灯史,而不是优秀的传记文学呢?

三是笔记。禅僧创作笔记,始自文莹《玉壶清话》和《湘山野录》。文莹之后,禅门继其踵者不乏其人,相继有惠洪《林间录》《冷斋夜话》《天厨禁脔》、宗杲《宗门武库》《禅宗杂毒海》、晓莹《云卧纪谭》《罗湖野录》、道融《丛林盛事》、圆悟《枯崖漫录》等问世。曾有学者指出,宋代禅林笔记普遍具有一种思古、忆古情结:"'追踪……故事'的方式体现了禅林笔记书写者的基本思路。'故事'在这里已不再是过往旧事的意思,而是与'典刑'一样包含了先法、旧式、古制的涵义。"②这种情结并非感情上的恋旧或拾着个老古董的自喜,而是往往和写作者

---

① 孙昌武《禅文献与禅文学》,《文坛佛影》,第 191—194 页。
② 祁伟《宋代禅林笔记的忆古情结与书写策略》,周裕锴编《宋代文学国际研讨会论文集》,巴蜀书社,2011 年,第 625 页。

生存的当下有关。看似思古之幽情,实际上指向的是活生生的目前。具体表现在:虽然笔记创作具有相当的随意性和发挥空间,并不讲求逻辑和结构的严密,也不必像正史撰述那样言必有据,但作者往往会倾向性地选择某一类题材,作为记述和评论的对象。从表面来看,条目与条目之间并无特殊之关联;但就整部著作而言,作者对某类题材的津津乐道,恰在无意中泄漏了书写者内心的理想世界。

宗杲和晓莹的笔记,内容基本为丛林掌故、江湖轶闻。不过具体看来,宗杲笔下,多禅门公案、机锋语句,关注的焦点在"禅事";晓莹笔下,多诗文佳话、往来篇什,关注的焦点在"文学"。《宋代禅僧诗辑考》中不少诗作,即从晓莹笔记里辑出。而恰恰在晓莹之后,大慧派禅僧诗文创作如风起云涌。故而晓莹之笔记,颇具象征性意义。此将于之后的有关章节中详述。

四是诗文。可以分成两类:一类是佛理性的,另一类是纯文学性的。当然这二者并非泾渭分明,此处为探讨方便,姑且作如此分类。前者从《全宋诗》《全宋文》等的收录情况来看,有相当一部分辑自禅师的上堂语录,也就是说,这一类作品并不是他们有意进行的书面创作,而是日常说法的组成部分,是一种口头文学;当然,其中也有一部分是他们有意识写作的,比如宗杲的尺牍、颂古等。对比而言,这两种作品在面貌、风格上差异很大:出自上堂说法语录的诗文虽然也不可避免地经过了记录者或编纂者的润色修定,但仍然在相当程度上保留了口语的原貌,透露着活泼清新的日常化的"白话"气息;书面创作的诗文则多使用典故,古典、今典、内典、外典都有涉及,需要我们阅读者具有一定的知识储备尤其是佛学知识才能粗通其句面意思。而另外一类纯文学性质的作品,将之定位为"文字禅"颇有些问题。因为文字禅是要"绕路说禅"的,无论怎么"绕"、怎么曲折,指向的最终目的始终是"禅";而南宋五山禅僧的纯文学作品,绝大多数内容、题材、意境、思想等都与禅全然无涉,完全是习禅之余的一种风流雅事,从创作动机与性质来说与士大夫或江湖文人的作品并没有本质差异。然而正是这一类作品,数量巨大,并且时有结集出版的情况,艺术价值亦最高,最能体现一个禅僧的文学修养,故而它们将是本书重点探讨的对象。

南宋末出现了三种重要的僧诗选本:《中兴禅林风月集》《江湖风月集》和《圣宋高僧诗选》,大慧门人有不少名列其中。尤其颇具意味的是,《圣宋高僧诗选》的编者陈起是临安书商。在印刷术已经普及的时代,书商刊刻图书,经济效益当然是首要追求。从《圣宋高僧诗选》的选诗标准可以看出,纯文学性质的僧诗在当时非常畅销流行,拥有广阔的读者市场。这说明在时人心目中,此类作品才是"僧诗"之精髓。

二、作品特点

以上对大慧派禅僧创作的类别作了大致的鸟瞰。回到他们作品本身来看,作者数量达 110 余人之多,时间上纵贯了整个南宋一代,整体上呈现出如下四个方面的特点。

一是数量大,种类多,体裁广。如以上所述,他们的作品有语录、笔记、灯录、诗文等,士大夫文学的所有领域他们几乎都有所涉足,呈现出"遍地开花"的景象。而且一人常常兼擅数体,早期如宗杲,越往后这种情形则越普遍,如居简、元肇等。他们以饱满的热情投身于文学之中,作品数量亦非常惊人。尤其是一些以诗文名者,其著作往往有几十万言,数量上毫不亚于文学史上的著名作家。仅从李国玲《宋僧著述考》的大致统计来看,大慧派门人的作品约占了整个两宋僧人创作之二成。若仅把文学当作茶余饭后的消遣或随波逐流的附庸风雅,而非视为人生百年事业,很难想象他们的文字能如此浩如烟海。而且因为大慧派宗门昌盛,在朝野都曾名噪一时,所以他们的作品很多在当时就被刊刻,流传至今;不少还随入宋日僧和渡日宋僧流入东瀛,成为日僧学习汉诗文的重要教材,并出现了多种和刻本、笺注本等,在异域开花结果。

他们中的大多数人都有比较自觉的文体意识,进行不同文体的创作实践,甚至一些具有游戏性质的文体。同一个作者,通常律、绝、古诗兼擅,骈、古文并长。除了表达佛理禅解和抒写个人性灵的文学创作外,他们也有不少应用性文章存世,如疏、榜等。在编纂诗文集的时候,亦多有按文体类别编排者,如居简《北磵文集》、大观《物初賸语》、道璨《柳塘外集》,等等。这些作品对我们全面了解各体文学在宋代的发展流变、客观评价宋代文学在中国文学史上的影响与地位,是不可忽视的重要材料。

二是内容丰富,题材广泛。总的看来,大慧及其弟子的作品,以表达禅解佛理为主,多语录和偈颂;从第三代门人开始,与佛理无涉的纯文学作品逐渐增多,到第四代门人手上达到鼎盛。绵绵的人间情怀、深长的红尘之思,成为贯穿他们作品的主要精神内核。在他们笔下,有幽居山林的适意自得,也有行走尘世的纵浪大化;有与友人相见时的欣喜,也有别离后的思念;有对尊亲慈颜的深情,也有流年似水的伤感;有目睹民生疾苦的呼喊,也有不满当前政治的影射。他们远处江湖,却亦有家国之忧;寄身空门,对众生仍满怀悲悯;身为不系之舟,心却未如已灰之木。士大夫和江湖文人的文学中出现的内容和题材,在他们的作品中基本都能找到。他们的文字,多方位、多视角、多层面地给我们呈现着那个时代有温度的、鲜活的物质世界和心灵世界。虽然隔了近千年的时空,但我们依然能感受到他们那个群体的脉搏与心跳,在层层激荡起自己内心深处的共鸣。

然而有一类题材他们基本未尝涉及,那就是艳情。对于僧人来说,他们的创作似乎永远处在一个进退两难的尴尬境地:保守派规规矩矩地写"衲子本分事",会被嘲讽为"蔬笋气"或"酸馅气";后来的以惠洪为代表的激进派描红写翠,则又会惹上"浪子和尚"之讥诮,成为禅门"异端"。压抑太久之后往往会有惊人的爆发,后者从一个极端走向另一个极端,是对传统禅门文学的矫枉过正。的确禅门有不少"艳诗悟道"的著名公案,但若一个和尚整天写艳诗,便不免使人对它们的性质产生怀疑:是现实中艳情的如实记录,还是禅心的寄托和隐喻?如果是前者,显然与僧人身份和宗门清规是相违背的,自然会受到谴责。惠洪的很多艳诗艳词,现在已经难以考其本事,它们的意旨为何,只能依靠每个读者自己的理解去判定。这是非常偏激的一种做法。而大慧门人的创作,以其内容之博、题材之广,既摆脱了传统禅僧文学的枯槁寡味、单一雷同,又纠正了激进派的香艳暴露,使禅文学走上了一条相对比较正常的道路。这是他们自觉经营的结果。

三是风格各异,五彩纷呈。《宗门十规论》对禅宗各宗派门风作了如下概括:"曹洞则敲唱为用,临济则互换为机,韶阳则函盖截流,沩仰则方圆默契。"①其实所谓的五家乃至七宗,在根本理论主张上并没有太多的本质差异,诚如黄宗羲所言:"然其分济分洞,不过从源流而言之耳。问其如何而为济,如何而为洞,摘索悟由,刻画淄渑,恐当身亦未辨也。"②其分宗别派,相当程度上是从各自接引开悟学人方式手段的不同而言的。《宗门十规论》对它们方式手段之风格的总结,大致是符合事实的。因而,禅宗各个宗派的分野,是表层的、外在的。某个禅僧的创作,当然会或多或少地受其所属宗派之作风的影响,但文学毕竟是深层的、内在的心灵和体验的表达,个人的性格与经历、社会环境、时代变迁、文学自身的发展规律等都会对其发生作用,那种认为"禅风决定文风"的简单思路便很值得怀疑。具体到大慧派来看,他们在宗杲这位精神领袖强有力的感召下形成一个派别,但作品完全没有因此而千人一面,而是异彩纷呈,各有滋味。

大慧早年参禅经历丰富,出家前熟读"世间书",落发后学习过多家

---

① 释文益《宗门十规论》"对答不观时节兼无宗眼"条,《卍续藏》第 110 册。
② 黄宗羲《清化唯岑巘禅师塔铭》,《吾悔集》卷四,《四部丛刊》本。

禅法；后又为秦桧所忌，两次被流放，饱阅世事，会尽人情。作为一派之祖，无论是其语录还是尺牍、偈颂等，都旁征博引、义正辞严、气势磅礴、掷地有声，极具演说家天赋，读之常给人"不得不然"之感。大慧派之所以能形成并壮大，与宗杲这种语言艺术和表达技能恐怕是分不开的。晓莹长年隐居，澹泊自守，不与世接，其行文亦清新洗练，不事雕琢，飘逸疏放如野鹤闲云。德光与皇帝、权贵多有唱酬交往，以至于长翁如净讥其交游甚于参禅，其语录、诗作较之其师宗杲，机锋远逊，代之以浅显平易，体现出禅宗与世俗社会相融的特点。善珍目睹临安末照，其作品亦笼罩着一层淡淡的凄怆悲凉。限于篇幅，此处不再一一举例。

四是注重辞藻和文采，讲求炼字和炼句。禅文学从唐发展至宋，总体上呈现出由质朴到典丽的演变脉络。尤其是到了宋代，试经制度、度牒制度、敕差住持制等一系列制度的形成完善以及印刷术带来的书籍获取的便利，促使禅僧的文化水平远远高于唐代。唐代禅文学中那种原始朴拙的山野之气，至宋一变而为锦心绣口的书斋之味。

在大慧派诞生之前，北宋后期的临济宗黄龙派禅僧的创作可视为宋代禅文学的代表。和黄龙派相比，大慧派在辞采追求的道路上走得更远。大量的修辞和用典、严格工整的韵律，是他们苦心孤诣的直接结果。诗歌中对字、句的刻意修饰锤炼，使他们篇章中传神之诗眼句眼闪烁如星月。读他们的作品，好似赏玩一方方玲珑可人的璧玉，使人不得不感佩琢玉之人的灵心妙手。但过犹不及，有些作品一旦疏凿失之于度则一方面难免露出斧凿之痕，宗匠气过浓；另一方面则极易造成有字无句、有句无篇，妨害整个作品的思想表达和艺术价值。

三、南宋"五山文学"之开端

通过以上的概括，我们不难发现，所有传统士大夫著述涉足的领域，几乎都留下了大慧派僧人的足迹。当然，具体情况会有一些细微的差别。比如，士大夫编修一般性史书，禅僧不可能获得这种能力和条件,只能写作佛教专门史,即灯录;词的数量不多,仅居简和善珍作有为数寥寥的若干首而已,这是受限于禅僧们的身份和生活环境,因为词通常是要艺人演唱的,他们不大可能经常有拿自己的作品到酒筵歌席上去公开发布的机会;士大夫与科举考试有关的写作和官场应用性文章,如策论、奏议、制诰等,禅僧没有这种生活和任职经历,也就不可能写作。

但是,我们也不难发现另外一个问题:传统僧人著述中重要的几类——经论、经典翻译和注疏,在他们洋洋大观的作品中,却几乎未尝见到踪影。固然,这往往是法师们干的工作,禅僧们多是不屑为之的;但是,绮辞丽语以往甚至被视为"口业",为何他们就一反常态、趋之若鹜了呢?退一步说,非必经论、翻译和注疏,仅从他们的语录来看,里面也绝少有抽象的佛教理论、概念、名义的缜密辨析,更多的是修习悟道之方法途径的随兴解说,即所谓的"世间相"。抛却自己的"本分事"而忘情于"余事",这实在是一个前所未有的现象。佛学从义理、玄思的"高高山顶",跌落到了烟火人间,跌落到了万丈红尘。《联灯会要》中记载了这样一则公案:

> 师因小师大愚辞,师问:"甚处去?"云:"诸方学五味禅去。"师云:"诸方有五味禅,我这里有一味禅,为甚不学?"云:"如何是和尚一味禅?"师劈口便打。愚当下大悟。①

禅法乃至佛法都是"一味"的,各家应承施设的不同而有了宗派、门庭的分野。《坛经·般若品》有颂云:"说通及心通,如日处虚空。惟传顿教法,出世破邪宗。"②然而自中唐以来,南宗禅却与"心通"渐行渐远、

---

① 释悟明《联灯会要》卷四《庐山归宗智常禅师》,《卍续藏》第136册。
② 郭朋《坛经校释》,中华书局,1983年,第71页。

南辕北辙了;至大慧门人,"一味"之禅已然变为"五味"杂陈。对此大慧派著名诗僧物初大观理直气壮地作了这样的自辩式公开宣言:

>　　僧所业三,云律,云教,云禅。其于外学词章皆禁不得为。然寄娱风月,追琢肺肝,虽古宿于此,兴复不浅。才有小大,格有高下,而同夫所发者,有弗容自已。苟陶冶不失其正,亦焉往而不可?①

此肺腑之语恐是道出了大慧派大部分禅僧的心声。并且,无论是"心通"还是"说通",根本指向都在于通达、通透,即事事无碍、如日朗照的佛性境界;而大慧派僧人无论在主观还是客观上,并未由此"五味"之禅而到达"通"之彼岸,相反却忘怀流连于尘凡。此"五味"中,除却那一丝隐约如晨星的禅味,更多的已是士大夫文化之味、江湖之味了。

南宋时代的五山法席,前期几为大慧门人所独占,故而他们的创作,标志了南宋"五山文学"之开端。此后的虎丘派禅僧,竞相继其踵武,"五山文学"遂成蔚然大观;并东传至扶桑,花开两朵。两宋之际的王灼有诗警诫禅僧曰:"只应饱取一味禅,断却从来巧章句。"②于大慧派禅僧创作所代表的"五山文学"之肇兴发端中,或可窥得南宋禅文化蜕变之一斑。

---

① 释大观《会堂诗序》,《物初賸语》卷一三,《珍本宋集五种——日藏宋僧诗文集整理研究》(下),第773—774页。
② 王灼《送演上人》,《全宋诗》第37册,第23313页。

第三章
大慧派禅僧著述个案研究

如本书第二章第一节"大慧派禅僧著述考"所见,南宋一朝,大慧派禅僧留下了极为丰富的文字作品。本章将分别选取大慧宗杲、云卧晓莹、北磵居简、物初大观四人为对象,对他们的语录、笔记、诗文等作品进行具体观察。

第一节 《大慧普觉禅师语录》析论

大慧宗杲作为两宋之际一位伟大的宗教领袖,一生勤于说法,诲人不倦:"大慧禅师,说法四十余年,言句满天下。平时不许参徒编录。而衲子私自传写,遂成卷帙。"①其语录如本书第二章第一节"大慧派禅僧著述考"所述,规模庞大、版本众多,对于我们全面了解他的宗教观念、传法经历及言语特色等具有不可低估的价值。

我们现在所能看到的大慧语录有两个版本:法宏、道谦编二卷本《普觉宗杲禅师语录》(《卍续藏》第121册收录),蕴闻编三十卷本《大慧普觉禅师语录》(《大正藏》第47册收录)。二卷本《普觉宗杲禅师语录》,内容颇为混杂,上卷有很多条目很显然抄录自《宗门武库》,只个别字句有出入,更像是笔记而不似语录;下卷亦有近半的篇幅是

---

① 黄文昌《大慧书后序》,[日]荒木见悟标点译注《大慧書》,第242页。

其他人为宗杲作的题跋、祭文、偈颂等,余下一半篇幅才是大慧所作之《赞方外道友》。此书之纂成与历史版本,有待于进一步探讨,故本节暂不把二卷本语录列为考察对象。蕴闻编三十卷本《大慧普觉禅师语录》,卷一一为《偈颂》,卷一二为《赞佛祖》,卷一九至二四为《法语》,卷二五至三○为《书》。也就是说,这十四卷内容是宗杲的书面创作,并不是严格意义上的狭义的"语录",在体貌上也和语录有较大差异。故而本节主要只讨论余下十六卷真正的"语录"部分,对其概貌及传递的历史信息、内容特色、语言及修辞、对后世之影响与流弊四个方面逐一进行粗浅的考察。

一、《大慧普觉禅师语录》蕴含之历史信息

唐人编集的禅师语录寥寥无几。至宋代,禅门语录大兴,不仅有弟子给自己的老师编语录,也有给唐代禅师隔代编修语录的著例,其材料来源,为既有之僧传、灯录以及老禅师的口耳相传等。因为宋人编修唐代禅师语录采用的是二手甚至更多手的材料,而这些僧传、灯录以及传说等在历史流传过程中很可能产生不同版本,所以一个唐代禅师的说法,在宋代最终以语录形式之定本出现时,其真实性、可信度便会打上很大的折扣,郢书燕说、张冠李戴的情况在所难免。而《大慧普觉禅师语录》的编者普慈蕴闻,是宗杲的嫡传弟子,随侍多年。他对宗杲言行的记录,虽然在文本确立过程中可能会稍稍进行修整润色,但应该还是基本真实地记录了老师一生的弘法活动,其可信度与史料价值,当远高于宋人所编唐代禅师语录。如果说大慧弟子祖咏所编《大慧普觉禅师年谱》塑造了大慧形象之骨骼的话,那么《语录》则无疑是血肉皮肤,两者共同给我们展示了一个血肉丰满、个性鲜明、富于魅力的禅师形象。

禅僧语录,大致可以分为开堂、上堂、小参、示众、普说、秉拂等几类,它们俱有自己的基本体制。大慧说法,亦不出这几类。但其《语录》中,还蕴含着一些其他的信息。

一是三十卷本《大慧普觉禅师语录》,卷一至卷四为宗杲住径山寺语录,卷五为住阿育王寺语录,卷六为再住径山寺语录,卷七为住江西云门庵语录,卷八为住福州洋屿庵语录,卷九为云居首座寮秉拂语录。而根据祖咏《大慧普觉禅师年谱》的记载,宗杲于建炎元年(40岁)在云居首座寮秉拂说法,绍兴四年(46岁)住洋屿,次年(47岁)住云门,绍兴七年(49岁)住径山,绍兴二十六年(68岁)敕住育王,绍兴二十八年(70岁)敕再住径山。《大慧普觉禅师语录》的编次顺序与其生平前后履历并不一致:宗杲住径山、育王、再住径山之语录移到了最前面,住云门、洋屿语录居于次,充圆悟首座寮语录列为最末,似是一个"依级而降"的编排次序。而从行文着墨来看,云居、洋屿、云门语录的记述方式远不如住径山、育王语录显得郑重和详尽:后者对宗杲何时到任、开堂过程、入院上堂、说法形式(上堂、小参、普说、示众等)都有记载,形成了一个较为固定的书写模式;而前者便草率随意很多,对这些信息几乎都没有记录。很显然,蕴闻在编定宗杲住持径山、育王语录时,是一种更虔诚、庄重的态度,而对其他三处语录便相对较为随意了。本书序章曾论及南宋五山制度大约形成于史弥远掌权的宁宗嘉定年间(1208—1224);而蕴闻《进大慧禅师语录奏札》①撰于孝宗乾道三年(1167),那么三十卷本《语录》当编成于乾道三年以前。从以上所论它的编排次序、前后不同的记录风格,可以想见在南宋五山制度正式确立以前,径山、育王已然是名山巨刹,有声于丛林,后来位居五山之列也就不足为奇了。

二是《大慧普觉禅师语录》载宗杲绍兴七年(1137)住径山,七月二十一日于临安府明庆院开堂,二十四日入院;绍兴二十六年(1156)住育王,十一月十三日于明州报恩光孝寺开堂,十五日入院;绍兴二

---

① 释蕴闻《进大慧禅师语录奏札》,《大慧普觉禅师语录》卷首附,《大正藏》第47册。

十八年(1158)住径山,二月二十八日于灵隐寺开堂,三月初九日入院。按禅林惯例,有先入院后开堂、先开堂后入院、开堂入院同日三种做法。径山、育王在当时已是名刹,大慧在当时已是名师,三次都无一例外是先在别处开堂再择日入院,似乎显示出在当时先开堂后入院为新住持赴任的主流形式。

三是敕差住持的聘书问题。对敕差住持,朝廷当给以敕黄,故我们在禅师语录中常常可以看到他们开堂时"拈敕(黄)示众"之类的记载。大慧前后三次住径山、育王,都是朝廷敕住:绍兴七年(1137),"浚造朝,遂以临安府径山延之"①;绍兴二十六年(1156),"适明州阿育王山专使至,准朝命住持"②;绍兴二十八年(1158),"正月初十日,被旨迁住径山"③。大慧在绍兴七年住径山、二十六年住育王两次开堂,拈的都是"疏";而绍兴二十八年正月在育王寺受命住径山,开堂拈疏前又曾拈敕黄谢恩。也就是说,大慧只在绍兴二十八年住径山时得到了敕黄,同时也得到了请疏;其他两次都只有请疏。这可以说明两点:一是对于敕住僧人,除了敕黄之外,另有请疏,这个请疏可能出自将住之寺院(山门疏),或本寺邻封诸山(诸山疏),或江湖上禅刹(江湖疏)等;二是"敕差住持"在很大程度上只是一种荣誉,并没有在体制层面形成一种严格的制度。朝廷对敕住僧人(即使是宗杲这样的宗教领袖),有时会给以正式的敕黄,有时便可能仅仅责成地方官去落实办理。

二、内容特色

从内容来看,《大慧普觉禅师语录》的一个显著特色是,他但凡启

---

① 释祖咏《大慧普觉禅师年谱》"绍兴七年"条,《宋人年谱集目/宋编宋人年谱选刊》,第182页。
② 释祖咏《大慧普觉禅师年谱》"绍兴二十六年"条,同上书,第190页。
③ 释祖咏《大慧普觉禅师年谱》"绍兴二十八年"条,同上书。

口,便几乎必旁征博引。其所据之典,既有内典,也有《论语》《庄子》等外典。就内典而言,宗杲似乎对佛经并没有太大的兴趣,而公案、话头等更能引起他的共鸣,屡屡被他信手拈来,有的被用作正面教学材料:

> 上堂。举普化一日在临济僧堂前吃生菜,济见云:"大似一头驴。"化便作驴鸣。济云:"这贼。"化云:"贼,贼。"便出去。师云:"一个驴鸣两个贼,堪与诸方为轨则。正贼草贼不须论,大施门开无壅塞。"①

这是称颂普化和义玄两禅师间心心相印之悟境。也有用作反面例子:

> 上堂。举盘山和尚道:"似地擎山,不知山之孤峻;如石含玉,不知玉之无瑕。若能如是,是真出家。"师云:"育王即不然。若能如是,揑目生华。"②

其意是批判盘山和尚的"分别心",主张随缘任运、理事不二,不无事找事、眼中添屑。以上列举了两个公案的例子。而使用话头的情况就更多了,他带领学者常看的话头有"(狗子)无(佛性)"、"麻三斤"、"庭前柏树子"、"有句无句,如藤倚树"等。

除了公案、话头外,前人偈颂亦屡屡出现在他的说法过程中,并且和当时语境贴合得天衣无缝,丝毫无牵强之感,如"夜静水寒鱼不食,满船空载月明归"(舟子德诚偈)、"俱胝一指报君知,朝生鹞子搏

---

① 释蕴闻编《大慧普觉禅师语录》卷五,《大正藏》第47册。
② 同上。

天飞。若无举鼎拔山力,千里乌骓不易骑"(琅琊慧觉颂)等。宗杲引用这些偈颂的初衷,当然是为了更好地阐发佛法禅理;在客观上,这些韵语使得整个语录增添了不少文学色彩。

大慧禅法,在丛林中以机锋峻烈著称。禅宗史上擅机锋的禅师不在少数,留下了很多脍炙人口的精彩公案,《五灯会元》中即有不少典型的例子,如:

> 温州净居尼玄机,唐景云中得度,常习定于大日山石窟中。一日忽念曰:"法性湛然,本无去住。厌喧趋寂,岂为达邪?"乃往参雪峰。峰问:"甚处来?"曰:"大日山来。"峰曰:"日出也未?"师曰:"若出则镕却雪峰。"峰曰:"汝名甚么?"师曰:"玄机。"峰曰:"日织多少?"师曰:"寸丝不挂。"遂礼拜退,才行三五步,峰召曰:"袈裟角拖地也。"师回首。峰曰:"大好寸丝不挂。"①

> (德山宣鉴)遂担《青龙疏钞》出蜀,至澧阳路上,见一婆子卖饼,因息肩买饼点心。婆指担曰:"这个是甚么文字?"师曰:"《青龙疏钞》。"婆曰:"讲何经?"师曰:"《金刚经》。"婆曰:"我有一问,你若答得,施与点心。若答不得,且别处去。《金刚经》道:'过去心不可得,现在心不可得,未来心不可得。'未审上座点那个心?"师无语,遂栖止焉。②

这两则公案中的净居尼玄机和雪峰义存、德山宣鉴和卖饼婆子基本上是在进行语言和逻辑的当场较量,即通过一词多义、双关假借("日"、"雪峰"、"玄机"、"点心"、"寸丝不挂"、"心"等)和逻辑推理等语言学手段,进行思维的游戏性竞争。只要一个人逻辑思维足够清

---

① 释普济《五灯会元》卷二《温州净居尼玄机》,第94页。
② 同上书,卷七《德山宣鉴禅师》,第371—372页。

晰、反应又足够灵敏,在这样的斗机锋中胜出应该不是什么难事。但是这种能力到了大慧禅师那里恐怕就没有用武之地了。从《大慧普觉禅师语录》来看,宗杲之机锋,主要表现为脱离概念、逻辑、理性等的不可理喻。这样的例子在《语录》中俯拾皆是,下面仅略举几例:

> 上堂。"佛真法身犹若虚空,"以拂子击禅床一下云,"应物现形如水中月。"复举起云:"释迦老子来也,还见么?若道不见,有眼如盲;若道见,且道在拂子内拂子外拂子中间?直饶尔道不在内不在外不在中间,怎么见得分明,径山门下正好吃棒。"①
>
> 大道只在目前,要且目前难睹。欲识大道真体,不离声色言语。若即声色言语求道真体,正是拨火觅浮沤;若离声色言语求道真体,大似含元殿里更觅长安。总不恁么,毕竟如何?翡翠蹋翻荷叶雨,鹭鸶冲破竹林烟。②
>
> 颠倒想生生死续,颠倒想灭生死绝。生死绝处涅槃空,涅槃空处眼中屑。涅槃既空,唤甚么作眼中屑?白云乍可来青嶂,明月难教下碧天。③

从语境看,宗杲明明是一本正经地说的,却很容易让我们产生胡言乱语的错觉,让人乍看根本摸不着头脑,仔细思索亦是求解不得。他通过毫无理性和逻辑的言语方式,将人逼向孤峭的绝境。此说非,彼说非,即此即彼、非此非彼亦非;言语错,默然错,非言非默、扬眉瞬目亦错。这与他认为的禅是不可思量、不可拟议、不可卜度之核心观点是相吻合的。他就是要通过这种非常手段,来扫除学人的一切情识见解,大疑而大悟,置之死地而后生。宗杲屡屡强调禅的实践性、体验

---

① 释蕴闻编《大慧普觉禅师语录》卷二,《大正藏》第 47 册。
② 同上。
③ 同上。

性,此即其方法论层面。

通过以上例子,我们不难发现,宗杲这种以"不可思议"手段达到的机锋,一个通常的表现是,对于同一个人、同一件事,往往从正反两面进行评说,即"肯定—否定"或"否定—肯定"或"否定—否定之否定"的言语模式,让人找不到他确切的着落与指向。尤其是说到自己的老师圆悟克勤时,宗杲几乎每次都会使用这种惯常手段:

> 为圆悟和尚举哀。拈香指真云:"这老和尚,一生多口,搅扰丛林,近闻已在蜀中迁化了也,且喜天下太平。云门昔年虽曾亲近,要且不闻他说着个元字脚,所以今日作一分供养,点一盏茶,烧此一炷香,熏他鼻孔,即非报德酬恩,只要辱他则个。"①

这段话的语脉屡断屡起:闻老师圆寂而为之举哀,按常理下文该抒发内心之缅怀,却言"且喜天下太平";随圆悟学习多年,以圆悟为嗣法之师,却言"不闻他说着个元字脚",毫无所得;既无所得,按理便无亲近之意,却反要点茶烧香作供养;前言是为作供养而点茶烧香,后却又说是要"熏他鼻孔",不是为了报答他的法乳之恩,而是想侮辱他。短短百余字,语脉至少断了四次,脱离了正常的语言表达轨道。葛兆光认为,"要使语言文字本身成为意义,就必须使语言文字有异于日常,并使这种异常的语句引起信仰者对语言本身加以关注,这就是'活句'",而"第一种'活句'是自相矛盾"②。大慧说法,显然是这种自相矛盾之"活句"的典型。他彻底解构了日常语言文字的理性和逻辑,目的在于破除学人对世俗既有观念的执着,从而进入活泼泼的禅悟境界。这种做法在唐代那些注重经、论的义学高僧看来,肯定是难

---

① 释蕴闻编《大慧普觉禅师语录》卷八,《大正藏》第 47 册。
② 葛兆光《中国思想史》第二卷《七世纪至十九世纪中国的知识、思想与信仰》,第 90 页。

以理喻的。这也正从一个侧面说明：宋代佛教,越来越从知识、思想的星空走向世俗化修行实践和体验的大地。

三、语言及修辞

周裕锴指出："禅宗语言是复杂的合成体,文言文、白话文、汉译佛典文等糅合在一起,很难分开。"①这种语言现象在宋代的禅籍里表现尤为突出,因为文献获得的便利、试经度牒制度的严苛、居士禅的如火如荼、市民文化的勃兴、对外交流的频繁等情况,是宋代之前的禅僧不曾面对的。大慧向僧人、士大夫说法,如开堂、上堂时,采用的多是又雅又俗、半文半白的语言;当面对的主要听众是普通百姓,如某些情况下的普说时,采用的多是俗语和白话。但如果作粗略的归类的话,总体上大致还是均可将之归入"白话"的范畴。以下具体举例说明：

> 僧问："参禅要透尘劳网,学道还期出死生。铁壁银山无向背,金圈栗棘不多争。这个是学人寻常用底,未审和尚见处作么生?"师云："春日晴,黄莺鸣。"进云："今日小出大遇。"师云："更听落崖流水声。"②

这段对话中,僧以诗语来问,大慧亦以诗语去答。从它们营造的美妙诗境来说,不是大俗语、大白话所能及的。寥寥三句诗,没有用艰涩生僻的词,句法结构也不复杂,从这个角度说,它们具有某种程度的白话性。表面上来看,大慧所言似乎只是描绘了春天的良辰美景,与僧所问有何相干？实际上大慧暗用了典故。"春日晴,黄莺鸣。日暖

---

① 周裕锴《禅宗语言研究入门》,第86页。
② 释蕴闻编《大慧普觉禅师语录》卷五,《大正藏》第47册。

风和煦物情,更听落崖流水声",据《天圣广灯录》卷二七载乃清凉文益之诗句。我们现在已经难以查证此诗的语境和本事,故其具体涵义难以索解。大慧在《正法眼藏》中曾举过圆悟克勤的示众:"桃花红,李花白,谁道融融只一色。燕子语,黄莺鸣,谁道关关只一声。不透祖师关棙子,空认山河作眼睛。"①圆悟所云"桃花红,李花白"、"燕子语,黄莺鸣"和清凉文益之诗意境相类,不同的是圆悟在其后还有一句"不透祖师关棙子,空认山河作眼睛"。按圆悟的这句话去理解文益的诗,并进而去理解大慧的这段说法,大致上是说得通的,大慧此处很可能是表达了这样的意思:佛性遍布一切无情有情,既不离声色,而又不假声色;学人须亲证亲悟,打破祖师关才能出得瞎漆桶。如此看来,大慧看似平白的语句中却包涵了幽曲的典故和深意。当然这段语录中的参学僧人以诗来问,可见他的文化水平、佛学修养还是比较高的,所以大慧采用这样的方式去解答他的疑惑。在俗众比较多的场合,大慧会换另一种方式去说法:

> 钱计议请普说。师云:"法不可见闻觉知。若行见闻觉知,是则见闻觉知,非求法也。既离见闻觉知外,却唤甚么作法?到这里如人饮水,冷暖自知。除非亲证亲悟,方可见得。若实曾证悟底人,拈起一丝毫头,尽大地一时明得。今时不但禅和子,便是士大夫聪明灵利、博极群书底人,个个有两般病,若不着意,便是忘怀。忘怀则堕在黑山下鬼窟里,教中谓之昏沉。着意则心识纷飞,一念续一念,前念未止,后念相续,教中谓之掉举。不知有人人脚跟下不沉、不掉底一段大事因缘,如天普盖,似地普擎。未有世界,早有此段大事因缘;世界坏时,此段大事因缘不曾动着一丝毫头。往往士大夫,多是掉举。而今诸方有一般默照邪

---

① 释宗杲《正法眼藏》卷一,《卍续藏》第118册。

禅,见士大夫为尘劳所障,方寸不宁怗,便教他寒灰枯木去,一条白练去,古庙香炉去,冷湫湫地去,将这个休歇人。尔道还休歇得么?殊不知这个猢狲子,不死如何休歇得。来为先锋,去为殿后底,不死如何休歇得。……"①

钱计议即钱子虚,为宗杲之方外友。这段语录中,虽然也有引用禅家典故和使用"宗门语",如"如人饮水,冷暖自知"、"黑山下鬼窟里"、"一条白练"、"冷湫湫"等,但即使一个听众不具备与这个典故相关的任何知识,也能从字面上推测出它的意思,并不妨碍对语义的理解。"昏沉"和"掉举"都是佛教中所谓的"八缠"(八种根本烦恼)之一,为专门术语,宗杲特意用通俗的语言对它们进行了解释。通过这段说法,一个平易近人、循循善诱而不是高高在上的幽默禅师形象便显现在我们眼前。句法结构上,亦贴近口语表达的日常习惯,没有使用任何文言句式。

以上讨论了大慧语录的语言特色。他针对不同的受众,根据他们学识、修养的具体情况,采用不同的方式进行开示教育。这种因材施教的教学方法取得了良好的效果,据《大慧普觉禅师年谱》记载,在他门下开悟的僧人和士大夫总计有百余人之多。

从修辞上看,大慧语录的一个显著特点是好用排比和反复。这种排比和反复,不仅表现在语词上,也表现在句法结构这个层面,从而造成一种非常强烈的语势:

而今诸方有数种邪禅,大法若明,只这邪禅,便是自己受用家具。好击石火闪电光、一棒一喝底,定不爱说心说性者,只爱机锋俊快,谓之大机大用;好说心说性底,定不爱击石火闪电光、

---

① 释蕴闻编《大慧普觉禅师语录》卷一七,《大正藏》第47册。

一棒一喝者,只爱丝来线去,谓之绵绵密密,亦谓之根脚下事。①

有情之本,依智海以为源;含识之流,总法身而为体。且那个是智海之源,那个是法身之体?若识得此源,千源万源只是一源;若识得此体,千体万体只是一体。所以道,无边刹境,自他不隔于毫端;十世古今,始终不离于当念。②

这两段话虽然是出自其《语录》,但句式相当整齐,很容易让我们联想到书面色彩很浓的骈文中的扇对。骈文之所以读起来琅琅上口、易于记诵,和对仗的运用是分不开的:因为句子成对出现,只要用心记住了上一句,下面一句无非是和它结构相似、语义相关,也就很容易脱口而出了。这种技法用在口语中,同一语词、同一结构在一段话语中被反复提及和使用,如排山倒海的潮水般一浪接一浪汹涌而来,极具感召力和震撼力,过耳难忘,听者怎能不为之倾倒折服?大慧的追随者李郑曾经对他这样评价:"观其说法,如雷如霆。"③这种雷霆般的效果,和大慧说法时所用的排比、反复等修辞艺术是难以分开的。"径山僧宗杲善谈禅理,从游者众"④,其言语、口才之长,给他带来了很多追随者。

四、对宗门内外之影响及流弊

现在《大正藏》《卍续藏》《嘉兴藏》等佛藏中收录的僧人语录,以《大慧普觉禅师语录》三十卷为卷数之最。除了数量的庞大,其语录作为一代宗师毕生教学活动的记录,无论是对佛门弟子还是世间凡夫,无论是在南宋还是后世,都产生了深刻影响。《五灯会元续略》中

---

① 释蕴闻编《大慧普觉禅师语录》卷一五,《大正藏》第 47 册。
② 同上书,卷三。
③ 李郑《普觉宗杲禅师语录跋》,释法宏、释道谦编《普觉宗杲禅师语录》卷下,《卍续藏》第 121 册。
④ 《宋史》卷三七四《张九成传》,第 11579 页。

记载了这样一个故事:

> (道忞)幼沉毅有宿慧,读书一目五行俱下。总角以艺文擅名乡曲,试为弟子员。然性不耽世好,时飘然有尘外想。及冠,读大慧《语录》,忽忆前身云水参方,历历如见。即日走匡庐,裂章缝,从开先明法师剃染。①

弘觉道忞为晚明禅僧,曾住天童寺,擅诗文,著有《布水台集》。他二十岁时因读大慧《语录》而回想起自己前世是个僧人,从而尽弃世间书,走上了学佛之路。这个故事固然具有神秘色彩和虚构成分,但可以想见后世禅僧对大慧《语录》的尊崇。不仅如此,还有很多僧人以大慧《语录》为教材,推荐给学人阅读。憨山德清尺牍云:

> 寄去大慧《语录》,幸时披剥,冀足下时与此老把臂共行,直使佛祖避舍。②

永觉元贤在给介庵居士的尺牍中说:

> 如肯相信,将从前所学所闻,尽抛在东洋大海那边又那边去。从头依着一部大慧《语录》,亲参实究一番。③

似乎在这些僧人们看来,只要仔细阅读和参究大慧《语录》,学佛便会成为一劳永逸的事情。类似的记载不仅出现在僧人笔下,也时见于士大夫之诗文中。譬如宋人尤焴尝以自己的切身经历,盛赞大慧曰:

---

① 释净柱《五灯会元续略》卷四《宁波府天童寺山翁道忞禅师》,《卍续藏》第138册。
② 释德清《与黄子光》,释福善录、释通炯编《憨山老人梦游集》卷一五,《卍续藏》第127册。
③ 释元贤《答谢介庵文学》,《永觉元贤禅师广录》卷一二,《卍续藏》第125册。

> 大慧说法，纵横踔厉，如孙吴之用兵。而广阔宏深，不可涯涘，如大海水，鱼龙饮者，莫不取足。①

其意是说大慧说法，在风格上汪洋恣肆，内容上深渊广博，无论是什么身份、什么修养的读者，都能在其中有所感悟和收获。随后他亦举了一个"灵验"的例子：

> 往在春陵，永嘉徐棘卿瑄亦贬是邦。未几忽迁象台，忧愁涕泣。焴授以所携本，徐卿亟取读之，达旦不寐。次日欣悦忘忧，与昨日夐然二人也。遂携以去，手抄一本乃见还。后三年，徐殁于贬所。临终殆同游戏，不疾沐浴而逝。此书灵验如此，盖焴之亲睹矣。②

尤焴所述徐瑄之事与明人道忞有异曲同工之妙。而后人广为传颂的"朱熹年轻时只阅大慧《语录》一书"的传闻之原型，最初出现在刘震孙写的一篇序言中：

> 文公朱夫子，初问道延平。箧中所携，惟《孟子》一册，大慧《语录》一部。公于异端，辟之甚严，顾独尊信其书如此，是岂无所见而然哉？③

由此可见朱熹这位理学家曾经对大慧《语录》的顶礼膜拜。正如刘震孙所言，朱熹对佛教等"异端"辟之甚严，曾赞叹程颢辟佛之语极妙，

---

① 尤焴《题大慧语录》，《全宋文》第333册，第387页。
② 同上书，第388页。
③ 刘震孙《石溪心月禅师语录序》，释住显等编《石溪心月禅师语录》卷首，《卍续藏》第123册。

并指责"近世如宗杲,做事全不通点检,喜怒更不中节"①。但他年轻时对大慧《语录》并不排斥,反而认真学习。这对禅门而言是足可引以为豪的"战果",故而关于朱熹的这则最早出于刘震孙笔下的轶事,后来被佛门中人反复津津乐道,并把它改头换面,"《孟子》一册"在他们的引用和转述中也消失了。此是后话。

以上说明了大慧《语录》对世间、出世间的人们精神世界产生的影响。而"语录"作为一种书写体制,在文体的发展演变过程中有它自身的重要地位:

> 佛书初入中国,曰经、曰律、曰论,无所谓语录也。达磨西来,自称教外别传,直指心印。数传以后,其徒日众,而语录兴焉。支离鄙俚之言奉为鸿宝,并佛所说之经典亦束之高阁矣。甚者诃佛骂祖,略无忌惮。而世之言佛者,反尊尚之,以为胜于教、律、僧。甚矣,人之好怪也。
>
> 释子之语录始于唐,儒家之语录始于宋。儒其行而释其言,非所以垂教也。君子之出辞气必远鄙倍,语录行,而儒家有鄙倍之词矣。有德者必有言,语录行,则有有德而不必有言者矣。②

钱大昕的这段话主要是站在批判立场说的:一是禅宗语录的出现,以"下里巴人"的形态挑战了传统佛教经、律、论三藏之权威,使其遭受不应有的冷落;二是受禅宗语录的影响,儒家语录也多用鄙倍之词(白话、俗语),与"君子"形象不相称;三是语录的随意性,无论有德无德,只要有人给他记录,就都能拥有自己的语录,使语录失去了权威、典型作用。

---

① 黎靖德编、王星贤点校《朱子语类》卷一二六,中华书局,1986 年,第 3038 页。
② 钱大昕《十驾斋养新录》卷一八"语录"条,清嘉庆刻本。

大慧《语录》作为宋代乃至整个禅宗史上的重要语录著作,对后世语录写作范式的主要影响在于语言。

上文已经论及,《大慧普觉禅师语录》中的语言,大致有白话和半文半白两种,但总体上大致都可归入"白话"范畴,其中夹杂了大量钱大昕所谓的"支离鄙俚之言"。这些鄙俚之言一方面接近于口语的原貌,是我们了解近世俗语的重要材料;另一方面因为贴近日常生活,所以显得很亲切,使得师徒之间的诘问和回答并不是老师高高在上、弟子屈居下位的状态,而是家常的平等对话。《坛经》里面六祖慧能说法时一上来就用命令的语气说"善知识净听",这虽然是五个字,但非常有力度,这种力度在相当程度上是由于使用文言式的短句造成的:字数少,并且省略了宾语,每一个字都包含了重要信息,减一字不可,听的人便要格外仔细;同时造成音韵上的铿锵,如同戏曲舞台上伴奏之鼓板,控制着整出戏的表演节奏。若是转换成现代白话"各位修学者们认真听我说法",多了很多个字,也由此而失去了警醒发聩之效。此类"善知识净听"的句子在大慧《语录》中几乎是找不到的,而往往是代之以"听取个注脚"之类。"取"、"个"都是可有可无的口语之词;"注脚"作为"听"之宾语,使"听"有了具体的对象,弱化了"听"作为动作层面之涵义。这样,整个句子的命令性、强制性的训导色彩就减弱了很多,基本上接近于"你们听我解释"这样的家常平等对话。

虽然目前还难以找到直接的证据证明朱熹等宋儒的《语录》在语言上受了大慧《语录》的影响,但猜测起来应该是有的。朱熹虽然后来出于理学家的立场对大慧宗杲予以抨击,但他年轻时熟读其《语录》,留在脑海中的印象被轻易地抹得一干二净是不大可能的。例如他曾这样说道:"宗杲云:'如载一车兵器,逐件取出来弄,弄了一件又弄一件,便不是杀人手段。我只有寸铁,便可杀人!'"①故清人江藩云:

---

① 王星贤点校《朱子语类》卷八,第137页。

"讵知朱子之言又何尝不近于禅耶?盖析理至微,其言必至涉于虚而无涯涘。"①这是从内容上说的。语言上,《朱子语类》亦基本采用白话来记录,很难说其中没有受到大慧《语录》之影响。江藩认为,这是因为新儒学转向形而上,同释家一样关注心性之学而流于混同造成的:

> 儒生辟佛,其来久矣,至宋儒,辟之尤力。然禅门有语录,宋儒亦有语录;禅门语录用委巷语,宋儒语录亦用委巷语。夫既辟之,而又效之,何也?盖宋儒言心性,禅门亦言心性,其言相似,易于浑同。儒者亦不自知而流入彼法矣。②

以上略述了大慧《语录》对南宋和后世、佛门和儒家在精神世界及语言技法等多方面的积极作用,但我们也不能无视其弊端。禅宗由唐发展至北宋再至南宋,总的走势是由易趋险、由简趋繁,逐渐失去早期禅宗那种质朴、天然的风气。机锋峻烈是临济宗的惯有传统,"临济喝"已成为丛林传颂之口头禅。临济宗的早期禅僧常借助口喝棒打、扬眉瞬目等肢体动作来开悟学人。但越往后发展,他们便越在言语上下功夫,至圆悟克勤、大慧宗杲辈,则把这种言语功夫磨炼到了炉火纯青,变成了思维的较量,反而忽视了参禅最重要的途径"直觉体验"和最根本的目标"契悟"。大慧曾讲述了一段他批评嘲讽其师圆悟克勤的故事:

> 圆悟先师常说:"近来诸方,尽成窠窟。五祖下,我与佛鉴、佛眼三人结社参禅,如今早见漏逗出来也。佛鉴下有一种作狗子叫、鹁鸠鸣取笑人;佛眼下有一种觑灯笼露柱,指东画西,如眼见鬼一般。我这里且无这般病痛。"山僧曰:"大好无病痛。"先师

---

① 江藩《国朝宋学渊源记》卷上,《粤雅堂丛书》本。
② 江藩《国朝宋学渊源记》附记,《粤雅堂丛书》本。

曰："何谓?"山僧曰："击石火闪电光,引得无限人弄业识,举了便会了,岂不是佛法大窠窟?"先师不觉吐舌。乃曰："莫管他。我只以契证为期,若不契证,断定不放过。"山僧曰："说契证即得,第恐后来只怎么传将去,举了便会了,硬主张击石火闪电光,业识茫茫未有了日。"先师深以为然。①

大慧颇有几分自得之意。但客观地看来,他自己何尝不也有这些毛病,而且病得比圆悟更甚? 大慧《语录》,电光石火,以言句为奇特事,是险、繁一路的代表。对"机锋"的过度追求,使参禅越来越成为一种机锋较量,失去了它本应有的"解脱"之宗旨。大慧派后人对此有所认识,以至产生了毁弃他《语录》的念头:"祖庆尝欲焚前录,俾学者自悟西来直指,不滞文字语言。"②但他转而又说:"今复锓此板,何也? 正欲枷上着杻、缚上增绳,令渠自透自脱,灵刹汉一见,便知落处。更于此录求玄妙、寻言句,一任钻龟打瓦。"③这恐怕只是掩耳盗铃式的狡辩和自我安慰罢了。

第二节　云卧晓莹及其笔记《罗湖野录》《云卧纪谭》

> 欧阜千仞,萝湖一曲。影不出山,尘不浼足。逾四十年,倏于转瞩。低俟国命,高云汉目。渔樵争席,兰茝腾馥。著书自乐,卷舌自默。衡阳瘴面,云山短服。眼底江山,胸中杼轴。物初幽寻,象外遐逐。④

---

① 释蕴闻编《大慧普觉禅师语录》卷一八,《大正藏》第 47 册。
② 释祖庆《普觉宗杲禅师语录序》,释法宏等编《普觉宗杲禅师语录》卷首,《卍续藏》第 121 册。
③ 同上。
④ 释居简《祭萝湖云卧庵主莹仲温云居老宿聪首座》,《北磵文集》卷一〇,《全宋文》第 299 册,第 7—8 页。

这段话出自南宋著名五山诗僧北礀居简写的一篇祭文。所祭者之一,便是他的师叔云卧庵主晓莹。以上所摘数句,形象再现了晓莹这位僧人、隐士、文人其生涯的若干侧面。大慧门下弟子,大多个性比较张扬,住持名山大刹,与王公贵卿交游酬唱。然而,晓莹却独伴青灯,花开花落之间,隐于山野五十余年。他结庐世外,杜门却扫,不与世接。正因为他作风内敛、高蹈不出,所以其生平细故并不为当时及后世之灯录、僧史所关注,关于他的生平记载堪称寥寥;南宋以来史料提及稍多的,唯有其两部笔记——《罗湖野录》《云卧纪谭》而已。《四库提要》谓晓莹笔记"缁徒故实纪述颇详,所载士大夫投赠往来篇什尤夥,遗闻逸事多藉流传"①,作为南宋为数不多的僧人创作的笔记,它们为宋代诗文的辑佚整理提供了宝贵的材料,也为我们今天了解南宋初、中期禅门某些新的发展动向提供了丰富的线索。

一、晓莹行履与著述续考

晓莹,字仲温,号云卧庵主,丛林常以"莹仲温"称之,临济宗大慧派僧,嗣法大慧宗杲。关于晓莹的生卒年和籍贯,许红霞《晓莹生平事迹初探》②一文中对其作了考证,认为晓莹乃江西洪州人,生于徽宗宣和四年(1122),卒年约在宁宗嘉定二年(1209)左右。史料详实,可备一说。其生平细末已难全面考索,我们只能根据零星的资料,尽量勾画出他行履的大致踪迹。

(一)关于"罗湖"

根据晓莹同门逊庵宗演的说法,晓莹在其师大慧宗杲被流放衡州和梅阳时,一直都在老师身旁伴随,所以对祖咏编《大慧普觉禅师年谱》的讹误具有权威发言权:"后得江西莹《云卧书》,亹亹讥其阙

---

① 《四库全书总目》卷一四五《罗湖野录》提要。
② 许红霞《晓莹生平事迹初探》,《北京大学中国古文献研究中心集刊》第5辑。

失,与昔所闻果若符契。……云卧侍师于衡、梅,可谓亲闻饫见与。"①根据《大慧普觉禅师年谱》,大慧于绍兴十一年至二十年(1141—1150)编管衡州,绍兴二十年至二十五年(1150—1155)被窜梅州,这段时间内晓莹一度在大慧身边。"愚以倦游,归憩罗湖之上。……但以所得先后,会粹成编,命曰《罗湖野录》。……绍兴乙亥十月望日湖隐堂释氏子晓莹叙。"②绍兴乙亥(1155)十二月大慧于梅阳蒙恩自便,晓莹于是年已到罗湖。而"罗湖"在哪里? 许红霞《晓莹生平事迹初探》一文认为罗湖在江西洪州丰城县,这是值得商榷的。按,根据晓莹自述,"始予出自南闽,远归江表,分甘与草木俱腐,诛茅城山,以尚书孙公仲益所书云卧庵字而揭焉。公又以诗见寄,有'身世两相违,云闲卧不飞'之句,盖其知予者也。山顶高寒,非老者所宜。八见青黄,病随日生,由是徙居曲江之感山"③,"于乾道辛卯缚屋荒山,既高寒孤迥,老病不堪,至淳熙戊戌冬,以徒弟隶名感山小寺而徙居焉"④。乾道辛卯(1171)至淳熙戊戌(1178)正好时隔八年,与"八见青黄"是契合的。也就是说,乾道辛卯(1171)晓莹移居的正是丰城云卧庵,一住八年,淳熙戊戌(1178)移居曲江感山。云卧庵在江西无疑,则据"始予出自南闽,远归江表",可见他来江西之前,是住在南闽的。因而,罗湖更有可能是在南闽地区。由此我们也不难总结出晓莹自青年时代开始,一生大致经历了如下几个阶段:

  随侍大慧衡州、梅阳(约绍兴辛酉—约绍兴乙亥)(1141后—1155前)

  隐居南闽罗湖(约绍兴乙亥—乾道辛卯)(1155前—1171)

  隐居丰城云卧庵(乾道辛卯—淳熙戊戌)(1171—1178)

  隐居丰城曲江感山(淳熙戊戌—约嘉定己巳)(1178—约1209)

---

① 释宗演《大慧普觉禅师年谱跋》,释祖咏《大慧普觉禅师年谱》卷末附,《宋人年谱集目/宋编宋人年谱选刊》,第194页。
② 释晓莹《罗湖野录自叙》,《罗湖野录》卷首附,《卍续藏》第142册。
③ 释晓莹《云卧纪谭自叙》,《云卧纪谭》卷首附,《卍续藏》第148册。
④ 释晓莹《云卧庵主书》,《云卧纪谭》卷末附,《卍续藏》第148册。

(二) 与孙觌结识的时间

晓莹作为一介隐士,其《罗湖野录自叙》《云卧纪谭自叙》《云卧庵主书》中出现的他所交往的有明确姓名的人,基本都是和尚,唯有孙觌一人是士大夫。而且据《云卧纪谭自叙》所述,"云卧庵"三字即得自孙觌所书,又提及孙觌曾寄诗予他,晓莹以他为知音,可见两人并不是泛泛之交。孙觌(1081—1169),字仲益,号鸿庆居士,常州晋陵(今常州武进)人,大观三年(1109)进士,官至户部尚书,尝作《圆悟传》。晓莹与他年龄相差四十余岁,又有相当一段时间随大慧流于衡、梅,后又遁迹山林,不涉世事,如何与他相识?《大慧普觉禅师年谱》载绍兴二十八年(1158)冬孙觌复大慧书有曰:"自公入吴,一佛出世矣。侯王而下,皆获瞻礼,独觌尚未一诣,遂无以籍口。觌方欲上书谢事,得请后书疏小间,当由临安入山,抠衣听法,一洗尘陋。"[①]这封信孙觌的《内简尺牍》没有收录,我们无法窥其全篇;但至少可见在此之前,大慧与他也并没有见过面。而他言辞缱绻恳切,况当时已不涉朝政,放旷于太湖之上,当会在不久之后兑现诺言,前去临安拜访大慧。晓莹同门无著妙总有文曰"妙总穷居村落,不闻丛林胜事久矣。比者江西莹仲温,远自双径来访山舍,娓娓谈前贤往行,殊慰此怀"[②],文末落款是"绍兴庚辰十月二十日毗陵无著道人妙总谨书"。可知在绍兴三十年(1160)晓莹先去了一趟径山,然后才去苏州资寿拜访无著妙总,请她给《罗湖野录》作跋。晓莹又云隆兴元年(1163)大慧于径山示寂时,他参与了丧事办理:"愚是时于丧,司职在掌记。"[③]也就是说,晓莹在绍兴三十年(1160)左右在江浙一带多有活动。他认识孙觌最有可能是在1160年左右孙觌初次拜访大慧时。

---

① 释祖咏《大慧普觉禅师年谱》"绍兴二十八年"条,《宋人年谱集目/宋编宋人年谱选刊》,第191页。
② 释妙总《罗湖野录跋》,《罗湖野录》卷末附,《卍续藏》第142册。
③ 释晓莹《云卧庵主书》,《云卧纪谭》卷末附,《卍续藏》第148册。

这个时候晓莹大约四十岁,孙觌已近八十高龄,可谓忘年之交。

（三）晓莹著述

晓莹隐居前,跟随大慧学习多年,尝为大慧掌书记,大慧以竹篦付之。他善作诗文,著有笔记《罗湖野录》《云卧纪谭》①;《全宋诗》据《宋高僧诗选》录其诗《南昌道中》一首,《宋代禅僧诗辑考》据《云卧庵主书》等续辑六首;《全宋文》录其文三:《与径山遯庵无言首座禅师书》(又名《云卧庵主书》《云卧长书》)、《云卧纪谈自叙》、《罗湖野录叙》。按,亚愚绍嵩《江浙纪行集句诗》②中集晓莹五、七言诗句凡136句,为全书所集诗句较多的诗人,仅次于杨万里(189句),可见他应是当时著名诗僧,作有大量诗歌,今所存者,唯寥寥数首而已;晓莹《云卧庵主书》中提及自己曾作《大慧正续传》《无垢闻道传》《无著投机传》,今佚;《续灯存稿》卷一《吉州青原信庵唯禋禅师》谓"罗湖莹仲温状其行",可知晓莹撰有信庵唯禋禅师之行状,今佚。另晓莹曾任书记之职,其所撰当有大量应用文书,今亦不见。"飘飘任此身"③、"寂寂饶孤兴"④、"灯火照青编"⑤、"倚栏哦五字"⑥、"取火缀诗篇"⑦、"婆娑弄翰墨"⑧、"对景觅诗联"⑨、"出门纵步细哦诗"⑩、"欲罢不能聊一吟"⑪、"等闲遇事成歌咏"⑫等这些诗句,当是他影不出山、天涯飘蓬,笔耕为食、心织为衣的自我写照。

---

① 关于《罗湖野录》《云卧纪谭》版本情况,详见本书第二章第一节"大慧派禅僧著述考"。
② 释绍嵩《江浙纪行集句诗》广集唐宋诗句,收录于陈起《江湖小集》卷三一九(《文渊阁四库全书》本)。详参本书第六章第三节。亚愚绍嵩,南宋临济宗虎丘派僧,法系:密庵咸杰——曹源道生——痴绝道冲——亚愚绍嵩。
③ 释绍嵩《晚泊了头岩》集晓莹诗句,陈起《江湖小集》卷三,《文渊阁四库全书》本。
④ 释绍嵩《湖山堂晚坐》集晓莹诗句,《江湖小集》卷三。
⑤ 释绍嵩《至钱君瑞壶天因题云》集晓莹诗句,《江湖小集》卷四。
⑥ 释绍嵩《憩灵隐写怀》集晓莹诗句,《江湖小集》卷三。
⑦ 释绍嵩《题净众壶隐》集晓莹诗句,《江湖小集》卷四。
⑧ 释绍嵩《次韵朋上人东湖精舍即事》集晓莹诗句,《江湖小集》卷四。
⑨ 释绍嵩《遣怀》集晓莹诗句,《江湖小集》卷五。
⑩ 释绍嵩《郊行》集晓莹诗句,《江湖小集》卷九。
⑪ 释绍嵩《江上》集晓莹诗句,《江湖小集》卷九。
⑫ 释绍嵩《宿绍兴》集晓莹诗句,《江湖小集》卷七。

二、《罗湖野录》《云卧纪谭》的写作

宋人历史意识增强,因而热衷于笔记创作,成为与正史的一种双向补偿。作为一种文体,笔记并不要求内容系统、结构严密,相反具有相当的随意性,篇幅、内容、语言、布局等主动权都在作者手上,较少受到约束。很多笔记在内容上往往具有"杂"的特点,可以记述人物、事件、见闻、感悟、风物、胜迹,等等。甚至很多笔记就直接以"杂"命名,如段成式《酉阳杂俎》、吴处厚《青箱杂记》、周密《癸辛杂识》等。但表面上的芜杂并不能妨碍作者表达自己的立场和关注领域,宋人尤其如此,这突出表现在宋代"史料笔记"和"诗话"这两种门类的笔记创作非常发达:专门关注历史典章、事件等,便形成了史料笔记;专门记录与诗歌有关的典故、技艺、评论之类,便形成了诗话。与之前相比,"宋人笔记多记录作者自己的经验、见解、感触等,增加了作者的声音。在他们的笔下,笔记转变为能够表述个人领域的文体"[1]。晓莹的《罗湖野录》《云卧纪谭》就是如此。作为南宋前期的两部禅门笔记,它们不仅透露出晓莹本人的文学、禅学观念,也反映出那个时代丛林的某些新变。

《罗湖野录》成书于绍兴二十五年(1155),《云卧纪谭》则成书于淳熙十年(1183)至十六年(1189)间[2]。以现存文献来看,在晓莹之前,宋代佛门便有文莹《湘山野录·续录》《玉壶清话》、惠洪《林间录》《冷斋夜话》《天厨禁脔》等这些笔记。其中《湘山野录·续录》《玉壶清话》和《冷斋夜话》《天厨禁脔》多记录诗文掌故,故今人常把它们当作诗话看待。但其中所涉人物,大多为士大夫,它们记录的主要是士大夫的文学轶事;《林间录》则多记丛林参禅论道之事或方外玄踪,与文学关联甚少。而《罗湖野录》《云卧纪谭》每一条目几乎都是写僧

---

[1] [韩]安芮璿《宋人笔记研究——以随笔杂记为中心》,复旦大学2005年博士学位论文。
[2] 参许红霞《晓莹生平事迹初探》,《北京大学中国古文献研究中心集刊》第5辑,2005年。

人与僧人、或僧人与士大夫之间的交游往来,但题材的焦点并不是参禅论道,而是写诗作文、谈诗论文。二书的绝大多数条目,均以诗文为主线和核心,或交代其创作背景及渊源,或谈作者轶闻遗事,或考其流传版本,或评其得失优劣,或论其影响流弊,等等。关于二书的材料来源,晓莹表示有些是从书籍或碑刻上看到的,有些是从师友处听来:

> 因追绎畴昔出处丛林,其所闻见前言往行,不为不多。或得于尊宿提唱、朋友谈说,或得于断碑残碣、蠹简陈编。岁月浸久,虑其湮坠,故不复料拣铨次,但以所得先后,会粹成编,命曰《罗湖野录》。①
>
> 身闲无事,遇宾朋过访,无可藉口。则以畴昔所见所闻公卿宿衲遗言逸迹,举而资乎物外谈笑之乐。不谓二三子剽闻而耳亦熟矣,遂相与记诸,以《云卧纪谭》名之。然予所谈,未必世之贤者以为善,令会释成编,无乃重予之过欤?②

从晓莹的自述中,我们可以知道他又把这些看到或听到的故事讲给来访的宾朋听,是他们谈话的材料。因此,这两部笔记是晓莹日常所见所闻所言的实录,是他日常生活活生生的再现。而晓莹隐居多年,所交往者绝大多数是僧人。由此我们可以想见,在晓莹生活的时代,即南宋初期至中期,僧人之间师友相见或尺素往还,"文学"已经成为一个非常重要的谈论话题,诗文的写作和评论已经成为他们生活的日常形态。这也就不难理解,为什么大约从南宋中期开始,越来越多的五山禅僧拥有煌煌数十万言的诗文集。

---

① 释晓莹《罗湖野录自叙》,《罗湖野录》卷首附,《卍续藏》第142册。
② 释晓莹《云卧纪谭自叙》,《云卧纪谭》卷首附,《卍续藏》第148册。

在谈到笔记的写作目的时,晓莹又言:

> 然世殊事异,正恐传闻谬舛,适足浼秽先德、贻诮后来,姑私藏诸,以俟审订。脱有博达之士,操董狐笔,著僧宝史,取而补之,土苴罅漏,不为无益云尔。①

可见,他写作笔记的态度是严肃认真的,并不是一种笔墨游戏或无聊消遣。写成之后,他并不急着公之于世,而是私下收藏,仔细校读勘误。他希望有一天写作灯录、僧史的人能够用他的笔记来裨补史书缺漏。这就是说,晓莹非常自信地认为,他笔记中所涉及相关僧人的事迹言行,写入佛门史书是当之无愧的:他心目中的"僧宝史",理所应当包含文学方面的内容;他心目中理想的僧人形象,理所应当具有文学创作的才能。

从晓莹"故不复料拣铨次,但以所得先后,会粹成编,命曰《罗湖野录》"一语可知,他写作笔记,并不是出于一时冲动,而是经过了长时间的材料储备和整理。因为《罗湖野录》共有九十五条,他能按所得材料的时间顺序编写,说明他长久以来都有意识地搜集和记录有价值的相关材料。也正是因为晓莹抱着"著史"的态度,故而《罗湖野录》《云卧纪谭》与一般的僧人笔记好写神怪、灵异等不同,极少写此类事件和现象,而是记录人间事、人间人。即使偶尔写神怪、灵异,目的也不在于讲述这个故事本身,而只是以之为话题,引出文道、佛理等与鬼神无关的主旨。试分别看一则惠洪和晓莹笔下的神怪描写。惠洪《冷斋夜话》:

> 王荣老尝官于观州,欲渡观江,七日风作,不得济。父老

---

① 释晓莹《罗湖野录叙》,《罗湖野录》卷首附,《卍续藏》第142册。

曰:"公箧中必蓄宝物,此江神极灵,当献之得济。"荣老顾无所有,惟玉麈尾,即以献之,风如故。又以端砚献之,风愈作。又以宣包虎帐献之,皆不验。夜卧念曰:"有黄鲁直草书扇头,题韦应物诗曰:'独怜幽草涧边生,上有黄鹂深树鸣。春潮带雨晚来急,野渡无人舟自横。'"即取视之,恍惚之际,曰:"我犹不识,鬼宁识之乎?"持以献之,香火未收,天水相照,如两镜展对,南风徐来,帆一饷而济。予观江神,必元祐迁客之鬼,不然何嗜之深邪?①

晓莹《罗湖野录》:

> 死心禅师,绍圣间住江西翠岩。法堂后有齐安王祠,威灵甚著。死心徙祠于院西偏,即址以建丈室。设榻燕寝,蟠蟠身侧;叱去复来,夜以为常。一夜将三鼓,梦冠裳者涌谒,极陈迁居非所乐,欲假庄丁六十辈南游二广。死心在梦诺之。居无何,庄丁家疫疠大作。物故如数而后已。遂设问于学徒曰:"且道果有鬼神乎?若道有,又不打杀死心;若道无,庄丁为甚么死?"时下语鲜有契者。适楚源首座自宝峰真净会中来,死心如前问之。源曰:"甜瓜彻蒂甜,苦瓠连根苦。"死心笑而已。②

二者对比起来,我们便很能看出作者创作观念和主旨的区别。无论惠洪认为江神乃元祐党人魂魄所化是出于一时戏谑还是对神怪的深信不疑,至少他在文本的表达上,明确为自己设定了一个立场;而晓莹只是平静地陈述客观事实,以此为话题,自然引出佛理禅解。相比

---

① 释惠洪《冷斋夜话》卷一"江神嗜黄鲁直书韦诗"条,中华书局,1985年,第1页。
② 释晓莹《罗湖野录》卷下,《卍续藏》第142册。

于惠洪小说家式的杂谈,晓莹的记述更接近于史家笔法。

三、《罗湖野录》《云卧纪谭》之文献、文学价值

传统的文献整理、文学研究,关注的多是士大夫文学,士大夫以外群体的创作,如乡绅胥吏、幕僚门客、江湖文人、僧侣道士等,因为处于社会主流话语权之外,往往不为文学史家所重视,从而湮没无闻。比如在南宋,有很多僧人都刊刻出版了自己的诗文作品集,但流传至今者却为数不多,并且其中相当一部分还是从海外觅回。如此我们不免会有疑惑:现有的主要建立在士大夫文学基础上的"文学史"所勾勒的框架和线索,是全面而真实的吗?毋庸置疑,在南宋时期,僧人作为士大夫之外的一个庞大的创作群体,对他们作品的搜集、整理和研究,是一项长远的工作。清人有言:"《感山云卧纪谈》,其书体例与《罗湖野录》同,多载遗文遗事,有资于考证。盖晓莹固高僧以词翰著者,非如他人语录,第逞机锋语也。"[①]这些"遗文遗事",对于我们今日的文献整理、文学研究具有重要价值。

(一)《罗湖野录》《云卧纪谭》作为以"文学"为主要记录和讨论对象的禅门笔记,保存了不少珍贵的文学文本和史料。据笔者粗略统计,《罗湖野录》中抄录的诗文达190余篇,《云卧纪谭》中则抄录诗文210余篇。这些诗文既有僧人的,也有士大夫的;其中有相当一些篇目仅见于此二书而不获录于作者别集或其他著作,因而对宋诗文辑佚之价值不言而喻。笔者从此二书中辑得未收于《全宋诗》《全宋诗订补》《宋代禅僧诗辑考》《全宋文》等的诗文,及未见录于其他书志目录的著作名称,以作者在二书中出现先后为顺序,谨录于下:[②]

---

① 杨守敬《日本访书志》卷一六,光绪刻本。
② 此处仅列篇名或著作名,作品内容详阅本节附录一。

来源	作者	作品
《罗湖野录》	西竺惟久	《设浴榜文》
	冯楫	《请忠住胜业疏》(句)
	宋仁宗	《和大觉禅师归山颂》
	宋英宗	《许大觉禅师归山札子》
	保宁仁勇	《五通仙人颂》
	大沩智	《大沩智禅师语要》(佚)
	陈与义	《大沩智禅师语要序》(佚)
	佛眼清远	《题延寿壁》
	杨亿	《汝阳禅会集》(佚)
		《汝阳禅会集自叙》
	宝峰惟照	《示聪藏主法语》
	死心悟新	《黄龙山门榜文》
	李遵勖、朱正辞、许式	《联句颂》
	湛堂文准	《炮炙论》
	浮山法远	《禅门九带集》(佚)
	明教契嵩	《欧阳文忠公外传》(佚)
《云卧纪谭》	富弼	《寄姑苏圆照禅师》
	宋仁宗	《赐大觉禅师颂》
	马醇	《题院壁》
	慈云善因	《奏议》
	秦观	《自挽》(句)
	大慧宗杲	《对灵文》(句)

(续表)

来源	作者	作品
《云卧纪谭》	大慧宗杲	《答严康朝教授书》(句)
		《题冯楫大慧老师画像赞》
	程辟	《招南禅师住翠岩》
		《和南禅师颂》
	思净	《偈颂》
		《偈颂》
	孙觌	《寄云卧莹禅师》(句)
	张浚	《题妙应大师肖像》
	李光	《赠妙应大师》
	修仰书记	《题净发图》
	真教果	《辅教编注》(佚)
	洪刍	《栖贤真教果禅师辅教编注后序》(佚)
		《题果禅师像》
		《施米疏》
	无住本	《开山伏虎师赞》
		《偈颂》三十余首(佚)
	汪应辰	《请宣首座住南源疏》
	唐文若	《寄大慧禅师偈》
	祖麟	《偈颂》
	浮山法远	《遗语》
	韩驹	《寂音尊者塔铭》(佚)
	无名氏	《嘲大悲闲禅师偈》

(续表)

来　源	作　者	作　品
《云卧纪谭》	王安石	《弥勒发愿偈》(佚)
	黄庭坚	《跋荆公弥勒发愿偈》(佚)
	严康朝①	《偈颂》
	香严如璧(饶节)	《次韵答吕居仁》
		《山居颂》
	陈瓘	《寄香严璧禅师偈》
	九峰鉴韶	《缁素劝请疏》
	苏辙	《和上蓝顺禅师见寄三首》
	杨杰	《调可遵禅师偈》
	张商英	《寄大洪恩禅师偈》
	圆通永道	《辞授文官兼带武职偈》
	琅琊慧觉	《注三祖信心铭》(佚)
	广教守讷	《禅余集》(佚)
	鹿苑信	《南昌园夫集》(又名《奇葩》,佚)
	胡寅	《南昌园夫集序》(佚)
	报本慧元	《报本慧元禅师语录》(佚)
	浮山法云	《圆鉴远禅师行实》(佚)

(二)《罗湖野录》《云卧纪谭》二书本身即有很多条目涉及文献考证,它们对我们今天了解相关著作或诗文的流传与演变、相关人物的生平经历等具有重要意义:

---

① 《云卧纪谭》误作"严朝康"。

	条　目①	内　容	所涉作品	晓莹考证
罗湖野录	湖州报本元禅师	报本慧元《黄龙三关颂》顺序	俗讹	勘误
	兴元府吴恂	吴恂字	《林间录》	勘误
云卧纪谭	黄龙颂"三关"	《佛手、驴脚颂》版本	《林间录》	版本校勘
	查道《僧堂记》	查道《僧堂记》文本	俗讹	辑佚
	鼓山刊录	《翠岩守芝禅师语录》文本	福州鼓山绍兴年间刊《古尊宿语录》	辑佚、勘误
	圆鉴远公	浮山法远禅师世姓、出家年龄	《禅林僧宝传》	勘误
	老华严出世	怀洞语录、别号	《林间录》	勘误
	政书记诗	"种竹百余个"一诗作者	诗选	勘误
	严阳尊者	《送僧偈》作者、文本	《景德传灯录》	辑佚、考证

（三）禅宗由中唐发展至宋,总的趋向是由易至险、由简至繁,越来越注重机锋。而随着北宋以来文字禅之风的蔓延,所谓的机锋又在很大程度上体现于在语言文字上费尽心思下功夫,即把奇特怪异的语词和意象、脱离常情的句法和逻辑、双关隐喻等修辞运用到创作中,让人读了之后难以索解,一疑未解又起一疑——这正是禅僧们要追求的效果。他们认为大疑而大悟,置之死地方能后生。但如果这种倾向的发展过了头,偈颂成了写作者驰骋言句的文字游戏、阅读者脱离逻辑的智力较量,那么是否与偈颂帮助学人开悟的初衷南辕北

---

① 《罗湖野录》无条目名,此处姑取每条首句为名。

辙？僧人或士大夫所作的与佛理有关之偈颂赞，与一般的文学创作不同，往往有具体的机缘或背景。比如一则颂古，颂的是什么公案，是确定的。如果作者不交代这些机缘或背景的相关信息，则常常让人读后一团迷雾、不知所云。很多偈颂赞（尤其是宋代的）堪称难解，很大一部分原因在于此。所以无著妙总有这样的感叹："前哲入道机缘，禅书多不备具者，其过在当时英俊失于编次，是无卫宗弘法之心而然。遂致有见贤思齐者，徒增大息耳。"①

法国叙事学理论家热奈特（Gérard Genette）提出了"副文本"（Paratext）的概念，包括序跋、标题、题词、图画、封面、说明等因素。它们是文本的有机组成部分，并不是可有可无的独立存在。而对于宋代禅僧的作品而言，尤是如此。《罗湖野录》《云卧纪谭》对大量诗文作品创作机缘和背景的记述，使作品文本本身的意蕴和内涵得以完整地呈现于读者，是珍贵的"副文本"材料。如以下这条：

> 太学上舍生杨麟，以绍兴丁丑夏诣育王，冠带拜大慧于无异堂，垂泣云："愿从和尚出家。"语未竟，掷下巾帽，袖中出剪刀，自落其发。大慧亟呼左右执其手。问其故，乃以实对。因摄受之。次日升堂，示众曰："已着槽厂，将错就错。骑却圣僧，不妨快乐。龙象蹴踏，非驴所作。堪笑诸方，妄生穿凿。休穿凿，祥麟只有一只角。"麟便膜拜曰："谢师安名。"即名祖麟。大慧复语以六祖于大庾岭示明上座不思善恶、乃至密语密意尽在汝边之话，使其于日用提撕。自是除大慧有问则答，其士大夫衲子并不与交一词。然麟之仪状雄伟，既毅然自处，人亦不得而亲疏。唐舍人立夫以偈寄大慧曰："蚤岁屠龙晚获麟，西风一夜海生尘。掀天搅地难寻提，阿育山前失却身。"大慧迁径山，麟亦随侍于道。既有彻

---

① 释妙总《罗湖野录跋》，《罗湖野录》卷末附，《卍续藏》第142册。

证,忽尔违和。大慧遣了德侍者往问之。麟以片纸书偈曰:"<u>衣冠不御发齐眉,一室翛然自不知。薄相等闲聊示疾,起他菩萨几多疑。</u>"寻炷香三瓣,随爇而誓曰:"后世身为男子,遇明眼宗师,童真入道。"既爇罢,泊然而化。大慧为秉炬曰:"<u>担却一片睦州版,一去万牛不可挽。祖师门下真祥麟,堪作人天正法眼。无何时节忽到来,援毫写偈自催趱。杨道者,休催趱,火里蜘蟟吞铁划。</u>"①

如划线处所示,这一条目中共有四首偈颂,如果把它们单独拿出来读,而之前又没有任何与之相关的知识储备的话,那么肯定读得云里雾里,倍添疑情。因为它们俱有机缘和本事,并不是靠逻辑、猜测等所能得知的。但通过晓莹的这段叙述,我们便很容易就能理解此四首偈颂之涵义。《云卧纪谭》还详细记载了大慧写作《瑞石赞》②的因缘,并说:"《赞》虽收《广录》而遗其缘起,则不见《赞》意之大全也。"③诚如晓莹所言,脱离了缘起,偈颂便是不完整的孤立文本。可见晓莹在主观上,即有阐扬前哲往贤悟法、示法之个中机缘的意图,以此昭予后学者门径与舟楫。这可以说是对当时禅林普遍存在的以险、繁为主导倾向的文字之风的一种积极补救。故而妙总认为晓莹的笔记"雄文可以辅宗教,明诲可以警后昆。于是详览熟思,不忍释手。亦足以见仲温为道为学之要,其操心亦贤于人远矣"④,可谓知音之语。

四、《罗湖野录》《云卧纪谭》与晓莹文学观及南宋"五山文学"

佛教义理本来是抽象的、不可说的,作为具体的个人,该如何去把握这种抽象,从而达到开悟的境界? 在晓莹看来,好的偈颂赞等作

---

① 释晓莹《云卧纪谭》卷上"杨麟出家"条,《卍续藏》第148册。
② 释宗杲《瑞石赞》:"非因非缘非自然,此石此画亦复尔。是光非摄此身相,是相非从是光里。二俱难以意测量,大士度生亦如是。我作此偈助发挥,观者当净身口意。"
③ 释晓莹《云卧纪谭》卷上"刘公观音石像"条,《卍续藏》第148册。
④ 释妙总《罗湖野录跋》,《罗湖野录》卷末附,《卍续藏》第142册。

品因为包含着佛理禅道,是引导人们走向觉悟的善巧方便之途径:

然有乐于讴吟,则因而见道,亦不失为善巧方便、随机设化之一端耳。①

其言典而严、简而悉,于世出世间两得之矣。若使守法任者,具如是施为,何虑丛林之不振耶?②

根据晓莹的自述,他在笔记中摘录的文学作品,承载着佛道,有助于佛理发挥教育作用。如他认为契嵩的著作,"高文至论,足以寄宣大化"③;潭州智度觉禅师则"以扶宗振教为己任,非驰骋于驾词而已。至于宗门统要机缘,无不明之以颂;古今名僧行实,无不著之以传。虽博而寡要、劳而少功,既藏于蜀山,岂不壮丛林寂寞之传耶?"④如此,作者所作诗文,能够直接反映出其对佛学之"悟"的深浅高下:

程待制智道、曾侍郎天游,寓三衢最久,而与乌巨行禅师为方外友。曾尝于坐间,举东坡宿东林闻溪声,呈照觉总公之偈:"溪声便是广长舌,山色岂非清净身。夜来八万四千偈,它日如何举似人。"程问行曰:"此老见处如何?"行曰:"可惜双脚踏在烂泥里。"曾曰:"师能为料理否?"行即对曰:"溪声广长舌,山色清净身。八万四千偈,明明举似人。"二公相顾叹服。吁,登时照觉能奋金刚椎,碎东坡之窠窟,而今而后,何独美大颠门有韩昌黎耶?⑤

东坡偈见解固高,看到了一切有情无情众生皆有佛性,山水草木亦无例

---

① 释晓莹《罗湖野录》卷上,《卍续藏》第142册。
② 释晓莹《罗湖野录》卷下,《卍续藏》第142册。
③ 释晓莹《罗湖野录》卷上,《卍续藏》第142册。
④ 释晓莹《罗湖野录》卷下,《卍续藏》第142册。
⑤ 同上。

外;并且东坡不满足于自己修行,想着如何把听到的这些"无情说法"举似他人。自悟悟人、自觉觉他,正是大乘境界。所以东林常总一阅东坡此偈即印可之。与东坡偈相比,道行偈主要只是把其中的判断词去掉了。本来犹有一个作判断的主体的"我",判断词去掉后,主体性的"我"也随之消失,溪声、山色,一切都滤去了人为加于它们的主观色彩,而以自身清净之"本来面目"呈现;一切众生既本有佛性,见色自能明心,闻声自能悟道,不必待于他人。① 因而从南宗禅的角度,道行偈确实比东坡偈更高一筹,孰为"窠窟"、孰为"金刚椎",是显而易见的了。——这就是文字的魔力,仅仅是几个字的差异,所反映的悟入深浅就一目了然,因而晓莹十分遗憾当时东林常总没有给东坡指出其未究竟处。

虽然晓莹认为诗文可以表现佛道、表明作者"悟"的深浅高下,但他并没有因此放弃对作品文学性的强调和关注。他非常推崇那些富于辞采、在艺术性方面较突出的作品:

空之偈句风韵高妙,于事理尤为圆融。②

(定慧信)品题形貌之衰惫,模写情思之好尚,抑可谓曲尽其妙矣。③

(舟峰庆老)蚤以道德文章为泉南缁素歆艳。……词章华赡,殊增丛林光润。④

正雅富于学,作诗有陶谢趣。临薨献书,益尚简淳。⑤

南昌信无言者,早以诗鸣于丛林。徐公师川、洪公玉父,品第其诗,韵致高古,出瘦权、癞可一头地。⑥

---

① 详参朱刚《苏轼庐山之行及其"悟"》,《新宋学》第 3 辑,上海人民出版社,2014 年。
② 释晓莹《罗湖野录》卷下,《卍续藏》第 142 册。
③ 同上。
④ 释晓莹《云卧纪谭》卷上"舟峰庆老"条,《卍续藏》第 148 册。
⑤ 释晓莹《云卧纪谭》卷下"惟正禅师"条,《卍续藏》第 148 册。
⑥ 同上书,"信园头能诗"条。

以上所举数例中的僧人,其作品因为在文采、技法、气韵、格调等方面各有所长而受到晓莹的赞赏。这说明,在晓莹的心目中,作品的思想性和艺术性是并重的(当然,他所看重的思想性,主要是佛道禅理),二者俱不可偏废。此外,晓莹的笔记中还富有深味地记录了一些僧人的外号:

> 蒋山佛慧泉禅师,丛林谓之泉万卷。①
>
> 中际可遵禅师,号野轩,早于江湖以诗颂暴所长,故丛林目之为遵大言。②
>
> 南海僧守端,字介然,为人高简,持律严甚。于书史无不博究,商榷古今,动有典据,丛林目为端故事。③

从"泉万卷"、"遵大言"、"端故事"等这些饶富意味的称呼,以及晓莹颇带夸赞的叙述口吻中,我们不难想见他对蒋山慧泉、中际可遵、白云守端等这些博习书史、妙笔生花的僧人的推崇与艳羡。作为在当时拥有很高声誉和知名度的诗僧,晓莹的观念在某种程度上代表了当时整个丛林对佛教文学的主流看法。可见南宋初、中期,禅宗不仅仅是"不离文字"——佛禅义理已经必须赖于文字来传达;而且这种文字,不再是像中晚唐诗僧那样的"偈不在工,取其顿悟而已"④,而必须是富于文学性的文字、经过艺术加工的文字。

晓莹的《罗湖野录》《云卧纪谭》,反映了南宋初、中期禅林风气的新变,在南宋"五山文学"史上具有一定程度的标志性意义——

诗僧在中唐开始大量出现。中唐及之前的诗僧的创作,形式上

---

① 释晓莹《罗湖野录》卷下,《卍续藏》第142册。
② 释晓莹《云卧纪谭》卷下"野轩诗颂"条,《卍续藏》第148册。
③ 同上书,"端故事"条。
④ 方回《清渭滨上人诗集序》,《桐江续集》卷三三,《文渊阁四库全书》本。

基本是诗;内容大多为交游唱和、山林幽居,主旨在于表达佛理禅解,较为单调;技巧上多不假雕饰,质朴无文,较少使用高深的典故,"不烦郑氏笺,岂用毛公解"(寒山诗),是典型的"白话诗"。晚唐五代诗僧,如贯休和齐己,在内容上有所开拓,技巧上也开始有所关注,如齐己"一字师"的故事成为流传诗坛的佳话。整个唐代的诗僧,基本上是不大为佛教典籍所提及者,在宗门内的地位比较低。他们在佛教义学上无甚突出的发明或贡献,写诗几乎是他们唯一的特长。因此笔者猜测,在义学僧位据佛门主流、得到方外和社会充分认可的唐代,极有可能这些所谓的"诗僧"没有撰写严密的义学著作、系统发明佛教义理的能力,故而只好用诗的形式来表达自己的零碎的、片段的习佛心得见解;同时受限于学识水平,诗也多是素朴无华、不假雕饰的。

　　北宋至南宋初期诗僧中,有相当一些人同时也是著名的义学僧,如延寿、赞宁、智圆、契嵩、惠洪等,留下了数百万言的内学著作。这一方面表明,他们还没有完全抛弃自己的释氏身份,同时也说明他们的文化水平较之唐代诗僧有了飞跃,知识结构相对完善。但是他们的作品,有很多已经与佛理禅解无涉,基本类似于士大夫文人的创作了。他们的著述,不仅有诗,还有文、词、诗话、笔记、杂著等。单就诗歌作品来说,与唐代诗僧较为零散的状态不同,有很多人在生前就有意识地编成了集子并请人作序:一当然是因为他们对文学创作相当重视,二是可见在北宋和南宋初期的僧人群体中操觚弄翰之风已经相当流行。从他们作品本身看,内容、题材大为开阔,不再局限于山林生活;技巧上注重修饰和辞采,文学性得到充分的发挥,不少诗僧都是"苦吟"一派。此外,他们不仅热衷于诗歌创作,对诗歌理论也表现出了兴趣,这表现在他们的作品中经常涉及诗歌和文章技法等理论问题的探讨、品论前代诗文的优劣、鲜明地树立自己的摹范对象,等等。

而正是从《罗湖野录》《云卧纪谭》诞生的那个时代,即南宋初、中期开始,五山禅僧有相当一部分成了"职业"诗僧,如北磵居简、橘洲宝昙、物初大观、淮海元肇等,参禅反而成了"余事","一味禅"蜕变为"江湖诗"。很多五山僧人有洋洋大观的诗文集,却没有一部内学著作。与唐代诗僧不同的是,他们并不是没有写作内学著作的能力(仅从他们诗文中所用的大量内典、外典典故就可以明显看出他们的知识、学养已经到了相当的高度),而是整个丛林主观上已经对抽象的义理失去了探究之兴趣。能诗善文者在宗门内地位很高,不仅受到众多参学者的追随,而且还能凭借文学才能有声于世,住持名山大刹。他们的作品,在形式上诗、词、文众体皆备,诗文集比比皆是①;内容更加广泛,甚至出现了不少"忧国忧民"之作,入世色彩更加浓厚;技巧上更趋细致成熟。

五山僧人对于文学创作与理论探讨的热衷,不单单是一个文学史和文学批评史现象,而且具有深刻的思想史背景。南宋以前,人们通常认为一个善于文学、书画、音乐等的诗僧或艺僧,佛学修养不会很高,他们一般没有机会去住持寺院,也不会被写进僧传里面去,"道"与"艺"俨如水火。而正是《罗湖野录》《云卧纪谭》诞生的南宋初、中期以来,"职业"诗僧大量产生,形上之"道"不仅不再视具体的"艺"为矛盾的冤家,而且主动牵起了它的手,从云端跌落到烟火红尘,从严肃的、玄妙的哲思变化为审美的、诗意的人生态度和生活追求,"禅宗不再坚持文字与禅的对立,而逐渐以文士禅的面貌拓展其存在的空间"②。由此,我们不难窥得"唐宋转型"在佛教领域中具体情形之一二。

---

① 据黄启江考证,孝宗朝至南宋末约有四五十位以上之诗僧、文学僧,至少留下了四五十种诗集、文集或诗文集。见黄启江《一味禅与江湖诗》,第3—7页。据笔者粗略计算,这四五十种诗集、文集或诗文集中,五山禅僧的著作占了约九成。
② 黄启江《一味禅与江湖诗》,第208页。

附录一：《罗湖野录》《云卧纪谭》宋诗文辑佚

今从《罗湖野录》《云卧纪谭》二书中辑得未收于《全宋诗》《全宋诗订补》《宋代禅僧诗辑考》《全宋文》等的诗文（全篇或残句），谨抄录于下：

1. 西竺惟久《设浴榜文》：

一物也无，洗个甚么？纤尘若有，起自何来？道取一句子玄，乃可大家入浴。古灵只解揩背，开士何曾明心。欲证离垢地时，须是通身汗出。尽道水能洗垢，焉知水亦是尘。直饶水垢顿除，到此亦须洗却。①

2. 冯楫《请忠住胜业疏》（句）：

佛眼磨头，悟法轮之常转；死心室内，容慧剑以相挥。

3. 宋仁宗《和大觉禅师归山颂》：

佛祖明明了上机，机前荐得始全威。青山般若如如体，御颂收将甚处归。

4. 宋英宗《许大觉禅师归山札子》：

大觉禅师怀琏，受先帝圣眷，累锡宸章，屡贡款诚，乞归林

---

① 《全宋文》据《佛祖纲目》将此文收于"尼智通"名下，误。

下。今从所请,俾遂闲心。凡经过小可庵院,随性住持,或十方禅林,不得抑逼坚请。

5. 保宁仁勇《五通仙人颂》:

无量劫来曾未悟,如何不动到其中。莫言佛法无多子,最苦瞿昙那一通。

6. 佛眼清远《题延寿壁》:

佛许有病者当疗治,容有将息所也。禅林凡有数名:或曰涅槃,见法身常住,了法不生也;或曰省行,知此违缘,皆从行苦也;或曰延寿,欲得慧命,扶持色身也,其实使人了生死处也。多见少觉微恙,便入此堂,不强支吾,便求补益。及乎久病,思念乡间,不善退思灭除苦本。先圣云,病者,众生之良药。若善服食,无不瘥者也。又尊宿云,须知有不病者。故明书示以告后来。观其规咏风巾尘履者,岂特今退思苦本而已。抑欲使遵乍可有戒而死之训,其明切精审,可谓药石之言矣。呜呼,是大医王,其佛眼之谓乎?

7. 杨亿《汝阳禅会集自叙》:

粤以达磨西来,少林壁观;心灯续照,信衣密传。逮六世,而花果乃成;流诸方,而苇麻斯众。随机有得,证道同归。虽性地恒明,而言枢差别。师承异禀,体用致殊。河兽深浅,非观慧而孰分;城乳醇醨,亦法味之随变。差毫发而弥隔,滞筌罤而易分。自南岳怀让为曹溪嫡子,让传马祖道一,一传百丈怀海,海传黄檗希运,运传临济义玄,玄传兴化存奖,奖传汝州南院颙,颙传风穴延沼,沼传首山念,念传广慧元琏,琏于曹溪为十世。爰有俗士,潜心空谛。勤求知识,多历年所。滞于言句,迷乎物我。羁官之故,宿缘是契。咨询采索,渺弥时序。恍然启悟,洞见真常。有法昭者,传法于叶县归省,省亦嗣于念。居多集会,形于问答。扣侍座隅,随时疏录。属有好事,传布襄阳。南雍名区,招提并列。大士间出,一音迭吼。互为主伴,更有酬对。其谷隐绍远、玉泉守珍同嗣石门彻,白马令岳嗣先白马伦,普宁归道嗣德山密,正庆惠英、鹿门山主惠昭同嗣云居齐。凡六大士,洎广教省。并存言唱,用咨提振。仍复讨历遗集,详求昔范。或尽相善,或虚其对。有别语焉,有代语焉。往哲深意,初心勤请。或教举其要,或显其旨。有拈语焉,有垂语焉。蹑前以申问者,列为进语;因时而兴论者,备诸辨语。后有同参之净侣,经途之禅客,公斋胥会,精庐环坐,随方扣击。寻常应报者,或用掇集以布于同志,凡十有三卷云尔。

8. 宝峰惟照《示聪藏主法语》(五则):

  曹山立四禁,尽衲僧命脉。透得过,切忌依倚将来。了事人,须别有生机一路。
  衲僧向异类中行履,先德道,异类堕。此是了事人病。明安道,须是识主始得。
  阐提寻常向人道,不得参禅,不得学佛。只要伊如大死人,只恐闻此语,作无事会,作无法可当情会,正是死不得。若是死得,决不肯作这般见解。他时为人,切宜子细。
  吾家立五位为宗,往往人以理事明,以寂照会,以能所见,以体用解,尽落今时,何得名为教外别传之妙?生死路头,那个是得力处？总不恁么时,如何卜度即不中。

有情故情渗漏,有见故见渗漏,有语故语渗漏。设得无情、无见、无语,拽住便问他,你是何人。

9. 死心悟新《黄龙山门榜文》：

仰门头行者,宾客到来,划时报覆,即不得容纵浮浪小辈,到此赌博,常切扫洒精洁。凡置三门者,何也？即空、无相、无作三解脱门。今欲登菩提场,必由此门而入。然高低普应,遐迩同归。其来入斯门者,先空自心。自心不空,且在门外。戊子九月十八日,死心叟白。

10. 李遵勖、朱正辞、许式《联句颂》：

参禅须是铁汉,着手心头便判(李)。雨催樵子还家(朱),风送渔舟到岸(许)。

11. 湛堂文准《炮炙论》：

人欲延年长生绝诸病者,先熟览《禅本草》。若不观《禅本草》,则不知药之温良,不辨药之真假,而又不谙何州何县所出者最良。既不能穷其本末,岂悟药之体性耶？近世有一种不读《禅本草》者,却将杜漏蓝作绵州附子。往往见面孔相似,便以为是。苦哉苦哉。不唯自误,兼误他人。故使后之学医者,一人传虚,万人传实。扰扰逐其末,而不知安乐返本之源。日月浸久,横病生焉,渐攻四肢,而害圆明常乐之体,自旦及暮不能安席,遂至膏肓,枉丧身命者多矣。良由初学粗心,师授莽卤,不观《禅本草》之过也。若克依此书,明药之体性,又须解如法炮制。盖炮制之法,先须选其精纯者,以法流水净洗,去人我叶,除无明根,秉八还刀,向三平等砧碎剉,用性空真火微焙之,入四无量白,举八金刚杵,杵八万四千下,以大悲千手眼筛筛之,然后成尘尘三昧,炼十波罗蜜为圆。不拘时候,煎一念相应汤,下前三三圆后三三圆,除八风二见外,别无所忌。此药功验不可尽言,服者方知此药深远之力,非世间方书所载。后之学医上流试取《禅本草》观之,然后依此炮制,合而服之,其功力盖不浅也。

(以上《罗湖野录》)

12. 富弼《寄姑苏圆照禅师》:

亲见颙师悟入深,夤缘传得老师心。东南谩说江山远,目对灵光与妙音。

13. 宋仁宗《赐大觉禅师颂》:

最好坐禅僧,忘机念不生。无心焰已息,珍重往来今。

14. 马醇《题院壁》:

支遁逍遥不我逢,等闲下马憩莲宫。欲询齐己幽栖事,七十山僧两耳聋。

15. 慈云善因《奏议》:

伏为教门于四月十六日奉圣旨指挥,为道录董南运诉释教所有毁汉天师等事,下有司取藏经,见行捡寻焚毁次,今不避冒渎朝廷,辄有陈述。切缘天下寺院大藏经文,元系太祖、太宗圣旨雕造印行流通。及都城寺院并后妃之家功德院藏经,又系本朝所赐,其《辩正论》尝蒙仁宗皇帝收入《崇总录》。若御府之书遽然焚毁,在臣子之心,有所不忍。恭惟国家功成治定,政教兴隆,崇奉祖宗。凡所旧书,未闻焚毁。只如扬子揵提仁义、灭绝礼学之言,世人谓之指斥老氏;庄子作《盗跖》《渔父》之篇,世人谓之毁摈孔圣。然而老子之道愈兴,孔子之教益著,此所以孟子有戒尽信书之言也明矣,岂非毁之者适所以尊之。今道教中有辅正除邪等论,毁斥释氏切害甚多,而教门未尝取乞除毁。伏望钧慈特赐详察,使释、道二教不许互相排诋,以专柔无诤为事,各守一道,上助清朝兴化之万一。乞特降朝旨,禁止引用斥道教之言,免焚毁藏经,则天下幸甚。

16. 秦观《自挽》(句):

谁为饭黄缁。

17. 大慧宗杲
《对灵文》(句):

举世知云峰悦老之后身,逢时获南岳让公之前号。

《答严康朝教授书》(句):

随人背后无好手,此八万四千皆公活路。

《题冯楫大慧老师画像赞》：

妙喜妙喜，济川赞你。广心会么，盩是盩是。

18. 程辟
《招南禅师住翠岩》：

翠岩泉石冠西山，欲得高人住此间。曾是早年听法者，今生更欲见师颜。

《和南禅师颂》：

七字新吟忆旧年，此时怀抱极悬悬。师今有道居禅首，我本何人掌吏权。明月每思云下坐，青山一任日高眠。庵前弟子知多少，来者如灯续续传。

19. 思净
《偈颂》：

平生只解画弥陀，不解参禅可奈何。幸有五湖风月在，太平何用动干戈。

《偈颂》：

咄哉顽石头，全凭巧匠修。只今弥勒佛，莫待下生求。

20. 孙觌

《寄云卧莹禅师》(句):

身世两相违,云闲卧不飞。

21. 张浚《题妙应大师肖像》:

坦然心地元无物,萧洒容仪自出尘。日诵观音咒一藏,不妨功行拯迷津。

22. 李光《赠妙应大师》:

要知耳目是真梯,寿骨穹隆贯伏犀。老去不传梅岭信,生年似与赵州齐。恒沙经论心常转,古佛钳锤手自携。二广山川踏应遍,打包同过浙东西。

23. 修仰书记《题净发图》:

垢污蓬首,笑志公堕声闻之乡;特地洗头,嗟庵主入雪峰之縠。为当时之游戏,属后世之品量。谁知透石门关,别有弃繻手段;饮泐潭水,总是突雾爪牙。更不效从前来两家,直要用顶颔上一着。锋铓才动,心手相应。一搦一抬,谁管藏头白、海头黑;或擒或纵,说甚胡须赤、赤须胡。曾无犯手伤锋,不用扬眉瞬目。一新光彩,迥绝廉纤。休寻头上七宝冠,好看顶后万里相。一时胜集,七日良期。不须到佛殿阶前,彼处无草;普请向大智堂里,此间有人。

24. 洪刍

《题果禅师像》：

　　鹤鸣峰前，声闻于天。瀑布之下，思如涌泉。望之毅然，即之温然。双剑屹立，香炉生烟。之人也，之德也，与兹山而俱传。

《施米疏》：

　　太平散吏洪刍，谨月舍俸米入佛手岩供介然禅师。惟佛手岩不二之台，真庐山间第一之境。自因公之既往，何作者之无闻。恭惟禅师杖锡来仪，解包庋止。影不出山久矣，胁不至席有焉。居士闻风而悦之，俗子望崖而退耳。室有生尘之甑，爨无欲清之人。初无半菽之粮，孰置五斗之饭。刍今者食供日中之一，月输斗米之三。厥数虽减于渊明，但索犹贤于方朔。定有诸天之办供，岂无野鹿之衔花。折脚铛中，拾枯松而煮瀑布；掉头吟处，破明月而抹清风。丈室虽受于一床，绕腹岂须于三箧。盖自是台无馈也，孰谓继粟之徒欤。旋予授子之粲兮，请嗣缁衣之好耳。

25. 无住本《开山伏虎师赞》：

　　人无人而虎也，虎无虎而人也。毒恶无所发乎中，物我无所形乎外。莫知其为人也，莫知其为虎也。盖道之所在而已，人虎于是乎如如也。

26. 汪应辰《请宣首座住南源疏》：

　　佛法至于慈明，卷舒作用，极其变化，得度者四十有六人，既已多矣。至其枝分派别，披敷演迤，愈久愈多，又独能不失其真。

宣公禅师,其五世孙也。不由阶梯,直入妙觉。得不自得,珍不自珍。方且韬光休影,唯恐人之保我。然其名字膻芗,终不可掩。今萍乡南源,实慈明所坐道场。甘棠勿剪,三径就荒。为之子孙,当不忍坐视。知恩报恩,势不可已。以此为请,尚其肯来。

27. 唐文若《寄大慧禅师偈》:

蚕岁屠龙晚获麟,西风一夜海生尘。掀天搅地难寻提,阿育山前失却身。

28. 祖麟《偈颂》:

衣冠不御发齐眉,一室翛然自不知。薄相等闲聊示疾,起他菩萨几多疑。

29. 浮山法远《遗语》:

法远以一幻身,旅泊三界。虽职导利,实无一法与人,深惭诳世,实愧虚称。兹乃形质朽败,四大将离,聚沫之躯,有何久计。既当风烛,何叹逝川。又念幻身在世,仁信多有供须。耻无道业升消,曷有胜缘报答。忖量唯己自知,湛寂真元,却还本道,忍死半刻,援笔陈谢。

30. 无名氏《嘲大悲闲禅师偈》:

八十老翁闲灌顶,只说如今行路难。海门洋屿烟波里,依旧渔翁把钓竿。

31. 严康朝《偈颂》：

赵州狗子无佛性，我道狗子佛性有。蓦然言下自知归，从兹不信赵州口。着精神，自抖擞，随人背后无好手。骑牛觅牛笑杀人，如今始觉从前谬。

32. 香严如璧（饶节）
《次韵答吕居仁》：

向来浪说济时功，大似频伽饷远空。我已定交木上座，君犹求旧管城公。文章不疗百年老，世事能排两颊红。好贷夜窗三十刻，胡床趺坐究幡风。

《山居颂》：

禅堂茶散卷残经，竹杖芒鞋信脚行。山尽路回人迹绝，竹鸡时作两三声。
石楠子熟雪微干，曾向人家画里看。觌面似君君未领，问君何处有遮阑。
几被儒冠误此身，偶然随分作闲人。二时斋粥随缘饱，长短高低一任君。
律师持律笑禅虚，禅客参禅笑律拘。禅律二途俱不学，几个男儿是丈夫。

33. 陈瓘《寄香严璧禅师偈》：

旧知饶措大，今日璧头陀。为问安心法，禅儒较几何。

34. 九峰鉴韶《缁素劝请疏》：

邓岭特秀，佛祠颇严；烟云蔽亏，金碧焕烂。胜绝若此，宜待乎谁？不然皓月流空，遇暗即破；至人应世，随方即居。岂以小奇，汩彼大度。钦惟禅师道协主上，名落天下。伦辈显赫，何莫由斯。当念东南以来，吾宗颓圮。纵有扶救之者，如操朽索，御彼奔轮。渐使异徒，坐观倾覆。禅师闻此，当如之何？良谓道高位崇，理不可免；沥诚露胆，言不敢文。众等但加归投，退听其足音耳。

35. 苏辙
《和上蓝顺禅师见寄三首》：

融却无穷事，都成一片心。此心仍不有，从古到如今。
如今亦如忘，相逢笑一场。此间无首尾，尺寸不烦量。
要识东坡老，堂堂古丈夫。近来知此事，也不读文书。

36. 杨杰《调可遵禅师偈》：

无孔铁锤太重，堕在野轩诗颂。酸馅气息全无，一向扑入斋瓮。

37. 张商英《寄大洪恩禅师偈》：

不须倒走三千里，何必重科三十藤。尽是河沙真宝藏，夜寒挑起读书灯。

38. 圆通永道《辞授文官兼带武职偈》：

　　昔年为法致遭黥，天使监防用将兵。禁锢南行经半纪，往还万里计途程。冰霜未易松筠操，炉炭难移铁石情。愿与佛陀为弟子，不堪辅佐作公卿。

（以上《云卧纪谭》）

附录二：《江湖小集》（《文渊阁四库全书》本）录亚愚绍嵩《江浙纪行集句诗》集晓莹句

《江湖小集》卷数	《江浙纪行集句诗》诗题	集晓莹诗句
卷三	舟发清江	稳泛一船东
		回看苍木杪
	曲江解舟	蝉噪日将落
	江亭小憩	不到兹亭久
	舟中口号	晚来供望眼
	游古寺次朋上人韵	携朋上故基
	晚泊了头岩	飘飘任此身
	道中即事	隆寒正北风
	舟中值雨	脉脉受风斜
		野望迷青草
	题山寺	舟横渔唱晚
	题灵隐	落涧水淙淙
	丈亭登舟有感	未厌长为客
	送别周上人	断岭云归白

(续表)

《江湖小集》卷数	《江浙纪行集句诗》诗题	集晓莹诗句
卷三	凤山西亭戏书	凭栏取次看
		绕崖云惨惨
		浥屦露团团
	湖山堂晚坐	寂寂饶孤兴
		那敢谓长城
	写怀	徘徊兴幽熟
	凤山即事	风沙轻漠漠
		揸筇聊小立
	次韵王东之郊行	幽花欹照水
	郊行	披云登断岭
	投宿宝觉精舍	桑椹累累紫
	钱清解舟有感	山川元历历
	待舟西兴遣闷	悠悠落日悬
	通判曾温伯生日	挥犀闻妙论
	咏道中所见	落日映荒陂
	憩灵隐写怀	倚栏哦五字
卷四	栖霞道中	细柳乱摇风
	泛湖	久客欣无事
		谁与共平章
	天竺戏书	泉石惬幽情
	解舟	前村鸦噪断
	题净众壶隐	栏杆聊小凭
		取火缀诗篇
	赠别张西叔之丰城	丰城千里外
		谈笑会当同

(续表)

《江湖小集》卷数	《江浙纪行集句诗》诗题	集晓莹诗句
卷四	酬敬上人	有恨春将晚
	江上偶遇什上人	在路日已久
		一言知具眼
	叹命	竟日霏微雨
	定慧别业次韵陈子中	清泉槛外流
	遣怀	是身多落寞
		放怀便所便
		平生只信缘
		但觉旅怀开
	写怀寄湛上人	宁免鬓毛苍
	送别一西堂	临岐强破颜
	次韵朋上人东湖精舍即事	此地久盘桓
		与君频邂逅
		婆娑弄翰墨
	答一老	诗成聊疥壁
		颓然只任真
	登楼	二月春方好
		余思草萋萋
	至钱君瑞壶天因题云	灯火照青编
	赠别显上人	征尘添老色
卷五	道中自遣	岸曲水流寒
	走笔酬黎德夫	无因从发药
	赠刘信之	诗书论议深
		高怀不我弃

(续表)

《江湖小集》卷数	《江浙纪行集句诗》诗题	集晓莹诗句
卷五	江上对月	何妨语夜阑
		练练长江静
	凤口寺	稍稍竹过墙
	遣怀	对景觅诗联
	游光严精舍	习习和风至
	小院	殷勤供一笑
	宝溪道中	倦客独携筇
	和崇上人	抚事心犹壮
	至禅居	素抱与谁倾
卷六	列岫亭书事	白鸟翩翩接翅飞
	临川道中怅然有感因作遣情	路傍官河一带长
	疏山途次	雁字联联写碧空
	偶成	谁复知予懒是真
	南山书怀	日色今朝分外明
	赠郎德父	衣弊履穿不讳穷
		发兴真成继庾公
	横翠亭书怀	江城今可徘徊处
	安吉道中	青春作伴日同行
	客邸昼寝起而追程	独冒烟岚促去程
	鄂山道中答印上人游乳窦	檐雨滴秋残旅梦
		故人携客作幽寻
	春夜书怀	薄饭粗缯老此生
	送黎主簿	及瓜一笑上浮舻
	题刘唐臣新葺池亭	放怀端与世情疏

(续表)

《江湖小集》卷数	《江浙纪行集句诗》诗题	集晓莹诗句
卷六	次韵杨判院送春	如公自是銮坡具
	次韵曾俊臣即事	门外黄尘扑面飞
	憩窦园因题池亭	谁教并向此中见
	和陈尧臣	不妨谈笑又诗成
	赠闻人必大	世上纷纷蛮与触
卷七	曲江野眺	偶来清赏曲江头
		寄目悠然上杳冥
		好是园林争秀发
		负暄孤坐松根石
	呈胡伯图尚书	由来八座尚书贵
		地去东南余咫尺
	野眺	贪看春山如许青
	同周湛二上人游西湖之北山天竺晚归得十绝	春光和暖恰相宜
		石壁巉然不可攀
		闲来湖上立移时
		而今总入老夫诗
		北山迤逦自苍然
	坐夏净慈戏书解嘲	南屏寄傲且今年
		况复相羊得自便
	胡伯图尚书以松山虚席力招补其阙辄辞以小诗遂获免	自知潦倒无余事
	宿绍兴	等闲遇事成歌咏
	王昌国	人烟物景共苍苍
	登盘陀石	秋色偏宜晚望中
卷八	咏梅五十首呈史尚书	不记登临日几回

(续表)

《江湖小集》卷数	《江浙纪行集句诗》诗题	集晓莹诗句
卷八	咏梅五十首呈史尚书	即看青女夜飞霜
		寒窗安着清相向
		倒挂乌藤乘逸兴
		谁知老子懒成癖
		随宜领览到斜晖
		天教春信到寒乡
卷九	雪中舟泊五夫	波中船舫来还去
	横山雨中戏作	几回相送复相迎
	桐庐道中	对景由来诗句丽
	郊行	出门纵步细哦诗
		顾我于兹诗有兴
	江上	江云黯黯作愁阴
		欲罢不能聊一吟
	见张明府	甘棠不剪向来荣
		素王妙道况亲传
		雅淡天姿固可知
		江表人材独数公
	知府黄寺簿生日	平章风物诗无敌
		苍生从此得伸眉
	江上嬉行和永上人	江上闲吟立又行
	解嘲十绝呈浩西堂	可堪时序苦侵寻
		留滞谁知此日心
		莫笑吾侬耽此癖
	浩西堂见和因再用韵	绊身何用尚浮名
		可怜赢得鬓成霜

第三节　北磵居简及其诗歌创作

北磵居简(1164—1246),南宋临济宗大慧派僧人,其法系为大慧宗杲——佛照德光——北磵居简。许棐有《赠北磵》诗曰:

> 天下名山行脚遍,依然形影瘦伶俜。支吾寒暑袈裟耐,变眩烟霞笔砚灵。对客敬如堂上佛,读书通似藏中经。石头路滑终难到,不是诗禅莫扣扃。①

徐集孙《挽北磵》则曰:

> 本分参禅学,吟中透一关。清名传北磵,遗像在南山。石塔人千古,烟梯屋数间。诗魂何处觅,应伴白云闲。②

从许、徐二人的诗作中,我们不难看出北磵留给时人最深刻的印象,并非一个佛教义学高僧,而是一个读万卷书行万里路、孜孜于笔砚翰墨并有声于时的诗僧。他的法侄、著名诗僧淮海元肇对他的文学才能及社会影响有这样的描述:

> 橘洲骨冷不容呼,正始遗音扫地无。一代风流今北磵,十年妙语得西湖。人皆去献辽东豕,我亦来观屋上乌。春尽闭门无恙不? 杨花飞作雪模糊。③

---

① 许棐《赠北磵》,《梅屋集》卷一,汲古阁影宋抄本。许棐,字忱父,海盐人,嘉熙中隐居秦溪,种梅数十树,自号梅屋,有《梅屋集》。
② 徐集孙《挽北磵》,陈起《江湖小集》卷一六,《文渊阁四库全书》本,徐集孙,字义夫,建安人,理宗时尝仕于浙,好为诗,有《竹所吟稿》。
③ 释元肇《见北磵》,《全宋诗》第59册,第36913页。

首、颔二联是说自诗僧橘洲宝昙寂灭后,他所代表的"正始遗音"亦随之陨落,北礀成为禅林诗文风流之一代领袖,声名闻于浙中。颈联承之上二联,连用二典①,谓时人对北礀趋之若鹜,争先恐后地把作品呈献予他,以期获得他的肯定。由此更是说明了居简之影响,主要在于文学方面。张自明更是对其诗文成就作了高度评价:"读其文,与宗密未知其伯仲;诵其诗,合参寥、觉范为一人,不能当也。"②仅就诗歌来说,张自明夸赞其可睥睨北宋最著名的两位诗僧——参寥道潜和清凉惠洪,这个评价无疑是至高无上的。以下即对北礀其人其诗作粗略考察。

一、行履与著述

据《北礀居简禅师语录》③,居简主要活动于繁华的江浙一带,曾住台州般若禅院、报恩光孝寺,湖州铁观音寺、西余大觉寺,安吉州圆觉寺,宁国府彰教寺,常州显庆寺、碧云崇明寺,平江府慧日寺,后来因刘震孙的推荐而为朝廷所知,住安吉州道场山护圣万岁禅院,又敕住"五山"之一净慈寺:"余昔假守苕霅,尝以师表闻于朝,主道场法席。天子知其名,诏迁净慈。"④其禅门地位,不可谓不高;居简毕生"度弟子百五十人,嗣法者未易数"⑤,其传法之功,不可谓不巨,然而据笔者目前的阅读,可考者唯物初大观一人而已;其心灯再传至晦机元熙、用潜德明,其法脉延续,亦不可谓不长。以北礀声名之崇、度僧之众,却因生活于南宋中后期,故其生平事迹、传法谱系等未见载于

---

① 《后汉书·朱浮传》:"伯通自伐,以为功高天下。往时辽东有豕,生子白头,异而献之。行至河东,见群豕皆白,怀惭而还。若以子之功论于朝廷,则为辽东豕也。"《尚书大传·大战》:"爱人者,兼其屋上之乌。"
② 张自明《北礀集原序》,《北礀文集》卷首,《文渊阁四库全书》本。
③ 释大观编《北礀居简禅师语录》,《卍续藏》第121册。
④ 刘震孙《北礀居简禅师语录序》,《北礀居简禅师语录》卷首,《卍续藏》第121册。
⑤ 释大观《北礀禅师行状》,《物初膡语》卷二四,《珍本宋集五种——日藏宋僧诗文集整理研究》(下),第986页。

南宋"五灯"系统,殊为憾事。由于宋代史料的缺失,我们对居简生平的了解存在诸多盲点。例如,明清二代之居简传记中①,皆云其为蜀之潼川人,然于其家世,却有出王氏、龙氏二说,难下定论;其名、字、号,亦多有淆讹,莫衷一是。所幸其嗣法弟子物初大观所撰《北磵禅师行状》②存于异邦,可补中原文献缺失之憾。据《北磵禅师行状》,居简出潼川通泉龙氏;居简乃其名,字敬叟,号北磵,丛林常以"简敬叟"呼之;其一生大约经历了三个阶段:

一是在家生活和读书时期(1164—1184)。其父名文宝,母杨氏,共育有三子。居简出生于隆兴二年(1164)九月十四日③,排行第二。龙家世习儒业,居简从小读书就聪慧过人;每次看到佛书时,就端坐默读,如夙习。二十岁那年,他得了一场重病,几乎有生命之危。病愈之后,他就产生了出家的念头。

二是剃度出家、遍参大德时期(1184—1203)。二十一岁时,居简在本乡广福院圆澄禅师座下正式剃度。剃度后,圆澄建议他到南方去游学。于是居简整理行装,先去径山拜见别峰宝印④和涂毒智策⑤。有一天他在读卍庵道颜的语录时,忽然有所省悟。他继续向东游历,在育王见了佛照德光。德光一见,知道他已经开悟,遂印可之。自此以后,居简在德光门下往来十五余年。在这期间,居简与空叟宗印、铁牛心印⑥、朴翁义铦等诸禅衲结识,受到他们的器重或敬畏。他

---

① 居简传记,见明《续传灯录》卷三六、《五灯会元续略》卷二下、《补续高僧传》卷二四、《五灯严统》卷二〇、《增集续传灯录》卷一、《续灯存稿》卷一、《阿育王山志》卷九,清《五灯全书》卷四七、《续指月录》卷二、《续灯正统》卷一一、《锦江禅灯》卷八、《南宋元明禅林僧宝传》卷六等。
② 释大观《北磵禅师行状》,《物初賸语》卷二四,《珍本宋集五种——日藏宋僧诗文集整理研究》(下),第984—986页。
③ 《北磵诗集》卷七有《九月十四日自寿二》,可见其生日当为九月十四日。
④ 别峰宝印(1109—1190),临济宗杨岐派僧,法系:五祖法演——圆悟克勤——华藏安民——别峰宝印。
⑤ 涂毒智策(1117—1192),临济宗黄龙派僧,法系:黄龙慧南——真净克文——泐潭文准——典牛天游——涂毒智策。
⑥ 铁牛心印,南宋临济宗大慧派僧,法系:大慧宗杲——佛照德光——铁牛心印。

又只身来到江西,寻访诸祖遗迹。他的师叔云卧晓莹把所闻所见编纂成书,以弘扬祖道。居简遂去拜访晓莹,与他畅谈议论。晓莹闻语大为惊奇,就把大慧的竹篦交给他,居简辞让不受。这时铁庵一①住持雪峤,有声于闽中,居简遂往参访。没过多久,居简又返回育王,这时佛照德光已经上书归老东庵了,接替德光住持育王法席的是秀岩师瑞②。师瑞命居简掌书记。之后,居简又到灵隐参见松源崇岳③、息庵达观④,达观复命其掌书记之职。

三是出世住持寺院时期(1203—1246),其间有十年隐居于飞来峰之北磵。嘉泰三年(1203),居简住持台州般若禅院,开堂拈香,以佛照德光为嗣法之师。嘉泰五年(1205),旧友蓬庵永聪⑤以报恩虚席,招居简住之。一时学徒云集,丛林翕然。居简忽然辞退,归灵隐,被众人举为首座。是时钱德载在永嘉任官,邀居简游雁荡。居简在此结交了不少士大夫,其中与叶适交情尤笃。随后居简归武林。嘉定八年(1215)秋⑥,他扫一室于飞来峰之北磵,读书自怡十年,因此人们以"北磵"之号称之。随后十五年间,居简历住雪之铁佛、西余,常之显庆、碧云,苏之慧日。刘震孙感慨道场古刹为庸碌之辈攘夺,以居简蔚为尊宿,奏于朝。乔行简给尚书省札,一年后有诏,迁住净慈,一住六年。此时灵隐虚席,京尹赵节斋想奏请朝廷以居简补处,居简以自己时日无多辞之。淳祐乙巳(1245)冬示疾。次年三月二十八日索纸笔书遗偈,并呼诸徒,诫之以"时不待人,以道自励。

---

① 铁庵一,全名,法系俟考。
② 秀岩师瑞(? —1223),临济宗大慧派僧,法系:大慧宗杲——佛照德光——秀岩师瑞。
③ 松源崇岳(1132—1202),临济宗虎丘派僧,法系:虎丘绍隆——应庵昙华——密庵咸杰——松源崇岳。
④ 息庵达观(1138—1212),临济宗杨岐派僧,法系:五祖法演——圆悟克勤——育王端裕——水庵师一——息庵达观。
⑤ 蓬庵永聪(1161—1225),临济宗杨岐派僧,法系:圆悟克勤——华藏安民——别峰宝印——蓬庵永聪。
⑥ 此据居简《承天水陆堂记》:"嘉定八年秋,余谢丹丘报恩光孝事,隐居飞来峰之阴。"《北磵文集》卷二,《文渊阁四库全书》本。

吾世缘余两日耳"①。至期索浴罢假寐,泊然而逝,年八十有三。

居简平生遍参大德,屡住道场,交游广泛。其相厚善者,有朴翁义铦、黄去华等僧人道士,有钱德载、卢祖皋、楼钥、叶适、张自明、高似孙、乔行简等士大夫,有赵汝淳、赵汝吟、赵希俩等赵氏宗室成员,也有刘过、高翥等江湖文人。②居简一生笔耕不辍,"机用如颜卍庵,法材如甘露灭。其游戏文翰,乃转调提唱,揭纲宗之要,破学者之惑,树卫道之功,启未信之信"③,这是他的弟子物初大观对他的评价。居简著述有《北磵居简禅师语录》《北磵诗集》《北磵文集》《北磵和尚外集、续集》等,因他寓北磵日久,故以名集。这些作品的版本及流传情况,椎名宏雄《关于北磵和物初著作的文献学考察》曾有过详细考察④。居简之前的五山禅僧,虽多有文墨之雅好,但所作多偈颂赞、语录等佛理性作品,纯文学性作品较少,且未尝有专门之诗集、文集行世。至北磵,佛言梵语变而为骚雅之音,禅门文学如开春之桃李,以全新的面貌展现;其诗文集,亦成为南宋五山禅僧诗文集之开端。

二、不薄今人爱古人:北磵诗学观

居简之诗、文中,有不少明确表达了自己的诗歌审美趋尚和创作理念。大致概括起来,在诗歌发展与审美上,居简尚友古人,以骚雅、汉魏、杜甫、晚唐为四大关棙点,认为晚唐以降则为四者之随影余响;在诗歌创作上,主张自出机杼,不墨守成规。

---

① 释大观《北磵禅师行状》,《物初賸语》卷二四,《珍本宋集五种——日藏宋僧诗文集整理研究》(下),第985页。
② 居简之交游,黄启江、许红霞皆有专门考证。详阅黄启江《一味禅与江湖诗》第三章《北磵居简(一一六四~一二四六)与江浙官僚、文士之互动》,许红霞《居简交游考》(《北京大学中国古文献研究中心集刊》第6辑)。另据许棐《赠北磵》、徐集孙《挽北磵》,此二人也当和居简有较深的交往。
③ 释大观《北磵禅师行状》,《物初賸语》卷二四,《珍本宋集五种——日藏宋僧诗文集整理研究》(下),第986页。
④ [日]椎名宏雄《北磵と物初の著作に関する書誌的考察》,《驹泽大学仏教学部研究纪要》第46号,1988年。

居简于诗歌,祖述骚、雅,"大雅得指归,一洗郑卫淫"①,"何时醉醽醁,伴我读《离骚》"②。故他对同时代人诗歌的评价,也多以骚、雅为准的:"故家骚雅传,翼翼见芳继"③,"《离骚》《大雅》得祖述,夜光明月相抵当"④,"骚雅风赋,淡泊是师"⑤。骚、雅之后,有宋之前则尤标举晋之陶渊明、唐之杜甫以及晚唐诗人。对于陶渊明,居简除了文学,在人格上也十分仰慕,以陶为异代知音:"心事渊明是,天时伯玉非"⑥,"赡馥缅怀彭泽县,落英掩恨楚江涛。缀团晓露心尤苦,揖逊春风节更高"⑦。他在《送高九万菊磵游吴门序》中集中表达了自己对唐代以来诗歌的审美与评价:

> 少陵得三百篇之旨归,鼓吹汉魏六朝之作,遂集大成。《离骚》《大雅》,铿然盈耳。晚唐声益宏,和益众,复还正始。厥后为之弹压,未见气力宏厚如此。骎骎末流,着工夫于风烟草木,争妍取奇,自负能事尽矣。所谓厚人伦,美教化,移风俗,果安在哉?⑧

其中他最景仰的诗人是杜甫,屡屡用高度褒誉之词表达自己的思慕之情,例如:"乡来杜陵有布衣,晚到夔州也如此。乃今遗稿安在哉,古花囊锦宗文开。"⑨认为杜诗扫荡了当时诗坛弥漫的浮靡之风,其"思君"、"忧国"之心具有永恒意义:"开元天宝间,九州暗风尘。新诗一洗涤,天地皆清明。槐叶一杯春,思君欲走致。悠然忧国心,天地

---

① 释居简《上钱昭文代李少潜》,《北磵诗集》卷一,《全宋诗》第53册,第33034页。
② 释居简《送黄郡博之官高邮》,《北磵诗集》卷三,《全宋诗》第53册,第33101页。
③ 释居简《谢陆少监分惠渭南剑南家集》,《北磵诗集》卷四,《全宋诗》第53册,第33107页。
④ 释居简《酬秋塘古诗之惠》,《北磵诗集》卷一,《全宋诗》第53册,第33054页。
⑤ 释居简《祭葛无怀朴翁》,《北磵文集》卷一〇,《全宋文》第299册,第8页。
⑥ 释居简《谢张丹霞序疏稿》,《北磵诗集》卷一,《全宋诗》第53册,第33037页。
⑦ 释居简《访菊》,《北磵诗集》卷二,《全宋诗》第53册,第33063页。
⑧ 释居简《送高九万菊磵游吴门序》,《北磵文集》卷五,《全宋文》第298册,第236页。
⑨ 释居简《书雪巢林景思诗卷》,《北磵诗集》卷二,《全宋诗》第53册,第33064页。

相终始。"①而晚唐诗人流派众多,各有所宗,根据上下文,我们不难看出,居简所谓能够"厚人伦,美教化,移风俗",因而"复还正始"的"晚唐"诗,当是指着意于关注和反映社会现实、民生疾苦的陆龟蒙、皮日休、杜荀鹤、聂夷中等这一批诗人,而不是现在一般文学史所重点描述的"小李杜"等瑰奇唯美一派。

从骚雅、到汉魏、到杜甫、再到晚唐,居简认为这犹如一棵树的"根"、"干"、"柯"、"阴",在诗歌史上的地位是不同的,而不是互相平行、各有特点的关系。对于一棵树来说,其所有者无非根、干、柯、阴,故而诗歌发展至晚唐,能事毕矣:"晚唐之作,武尽美矣。李、杜、韩、柳,际天涛澜,注于五字、七字,不渗涓滴,铿锵畏佳,尽掩众作。"②他认为晚唐以后的诗歌创作,只是对前代典范的学习和模仿而已;但如若得其阃奥,一样能登堂入室:

> (高九万)尝出唐律数十篇,活法天机,往往擅时名者并驱争先。加以数年沉潜反复,树《离骚》《大雅》之根,长汉魏六朝之干,发少陵劲正之柯,垂晚唐婆娑之阴。撷百氏余芳,成溜雨四十围,俾困顿于风烟草木者息阴休影。③

而假若根底不济、学之不及,则往往成邯郸学步,很容易沦为捧心颦眉者:

> 学陶、谢不及则失之放,学李、杜不及则失之巧,学晚唐不及则失之俗。④

---

① 释居简《少陵画象》,《北磵诗集》卷一,《全宋诗》第53册,第33038页。
② 释居简《跋卧云楼诗》,《北磵文集》卷七,《全宋文》第298册,第289页。
③ 释居简《送高九万菊磵游吴门序》,《北磵文集》卷五,《全宋文》第298册,第236页。
④ 释居简《书泉南珍书记行卷》,《北磵文集》卷七,《全宋文》第298册,第287页。

对宋以降诗坛,居简则主要推举林逋、欧阳修、苏轼及以黄庭坚为首的江西派。居简对于林逋之情愫,犹如对陶渊明一样,向往其隐士风范。大抵因为林逋长年遁迹于杭之孤山,居简一生也有很多时间在杭州,触景生情,睹物思人,很容易引起超越时空的情感共鸣。"诗人游孤山吊和靖者,佳制不一而足。近世徐抱独与蜀僧居简之作,人多称之。"①居简写了很多与林逋有关的诗文,如《孤山行》《孤山后》《梅屏赋》等,其中《孤山行》位居《北磵诗集》之卷首,可见林处士在他心目中的地位。对欧、苏,居简或者赋诗唱和,如《和六一居士守汝阴某相似物赋雪》《和东坡守汝阴祷雨张龙公祠得小雪会饮聚星堂用欧公故事》;或撰文缅怀,如《三过堂记》《跋谭浚明所藏山谷岩下放言真迹》,以此表达自己的追慕之情。他给予黄山谷及江西诗派很高的评价,认为江西派格调高古,契合他理想中的正始之音,并前后继武、代出才人:

> 庭坚语弗软,壮折溅瀍颠。尽写剑铗诗,不数金蕹篇。……闭户阅宗派,尚友清社贤。吕韩俨前列,芳蜡然金莲。三洪偕二谢,病可携瘦权。夺胎换骨法,妙处尤拳拳。疏越正始音,细取麟角煎。②

可见,居简坚持的还是"根"、"干"、"柯"、"阴"的评判标准。在他看来,江西派于"汉魏六朝之干"颇有所得,故予以举扬。他介绍高九万(高翥)时,说他"得句法于雪巢林景思,于后山为第五世"③,陈师道乃江西派中"三宗"之一,如此表述方式,则俨然是将江西派以诗坛正宗目之。当然,居简并没有厚古薄今、惟古是瞻,他对时人的创作,也多有肯定,"淳熙初,四明张武子续遗响,数十年间相应酬者,较奇荇丽,眎

---

① 韦居安《梅磵诗话》卷中,《宛委别藏》本。
② 释居简《大雅堂》,《北磵诗集》卷四,《全宋诗》第 53 册,第 33119—33120 页。
③ 释居简《送高九万菊磵游吴门序》,《北磵文集》卷五,《全宋文》第 298 册,第 236 页。

昔无愧"①,"乡来风骚坛,作者肩相摩。遂使宋嘉定,不数唐元和"②。对自己所处时代的诗坛,居简还是相当自豪的。

居简所强调的对"根"、"干"、"柯"、"阴"的学习和模仿,并不是一味地墨守成规、步人后尘,而是要充分发挥作者自身的独创力,自出机杼、别具一格:

> 竹岩孋翁钱德载问余曰:"子于诗,以前辈谁为准的?"余曰:"以自己为准的。"竹岩笑曰:"子何言之诞也!"余曰:"事与境触,情与物感,发之于言,惟志之所之,不至学孙吴,顾方略何如耳。"③

"以自己为准的"即尊重自己的创作个性,以吾笔书吾心,有感而发,"触物遇事,挈骚、雅之矩而为之发,铿乎玲然于天地间"④,而不是单纯盲目地在写作技艺层面上效仿前人。即使是"骚、雅之矩",也并不是金科玉律,不能固步于这个圈圈中,而要超越种种绳墨,从心所欲而不逾矩,"放言于规矩准绳之外而不失规矩准绳"⑤。"致力于工,成于工师者,庸工也,必得之于规矩之外"⑥,才能跳出千篇一律的窠臼,形成自己的特色:

> 春容大篇辄千字,炼字贵活不贵死。⑦
> 袜头常反着,车辙每殊归。⑧

---

① 释居简《跋卧云楼诗》,《北礀文集》卷七,《全宋文》第 298 册,第 289 页。
② 释居简《酬韩涧泉》,《北礀诗集》卷一,《全宋诗》第 53 册,第 33041 页。
③ 释居简《跋常熟长钱竹岩诗集》,《北礀文集》卷七,《全宋文》第 298 册,第 280—281 页。
④ 释居简《跋杜濠州诗稿》,《北礀文集》卷七,《全宋文》第 298 册,第 274 页。
⑤ 释居简《跋谭浚明所藏山谷岩下放言真迹》,《北礀文集》卷七,《全宋文》第 298 册,第 274 页。
⑥ 释居简《跋诚斋为谭氏作一经堂记名去疾,字更生,一字浚明》,《北礀文集》卷七,《全宋文》第 298 册,第 275 页。
⑦ 释居简《书雪巢林景思诗卷》,《北礀诗集》卷二,《全宋诗》第 53 册,第 33064 页。
⑧ 释居简《谢张丹霞序疏稿》,《北礀诗集》卷一,《全宋诗》第 53 册,第 33037 页。

反骚嫌少作,番袜动新吟。①

"炼字"、"活法"、"翻着袜"等都是江西派重要的诗学理念,居简对此颇为推崇。因此在创作论上,他更倾向于江西诗派的理论主张。

三、不妨随俗暂婵娟:北磵诗歌之内容与题材

居简诗作题材广泛,大致可归纳为以下几类。

一是交游唱酬诗,包括与同道及友人的唱和、赠别、庆贺、答谢、祝寿、问讯、悼亡等。"犹将三万轴,清夜答弦歌"②,因为居简交游非常广泛,又有以诗会友、以文会友的雅好,所以这类诗歌在他的作品中占的比重非常大。有与方外僧人的唱酬,如《赠因长老》《赠皓律师》《送心上人归琴川》《旧馆夜雪投静上人》等;有与士大夫的唱酬,如《谢楼别驾》《酬蔬斋李尚书》《酬竹岩赋行春桥翁媪摘白》《送杨文昌帅泸南》等;有与江湖文人的唱酬,如《酬赵天乐》《酬赵山中》《刘改之题王总干房中怀亲帖拉朴翁与余同赋》等;也有追酬前人之作,如《续王黄州四皓赠答》等。

一般的交游唱酬诗,有的因为受制于前作的韵律、形式、内容等,大大减小了可供创作者个人发挥的空间;有的是应时应景之作,并且写完了要送给对方,所以内容上往往言不由衷,艺术上则未及打磨而显粗糙。居简之交游唱酬诗,亦难以戒此弊病,例如有的就单纯用套语把对方吹捧一番,缺乏真情实感。方回就说他"住大刹,交贵人,古诗颇瘦,而诗题多俗士往来"③。但也并非一无可取,其中还是有一些具有丰富的思想情感和较高的艺术价值,如《谢常州蔡提干》:

---

① 释居简《悼赵紫芝》,《北磵诗集》卷一,《全宋诗》第 53 册,第 33049 页。
② 释居简《谢疏寮高秘书同常博王省元见过》,《北磵诗集》卷五,《全宋诗》第 53 册,第 33143 页。
③ 方回著、李庆甲集评校点《瀛奎律髓汇评》卷四七释梵类,上海古籍出版社,1986 年,第 1734 页。

> 兰陵传近信,喜似得乡音。州篆六龙鼎,门标齐斗金。故人仍道北,逸兴似山阴。绿绕檐前水,扁舟欲访寻。①

全诗四联,起、承、转、合,沿袭了答谢诗的一般写法,在结构和技巧上并无太多过人之处,其中的夸赞之词也略显阿谀和俗套。但首联写接到友人书信而心生欢喜,并不提功名利禄或宦海沉浮,足见其情谊之纯之真;也使我们不由联想,他和友人之前相会时,不拘礼节、毫无芥蒂,促膝交谈的情景;同时也暗示了居简身边已经很久都没有可以说家乡话的人,亲朋故旧,两下飘蓬、一身孤零,说是"喜",实则暗藏了深深的"悲"。由此,尾联的"欲访寻"之意也就自然地从肺腑流出。故首联全无造作之辞,意真语切,深情款款。

二是写景咏物、表现日常生活的诗。这类作品的数量也非常大。写景咏物,乃传统僧诗之惯有题材。但居简摆脱了单一化、固定化之局限,翻出了"新调"。其写景咏物之诗,多非参禅之余单纯的闲吟雅作,而是有所寄托,或表达人生哲理,或抒发世事洞见,或寄寓怀人幽思,等等。内容饱满丰富,无空洞之弊。如其《盆荷》:

> 萍粘老瓦水泓天,数叶田田小帖钱。才大古来无处用,不须十丈藕如船。②

这首诗《宋诗纪事》亦收录。荷花以其高洁清雅,成为前人诗歌尤其是理学家和僧道作品中常见的咏唱对象。面对常见题材,如何构思、遣词、谋篇才能不落俗套,是一件颇为困难的事。居简此诗,前二句描写荷的生长环境和风度姿态,非常具有新鲜感和形象性:"粘"乃传统诗

---

① 释居简《谢常州蔡提干》,《北磵诗集》卷八,《全宋诗》第53册,第33233页。
② 释居简《盆荷》,《北磵诗集》卷三,《全宋诗》第53册,第33087页。

歌创作中不大常用的字,却非常形象地表现了浮萍与老瓦在水中贴合的情状,轻灵而不滞重;并且"粘"具有空间的固定性,暗示了周遭无风、水面清圆,若换成"连"、"依"之类,则难以达到这样的艺术效果。三、四句没有沿着前文继续写景抒情,而是连用了两个典故,将笔锋转向说理。杜甫《古柏行》由孔明庙前的古柏,而不由发出"志士幽人莫怨嗟,古来材大难为用"的感叹;居简则由水上的荷叶联想到地下的莲藕,进而联想到韩愈《古意》中"太华峰头玉井莲,开花十丈藕如船"之句,并故意反其意而行之。"才大古来无处用"一语,可能既是对现实中小人得志、有才之士屈居下僚的反讽,又是自己"物无害者,无所可用"之生存哲学的文学表达。并且韩愈把"十丈藕如船"之语置于全诗开头,不免"横空盘硬";而居简此诗前写景,后说理,衔接自然,一气呵成,不显丝毫突兀,可见居简并非"为文而造情"的无病呻吟,而是有感而发,故能摆脱僧人写景咏物诗惯有的空洞干枯之弊病。

即使有些诗作纯是写景或咏物,如其咏杨梅、栀子、竹子、凤仙花等,也能尽景物之委曲,写出特色。例如居简有诗云"初无恼乱春风意,自是春风恼乱他"①,宋人韦居安评之曰"有新意"②。又其《寄湖州故旧》云:

梦忆湖州旧,楼台画不如。溪从城里过,人在镜中居。闭户防惊鹭,开窗便钓鱼。鱼沉犹有雁,弗寄一行书。③

这首诗前六句主要写湖州风土。穿城而过的小溪,在水一方的伊人,

---

① 陈景沂《全芳备祖》后集卷一七录居简句,《文渊阁四库全书》本。《梅磵诗话》(《宛委别藏》本)作"初无恼乱东风意,自是东恼乱他",脱一"风"字。
② 韦居安《梅磵诗话》卷上,《宛委别藏》本。
③ 释居简《寄湖州故旧》,《北磵诗集》卷七,《全宋诗》第 53 册,第 33188 页。按,此诗《文渊阁四库全书》本《宋诗纪事》卷九三亦收录,题作《忆雪》,字句亦有所出入,第二联作"舟从城里过,人在水中居",余三联同。

被惊乱飞的鹭鸶、触手可及的游鱼……这一幅幅画面,连缀成湖州这座水乡城市的独有风貌,读之恍在目前。故韦居安有评曰:"前数句言雪城景物,他乡所无也。"①紧接着便用顶针手法自然地转向书写人情,与诗题中的"故旧"或"忆"严丝合缝。

三是表达浓郁人间情怀的诗歌。虽然居简已身入空门,但父母之亲情、故旧之友情、尘世之留恋等诸种人间情义,仍时时萦于心头,未可忘怀。死生离合、无常种种,万千情愫自心底汩汩流出,形于笔端。如《客去》:

> 茗碗篝灯自校雠,长歌伐木欸吟俦。九回断续珠难度,八月凄凉燕不留。夜雨忆同湖上榻,旧题曾拂碉西楼。破囊犹有新篇在,辄莫逢人说暗投。②

从居简的描述看,这位客人应当是他的诗友。人生能得一知己是何等之幸,夜雨对床、西楼题诗,是他孤寂的山野独居生活中的温馨经历。可惜这位友人已去,所有的美好与温暖,都只能在记忆中慢慢回味了。又其《自寿》有"近来同岁人尤少,老去思亲泪更多"③之语,很容易让我们联想到"访旧半为鬼"之悲哀与凄凉。一朝风月终归于万古长空,看着亲友一个个相继入土,这是每个生命都难以逃避的命运;居简虽自弱冠起就入空门,但心底仍不免生发出凄楚与惆怅。试看他的一首挽诗:

> 书恨来迟讣亦来,寸刚不觉为君摧。双眸忍俗终难瞑,流水无情去不回。定作雷霆输宿愤,枉教风鉴在梦埃。断魂巫峡归

---

① 韦居安《梅磵诗话》卷上,《宛委别藏》本。
② 释居简《客去》,《北磵诗集》卷二,《全宋诗》第 53 册,第 33073 页。
③ 释居简《自寿》,《北磵诗集》卷二,《全宋诗》第 53 册,第 33061 页。

丹旐,深注山茶酹一杯。①

生离死别,一朝阴阳相隔,"寸刚不觉为君摧",这是何等深切的伤痛!从佛教的角度说,四大本空、五阴非有,一切无情有情众生都难逃成、住、坏、空之四相迁流。居简作为一位僧人,自然不会不明白这些教理,可他终究看不破、参不透尘世间那一个"情"字,割不断、放不下对尘世间温情的那一丝眷恋。其诗中表达的感情,与佛道禅理是大异其趣的。

四是品评书画和诗文的诗歌。这类作品在其诗集中俯拾即是,可见居简具有浓厚的艺术兴趣和相当高的艺术鉴赏力。根据弟子物初大观的记述,居简不仅是一位诗僧,还是一位擅长书画的艺僧:"老人初不以字画名世,而片纸点墨,人争宝之,往往效而莫能至。"②从居简这类诗作所题的对象看,他对艺术的趣味不拘一格,收藏或欣赏了很多不同类型的书画,书法类的如《书米元晖写苏黄秦赠元章诗卷后》③,图画中历史人物类的如《按曲图》《少陵画像》《贾长江画像》《书六一居士归田图》,景物类的如《灞桥风雪图》《南屏春晓图》《松图》《羌村图》,宗教类的如《老融放耕图》《荆公访僧图》《古松下禅僧图》,等等。如其题画诗《古松下禅僧图》:

　　眼明千载老风烟,幽思悠然喜欲颠。疑在浣花诗里见,只无松子落僧前。④

此诗由眼前的古松下禅僧图,联想到杜甫所称赏的韦偃《双松图》(杜甫《戏为韦偃双松图歌》:"天下几人画古松,毕宏已老韦偃少。绝笔

---

① 释居简《泣胡晦叔》,《北磵诗集》卷二,《全宋诗》第53册,第33063页。
② 释大观《北磵老人字》,《物初膡语》卷一五,《珍本宋集五种——日藏宋僧诗文集整理研究》(下),第803页。
③ 居简之书法类的题跋,大多存于《北磵文集》中。
④ 释居简《古松下禅僧图》,《北磵诗集》卷八,《全宋诗》第53册,第33218页。

长风起纤末,满堂动色嗟神妙。……松根胡僧憩寂寞,庞眉皓首无住着。偏袒右肩露双脚,叶里松子僧前落。……"),仅四句二十八字,但画意、禅思、诗情、雅趣在这个小小的空间里水乳交融,美学意蕴十分丰富。他的品评诗文类作品有《题高髯诗稿》《书薛符溪诗卷》《书雪湖寄张高沙诗卷后》《蓬居梵竺卿诗稿》《书雪巢林景思诗卷》《永嘉壁书记携诸公诗卷索语》等,这类诗除了惯常地夸赞诗文作者的文学水平外,有很多也直接表现出居简的诗文审美观念,本节第二部分已有举例和论述,兹不复赘言。

五是反映民生疾苦和社会弊端的讽喻诗。就笔者的阅读感受而言,宋代禅僧一般并没有鲜明的政治立场和政治主张,往往同时和不同党派的士大夫有密切交往。因此他们那些现实题材的诗作,目的并不在于申明自己的政治态度和立场,而更多表现为对社会下层普通劳动人民的同情与关怀。居简也是如此,与自己"厚人伦,美教化,移风俗"的诗学主张相契合,他写了不少表现普通劳动人民由于当政者暴虐的施政策略或者自然灾害而导致生活艰辛困苦的诗作,如《苦旱》《蝗去》《宥蚁》《有虎嘉定五年台州有虎入城》《莒溪行》《秋潦叹》《苦雨》《积雨》《哀三城并引》《持钵》等篇,皆深刻反映出当时社会现实的某些侧面。下面看他的《持钵》:

> 颠风挟玄霜,跋扈清溪阴。长年把船尾,铁面抵弗禁。面皴不暇问,腕裂龟文深。手中老篙竹,出水冰淋淋。一步一千里,进寸或退寻。抵死为食谋,俛首潜呻吟。劳人冻入骨,寸心攒万针。乐哉田舍郎,坐拥廪若林。强使损绪余,瞠目如病瘖。所得不盈把,粒米敌数金。沉思耕者志,岂异舟子心。其谁受此施,观此受施箴。①

---

① 释居简《持钵》,《北磵诗集》卷二,《全宋诗》第 53 册,第 33062 页。

此诗写在数九严冬,船夫为了生计,仍然冒着风霜雨雪辛苦劳作,"面皴不暇问,腕裂龟文深"、"一步一千里,进寸或退寻",其所摹之状,读之思之,怎不令人深深同情?但"所得不盈把,粒米敌数金",如此艰辛地劳作,也仍然换不来最最基本的温饱,因为米价高昂。据相关学者的研究,南宋中期的米价曾有较大幅度的起伏涨落:

> 淳熙七年至九年(1180—1182)两浙遭灾,米价上涨至每石三贯以上,多者曾达七贯足。淳熙十年至十三年(1183—1186),收成较好。淳熙十三年官府米买支价每石米二贯二三百文省。庆元某年,浙西又获丰收,地方官奏称:"今斗仅及二百,父老皆谓二十余年未有此稔。"则石米二贯(钱陌不详,似为足陌)。又有一岁遭灾,彭龟年讲:"常润扬楚盱眙等处当此收成之时,米斗至为钱四百上下,无下三百足陌者。"则此岁秋收季节米价竟至三贯足至四贯足。……以南宋中期同北宋前中期比较,前者米价约为后者四倍。①

居简此诗并无系年,从上引材料提供的南宋不同时间段的米价资料来看,《持钵》一诗很有可能作于宁宗庆元年间。"少陵何人斯,曰似司马迁"②,因为杜甫诗歌深刻反映社会现实、具有"史"的价值,故而宋人对他十分敬佩,居简也不例外。比之少陵"诗史"之誉与"民胞物与"的博大情怀,北磵亦无愧。他诗集中这类讽喻诗在数量上并不是很多,但作为一个僧人,虽处江湖之远,而仍以苍生为念,不止于春花秋月的吟哦流连,作为僧诗而言是较为独特的,故有必要专门一提。

---

① 汪圣铎《宋代社会生活研究》,人民出版社,2007 年,第 499 页。
② 释居简《大雅堂》,《北磵诗集》卷四,《全宋诗》第 53 册,第 33119 页。

四、旬月有人加锻炼,壶觞无地不婆娑:北磵诗歌之艺术特色

居简《题高髯诗稿》有句曰:"若非身世相忘久,应是江山得助多。旬月有人加锻炼,壶觞无地不婆娑。"①虽是题他人诗卷、赞誉他者之诗,但也恰好是居简自己诗歌艺术特色的写照。对字句和细节的精致锤炼、对辞采的着意追求,是他诗歌留给我们的最深刻印象。居简之诗,大多数境界纤巧,缺乏宏大的气象。很多诗作都有非常工巧的一两个字,以下略举数例:

> 浅欺罗柳香仍烈,轻压荼䕷净弗瑕。②
> 鲸浪粘云白,狼山隔岸青。③
> 叶舟自打窗前过,只有杨花度小桥。④
> 眼饥嫌睡少,竹醉惜移多。⑤
> 漾漾璇题湛镜光,团团素壁剪方方。一抔曾勺蟾蜍玉,犹带仇池翰墨香。⑥

这些加点的字或新奇,或形象,或生动,可见居简炼字之功夫。居简"锻炼"诗语的另一个表现,就是他特别善于细节描写,于细微处传递个人的思想情感。如《蔡京葬处女冠居之》曰"观里黄蜂晚退衙,观前桃着小春花"⑦,蔡京作为一代权相,生前何等张扬跋扈,身后葬处却作了道观,成为黄蜂和桃花的寄居处,可见其荒凉落寞。"黄蜂晚退衙"用"蜂有两衙"(见陆佃《埤雅》)的典故,极富深味。居简抓住了观里观外的两处细微景物并加以特写,看似随手拈来、毫不经意,人世之无

---

① 释居简《题高髯诗稿》,《北磵诗集》卷五,《全宋诗》第53册,第33139页。
② 释居简《黄茶》,《北磵诗集》卷一,《全宋诗》第53册,第33044页。
③ 释居简《福山渡》,《北磵诗集》卷一,《全宋诗》第53册,第33044页。
④ 释居简《立夏》,《北磵诗集》卷一,《全宋诗》第53册,第33049页。
⑤ 释居简《酬卢玉堂》,《北磵诗集》卷七,《全宋诗》第53册,第33203页。
⑥ 释居简《下池》,《北磵诗集》卷三,《全宋诗》第53册,第33083页。
⑦ 释居简《蔡京葬处女冠居之》,《北磵诗集》卷一,《全宋诗》第53册,第33052页。

常、功名之虚幻、岁月之沧桑,却一切尽在其中了。又如《赠皓律师》:

> 皓也毗尼学,精于玉帐严。蚁酣停扫砌,燕乳记勾帘。茶鼎敲冰煮,花壶滤水添。梦回池草绿,忍践绿纤纤。①

此诗从第二联开始就全用细节描写连缀成篇,取材、着笔极为细腻,对仗十分精巧,故方回评价此诗说"工之又工,似乎过于工者。第三句最好"②。第三句确实饶有意味:若非有一颗纯真之童心和幽寂之闲情,如何听得到阶上虫蚁梦酣的声音?若非心存一片慈悲情怀,如何能停下手中的扫帚,只为那些小小的生灵?居简之炼句炼字,并非刻意而为、卖弄才华,而是意之所至,故其诗作大多文辞晓畅,无晦涩艰深之语。看其《八月大风大水》二首:

> 十日溪头鹞退飞,相逢那暇问雄雌。不如二月春风好,草木无情亦去思。
> 零落茅茨水半扉,媼氄翁氅小儿啼。老鸡不管丰凶事,独自将雏树上栖。③

这两首诗没有刻意的雕琢修饰,叙事抒情,如话家常;但又通过几个特写画面的呈现,尽大风、大水之状,使读者仿佛也亲身经历了一般。

居简诗歌的另一个特色,是文采富丽、辞藻华美。这一方面是因为他诗中多用典故,另一方面也是因为他对遣词造句、格律音韵的自觉经营。

---

① 释居简《赠皓律师》,《北磵诗集》卷七,《全宋诗》第 53 册,第 33198—33199 页。
② 方回著、李庆甲集评校点《瀛奎律髓汇评》卷四七释梵类,第 1734 页。
③ 释居简《八月大风大水》,《北磵诗集》卷四,《全宋诗》第 53 册,第 33121 页。

"竭来屡分读书床,残编断束杂朱黄"①,这是居简对自己和友人一起读书之场景的描绘;"牛腰繁卷轴,蚌腹欠珠玑"②,后一句当然是自谦之语,前一句却是自己读书破万卷的真实写照。他诗中所用典故,既有内典,也有外典,经、史、子、集无所不包,《孤山行》就是其中的代表之一:

> 盛时考槃古逸民,湖山草木咸知名。至今八篇烂古锦,岂特五字如长城。长驱万骑到其下,束手按甲循墙行。大邦维翰蔽骚雅,退冲既折犹精神。抗衡剧孟一敌国,弹压西子孤山春。死诸葛走生仲达,送修靖邀陶渊明。聚蚊莫及怒雷迅,老瓦不乱黄钟鸣。清弹岂为赏音废,自芳更问林扉扃。鸥盟未冷浪拍拍,弋者何慕鸿冥冥。水流山空鹤态度,冰枯雪寒梅弟兄。梅当成实自调鼎,鹤既生子仍姓丁。乡来偶同赋招隐,老去亦各相忘形。故庐夜夜月如昼,少微耿耿天无云。千金傥可市骏骨,万古适足空凡群。百身可赎但虚语,九原唤起知无因。为公满酌井花水,酹一抔土公应闻。③

这首诗为追念林逋之作,几乎一句一典。"考槃"句用《诗经》典,《毛诗序》谓"《考槃》,刺庄公也。不能继先公之业,使贤者退而穷处"④,暗示了林处士隐遁的原因,并非他素有出尘之志,而乃是时政无道。"八篇"指林逋所作咏梅诗八首,"和靖梅花七言律凡八首,前辈以为孤山八梅"⑤,"和靖八梅,非一日而成,有思亦且有力"⑥,为时贤后俊

---

① 释居简《酬秋塘古诗之惠》,《北磵诗集》卷一,《全宋诗》第 53 册,第 33054 页。
② 释居简《谢张丹霞序疏稿》,《北磵诗集》卷一,《全宋诗》第 53 册,第 33037 页。
③ 释居简《孤山行》,《北磵诗集》卷一,《全宋诗》第 53 册,第 33032—33033 页。
④ 《毛诗正义》卷三,《十三经注疏》本,中华书局,1980 年,第 312 页。
⑤ 方回著、李庆甲集评校点《瀛奎律髓汇评》卷二〇梅花类《梅花》方回评,第 785 页。
⑥ 同上书,《和和靖八梅》方回评,第 818 页。

广为传诵。"古锦"用李贺典,李贺"每旦日出,骑弱马,从小奚奴,背古锦囊,遇所得,书投囊中。未始先立题然后为诗,如它人牵合程课者。及暮归,足成之"①。这一句旨在赞美林和靖的"孤山八梅"七律并非冥搜苦求、刻意牵合而成,足以和李贺匹敌。刘长卿善作五言诗,自诩"五言长城";而现存《林和靖诗集》中有五言律诗、五言绝句各一卷,佳制颇多,丝毫不输刘长卿。此二句意谓林和靖五七言诗皆冠绝秀出。"循墙而走"典出《左传·昭公七年》,杜预《正义》言为"不敢安行"②,此处意指和靖诗使后人折服钦仰、自惭形秽。"大邦维翰"典出《诗经·大雅·板》"大邦维屏,大宗维翰"③,以大邦、大宗之屏障和脊梁地位喻指林逋诗歌艺术成就之高,甚至超越了骚、雅。"遐冲既折"出自马融《广成颂》:"盖安不忘危、治不忘乱,道在乎兹,斯固帝王之所以曜神武而折遐冲者也。"④以征服远方来犯的敌人喻指林逋诗才旷世,无人可匹。剧孟是西汉著名的游侠,时天下骚乱,"大将军得之若一敌国"⑤,是一个有才智谋略的人。这句喻指林逋在诗坛地位之高。"死诸葛"句用历史典故,据《三国志》记载,诸葛亮病死军营后,姜维遵照其遗嘱,把他打扮成羽扇纶巾的活人模样,吓跑了来攻的司马懿,"百姓为之谚曰:'死诸葛走生仲达。'"⑥"送修靖邀陶渊明"一句则用了互文手法。陆修靖(又作修静)乃东晋著名道士,隐于匡庐之上,与陶渊明善。《庐山记》载"时陶元亮居栗里,山南陆修静亦有道之士,远师尝送此二人"⑦,《庐阜杂记》曰:"远师结白莲社,以书招陶渊明。陶曰:'弟子惟嗜酒,若许饮,即往矣。'远许之,遂

---

① 《新唐书》卷二〇三《李贺传》,中华书局,1975年,第5788页。
② 杜预《春秋左传正义》卷四四,《十三经注疏》本,第766页。
③ 《毛诗正义》卷一七,第1534页。
④ 《后汉书》卷六〇上《马融传》,中华书局,1995年,第1967页。
⑤ 《汉书》卷九二《剧孟传》,中华书局,1995年,第3700页。
⑥ 《三国志》卷三五《蜀书五·诸葛亮传》裴松之注引《汉晋春秋》,中华书局,1982年,第927页。
⑦ 陈舜俞《庐山记》卷一,《文渊阁四库全书》本。

造焉。因勉令入社,陶攒眉而去。"①此处以诸葛亮、陆修静、陶渊明故事为譬,谓和靖影响力之巨大、声名之远扬、众人对他之尊崇。"聚蚊"下二句,一出《太平经》"民臣俱为邪,聚蚊成雷动,共逆天文,毁天道,逆地意,反四时气,逆五行"②,一出《楚辞》"黄钟毁弃,瓦釜雷鸣"③,是说和靖其人其诗终当如怒雷、如黄钟,并不会因为小人的诋毁打击而黯然失色。"鸥盟",与白鸥为盟,归隐之意,乃古典诗歌中常见表达;"弋者"句出《法言》"鸿飞冥冥,弋人何慕焉"④。二句是说和靖自甘澹泊,他对于仕途经济的态度,无丝毫戚戚与汲汲。"水流"、"冰枯"二句谓和靖梅妻鹤子,于红尘之外自得人生快意,并不寂寞孤单。盐梅为古来调鼎之物,《尚书》云"若作和羹,尔惟盐梅"⑤;后一句用《搜神后记》中丁令威化鹤之典,鹤虽生子也仍然姓丁。此二句承上两句"梅妻鹤子"之意而来,谓和靖人品及诗魂当生生不息,永久流芳。《招隐》乃《楚辞》中的一篇,身怀才略却隐处山泽之逸士,和开头"草木湖山咸知名"遥相呼应,再次表明了和靖才华过人却甘于遁迹,是因为时政无道。"千金"句用燕昭王买马事⑥,暗讽统治者没有用人之大略。"百身"典出《诗经·秦风·黄鸟》"如可赎兮,人百其身"⑦,意为沉痛悼念。"九原"为晋国卿大夫墓地,《国语》载赵文子曾与叔向游于九原,讨论已经长眠于此的人谁可与归,文子认为是随武子⑧。"虚语"、"无因"谓和靖死后,再多的悼念也不能使其死而复生。

---

① 潘自牧《记纂渊海》卷八五引,《文渊阁四库全书》本。
② 《太平经》卷九七,上海古籍出版社,1993年,第394页。
③ 《楚辞·卜居》,上海古籍出版社,2010年,第85页。
④ 扬雄《法言》卷六,《四部丛刊》本。
⑤ 《尚书正义》卷一〇《说命下》,《十三经注疏》本,第339—340页。
⑥ 刘向《新序》卷三:"隗曰:臣闻古之人君,有以千金求千里马者,三年不能得。涓人言于君曰:'请求之。'君遣之三月,得千里马。马已死,买其骨五百金,反以报君。君大怒曰:'所求者生马,安用死马捐五百金?'涓人对曰:'死马且市之五百金,况生马乎?天下必以王为能市马,马今至矣。'于是不期年,千里马至者二。"(《丛书集成》本)
⑦ 《毛诗正义》卷六,第592页。
⑧ 《国语·晋语》载赵文子谓随武子"纳谏不忘其师,言身不失其友。事君不援而进,不阿而退"。

"井华水"在《淮南万毕术》《肘后备急方》等书中即有记载,《证类本草》说它是"井中平旦第一汲者"①,为至清之水。最后二句回到现实,表达居简以和靖为异代知音,以及对他的深切追思。纵观全诗,古典今情,融为一体,毫无滞涩与造作。这些典故不仅承载着丰富的历史文化内涵,从而大大拓展了诗歌的意蕴空间,而且使对现实的批判委曲含蓄,看似咏古,实则讽今,引人深思。仅此《孤山行》一篇,就足以见北磵"牛腰繁卷轴"绝非夸饰。

除了用典,居简对对偶、韵律、修辞等也多有着意。他的诗集中有很多是律诗,精巧工整,充分体现了他驾驭语言的能力。如《酬竹岩赋行春桥翁媪摘白》:

> 恨霜点鬓讳言霜,谁敢从翁话鬓苍。每见丹林枫剪剪,只云青女陈堂堂。所余不足供弹铗,既往徒嗟易断肠。惆怅行春桥下水,无朝无暮只沧浪。②

首联在十四个字中就故意用了两次"霜"、"鬓",再加第二联的"青女"再一次点染,回环往复,一唱三叹,突出强调了年华老去之"恨"。第二联以"丹林"对"青女"、"剪剪"对"堂堂",对仗极工;同时又不以辞害意,生动表现出了枫林、寒霜的情状。尾联用了反衬的修辞手法,以水作反面衬托,一有情一无情、一短暂一永恒,吾生也须臾、流水也无穷,个体生命在天地宇宙间仿佛逆旅之过客,何其渺小。叶适有诗评北磵曰:"简师诗语特惊人,六反掀腾不动身。说与东家小儿女,涂红染绿未禁春。"③这个评价是恰当和公允的。

综上所述,居简之诗在内容与题材上丰富多样,基本上士大夫诗

---

① 唐慎微《证类本草》卷五,《四部丛刊》本。
② 释居简《酬竹岩赋行春桥翁媪摘白》,《北磵诗集》卷四,《全宋诗》第 53 册,第 33122 页。
③ 叶适《奉酬般若长老》,《水心集》卷八,《四部丛刊》本。

歌之常见题材,他都有所涉猎。北宋禅僧,除极个别僧人如道潜、惠洪等之外,诗歌多以宣扬佛理为要旨,较为单调枯槁,而在居简这里,"似乎他藉诗文表达个人对人、事及物的感情,远超过他对宣扬佛理的欲求"①。在诗歌的文学性方面,对语言、格律、修辞、用典、对仗等皆是苦心孤诣,摆脱了中晚唐和北宋初期僧诗那种朴拙的山野气息,而代之以士大夫诗歌的书斋味道:

> 北磵老子从涵养酝藉之中,获超然自得之妙,离文字之缚,脱笔墨之畛畦。文章巨公与交,则寂寥乎短章,舂容乎大篇,谓之诗也。②

总而言之,无论是在内容上还是艺术上,北磵之诗都自觉向士大夫之诗靠拢。故而刘震孙说他"夫不逸于佛,固当在儒林丈人行。至若沉冥得丧之表、超脱死生之际,则文字语言,又特其游戏三昧"③。为诗如此,为人亦然。张自明就说北磵曾以书信、诗歌劳苦相劝,劝他出山入仕④。在北磵的精神世界里,红尘与方外、入世与出世、儒道与佛道、兼济与独善,并非壁立千仞的抗衡,而是一种温和宽容的互补。我们因此也就不难理解为何北磵诗能涤去山林蔬笋之气,而拂来八面清新之风。

第四节 物初大观及其《物初謄语》小考

南宋大慧派僧物初大观(1201—1268),鄞县横溪陆氏子,大观其

---

① 黄启江《一味禅与江湖诗》,第278页。
② 释祖应《北磵诗集跋》,《北磵诗集》卷末附,宝永本。
③ 刘震孙《北磵居简禅师语录序》,《北磵居简禅师语录》卷首,《卍续藏》第121册。
④ 张自明《北磵集原序》,《北磵文集》卷首附,《文渊阁四库全书》本。

名,物初其字,法系为大慧宗杲——佛照德光——北磵居简——物初大观。大观毕生屡住道场,并以诗文著称于南宋丛林,在南宋"五山文学"史上具有相当重要的地位。同时代著名诗僧无文道璨《江湖劝请观物初住大慈疏》有云:"某人瘦露秋山之骨,语敷春物之华。为北磵流末后之遗芳,薄游沧海;念卫王有大功于吾教,来布慈云。活死句于翰简丛中,发生机于葛藤桩上。传千古文章之印,固不愧于若翁;为万乘帝王之师,当毋忘于乃祖。"①可谓大观行道与为文的精当概括。"语敷春物之华"、"活死句于翰简丛中"、"传千古文章之印"等句,足可见出其文学之才在当时已格外耀眼。然而由于大观生活于南宋中后期,其生平未见录于南宋"五灯"系统,故后世对其人其作颇有隔膜。本节将对其生平主要事件作简要的考察,并对其诗文集《物初賸语》之成书、在中外流传情况以及它的文献价值作大致的梳理和辨析。

一、大观行履与著述考

大观生平概要,见于其门人晦机元熙所撰《邓峰西庵塔铭》中。然《塔铭》仅述行履大要,于时则语焉未详。笔者以此为基础,并参以其他文献,对其平生重要活动之时间系之如下:

(一)从学于无准师范。《邓峰西庵塔铭》言大观出家后,"首见育王无准范禅师"②。"无准范"即无准师范(1177③—1249),南宋虎丘派禅僧。刘克庄《径山佛鉴禅师》言师范"尝住四明之清凉,移焦山,移雪窦、育王,绍定壬辰秋奉诏住径山"④,则师范离开育王住持任的时间是绍定壬辰(1232)。道璨《径山无准禅师行状》又言师范"被

---

① 释道璨《江湖劝请观物初住大慈疏》,《无文印》卷一一,《全宋文》第349册,第447页。
② 释元熙《邓峰西庵塔铭》,《明州阿育王山志》卷八下,明万历刻、清乾隆续刻本。
③ 关于无准师范之生年,见德如抄《佛鉴禅师行状》,京都国立博物馆藏。参王招国(定源)《无准师范传记之新资料——日本藏〈佛鉴禅师行状〉写本》,氏著《佛教文献论稿》,广西师范大学出版社,2017年。
④ 刘克庄《径山佛鉴禅师》,《后村先生大全集》卷一六二,《四部丛刊》本。

旨移育王。又三年,嵩少林散席径山,朝命以师补处"①,可知师范在育王住了三年(因古人以虚数计年,故实际是两年),由此可以推算师范住持育王的时间约是绍定三年至五年(1230—1232)。则大观往育王参师范,亦当在此时间段内。是时大观约三十岁。

(二) 为净慈石田法薰掌书记。石田法薰(1171—1245)亦为虎丘派僧,曾住持净慈寺。大观《石田禅师行状》有曰:"宝庆元,有旨迁南山净慈,端平二,复有旨迁北山灵隐。两山居各十年。"②由是可知石田法薰住持净慈的时间是宝庆元年至端平二年(1225—1235)。那么大观担任书记一职,当在约绍定五年(1232)左右至约端平二年(1235)之前。《物初賸语》中大量榜、疏等应用性文章,有相当一部分作于此时。

(三) 结识并追随北磵居简。北磵居简(1164—1246)为佛照德光弟子,乃大观嗣法之师。《鄞峰西庵塔铭》曰:"会涧翁寓冷泉,访净慈,两翁夜话,滚滚不绝,尽发宗门之秘,师同流拱立潜听,遂倒心师事。"③则大观与北磵相识于净慈石田法薰会中,即端平二年(1235)之前。大观由是开悟,成为北磵嗣法弟子,并随北磵历迁常州碧云崇明寺、平江慧日寺、安吉州道场山。北磵《送观书记序》云:"偕来虎岩,当妄庸争夺甫定,掉头舍我而他之。……则谓之曰:'琴川苕溪,一苇可航。日损日新,勿谓萤廉憪而不我告。'嘉熙戊戌春下澣,北磵序物初而与之别。"④可知大观于嘉熙戊戌(1238)告别北磵。而大观后来自述"自登师门,适我所愿,不啻冥行者之获司南也。碧云、琴川、虎岩、西湖,步亦步,趋亦趋。合而离,离而复合"⑤,故别后不久他又重

---

① 释道璨《径山无准禅师行状》,《无文印》卷四,《全宋文》第349册,第393页。
② 释大观《石田禅师行状》,《物初賸语》卷二四,《珍本宋集五种——日藏宋僧诗文集整理研究》(下),第988页。
③ 释元熙《鄞峰西庵塔铭》,《明州阿育王山志》卷八下,明万历刻、清乾隆续刻本。
④ 释居简《送观书记序》,《北磵文集》卷五,《全宋文》第298册,第242页。
⑤ 释大观《老磵先师》,《物初賸语》卷二一,《珍本宋集五种——日藏宋僧诗文集整理研究》(下),第932页。

回北磵身边。由《物初賸语》卷二四《北磵禅师行状》《石田禅师行状》相关史料可以推定北磵住持临安净慈寺的时间为淳祐元年至六年(1241—1246),再结合以上大观"碧云、琴川、虎岩、西湖,步亦步,趋亦趋"的自述,则此期间他亦在净慈寺北磵座下。

(四)住持寺院的时间。据《物初大观禅师语录》,大观历住临安府法相禅院、安吉州显慈禅寺、绍兴府象田兴教禅院、庆元府智门禅寺、杭州大慈山教忠报国禅寺,又住五山之一明州阿育王寺。《语录》云大观住法相禅院"淳祐元年(1241)七月入院"①,法相禅院与净慈寺同在临安,往还便捷,故住寺与侍北磵并不相妨。大观《谢史尚书》云"年半住山,娄发罔功之叹;夏中得旨,果蒙攀例之荣"②,《语录》云大观景定四年(1263)十一月入育王寺,则育王旨下,当在景定四年之夏。而《物初賸语》卷一〇《育王库阁阴记》云库阁"作于景定五年甲子季春,迨仲秋而落其成,予住山之初年也"③,可知大观住持育王,入院是在景定四年岁末,而实际掌持育王住持事务,则始自景定五年(1264)也。除了育王寺外,杭州大慈山教忠报国禅寺亦是大观住持的一个重要寺院,《鄧峰西庵塔铭》说大观"行道之余,为大慈障海为田万余亩"④,作了很多贡献。大观《史资相》中有"八年慈云,勷力诸缘"及"八年住山,不为不久"⑤之语,可知他住持大慈大约是从宝祐四年(1256)至景定四年(1263)。

以上对大观生平若干重要事件之时间作了简略的考察。大观于习禅之余,颇留意于吟咏笔墨之事,留下了不少著作,以笔者目前所见,至少有如下五种:

---

① 释德溥等编《物初大观禅师语录》,《卍续藏》第121册。
② 释大观《谢史尚书》,《物初賸语》卷二五,《珍本宋集五种——日藏宋僧诗文集整理研究》(下),第1005页。
③ 释大观《育王库阁阴记》,《物初賸语》卷一〇,同上书,第725页。
④ 释元熙《鄧峰西庵塔铭》,《明州阿育王山志》卷八下,明万历刻、清乾隆续刻本。
⑤ 释大观《史资相》,《物初賸语》卷二五,《珍本宋集五种——日藏宋僧诗文集整理研究》(下),第1022页。

(一)《物初大观禅师语录》

门人德溥编,一卷。今日本有宋刻本、五山本、宝永三年(1706)木活字本。

(二)《物初賸语》

门人嘿子潜编,凡二十五卷。卷一至七为诗,卷八至二五为文。

(三) 编《北磵居简禅师语录》(《北磵和尚语录》)

北磵居简是大观嗣法之师,如上《老磵先师》所述,大观从三十余岁开始就追随于北磵门下。北磵毕生十一处住山语录及法语、偈颂等,均由大观编成。

(四) 校勘《人天眼目》

大观《重修人天眼目集后序》:"淳熙间,越山有昭晦岩者,裒类五宗机语之要曰《人天眼目》,衲子到今传抄。人有其书,徒珍藏如左券,鱼鲁舛差之不理,而互有增损糅杂,独未知初出之本果何如也。余病其然,辍应酬之冗,搜酌而是正之。"[①]

(五) 编选《云太虚四六》

道璨《云太虚四六序》:"太虚之赴中峰也,以其手编寄予于径山。既没之明年,属四明观物初择其工致精粹者,付其孙讷刻梓以惠后学。"[②]

二、《物初賸语》之成书与流传情况

《物初賸语》是大观所撰诗文集,今在中土已亡佚不传,但在日本却保存完好,有宋刻本、宝永五年(1708)木活字本、抄配本等多个版本,斯道文库、成簀堂文库、国会图书馆、尊经阁文库、驹泽大学图书

---

① 释大观《重修人天眼目集后序》,《物初賸语》卷一三,《珍本宋集五种——日藏宋僧诗文集整理研究》(下),第787页。
② 释道璨《云太虚四六序》,《无文印》卷八,又见《柳塘外集》卷三,《全宋文》第349册,第299页。

馆等均有收藏①。由于尘封于异国他邦,它几乎一直未为我国研究者所关注。该书作为南宋中后期一部禅僧创作的诗文合集,广泛反映了南宋中后期的禅林面貌、文坛风气等若干侧面,在南宋"五山文学"史上具有重要意义,理应引起我们的足够重视。关于它的成书背景,大观在《物初賸语自序》中作了如下交代:

> 与世同波,于世无涉。泠然其间,亦聊以自适。万象为宾朋,万籁为鼓吹,斯亦足矣。檐隙彷徉,白间虚明,奥弗容遏。竺册鲁典,遮眼为乐,或便谓予从事乎讨论矣。职提唱外,酬应或需韵句,事功或需记录,或求于予,性不善拒。然法不孤纪,理不它隔,言在此而意在彼。或便谓予长乎文言矣。才一脱稿,扫不见踪迹,如是者有年。吾徒嘿子潜会粹成编,擎于予前,恍然永师后身见破瓮中物,前身知藏僧,忽省书未之经也。翻揭增赧,自讼斐浅轻出,欲敛而秉畀之。嘿捍护坚甚,则训之曰:"吾宗素不尚此,勿重吾適②。"嘿曰:"目连之集异,鹙子之法蕴,洎夫华竺诸贤,率多论著杂华。取渊才雅思,又何如?"予因自笑曰:"治乱不关,宠辱不闻,山林自诠,寂默自业,予老之賸人也;谬当知宗,亦有本末。琐琐笔墨,亹亹酬应,又吾之賸事也;说而无说,文而非文,又吾之賸语也。人賸、事賸、语賸,恶足识其中有无欠賸句,亦或有所取哉?"③

从大观的这段自述中,我们不难知道,他素有读书与写作之好,经年以

---

① 《物初賸语》之版本与收藏情况,参许红霞《从南宋诗僧诗文集的刊刻流传情况看南宋诗僧与日本五山诗僧的密切关系》(《宋代文化研究》第 16 辑)及严绍璗《日本藏汉籍珍本追踪纪实——严绍璗海外访书志》(上海古籍出版社,2005 年)第 411 页。
② 適,疑为过(過)之讹。
③ 释大观《物初賸语自序》,《物初賸语》卷首,《珍本宋集五种——日藏宋僧诗文集整理研究》(下),第 529—530 页。

此自乐,但未尝有意结集,故作品散落于多方。他的徒弟嘿子潜把作品收集成编呈献于他,他觉得违背了禅宗"不立文字"之宗旨,欲毁弃之,嘿子潜坚持保护。这固然是禅宗僧人的一种常用套语与借口。大观自谦此书乃"人腾、事腾、语腾",但仍自信其中有可取之句。此《自序》作于咸淳丁卯(1267);又是书卷二四有《淮海禅师行状》,淮海元肇卒于咸淳元年(1265)六月,这是《物初腾语》所记事件中系年较晚的一处。则是书之最终编定,当在咸淳元年至三年(1265—1267)之间。

今日本斯道文库、成篑堂文库藏有《物初腾语》宋刻本,可知它在编成后不久就已刊刻出版。然是书以笔者目前所见中土书志、目录来看,均未有著录。此书在清代以前,仅见于元熙作于元延祐二年(1315)的《鄮峰西庵塔铭》中,谓大观"有《腾语》六册,《六会语》一册"①。由宋至清中叶,中土关于《物初腾语》之记载仅此一条,它似乎一直未为外人所知晓。南宋末至清代历代重要的诗文选本或诗文评典籍中,均未见有选录或评述大观之诗文。如《江湖风月集》《中兴禅林风月集》《圣宋高僧诗选》以及《瀛奎律髓》之"释梵类"等选录僧诗较多的诗歌选本中,选录了多首和大观同时代甚至稍晚的同是五山禅僧的诗,如无文道璨(1213—1271)、藏叟善珍(1194—1277)等,却未见大观其诗之踪影。直至大约乾隆年间,《物初腾语》出现于畹荃《松坛铭并序》中:"宋淳祐间,笑翁堪禅师住持育王,时樗寮张寺丞即之问道于师,不异山谷之厚于晦堂……此事载在《物初腾语》。"②畹荃之名未见录于各僧史灯录,唯《(乾隆)鄞县志》有云:"畹荃字嵩来,通儒术,书画赡逸,主育王寺。"③全祖望(1705—1755)《鲒埼亭集》卷三三有《阿育王寺为檗庵居士立祠议与住持畹荃》④一文,与畹荃商议育

---

① 释元熙《鄮峰西庵塔铭》,《明州阿育王山志》卷八下,明万历刻、清乾隆续刻本。
② 释畹荃《松坛铭并序》,同上书,卷一五。
③ 《(乾隆)鄞县志》卷二一,乾隆五十三年刻本。
④ 全祖望《阿育王寺为檗庵居士立祠议与住持畹荃》,《鲒埼亭集》卷三三,《四部丛刊》本。

王寺内的王安石、苏轼二公祠之事。据此二则材料,我们可以知道畹荃大约是乾隆年间的育王寺住持僧。畹荃言张即之问道笑翁事"载在《物初賸语》",可见在乾隆年间,此书在育王寺有流传。郭子章编、畹荃增修的《阿育王山志》中,收录了大观《笑翁禅师行状》《上瑴翁相国启》等文章,这些文章俱见于《物初賸语》。然而,畹荃大约活动于乾隆年间,同时代的厉鹗(1692—1752)编撰《宋诗纪事》,却全然未采大观之诗;随后的四库馆臣编修《四库全书》时,亦未采录或提及《物初賸语》一书;陆心源(1834—1894)《宋诗纪事补遗》据《邻交征书初篇》录大观《和静照诗韵》一首①,这首诗是大观与日本入宋禅僧无象静照的唱和之作,最早见于《无象照公梦游天台石桥颂轴》②,并不在《物初賸语》集中。可见,和畹荃生活于同时代或稍后的人,皆不知此书之存在,也无缘获睹此书真容。由以上种种我们不难猜测:所谓的《物初賸语》"宋刻本"很有可能是育王寺所刻,在中国的流传范围非常小,故而未见录于书志、目录,但却被当时中国或日本的渡航僧携带到了日本;且它极可能在宋元易代之际已经毁于天灾或兵火,由此在中土绝迹。而清代中日僧侣之间的交往极为频繁,据木宫泰彦《日中文化交流史》统计,从清初到乾隆朝中叶,渡日清僧有近百人之多,他们有的长眠于异国,有的又返回故土;亦有日僧来清,但数量不及渡日清僧之众。据《中日交通路线图》③,明清时代日本的来华船只主要到达普陀山、南京、宁波、温州、福州等东南沿海城市。阿育王寺地处宁波,又是名山大刹,应是当时中日僧人交往的重要场所。《阿育王山志》中有清代中日僧人交流的相关记载,如卷一二即收录了清代住持自学《送真藏主还日本》一诗。因而,极有可能是渡日清僧或入清日僧从日本携带《物初賸语》到了育王寺,所以被畹荃读到;但由

---

① 陆心源《宋诗纪事补遗》卷九七,清光绪刻本。
② 《无象照公梦游天台石桥颂轴》,今日本有彰考馆文库本、《禅家丛书》本。
③ [日]木宫泰彦著、胡锡年译《日中文化交流史》,商务印书馆,1980年,第809页。

于此书本来在刊刻之初就流传范围不广,又在中土失传已久,所以并没有被随后的四库馆臣所知。它犹如一枝幽兰,始终独芳于育王。

相较于中土,《物初賸语》在日本的流传却极为广泛。川濑一马在《御茶之水图书馆藏新修成簣堂文库善本书目》解题中云此书传说与佛国禅师(1241—1316)(即高峰显日)带来有关,又推测是由佛国之师、渡日宋僧无学祖元带来,①这是较为可信的。椎名宏雄《宋金元版禅籍所在目录初稿》亦曰此书为"佛国禅师将来本"②。无学祖元带往东瀛后,它一直在异域流传着,除了最初的宋刻本以外,还出现了宝永五年(1708)木活字本、抄配本、连笔写本等,成为流传非常普遍的一部典籍。日僧虎关师炼(1278—1346)于康永元年(1342)编成的《禅仪外文集》③中,即收录署名"观物初"的祭文、疏、榜等凡二十七篇,此二十七篇文章均见于《物初賸语》,亦可见此书至少在1342年之前,已经流入日本。渡日禅师无学祖元的三传弟子义堂周信(1325—1388)所编十卷《重刊贞和类聚祖苑联芳集》④中,采大观诗数十首,亦皆见于《物初賸语》。日僧无著道忠(1653—1745)晚年校勘《古尊宿语要》,撰成《古尊宿语要目录》一卷并加按语:"右总二十家,如《云卧纪谈》《物初賸语》并云赜藏主所搜二十二家,然则此本少二","《物初賸语》十三《重刊古尊宿语录序》曰:有赜藏主者,旁搜广采,仅得南泉而下二十二家示众机语,厥后又得云门、真净、佛眼三家,总曰《古尊宿语》。非止乎此也,据其所搜采而言尔"。⑤ 由以上所举数例,足可见《物初賸语》在日本历来之流传与影响。

从元熙谓大观"有《賸语》六册,《六会语》一册"的表述中,可知宋

---

① [日]川濑一马《お茶の水図書館藏新修成簣堂文庫善本書目》,御茶之水图书馆,1992年。
② [日]椎名宏雄《宋金元版禅籍所在目录初稿》,《驹沢大学仏教学部論集》第14号,1983年。
③ [日]虎关师炼编《禅仪外文集》,京都大学图书馆藏。
④ [日]义堂周信编《重刊贞和类聚祖苑联芳集》,《大日本仏教全書》本。
⑤ [日]无著道忠《古尊宿语要目录》,《卍续藏》第119册。

刻的《物初賸语》与《物初大观禅师语录》(《物初和尚语录》)即已分帙而并非一体。然而,二书在传入日本的过程中,极有可能在最初被合而为一,后来又分开——首先,《物初大观禅师语录》的流传情形与《物初賸语》十分类似。宋僧法应、元僧普会曾先后收录宗师颂古3 000余首,编为《禅宗颂古联珠通集》四十卷,几乎囊括了宋代禅僧所有的"颂古"作品。而《物初大观禅师语录》中有不少大观所作偈颂,《禅宗颂古联珠通集》却一首都没有收。后来清僧性音编《宗鉴法林》七十三卷,则收录偈颂近万首:"诸方语录,拈、颂颇多,亦有未经流通者。今广加搜罗,虽残篇断简,必再三详订,录入集中,以公天下后世。"①也就是说《宗鉴法林》在《禅宗颂古联珠通集》的基础上,又从禅僧语录中尽量完善地续辑了前书脱漏的偈颂。然《宗鉴法林》中亦未尝见到大观所作偈颂的影子。这说明从元到清,《物初大观禅师语录》极有可能随《物初賸语》一起在中土失传了。因而,大观《语录》和其诗文集一样,刊刻之初流传范围就不广,宋元易代之际都在中土失传,但流入了日本。其次,《建仁寺两足院藏书目录》②中,著录了《物初和尚语录》三个版本:一是咸淳三年(1267)大观自序宋刻本,二是中岩圆月刊五山本,三是宝永三年(1706)植工常信刻木活字本。从日藏宋刻本的形态中,可见语录和诗文集最早流入日本之时是一体的。而笔者目前所见日本书志、目录中并无《物初賸语》五山本和宝永三年本,也就是说后来它很可能和《语录》又分途刊刻了。

三、《物初賸语》之文献价值

以上曾提到了无著道忠利用《物初賸语》校订《古尊宿语要》的例子,可见其史料意义早为日本前辈学者所关注。除此以外,据笔者所

---

① 释性音编《宗鉴法林》凡例,《卍续藏》第116册。
② 《建仁寺両足院蔵書目録》,京都大学图书馆藏。

见,其文献价值主要存在于以下四个方面。

（一）大观尝为石田法薰禅师掌书记之职,是声闻于丛林的诗僧。不少善于文墨的僧人,都请求他为自己或师友的诗文集作序跋,因而《物初賸语》中著录了不少宋代僧人的诗文集名称：

作者	生卒或活动年	宗派	诗、文集	存佚	历代书志著录
朴翁义铦	活跃于南宋中期左右	大慧	朴翁诗集	佚	
			朴翁旧稿	佚	
北磵居简	1164—1246	大慧	北磵诗集	存	明《文渊阁书目》等
			北磵文集	存	明《文渊阁书目》等
			北磵外集、续集	存	民国《书舶庸谈》等
无文道璨	1213—1271	大慧	无文印	存	清《山左金石志》
胜叟宗定	活跃于南宋中期	大慧	定胜叟文集	佚	
樵屋昭	活跃于南宋中后期	天台	樵屋吟稿	佚	
南翁康	活跃于南宋中后期		康南翁诗集	佚	
危峰安	活跃于南宋中后期	虎丘	自成集	佚	
修禅人		禅宗	南征录	佚	
藏叟善珍	1194—1277	大慧	藏叟诗集	存	明《晁氏宝文堂书目》
淮海元肇	1189—1165	大慧	淮海诗集	存	明《续文献通考》
			淮海外录	存	
颐蒙	活跃于南宋中后期		颐蒙诗卷	佚	

(续表)

作者	生卒或活动年	宗派	诗、文集	存佚	历代书志著录
竹间居简	活跃于南宋中后期		竹间遗困稿	佚	
谷泉			讲余吟稿	佚	
吉上人	活跃于南宋中后期	天台	诗集	佚	
不群超	活跃于南宋初期	黄龙	不群禅余	佚	
浮清	活跃于南宋中期	禅宗	诗集	佚	
同友会	活跃于南宋中后期	律宗	会堂诗	佚	

如上表所示,《物初賸语》所著录的僧人诗文集,大多数不见于历代书志、目录,且目前已亡佚不存,我们已无缘得窥它们的本来面貌。但通过大观为它们所作之序跋题记,我们还是能够了解其成书背景、题材、风格、成就、时人评价等大概情况,这对于我们今天研究南宋诗坛和文坛的作家构成与流派、诗文风格嬗变等,无疑具有极为重要的参考价值。

(二)《物初賸语》除了著录了这些宋僧诗文集外,对于宋代禅僧之诗文辑佚也具有重要文献意义。《全宋诗》《全宋文》等在搜集整理大观诗歌、文章时,均没有采纳此书,故《物初賸语》卷一至七所录诗歌当补入《全宋诗》,卷八至二五所录文章当补入《全宋文》。此外,我们尚可据此书补辑《全宋诗》《宋代禅僧诗辑考》等失收的宋禅僧诗五首:

1. 释慧真(1141—1238),号无念,慈溪程氏女,南宋临济宗大慧派女尼。法系:大慧宗杲——懒庵鼎需——木庵安永——晦翁悟明——无念慧真。《全宋诗》《全宋诗订补》《宋代禅僧诗辑考》无其人。据《物初賸语》卷二三《无念禅师塔铭》,可辑《遗偈》一首:

> 来时不着娘生袴,去时不挂本来衣。撒手便行无挂碍,倒骑铁马上须弥。

(2) 释普济(1179—1253),生平见《全宋诗》小传。据《物初賸语》卷二四《大川禅师行状》,可补辑《遗偈》一首:

> 来无地头,去无方所。虚空迸绽,山岳起舞。

(3) 释彬德,活跃于宁宗嘉泰、开禧间,四明人,临济宗大慧派僧。法系:大慧宗杲——佛照德光——退谷义云——东岩彬德。《全宋诗》《全宋诗订补》《宋代禅僧诗辑考》无其人。据《物初賸语》卷一三《东岩遗语序》,可辑《瞻忠定史越王基读隧道碑》一首:

> 丞相骑鲸去不归,至今草木尚含悲。我来漱口亭前水,细读纯诚厚德碑。

(4) 释师寿(1181—1252),号此山,明州李氏子,南宋临济宗杨岐派僧。法系:五祖法演——圆悟克勤——华藏安民——石桥可宣——此山师寿。《全宋诗》《全宋诗订补》《宋代禅僧诗辑考》无其人。据《物初賸语》卷二三《此山禅师塔铭》,可辑《遗偈》一首:

> 七十二年,不然不然。撒手长空,日月丽天。

(5) 释大观(1201—1268),除《物初賸语》卷一至七所录诗歌外,

据卷一七《跋施倅送行偈》,尚可补辑《酬先维那用愚斋韵》一首:

  跳出锦屏今几秋,话头未举已先周。诸方冷破都看了,为问如何是彻头。

(三) 大观交游广泛,所结交者,既有高级官僚、儒生学士,也有僧人道士和江湖文人。大观又有以诗文会友的雅趣,在和友人交往过程中,他或赋诗唱和,或作序持赠,或尺牍往还,或作铭状以志。而南宋中后期,"大量游士、幕士、塾师、儒商、术士、相士、隐士所组成的江湖士人群体纷纷涌现,构成举足轻重的社会力量","波及文坛,其主要力量转入了民间写作,'布衣终身'者纷纷登上文学舞台"[①]。借助印刷术,这些士大夫周边及以外的文人群体的文学作品得以保存和流传。但是,由于他们未尝入朝为官(或官品极为低下)、身份卑微,没有机会进入儒家话语体系下的"正史"系统中,其生卒年、家世、履历等也就湮没于时间的尘埃,今日往往无从考证,给我们全面了解和研究南宋文学史造成了相当大的障碍。

  而《物初賸语》中不少诗文,为我们提供了南宋中后期大量宝贵的士大夫周边及以外的文人群体的相关史料,包括他们的家世、乡籍、交游、师承、生平细故等,琳琅满目。如卷二四收录了大观为北磵居简(1164—1246)、石田法薰(1171—1245)、大川普济(1179—1253)、笑翁妙堪(1177—1248)、西岩了惠(1198—1262)、淮海元肇(1189—1265)等六位禅师所作的六篇行状。这六位禅师既是南宋禅宗史上的高僧大德,也是南宋"五山文学"史上著名的诗僧、文学僧,同时对南宋"五山文学"远播日本亦有不可低估的功绩。但由于他们生活于南宋中后期,故未见录于南宋"五灯"系统,其生平概略仅寥寥

---

① 王水照、熊海英《南宋文学史》,人民出版社,2009年,第4页。

存于明清僧史、灯录和寺志中。因为年代相隔久远,所以明清时代之记录往往多有龃龉、淆讹之处。而这六位禅师于大观或师或友,生前与他皆有较密切的交往。此六篇行状,不仅详述了他们的姓氏、生卒年、籍贯、家世、求道经历、师承渊源、传法谱系、思想理念等,而且记录了不少重要的生平细末,其史料价值丝毫不逊于正史的"列传",且较之正史"列传"更为生动丰满。

(四)《物初賸语》中为同时代僧人诗文集所作序跋题记有二十余篇(前已述),为颂卷(或曰颂轴、偈编、颂册等)所作序跋题记则有十余篇。从大观的记述来看,这些所谓颂卷(或曰颂轴、偈编、颂册等)乃是围绕某个话题而进行的同题创作或雅集唱和之作的汇编,如卷一三有《种茶诗序》《径山砌路颂序》《摘茶诗卷序》《觉如赞序》《山家十条事要序》等,卷一六有《题悼断桥颂册》《题悼来首座颂卷后》《题送友诗轴》等。《物初賸语》中著录的这些颂卷,目前皆已亡佚,我们已无法获知其详情,但从大观为它们所作序跋题记的记述中,可以肯定它们的创作者主要是僧人。这就是说,在南宋中后期,禅林衲子不仅热衷于编定出版个人的诗文作品集,而且进行同题作文、雅集唱和并正式结集出版的情形已经非常普遍,禅林已然成为一个相对独立又并不封闭的"文坛"。号称"不立文字"的禅宗,此时却恰恰变成了"文字禅"大行其道的时代——并且此时所谓的"文字禅",并不是高深玄妙的佛教义理阐发和经典注疏,而是一种审美的、诗意的人生态度和书写方式。这不仅是一种文学史现象,而且具有深刻的思想史背景与意义。它表明此时的禅宗,已经从信仰和思想的高高山顶跌落到了烟火人间,从浩渺无垠的星空跌落到了切实践履的大地。《物初賸语》对这些僧人文学活动的记述,是研究宋元禅学思想史、乃至一般思想史的宝贵材料。

第四章
虎丘派之形成与隆盛

曹溪一脉,至五代"一花开五叶",传至北宋圆悟克勤,临济宗杨岐派门庭益盛,门下出大慧宗杲、虎丘绍隆二弟子,又各成一派,即大慧派、虎丘派。继大慧派之后,虎丘派在南宋亦如日中天,有"临济中兴,杨岐再住"①之说。南宋中后期之五山法席,几为大慧派和虎丘派门人所均占。与大慧派禅僧类似,虎丘派僧人也多以文学创作名世,留下了语录、诗文等诸多作品,是为南宋"五山文学"之重要一翼。从本章开始将主要探讨虎丘派禅僧之文学创作情况。首先简单考察梳理虎丘派形成并壮大之背景与历史。

第一节 虎丘派之形成

一、绍隆禅师与虎丘派

"虎丘派"之名,源于开宗立派之地——虎丘山。虎丘山位于今江苏省苏州市,自东晋竺道生以来,多有高僧驻锡于此,是为佛教名山。南宋嘉定年间,它成为"十刹"之一,又因临济宗绍隆禅师在此说法传道而誉满丛林。

---

① 徐林《宋临济正传虎丘隆和尚塔铭》,释嗣端等编《虎丘绍隆禅师语录》卷末附,《卍续藏》第120册。

临济宗虎丘派以绍隆禅师为立派宗师。绍隆(1077—1136),出生于和州含山(今安徽含山)汪氏人家。据徐林《宋临济正传虎丘隆和尚塔铭》,绍隆九岁谢父母去家,于含山佛慧院修习;十五岁正式落发;又五岁,束包曳杖,飘然四方。他首参长芦净照,颇有所得;复至宝峰谒湛堂文准,留年余;又谒死心悟新于黄龙,死心甚器重之,常叹为"再来人"。绍隆先前阅圆悟克勤语录,深为之叹赏,趋夹山欲访圆悟,途中于龙牙山遇临济宗黄龙派僧泐潭应乾(1034—1096)之弟子东禅从密,谈古论今,相与甚厚,盘桓日久。后绍隆至夹山,然彼时圆悟已移道林,他遂又往道林追随之,参学问道二十余年,尽得圆悟禅法之秘,并获圆悟印可,得其法衣,先后住持开圣寺、彰教寺。绍兴四年(1134),绍隆住持"十刹"之一虎丘寺,凡三年,一时参学者望山而趋,圆悟之道由绍隆之力而大播于东南。

虎丘素为佛教圣地,历来高僧辈出。绍隆住山时,对此甚为自豪,亲自为禅门宗师及前代虎丘高僧供奉顶相并一一题赞于上。晓莹《罗湖野录》记载:

> 及住虎丘,道大显著。因追绎白云端和尚立祖堂故事,乃曰:"为人之后不能躬行遗训,于义安乎?"遂图像奉安,题赞于上。达磨,曰:"阖国人难挽,西携只履归。只应熊耳月,千古冷光辉。"百丈,曰:"迅雷吼破澄潭月,当下曾经三日聋。去却膏肓必死疾,丛林从此有家风。"开山明教大师,曰:"春至百花触处开,幽香旖旎袭人来。临风无限深深意,声色堆中绝点埃。"呜呼,百丈创立禅规以来,丛林卒不至于陁废,实本于此。白云以百丈配享达磨,有识靡不韪其议,可谓知本矣。隆既能遵行奉先之礼,又从而为赞,发明其道,有足多也。①

---

① 释晓莹《罗湖野录》卷下,《卍续藏》第142册。

可见他对于历代宗师所衍续和开创的"法统"之认同与敬重。

绍隆圆寂后，其门人嗣端等编有《虎丘绍隆禅师语录》，包括《住和州开圣禅院语录》《宣州彰教禅院语录》《平江府虎丘云岩禅寺语录》《初祖赞》等，徐林为撰《塔铭》，并附于后。《塔铭》云：

> 于穆初祖，一花东土。谶至马驹，益昭益著。派衍而繁，实惟圆悟。圆悟得师，以马之鼻。大坐虎丘，雷动云骛。临济中兴，杨岐再住。只履忽西，聿严凫墓。有神有天，来诃来护。咨尔后昆，展转流布。

此《塔铭》先列举了迄当时为止中国禅宗史上的重要人物——达摩、马祖、圆悟，再以绍隆为光大圆悟乃至杨岐派、乃至临济宗门庭之人，"临济中兴，杨岐再住"一句，对其评价无疑是极高的。

二、禅宗灯录对虎丘绍隆法嗣及伦叙记载之不实

《五灯会元》的传法谱系中列大慧宗杲嗣法弟子有三十四人之多。作为虎丘派开宗之师，我们似乎不难想象虎丘绍隆也会像大慧宗杲一样，门下龙象云集、一呼百应。然而出乎意料的是，当我们翻阅各种灯录、僧史、宗派图等，却发现其嗣法弟子仅应庵昙华一人而已。表面看来似乎大慧门下衲子云从风趋，虎丘则门庭冷落，参学者寥寥。然绍隆禅法既深得圆悟赏识，又被奉为立派宗师，且徐林撰《塔铭》亦云其"大坐虎丘，雷动云骛"，门下当不至于冷清至此，实际情况或与这些灯录、宗派图等记载有所出入。那么这种出入是如何造成的呢？

据笔者所见，僧史、灯录中最早著录大慧、虎丘二派法系的是晦翁悟明之《联灯会要》，举"临安府径山宗杲禅师法嗣下九人"、"平江府虎丘隆禅师法嗣一人"。晦翁悟明嗣木庵安永，为大慧派僧人，故而有意压制别派、标举本派也是情理之中的事。《联灯会要》的这个法系记载,似已在某种程度上将两派作了鲜明对比。然而到了会"五灯"为一书的《五灯会元》那里,又在《联灯会要》"临安府径山宗杲禅师法嗣下九人"的基础上增加了二十五人,于是大慧宗杲的嗣法弟子骤然增至三十四人。《五灯会元》的编者大川普济(1179—1253),同样为大慧派僧人。其所编撰灯录中大慧一派人数的骤然增加,所体现出的编者之意图自是不言而喻的了。而后世僧史、灯录多袭《五灯会元》之说,由是给我们造成了虎丘绍隆门庭冷落的错误印象。

大慧、虎丘作为南北宋之交临济宗杨岐派并起的两支,不无各各自居正统、有意压制对方之可能,所以大慧派传人在编撰灯录时,故意将虎丘绍隆之嗣法弟子隐瞒不录。以上仅为笔者之猜测,但以下一例或可为较有说服力的事实证据:普济《五灯会元》在列圆悟克勤嗣法弟子时,以大慧宗杲居首,是为嫡嗣;而日本东福寺藏《禅宗传法宗派图》却以虎丘绍隆为圆悟克勤嫡嗣[①]。两者大相径庭,究竟孰是孰非? 康熙年间瞿汝稷撰有《虎丘径山二祖长少伦叙考》,兹引长文如下:

> 《五灯会元》载昭觉勤祖法嗣,径山杲居首,而虎丘隆次之。盖《会元》辑于大川济公,系妙喜四世孙,推尊其祖,宜乎列径山于虎丘之前也。但《严统》诸书,亦仍《会元》之旧文,先径山而次虎丘。则不得不引虎丘《塔碑》及大慧《年谱》,详考二祖之年腊,著为说,以辩正其伦叙焉。按《塔碑》隆祖迁化于高宗绍兴六年丙辰五月八日,住世六十年,坐四十五夏。则隆祖之示生,在神宗熙宁十年丁巳也。九岁去家,则元丰八年乙丑也。又六岁受

[①] 《禅宗传法宗派图》,收于东京大学史料编纂所编《大日本古文書·東福寺文書之一》,东京大学出版会,1956年。

具,则哲宗元祐六年辛未也。又五岁而行脚四方,首参长芦净照,次参湛堂,次参死心,最后从圆悟于夹山,当机契悟,参随二十年。归和州省亲,四众请开堂于城西开圣寺。以建炎之乱,南渡宣城,郡守李尚书光延居彰教四年,而迁虎丘,又三年而示寂。则住虎丘,当在绍兴四年甲寅;住彰教,当在建炎四年庚戌;而出世开圣,则在建炎二三年间也。《会元》诸书,皆载圆悟于建炎初迁金山,二年正月奉诏入对扬州,赐号圆悟禅师。今隆祖《语录》第一会住开圣,开堂日拈香酬法乳,称现住金山佛果圆悟禅师,是则正在佛果住金山入对赐号之时也。其参随圆悟二十年,则当始于徽宗政和之初年。《会元》载圆悟崇宁中还里省亲,开法六祖,更昭觉。政和间,复出峡南游,张无尽留居碧岩,复徙道林。而隆祖《塔碑》谓趋夹山见圆悟,会圆悟移道林,师从焉。他书载僧问圆悟"如何是夹山境",悟答曰"猿抱子归青嶂里,鸟衔花落碧岩前",然则夹山者即碧岩也。参考群籍,定其年甲,则隆祖之常随圆悟,自政和而宣和、而靖康、而建炎,前后盖二十年也。此则隆祖之始末。合《会元》诸书所纪,以证徐林所撰之《塔碑》,并无纤毫可疑者也。按《年谱》,大慧生于哲宗元祐四年己巳,则齿少于隆祖一十二年也。出家于徽宗崇宁三年甲申,则后于隆祖之脱白一十九年也。请具足戒于崇宁四年乙酉,则后于隆祖之得戒一十四年也。政和年间依湛堂于宝峰,至宣和七年乙巳,始参圆悟于天宁,则契机圆悟,亦在隆祖之后十余年也。高宗建炎四年庚戌,始住海昏云门庵,则正当隆祖住彰教之年,尔时隆祖先已出世于开圣也。此则悉依大慧门人祖咏、宗演所修之《年谱》,其载笔谅无差谬者也。考诸《塔碑》《年谱》,以定二祖之伦叙,岂非虎丘为兄,而径山为弟乎?《年谱》载大慧于建炎元年丁未,省侍圆悟于金山,偕隆藏主之吴门,少憩宝华,次虎丘,遂馆于前耳。据《塔碑》,隆祖是时已住开圣,未住虎丘。意者二老皆以省侍圆悟,相遇于金山,遂同游吴门,馆于虎丘耳。他书又载应庵华祖,先于彰教亲依隆祖,及隆祖迁住虎丘,则华祖为先驰。意者隆祖于建炎中先已受虎丘之请,至绍兴中始来阐法,故华祖为前驱耳。不然,以着草鞋住院之华祖,岂其居学地时,曾为子夏之先耶?《会元》载应庵住归宗日,大慧在梅阳,有僧传师垂示语句,慧见之极口称叹,后以偈寄曰:"坐断金轮第一峰,千妖百怪尽潜踪。年来又得真消息,报道杨歧正脉通。"其归重如此。《年谱》载大慧于绍兴二十四年甲戌,以颂代书答归宗华侄长老,此之谓也。《会元》又载应庵于室中,能锻炼耆艾,故世称大慧与师居处为二甘露门。又载应庵于虎丘忌日拈香,有"二十年来,坐曲录木"之句。又载应庵于孝宗隆兴改元六月十三日,奄然而化。《年谱》载大慧亦于是年八月十日,示寂于径山明月堂,则知应庵弘法二十余年,实与大慧同时行道也,诸书列径山于虎丘之前,实为传误。久欲正其说,以遍告诸方具眼,适乐读居士从邗上归,出其向日圜中所编《指月续录》见示,开卷便见虎丘法嗣,列在径山法嗣之前,观其伯仲昭然,顿使雁行成序。且载笔精妙,确有卓见高识,为功于传灯无尽矣。敢抒管见以附不朽,名之曰《少长伦叙考》云。①

另外缪肜亦接着瞿汝稷之话题谈及此事:

> 予阅圆悟佛果禅师《语录》,系宋平江府虎丘山门人绍隆等编,则知虎丘为圆悟首座也。又阅《紫柏老人集》,其序《应庵和尚语录》云:"临济正宗,大于杨歧会,盛于五祖演,至于圆悟嫡嗣曰虎丘,而虎丘嫡嗣为应庵。"则知虎丘为圆悟嫡嗣也。及阅《五

---

① 瞿汝稷《虎丘径山二祖长少伦叙考》,聂先《续指月录》卷首附,《卍续藏》第143册。

灯会元》，昭觉禅师法嗣三十余人，首径山而次虎丘，则不能无疑。今阅檗公辩正一书，其考诸《塔铭》，按诸《年谱》，二祖之得法行化、年月次序，可谓详矣，其有一事径山在虎丘之先者乎？虎丘为兄、径山为弟，断然无疑也。夫兄弟之伦，儒释一理，古人虽重嫡而轻庶，然庶为兄、嫡为弟，长幼之序，犹不可紊，况嫡本兄乎？庶本弟也，而可以颠倒其伦次耶？《五灯会元》，编于大慧之门人，而推崇其祖，是诚有之。如楚石为大慧五世孙，无相钱居士序其《语录》云："圆悟之后，分为二宗，一为妙喜，一为虎丘。"是亦先径山而后虎丘者。伪传日久，几莫能辩。檗公得法于木陈老人，为虎丘二十一世孙，辩正二祖伦次，非为推崇其祖，实所以较正临济之正传、订定圆悟之宗派，公也，非私也。彤学识浅劣，于禅宗未窥一二。但宋文宪公为文苑巨公，所作禅林碑版之文甚多，若育王约之裕公生塔之碑，龙池佛心宁公舍利塔铭，详载原委，未有不先虎丘而后径山者，是可信也。敬书以弁于《指月续录》之首，俾僧史之信从有本云。①

以上瞿汝稷和缪彤根据《五灯会元》、徐林《宋临济正传虎丘隆和尚塔铭》、祖咏等编大慧《年谱》、绍隆《语录》等多种史料对南宋以来灯录记载的虎丘绍隆法嗣、伦叙之疑义与辨正，从逻辑上来说是成立的。且元人黄溍《虎丘云岩禅寺兴造记》有云："绍兴间，长老大比丘隆父以圆悟嫡子坐镇兹山，法席鼎盛。"②黄溍亦以虎丘绍隆为"圆悟嫡子"。再结合日本东福寺藏《宗派图》，我们基本可以认为圆悟克勤嫡嗣应为虎丘绍隆；至于绍隆当时的嗣法弟子，应该不止一人，但究竟有多少，我们今日已然难以考证。

---

① 缪彤《虎丘径山二祖长少伦叙考》，《续指月录》卷首附，《卍续藏》第143册。
② 黄溍《虎丘云岩禅寺兴造记》，《金华黄先生文集》卷一二，《四部丛刊》本。

三、虎丘绍隆之法嗣应庵昙华

今所见禅宗灯录、宗派图等所列虎丘绍隆之嗣法弟子,皆仅有应庵昙华一人。应庵昙华(1103—1163),蕲州黄梅人,十七岁于乡里东禅寺出家,其后往诸方求访大德,参学于今湖北、湖南、江西一带。圆悟居云居时,应庵曾往礼之,并服劳其间。圆悟入蜀时,嘱应庵参时住彰教的绍隆,应庵遂于绍隆座下得悟。《卍续藏》所收守诠等编十卷本《应庵昙华禅师语录》,依次收录了处州妙严禅院语录、衢州桐山明果禅院语录、蕲州德章安国禅院语录、饶州报恩光孝禅寺语录、饶州东湖荐福禅院语录、饶州荐山宝应禅院语录、庐山归宗禅寺语录、婺州宝林禅寺语录、婺州报恩光孝禅寺语录、再住归宗禅寺语录、江州东林太平兴龙禅寺语录、建康府蒋山太平兴国禅寺语录、平江府报恩光孝禅寺语录、明州天童山景德禅寺语录等,可见应庵一生的弘法足迹遍及现江西、浙江、湖北、江苏等地区,范围甚为广泛。

虽然应庵昙华从辈分上说属大慧宗杲法侄一代,但实际上正如以上所引瞿汝稷长文《虎丘径山二祖长少伦叙考》所述,他传道弘法的时间大致与大慧宗杲相当,李浩撰《塔铭》亦有曰:"逮妙喜还径山退居明月庵,师演化于明,叔侄相望。往来憧憧,必至二大士之门,咸曰妙喜、应庵无异辞。师寂后,未逾月,妙喜亦化去。"[1]由此可以看出,他当时与大慧都蔚为尊宿,在禅林的地位是相当高的。

从时人的记述来看,应庵与大慧一样,机锋颇为峻烈,如李浩《塔铭》中这样描写应庵的禅法:

> 机关深固,运用恢廓。言句之出,皆越格超量,人天罔测。……而室中机辨,掺纵杀活,尤号明妙。饱参宿学,一近槌拂,亦汗下

---

[1] 李浩《应庵昙华禅师塔铭》,释守诠等编《应庵昙华禅师语录》卷末附,《卍续藏》第120册。

心死。①

《丛林盛事》中有应庵昙华之嗣法弟子密庵咸杰初参应庵时"家风难入"的记载:

> 密庵杰禅师,闽人。初出岭,至婺州智者,偶负暄次,有老宿问曰:"上座此行何处去?"曰:"四明育王见佛智和尚去。"老宿云:"世衰道丧,后生家行脚,例带耳不带眼。"杰曰:"何谓也?"老宿云:"今育王一千来众,长老日逐接陪不暇,岂有工夫着实与汝辈发机?"杰下泪曰:"若如此,某今往何处?"宿云:"此去衢州明果有华匝头,虽后生,见识超卓,汝宜见之。"杰依教往明果依华。华家风难入,杰不惮辛苦。②

葛邲撰密庵《塔铭》则曰:

> (密庵咸杰)初谒应庵,孤硬难入,屡遭呵叱。③

又《应庵昙华禅师语录》载其出任天童寺住持时,入寺上堂之法语:

> 风行草偃,水到渠成。正令既行,十方坐断。若也向上论去,语默不及处,棒喝未施前,总是依草附木汉,事不获已,且作死马医。所以道随处作主,遇缘即宗,法幢随处建立。展临济三玄戈甲,会曹洞五位君臣。敲倡双行,杀活自在。拈一茎草,穿

---

① 李浩《应庵昙华禅师塔铭》,释守诠等编《应庵昙华禅师语录》卷末附,《卍续藏》第120册。
② 释道融《丛林盛事》卷上"密庵破沙盆"条,《卍续藏》第148册。
③ 葛邲《密庵咸杰禅师塔铭》,释崇岳、释了悟等编《密庵和尚语录》卷末附,《大正藏》第47册。

天下衲僧鼻孔;布缦天网,要打冲浪锦鳞。是则是便与么去,达磨一宗扫土而尽。蓦拈挂杖,划一划云,剑为不平离宝匣,药因救病出金瓶。①

由以上这些材料,应庵"孤硬"的禅风及峻烈的机锋已然可见一斑。虽然应庵屡住各道场,晚年又住持五山之一天童寺,但可能与他的这种门风有关,禅宗灯录中所记载的应庵之嗣法弟子只有寥寥三四人。这些嗣法弟子中,以密庵咸杰最为杰出。此将在下一节详述。

第二节 虎丘派之传衍与隆盛

南宋虎丘派传人中,真正开始光大虎丘门庭的,当数密庵咸杰。他曾奉旨连住五山之径山、灵隐、天童,又数次入宫中说法,甚得皇室礼遇,使虎丘派声势得以极大彰显。密庵座下出松源崇岳、曹源道生、破庵祖先三龙象,破庵下又出无准师范,虎丘派之传衍遂至隆盛。在南宋中晚期禅宗东传日本的过程中,虎丘派禅僧起到了主力军作用,在中国禅文化的对外传播史上书写了辉煌灿烂的一页。

一、密庵咸杰及其传法活动

咸杰(1118—1186),福州福清郑氏子。自号密庵。他自幼颖慧,出家为僧,遍参各方知识,后谒应庵昙华于衢之明果,于其座下开悟。出世后,他历住衢州之乌巨、祥符,建康之蒋山,常州之华藏。淳熙四年(1177),密庵奉旨住五山第一刹径山寺,淳熙七年(1180)奉旨住灵

---

① 释守诠等编《应庵昙华禅师语录》卷六,《卍续藏》第120册。

隐寺,淳熙十一年(1184)住天童寺,又二年于天童示寂,葬于寺之东,葛邲为撰塔铭。门人崇岳、了悟等将其七处说法语要及平生偈颂等编为《密庵和尚语录》,约斋居士张镃为其作序。

"七镇名山,道满天下。一时龙象,尽出钳锤"①,密庵能声动丛林,固然与其禅学修为是分不开的。前一节已经提到了其师应庵昙华禅风"孤硬",世人莫测其端,故为其印可者寥寥。而密庵"一见应庵,便明大法,破沙盆语,盛播丛林"②,"杰依华四年,穷尽千圣命脉"③,"佛法至密庵,谨严缜密如金匮石室,过者不敢仰视"④,可见他深厚的禅学根基。同时另一方面,他在宗门内能拥有如此高的地位,也有赖于士大夫和朝廷的支持。密庵禅法,表现出鲜明的"士大夫禅"特色。试看如下数例:

一出一入,一动一静。酒肆茶坊,红尘闹市,猪肉案头,蓦然筑着磕着,如虎戴角,凛凛风生。及乎归来相见,依旧眉毛乌崒崪地。且道是佛法耶,世法耶?记得修山主云:具足凡夫法,凡夫不知;具足圣人法,圣人不会。⑤

丛林兴衰在于礼法,学者美恶在乎俗习。⑥

应庵先师尝言:贤不肖相返不得不择。贤者持道德仁义以立身,不肖者专势利诈佞以用事。贤者得志必行其所学,不肖者处位多擅私心,妒贤嫉能嗜欲苟财,靡所不至。是故得贤则丛林兴,用不肖则废,有一于斯必不能安静。⑦

---

① 张镃《密庵和尚语录序》,《密庵和尚语录》卷首附,《大正藏》第 47 册。
② 同上。
③ 释道融《丛林盛事》卷上"密庵破沙盆"条,《卍续藏》第 148 册。
④ 释道璨《众寮祭痴绝和尚》,《无文印》卷一二,又见《柳塘外集》卷四,《全宋文》第 349 册,第 423 页。
⑤ 《密庵和尚语录》,《大正藏》第 47 册。
⑥ 释咸杰《与施司谏书》,释净善重集《禅林宝训》卷四引,《大正藏》第 48 册。
⑦ 释咸杰《见岳和尚书》,释净善重集《禅林宝训》卷四引,《大正藏》第 48 册。

他的这种援儒入佛的禅法特点,对于当时的士大夫来说十分具有亲切感和吸引力。仅从《密庵和尚语录》看,与密庵交好的士大夫主要有"李侍郎"、"谢知事"、"张直阁"、"施司谏"、"元知府"等。其中"张直阁"即居士张镃,为南渡名将张俊之后人,以直秘阁通判临安。他"常参学于师,师亡复经纪其后事"①,被禅宗灯录列入密庵法系。"施司谏"即施元之。至于"元知府",其细故俟考,但可以肯定的是,淳熙十一年(1184)密庵出任天童寺住持前曾居于其庵中三个月:

> 淳熙十一年正月,在平江元知府庵受请。上堂。举先应庵受天童请日偈毕,乃云,山僧亦有一偈,举似大众:"去年八月间,得旨与安闲。摆动水云性,纵步到阳山。元宅诸子第,忻然力追攀。庵居三个月,开怀宇宙宽。忽接四明信,来书意盘桓。……"②

此外密庵圆寂后为他作《塔铭》的葛郯,也与之交谊匪浅,"郯效官中都,与师相见,或道话终日,亹亹忘倦。别去数以书相闻,临寂又以书为别"③。葛郯累官中书舍人、参知政事等,同样也是朝廷重臣。

密庵除了与多位高级士大夫皆有交游外,声名也为朝廷所闻,孝宗皇帝敕其住持径山、灵隐,并延请他入内说法,给予诸多恩遇:

> 文彩既彰,声名上达。淳熙四年,有旨住径山。召对选德殿,问佛法大要。开堂灵隐,又遣中使降香,道俗观者如堵。七年自径山迁灵隐,上亲洒宸翰,询以法要。又遣侍臣,以《圆觉经》中四病为问,师皆以实语对,恩遇甚宠。④

---

① 葛郯《密庵咸杰禅师塔铭》,《密庵和尚语录》卷末附,《大正藏》第47册。
② 《密庵和尚语录》,《大正藏》第47册。
③ 葛郯《密庵咸杰禅师塔铭》,《密庵和尚语录》卷末附,《大正藏》第47册。
④ 同上。

士大夫及朝廷对密庵的推重，无疑有助于虎丘派宗门之光大。在南宋初期，五山之住持席位，基本为大慧派门人所独占。正是以密庵咸杰历住五山之径山、灵隐、天童为标志，虎丘派开始迅速崛起并与大慧派相抗衡。在此后直至南宋灭亡的约一百年时间里，大慧、虎丘二派几乎平分五山法席。可以说，密庵咸杰是虎丘派发展隆盛的过程中一个里程碑式的关键人物。

二、密庵下三支——松源、曹源、破庵

密庵咸杰得朝廷及士大夫为护法，座下龙象众多。从禅宗史的角度看，最具影响者当属松源、曹源和破庵三支，《枯崖漫录》谓："松源、破庵、曹源、万庵，岂非起中峰之道者耶？"①

松源崇岳(1132—1202)、曹源道生和破庵祖先(1136—1211)三位禅师善于以各种机巧接引学人。例如《丛林盛事》载松源崇岳颂云："说禅说道说文章，林下相逢笑几场。踏着吾家关棙子，白衣拜相也寻常。"②在他看来，禅道与文章等"世间事"并非矛盾，学人只要触着禅家开悟的机关，就可登堂入室。③陆游即出入其门，于松源"既是心传，岂从闻得"一语下开悟而成为其法嗣。《枯崖漫录》则记载："(痴绝道冲)当下始知昔在龟峰三年，曹源怒骂嬉笑，皆为人之方便也。"④可见曹源道生灵活、平易的门风。松源、曹源和破庵三位禅师善为机巧方便，故吸引了大量参学者，培养了众多嗣法弟子，使虎丘派法门愈益昌盛。这是他们的主要功绩所在。

在他们的众多嗣法弟子中，最值得一提的是无准师范(1177—

---

① 释圆悟《枯崖漫录》卷上"松源岳禅师"条，《卍续藏》第148册。
② 释道融《丛林盛事》卷下"松源颂"条，《卍续藏》第148册。
③ 关于松源崇岳之宗风与思想，还可参[日]石井修道《松源崇岳の人と思想》(《印度学仏教学研究》第54卷第1号，2005年)、《松源崇岳の宗風——松源の二転語と坐禅》(《印度学仏教学研究》第55卷第1号，2006年)等论文。
④ 释圆悟《枯崖漫录》卷下"痴绝冲禅师"条，《卍续藏》第148册。

1249)。无准历住清凉、雪窦、育王、焦山以及径山。和大慧派门人佛照德光以及上文提到的密庵咸杰一样,他也曾应朝廷之邀入内说法,绍定六年(1233),理宗赐其金襕袈裟并"佛鉴"师号:

> 是年七月,有旨入内。上御修政殿引见,师奏对详明。上为之动色,赐金襕僧伽黎,仍宣诣慈明殿升座。上垂帘而听。上谓大参陈公贵谊,留心内典,以师所说法要示之。陈公奏云:"简明直截,有补圣治。"乃赐佛鉴禅师号并缣帛、金银钱、香合、茶药等,侍僧各赐金帛有差,仍降银绢僧牒,俾助营缮。宠光锡赉,由佛照以来,未之有也。①

这一事例,再次说明当时禅宗与政治的胶着越来越密,世俗权力对宗教的干预力度越来越强。可以说,南宋虎丘派在发展隆盛过程中,除了禅师们各自的宗教修为和个人才华所起的作用外,朝廷和士大夫产生的力量同样不容小觑。而这正是宋代禅宗向着"文士禅"、"文字禅"蜕变的主要推动力之一。

南宋晚期的虎丘派僧人,几乎都出自松源、曹源和破庵三支。这三支力量,使得虎丘派法脉代代相续,绵延入元。而且从禅宗文学的角度看,南宋中晚期活跃于文坛的也主要是松源、曹源和破庵的后人,他们以丰富的语录、诗歌、骈古文等著述,在南宋的"五山文学"史上留下了一道夺目的风景。

三、虎丘派与南宋禅文化之东传

南宋晚期,中日两国僧人之往来十分频繁。当时日本禅宗尚处

---

① 释道璨《径山无准禅师行状》,释了南等编《无准和尚奏对语录》卷末附,《卍续藏》第121册。

于草创期，而中国禅宗已经发展至烂熟，故有不少日本僧人来华主要是为了学习禅法。江浙一带的禅宗最为发达，所以日僧来华后多集中活跃于江浙地区，尤以"五山十刹"为主。特别是"五山"，荟集了当时第一流的高僧，使这些入宋日僧获得了习禅的绝好条件。玉村竹二在《日本僧人群参的宋末元初中国禅林诸僧》一文中，指出当时的来华日僧参谒最多的五位禅师分别是无准师范、虚堂智愚、古林清茂、中峰明本和楚石梵琦。[①] 除了楚石梵琦为大慧派禅僧外，其余四位皆为虎丘派僧人。

在日僧纷纷来华的同时，中土禅门也有不少高僧大德赴东瀛传法。在禅宗诸门派中，以虎丘派高僧赴异域弘法者为最多，先后有兀庵普宁、大休正念、西涧子昙、无学祖元、镜堂觉圆、梵光一镜等[②]。他们在日本受到幕府的极高尊崇，或创立禅寺，或住持大刹，使中国的禅文化、禅文学在东瀛生根发芽。

总体上来说，在南宋禅文化向日本传播过程中，虎丘派僧人所创下的功绩是当之无愧地居于第一位的。关于南宋禅文化东渐这一问题，本书将在第八章作专门探讨，故此处暂不展开具体论述。

---

① [日] 玉村竹二《日本僧の群参した宋末元初中国禅林の諸会下》，见氏著《日本禅宗史論集・下之一》，京都思文阁，1979年。
② 参[日] 木宫泰彦著，胡锡年译《日中文化交流史》之"来日宋朝僧人一览表"，第369—370页。

第五章
虎丘派禅僧著述与南宋"五山文学"之高潮

上一章简要叙述了虎丘派在南宋的形成与兴盛。本章及第六章将在考证和整理虎丘派禅僧著述的基础上,对他们创作的总体情况及个人特色作初步探讨,以期窥探南宋"五山文学"高潮期之具体样相。

第一节 虎丘派禅僧著述考

南宋虎丘派禅僧人数众多,著述丰富,本节拟对他们中有语录、诗文集等著作或《全宋诗》《宋代禅僧诗辑考》《全宋文》等收录其作品较多者的生平大略及著述情况作简要的考辨整理。在此过程中,于李国玲《宋僧录》《宋僧著述考》和朱刚、陈珏《宋代禅僧诗辑考》之既有成果多有参考借鉴,以下行文过程中将不再一一出注。另外还需要说明的是,宋末元初之际,有不少虎丘派禅僧东渡日本(详参本书第八章第一节),并长眠于异国。他们的别集和语录,在中国不传,但有不少收录于日本的《大日本佛教全书》《五山文学全集》《五山文学新集》等丛书中,成为日本五山文学的重要文化遗产。对于这一部分作品,本节暂不予以叙录。

一、虎丘绍隆及其弟子

(一) 虎丘绍隆(1077—1136),和州含山(今安徽含山)汪氏子。临济宗虎丘派始祖。住开圣、彰教、虎丘。法系：杨岐方会——白云守端——五祖法演——圆悟克勤——虎丘绍隆。

《虎丘绍隆禅师语录》(《虎丘隆和尚语录》)

一卷。嗣端等编。今有明万历二十年(1592)五台山妙得庵刻本(四川省图书馆藏)、崇祯七年(1634)刊本(日本内阁文库藏)、贞治七年(1368)妙葩刊五山版(日本国会图书馆、东洋文库藏)。《卍续藏》第120册、《嘉兴藏》第24册收录。卷末附有徐林撰《宋临济正传虎丘隆和尚塔铭》。

《全宋诗》录其诗三十二首，《宋代禅僧诗辑考》补辑一首。

(二) 应庵昙华(1103—1163)，蕲州黄梅江氏子。号应庵。住衢之明果，饶之报恩、荐福，婺之宝林，江之东林，建康之蒋山，平江之万寿，蕲之德章，两住南康归宗，晚住天童。法系：虎丘绍隆——应庵昙华。

《应庵昙华禅师语录》(《应庵和尚语录》)

守诠等编。

(1) 不分卷，帙为上、中、下三册。今日本有正应元年(1288)刊五山版(国会图书馆藏)。卷首附钱端礼撰《序》，卷末有隆兴元年(1163)李浩撰《祭文》、正应元年湛照撰《记》、《松源和尚普说》、守诠撰《跋》。

(2) 十卷本。《澹生堂藏书目》《文渊阁书目》等著录。《卍续藏》第120册、《嘉兴藏》第24册收录。《卍续藏》本卷首有钱端礼撰《序》，卷末有李浩撰《塔铭》《祭文》、乾道二年(1166)守诠撰《跋》、《松源和尚普说》、正应元年湛照撰《记》；《嘉兴藏》本卷首有严康朝撰《序》，卷末有李浩撰《塔铭》。

《卍续藏》及《嘉兴藏》所收十卷本，与日本五山版一卷本除序跋题记有差异外，正文部分内容相同。

《全宋诗》录其诗二卷,《宋代禅僧诗辑考》续辑二首。《全宋文》录其文五篇,《应庵和尚语录》卷一○之《为此庵和尚入塔》《为留守枢密大资掩土》二文当补入。

二、虎丘派第三代门人

密庵咸杰(1118—1186),福州福清郑氏子。自号密庵。历住三衢之乌巨、祥符,金陵之蒋山,常州之华藏,杭之径山、灵隐,明之天童。法系:虎丘绍隆——应庵昙华——密庵咸杰。

《密庵咸杰禅师语录》(《密庵和尚语录》)

一卷。崇岳、了悟等编。今日本有室町时代刊本(宫内厅书陵部藏),尾有"参学约斋居士助钱壹佰贯开板"牌记,首有"金地院"印记。《大正藏》第47册收录,卷首有张镃淳熙十五年(1188)撰《序》,卷末有葛邲撰《密庵和尚塔铭》。

《全宋诗》录其诗二卷,《宋代禅僧诗辑考》补辑三首。《全宋文》录其文三十二篇。

三、虎丘派第四代门人

(一) 松源崇岳(1132—1202),处州龙泉松源吴氏子,自号松源。住平江澄照、江阴光孝、无为冶父、饶州荐福、明州香山、平江虎丘、杭州灵隐。法系:虎丘绍隆——应庵昙华——密庵咸杰——松源崇岳。

《松源崇岳禅师语录》(《松源和尚语录》《松源禅师语录》)

二卷。惠足、善开、光睦等编。今日本有镰仓末期刊本(东洋文库藏)、室町时代刊五山版(国会图书馆藏)、元禄四年(1691)刊本(国会图书馆藏)、宽政十三年(1801)刊本(东北大学图书馆藏)。《卍续藏》第121册收录,卷首有嘉泰三年(1203)年谯令宪、庆如、孟猷三人分别撰《序》;卷末有陆游撰《松源禅师塔铭》,元泰定二年(1325)清茂撰《跋》,日僧师点薰沐元禄三年(1690)撰《后序》,日僧东浦山主隐山宽政辛酉①撰《跋》。

《全宋诗》录其诗二卷,《宋代禅僧诗辑考》续辑六首。《全宋文》录其文二十五篇,其中二十余篇为"赞",与《全宋诗》所录重复。

(二) 破庵祖先(1136—1211),广安新明王氏子,号破庵。住果州清居、梓州望川、夔州卧龙、常州荐福、真州灵岩、平江秀峰、凤山资福。法系:虎丘绍隆——应庵昙华——密庵咸杰——破庵祖先。

《破庵祖先禅师语录》(《破庵语录》《破庵和尚语录》)

一卷。圆照等编。今日本有应安三年(1370)妙葩刊五山版(国会图书馆、东洋文库、宫内厅书陵部藏)。《卍续藏》第121册收录,卷首有浩斋居士杨子谟嘉定五年(1212)撰《序》,卷末有同年宗性撰《行状》、道岩撰《后跋》。

《全宋诗》录其诗一卷,《宋代禅僧诗辑考》补辑二首。

(三) 曹源道生,南剑州人。号曹源。尝住妙果、龟峰、荐福。法系:虎丘绍隆——应庵昙华——密庵咸杰——曹源道生。

《曹源道生禅师语录》(《曹源和尚语录》)

一卷。道冲编。今日本有应永二十一年(1414)南禅寺大云庵刊本(东北大学图书馆藏)。《卍续藏》第121册收录。

《全宋诗》录其诗三十二首,《宋代禅僧诗辑考》补辑一首。

四、虎丘派第五代门人

(一) 运庵普岩(1156—1226),四明杜氏子。字少瞻。尝住四明运庵、镇江普照、真州光孝、安吉州万寿。法系:密庵咸杰——松源崇岳——运庵普岩。

---

① 宽政无辛酉年,仅有己酉(1789)。

《运庵普岩禅师语录》(《运庵和尚语录》《镇江府大圣普照禅寺运庵和尚语录》)

一卷。元靖等编。今日本有南北朝刊五山版(国会图书馆藏)、宽永十八年(1641)刊本(东洋文库藏。该版本除了《运庵和尚语录》一卷外,另有《增补》一卷)、朝鲜旧刊无界十行本(蓬左文库藏)。《卍续藏》第121册收录,卷末有《炎宋安吉州道场山护圣万寿禅寺运庵禅师行实》、日僧宗著元禄七年(1694)撰《跋》。

《全宋诗》录其诗一卷。

(二) 无明慧性(1162—1237),达州巴渠李氏子。号无明。住蕲州资福、智度,南康军归宗能仁、开先华藏、栖贤宝觉,平江府阳山尊相、双塔寿宁万岁。法系:密庵咸杰——松源崇岳——无明慧性。

《无明慧性禅师语录》(《大宋无明慧性禅师语录》《无明和尚语录》)

妙俨等编。《卍续藏》第121册收录。卷首有颜汝勋淳祐三年(1243)撰《序》,卷末有颜汝勋同年撰《塔铭》、无准师范撰《后序》、北磵居简撰《后序》。

《全宋诗》录其诗一卷。

(三) 天目文礼(1167—1250),临安天目山麓阮氏子。号灭翁,别号天目。住临安慧云、广寿,温州能仁,安吉州福泉,四明天童。法系:密庵咸杰——松源崇岳——天目文礼。

《天目禅师语录》

尤煟撰有《天目禅师语录序》[①]。今佚。

《全宋诗》录其诗一卷,《宋代禅僧诗辑考》续辑二十首。《全宋

[①] 《全宋文》第333册,第383页。

文》录其文二篇。

（四）痴绝道冲(1169—1250)，武信长江(今属四川)苟氏子。自号痴绝。历住嘉兴报恩光孝、蒋山太平兴国、福州雪峰崇圣、平江觉城山法华，又住明之天童，杭之灵隐、径山。法系：密庵咸杰——曹源道生——痴绝道冲。

《痴绝道冲禅师语录》(《痴绝禅师语录》《痴绝和尚语录》)

二卷。卷末有《补遗》。智沂等编。《文渊阁书目》著录。今日本有应永二十一年(1414)南禅寺大云庵刊本(东北大学图书馆藏)、宝永六年(1709)木活字本(国会图书馆藏)。《卍续藏》第121册收录，卷首有尤焴淳祐十一年(1251)撰《序》，卷末有淳祐十年(1250)道冲撰《龛铭》，次年颜汝勋、赵以夫撰《跋》，十二年(1252)赵若琚撰《行状》，艮传、徐敏子宝祐二年(1254)分别撰《跋》。

《全宋诗》录其诗一卷，《宋代禅僧诗辑考》补辑四首。《全宋文》录其文十篇，其中"赞"与《全宋诗》所收重复。

（五）石田法薰(1171—1245)，眉山彭氏子。号石田，赐号佛海。尝住平江高峰、普明，建康太平兴国，又住净慈、灵隐。法系：密庵咸杰——破庵祖先——石田法薰。

《石田法薰禅师语录》(《石田薰和尚语录》《石田和尚语录》)

四卷。了觉等编。今日本有宋刻本(残本，现存一卷，宫内厅书陵部藏)。《卍续藏》第122册收录，卷首有程公许淳祐六年(1246)撰《序》、心月淳祐七年(1247)撰《序》，卷末有大观淳祐十年(1250)撰《行状》，程公许、方正、李镠、史少南分别撰《祭文》，无准师范撰《跋》。

《全宋诗》录其诗三卷，《宋代禅僧诗辑考》补辑十二首。《全宋文》录其文二卷，其中"赞"与《全宋诗》所收重复。

(六) 无准师范(1177—1249)，蜀之梓潼雍氏子。号无准。历住清凉、普济、雪窦、育王、径山。绍定六年(1233)，赐金襕袈裟并佛鉴师号。法系：密庵咸杰——破庵祖先——无准师范。

《无准师范禅师语录》附《径山无准和尚入内升座语录》(《无准和尚奏对语录》)

六卷，其中五卷为《佛鉴禅师语录》，一卷为《无准和尚奏对语录》。宗会等编。今日本有淳祐十一年(1251)刊本(存三卷，宫内厅书陵部藏)、应安三年(1370)妙葩刊五山版(国会图书馆藏)、宽永十九年(1642)刊本(东京大学总合图书馆、国文学研究资料馆藏)。《卍续藏》第121册收录，卷首有程公许淳祐十一年(1251)撰《序》，卷末附无文道璨撰《行状》、游似淳祐九年(1249)撰《祭文》及日僧妙葩应安三年(1370)撰《跋》。

《全宋诗》录其诗三卷，《宋代禅僧诗辑考》续辑六首。《全宋文》录其文二卷，其中"赞"与《全宋诗》所收重复。

五、虎丘派第六代门人

(一) 虚堂智愚(1185—1269)，四明象山陈氏子。号虚堂。尝住嘉兴兴圣，光孝，庆元显孝、开善、延福、婺之宝林、冷泉，又住育王、净慈、径山。法系：密庵咸杰——松源崇岳——运庵普岩——虚堂智愚。

《虚堂智愚禅师语录》(《嘉兴府兴圣禅寺虚堂和尚语录》《虚堂和尚语录》)

妙源等编。《藏园群书经眼录》著录。按其卷数不同，现存如下几种版本：

(1)《语录》三卷、《后录》一卷。今日本有正保四年(1647)刊本(七册，佐野文库藏)。

(2)《语录》三卷、《后录》五卷。今日本有宽永九年(1632)刊本(七册，内阁文库藏)。

(3)《语录》三卷、《续辑》一卷、《后录》一卷。今日本有五山版(四册,国会图书馆、尊经阁文库藏)、古活字版(七册,尊经阁文库藏)。

(4)《语录》一卷、《续辑》一卷、《后录》一卷、《新添》一卷。今日本有正和二年(1313)刊本(五册,东洋文库藏)。

(5)《语录》十卷。今日本有宝永五年(1708)刊本(东京大学总合图书馆藏)。

今《大正藏》第47册收录十卷本,卷首有杨璘撰《嘉兴府请疏》、别浦法舟撰《诸山劝请疏》;卷三首有陈昉撰《庆元府请疏》;卷一〇《后录》终结处有妙源咸淳五年(1269)撰《跋》,以及"小师楚苹清塞谨抽衣资命工刊行"识语;《新添》后有闲极法云咸淳十年(1274)撰《行状》、日僧宗卓正和二年(1313)撰《跋》"祖翁在世,语录二帙,刊流天下。宋咸淳五年晋之续录后集,已成三卷,而本朝未刊行之。先师常为言,而未果成也。为人之后者,曷无勇为乎?仍搜遗逸,新添数纸于后录之尾,锓梓于龙翔",以及"沙弥宗哲等施财开版"识语。

《全宋诗》录其诗五卷,《宋代禅僧诗辑考》补辑二十首。《全宋文》无其人,《虚堂和尚语录》(《大正藏》本)卷四之"法语"、"序跋",卷一〇之"佛事"、"法语"诸篇及卷末《新添》之《鸣钟佛事》《答蓬莱宣长老书》《示权净侍收》等篇当补入。

(二) 石林行巩(1220—1280),字石林,婺州永康叶氏子。历住安吉上方、思溪法宝、隆兴黄龙、苏州承天,后住净慈。法系:密庵咸杰——松源崇岳——天目文礼——石林行巩。

《全宋诗》录其诗十四首,《宋代禅僧诗辑考》补辑三十五首。

(三) 横川如珙(1222—1289),永嘉林氏子。法名又作"行珙",字子璞,号横川。尝住雁荡灵岩、能仁,又住育王。法系:密庵咸杰——

松源崇岳——天目文礼——横川如珙。

《横川行珙禅师语录》(《横川和尚语录》)

二卷。本光等编。《文渊阁书目》《藏园群书经眼录》著录。今日本有南北朝时代刊五山版(天理图书馆藏)。《卍续藏》第123册收录,卷首有至元二十五年(1288)如珙《自序》。

《全宋诗》录其诗二卷,《宋代禅僧诗辑考》补辑五首。

(四) 石溪心月(? —1254),眉州青神王氏子。理宗赐"传衣石溪"御书,赐号佛海。历住建康报恩、能仁、太平兴国、平江虎丘,又住灵隐、径山。法系:密庵咸杰——松源崇岳——掩室善开——石溪心月。

1.《石溪心月禅师语录》(《传衣石溪佛海禅师语录》《石溪和尚语录》)

住显等编。

(1) 三卷本。《卍续藏》第123册收录,卷末附《新添》。卷首有刘震孙景定元年(1260)撰《序》,卷末有杨栋宝祐三年(1255)撰《御书传衣庵记》、紫云演老嘉定元年(1208)撰《云顶演和尚送石溪出关见云居掩室和尚法语》、偃溪广闻(《卍续藏》误作"黄闻")撰《跋》。

(2) 不分卷本。今日本有南北朝时代刊五山版(京都建仁寺两足院藏),《五山版中国禅籍丛刊》第七卷收录。

2.《石溪心月禅师杂录》(《传衣石溪佛海禅师杂录》)

一卷。编者不详。《卍续藏》第123册收录。

《全宋诗》录其诗四卷,《宋代禅僧诗辑考》补辑三首。《全宋文》无其人,《石溪心月禅师语录》卷三"题跋"、"小佛事"、"法语"诸篇及卷末《新添》之《降魔图序并引》《书遯斋居士题后》《开光明藏疏》《示无象》等篇及《兀庵普宁禅师语录》(《卍续藏》第123册)卷末附心月法语当补入。

（五）觉庵梦真(1214？—1288)①，宁国卢仁汪氏子。字友愚，号觉庵。历住永庆、连云、何山、承天。法系：密庵咸杰——松源崇岳——大歇仲谦——觉庵梦真②。

1.《梦真语录》

《(乾隆)江南通志》卷一九二著录，今佚。

2.《籁鸣集》二卷、《续集》一卷

为梦真诗集。今日本有古抄本(尊经阁文库藏)。

《全宋诗》无其人。金程宇已从日本录出《籁鸣集》《续集》抄本所载诗二百三十五首③，《宋代禅僧诗辑考》据他书补辑十三首。《全宋文》无其人，《月碉和尚语录序》④一文当补入。

（六）虚舟普度(1199—1280)，江都史氏子。号虚舟。尝住建康半山报宁、镇江金山龙游、潭州鹿苑褒忠、抚州疏山白云、平江承天能仁、临安中天竺永祚，又住灵隐、径山。法系：密庵咸杰——松源崇岳——无得觉通——虚舟普度。

《虚舟普度禅师语录》（《大宋国虚舟和尚语录》）

一卷。净伏等编。今日本有嘉元元年(1303)刊本(东洋文库藏)。《卍续藏》第123册收录，卷首有日僧琼林嘉元元年撰《序》，卷末有行端至元二十年(1283)撰《行状》、祖钦至元二十一年(1284)撰《跋》。

《全宋诗》录其诗一卷，《宋代禅僧诗辑考》续辑一首。《全宋文》录其文一篇，其《语录》中"小佛事"诸篇当补入。

---

① 关于梦真生卒年之考证，参许红霞《珍本宋集五种——日藏宋僧诗文集整理研究》(上)，第110—112页。
② 觉庵梦真之法系考辨，参李贵《宋末诗僧觉庵梦真及其〈籁鸣集〉小考》，《项楚先生欣开八秩颂寿文集》，中华书局，2012年。
③ 参金程宇《尊经阁文库所藏〈籁鸣集〉、〈籁鸣续集〉校录》，《稀见唐宋文献丛考》，中华书局，2008年。
④ 释梦真《月碉和尚语录序》，释妙寅等编《月碉禅师语录》卷首附，《卍续藏》第150册。

(七) 愚极邦慧，南宋虎丘派僧人。号佛心。住智者、仰山、北禅、净慈。法系：密庵咸杰——破庵祖先——石田法薰——愚极邦慧。

《全宋诗》无其人，《宋代禅僧诗辑考》补辑四十七首。《全宋文》无其人，《丛林校定清规总要》(《卍续藏》第 112 册)卷末附邦慧《跋》、《月磵和尚语录》(《卍续藏》第 150 册)卷末附邦慧《跋》当补入。

(八) 西岩了惠(1198—1262)，蓬州蓬池罗氏子。法名又作"了慧"，号西岩。尝住平江定慧、温州能仁、江州东林、庆元开善，又住天童。法系：密庵咸杰——破庵祖先——无准师范——西岩了惠。

《西岩了慧禅师语录》(《西岩和尚语录》)

二卷。修义等编。《卍续藏》第 122 册收录。卷首有元肇景定四年(1263)撰《序》，卷末有大观景定三年(1262)撰《行状》、景定四年撰《跋》，了惠宝祐三年(1255)撰《日本国丞相藤原公舍经记》。

《全宋诗》录其诗二卷，《宋代禅僧诗辑考》补辑二十六首。《全宋文》录其《日本国丞相藤原公舍经记》一篇，《语录》卷下之"法语"、"跋语"、"小佛事"诸篇当补入。

(九) 断桥妙伦(1201—1261)，台州黄岩徐氏子。号断桥，又号松山子。住台州瑞峰、瑞岩，天台国清，又住净慈。法系：密庵咸杰——破庵祖先——无准师范——断桥妙伦。

《断桥妙伦禅师语录》(《断桥和尚语录》)

文宝、善靖等编。

1. 二卷。今日本有元禄十六年(1703)活字本(国会图书馆藏)。
2. 一卷。今日本有南北朝时代刊五山版(京都大学图书馆藏)。

《卍续藏》第 122 册收录，卷首有林希逸咸淳元年(1265)撰《序》，卷末有《行状》《附笔》，以及康熙三十一年(1692)项谦撰《断桥和尚语录重梓序》。

《全宋诗》录其诗二卷,《宋代禅僧诗辑考》补辑七首。《全宋文》无其人,《语录》卷下之"法语"、"小佛事"诸篇当补入。

(十) 环溪惟一(1202—1281),资州墨池贾氏子。自号环溪。住建宁瑞岩,临江惠力,隆兴宝峰、崇恩,建昌资圣,瑞州报恩光孝,袁州太平兴国,福州崇圣,又住天童。法系:密庵咸杰——破庵祖先——无准师范——环溪惟一。

《环溪惟一禅师语录》(《环溪和尚语录》《环溪录》)

一卷。觉此编。今日本有江户时代写本(国会图书馆藏)。《卍续藏》第122册收录,帙为二卷,其所据底本即江户写本,卷首有章鉴至元二十年(1283)撰《序》;卷末有觉此至元十九年(1282)撰《行状》,以及至元二十年普明、觉性分别撰《跋》。

《全宋诗》录其诗二卷。《全宋文》录其文三十篇,其中"赞"与《全宋诗》所辑重复;其《语录》卷下之"小佛事"诸篇当补入。

(十一) 绝岸可湘(1206—1290),台州宁海葛氏子。号绝岸。住嘉兴流虹、温州能仁、越州九岩、天台护国、临安崇恩、温州龙翔、福州雪峰。法系:密庵咸杰——破庵祖先——无准师范——绝岸可湘。

《绝岸可湘禅师语录》(《绝岸和尚语录》)

一卷。妙恩等编。《卍续藏》第121册收录。

《全宋诗》录其诗一卷。《全宋文》录其文四十余篇,其中"赞"与《全宋诗》所辑重复;其《语录》中"小佛事"诸篇当补入。

(十二) 剑关子益(?—1267),蜀之剑州人。丛林常以"剑关"称之。住隆兴兴化、云岩,福州西禅。法系:密庵咸杰——破庵祖先——无准师范——剑关子益。

《剑关子益禅师语录》(《剑关和尚语录》)

一卷。善珙、德修等编。《卍续藏》第122册收录,卷首有林希逸咸淳六年(1270)撰《序》及惟一撰《序》。

《全宋诗》录其诗一卷。《全宋文》无其人,《语录》中"法语"、"小佛事"诸篇当补入。

(十三)兀庵普宁(1199—1276),蜀地人。无准师范书"兀庵"二字付之,因以为号。尝住庆元象山、常州南禅、日本镰仓五山之一建长、婺州云黄。法系:密庵咸杰——破庵祖先——无准师范——兀庵普宁。

《兀庵普宁禅师语录》(《兀庵和尚语录》)

净韵等编。

1. 一卷。今日本有镰仓末期刊五山版(东京大学总合图书馆藏)。
2. 三卷。今日本有宝永元年木活字本(国会图书馆藏)。

《卍续藏》第123册收录,卷首有师范《书》,卷末附景用《记》,以及师范端平二年(1235)、道冲端平三年(1236)、心月法语各一篇,尤焴宝祐六年(1258)撰《跋》。

《全宋诗》录其诗一卷。《全宋文》无其人,《语录》卷三"法语"、"序跋"、"小佛事"诸篇当补入。

(十四)雪岩祖钦(1216—1287),婺州人。号雪岩。住潭州龙兴、道林,处州佛日,台州护圣,湖州光孝,袁州仰山。法系:密庵咸杰——破庵祖先——无准师范——雪岩祖钦。

《雪岩祖钦禅师语录》(《雪岩和尚语录》)

昭如、希陵等编。今有明刊本(二卷,袾宏校,日本内阁文库藏)、清抄本(六卷,上海图书馆藏)。《卍续藏》第122册收录四卷本,卷首有家之巽大德二年(1298)撰《序》;卷末有净日同年撰《跋》,另附《补遗》,《补遗》后有无名氏撰《评论》。

《全宋诗》辑其诗三卷,《宋代禅僧诗辑考》补辑六十余首。《全宋文》录其《无准痴绝二和尚法语跋》一文,其《语录》卷四"法语"、"书"、"序"诸篇,以及《补遗》之"题跋"、"小佛事"诸篇当补入。

(十五) 希叟绍昙(？—1297),西蜀人。号希叟。尝住庆元佛陇、雪窦、瑞岩,平江法华。法系:密庵咸杰——破庵祖先——无准师范——希叟绍昙。

1.《希叟绍昙禅师语录》(《希叟和尚语录》)

一卷。自悟等编。今日本有镰仓末刊五山版(东洋文库藏)。《卍续藏》第122册收录,卷首有赵孟何《序》;卷末有祥兴二年(1279)居敬撰《跋》及"日本国参学比丘惠晓布施刊行"识语;另有《附录》,为大德三年(1299)居泾致日本东福寺僧函。

2.《希叟绍昙禅师广录》(《希叟和尚广录》)

七卷。法澄等编。《卍续藏》第122册收录。

3.《五家正宗赞》

今日本有贞和五年(1349)妙葩刊五山版(一卷,国会图书馆、内阁文库、京都建仁寺两足院藏)、庆长十三年(1609)活字本(四卷,东洋文库、国会图书馆、内阁文库等藏)、宽永十一年(1634)刊本(四卷,宫城县图书馆藏)。《卍续藏》第135册收录(四卷),卷首有绍昙宝祐二年(1254)撰《序》,卷末有"小师居泾焚香拜手稽首谨书于乳峰"识语。

《全宋诗》录其诗七卷,《宋代禅僧诗辑考》补辑二十首。《全宋文》无其人,《语录》之"法语"、"小佛事"诸篇(部分篇目亦见于《广录》),《广录》卷六、七之"题"、"跋"、"小佛事"诸篇当补入。

(十六) 松坡宗憩,南宋虎丘派僧人。法系:密庵咸杰——破庵祖先——无准师范——松坡宗憩。

《江湖风月集》

宗憩编。此为禅林七言绝句集,以人系诗,共收录了74位僧人的264首作品。卷末有千峰如琬至元二十五年(1288)撰《跋》。本土失传,而流行日本,为"济家七书"之一,有多种传抄、版刻、注释本①,柳田圣山、椎名宏雄编《禅学典籍丛刊》中影印数种。

《全宋诗》无其人,《宋代禅僧诗辑考》补辑三十余首。

(十七) 灵叟道源,号灵叟。南宋虎丘派僧人。法系:密庵咸杰——破庵祖先——无准师范——灵叟道源。

《全宋诗》无其人,《宋代禅僧诗辑考》补辑五十首。

(十八) 无学祖元(1226—1286),会稽鄞县许氏子。字子元,号无学。尝住台州真如、雁荡能仁,又住灵隐。宋亡后东渡日本,主建长寺法席,并为圆觉寺开山。弘安九年(1286)卒于日本,敕谥佛光圆满常照国师。法系:密庵咸杰——破庵祖先——无准师范——无学祖元。

《佛光国师语录》(《佛光圆满常胜国师语录》)

(1) 日僧一真等编。今日本有应安三年(1370)妙葩刊五山版(一卷,卷末附揭傒斯撰《佛光禅师圆觉寺塔铭》,东洋文库藏)、嘉庆二年(1388)刊本(一卷,东洋文库藏)、享保十一年(1726)刊本(《语录》八卷、《拾遗杂录》一卷、附《年谱》一卷,东京大学总合图书馆、爱知大学图书馆、国会图书馆藏)。

(2) 日僧德温等编。今日本有宽文四年(1664)活字印本(一卷,东洋文库藏)。

---

① 关于日本现存《江湖风月集》的版本,参驹泽大学图书馆编《禅籍目録》,驹泽大学图书馆,1928年,第198—200页。

《大正藏》第 80 册收录十卷本。

(十九) 亚愚绍嵩(1194—？)，庐陵人。法名又作"少嵩"，号亚愚。尝住嘉禾大云寺。法系：密庵咸杰——曹源道生——痴绝道冲——亚愚绍嵩。

1.《眉白集》

王谌撰有《题诗僧亚愚眉白集》(《江湖后集》卷一三)。今佚。

2.《亚愚江浙纪行集句诗》(《江浙纪行集句》)

七卷。《善本书室藏书志》著录。今有《江湖小集》所收本、嘉庆四年(1799)刻本(南京图书馆藏)、黄锡蕃醉经楼抄本(南京图书馆藏)。《江湖小集》本卷首有绍嵩绍定五年(1232)撰《序》，卷末有陈应申绍定四年(1231)撰《跋》以及"嘉熙(1237)改元丁酉良月师孙奉直命工刊行"识语。

3.《渔父词集句》

二卷。《续文献通考》《四库全书总目》著录。今佚。

(二十) 龙源介清(1239—1301)，福建长溪王氏子。号龙源，赐号佛海性空。住四明寿国、开寿，湖州万寿。法系：密庵咸杰——枯禅自镜——寂窗有照——龙源介清。

《龙源介清禅师语录》(《龙源清禅师语录》)

一卷。士洵等编。《卍续藏》第 121 册收录。卷末有"前住广化禅寺如珣校证　武林郑仁刊"识语，并附牟巘大德九年(1305)撰《塔铭》，净日大德十年(1306)撰《跋》。

《全宋诗》无其人，《宋代禅僧诗辑考》补辑三十余首。《全宋文》无其人，《语录》之"跋"、"小佛事"诸篇当补入。

六、虎丘派第七代门人

(一) 宝叶妙源(1207—1281)，象山陈氏子。号宝叶。尝住平江荐严、泉州水陆、绍兴定水、福州鼓山。法系：密庵咸杰——松源崇岳——运庵普岩——虚堂智愚——宝叶妙源。

《全宋诗》无其人，《宋代禅僧诗辑考》辑其诗三十首。

(二) 闲极法云，南宋虎丘派禅僧，尝住平江虎丘。法系：密庵咸杰——松源崇岳——运庵普岩——虚堂智愚——闲极法云。

《全宋诗》无其人，《宋代禅僧诗辑考》辑其诗三十余首。《全宋文》录其《虚堂智愚禅师行状》一文。

(三) 云谷怀庆，南宋虎丘派禅僧。尝住平江圣寿、嘉兴本觉、建宁开元、平江虎丘。法系：密庵咸杰——松源崇岳——掩室善开——石溪心月——云谷怀庆。

《云谷和尚语录》

二卷。宗敬等编。《卍续藏》第127册收录。卷末有善赆撰《跋》。

《全宋诗》无其人，《宋代禅僧诗辑考》补辑四十余首。《全宋文》无其人，《语录》卷下之"小佛事"诸篇及《跋谦首座书松源师翁普说后》当补入。

(四) 月磵文明(1231—?)，号月磵。住信州仁寿、饶州天宁，两住饶州荐福。法系：密庵咸杰——破庵祖先——无准师范——西岩了惠——月磵文明。

《月磵禅师语录》(《月磵和尚语录》)

二卷。妙寅等编。《卍续藏》第150册收录，卷首有梦真至元二十一年(1284)撰《序》，卷末有"净慈佛心老叔"(即愚极邦慧)大德元年(1297)撰《跋》。

《全宋诗》作"释月磵"，据其《语录》录诗二卷，《宋代禅僧诗辑考》补辑六首。《全宋文》无其人，《语录》卷下之"题跋"、"小佛事"诸篇当补入。

（五）方山文宝，南宋虎丘派僧。住台州瑞岩，又住净慈。法系：密庵咸杰——破庵祖先——无准师范——断桥妙伦——方山文宝。

《方山文宝禅师语录》（《方山和尚语录》）

一卷。卷末附《增补》。先睹、祖灯等录，机云编。《卍续藏》第122册收录，卷首有智安康熙三十年（1691）撰《序》。

《全宋诗》无其人，《宋代禅僧诗辑考》辑其诗六首。

（六）月庭正忠，南宋虎丘派僧。住金陵蒋山。法系：密庵咸杰——破庵祖先——无准师范——无学祖元——月庭正忠。

《全宋诗》无其人，《宋代禅僧诗辑考》补辑四十二首。

（七）高峰原妙（1238—1295），吴江徐氏子。号高峰。住湖州双髻庵、天目山师子禅寺。法系：密庵咸杰——破庵祖先——无准师范——雪岩祖钦——高峰原妙。

1.《高峰原妙禅师语录》（《高峰大师语录》《高峰和尚语录》）

原妙门人编。今日本有南北朝刊本（三卷，内阁文库藏）、江户时代刊本（二卷，东京大学总合图书馆、实践女子大学图书馆藏）、明历三年（1657）刊本（一卷，国会图书馆藏）。《卍续藏》第122册收录二卷本，卷首有袾宏万历二十七年（1599）撰《序》，卷末有祖雍撰识语、洪乔祖撰《行状》、家之巽撰《塔铭》，并附《音释》。

2.《高峰原妙禅师禅要》（《高峰和尚禅要》）

一卷。持正录，洪乔祖编。今日本有朝鲜京畿道朔宁郡地水清山龙腹寺刊本（国会图书馆、东洋文库藏）。《卍续藏》第122册收录，卷首有洪乔祖至元三十一年（1294）撰《序》、朱颖远同年撰《跋》。

第二节　虎丘派禅僧著述整体观

本章第一节大致梳理了南宋虎丘派禅僧的著述情况。虽然仅是浮光掠影的总瞰，但我们也很容易从中看出他们创作的一些显著特点。本节将结合笔者对虎丘派禅僧作品的粗浅阅读，并适当以南宋大慧派禅僧的创作面貌为参照，简要勾勒出南宋虎丘派禅僧著述的整体印象。

一、从沉寂到繁荣

本书第二、第三章探讨了南宋大慧派禅僧的著述情况，可以看出大慧派每一代门人的创作极为耀眼闪亮——立派宗师大慧宗杲，留下了卷帙浩繁的个人语录及《禅宗杂毒海》《宗门武库》等著作；大慧弟子，有数量庞大的语录、偈颂以及《罗湖野录》《云卧纪谭》等笔记；第三代门人，语录、偈颂同样保持着相当大的数量，此外还有北磵居简规模不亚于士大夫文人的《北磵诗集》《北磵文集》《北磵和尚外集、续集》等；第四代门人，除了个人语录外，灯录有晦翁悟明的《联灯会要》、大川普济的《五灯会元》，诗文则有物初大观《物初賸语》、无文道璨《无文印》《柳塘外集》、淮海元肇《淮海挐音》《淮海外录集》、藏叟善珍《藏叟摘稿》等多达数百万字的作品。总之自大慧宗杲开宗立派以来，大慧派门人在创作方面就名家辈出，文墨之风在宗门内代代相承，拉开了南宋"五山文学"的序幕。

相比之下，虎丘派的情形就有些不同。本章第一节对于虎丘派禅僧著述的考察和整理，呈现给我们的最直观印象就是作者并不是像大慧派那样一代代均衡分布，而是经历了一个从相对沉寂到逐渐活跃的过程。虎丘派宗师虎丘绍隆，著作仅有一卷语录而已；虎丘绍隆弟子应庵昙华，也只有语录存世，但语录规模较之虎丘绍隆显然增大;第三代门人,仅密庵咸杰一人有语录;第四代门人的创作,虽然在体裁上也仅有语录,但作者数量显著增加了;第五代门人,继续保持着这种"体裁不变,创作者增加"的趋势,但出现了《无准师范禅师语录》等在宗门内具有较大影响力的著作;直到第六代门人,在语录之外还出现了几部诗集——觉庵梦真的《籁鸣集》《籁鸣续集》、亚愚绍嵩《江浙纪行集句诗》和松坡宗憩所编禅僧诗选集《江湖风月集》。因此总的来看,从南宋初年到中期为止,虎丘派门人在创作上虽然并非一无可取,但名家却乏善可陈,相对来说较为沉寂,创作形式也比较单一;到了南宋中晚期开始,他们才开拓出新的创作领地,并在禅文学的舞台上成为主角。

站在禅僧的角度来看,语录、偈颂为"内学",与佛理无涉的诗歌、文章为"外学"。所以从纵向观察南宋虎丘派禅僧著述的发展脉络,可以说是"外学"从受冷落到逐渐被追捧的过程,反映出从"一味禅"到"江湖诗"的蜕变。

二、著述形式进一步多样化

接着看虎丘派禅僧著述的种类与形式。本书第二章第二节"大慧派禅僧著述整体观"已经提到,南宋时大慧派禅僧的创作,主要有语录、灯录、笔记、诗文等四种,作为禅僧文学而言,体裁和形式已经相当广泛。而虎丘派禅僧的著述,在体裁上并没有超越出这几种的范围,但还是有一些新的突破,向着更加多样化的方向进一步发展:从宏观上说,他们的著述形式,除了语录、个人创作的诗文以外,还编纂了专门的禅僧诗选集——松坡宗憩所编南宋僧诗选集《江湖风月集》;从文体内部说,在诗文创作领域,不仅有一般的诗文,还有集句诗、集句词这种特殊的诗词样式——亚愚绍嵩的《江浙纪行集句诗》《渔父词集句》。诗集编纂以及专门的集句诗词集创作都是大慧派禅僧著述中未尝出现的。

首先看关于诗集编纂的情况。虎丘派僧松坡宗憩,选录74位禅僧的264首七言绝句,编为《江湖风月集》上、下两卷。集中所录作者,其生卒年或身份可大致考辨者,绝大部分生活于南宋,也有若干是由宋入元。因此可以说,《江湖风月集》基本上是一部南宋的禅僧诗选集,一定程度上反映了南宋禅僧诗的面貌。此外,该集所收作者大部分都不是当时的禅林名宿或诗文高手,而是那些名不见经传的地位比较低的僧人。他们大多无诗文集或语录存世,生平事迹亦不见于当时及后世的灯录、僧史。所以在某种程度上,《江湖风月集》的意义之一在于为我们展现了禅门正史和主流话语体系之外的南宋禅林的另一种日常生活、交游网络、文学创作等的直观样态。它对于我们全面把握南宋五山禅林和"五山文学",具有极为重要的价值。

其次是关于集句诗词的情况。亚愚绍嵩之《渔父词集句》今已散佚,我们无缘得见。所存者《江浙纪行集句诗》,是他从长沙出发漫游吴越,记录沿途风物、见闻、感想等的一部集句诗集。该诗集共7卷,收录了376首诗,作为一部专门的集句诗集来说规模是相当庞大的。其所集诗句,从时代来看,以两宋为最多,其次是中晚唐;从作者身份看,既有佛门僧人,也有士大夫、江湖文人,也有一些乐府诗。总览亚愚绍嵩的这部集句诗集,大部分作品在内容上都言之有物,技法上无生硬之迹,体现出集句诗的较高艺术水平。集句诗的创作,一方面要求作者对前人诗歌有广泛的阅读和记诵,另一方面也要求作者具备高超的创作技巧,否则很容易使作品流于生硬、支离。这两个要求,对于禅僧来说是尤为不易的,因为"文学"并非他们的本分之事。亚愚绍嵩作为一介衲子,能创作出这样一部集句诗集,充分反映出他于"文学"的用功之深和自觉的文体实践。

这些新的文学创作样式的出现,是虎丘派僧人在南宋中后期禅林文学已臻于烂熟的背景下,有意开辟的崭新文学空间。譬如陈应申绍定四年(1231)为《江浙纪行集句诗》所作跋文曰:

> 作诗固难,集句尤不易。前辈有云:"不行万里路,莫读杜甫诗。"一杜诗且病其难读,而况集诸家之诗乎?亚愚嵩上人穿户于诗家,入神于诗法,满心而发,肆口而成,玉振大成,默诣诸圣处,人目其诗固不知其为集句,而上人亦不自知也。①

这显然反映出绍嵩"明知山有虎,偏向虎山行"、有意独出机杼的创作勇气。同时,之所以能出现这些新的文学样式,与既有的禅林文学成果积累到相当丰富的程度这一客观现实是分不开的。假如没有禅门前辈及时人创作的大量优秀诗文,那么松坡宗憩的《江湖风月集》、亚愚绍嵩之《渔父词集句》《江浙纪行集句诗》也就不可能问世。

三、文学题材的拓展

本书第二章第三节已经提到,大慧派禅僧著述的特征之一即是内容丰富、题材广泛:简而言之,大慧及其弟子的作品,以表达禅解、佛理为主,多语录和偈颂;从第三代门人开始,与佛理无涉的纯文学作品逐渐增多,到第四代门人时达到鼎盛。但总的看来,他们作品的内容与题材,多是"个人化"的,即着重于记录和表达"个人"的生活与体验。虽然他们也与朝廷及士大夫有密切往来,但其作品中与时事、政治等"社会化"内容有关涉者甚少。这固然是禅僧文学的"本分",但在某种意义上也可以说,其题材仍是具有一定局限性的。

相较而言,虎丘派禅僧的作品,有不少关乎时事政治、家国兴亡,体现出强烈的淑世情怀和鲜明的时代色彩。最典型的如觉庵梦真,其《籁鸣集》《籁鸣续集》中有相当多的诗作或描写王朝鼎革之际民众的颠沛疾苦,或毫不隐晦地抨击朝廷及官员的腐化无能,或深刻反思

---

① 陈应申《江浙纪行集句诗跋》,释绍嵩《江浙纪行集句诗》卷末附,《江湖小集》卷九,《文渊阁四库全书》本。

国破家亡的个中原因。他们突破了"个人"日常生活的局限,而将更广阔的视角投向社会、投向国家、投向历史,从而为禅僧诗的内容题材开辟出一个新的领地,代表着禅僧诗或曰"晚唐体"的一种变容。

毋庸赘言,这一"变容"的形成,与当时的时代因素密切相关。南宋中后期,权臣当道,内忧外患日趋严峻,国家江河日下。蒙古的铁骑踏碎了君臣的春梦,延续了三百余年的赵宋王朝终成历史。国家的风雨飘摇势必影响到宗教,禅宗也不例外。禅僧们面对家国的满目疮痍乃至社稷沦亡等如此剧烈的激变,最基本的温饱以及人身安危都成了问题,不可能再像南宋前期社会相对安定时的僧人那样悠闲地山居或漫游。时代的剧变,如何能令他们无动于衷,一如既往地写着那些只关乎一己之悲喜的文字?因此可以说,虎丘派禅僧著述之内容题材的扩大,是特定的时代背景作用于传统禅文学的产物。

四、南宋"五山文学"之高潮

如前文所总结,虎丘派禅僧的创作,由南宋初的相对沉寂渐渐走向繁荣、著述形式进一步走向多样化、作品的内容题材进一步拓展,从而将肇端于大慧派的"五山文学"推向了高潮。那么其思想史背景为何?

忽滑谷快天在其著作《中国禅学思想史》中把中国禅宗达摩至六祖慧能入灭称为"达摩禅"即"纯禅"时代;六祖入灭至五代末为"禅机"时代;北宋以降以倡"禅净合一"的永明延寿为标志,至南宋亡,则是禅道"烂熟"时代。在他看来,"纯禅"时代的特色是用普通佛教之术语,不用禅宗之特殊术语;不借挥拳棒喝之机用,无脱常轨、逞畸言异行以自高之风;用心于布教传道,不似后世禅僧以闲居自适为乐。[①]

---

① [日]忽滑谷快天著、朱谦之译《中国禅学思想史》(上),上海古籍出版社,2002年,第55页。

而六祖灭后,醇厚之家风一变,棒喝之机用大行,竹头接木之语,泛滥禅海;去简就繁,舍易取难,去平就险,弃明取晦,至其语句流于隐晦,动作失于奇怪。① 至赵宋,圆融流为混融,遂成禅净之混同,折衷之风弥漫,禅者学教家、教家习禅者,各失其特色,乃至有企图儒释混合者。② 当然,忽滑谷快天写作此书没有采用敦煌文献尤其是《祖堂集》,导致的缺陷显而易见,在前两个阶段划分的时间起止上有值得商榷之处,正如柳田圣山指出的那样:"《祖堂集》乃纯禅时代之处女资料。它尚未为后代的禅机所污染,满载着鲜活的话头。"③忽滑谷快天所谓的"烂熟"时代,一方面是"禅机"时代变本加厉的延续,另一方面则体现于禅教之会通乃至后来的儒禅会通,禅的个性品格之锋芒逐渐淡褪。"烂熟"一词蕴含了物极必反之意,故至元明以下,则进入禅道"衰落"时代了。然而我们若细加反思,永明延寿并非禅门内成体系地倡"禅教合一"的第一人,在他之前,我们至少可以找到两个先例:永嘉玄觉(665—713)和圭峰宗密(780—841)。永嘉是六祖慧能的嫡传弟子,倡天台、禅之会通;圭峰则以荷泽神会弟子自许,倡华严、禅之会通。并且他们所处的时代,正是南宗禅如日中天的时代。

中国传统思想文化当中,若以体系的严密性、系统性和理论的丰富性而言,排在首位的毫无疑问当属释家,最有资格进入现代学科视野下所谓的"哲学"领地。尤其是南北朝时,佛教几大学派形成,佛学义理研究如火如荼,无论是在本体论还是心性论上都建立起了一套属于自己的理论体系。可是,我们现在所能看到的史料中,禅宗似乎一开始并一直是以佛教的"反叛者"的形象出现的:无论是"不立文

---

① [日]忽滑谷快天著、朱谦之译《中国禅学思想史》(上),第137页。
② [日]忽滑谷快天著、朱谦之译《中国禅学思想史》(下),上海古籍出版社,2002年,第369页。
③ [日]柳田圣山《纯禅の时代——祖堂集ものがたり》,禅文化研究所,1984年,序言第1页。

字"的公开宣言还是"一棒打杀世尊"的惊世骇俗,无论是借艳诗艳画开悟的大逆不道还是"一切众生皆有佛性"与"狗子无佛性"的自相矛盾,等等,无非都在强调着同一个宗旨:对经教、逻辑的叛逆和挣脱。其实这非常容易理解:早期禅僧们大多出身于下层平民家庭,没有贵族血统,也没有受过正规良好的启蒙教育,如何能够苛求他们像智者大师或玄奘法师那样熟读经典又精通外语,写出逻辑严密、思想纯一的著作?但是,永嘉和圭峰二人文化水平很高,是那个时代的知识精英,他们并非没有写出有纯一指导思想和立论周密的学术著作的能力。因而,我们只能作这样的理解:中唐以来由永嘉、圭峰开始的"禅教合一"乃至到后来北宋契嵩、智圆等人的"儒佛合一",是佛门中人主观上对纯粹、高深、玄奥的佛学义理失去了探究之兴趣,目光从浩渺无垠的星空转向了切实践履的大地。葛兆光亦指出 8 至 10 世纪中国佛教转型的标志之一便是"理论兴趣的衰退":除开战乱等客观社会环境因素,一个重要原因便是贵族知识阶层的瓦解与普通知识阶层的兴起,导致知识的简约和实用风气。[1]与此转型相同步,佛教语言亦经历了一次深刻的"语言学转向":佛教经典中的书面语言被生活中的日常语言所替代,生活中的日常语言又被特意变异和扭曲的语言所替代,这种语言又逐渐转向充满机智和巧喻的艺术语言。[2]若对照忽滑谷快天对中国禅学思想史的分界,则两宋禅道"烂熟"时代的禅宗语言,是"充满机智和巧喻的艺术语言"。

而宋以后,在佛教各宗中拥有最广大信徒的禅宗,"使本来充满宗教性的佛教渐渐卸却了它作为精神生活的规训与督导的责任,变成了一种审美的生活情趣、语言智慧和优雅态度的提倡者"[3]。佛教

---

[1] 参葛兆光《中国思想史》第二卷《七世纪至十九世纪中国的知识、思想与信仰》,第 54—56 页。
[2] 同上书,第 83 页。
[3] 同上书,第 81 页。

的宗教性品格渐趋泯灭,在兼融儒学的大框架下,主要裂变为禅宗审美的、诗意的日常和净土宗往生极乐的追求。有人把宋代佛教定位为"衰落",有人曰之为"融合",有人曰之为"转折",亦有人称"面向未来",等等,但无论名目如何,我们看到的确切事实只有一个:佛教作为一种宗教,其自身基因中的品格,基本已停滞无新变了;它不断地与其他非佛教的思想资源联姻,来延续自己的血脉。

北宋以来禅宗的这一朝着"审美"方向的蜕变,至南宋从未停歇,而且愈演愈烈,至虎丘派禅僧而至鼎盛。这一方面是因为五山是敕封寺院,与朝廷、士大夫有着极为密切的关系,世俗权力极力将之纳入统治秩序;另一方面南宋江南地区的庶民文化十分发达,禅门也难逃其冲击洗礼。这两种境遇,是北宋时期的禅林所不曾面临的。虎丘派禅僧著述所代表的南宋"五山文学"的高潮,正是禅宗与儒家文化、庶民文化等高度融合而结出的果实。

第六章
虎丘派禅僧著述个案研究

本书第五章第二节对虎丘派禅僧的文学创作作了全景式的大致观照,虽是浮光掠影,然庶几已可窥得其总体样相。虎丘派禅僧洋洋大观的著述,不仅在整体上堪与大慧派平分南宋辉煌灿烂的"五山文学"之秋色,同时就个别作者而言,亦不乏独步于当时之名手。本章将聚焦于其中具有特殊性或代表性的若干位作者及其作品,尝试从不同角度对之进行具体的考察和解读。

第一节 石溪心月《语录》《杂录》之"小佛事"四六

虎丘派僧人石溪心月(?—1254),眉州青神王氏子,嗣法掩室善开。历住建康报恩、能仁、太平兴国,平江虎丘,又住钱塘灵隐、径山。理宗赐其"传衣石溪"御书,并赐号佛海。此外日本临济宗佛源派开山大休正念(1215—1289)、法海派开山无象静照(1234—1306)皆嗣其法,因而他对临济禅之东传亦居功甚伟。

作为南宋中后期的一位五山高僧,石溪心月今有《石溪心月禅师语录》(又名《传衣石溪佛海禅师语录》《石溪和尚语录》)、《石溪心月禅师杂录》(又名《传衣石溪佛海禅师杂录》)传世。观此二部石溪语录,我们不难发现一个有趣的现象:《石溪心月禅师语录》(本节中以下简称《语录》)卷下"小佛事"中收录了《石田和尚入祖堂》《无准和尚入塔》《昭觉土庵圭和尚起骨》《智回首座锁龛》《吉州信上座下火》等20篇与丧葬行仪有关的四六文,《石溪心月禅师杂录》(本节中以下简称《杂录》)之"小佛事"中收录了《第一移龛》《第二锁龛　仙上坐》《第三挂真　石田和尚》《第四举哀　无准和尚》《第五奠茶　铁塔长老》《为坦都庄下火》《圆觉讲主起灵》等49篇此类四六文(其中部分仅存篇名而无正文,故实际数量为44篇)。两者合计,共有69篇,从数量上来讲已经颇为可观。

笔者在后文第七章第四节"'破体'的承续:南宋五山禅四六论略"中,将提到在南宋时代的"禅四六"里面,有一类起龛、挂真、下火、起骨、入龛、指路、入塔等禅门特有的丧葬仪式上所用的文书,即"小佛事"四六。其实此类四六文并非石溪心月《语录》《杂录》所独有,翻检南宋其他禅僧的语录,亦往往可见,譬如《无准师范禅师语录》《石田法薰禅师语录》《希叟绍昙禅师语录》等。但从整体上来看,石溪心月创作的此类四六数量最多,编排体式也最为齐整,故而不妨以他为例来对这种"小佛事"四六进行初步考察。

一、文体形成与确立

在考察"小佛事"四六之前,首先有必要简单看看何谓"小佛事"。据笔者目前所掌握的资料,"小佛事"一语最初是出现在南宋时代的禅师语录中,其下收录的无一例外都是下火、起骨、秉炬、锁龛等与丧葬行仪有关的文书。因而我们可以推测,"小佛事"或许专指这些丧葬仪式中各个环节的种种行事。

北宋长芦宗赜所编《禅苑清规》中虽然没有明言"小佛事",但卷七"尊宿迁化"条明确规定了高僧圆寂后丧葬行仪的具体过程,谨引长文如下:

如已坐化，置方丈中，香花供养。以遗诫偈颂贴牌上，挂灵筵左右。于众尊宿中请法属一人为丧主，如无法属，则请自余住持尊宿。然后修写遗书，报官员、檀越、僧官、邻近尊宿、嗣法小师、亲密法属，请僧分头下书。三日后入龛，如亡僧法。入龛时，请尊宿一人举灵座，当有法语。法堂上西间置龛，东间铺设卧床衣架、随身受用之具，法座上挂真。法堂上用素幕白花灯烛供养之物，真前铺道场法事。小师在龛帏之后幕下，具孝服守龛。法堂上安排了，丧主已下礼真讫，然后知事、头首、孝子、大众与丧主相见。丧主已下次第相慰。如有外人吊慰，外知客引到堂上，内知客引于真前，烧香致礼竟，与丧主、知事、首座相看，却来幕下慰孝小师，然后却来与丧主茶汤，外知客送出。如有致祭，于真前陈设。若不将带读祭文人来，即本院维那、书记代读。送葬之仪合备大龛，结饰临时，并真亭、香亭、法事花幡。起龛之日，本院随力作一大斋，衬施重于寻常。至时请尊宿一人举龛，当有法语。孝子并行者围绕龛后，次丧主已下送孝人及本院大众等相继，中道而行，官员、施主在大众左右并行，尼师、宅眷随在末后送葬。若焚化，即请尊宿一人举火，当有法语。若入塔，即请尊宿一人下龛，当有法语。又请尊宿一人撒土，当有法语。然十念等如亡僧之礼，本院应散念佛钱。归院，请尊宿一人挂真，当有法语。且就寝堂内安排丧主已下礼真，相慰而散。知事、头首、孝子等早暮赴真前烧香，及斋粥二时随众供养。候新住持人入院有日，则移入真堂。其入龛、举龛、下火、下龛、撒土、挂真，并有乳药，丧主重有酬谢。

《禅苑清规》成书于北宋崇宁二年（1103），因此尊宿迁化后一系列隆重的丧葬仪礼应该在此之前就已经形成和存在。《禅苑清规》在一些环节，譬如举灵座、举龛、举火、下龛、撒土、挂真等过程中，屡屡言及"当有法语",然而我们翻阅唐代禅师的语录及其他著作,并没有看到这类"法语",它们直到北宋的禅师语录中才开始出现,至南宋时则已然蔚为大观。例如"下火",下火法语最早出现在五祖法演(?—1104)的《法演禅师语录》①中,但其中收录的这两段法语仅有短短数句,且同其他上堂法语等被一起编录于"次住太平语录",并未单独列出;再譬如"挂真",挂真法语最早见于《续古尊宿语要》所收龙门清远(1067—1120)禅师语录②,篇幅比前者稍长,但同样也被混杂于其他法语之中。这表明,此类与丧葬仪式有关的法语在形成之初很有可能是以即兴的口头创作来完成的,尚未形成固定的格式与体制,具有相当的随意性。

管见所及,此类法语最早以单独篇目的形式出现,是在圆悟克勤(1063—1135)的《圆悟佛果禅师语录》③中。其卷二〇收录了"偈颂"、"真赞"、"杂著"、"佛事"四类著述,其中"佛事"包括《为智海法真和尚入龛》《为佛眼和尚举哀》《为佛眼和尚下火》《为妙禅人下火》《为佛真大师下火》《为范和尚下火》《为亡僧下火》等七篇文章。从文体来看,它们基本上可归入骈文范畴。这一方面可以说明"小佛事"四六作为一种专门和独立的文体在此时已经形成,并且有了规定的名称(虽然在《圆悟佛果禅师语录》中尚被称作"佛事","小佛事"之名则要待稍晚才有);另一方面也可说明它们已经脱离了禅师口头创作的形态,在相当场合已经转变为一种书面化写作了。

自圆悟克勤之后,此类四六文在禅师语录中频频出现,一直绵延至元、明、清时代;并且在大多情况下都冠以"小佛事"之统一称呼,是为定例。南宋时在自己的语录中留下这类"小佛事"四六的禅师,主要有石田法薰(1171—1245),存 18 篇;无准师范(1177—1249),存 17

---

① 释才良等编《法演禅师语录》,《大正藏》第 47 册。
② 释师明集《续古尊宿语要》卷三《佛眼远禅师语》,《卍续藏》第 118 册。
③ 释绍隆等编《圆悟佛果禅师语录》,《大正藏》第 47 册。

篇;石溪心月(?—1254),存64篇;西岩了惠(1198—1262),存20篇;虚舟普度(1199—1280),存12篇;断桥妙伦(1201—1261),存19篇;环溪惟一(1202—1281),存11篇;绝岸可湘(1206—1290),存16篇;希叟绍昙(?—1297),存49篇;月礀文明(1231—?),存20篇;等等。这从一个侧面证明,此类四六在南宋时代(尤其是南宋中后期)是相当流行的,我们有必要把它们作为一种专门的四六文类来进行探讨。

另外值得一提的是,"小佛事"四六不仅是宋代以来中国禅僧著述的一个专门文类,而且还传播到日本。南宋时代,中国禅宗经由渡海的两国僧人而传到日本,在异域生根发芽。一方面宋代的禅门清规、寺院建制等制度层面的轨则为日本禅林所借鉴,另一方面中国尊宿所创作的语录、诗文、笔记等禅文学也成为日僧学习的典刑,因而"小佛事"四六亦屡屡可见于日本禅僧语录或文集中。譬如元初渡日禅僧清拙正澄(1274—1339),其《禅居集》①分为"诸体混"、"佛祖赞"、"自赞 小佛事"、"题跋"等部分;日僧天岸慧广(1273—1325),其《东归集》②分为"偈颂"、"赞"、"小佛事并序引"等部分;此外凤林承章有《秉炬集》三卷,面山瑞方有《秉炬集》一卷,等等。由此可见,他们亦是将"小佛事"四六当作一个专门和独立的文类来对待的。

二、文体特征

以上简要梳理了"小佛事"四六文体的形成和确立过程,可以肯定它作为一种独立文体,其存在是确凿无疑的。但是就笔者管见,在宋代以来的中国文章学著作中,并未有只言片语对之有所论及。而日本光丘文库藏有《四六文章图》,据其卷末所附跋语,它成书于宽文六年(1666),编撰者为大颠梵通。这是一本分门别类讲述各种四六

---

① 清拙正澄《禅居集》,收于[日]上村观光编《五山文学全集》卷一,京都思文阁,1992年。
② [日]天岸慧广《东归集》,收于《五山文学全集》卷一。

文写作要领的文章学著作,其卷五《禅家四六并偈颂类》中,专立"七佛事并图"一条。所谓"七佛事",书中说明为:"一曰锁龛,二曰挂真,三曰起龛,四曰奠汤,五曰奠茶,六曰下炬,七曰念诵。或维那也,减锁龛、挂真,谓五佛事;减锁龛、挂真、起龛、念诵,谓三佛事;加取骨、安骨,谓九佛事也。"①"七佛事并图"一条详述此类"小佛事"四六文的体制规范,并配以图解,非常直观。我们不妨以《四六文章图》为参照,来看看以石溪心月之作为代表的南宋"小佛事"四六之文体特征。

《四六文章图》首先规定了各类"小佛事"四六在内容上的写作程序,譬如其中论锁龛之"二用三法":

锁 龛 二 用

一曰放行,二曰把住。分全体于二段,而先放行,后把住。

锁 龛 三 法

一曰仁,二曰死,三曰活。此外加静意也。②

再如论"下炬五要":

一曰德,二曰死,三曰哀,四曰活,五曰奠。此五要必非不用之,是下炬肝要也。③

诸如此类,等等。虽然我们现在已难以知晓"放行"、"把住"、"仁"、"死"、"活"、"德"、"哀"、"奠"等的确切要领,但很显然这些规定了内容方面的套路,写作者只需要按照这几个固定的套路去谋篇布局即可。

除了内容之外,《四六文章图》还对"小佛事"四六的对仗、用韵、句

---

① [日]大颠梵通《四六文章図》卷五,日本光丘文库藏。
② 同上。
③ 同上。

式等作了详尽的规范,并配以直观的图解,例如其中的"挂真式并图"条:

> 先颂,次八字称,又次隔对一连、直对一连或二连,又隔对一连、直对一连或二连,次正与么时,如此书。而又直对一连或隔对,次隔对一连或直对,次散文或二十三四十字,用脚韵,次落句,是古语著语类也,次一字关,或指空,或段段横样不一样。
>
> 略则先颂,次八字称,又次隔对一连、直对一连或散文,次落句、一字关。
>
> 又曰,先颂,次八字称,次散文,次落句,次一字关。
>
> 又曰,先颂,次散文,次落句,次一字关。
>
> 锁龛、起龛、奠汤、奠茶、下炬、拈香,略则有三法,皆如此。

可见它对格式的规定非常细致,不仅提供了"挂真"四六的一般性写法,还提供了三种简略性写法;图解部分,则主要是规定了"挂真"四六的句法、押韵与平仄。限于篇幅,这里仅举其中一简略图(按日人习惯,○表示平声,●表示仄声,◐表示可平可仄):

```
颂       ◐○◐●●○○韵●◐○◐●○○韵
         ●●○○●● ○●●○○韵
夫惟某名  ◐○◐●八字称
         ●●○同
重隔○○○○○○不限重隔   ○○○●
句    ○○○○●句    ○○○○同
直对○○○○○●     ○○○○同
散文    ——或二十三四十字用脚韵
落句○○○○○○○○同    是古语也
   ○一字关
```

其他"锁龛"、"下火"、"起龛"等条目亦与此类似。

以上为《四六文章图》对于"小佛事"四六写作的内容和形式两方面的理论性总结。那么南宋时代创作的实际情况,又是如何呢?

总的来看,我们现在所能看到的南宋"小佛事"四六,无论是内容还是体制皆十分宽松随意,完全循规蹈矩者少之又少。它们大部分篇章属于简略式,篇幅较为短小。其内容上的要求——譬如锁龛"二用三法"、下炬"五要"等,往往并不遵循。相对而言,《四六文章图》所规定的开头"颂"的部分,南宋的"小佛事"四六基本都符合这一点。此或许是因为以韵语开篇,读起来琅琅上口,正与这类四六文口头宣读的需要相契合。而在"对"的部分,实际上它们并不讲究严格的对仗,对偶较为宽松。此外无论是骈俪部分还是散文部分,都采用大量的白话、俗语,较少使用典故,或者用典而能化,与传统四六文之典丽庄重、文质彬彬的面貌迥然不同。试看石溪心月的《第三挂真 石田和尚》:

> 南山片云,西湖滴水。面目全彰,何处回避。谓是石田老人,千里对面;谓非石田老人,对面千里。是耶非耶,(乃展真云:)总在者里。休论沤灭沤生,爱取清风匝地。①

对照上文所引的《四六文章图》之"挂真式并图",很显然这篇《第三挂真 石田和尚》大致是采用了其中的简略性写作法则。但它也并未完全遵循法则,结尾处并没有所谓的"一字关"。再如其《清净灯首座撒骨》:

> 石城顶领望乡园,目力穷时却宛然。江国春风忽吹散,不知

---

① 释心月《第三挂真 石田和尚》,《石溪心月禅师杂录》,《卍续藏》第 123 册。

消息落谁边。(举骨云:)个是清净炉韛里,千煅万炼底灯首座。一把灵骨,坚如金石,莹若冰霜。放去则包括十虚,收来则总在者里。平生道义,末后夤缘。落在天宁手中,且道如何安着?区中日月不及处,方外乾坤自卷舒。①

这也是一篇依照简略法则写作的"撒骨"四六。它以一首七言四句颂领起,韵脚为"园"、"然"、"边",音韵铿锵,适于口头念诵。下面骈偶句,譬如"放去则包括十虚,收来则总在者里"、"区中日月不及处,方外乾坤自卷舒"二句,"包括／总在"、"十虚／者里"、"不及处／自卷舒"这些词语在词性、语义以及结构上对仗并不严格。文中还出现了不少口语词,如"个是"、"底"、"一把灵骨"、"总在者里"、"落在"、"安着"等。总而言之,它通篇带给我们的是强烈的世俗化印象,而不是典雅的书卷气息。南宋的其他"小佛事"四六亦大多类此,"破体"的特征极为明显。概言之,它们或可称为"世俗化的四六"。

那么造成这一现象的根本原因,究竟是禅僧学识与写作水平的限制,还是说有更深层的思想背景?通过对南宋禅僧的其他作品——语录、诗歌、古文、一般性骈文、笔记等的观察,我们完全有理由相信,南宋禅僧的学识与文才,总体上来说远远超越了唐代和北宋,其水平与士大夫文人可以说难分伯仲。由此可以推断,这种"小佛事"四六之世俗化面貌的形成,并非由于他们学识与写作水平的牵制。南宋禅僧向庶民世界的融入、禅宗文学与通俗文学的互相渗透,才是形成这一面貌的深层要因。此将在下一部分详述。

三、"小佛事"四六之形成及文体特征的思想史背景考察

永井政之在《中国佛教成立的一个侧面——中国禅宗葬送仪礼

---

① 释心月《清净灯首座撒骨》,《石溪心月禅师杂录》,《卍续藏》第123册。

之成立与展开》一文中指出:"因亲近者的死亡而感到悲伤,是超越了时代、民族和阶级的一种共通情感。一个宗教如何对待死亡,在某种意义上可以说决定了它将来的走向。"① 笔者在后文第七章第四节"'破体'的承续:南宋五山禅四六论略"中将会专门论及,南宋禅四六的成熟繁荣及其所表现出的文体特征是禅宗同时走向士大夫化与世俗化的结果——一方面朝廷等世俗权力努力纳禅宗于统治秩序、禅宗积极向世俗权力靠拢,另一方面禅宗与庶民世界的联系也越来越密切。"小佛事"四六作为禅四六之一种,理所当然也符合这个大判断。具体来看,禅门种种"小佛事"丧葬行仪之本身以及"小佛事"四六的形成是受儒家孝道观念影响的产物,而"小佛事"四六表现出的文体特征则是禅宗文化、禅宗文学受庶民文化、通俗文学之影响的结果。

永井政之在另一篇论文《孝服与禅僧——围绕〈禅苑清规〉之尊宿丧法》里提到,禅门丧仪的成文化,即始自此《禅苑清规》;此类种种行仪规矩,显然是受儒家葬送礼仪的影响。② 成河峰雄《禅宗的丧葬仪礼》也指出,《禅苑清规》记载的入龛、举龛、下火、挂真等葬送仪礼为"儒家礼仪的禅宗丛林化",它"并没有表明佛教的或者禅宗的生死观"。③ 的确,在佛家的固有观念中,人的身体由地、水、风、火所谓"四大"构成,而"四大皆空",人死后即进入下一个轮回,所以佛家反对厚葬以及繁琐的丧葬礼仪,《佛说无常经》中就说僧人圆寂后,先以诵经、散花、烧香供养,"然后随意,或安窣堵波中,或以火焚,或尸陀林乃至土下"。④ 由此可以看出佛门丧葬虽然本来也有一些行仪,但这

---

① [日]永井政之《中国仏教成立の一側面—中国禅宗における葬送儀礼の成立と展開—》,《駒沢大学仏教学部論集》第 26 号,1995 年。
② [日]永井政之《孝服と禅僧——〈禅苑清規〉尊宿喪法をめぐって》,收于《禅学研究の諸相——田中良昭博士古稀紀念論集》,东京大东出版社,2003 年。
③ [日]成河峰雄《禅宗の喪葬儀礼》,爱知学院大学《禅研究所紀要》第 24 号,1996 年。
④ 释义净译《佛说无常经》,《大正藏》第 17 册。

些行仪都是不成体系和极为简洁随意的。儒家的丧葬则不同。正如《论语·为政》中所说的"生,事之以礼;死,葬之以礼,祭之以礼"那样,无论生死皆讲究一个"礼"字,而"礼"的直接外在体现即是仪式。仪式越庄重、越繁琐,"礼"也就越高级、越周全。《礼记》之"丧服小记"、"丧大记"、"祭法"、"祭统"、"奔丧"、"问丧"等篇章就记录了儒家繁琐的丧葬仪式。从前引《禅苑清规》可以看出,禅林举行种种"小佛事"过程中的请丧主、具孝服、各方吊唁、读祭文等,显然基本上是儒家丧葬礼仪的移植。且从思想史上来看,南宋正处于"儒佛合流"的大语境下,禅门主动援用儒家行仪也是顺理成章之事。因此,儒家的孝道文化、礼制文化是孕育"小佛事"以及"小佛事"四六的最根本土壤。那么这一文体形成之初及定型以后,为什么会以本节第二部分所描述的那种世俗化面貌呈现？笔者认为,此乃南宋禅宗与庶民文化相融合的产物。

宋代民间的说唱艺术十分发达,有小说、说经、讲史、合生等所谓的"说话四家"。其中的"说经"即僧人向市井大众演说佛经故事,是一种专门的僧人说唱。回忆南宋临安风华的笔记《武林旧事》记载的"说经"艺人名单中,有长啸和尚、达理和尚、周春辩和尚、有缘和尚等。[①]《梦粱录》之"小说讲经史"条则云"谈经者,谓演说佛书。说参请者,谓宾主参禅悟道等事。有宝庵、管庵、喜然和尚等"[②],等等。当然僧人从事此类说唱活动的现象并非自宋代才开始出现,梁代《高僧传》中就有十余位"唱导僧"之传,敦煌文献中也有不少与佛教有关的"俗讲"、"变文"等;但可以肯定的是,随着商品经济的发达和庶民文化的繁荣,僧人的这一说唱职业及其相关活动在南宋达到空前活跃。加之南宋驻跸临安,我们从《武林旧事》《梦粱录》《都城纪胜》等这些专门描写南宋都城的笔记中就可以看出当时临安市井文化之繁华。

① 周密《武林旧事》卷六"诸色伎艺人"条,中华书局,1991年,第144页。
② 吴自牧《梦粱录》卷二〇"小说讲经史"条,中华书局,1985年,第194页。

凑巧的是,上文提到的南宋写作"小佛事"四六数量较多者——石田法薰、无准师范、西岩了惠、虚舟普度、断桥妙伦、环溪惟一、绝岸可湘、希叟绍昙、月磵文明等,均为临安及其周边地区的五山僧人,石溪心月同样也不例外。

  虽然目前笔者尚未发现有直接的证据能证明"小佛事"四六是受到了当时民间说唱艺术的影响,但从以上揭示的"小佛事"四六的文体特征,可看出它的形成、成熟是禅宗与庶民文化相融合的产物。首先,从事此类"小佛事"活动似乎并非一种"正统"行为,而多少有些"另类"的意味,《西湖游览志余》就记载:"济颠者,本名道济,风狂不饬细行,饮酒食肉,与市井浮沉,人以为颠也,故称济颠。始出家灵隐寺,寺僧厌之,逐居净慈寺,为人诵经下火,累有果证。"① 道济是南宋著名的癫狂僧,被逐出灵隐寺后所事职业为"为人诵经下火",可见"下火"之类的活动并非大雅之事。第二,如本节所分析,它们在实际写作时并不严格遵守四六文的文体规范,体制上十分宽松,相对而言却比较注重押韵,而且大量使用日常口语、俗语和白话,极少运用高深晦涩的典故,或者用典而能化,这些特征皆十分符合"说唱"文学的要求。第三,从这些"小佛事"四六的文本来看,中间往往夹杂了不少提示动作(且这些动作常常带有戏剧性)的语句,类似于戏曲表演的舞台提示。譬如石溪心月《语录》卷三收录的《吉州信上座下火》有"掷下火把云",《径水头下火》有"以火划一划云",《选塔主下火》有"以火打圆相云",《杂录》收录的《第七对灵小参 为净慈无极和尚》有"喝一喝"、"拈拄杖云"、"卓拄杖一下"、"良久云"等,可见禅僧在丧葬法事上念诵这些四六时伴随有不少肢体动作。第四,这些"小佛事"四六本由禅僧当众念诵,但此过程中经常会突然出现其他人的问话,尔后念诵的禅僧往往以颇为夸张或戏剧性的语句答之,十分类似于

---

① 田汝成《西湖游览志余》卷一四"方外玄踪",第 275 页。

戏曲中的"插科打诨"。第五,因为"小佛事"通常如《四六文章图》所述有七个或九个环节,每个环节皆有相应的四六,从现存文献来看每个环节相应的四六文通常由不同的禅僧分别念诵,这不难令我们在某种程度上联想到民间的集体性歌谣活动。

限于篇幅,本书难以对以上诸点展开具体论述,暂且先作简单的概括,相关问题俟另作专文予以详细讨论。

四、向庶民世界及通俗文学的渗透

"小佛事"四六本是僧人圆寂后,佛门中人在其丧仪的各个环节所作并加以念诵的具有一定格式的骈体文。也就是说,它产生之初的创作者是僧人,所面向的对象也是僧人。然而后来它却出现了泛滥的情况,即其所针对对象逐渐扩展到了市井庶民,甚至还出现了为动物、植物所作的此类文章,这可以说已经是一种笔墨游戏;此外宋元话本及明清小说也深受其影响,在这些通俗文学作品中往往可见其身影。

首先来看它向庶民世界泛滥的情况。石溪心月《杂录》中,收录了《为张府夫人余氏起棺并掩土》《郭公起灵掩土》《为上海蔡府属起灵并秉炬》《为刘都铃掩圹》等为世俗在家人而作的"小佛事"四六。值得注意的是,虽然这些人可能具有官职,但从题目中"张府"、"郭公"等这些称呼来看,他们的官职并不高,或者亦有可能是地方乡绅,因为若他们官居高位,当会以官职称呼之。这里出现的"都铃",又称"都铃辖"、"铃辖",北宋前期尚握有兵权,但随着王安石新政中"将兵法"的实行,至南宋已经成为一种虚职。因此,这些人与真正意义上的士大夫有一定距离,其身份中更多含有普通市民的性质。南宋笔记《中吴纪闻》卷六则有"周妓下火文"一条,载录了一篇一位姓周的名倡亡故后,名叫道川的僧人为其所作的"下火"四六。[1] 这位周姓女

---

[1] 龚明之《中吴纪闻》卷六"周妓下火文"条,《知不足斋丛书》本。

子乃一名娼妓,道川却并不忌讳她的身份而为之专门作文,由此不难想见本是佛门文书的"小佛事"四六向庶民世界的渗透程度。

《希叟绍昙禅师语录》中有《灵鹫为猿下火》,这是一篇为死去的猿猴作的简短的"下火"四六:"红树栖云,古藤挂月。捷影一飞,清吟三迭。直下息攀缘,死生心路绝。无复经行异类中,(掷火把云:)火聚何妨参胜热。"①陶宗仪《南村辍耕录》卷二八则载录了一篇为梅花作的"下火"四六:"周申父之翰寒夜拥炉爇火,见瓶内所插折枝梅花冰冻而枯,因取投火中,戏作下火文云:……"②

以上略举了数例南宋时期"小佛事"四六的写作对象由佛门僧人扩展至普通庶民,乃至出现为动植物而写的"戏作",这充分反映出它的蔓延范围之广。

与此同时,这一文体也渗透到了通俗文学之中。南宋话本《钱塘湖隐济颠禅师语录》③中记载了济颠圆寂后,众长老为其举行丧仪,为我们呈现了一系列较为完整的各种"小佛事"四六文:

> 济公写毕,下目垂眉,圆寂去了。沈万法大哭一场,众官僧道俱来焚香。至三日,正欲入龛,时有江心寺全大同长老亦知,特来相送。会斋罢,全大同长老与济公入龛。焚了香曰:
> 大众听着。才过清和昼便长,莲芰芬芳十里香。衲子心空归净土,白莲花下礼慈王。恭惟圆寂书记济公觉灵,原系东浙高门,却来钱塘挂锡。参透远老葛藤,吞尽赵州荆棘。生前憨憨痴痴,末后奇奇特特。临行四句偈云,今日与君解释:从前大戒不持,六十年来狼藉。囊无挑药之金,东壁打到西壁。再睹旧日家

---

① 释绍昙《灵鹫为猿下火》,释自悟等编《希叟绍昙禅师语录》,《卍续藏》第122册。
② 陶宗仪《南村辍耕录》卷二八,《四部丛刊三编》本。
③ 关于《钱塘湖隐济颠禅师语录》乃南宋话本之论断,参朱刚《宋话本〈钱塘湖隐济颠禅师语录〉考论》,《西南民族大学学报》(人文社会科学版)2013年第12期。

风,依旧水连天碧。到此露出机关,末后好个消息。大众且道如何是末后消息?弥勒真弥勒,化身千百亿。时时识世人,世人俱不识。咦!玲珑八面起清风,大地山河无遁迹。

全大同长老念罢,众皆叹赏。第二日启建水陆道场,助修功德。选日出丧,届八月十六日百日之期,灵隐寺印铁牛禅师与济公起龛。禅师立于轿上,递香云:

(此处"起龛"四六文略)

印铁牛长老念罢,众团头做索起龛,扛至法阴寺山门下,请上天竺宁棘庵长老挂真。宁棘庵长老立于轿上,手持真容道:

(此处"挂真"四六文略)

宁棘庵长老念罢,鼓乐喧天,迎丧入虎跑山门烧化。宣石桥长老与济公下火,手拿火把道:

(此处"下火"四六文略)

宣石桥长老念毕,举火烧着,舍利如雨。众僧拾骨,宁棘庵与济公起骨道:

(此处"起骨"四六文略)

念罢,沈万法捧了骨头,宁长老道:"贫僧一发与他送骨入塔。"道:

(此处"入塔"四六文略)

宁长老念罢,把骨送入塔了,回丧至净慈寺山门前。

该段文字中囊括了入龛、起龛、挂真、下火、起骨、入塔等六种"小佛事"四六。通过这系列性的描述,各个环节的程序、人物、仪礼、动作等一目了然;借由这样极富戏剧性、表演性的具体语境,"小佛事"四六的世俗化特征也呈现得极为明显。

明末冯梦龙编纂的白话短篇小说集"三言"中,《警世通言》卷七《陈可常端阳仙化》(又见于《京本通俗小说》,题作《菩萨蛮》)、《喻世明言》卷二九《月明和尚度柳翠》、卷三〇《明悟禅师赶五戒》(又见于《清平山堂话本》,题作《五戒禅师私红莲记》)里也出现了三篇"下火"四六。关于这三种话本或拟话本,一般多倾向于认为《陈可常端阳仙化》与《明悟禅师赶五戒》为宋元作品,而《月明和尚度柳翠》出自明人之手。① 也就是说,南宋"小佛事"四六在当时就被通俗文艺所吸收,成为话本中的一个新鲜元素;之后它又一直在民间口耳相传,至明代依然拥有着生命力。这也恰恰表明,"小佛事"四六的形成及所具特征是受了庶民文化、通俗文艺的影响,它形成之后又反过来影响了庶民文化、通俗文艺,因此它们之间的关系与作用是双向的、相互的。

第二节 临安末照中的禅僧诗变容:觉庵梦真《籁鸣集》《籁鸣续集》

虎丘派僧觉庵梦真(1214?—1288),宁国卢仁乡人,俗姓汪,字友愚,号觉庵,嗣法大歇仲谦,曾住永庆寺、连云寺、何山寺、承天寺等。

梦真也是一位热衷于笔墨的诗僧,有诗集《籁鸣集》二卷、《籁鸣续集》一卷存世。此两种诗集在中国已经亡佚,仅在日本存有古抄本(尊经阁文库藏)。然《全宋诗》未收录其人其作,金程宇从日藏《籁鸣集》《籁鸣续集》抄本录出所载诗二百三十五首②,朱刚、陈珏《宋代禅僧诗辑考》据他书补辑十三首;《全宋文》亦无其人,据笔者目前所见,梦真撰有《月磵和尚语录序》③,此文或当补入。

梦真生活的宋末元初时代,禅门文学已臻于烂熟。然梦真的创作,以对政治和社会的强烈关怀、对国家和现实的深刻反思,为我们清晰地展现出禅僧诗的另一种面貌。

---

① 参[日]小川阳一《三言二拍本事論考集成》,东京新典社,1981年。
② 参金程宇《尊经阁文库所藏〈籁鸣集〉、〈籁鸣续集〉校录》,《稀见唐宋文献丛考》,中华书局,2009年。
③ 释梦真《月磵和尚语录序》,《月磵和尚语录》卷首附,《卍续藏》第150册。

一、亲历宋元鼎革

祥兴二年(1279),崖山被蒙古军攻破,陆秀夫负幼帝投海,至此国祚延续了三百余年的赵宋画上了句号,一个王朝终于谢幕。梦真在人生的暮年亲身经历了宋元鼎革,目睹南宋山河为异族铁蹄践踏、无辜百姓在战火硝烟中饱受种种苦难,尽管他是方外之士,也不免为之动容唏嘘,用一首首诗歌记录下他的所见、所闻、所思。这类作品为数不少,在他的集子中所占比例颇重,无论是对于我们今日研究南宋诗歌嬗变还是宋元之际的社会面貌都是极为珍贵的材料。关于这一点,许红霞在其《珍本宋集五种》之《〈籁鸣集〉、〈籁鸣续集〉整理研究》中已经指出。譬如以下三首诗[①]:

瓜州望金山有怀

何许金笳发,边兵早禁城。夕阳收塔影,疏雨湿钟声。旧俗淳风泯,新春白发荣。大江东去急,犹带犬羊腥。

闻宣城为虏所据

山川旧俗晋风流,花满东溪月满楼。胡骑北来云气黑,王师南溃剑光收。岂无石鼓刊龙德,安有金城贮犬酋。昨夜梦魂归最切,腥风吹雨湿松楸。

送人游金陵归九华

西风吹断吴山云,长空万里玻璃明。扁舟未解北星缆,清梦忽堕长干城。城头呜呜吹画角,城下嘤嘤奏胡乐。风前一曲断肠声,几人血泪囗珠落。麒麟脚底春雷动,是谁耕破前王冢。玉杯依旧出人间,白骨自生秋草梦。君家住近江水东,山开九朵青芙蓉。苍崖鬼火照夜雨,古洞囗乐延秋风。吁嗟世路惊蛇绕,

---

[①] 诗歌文本据《珍本宋集五种——日藏宋僧诗文集整理研究》之《〈籁鸣集〉、〈籁鸣续集〉整理研究》抄录。下同。

危机杀人当面笑。归欤荒田宜早锄,愿无旱潦雀鼠相侵渔。

这三首诗描写了瓜州、宣城、金陵等长江中下游地区因战事频仍,到处血雨腥风、民不聊生的凄惨场景。梦真所作《籁鸣续集跋》曰:

呜呼!孰无生?生于治世;孰无死?死于正寝。生非治,死非正,率为冤□□□。丙子予客四明,三月九日,北帅奥鲁赤部马步五千,由会稽入四明,躬责归悃。越三日,搜兵四掠,穷山绝顶,例不免祸。继此黄世强合刺安正副招讨出兵为口,搜劫不已,民生哀号,毋所赴愬。奉川盐□□□素秉忠义,气盖一方。奋臂一呼,万□□□□集,痛与之角。开合三月,北兵日增。即□□□□泯灭无闻。北兴问鼎,乡民十杀□□□□□□血厌原隰,焚荡掘伐,野无完□。□□□□□地西山,日寓于目,多以诗纪之。□□□□□□之音,哀怨乖困,非盛时雍容和□□□□□□日既久,积成若干篇,荐入诸梓。□□□□□□今老矣,必有极治之时,予不得□□□□□□。知我罪我,准此集乎!戊寅中秋寅□宣城觉庵梦真友愚书①

从这篇跋文可以看出,梦真亲历了兵火中的颠沛流离,他用诗歌记录下自己体验和见闻的种种,并"积成若干篇",收入自己的诗集中付梓。在此我们不可忽视和忘却的是梦真的"禅僧"身份。本书已在之前的若干章节中具体观察了南宋几位重要诗僧的诗歌创作样相。通过这些观察我们不难看出,虽然与唐代、北宋相比,南宋禅僧诗在题材上已然明显扩大,与士大夫之诗渐趋接近,但在反映社会、反思现实这一点上,仍然是与士大夫诗歌有相当差距的。而梦真的诗歌创作,正如上引其跋文所云,他主观上就有非常强烈的关心社会、关心

---

① 《珍本宋集五种——日藏宋僧诗文集整理研究》,第 204 页。

国家的意识,所以才有这类数量丰富的反映现实的诗作之诞生。

二、对昏君奸臣的赤裸裸抨击

虽然目前学界对所谓"江湖诗派"、"江湖诗人"等的界定颇有歧见,但如果仅从身份上说,无一官半职的禅门诗僧自然属"江湖诗人"无疑。张宏生《江湖诗派研究》将江湖诗派创作的主题倾向概括为"忧国忧民之怀"、"行谒江湖之悲"、"羁旅之苦"和"友谊之求"四种;其中在"忧国忧民之怀"中,作者以主要收录江湖诗人诗歌的总集《南宋六十家小集》为例,指出在其5340首诗中,具有忧国忧民情怀(即政治内涵)的诗作有180首以上,并将其政治内涵总结为忧国(主要是渴望收复)和忧民(主要是关心农民)两类。[①] 那么梦真的这类诗作,和其他江湖诗人有何不同呢？

首先从直观的数量上来看,《籁鸣集》《籁鸣续集》所收230余首诗作中,具有明显政治内涵者有近60首,所占比率约为四分之一。相较于《南宋六十家小集》(180/5340),这个比率显然是非常引人注目的。其次,《南宋六十家小集》中的这类诗作主题多是渴望收复失地以及关心农民,直白露骨地抨击黑暗时政之作并不多,而《籁鸣集》《籁鸣续集》中这类政治题材的诗作往往多毫不隐晦地揭露时政之弊。以下从《籁鸣续集》之组诗《家国丧亡,自昔有之,不有不道颠覆之君,则有奸伪卖主之臣。以今日事体考前代国史,盖大有难言者,使人扼腕,泪不之禁。杂咏十二绝以纪此时,于诗何有哉》中选取数首为例来作分析。该诗由十二首绝句组成:

(一)

风流十万羽林郎,生死唯知义所将。丞相指令都解甲,伯颜

[①] 参张宏生《江湖诗派研究》,中华书局,1995年,第44—58页。

徐步藕花塘。

(二)

海风推上伍胥魂,怒气何时罢吐吞。欲问春秋吴越事,胡儿骑马入修门。

(三)

绮罗巷陌管弦楼,人在华胥国里游。胡马一嘶天地黑,蜀关无路幸龙辀。

(四)

花市灯残漏曙光,千官拥阙六街香。莫嫌过眼繁华歇,元是春闺梦一场。

(五)

湖水粼粼接御沟,春风吹起满城愁。□□□□通蛮徼,此日金珠委虏酋。

(六)

葛仙坡下藕花庄,水阁风亭处处香。师相厌听歌管乐,半年一度入都堂。

(七)

宫梅苑杏感无言,凤沐先皇雨露恩。北客爱花犹畏禁,袖笼一朵出黄门。

(八)

银烛煌煌洞火城,六街香雾拥香尘。胡儿马上横孤笛,吹落关山月一轮。

(九)

马城西畔百花林,一树荼丹一两金。花自南开人自北,春风那有两般心。

(十)

西湖花柳又逢春,别馆旗亭草积茵。陌上相逢不相识,语音多是北来人。

(十一)

野塘春水绿于醅,无主山花落又开。日暮鸱鹕无处泊,衔鱼飞上拜郊台。

(十二)

西林春雨草青青,牧马应须趁晓晴。惭愧胡儿相戒饬,岳王坟近莫高声。①

这十二首诗一气呵成,读来颇有酣畅淋漓之感。从该诗题中的"不有不道颠覆之君,则有奸伪卖主之臣"一语,即可见出其内容为抨击导致国家走向覆亡的昏君和佞臣。首先看第一首。"羽林郎"为汉置禁军官名,掌宿卫、侍从②,这里指南宋军士。首二句写这些军士为保家卫国而奋勇御敌、舍生忘死。第三句之"丞相"所指似为南宋末宰相陈宜中。伯颜(1236—1295),蒙古军将领。《宋季三朝政要》记载:

攻平江府。通判王矩之以城降。至桐关,去杭百里,我师败绩。独松关告急,召文天祥入卫。天祥自吴门还,遣守独松关。时天祥军三万,张世杰五万,诸路勤王师犹有四十余万。天祥与世杰秘议,今两淮坚壁,闽、广全城,王师与之血战,若捷,则罄两淮之兵,以截其后,国事犹可为也。世杰大喜,遂议出师。独宜中沮之,白太皇降诏,以王师务宜持重为说。遂止。③

此诗乃根据史实而作,毫不留情地直接痛斥了当朝宰相为苟且偷生

---

① 《珍本宋集五种——日藏宋僧诗文集整理研究》(上),第186—187页。
② 《后汉书·百官志二》:"羽林郎掌宿卫、侍从。常选汉阳、陇西、安定、北地、上郡、西河凡六郡良家补。"
③ 王瑞来笺证《宋季三朝政要笺证》,中华书局,2010年,第422—423页。

而将疆土拱手相让的懦弱行径。

第二首首句用了伍子胥的典故。伍子胥身为吴国功臣,忠心耿耿,但吴王却听信奸臣太宰嚭谗言令其自刎,后吴国终为越国所灭。这里以吴越春秋之历史,影射南宋由于小人当道、贤臣良将不得重用甚至惨遭迫害而导致国家沦亡于异族之手。从"海风推上"一语来看,具体所指当为景炎二年(1277)十二月,宋端宗逃至井澳(今南海),海上忽起飓风,端宗落水染病;在元军追击下,他又从海路逃往碙洲(今硇洲岛),不久即驾崩。赵昺被拥立为帝,陆秀夫为左丞相。陆秀夫与伍子胥一样同为楚人,祥兴二年(1279)崖山被攻破,"秀夫度不可脱,乃杖剑驱妻子入海,即负王赴海死"①,至此国祚延续了三百余年的赵宋王朝正式画上了句号。《宋史》评论道:"宋之亡征,已非一日。历数有归,真主御世,而宋之遗臣,区区奉二王为海上之谋,可谓不知天命也已。然人臣忠于所事而至于斯,其亦可悲也夫!"②而宋末秉政的正是上一首诗所抨击的陈宜中,因此第二首与第一首有一定的承续性。

第三首批判南宋朝廷偏安一隅,在江南的和风细雨中沉溺于冶游享乐,不励精图治,与林升的"山外青山楼外楼,西湖歌舞几时休。暖风熏得游人醉,直把杭州作汴州"可谓有异曲同工之妙。末句"蜀关无路幸龙辀"以唐玄宗作比况,安史之乱中首都长安沦陷,玄宗逃往蜀地,躲过性命之劫,之后唐王朝仍延续了百余年。而宋末蒙古军攻占临安后,虽然端宗和赵昺也乘船外逃至南方,却没有玄宗幸运,不久就彻底国破家亡。

第六首主要是讽刺南宋权相贾似道。《宋史纪事本末》记载:

> 三年二月,贾似道上疏乞归养,帝命大臣侍从传旨固留……

---

① 《宋史》卷四五一《陆秀夫传》,第 13276 页。
② 同上书,卷四七《卫王赵昺本纪》,第 946 页。

> 特授平章军国重事,一月三赴经筵,三日一朝,治事都堂,赐第西湖之葛岭,使迎养其中。似道于是五日一乘船入朝,不赴都堂治事……时蒙古攻围襄、樊甚急,似道日坐葛岭,起楼阁亭榭,作半闲堂,延羽流,塑己像其中,取官人叶氏及倡尼有美色者为妾,日肆淫乐……酷嗜宝玩,建多宝阁,一日一登玩。闻余玠有玉带,求之,已殉葬矣,发其冢取之。人有物,求不与辄得罪。自是或累月不朝,虽朝享景灵宫,亦不从驾。有言边事者,辄加贬斥。[①]

这首诗中所述贾似道之情状与史实是一致的。它非常直白地痛斥了贾似道耽于淫乐、不理政事,以致于朝纲废弛,国家终走向灭亡。

第十一首通过写景来寄寓亡国之情。首二句不难令我们联想到杜甫的"国破山河在,城春草木深",而作者眼前的景象比杜甫当时所见更为凄凉,因为南宋才是真正的"国破","无主"一词饱含着多少兴亡之感。这里的"拜郊台"既是眼前实景,可能也双关了吴王之拜郊台,《中吴纪闻》载:"吴王拜郊台,在横山之上,今遗迹尚存。春秋时,王政不纲,以诸侯而为郊天之举,僭礼亦甚矣。"[②]吴王拜郊台是"王政不纲"的象征,以此暗讽南宋末年的腐朽朝政导致了亡国。

通过以上数例,我们已经可以清楚地看出梦真对于国家、时政等的深切关注,对为君、为臣之道的深刻反思。这种关注和反思,并不是隐晦的,相反可以说非常直白和显露,这是他与当时其他江湖诗人创作的显著差异。

方勇《南宋遗民诗人群体研究》一书对南宋遗民诗人的地域分布作了考察和归纳,大致可分为"阵容庞大的故都临安群"、"诸社联袂的会稽、山阴群"、"台州、庆元的联合群"、"以方凤等为首的浦阳群"、

[①] 陈邦瞻《宋史纪事本末》卷一〇五"贾似道要君",中华书局,1977年,第1128—1129页。
[②] 龚明之、孙菊园点校《中吴纪闻》卷三"吴王拜郊台"条,上海古籍出版社,1986年,第63页。

"以桐庐为中心的严州群"、"以庐陵为中心的江西群"、"以建阳、崇安为中心的福建群"、"以赵必瓛为首的东莞群"。① 可以看出,南宋灭亡后浙江一带是遗民诗人尤为集中的地区。这一方面当然是因为宋室南渡后随之而来的文化中心之转移,经过一个半世纪的积淀,浙江一带已成为当时的文人渊薮之一;另一方面或许是因为南宋驻跸临安,周边地域长年来历经皇城雨露的熏沐,文人的家国意识尤为强烈,故而在山河沦亡后更易生发出万般悲慨。

方勇在该书中,认为对于"南宋遗民诗人"的界定,不应该"把是否出仕新朝作为裁决是非的依据",而应当"主要看他在内心深处是否怀有较强烈的遗民意识"。② 按照这一判断标准,梦真虽然在元世祖至元二十一年(1284)出任承天寺住持③,但从其诗作反映的心境来讲,他无疑可归于南宋的遗民诗人队伍。梦真毕生大部分时间都活动于浙江地区,和该地的不少士大夫文人和江湖文人也有密切交游,因而他以这样一种"遗民"心态创作出政治色彩、入世色彩此般浓重的诗歌自然是不足为奇的。

三、禅僧诗之变容

《宋代禅僧诗辑考》中,将宋代一般的禅僧诗题材归结为五类:第一类与士大夫所作之"诗"无别,如唱酬之作、山居诗、乐道歌等;第二类是偈颂;第三类是针对前代某一公案发表见解、体会而撰成的"颂古";第四类是赞、铭等;第五类是与严格的"诗歌创作"距离最远的"有韵法语"。④ 显而易见,其中后四类题材与禅僧的身份最为契

---

① 参方勇《南宋遗民诗人群体研究》第三章"群体网络的布局结构特征——从亚群体的地域分布说起",人民出版社,2000年。
② 方勇《南宋遗民诗人群体研究》,第8页。
③ 关于梦真住持承天寺的时间,参《珍本宋集五种——日藏宋僧诗文集整理研究》之《〈籁鸣集〉、〈籁鸣续集〉整理研究》对梦真生平的考证。
④ 参《宋代禅僧诗辑考》之"前言"。

合。而第一类题材,僧人因为生活环境和佛门戒律的局限,创作的此类诗歌往往会落入"陈词滥调"的窠臼。欧阳修《六一诗话》中记载了这样一个故事:

> 当时有进士许洞者,善为词章,俊逸之士也。因会诸诗僧分题,出一纸,约曰:"不得犯此一字。"其字乃山、水、风、云、竹、石、花、草、雪、霜、星、月、禽、鸟之类,于是诸僧皆阁笔。①

这个故事常为后人引用,借以指摘佛门文学单调、陈腐、枯槁之弊病。其实这些字亦常常出现在士大夫的诗歌(尤其是山水诗)中,并不唯僧人诗作所独有,诸如谢灵运"池塘生春草,园柳变鸣禽"、王维"行到水穷处,坐看云起时"、岑参"北风卷地白草折,胡天八月即飞雪",等等,可是这些字并没有妨碍它们成为脍炙人口的优秀作品。可见,这些字(或后来所谓的意象)本身是无所谓优劣的;问题在于在僧诗中,这些意象所承载的内涵和情感往往被固定化,这些语词所指向的,无非是山林、幽居,无非是闲适、寂寥。人人如此,内容便显得空洞无物;读者读多了,不免味同嚼蜡。

方勇《南宋遗民诗人群体研究》序章指出:"中国诗歌发展到南宋后期,明显地表现出一种卑弱、雕饰的'衰气'。然而,蒙古铁骑的突如其来,却无情地惊醒了宋末士子的酣梦,使他们真正体验到了国破家亡的痛苦与悲哀。"南宋山河易主,自然会有不少士大夫为之痛心疾首,以笔墨书写一腔悲愤。其实,被蒙古的铁骑惊醒的不仅有"居庙堂之高"的士人,也有"处江湖之远"的下层文人。国破家亡的亲身经历,亦不免深深触动梦真的诗笔,诚如在《籁鸣集序》中所云,他创

---

① 欧阳修《六一诗话》,何文焕辑《历代诗话》,中华书局,1981年,第266页。

作诗歌是由于"遇物感兴"、"风激林籁":

> 诗与禅俱用参,参必期悟而后已。参须参活句,不当参死句。活句下悟去,迥然独脱。死句中得来,略无向上承当。知诗、禅无二致,是必曰悟而后已。唐之名家者不下三百余辈,皆从参悟中来。王建《宫词》有曰:"树头树底觅残红,一片西飞一片东。自是桃花贪结子,错教人恨五更风。"学者多作境会,既不求意于言外,又不求悟于意外,徒诵之哓哓而卒无成功,是岂后□□□扬子云者用心之不苦耳。予结发从□□□□,及其长也,讨论湖海名流,凡四□□□□□疲。飒然白首,虽未臻闻奥门墙,□□□□□能强使之为也。必也遇物感兴,而□□□□诸中必形诸外,如风激林籁,自然□□□□鸣也。故名是诗曰"籁鸣"。①

"遇物感兴"之"物"、"风激林籁"之"风",理所当然包括作者身处的时代和社会。正是在这种诗学理念的支撑下,梦真才创作出了如此之多的见证历史、见证现实的诗歌。这一创作风貌,不难令我们联想到在宋代获得"诗史"之誉的杜甫以及"文章合为时而著,歌诗合为事而作"的白居易。② 虽然梦真的《籁鸣集》《籁鸣续集》中并无明确提及杜甫、白居易的文字,但从其具体诗作来看,他应该对杜诗、白诗颇为熟稔并有意模仿之。例如这首《卖炭翁》:

> 伐薪南山墝,烧炭通都鬻。权门炙手热,焰焰莫轻触。阍人买炭不与直,炭翁缩缩僵门立。手皴足裂面黑漆,此时力不胜寒战。呜呼炭翁汝知否,炭是汝烧寒汝受。明朝天地春风酣,炭

---

① 《珍本宋集五种——日藏宋僧诗文集整理研究》,第137页。
② 参周裕锴《中国古代阐释学研究》第五章"两宋文人谈禅说诗"三"论世:本末探究",复旦大学出版社,2019年。

无人买□□安。

该诗无论是标题、诗体,还是内容、语言等,都显然有白居易《卖炭翁》一诗的影子。此外,在《籁鸣集》《籁鸣续集》中,有不少出自杜诗的典故或化用杜诗的句子,例如"巡檐索共梅花笑"、"忆昔太平无事日"等。显而易见,杜诗、白诗的"善陈时事"的现实精神对梦真的创作影响极深。

经历宋元鼎革的方外禅僧,当然并非仅梦真一人。然而,在我们目前所能看到的当时禅僧的创作中,唯有他用如许丰富的作品来记录了在当时风云变幻下的外在景况和内心思索。《籁鸣集》《籁鸣续集》在内容上表现出关注社会和政治的强烈现实精神,从这个意义来说,梦真的诗歌创作,可谓是传统禅僧诗的一种变容。这一内容上的开拓,矫正了传统禅僧诗语言、题材、思想等单一化、趋同化的倾向,带来了禅僧诗的崭新境界。

第三节 斓斑要作自家衣:亚愚绍嵩《江浙纪行集句诗》

亚愚绍嵩(1194—?),庐陵人。法名又作"少嵩",号亚愚,虎丘派禅僧,嗣法痴绝道冲。《江浙纪行集句诗》是他在南宋绍定二年(1229)至绍定四年(1231)这段时间,自长沙出发漫游江浙,记录沿途所见所闻、所思所感的一部集句诗集。[1] 它收于陈起所辑《江湖小集》卷三至卷九,共存诗 7 卷 376 首,从数量上来说占了有宋一代集句诗的近四分之一[2],显然颇引人注目。

从目前学界的研究情况来看,已有张福清《绍嵩〈江浙纪行集句

---

[1] 参《江浙纪行集句诗》卷首释绍嵩《自序》。
[2] 参张福清《宋代集句诗校注》,上海古籍出版社,2014 年。

诗〉对〈全唐诗〉校勘、辨重和辑佚的文献价值》①《再谈绍嵩〈亚愚江浙纪行集句诗〉对〈全唐诗〉校勘、辨重的文献价值》②《绍嵩〈江浙纪行集句诗〉对〈全宋诗〉的辑佚价值》③《从绍嵩〈亚愚江浙纪行集句诗〉看宋人对唐宋诗人诗歌的接受》④等四篇论文对其文献价值作了较为全面和充分的考辨。本节笔者将从文学史角度出发,对它在集句诗发展史上的地位和意义作初步论析。

一、题材的广泛化、严肃性

集句诗虽然起源很早,但它最初只是作为一种游戏文体而存在,真正发展成熟要到北宋,仁宗朝的石延年、胡归仁,神宗朝的王安石,徽宗朝的葛次仲、林震,是集句诗发展过程中几位非常关键的诗人;南宋以来,集句诗又呈现出一些新的特点,其中之一就是"专题化"的势头越来越明显,譬如咏梅花的集句诗、集杜诗的大量产生,等等。⑤绍嵩生活于南宋晚期,当时集句诗的创作已不再是凤毛麟角而已颇成气象。他可以说是一个有集句之癖的人,除了《江浙纪行集句诗》以外,还有《渔父词集句》二卷,可惜今已不传。那么他作为一位集句诗的高产作家,其创作又具有哪些特征呢?首先不妨从《江浙纪行集句诗》的内容和题材看起。

既然《江浙纪行集句诗》题曰"纪行",首先诗集中数量最多的当然是描写沿途自然风光的写景咏物诗,譬如《江上》《咏道中所见》《雪

---

① 张福清《绍嵩〈江浙纪行集句诗〉对〈全唐诗〉校勘、辨重和辑佚的文献价值》,《古籍整理研究学刊》2007年第6期。
② 张福清《再谈绍嵩〈亚愚江浙纪行集句诗〉对〈全唐诗〉校勘、辨重的文献价值》,《中国韵文学刊》2008年第3期。
③ 张福清《绍嵩〈江浙纪行集句诗〉对〈全宋诗〉的辑佚价值》,《韩山师范学院学报》2013年第1期。
④ 张福清《从绍嵩〈亚愚江浙纪行集句诗〉看宋人对唐宋诗人诗歌的接受》,《中国韵文学刊》2012年第4期。
⑤ 参张明华《集句诗的发展及其特点》,《南京师范大学文学院学报》2006年第4期。

后复雨过西湖》《曲江野眺》《春日郊行》《咏梅五十首呈史尚书》《柳》等;第二是他寻访名胜佳迹时的题咏,诸如《题净众壶隐》《题灵隐》《题谢公桥》《题林唐臣别业》等;第三是抒发行程中所思所感的诗作,如《客思》《夜泛有怀》《自笑》《叹命》《春夜书怀》《坐夏净慈戏书解嘲》《临川道中怅然有感因作遣情》等;第四是他和友人交游唱酬、投赠往来之作,如《写怀寄湛上人》《送别永上人》《答仲宽》《次韵杨判院送春》《江上嬉行和永上人》《呈胡伯图尚书》《见张明府》《知府黄寺簿生日》等。集中作品之内容大致可以分为这四类。当然这种划分并不绝对,有时某一作品的内容题材并不单一,难免会出现重叠交叉现象。为便于讨论,姑且采用这种相对简单的划分方法。

纵观以上四类题材,不难看出,它们几乎已经涵盖了绍嵩两三年间漫游江浙的生涯行履之全部:作为承平年代一位行脚游方、又有文字之癖的佛门僧人,一路上无非就是散怀山水、寻幽访胜,或与友人同道以文字交游往还,并往往触景生情或因事感怀,由一些景物一些人事激荡起内心的波澜;其他活动,譬如干涉朝政、流连风月等,盖非他这位佛门中人所可为。换言之,也就是绍嵩把这三四年间的耳目闻见之声色、内心所感之悲欢等日常生活之点点滴滴都用这些集句诗记录了下来。由此已可明显看出集句诗这种诗歌样式对于他生涯的重要意义。

上文已经提到,集句诗发展至南宋,题材上普遍有"专题化"的趋向;那么绍嵩之创作,不妨说其内容题材又有了"广泛化"、更确切地说是"全面化"的新的质变。关于这种质变产生的深层思想基础,我们可以从《江浙纪行集句诗》卷首所附绍嵩《自序》中找到答案:

> 余以禅诵之暇,畅其性情,无出于诗。但每吟咏,信口而成,不工句法,故自作者随得随失。今所存集句也,乃绍定己丑之秋,自长沙发行访游江浙村行旅宿感物寓意之所作。越壬辰五

月中澣,嘉禾史君黄公尹元以大云虚席,俾令承乏。八月初九日,永上人来访,盘礴旬余,茶次每炷香,请曰:"师游江浙,集句谅多,可得闻乎?"予谢曰:"不敢。"永曰:"禅心,慧也;诗心,志也。慧之所之,禅之所形;志之所之,诗之所形。谈禅则禅,谈诗则诗,是皆游戏,师何愧乎?"予谢曰:"不敢。"力请至再至三又至于四,遂发囊与其编录,得三百七十有六首,厘为七卷,题曰《江浙纪行》以遗之。①

留住记忆,留住思想,留住人生——《江浙纪行集句诗》并非绍嵩在参禅之闲暇排遣无聊之作,而是他生命中某段历程的认真和虔诚记录。透过这篇《自序》的字里行间,不难看出绍嵩对于《江浙纪行集句诗》的分外重视;同时他还借永上人之口,肯定了传统的"诗言志"观念。这表明,他对于集句诗的创作,态度是严肃认真的,并不以之为一种调笑或炫耀式的笔墨游戏。正因如此,他才会创作出数量如此浩瀚宏富、内容关涉到自己生活与内心每一个角落的集句诗集。

说到集句诗,在人们以往的一般观念中,多会推举文天祥(1236—1283)为翘楚。他在狱中曾经作了《集杜诗》一卷,共计200首五言绝句。其《自序》有云:"予所集杜诗,自余颠沛以来,世变人事,概见于此矣。"②"文天祥的集杜诗说明杜甫的传统对宋末诗坛的深刻影响,也说明集句诗这种形式也可能改变其游戏文字的性质而成为严肃的创作,虽说这也许是文学史上仅有的一个范例。"③文天祥的《集杜诗》之价值固然不容低估,但如果我们把绍嵩的《江浙纪行集句诗》也考虑进来的话,那么文天祥的《集杜诗》是集句诗"改变其游戏文字的性质而成为严肃的创作"的"文学史上仅有的一个范例"之

---

① 释绍嵩《江浙纪行集句诗》卷首附《自序》,《江湖小集》卷三,《文渊阁四库全书》本。
② 文天祥《集杜诗自序》,《文山集》卷一六,《四部丛刊》本。
③ 莫砺锋、黄天骥主编《中国文学史》第三卷,高等教育出版社,2005年,第174页。

说或许便要打一个问号。首先,《江浙纪行集句诗》思想内容上的广泛性、严肃性,并不亚于文天祥的《集杜诗》;其次,绍嵩生于绍熙五年(1194),比文天祥早了近半个世纪;再次,《江浙纪行集句诗》存诗376首,规模上几乎是《集杜诗》的两倍。当然,绍嵩作为一介僧人,其作品的社会影响力肯定比不过文天祥,但这并不妨碍《江浙纪行集句诗》在集句诗发展史上理应具有的重要地位。

二、集句来源的多样化及所集作者的"下移"趋势

张福清《宋代集句诗校注》一书收录了两宋三百余年间100多位诗人的1 500多首集句诗,对所集诗句一一考证指明了出处。从《江浙纪行集句诗》中诗句的来源看,以唐、宋两代为最多。它共集唐代35人668句,其中所集句子较多的诗人分别是:方干(89句),郑谷(87句),杜荀鹤(78句),贾岛(70句),杜甫(67句),韦庄(62句),温庭筠(44句),等等;集北宋诗人120人、南宋诗人14人共1 325句,所集句子较多的诗人是:杨万里(189句),释晓莹(136句),翁衍(87句),陈与义(75句),林逋(71句),张釜(61句),李彭(50句),等等;所集的宋代134位诗人中,进士及第者为60人。① 综观《江浙纪行集句诗》中诗句的所有来源,绍嵩集句的倾向是显而易见的:从时间来说,多集录中晚唐以降的诗作;从流派看,主要集晚唐体、江西派、江湖派的诗句;从作者身份而言,士大夫诗人和大家名家较少,而主要集录非士大夫、中小诗人的作品。

以上这些统计数据以及总结归纳,首先可以说明在绍嵩笔下,集句诗的句子来源突破了以往惯集的名家名作,进一步扩大和多样化;其次也可以看出绍嵩对中小诗人、非士大夫诗人的注目,他所选择的

---

① 参张福清《从绍嵩〈亚愚江浙纪行集句诗〉看宋人对唐宋诗人诗歌的接受》一文及《宋代集句诗校注》。

对象具有一种较明显的身份"下移"趋势。这一方面反映了中小诗人、非士大夫诗人在南宋中后期诗坛颇受关注；另一方面，也许是因为绍嵩本人是一位禅僧，所以那些中小诗人、非士大夫诗人的作品更贴近他的生活，更能唤起他的共鸣，所以他"量体裁衣"，有意较多地选集了这类诗人的作品。

三、技法的自然圆融

明代李东阳《怀麓堂诗话》云：

> 集句诗，宋始有之，盖以律意相称为善。如石曼卿、王介甫所为，要自不能多也。后来继作者，贪博而忘精。乃或首尾衡决，徒取字句对偶之工而已。①

这段话一针见血地指出了集句诗易犯的弊病。的确，要从浩如烟海的前人诗作中苦心孤诣地搜寻出契合自己表情达意的句子，同时还必须周全地考虑声律、对偶等形式上的问题，绝非一件易事，作者往往会顾此而失彼，造成集句诗的技法粗劣或徒具形式而忽视内容。苏轼《次韵孔毅父集古人句见赠五首》其一写道："羡君戏集他人诗，指呼市人如使儿。天边鸿鹄不易得，便令作对随家鸡。退之惊笑子美泣，问君久假何时归。世间好句世人共，明月自满千家墀。"②他犀利地指出集句诗与原作之落差就好似"家鸡"与"鸿鹄"。《梦溪笔谈》中则有关于王安石集句诗的评论：

> 古人诗有"风定花犹落"之句，以谓无人能对，王荆公以对"鸟鸣

---

① 李东阳《怀麓堂诗话》，《文渊阁四库全书》本。
② 苏轼《次韵孔毅父集古人句见赠五首》其一，王文诰辑注、孔凡礼点校《苏轼诗集》卷二二，中华书局，1982年，第1155—1156页。

山更幽"。"鸟鸣山更幽"本宋王籍诗,元对"蝉噪林逾静,鸟鸣山更幽",上下句只是一意。"风定花犹落,鸟鸣山更幽",则上句乃静中有动,下句动中有静。荆公始为集句诗,多者至百韵,皆集合前人之句。语意对偶,往往亲切过于本诗。后人稍稍有效而为者。①

"语意对偶,往往亲切过于本诗",这无疑是集句诗的最高境界,所以王安石之后的人对此"效而为"。那么绍嵩《江浙纪行集句诗》的情况如何呢? 不妨以其中《安吉道中》一诗为例来稍作分析:

> 六尺枯藤了此生,青春作伴日同行。墙头花吐旧枝出,原上人侵落照耕。芳草似袍连径合,乱山如画带溪平。杜鹃知我归心急,啼了千声更万声。
> (陈与义,晓莹,总老,韦庄,韦庄,翁元广,诚斋,康节)②

首句"六尺枯藤"即手杖,不难令我们浮想出他的颓貌衰颜;子身、手杖、芒鞋,杖策漫游,了此一生,可见其于世无挂碍。然又有"青春作伴",从上句的萧瑟清寂中透出一抹亮色:虽说自己已然心如止水,但这无边春色还是撩人心弦。该句总领全诗,为下面三联作了铺垫。颔联和颈联紧承首联写景:"墙头花吐旧枝出"是近处的局部特写,"原上人侵落照耕"则是远处的广角扫描。一近一远、一静一动,俯仰之致已宛在目前。如果颔联是水墨画中着意描绘的景物的话,那么颈联就好比是整幅画的背景,它用大泼墨式的手法,由绿草、群山晕染出融融春色。这两联不但在文字上对仗甚为工整,而且在意思上也极为自然贴切。尾联看似仍在摹景,实则转向了写情,借杜鹃之啼

---

① 沈括《梦溪笔谈》卷一四,《四部丛刊》本。
② 释绍嵩《安吉道中》,《江湖小集》卷六,《文渊阁四库全书》本。

声暗示自己归心似箭;同时与首联相呼应,形成首尾圆融的结构。八句诗的原作者,有唐人,有宋人;有士大夫,有江湖文人,有佛门僧人,有理学家;有江西派,有花间派,有江湖派……各自的作品在这首诗里得到了巧妙的镕铸。再看一首《临川道中怅然有感因作遣情》:

> 路傍官河一带长,风飘沙鸟认微茫。人生行乐知能几,世事多虞只自伤。破衲卷云秋漠漠,淡烟斜日晚荒荒。不堪吟罢东回首,底处青山是故乡。
>
> (晓莹,宝昙,林和靖,吕居仁,徐叔静,陈与义,鹏来,于湖)①

首联看似写景,实则写情:那绵延的长河何尝不是自己剪不断、理还乱的万千思绪之写照,一"飘"字中也已透出无枝可依之感。颔联直抒胸臆,叹人世艰难、命途多舛。颈联"破衲"一词,是自己身世的真实写照。综观全诗,各句之间衔接和转换极为平顺自然,丝毫无断裂或突兀之感。这于集句诗来说颇为难能可贵,可以说是集句诗的较高境界。贺裳《载酒园诗话》有云:"余最不喜集句诗,以佳则仅一斑斓衣,不且百补破衲也。"②然而从绍嵩的情况来看,谁能说他这些质料"斑斓"的诗作,不是一件件得体合身的"自家衣裳"呢?

绍嵩集句诗不露斧凿之痕的高超技法,使他获得了时人的称许。陈应申绍定四年(1231)所撰《江浙纪行集句诗跋》云:

> 作诗固难,集句尤不易。前辈有云:不行万里路,莫读杜甫诗。一杜诗且病其难读,而况集诸家之诗乎?亚愚嵩上人穿户于诗家,入神于诗法,满心而发,肆口而成,玉振大成,默诣诸圣

---

① 释绍嵩《临川道中怅然有感因作遣情》,《江湖小集》卷六,《文渊阁四库全书》本。
② 贺裳《载酒园诗话》卷一"集句"条,《清诗话续编》本,上海古籍出版社,1983年,第241页。

处,人目其诗固不知其为集句,而上人亦不自知也。抑犹有妙于此者,青出于蓝而青愈于蓝。盖诸家之体制,各随其所至而形于言。今观亚愚之集,千变万态,不梏于所见,如所谓老坡之词,一句一意,盖不可以定体求也。①

这里"人目其诗固不知其为集句,而上人亦不自知也"、"随其所至而形于言"、"不可以定体求"等几句,是说绍嵩的集句诗全然无"集句"之痕迹,似出于己口,用前人现成诗句抒发自己之胸臆,摆脱了一般集句诗空洞、呆板、造作、支离等弊端。这些评价对于集句诗而言,是非常高的。

四、《江浙纪行集句诗》之象征性意义

《王直方诗话》有云:

> 荆公始为集句,多者至数十韵,往往对偶亲于本诗,盖以诵古今人诗多,或坐中率然而成,始可以为贵也。②

这里指出了优秀集句诗的创作秘诀之一在于"诵古今人诗多"。和王安石、李龏、文天祥等宋代其他几位创作集句诗较有成就的诗人相比,绍嵩身份的特殊之处在于他是一位禅僧。众所周知,释家以佛典教义为内学,以此外之学(譬如诗词文赋等)为外学。绍嵩之内学修养如何,我们今日似已无从得知;但仅从《江浙纪行集句诗》来看,可以肯定他的外学修为是相当高的。他能创作出数量如此丰富、艺术

---

① 陈应申《江浙纪行集句诗跋》,《江浙纪行集句诗》卷末附,《江湖小集》卷九,《文渊阁四库全书》本。
② 胡仔著、廖德明点校《苕溪渔隐丛话》前集卷三五引《王直方诗话》,人民文学出版社,1962年,第239页。

水平如此高超的集句诗,毫无疑问,他必定对这数百家诗人之诗了然于胸。绍嵩的同乡杨梦信,有《乡禅嵩老集古人佳句成诗,编成巨帙以示余,钦叹不足,辄赋二绝,率然悚仄》:

> 胸中历历古人诗,妙用纵横自一机。管得杜韩惊且泣,烂斑要作百家衣。
> 学诗元不离参禅,万象森罗总现前。触着见成佳句子,随机钉饾便天然。①

从杨梦信题咏的这两首绝句中"胸中历历古人诗"、"触着见成佳句子"等句可以看出,绍嵩已读破万卷诗书。这与宋代由于印刷术的发展,大量诗歌别集、总集被刊刻是分不开的。但他作为一介禅僧,诗书于其无疑乃"外学",并非他的本分之事,故他在当时或许因此而受到一些诟病,但他本人对此并不介怀:

> 虽然,愚固喜其诗,然亦有不平于上人者焉。夫以无为为有,以有识为无,此固宗风箕裘之业。顾乃挽行城市,嘲风弄月,与我辈抗衡,是果何见也?上人浩然叹曰:"君之言过矣。孔墨之道,本相为用,况予由儒入释也,非为释而盗儒也。如□山斋易文昌□东山杨大师诸公,皆不我弃。予方以诗而与君友,君反以诗而怒我也。君苟释然于心,请为我书之于《集句》之首。或有不知我而罪我者,当以此公案为之张本。"予于是乎慨然为之书,亦以为雌黄者之戒云。②

---

① 杨梦信《乡禅嵩老集古人佳句成诗,编成巨帙以示余,钦叹不足,辄赋二绝,率然悚仄》,曾燠《江西诗征》卷一八,清嘉庆刻本。
② 陈应申《江浙纪行集句诗跋》,释绍嵩《江浙纪行集句诗》卷末附,陈起《江湖小集》卷九,《文渊阁四库全书》本。

绍嵩面对时人的质疑,辩解说自己热衷于文墨乃是"由儒入释",最终落脚点还是在"释"。这固然是他的一种托词,但由此也可看出当时"外学"(主要是文学)向禅林渗透程度之广之深。一个禅僧若没有大量的前人诗歌烂熟于心,如何能创作出这370余首集句诗?因此在某种程度上可以说,绍嵩《江浙纪行集句诗》在南宋五山僧人的文学创作,乃至历代禅僧文学中都具有一定的象征性意义。

第四节 松坡宗憩《江湖风月集》成书与解题

《江湖风月集》是一部僧诗选集,题南宋临济宗虎丘派禅僧松坡宗憩编,分上、下两卷,共收录了74位[①]僧人的264首七言绝句。该书在中土素来湮没无闻,据笔者目前所见,它一直未尝见于中土书志和目录,今日已亡佚不存;但它在日本却颇为流行,自14世纪初期传入以来[②],产生了二十余种刊本、抄本、选本、笺注本以及仿作本[③],其中笺注本有东阳英朝《新编江湖风月集略注》、天秀道人《江湖风月集略注》、阳春主诺《江湖风月集略注取舍》、无著道忠《江湖风月集解》、可山禅悦《江湖风月集训解添足》,等等。日本花园大学芳泽胜弘汇校多种传本及后人题跋,并加以解说,撰成《江湖风月集译注》[④];朱刚、陈珏《宋代禅僧诗辑考》据此书抄录诗歌白文,另以东洋文库藏五山版《江湖风月全集》、蓬左文库藏《江湖风月集抄》续校之。此二书为我们对该诗集进行进一步研究提供了文献上的极大便利。

[①] 关于作者数量问题,参本节第一部分之分析。
[②] 今日本所存最早的《江湖风月集》版本为五山版(东洋文库、成篑堂文库等藏),据川濑一马《五山版の研究》(日本古书籍商协会,1970年)的考证,该五山版刊刻于南北朝前期(约14世纪前半叶)。故该书当在此时之前即已传入日本。
[③] 关于日本所存《江湖风月集》版本,参驹泽大学图书馆编《禅籍目录》,驹泽大学图书馆,1928年,第198—200页。
[④] [日]芳泽胜弘《江湖風月集訳注》,禅文化研究所,2003年。

本节将先从文献考证出发,对该书之作者、编者、成书等诸问题的相关疑点作一考论;并在此基础上,通过对书名中"江湖"、"风月"二词的解读,进一步观照宋元之际"江湖"、"江湖诗人"以及禅林文学生态之一斑。

一、《江湖风月集》之作者、编者及成书再考

今东瀛所存《江湖风月集》诸版本,皆以人系诗,于每位作者下录其诗作数首。由于相关传记资料的阙如,其中部分作者之生活年代与生平事迹已难以详尽考证。首先不妨将《全宋诗》、《江湖风月集译注》(本节中以下简称《译注》)、《宋代禅僧诗辑考》(本节中以下简称《辑考》)等对集中所录作者之生卒年或大致活动年代的既有考证结果整理于下:

序号	作 者	生卒年或活动年代
		卷 上
1	大川普济	1179—1253。见《全宋诗》第 56 册 35155 页。
2	介石智朋	嗣浙翁如琰(1151—1225)。见《全宋诗》第 61 册 38521 页。
3	西岩了惠	1198—1262。见《全宋诗》第 61 册 38099 页。
4	偃溪广闻	1189—1263。见《全宋诗》第 59 册 36993 页。
5	虚堂智愚	1185—1269。见《全宋诗》第 57 册 35902 页。
6	象潭濡泳	《辑考》考证嗣大歇仲谦,南宋晚期禅僧。
7	石溪心月	?—1254。见《全宋诗》第 60 册 37688 页。
8	石林行巩	1220—1280。见《全宋诗》第 65 册 41059 页。
9	古田德垔	《辑考》考证嗣断桥妙伦(1201—1261)。
10	清溪通彻	《辑考》考证嗣偃溪广闻(1189—1263)。
11	中溪应	
12	末宗德本	《辑考》考证嗣断桥妙伦(1201—1261)。
13	子元祖元	《译注》指出此人即无学祖元(1226—1286)。

(续表)

序号	作　者	生卒年或活动年代
14	敬之简	《译注》考证为简翁居敬,嗣痴绝道冲(1169—1250)。
15	毒海妙慈	《辑考》考证嗣偃溪广闻(1189—1263)。
16	南叟宗茂	《辑考》考证嗣石溪心月(？—1254)。
17	率庵梵琮	嗣佛照德光(1121—1203)。见《全宋诗》第54册33815页。
18	北山绍隆	《辑考》考证嗣痴绝道冲(1169—1250)。
19	石门善来	《辑考》考证嗣大川普济(1179—1253)。
20	指堂摽	《译注》考证嗣石林行巩(1220—1280)。
21	清叟宁一	《译注》考证嗣断桥妙伦(1201—1261)。
22	复岩克己	《辑考》考证嗣东叟仲颖,南宋晚期禅僧。
23	柏堂祖森	《辑考》考证嗣石溪心月(？—1254)。
24	笑堂悦	
25	晦谷光	《译注》考证嗣无准师范(1177—1249)。
26	寂庵妙相	《译注》考证嗣偃溪广闻(1189—1263)。
27	悦堂祖訔	《辑考》考证其1235—1309在世,法名又作祖訚。
28	无尘净	《译注》考证嗣少林妙崧,南宋中后期禅僧。
29	自然恭	
30	月洲法乘	《译注》考证嗣西岩了惠(1198—1262)。
31	九峰升	
32	雪岩祖钦	1216—1287。见《全宋诗》第65册40576页。
33	南洲永珍	嗣石溪心月(？—1254)。见《全宋诗》第70册43952页。
卷　下		
34	松坡宗憩	《辑考》考证嗣无准师范(1177—1249)。
35	竺山如圭	《译注》考证为竹山如圭,嗣断桥妙伦(1201—1261)。
36	雪山祖昙	《辑考》考证嗣断桥妙伦(1201—1261)。
37	绝像无鉴	《辑考》考证"像"又作"象",嗣断桥妙伦(1201—1261)。

(续表)

序号	作者	生卒年或活动年代
38	希叟绍昙	？—1297。见《全宋诗》第65册40733页。
39	灵叟道源	《辑考》考证嗣无准师范(1177—1249)。
40	横川如珙	1222—1289。见《全宋诗》第66册41215页。
41	象外超	
42	溪西广泽	《辑考》考证嗣大歇仲谦,南宋晚期禅僧。
43	月庭正忠	《辑考》考证有嗣无学祖元(1226—1286)、退耕德宁(？—1270)二说,南宋晚期禅僧。
44	古帆远	《译注》考证嗣石门善米,南宋晚期禅僧。
45	云外云岫	1242—1324。见《全宋诗》第69册43531页。
46	藏室正珍	《辑考》考证嗣断桥妙伦(1201—1261)。
47	石霜导	《辑考》考证嗣荆叟如珏,宋元之际禅僧。
48	中叟质	
49	方庵会	《译注》考证或嗣无准师范(1177—1249)。
50	东洲惟瑞	《辑考》考证嗣虚堂智愚(1185—1269)。
51	一关德溥	《辑考》考证嗣大歇仲谦,南宋晚期禅僧。
52	敬叟庄	
53	闲极法云	《辑考》考证嗣虚堂智愚(1185—1269)。
54	革彻翁	
55	竺卿章	
56	石桥法思	《辑考》考证嗣断桥妙伦(1201—1261)。
57	千峰如琬	《译注》考证嗣伊岩怀玉,宋末元初禅僧。
58	栯堂元益	《辑考》考证嗣东叟仲颖,宋末元初禅僧。
59	北山凤	
60	隐岩妙杰	《译注》考证嗣虚舟普度(1199—1280)。
61	柏庭意	《译注》考证嗣觉庵梦真,宋元之际禅僧。

(续表)

序号	作者	生卒年或活动年代
62	古帆慈	
63	竟陵海	《辑考》考证大致为南宋初期禅僧。
64	仲实悫	
65	同山颖	
66	禹溪一了	《辑考》考证嗣虚堂智愚(1185—1269)。
67	东屿德海	《译注》考证嗣石林行巩(1220—1280),宋元之际禅僧。
68	汉翁杰	《译注》考证有嗣古帆新、石帆惟衍二说,南宋晚期禅僧。
69	虚庵实	《辑考》考证嗣虚堂智愚(1185—1269)。
70	用潜德明	《辑考》考证嗣物初大观(1201—1268)。
71	仲南参	《译注》考证嗣月坡普明,南宋晚期禅僧。
72	逊庵恭	
73	廓然圣	
74	松岩永秀	《辑考》考证嗣别山祖智(1200—1260)。
(75)	石霜焘	《辑考》考证即前见 47"石霜导",宋元之际禅僧。

在以上所列 75 位作者中,其中 63"竟陵海"有部分版本未出,所收其二首诗作皆归于 62"古帆慈"之名下;而东洋文库藏五山版《江湖风月全集》、内阁文库藏《新编江湖风月集略注》、东京光融馆书店 1935 年版《(新编)江湖风月集(凿空抄)讲义》,皆有"竟陵海",且《船子》一首,亦见于《禅宗颂古联珠通集》卷一七,署"竟陵海首座"。另据《辑考》考证,47"石霜导"与 75"石霜焘"为同一人。故而《江湖风月集》实际所录作者当为 74 人。在前人既有成果之基础上,笔者另将其中阙考之数人的大致生活年代推断如下:

(1) 29 自然恭

《江湖风月集》所收其《鹤林塔》,亦见于《禅宗颂古联珠通集》卷八及《宗鉴法林》卷七,署"自默恭"。按二书的作者排列顺序,他当为南宋中后期禅僧。

(2) 31 九峰升

《江湖风月集》所收其《香严击竹》,亦见于《禅宗颂古联珠通集》卷二五。按该集的作者排列顺序,他当为南宋中期禅僧。

(3) 54 革彻翁

《江湖风月集》收录了其《橘州塔》:"离离秦望土三尺,埋没岷峨玉一团。三拜起来揩泪眼,越山只作蜀山看。"按,橘洲宝昙(1129—1197),蜀人,杨岐派僧,以诗文名,活跃于江浙一带。从内容看,该诗当为凭吊橘洲宝昙之作。故革彻翁至早应活跃于南宋中期。

(4) 55 竺卿章

《江湖风月集》收录有古田德垕《寄竺卿章藏主》,据此竺卿章当与古田德垕为同时代人,大致活跃于南宋晚期。

(5) 64 仲实悫

《江湖风月集》收录了其《慈受塔》:"山喂乌鸢水喂鱼,全身放倒不堪扶。包山山下思溪上,骸骨难寻空按图。"按,两宋之际云门宗禅师慈受怀深(1077—1132),嗣长芦崇信。《嘉泰普灯录》载其圆寂后,"分灵骨塔于包山之显庆,思溪之圆觉"①,则该诗为凭吊慈受怀深之作无疑。又,诗中云"骸骨难寻空按图",则仲实悫作此诗时距慈受圆寂当已有些久远。据此,他至早当生活于南宋中期。

通过上表中所列《全宋诗》《译注》《辑考》等对《江湖风月集》中作者的考证以及笔者补充的若干条考察,可以很清楚地看到,该集中生平可考或可略知的作者,皆为南宋或宋元之际的禅僧。之所以关注该集中作者的生活年代,是因为这直接牵涉到该书的编者及成书年代等问题。

---

① 释正受《嘉泰普灯录》卷九,《卍续藏》第137册。

关于该书的编者及成书年代,今日本所见诸注本存有异见,有一种观点认为该书上卷为松坡宗憩所编,而下卷出自比松坡宗憩更晚的元人之手,上、下卷并非同时成书。① 作出此推论的主要依据是,下卷收录了松坡宗憩本人的 13 首诗作,由此把整个下卷之编成悉归为元人之功。然而笔者对此颇有疑义。存疑之理由,首先正如前文所述,该集中生卒年代可考证或可略知的作者,皆生活于南宋或宋末元初,尚无一人可以确凿断定晚于松坡宗憩;其次,实际上该集最初编成时作者为 72 人,因此有可能是松坡宗憩最初选录了 72 位僧人的诗作编成了上、下卷,后人在此基础上又增入了 2 人。关于后者这一点,可从元代禅僧南堂清欲(1288—1363)②为《江湖风月集》而作的一首题诗中推断得知:

> 大唐国里没禅师,七十二人他是谁。业款从头都纳了,犁耕拔舌已多时。

"大唐国里没禅师"典出《圆悟佛果禅师语录》:"(圆悟)复举黄檗和尚示众云:'汝等诸人,尽是不着便底,恁么作略,何处有今日也。还知大唐国里无禅师么?'"③意为叹息禅道衰落。从这首诗来看,当时南堂清欲读到的《江湖风月集》版本所收作者为 72 人;然如上表所见,目前所见诸版本中的实际作者为 74 人,显然有 2 人是后人所追加。对此,可山禅悦《江湖风月集训解添足》认为,除用潜德明及石霜恚二人外,集中所收作者为 72 人,后人所追加者乃用潜德明和石霜恚。然而他并未为此结论提供具体依据和论证。然笔者认为,后人增入

---

① 持此观点者,有可山禅悦《江湖风月集训解添足》等。芳泽胜弘《译注》亦作如是观(参该书第 556—557 页"編者と成立")。
② 南堂清欲,嗣古林清茂,传见《增集续传灯录》卷六,《卍续藏》第 142 册。
③ 释绍隆等编《圆悟佛果禅师语录》卷六,《大正藏》第 47 册。

的两位作者,更有可能是松坡宗憩和千峰如琬——松坡宗憩为《江湖风月集》之编者;而千峰如琬曾为该集作跋,跋文中对该集不无褒誉之词。从常理来推断,此二人之诗作不太可能在该集编成之初就收于集中,否则不免有"自吹自擂"之嫌,而最有可能是后来人们所增补;除了这一常理性推断以外,还有一史实或可为证,集中收录了千峰如琬之《送人》:

> 去去何须皱断眉,不愁无处挂藤枝。西湖南寺与北寺,尽是大元国里师。①

"南寺"即南山净慈,"北寺"即北山灵隐,均在南宋五山之列。从句意来看,这里"西湖南寺与北寺"当指代当时杭州的所有禅宗寺院。而《佛祖统纪》记载:

> (至元)二十五年正月十九日,江淮释教都总统杨琏真佳集江南教、禅、律三宗诸山至燕京问法。禅宗举云门公案,上不悦。云梦泽法师说法称旨,命讲僧披红袈裟右边立者,于是赐斋香殿,授红金襕法衣,锡以佛慧玄辩大师之号,使教冠于禅之上者自此。②

从该段记述来看,至少在至元二十五年(1288),江南禅林和蒙元朝廷仍旧处于不合作状态;倘若当时江南禅林已"尽是大元国里师",那么想必那些"国师"定会对元朝皇帝阿谀逢迎,也就不会在众目睽睽之下发生如此不友善的冲突。因此可以确认,千峰如琬这首《送人》当作于至元二十五年之后。而他为《江湖风月集》所题跋文末明确署有

---

① 诗歌文本据芳泽胜弘《译注》。下引同。
② 释志磐《佛祖统纪》卷四八,《大正藏》第49册。

"戊子夏千峰如琬谨跋",戊子即至元二十五年。由此基本可以肯定,千峰如琬的这首《送人》是在《江湖风月集》编成之后增入的。

综观集中作者可考者的生活年代以及集中所录作品,尚缺乏下卷非由松坡宗憩编成而出自元人之手的有力证据。因此在日后或将发现更多的相关史料之前,笔者暂且倾向于相信该集上、下卷皆由松坡宗憩编成,成书年代为宋末元初;成书之初所录作者为72人,松坡宗憩和千峰如琬的作品乃后人所增补。

二、关于"江湖"

随着"文字禅"之风的日渐蔓延,炎宋一朝禅林文学的土壤上,不仅开出了大量禅僧诗文别集之繁花,至宋元之际还出现了几部颇为引人注目的禅僧诗选集,《江湖风月集》就是其中之一。它和同时代的其他僧诗选集如《圣宋高僧诗选》《中兴禅林风月集》等相比,显著差异之一在于其他选集北宋、南宋诗僧皆收,而它选录的作者,至少我们现在能够判定的均为南宋或宋元之际的僧人;其次在于其他选集的编者均非佛门中人,而松坡宗憩乃一介禅衲,"僧人选僧诗"可以直观呈现出禅僧自身对于禅文学的价值认同与审美取向。基于这两点,《江湖风月集》较之同时代的其他僧诗选集更能集中而清晰地折射出南宋时代的禅林文学之影像。我们对它的观察,不妨从书名中"江湖"、"风月"二词的涵义开始。

单纯的"江湖"一词之字面意义,可作多种理解。关于这一点,学界目前已有诸多研究,笔者在此不再作赘述。而若将该词置于南宋诗坛的特定语境,则不难使我们联想到"江湖诗人"、"江湖诗"以及《江湖小集》等。那么在"江湖风月集"这一书名中,"江湖"的具体涵义又为何?首先不妨看看千峰如琬为该集所题跋文:

松坡前嘉熙末出峡,遍游诸老门庭,造诣深远。尝侍香冷泉,掌教龙渊、大明,更化雪窦,以寓半檐。偶染风疾,无出世意,养痾十余年。以从前所见闻尊宿雷霆于一世者,唯唯然陆沉于众底者,掩息而不辉者,平时著述语,或二篇三篇至数篇,皆采摭而论,编而成策,目之曰《江湖集》。如试大羹胾,可知鼎肉。以此见松坡虽忘江湖,犹未忘江湖也。戊子夏千峰如琬谨跋。

这篇跋文叙述了松坡宗憩编纂《江湖风月集》的缘起,提到松坡"虽忘江湖,犹未忘江湖也"。如本书之前相关章节所述,炎宋一朝,以禅法而雷霆一世、于禅宗史上大显异彩者,不难举出大慧宗杲、佛照德光、无准师范、松源崇岳等尊宿大德;以诗文之才而有声于丛林、留下洋洋大观的诗文集者,则有北磵居简、物初大观、无文道璨、淮海元肇、藏叟善珍等著名诗僧。然而点检《江湖风月集》所收录的74位作者,除了极个别例子外,绝大多数既非禅学高僧,亦非诗文名手,由此可以看出松坡宗憩编纂此集的主要目的,是将那些湮没无闻、名不见经传的僧人之作品昭之于世。若从社会结构的角度来看,"居庙堂之高"的士大夫文人处于文坛的中心位置,毫无世俗权力的禅僧无疑是"处江湖之远"的一个群体。而在后者这个群体中有与朝廷和士大夫往来密切者,有以禅法或文藻致天下衲子云合风趋者;也有"唯唯然陆沉于众底者,掩息而不辉者"(此正是他们中有大多数人的生平难以详考的重要原因),他们或可谓是处在"江湖之江湖"。故松坡宗憩选录的这些僧人无疑是处在社会"边缘之边缘"的一个群体,这一点是首先颇值得我们注目的。

以上简要概览了《江湖风月集》所收录作者所体现出的"江湖"特质。创作主体既然具有极强的"江湖"性,那么他们写作的具体诗歌作品,是否也具有某种"江湖"之味?这是另一个值得我们思考的问题。单从集中所录诗歌的标题来看,就可以清楚地发现其中有多首作品与下层"职人"有关。不妨将这些诗作抄录于下:

大川普济

吹笛术者

慈峰古曲无音韵,知命先生知不知。甲乙丙丁庚戊己,阳春白雪鹧鸪词。

偃溪广闻

送琴僧

十三徽外见全功,却与寻常调不同。去去莫弹鸣鹤怨,老僧门外有松风。

石林行巩

赠龟卜人

鸿蒙未剖是何物,一画才分六用彰。河水不痕天象正,夜深时得见羲皇。

赠裁缝

三千刹海佛袈裟,不犯针锋见作家。更与曾郎裁一领,荔枝山搭碧江斜。

南叟宗茂

秤命术者

卦盘拨转绝疑猜,却许先生用处乖。只靠这些平等法,看谁负命上钩来。

晦谷光

赠钟楼匠人

大匠曾无可弃材,胸中自有一楼台。是谁敲动黄昏月,不觉和声送出来。

寂庵妙相

演史

纷纷平地起戈铤,今古山河共一天。莫谓是谁功业大,恐妨林下野人眠。

听　琴

妙音妙指发全功，绝岳苍髯树树风。一曲未终天似洗，希声闻在不闻中。

九　峰　升

挽更鼓

烂木头边钉钉着，死牛皮有活机关。须弥槌子轻拈出，撼动一天星斗寒。

松　坡　宗　憩

归江陵奔讲师丧

讲罢残经去不回，石床花雨翠成堆。天荒地老重相见，眼在髑髅眉底开。

雪　山　祖　昙

送绵匠

密密绵绵见不难，多应知暖未知寒。重重擘破君须看，暮雨朝云裹断山。

闲　极　法　云

松窗术士

涛声细细月生寒，六户虚凝夜未阑。拨转卦盘重点过，子宫却在午宫看。

这些诗涉及民间音乐艺人、占卜算命者、裁缝、撞钟人、说话艺人、守更人、弹棉花匠人等，总而言之都是社会下层的劳动者。大木康《明清文学人物——按职业分类的文学记录》一书从"身份、阶层、职业"的角度出发，将明清时代文学作品中出现的农民、手工艺者、奴仆等人物形象分门别类作了具体梳理和阐述，同时对"江湖"、"江湖人"作了如下界定：

"江湖"大致相当于"世间"。而汉语中的"江湖"专指为了谋生而从事种种活计的场域;此外它还包含有"居无定所"的意味,例如本书中所探讨的商人(大商人)等,就与其定义并不契合。具体而言,江湖之人指占卜者、走街串巷的卖药商贩、魔术师、街头武艺者、说书艺人、相声艺人、外出卖艺者、侠客等,总而言之是那些居无定所的漂泊者。……江湖之人于明清文学而言,为《水浒传》以及其他作品提供了绝好的题材;此外,江湖艺人群体虽然未尝将作品以文字形式书写记录下来,但无可否认,他们对文学作品的口头传播起着相当重要的作用。①

毋庸赘言,这些下层民众(即江湖之人),在明代以前的文学作品尤其是诗、文等雅文学中是较少登场的,而在明清文学尤其是明清通俗文学中却一跃而成为重要角色,这个转变应该不是在一夜之间完成的,南宋(特别是南宋中后期)或可谓是这个转变发生之前夜,"大量游士、幕士、塾师、儒商、术士、相士、隐士所组成的江湖士人群体纷纷涌现,构成举足轻重的社会力量"②。《江湖风月集》中收录多首此类诗作,就是在这一历史背景下产生的现象。当然《江湖风月集》也并非绝无仅有的孤例,譬如南宋五山诗僧淮海元肇之《淮海挐音》中有《吊毛惜惜》一诗,题下有自注云:"毛乃高沙妓,端平间,营全叛城,呼毛佐酒,不从,遭戮,骂贼至死不绝口。"③虽说毛惜惜乃为节义而死,但一个和尚为妓女作悼诗,并堂而皇之地将其收入自己的诗集中,这在南宋之前大概是匪夷所思的。

张宏生在《江湖诗派研究》中,谈到题材之俗、表现手法之俗和语

---

① [日]大木康《明清文学の人びと——職業別文学誌》,东京创文社,2008年,第216页。
② 王水照、熊海英《南宋文学史》,人民出版社,2009年,第4页。
③ 释元肇《吊毛惜惜》,《淮海挐音》卷上,元禄八年刊本。

言之俗乃江湖诗的重要特征。① 而从《江湖风月集》所录诗歌来看,总体上题材和意象极为通俗和日常,所用语言和句式的白话性很强,呈现出典型的江湖诗风貌。例如中叟质的《灵照女》:

> 家贫固是计无方,肯怪爷爷少较量。河里失钱河里摝,笊篱赢得柄添长。

此诗几乎全用口语写成,"肯怪"、"较量"、"摝"、"笊篱"、"柄"等皆是难登大雅之堂的日常俗语和俗物(虽然"河里失钱"、"笊篱"等本是出自禅宗典故),句式也平白浅近,无论是在内容方面还是艺术方面,"俗"的特质都极为明显。这类诗作在《江湖风月集》中比比皆是,譬如石林行巩《水庵生缘》:"虚空突出个拳头,坏得家无片瓦留。野老不知愁满地,深耕白水痛鞭牛。"横川如珙《寄石林》:"佛法当今谁是主,长廊系马北风吹。近来买得砂锅了,只阙锄云钝铁锥。"等等,不胜枚举。而渡日元僧清拙正澄(1274—1339)为《江湖风月集》所题跋文则曰:

> 宋末景定、咸淳之时,穿凿过度,殊失醇厚之风。然有绳尺,亦可为初学取则。既知法则,然后弃之,勿执其法。如世良匠精妙入神,大功若拙,但信手方圆不存规矩,其庶几乎?学者宜自择焉。嘉历三年(1328)戊辰建酉下旬,清拙跋之,以示后世学者不知述作之意旨者。

这里所谓的"既知法则,然后弃之,勿执其法"、"大功若拙,但信手方圆不存规矩",从另一个角度来说,即不计题材雅俗,不避以日常物、日常事入诗,并以日常平白语道之。如此呈现出的美学趋向,自然是"俗"的。

---

① 参张宏生《江湖诗派研究》第四章"审美情趣"三"俗的风貌",中华书局,1995 年。

总而言之,作者身份的"江湖"之质、诗歌内容的"江湖"之味、写作艺术上的"江湖"之貌,此三者绾合交结,构成了《江湖风月集》之"江湖"性的基本色调。它在南宋时期江湖诗发展嬗变过程中处于怎样的地位、具有怎样的意义,是值得进一步深究的问题,俟另作专文讨论。

三、所谓"风月"

无独有偶,南宋末江湖诗人孔汝霖编有一部僧人绝句集——《中兴禅林风月集》,它和《江湖风月集》书名中皆有"风月"一词。据笔者目前所见,以"风月"名集者,仅此二书而已,且它们均为僧诗选集,这是颇有意思的。那么《江湖风月集》所谓的"风月",其意为何?《新编江湖风月集略注》解题有云:

> 行脚衲子江湖遍历之间,吟风啸月,如此颂出者也。亦所谓"无边风月眼中眼",又云"翰林风月三千首",几文字禅谓之"风月"乎?①

这里明确指出了"风月"大致相当于"文字禅",即以文学的方式来表达佛理禅解,也就是要"绕路说禅"。说到"绕路说禅",我们不难想起东坡与妓参禅的著名故事:

> 苏子瞻守杭日,有妓名琴操,颇通佛书,解言辞,子瞻喜之。一日游西湖,戏语琴操曰:"我作长老,汝试参禅。"琴操敬诺。子瞻问曰:"何谓湖中景?"对曰:"落霞与孤鹜齐飞,秋水共长天一色。""何谓景中人?"对曰:"裙拖六幅湘江水,髻挽巫山一段云。"

---

① [日]东阳英朝《新编江湖风月集略注》卷上,宽永七年刊本。此书蒙慈波教授惠示,谨致谢忱。

"何谓人中意?"对曰:"随他杨学士,鳖杀鲍参军。如此究竟何如?"子瞻曰:"门前冷落车马稀,老大嫁作商人妇。"琴操言下大悟,遂削发为尼。①

在这个故事中,东坡和琴操借用看似毫不相干的前人诗句以表达自己对禅的见解,层层逼进,琴操终得大彻大悟。禅宗本就是主张人们看待事物时要取消万物之间的外在差别,发觉事物的"本来面目",看似玄妙、高深的禅,原来就在人们日常的一驻足、一凝眸、一侧耳之间——一朵花的绽放、一片树叶的凋零中,皆包含着宇宙无常种种;一只鸟的欢唱、一阵夜雨的淅沥中,也沉潜着人生百般况味。颇具慧根的琴操,从俗世的风花雪月中悟出种种妙义,最终皈依佛门。

那么《江湖风月集》究竟是如何"绕路说禅"的呢?首先它所收录作品之性质,日本僧人之题跋普遍认为是"偈颂",如天秀道人贞和二年(1346)所作跋文中就讲得非常明确:

此集者,自炎宋景定、咸淳逮大元至治、延祐,诸方尊宿所作偈颂也。人各有本录,多则千言万语,少则三百五百也。今此所编,脍炙人口者也。……小子重玄,务读此册,其志殷勤。竭力教授,诵前遗后。愍厥暗钝,信笔注解与之,庶希久久发明。只为老婆心,妄加穿凿。切勿家丑外扬,贻诮傍人。玄也若能得鱼得兔,必能忘筌忘蹄。那时正好百张古纸,堪糊破窗。其或不然,它时异日,典座寮里,以盖酱瓿也得。左之右之,助子多矣。

他认为参学者研读这些偈颂有助于悟道。另外宽永七年(1630)刊《新编江湖风月集略注》第二叶大川普济《琉璃灯棚》之注解下有一朱

---

① 田汝成《西湖游览志余》卷一六"香奁艳语",第304页。

笔"以下衍文不诵",由此可见该集对于日本僧人来说,是他们参禅学佛日常功课的诵读对象。的确,该集大部分作品从标题和本文语句就可以直观判断出是表达佛理禅解的偈、颂,比如石林行巩的《水庵生缘》、末宗德本的《马郎妇》、北山绍隆的《血书楞严》等,这部分作品自不必赘语;除此以外的作品,遣词造句和内容题材上的"偈颂"特征并不明显,表面看来似乎与佛禅无关,但如果深入探究,也未尝不可以将它们作为偈颂来解读。比如晦谷光的《读捷书》:

> 阃外安危策已成,全锋不战屈人兵。归来两眼空寰宇,一曲琵琶奏月明。

阳春主诺注曰:

> 以看人悟道机缘语句等,比读捷书。①

再譬如介石智朋的《灵隐听猿》:

> 此心未歇最关情,那更猿声入夜频。从此飞来峰下寺,又添多少断肠人。

阳春主诺注解云:

> 一二四句言今夜听猿,我不堪悲,因思后来几人在此地可悲,推我愁情以怜后人也。②

---

① [日] 阳春主诺《江湖风月集略注取舍》卷上,享保十七年刊本。
② 同上。

诸如此类,不一而足。由此看来,将《江湖风月集》视作一部僧人的偈颂集未尝不可。东阳英朝跋文曰:

> 宗师偈颂,其旨不二焉。付法、传衣、拈古、颂古、赠答、时事、咏怀、漫兴,凡皆详其实,可以解厥含蓄之妙。……自雪窦、真净已下,稍带风韵含雅音,千态万状,攒花簇锦。是则春风桃李,一以贯之。

也就是说,《江湖风月集》中的这些作品通过隐喻、比拟等修辞,以审美的、文学的方式来迂回曲折、含蓄隐晦地表达禅宗义理——这就是"文字禅"①,亦即书名所谓的"风月":

> 宋代"文字禅"主要表现为以语言文字去阐释古德公案。然而,宋代禅师也知道,佛门的最高教义(第一义)是不能用语言文字表达的,"才涉唇吻,便落意思,尽是死门,终非活路"。那么,怎样解决"不立文字"与"不离文字"之间的矛盾呢?宋代禅师们借鉴并改造了佛经诠释学中"遮诠"的方法,在语言唇吻中杀出一条"活路"来。②

此外值得注目的是,集中所录74位作者,其中法系可考者,除了云外云岫一人是曹洞宗僧人外,其余皆为临济宗杨岐派僧。而临济宗杨岐派向来就有偈颂传统。《大慧普觉禅师年谱》绍兴三年(1133)条记载:

---

① 关于"文字禅"之界定,参周裕锴《文字禅与宋代诗学》第四章"语言艺术:禅语机锋与诗歌句法"第三节"绕路说禅:从禅的阐释到诗的表达",复旦大学出版社,2017年。
② 周裕锴《文字禅与宋代诗学》,第166页。

> 东林珪禅师自仰山来同居,各作颂古一百一十篇。按,东林书颂古后云:绍兴癸丑四月,余过云门庵,同妙喜度夏。山顶高寒,终日无一事,相从甚乐。妙喜曰:"昔白云端师翁谢事圆通,约保宁勇禅师夏居白莲峰,作颂古一百一十篇,有'提尽古人未到处,从头一一加针锥'之语。吾二人今亦同夏于此,事迹相类,虽效颦无愧也。"遂取古公案一百一十则,各为之颂。更互酬酢,发明蕴奥,斟酌古人之深浅,讥诃近世之谬妄,不开知见户牖,不涉语言蹊径,各随机缘,直指要津。①

这里出现的白云守端(1025—1072)、保宁仁勇、东林士珪(1083—1146)、大慧宗杲(1089—1163)皆为杨岐派禅僧。从这段轶事可以看出,杨岐派僧人对于自己宗派的偈颂传统有着明确和自觉的体认,并积极继承之。因此《江湖风月集》的编者松坡宗憩,作为一名杨岐派后人,以杨岐僧人为主角、拣择他们所作的偈颂荟萃于一编,未尝没有有意扬举杨岐家风之目的。

---

① 释祖咏《大慧普觉禅师年谱》"绍兴三年"条,吴洪泽编《宋编宋人年谱集目／宋编宋人年谱选刊》,第179页。

第七章
南宋"五山文学"于中国文学史之地位与意义

本书从第一章至第六章已考察了南宋"五山文学"的两大主角——大慧派和虎丘派禅僧著述的具体样貌。本章将先分别选取语录、诗歌、颂古、古文、禅四六、道号颂这六种五山僧人创作数量最为丰富的文体,来探讨它们在中国文学史上的地位与意义,然后以此为基点进行宏观性总结。

第一节 "庶民"的发现:南宋五山禅僧之语录概观

语录是南宋五山禅僧著述中最常见的体裁之一。他们在编集语录时,都采用了如实记录禅师言语的方式,基本看不出润色和修饰的痕迹。无论处于哪个时代,人们口头言说和交流所用的都是白话,因而如此原汁原味编集而成的五山禅僧语录当然具有很强的白话性。这一点,已为人们所共知。从语言学上来说,它们显然是我们现在了解宋元之际白话情况的很好材料,这是语言学领域的研究课题,笔者在此不作专门探讨。本节所关心的主要问题是,南宋五山禅僧语录的白话性,在文学史、文化史上具有怎样的意义?

关于这一问题,之前学界已有若干研究成果,譬如指出禅宗语录的白话性直接为宋儒语录所模仿、对当时诗歌创作的影响、对公文写作的影响,等等。① 毫无疑问,宋代禅宗语录的白话特质,在中国文学与文化发展的历程中所起的作用是不容忽视的。本节笔者拟从出版史的角度出发,来对此问题重新作一粗略审视。

一、南宋五山禅僧语录之刊刻

中国古代的语录作品,主要包括诸子语录、禅宗语录、儒家语录等几种。钱大昕指出:"佛书初入中国,曰经、曰律、曰论,无所谓语录也。达摩西来,自称'教外别传,直指心印'。数传以后,其徒日众,而语录兴焉。……释子之语录,始于唐。"②禅门语录是早期自我标榜离经慢教、呵佛骂祖的禅宗发展到一定阶段的产物。唐人编集的以"语录"命名的禅门语录并不多,我们现在所能看到的仅《神会语录》《镇州临济慧照禅师语录》《五家录》《庞居士语录》《善慧大士语录》《赵州和尚语录》等数种。至北宋,伴随着禅林"不离文字"之风,禅门语录编纂开始逐渐流行,不仅有弟子给自己的老师编语录,也有给唐代禅师隔代编修语录的著例,如《马祖道一禅师语录》《百丈怀海禅师语录》等。南宋时代,语录编纂之风在五山禅僧中极为盛行,可以说是达到了空前的高潮。回顾本书第二章第一节"大慧派禅僧著述考"以及第五章第一节"虎丘派禅僧著述考",我们可以发现南宋大部分五山禅僧都拥有自己的语录;并且其中一些在当时具有重要影响力者,其语录还往往有多种不同版本,譬如大慧宗杲、佛照德光、密庵咸杰、石溪心月等。

那么这些南宋五山禅僧的语录是什么时候刊刻的?通过相关的序跋、题记、书志、目录、他人记述等信息,基本可以判断为刊刻于南宋或元初的是:

---

① 参杨玉华《语录体与中国古代白话学术》(《四川大学学报(哲学社会科学版)》1999年第3期)、任竞泽《论宋代"语录体"对文学的影响》(《文学遗产》2009年第6期)等论文。
② 钱大昕《十驾斋养新录》卷一八"语录"条,清嘉庆刻本。

大慧宗杲《大慧语录》《大慧普觉禅师语录》《普觉宗杲禅师语录》《大慧广录》《大慧法语》

佛照德光《佛照禅师语录》

无用净全《无用净全禅师语录》

西山亮《西山亮禅师语录》

少林妙崧《佛行少林崧禅师语录》

退谷义云《七会录》

率庵梵琮《率庵梵琮禅师语录》

北磵居简《北磵居简禅师语录》

笑翁妙堪《笑翁和尚语录》

大川普济《大川普济禅师语录》

偃溪广闻《偃溪广闻禅师语录》

淮海元肇《淮海原肇禅师语录》

介石智朋《介石智朋禅师语录》

物初大观《物初大观禅师语录》

无文道璨《无文道璨禅师语录》

元叟行端《元叟行端禅师语录》

虎丘绍隆《虎丘绍隆禅师语录》

应庵昙华《应庵昙华禅师语录》

密庵咸杰《密庵咸杰禅师语录》《密庵语录》《密庵禅师语录》

松源崇岳《松源崇岳禅师语录》

破庵祖先《破庵祖先禅师语录》

曹源道生《曹源道生禅师语录》

运庵普岩《运庵普岩禅师语录》

无明慧性《无明慧性禅师语录》

天目文礼《天目禅师语录》

痴绝道冲《痴绝道冲禅师语录》

石田法薰《石田法薰禅师语录》
无准师范《无准师范禅师语录》
虚堂智愚《虚堂和尚语录》
横川如珙《横川和尚语录》
石溪心月《石溪心月禅师语录》《石溪心月禅师杂录》
虚舟普度《虚舟普度禅师语录》
西岩了惠《西岩了惠禅师语录》
断桥妙伦《断桥妙伦禅师语录》
环溪惟一《环溪惟一禅师语录》
绝岸可湘《绝岸可湘禅师语录》
剑关子益《剑关子益禅师语录》
兀庵普宁《兀庵普宁禅师语录》
雪岩祖钦《雪岩祖钦禅师语录》
希叟绍昙《希叟绍昙禅师语录》《希叟绍昙禅师广录》
龙源介清《龙源介清禅师语录》
云谷怀庆《云谷和尚语录》
月磵文明《月磵禅师语录》
高峰原妙《高峰原妙禅师语录》《高峰和尚禅要》

除以上所举独立的语录之外,刊刻于南宋的还有收录于《古尊宿语录》和《续古尊宿语要》的懒庵鼎需《懒庵需禅师语》、竹原宗元《竹原元庵主语》、东禅思岳《东禅蒙庵岳和尚语》、遯庵宗演《遯庵演和尚语》、此庵守净《此庵净禅师语》、谁庵了演《谁庵演禅师语》、教忠弥光《龟山晦庵光状元和尚语》、佛照德光《佛照禅师奏对录》、混源昙密《混源密和尚语》、空叟宗印《空叟印禅师语》、木庵安永《木庵永和尚语》、柏堂南雅《柏堂雅和尚语》、别峰云《别峰云和尚语》、石庵知玿《石庵玿和尚语》,等等。

从以上的列举不难看出,有大量的五山禅僧语录在南宋或元初被刊刻出版。历来的书籍刊刻,不外乎官刻和私刻(包括家刻、坊刻、寺刻等)两种形式。那么这些南宋五山禅僧语录刊刻的具体途径为何? 从现存史料来看,笔者尚未发现有官刻本,而主要是通过私刻这种途径,例如:

《大慧普觉禅师语录》

　　住持臣僧德潜谨刊为经板,计三十卷。①

《大慧语录》

　　大慧普觉遗书数万言,板留双径,偕烬于淳祐壬寅。②

《普觉宗杲禅师语录》

　　祖庆亲炙先师之日最久,敢不奉承道印法兄之用心,镂版刊行,以广其传。③

《西山亮禅师语录》

　　比丘慧真,将与刊布西山亮和尚录。④

《松源崇岳禅师语录》

---

① 释蕴闻等编《大慧普觉禅师语录》卷首附释德潜《题辞》,《大正藏》第 47 册。
② 释大观《送潜维那刊大惠语录序》,《物初賸语》卷一三,《珍本宋集五种——日藏宋僧诗文集整理研究》(下),第 770 页。
③ 释法宏等编《普觉宗杲禅师语录》卷末附释祖庆《跋》,《卍续藏》第 121 册。
④ 释觉心等编《西山亮禅师语录》卷首附释文礼《序》,《卍续藏》第 121 册。

> 临济十四世孙松源和尚语录,板留灵隐鹫峰庵。至元年间,庵既回禄,板亦随烬。①

《西岩了惠禅师语录》

> 其徒又以五会录锓梓。②

《龙源介清禅师语录》

> 前住广化禅寺如珣校证,武林郑仁刊。③

《兀庵普宁禅师语录》

> 小师景用命工锓板。④

《高峰和尚禅要》

> 直翁洪君撮其奇秘,名曰《禅要》。永中上人从而锓梓,以广其传。⑤

那么刊刻这些语录所需的资金来源为何?从现存资料看,尚未发现有朝廷或地方政府直接拨款的记录,而似乎主要来源于禅门僧人和社会大众的布施:

---

① 释惠足等编《松源崇岳禅师语录》卷末释清茂《跋》,《卍续藏》第121册。
② 释修义等编《西岩了惠禅师语录》卷末附释大观《跋》,《卍续藏》第122册。
③ 释士洵等编《龙源介清禅师语录》卷末附识语,《卍续藏》第121册。
④ 释净韵等编《兀庵普宁禅师语录》卷末附识语,《卍续藏》第123册。
⑤ 洪乔祖编《高峰和尚禅要》卷首附朱颖远《跋》,《卍续藏》第122册。

《大慧语录》

　　欲衷众施,尽与重刊。①
　　吾友濬上人慨此缺,将走四方求助而再刊。②

《密庵语录》

　　参学约斋居士助钱壹佰贯开板。③

《应庵昙华禅师语录》

　　太傅和义郡王杨公,施财镂其板。④

《虚堂和尚语录》

　　小师楚苹清塞谨抽衣资,命工刊行。⑤

《希叟绍昙禅师语录》

　　日本国参学比丘惠晓,布施刊行。⑥

---

① 释居简《侃都寺重开大慧语录疏》,《北磵文集》卷九,《全宋文》第 299 册,第 100 页。
② 释大观《送濬维那刊大惠语录序》,《物初賸语》卷一三,《珍本宋集五种——日藏宋僧诗文集整理研究》(下),第 770 页。
③ 《密庵语录》卷末附识语,室町时代刊本。"约斋居士"即张镃,曾任临安通判,晚年被贬官。
④ 释守诠等编《应庵昙华禅师语录》卷末附释守诠《跋》,《卍续藏》第 120 册。"太傅和义郡王杨公"即杨存中(1102—1166),字正甫,南宋名将,乾道初以太师致仕,亡后追封和义郡王。
⑤ 释妙源等编《虚堂智愚禅师语录》卷末附识语,《大正藏》第 47 册。
⑥ 释自悟等编《希叟绍昙禅师语录》卷末附居敬《跋》,《卍续藏》第 122 册。

> 白云晓禅师临归国时,布施令刊先师希叟和尚语一册。①

《断桥妙伦禅师语录》

> 日本国参学僧正见,航金拾两来,命工刊师语录流行。②

《古尊宿语录》

> (觉心居士)谓赜所编古尊宿语刊于闽中,而板亦漫矣,两浙丛林得之惟艰,勇捐己资,锓梓流通,命禅衲精校重楷。③

《续古尊宿语要》

> 敬览晦室老人所集前辈诸大尊宿语要,深为丛林之助。宗源募金锓木,分为六策,并赜藏主元集四策,合成一部,以广其传。④

这些施舍钱财者要么是寺院僧人或日本入宋参学的僧人,要么是社会普通民众,要么是具有一定财力的士大夫或其家属。即便是士大夫的场合,他们所施的也是"私财"而非公款。此外这些语录有几部曾入南宋的佛藏(圆觉藏、资福藏、毗卢藏、碛沙藏等)中流行,虽然这些佛藏与朝廷的关系颇为密切⑤,但刊刻过程中的资金同样都来

---

① 释自悟等编《希叟绍昙禅师语录》卷末附居泾《附录》,《卍续藏》第122册。
② 释文宝等编《断桥妙伦禅师语录》卷末附《行状》,《卍续藏》第122册。
③ 赜藏主《古尊宿语录》卷首附释大观《序》,《卍续藏》第118册。"觉心居士"为南宋魏杞之孙女、余文昌之妻。
④ 释师明《续古尊宿语要》卷末附释宗源《跋》,《卍续藏》第118册。
⑤ 参李致忠《中国出版通史》4《宋辽西夏金元卷》第三章"宋代的出版机构与出版概况",中国书籍出版社,2008年。

自僧人或民众的捐助。因此总体而言,刊刻这些语录的资金来源于民间而非官方。

以上简要整理了南宋五山禅僧语录在当时的刊刻情况。总结起来其特点有三:一是刻本的数量颇为庞大,二是皆通过私刻这种途径,三是刊刻所需资金基本来自民间。

二、"白话出版"的第一次浪潮

自先秦"语录"这种书写体制产生以来,它就始终保持着权威性、典范性。只有在思想上具有权威地位的人,他的言语才值得被记录下来,并作为典范在一定的群体中流传,起到教化作用。显然,语录是相当神圣的。由此我们也就不难理解,产生于禅宗语录之前的诸子语录为何都要以规范、典雅的书面语言(文言)去记录书写。而禅宗语录的出现,大胆挑战了这一传统规则。它们采用口语(白话)记录宗师说法言语,基本保留了口语的原貌。禅师语录当然并非南宋五山禅僧的新创,唐代就早已出现,但南宋或元初编纂刊行的五山僧人语录的数量之多,是唐五代以及北宋任何一个时代都难以企及的。

南宋五山禅僧的传道说法为何选择用"白话"来记录?首先当然和禅宗"不立文字"的思想传统有一定的联系。若是记录者对禅师的说法语言加以雕琢修饰、以文质彬彬的文言形于笔墨,则不免有执著于"文字"、"死于句下"的嫌疑,就如师明为《古尊宿语录》所作序中所说的:"譬若上林春色,在一两花,岂待烂窥红紫,然后知韶光之浩荡也。既知春矣,唤此录作立文字也得,不立文字也得,总不干事。"[①]第二是五山禅僧的说法,并不是以高深抽象的语句来阐释佛理,而常常是通过生活化、形象化的譬喻、类比等途径来开悟众生,"俗"的特征非常明显,诚如善赆为南宋五山僧云谷怀庆语录所作跋

[①] 释师明《续古尊宿语要》卷首附《自序》,《卍续藏》第118册。

文所云:"南堂说法,或诵贯休山居诗,或歌柳耆卿词,谓之不是禅可乎? 近世尚奇怪生矫,苟见处不逮古人,如优场演史,谈刘项相似事,便体之者忘倦,其奚非真史也?"①可以想象,若以文言来记录,那么这种言辞间的形象和生动将会大打折扣。第三,我们今天读这些五山僧人的语录,可以发现当时聆听他们说法、向他们提问请益的,既有僧人,也有士大夫,还有包括妇女在内的普通民众等。那么语录刊刻出来后,读者层里面肯定也会包括妇女和其他普通民众等文化水平不高者。考虑到刊刻后的读者层因素,它们也更适于用白话来记录。

杨绳信《中国版刻综录》之第一章"宋元版刻"中,列举了宋代以前及宋元时期的刻本②。若从"四部"的角度来看,这些刻本以经、史、集三部为最多。毋庸赘言,经、史是儒家话语体系中具有权威性的著述,它们理所当然由文言来写作;集部刻本,则以士大夫诗文集为主,它们也基本是用文言写成。子部刻本中佛藏占了绝大多数,佛藏大体上包括佛经、经论与注疏、僧史与灯录、语录等数种,前三者的写作语言同样多是文言。正如前文所述,南宋及元初刊刻的南宋五山禅僧语录之数量远远超过了唐五代及北宋的禅僧语录,因此南宋五山禅僧语录成为宋元刻本的重要一类。但学界以往对出版与文学的关系研究,一般关注的只是诗文别集和总集,并未将禅僧语录纳入视野。内山精也《宋代文学是"近世"文学吗?》一文在讨论"白话文体的社会地位提高"这个问题时,曾简单提到宋代禅宗语录的出版在此过程中所起的作用③,可惜语焉未详。因此我们有必要对此问题作一审视。它们是以白话记载,所以可以说,宋元时期南宋五山禅僧语录的刊刻形成了中国出版史上第一次"白话出版"的浪潮。至此我们不免

---

① 释宗敬等编《云谷和尚语录》卷末附善畛《跋》,《卍续藏》第 127 册。
② 杨绳信《中国版刻综录》第一章"宋元版刻",陕西人民出版社,1987 年。
③ [日]内山精也《宋代文学は「近世」文学か?》,《名古屋大学中国語学文学論集》26,2013 年。

会疑惑：这股浪潮具有怎样的文化史及文学史意义？

要回答这一问题，我们有必要考虑语言与使用者的关系。大木康在《庶民文化》一文中，将中国的语言、文学及其所属社会阶层表示为下图①：

若我们根据该文的论点将这幅图进一步简化，则可归纳出下表：

	口　语	书面语
士	官话	文言
庶	方言	白话

以上图表很清楚地说明，白话在一定程度上可以说是庶民世界的书写语言。大量的五山禅僧语录这种白话著作的公开出版，使白话从一般的书写语言升级为一种极为重要的出版语言，也即意味着庶民世界的价值首次被发现和认可。在此笔者当然并非把五山僧人的身份简单地看作"庶民"，强调的重点乃在于"庶民价值"。毫无疑问，这在很大程度上得益于南宋发达的出版业，尤其是日益繁荣的私刻行业。

"白话文学"并非肇端于南宋，从汉代乐府民歌开始，它的生命便一直都在延续。然而只有到了宋代，甚至基本可以说是从南宋五山禅僧的语录开始，它才大规模地以印刷物的形式源源出现。胡适曾在《白话文学史》中总结白话语录的作用：

---

① ［日］大木康撰、马一虹译《庶民文化》，［日］森正夫等编《明清时代史的基本问题》，商务印书馆，2013年，第503页。

> 白话语录的大功用有两层:一是使白话成为写定的文字,一是写定时把从前种种写不出来的字都渐渐的有了公认的假借字了。①

在贵族时代,文化的传播主要依靠贵族沙龙;在手抄本时代,文化的传播主要依靠抄本。这些传播都是局部的、缓慢的。随着印刷术的兴起,个人出版著作成为可能,文化传播变得广泛和迅捷。实际上,南宋《朱子语类》等儒家语录之白话特质乃是沿袭了禅宗语录。关于这一点,前人已有诸多论证,笔者在此不再赘述。因此胡适所总结的"白话语录的大功用",更确切地说当为"南宋禅宗语录的大功用"。"使白话成为写定的文字",即以白话来"立言",于是成就神圣的"不朽"事业便不再是士大夫阶层的专利;使从前写不出来的文字有公认的假借字,换言之即"只要能说的就能写",意味着方言、俗语、俚语等庶民世界的语言取得了稳定的地位,这在手抄本的时代是难以想象的,唯有在印刷业高度发展的社会环境中才能得以实现。从另一方面来说,借助于刊刻出版,禅门语录得以向更广阔的社会阶层中传播和普及,这意味着普通民众较之以前有更多的机会接触和亲近以往基本是士大夫之生活雅趣的"禅"。可以说,在中国历史上这第一次"白话出版"的浪潮中,闪耀得最为显眼的是庶民世界的价值。

王水照先生在《南宋文学的时代特点和历史定位》中指出了南宋时代文化的下移趋势,即"文学成就的高度渐次低落,但其密度和广度却大幅度上升",得出这一论点主要是着眼于创作者的身份(士大夫/非士大夫):"江西诗派的中后期作家、'四灵'和江湖诗人群等,均属'民间写作'的范畴。"②创作者身份的扩大固然是考察"文化下移"

---

① 胡适《白话文学史》,百花文艺出版社,2001 年,第 355 页。
② 王水照《南宋文学的时代特点和历史定位》,《文学遗产》2010 年第 1 期。

的一扇很好的窗口,而书写语言乃至出版语言的变化也是不容忽视的一个方面。王水照先生揭橥的"民间写作"者的创作,乃以诗歌这种传统的雅文学(文言)为主;若我们将视线延伸到禅僧语录(白话)上,那么或许"文化下移"的趋势呈现得更为显著。

三、从五山禅僧语录的刊刻到江湖诗人作品的编刊

谈到宋代出版史,乃至整个中国出版史,陈起应该是研究者们都不会绕过和忽视的一个人物。他未能考中进士,于是在家乡杭州开肆刻书鬻书以为营生;又搜集整理江湖诗人的诗作,先后编为《江湖小集》《江湖后集》《江湖续集》刊刻出版。他刊刻的这些书籍在当时流传甚广,《江湖后集跋》云:"宋人陈起,在宝庆、绍定间以书贾能诗,与士夫抗颜列席,名满朝野。篇什转赠,随时标列名目,付雕即成,远近传播。"①

学界以往对南宋江湖诗派的研究,在探讨其存在的意义时,多总结为他们标志着文学创作群体的下移和扩大,共同使用"晚唐体"这种诗体、对日本诗坛产生了一定影响,等等。无论如何,这些影响的产生,最直接的前提和基础是陈起《江湖集》的刊刻出版,否则以这百余中小诗人每一个个体的社会地位、创作水平,很少有机会为人所关注和熟知。可以说,陈起《江湖集》的编刊是使他们成为一个"群体"而存在并产生影响的决定性条件。

作为一名私人刻书家,营利显然是陈起出版书籍时必须考虑的一大重要因素。他之所以编刊《江湖集》,必然是在编刊之前,就已经比较自信地预料到它会拥有相当数量的购买阅读者,从而给自己带来不错的经济收益,而实际情况也正如他所预料。换言之,当时的社会人士对于江湖诗人的作品有着比较强烈的阅读欲望。虽然没有直

---

① 法式善《江湖后集跋》,《存素堂文集》卷三,嘉庆十二年刻增修本。

接的证据,但笔者猜测这与南宋百余年间一直持续的五山禅僧语录之刊刻所掀起的"白话出版"浪潮不无关联。正是由于大量的"白话出版",昔日难登大雅之堂的白话升级为一种重要的出版语言,白话所代表的庶民世界的价值观也随之为人们所发觉和认可。想必陈起在当时已然敏锐地察觉到了这一思想动向,确信以处于社会下层的布衣为主的江湖诗人及其诗作,会吸引人们关注的视线。况且反过来说,南宋时期的出版中心,有杭州、福建、成都等,然而《江湖集》恰恰是出自杭州陈起的书肆,其他地区的私人刻书家并没有编刻出与之类似的中下层文人的作品丛书;此外,南宋的不少小说家之书,如《述异记》《大唐三藏取经诗话》《曲洧旧闻》等也都是在杭州地区的坊肆出版,仅尹氏书铺就出过十种小说家书。这与五山寺院位于杭州及其周边地带或许有一定关系。

总而言之,南宋五山禅僧白话语录的刊刻出版,在文学史和文化史上有着浓重的"近世"味道。虽然之后明清时代层出不穷的白话小说、歌谣、笑话等白话文学并非自南宋五山禅僧的白话语录这一线发展而来,但白话变成重要的出版语言,至少使得"庶民"价值得以显扬,为后世通俗文学的繁荣作了思想上的重要铺垫。

第二节　从"晚唐体"到"江湖体":南宋五山禅僧之诗歌总貌

如本书第二章第一节"大慧派禅僧著述考"以及第五章第一节"虎丘派禅僧著述考"所见,南宋一朝,大慧、虎丘二派僧人所创作的诗歌数量相当庞大。本书亦曾在前文的相关章节,选取北磵居简、亚愚绍嵩、觉庵梦真等诗僧为个案,对其诗作的具体特点分别进行了观察。那么从总体上来看,南宋五山禅僧诗歌创作之样貌如何?它们在中国文学史上又具有怎样的意义?这些将是本节所要尝试回答的问题。

一、南宋五山禅僧诗歌创作概况

从《全宋诗》等辑录的宋代禅僧诗来看,虽然一言蔽之曰"诗",实际上具体情况颇为复杂。《宋代禅僧诗辑考》为之作了大致的分类:第一类与士大夫所作之"诗"无别,如唱酬之作,以及山居诗、乐道歌等;第二类是表达佛理禅解的偈颂;第三类是禅家特有的创作体制,即针对前代某一公案发表见解、体会,撰成一诗(以七言绝句为多,亦不避白话),名曰"颂古";第四类就是通常所说的"韵文",如"赞"、"铭"之类;第五类是与严格的"诗歌创作"距离最远的、几乎不能视为"作品"的文本,姑且称为"有韵法语"。① 这五个种类当中,对于某些类别的文体界定存有一定的争议,譬如第四、第五类作品究竟是属于"诗"还是属于"文",颇难下定论,《全宋诗》中收录的这类作品有不少亦见于《全宋文》。从创作机制上说,第二、第三、第五类作品有相当一部分是从禅僧语录中抽离出来的,也就是说它们并非禅僧有意写作的"诗歌",而只是口头说法语录的组成部分,体貌也和真正书面写作的诗歌大相径庭,若将这些作品置于"诗歌"的范畴加以探讨,未免有些牵强。故本节对于南宋五山禅僧诗歌创作总体情况的考察,将主要着眼于第一个种类。

与唐代和北宋诗僧作品较为零散的状态不同,南宋五山僧人大多在生前就有意识地将自己所作的诗歌编成了集子并请人作序跋等。这首先当然是因为他们对文学创作相当重视,操觚弄翰之风甚为流行;其次也能说明南宋杭州一带的文化气息非常浓厚,私人刻书业发达,不仅有众多士大夫文人活跃于此,出版自己的作品集,即便是空门中人也"近朱者赤"了。其中杰出者如北磵居简、物初大观、淮

---

① 参朱刚、陈珏《宋代禅僧诗辑考》前言。

海元肇、觉庵梦真等,几乎成了"职业"诗僧,本是禅僧本职的参禅反而成了"余事"。这一方面是因为在当时,以诗会友是他们结交士大夫的重要途径,例如淮海元肇就因写得一手好诗而见赏于叶适:"方游东嘉日,水心叶侍郎当世儒先,罕有曳衣登其门者。公袖韵语谒,深见赏识。"①无文道璨亦有自述:"士大夫多相知,然所知者不过谓其读书也,能文也。"②另一方面是因为五山住持常由士大夫推荐,所以那些能诗善文者凭借与士大夫的交谊,在宗门内地位很高,往往能住持名山大刹,受到众多参学者的追随,这也当是他们热衷于诗歌创作的主要推动力之一。

南宋五山禅僧所创作的诗歌,体裁上以七律、七绝、五律为多。题材上大致主要有如下三类:一是写景咏物诗,描写所见风景或器物等;二是咏怀诗,表现怀古、幽思、怀人、乐道等情怀;三是交游诗,即与佛门同道或士大夫、江湖文人的唱酬之作。这三类题材,也正是唐代以来禅僧诗的主流。但是南宋五山僧人的诗笔下,除了这三类较传统的题材外,还出现了一些新的开拓,即有不少反思和批判社会、"忧国忧民"等内容的作品,体现出强烈的现实关怀精神,入世色彩颇为浓厚。譬如北磵居简,其《北磵诗集》中有若干关注下层劳动人民疾苦的诗歌;再如觉庵梦真的《籁鸣集》《籁鸣续集》,其对昏君奸臣导致亡国的赤裸裸的猛烈抨击、对普通百姓在王朝鼎革中所受苦难的深切同情,是我们在唐代和北宋的禅僧诗中极少看到的。物初大观则盛赞藏叟善珍之诗云:"托物引兴,出《风》入《雅》,有以厚人伦、美教化、移风俗,非左右逢原不足进乎此。"③可见五山禅僧此类具有淑世精神的诗歌,在同侪中颇受褒誉和推崇。

---

① 释大观《淮海禅师行状》,《物初賸语》卷二四,《珍本宋集五种——日藏宋僧诗文集整理研究》(下),第1003—1004页。
② 释道璨《与知无闻书》,《无文印》卷一九,《全宋文》第349册,第276页。
③ 释大观《藏叟诗序》,《物初賸语》卷一三,《珍本宋集五种——日藏宋僧诗文集整理研究》(下),第781页。

从禅僧诗的写作技巧方面看,唐代基本为不事雕琢的白话诗,宋初九僧则模拟晚唐的"苦吟"之风,至北宋中后期的道潜、惠洪等大家,又受元祐文学之影响,向士大夫之诗靠近,进一步注重修饰和辞采。总体上来说,禅僧诗自产生之初到之后的不断发展,呈现出非常鲜明的越来越着意于修饰和辞采的趋向。南宋五山禅僧则把这种倾向推向了顶峰,在他们笔下,诗歌的文学性得到了充分的发挥,优美的辞藻、精到的用字、工巧的对仗、丰富的用典等,无不体现出他们对于诗歌文学性的自觉追求和字斟句酌的"苦吟"之功。譬如物初大观就曾记述藏叟善珍"用唐人机杼,斥凡振奇,一语不浪发,发必破的。当吟酣思苦时,视听为不行。句活篇圆,汰炼详稳"①,足可见其为寻辞觅句而呕心沥血。

二、对"蔬笋气"、"酸馅气"、"香火气"的自觉反省与脱离

禅僧常年居住于深山古刹,日与幽林清溪、青灯黄卷为伴,生活环境和生活方式十分单调。当然他们与士大夫、江湖文人等或许有许多交往,但其身份又限制了他们不可能去参与干涉时事政治,不可能去秦楼楚馆流连风月。这反映在他们的诗歌创作上,便是语词、意象、意境、主题等的单一和僵化,古人形象地称之为"蔬笋气"或"酸馅气"。翻阅宋人的作品,僧诗之"蔬笋气"、"酸馅气"被频频论及,似乎已然成为僧诗的固定标签。如叶梦得《石林诗话》云:

> 近世僧学诗者极多,皆无超然自得之气,往往反拾掇模效士大夫所残弃。又自作一种僧体格律,尤凡俗,世谓之酸馅气。子瞻有赠惠通诗云:"语带烟霞从古少,气含蔬笋到公无。"尝语人

---

① 释大观《藏叟诗序》,《物初賸语》卷一三,《珍本宋集五种——日藏宋僧诗文集整理研究》(下),第781页。

曰:"颇解蔬笋语否?为无酸馅气也。"闻者无不皆笑。①

蔡絛《西清诗话》云:

> 东坡尝云僧诗要无蔬笋气,固诗人龟鉴,然意在释子语。殊不知本分风度,水边林下,气象盖不可无。若净洗去清拔之韵,使真俗同科,又何足尚。要当弛张抑扬,不滞一隅耳。齐己"春深游寺客,花落闭门僧",惠崇"晓风飘磬远,暮雪入廊深"之句,华实相副,顾非佳句耶?天圣间闽僧可仕颇工章句,有送僧诗:"一钵即生涯,随缘度岁华。是中皆有寺,何处不为家。笠重吴天雪,鞋香楚地花。他年访禅室,宁惮路岐赊。"亦非食肉者能到也。②

上述叶梦得《石林诗话》中引东坡赠僧惠通诗云"语带烟霞从古少,气含蔬笋到公无",许顗《彦周诗话》亦曰惠洪"颇似文章巨公所作,殊不类衲子。又善作小词,情思婉约似秦少游"③。《直斋书录解题》评惠洪《石门文字禅》曰:"其文俊伟,不类浮屠语。"④《郡斋读书志》评道潜《参寥集》曰:"其言清丽,不类浮屠语。"⑤似乎有无"蔬笋气"、"酸馅气"成了评判僧人文学水平高下的一个主要衡量标准。若人人气含"蔬笋"与"酸馅",则作品不免千人一面、枯燥乏味,成为一片弥望的"黄茅白苇"。

除了如上引这些时人论宋僧诗屡屡谈及的"蔬笋气"、"酸馅气",人们对僧诗的印象,还有一种说法——"香火气"。譬如,王士禛评价

---

① 叶梦得《石林诗话》卷中,中华书局,1991年,第19页。
② 蔡絛《西清诗话》卷中,郭绍虞《宋诗话辑佚》,哈佛燕京学社,1937年。
③ 许顗《彦周诗话》,何文焕辑《历代诗话》,第382页。
④ 陈振孙著,徐小蛮、顾美华点校《直斋书录解题》卷一七,上海古籍出版社,1987年,第521页。
⑤ 晁公武《郡斋读书志》卷四下,《四部丛刊三编》本。

禅僧正岩之诗"皆无香火气,唐《弘秀集》中所少"①,言下之意,是宋人李龏所编《唐僧弘秀集》中所录僧诗,皆有香火之气;明代女诗人孟淑卿,在论朱淑真诗时则认为:"作诗贵脱胎化质,僧诗无香火气乃佳。"②很显然,"香火气"与"蔬笋气"、"酸馅气"一样,是僧人诗歌的一个特有的、"类型化"的反面标签。此说传至日本,日本诗坛亦有人持同样看法,江户时代的《日本诗史》中即记载了一段关于僧诗"香火气"的论辩:

> 僧惠仁诗,《昆玉集》载之殊多。其《京馆杂诗》中云:"晚来比屋弦歌起,疑是诸天赞我声。"可谓狂妄。又曰:"此中无不有,唯少天女侍。"虽用维摩事,亦复甚矣。近时学者动曰:"僧诗不可有香火气。"余则曰:"僧诗不可有香火气也,又不可无也。"盖有香火气,以法害诗;无香火气,以诗累德。僧家学诗者,宜了得此义。③

所谓的僧诗"香火气",简而言之即江村北海所言及的"法",也就是佛法禅理。翻阅中唐及之前的诗僧所作之诗,我们可以发现,它们多是以直白、单调、缺乏文学性的语言来表达佛理禅解——他们作诗的目的,在于阐明"法",至于诗歌本身的文学性、艺术性,是他们基本不予关注的。这与一些道学家写的枯燥干瘪、索然无味的说理诗歌极为相似。在这类诗歌中,诗这种文学样式只是作为载"道"之器存在,而其自身理应所具有的美学特质被湮没遮蔽。

世人对僧诗"蔬笋气"、"酸馅气"、"香火气"的刻板印象当给南宋五山禅僧造成了很大的心理压力。云卧晓莹在他的笔记《云卧纪谭》

---

① 王士禛《池北偶谈》卷一二"豁堂诗"条,《文渊阁四库全书》本。
② 陈继儒《岩栖幽事》,《宝颜堂秘笈》本。
③ [日]江村北海《日本诗史》卷五,蔡镇楚编《域外诗话珍本丛书》第5册,北京图书馆出版社,2006年,第553—554页。

中,就屡屡有意识地倡导推崇无"蔬笋气"的人格与文学:

> 正(惟正禅师)雅富于学,作诗有陶谢趣。临義献书,益尚简淳,至于吐论卓荦,推为辩博之雄。①
>
> 杨(杨杰)以偈调之(中际可遵禅师)曰:"无孔铁锤太重,堕在野轩诗颂。酸馅气息全无,一向扑入斋瓮。"遵即继其韵曰:"无为不甚尊重,到处吟诗作颂。直饶百发百中,未免唤钟作瓮。"②
>
> 西蜀政书记居百丈山最久,而内外典坟靡不该洽。至于诗词,虽不雅丽,尤多德言。珪禅师早从之游,政以诗赠之曰:"少年诗律如春雨,点染万物发佳处。时复一篇出新意,澜锦轻纱脱机杼。自知文意费雕刻,日益巧伪蔽心腑。……谪仙人在一尘中,一一尘中有杜甫。根尘界处皆腹稿,八万四千无数句。意句圆美若弹丸,咏歌不足欲起舞。……"③

晓莹的以上三条记述,说明当时的禅僧推崇类似于陶谢、杜甫等士大夫全无"蔬笋气"、"香火气"的僧诗。他对此津津乐道,不无夸赏之意。而居简则非常钦慕诗人杜甫,尝作《少陵画象》,赞美杜甫"新诗一洗涤,天地皆清明"④,并总结道:

> 少陵得三百篇之旨归,鼓吹汉魏六朝之作,遂集大成。《离骚》、《大雅》,铿然盈耳。晚唐声益宏,和益众,复还正始。厥后为之弹压,未见气力宏厚如此。駸駸末流,着工夫于风烟草木,争妍取奇,自负能事尽矣。⑤

---

① 释晓莹《云卧纪谭》卷下"惟正禅师"条,《卍续藏》第148册。
② 同上书,"野轩诗颂"条。
③ 同上书,"政书记诗"条。
④ 释居简《少陵画像》,《北磵诗集》卷一,《全宋诗》第53册,第33038页。
⑤ 释居简《送高九万菊磵游吴门序》,《北磵文集》卷五,《全宋文》第298册,第236页。

刘震孙评价北磵居简"其为文章,奇伟峭拔,甚似柳柳州"①,《四库全书总目提要》评《北磵集》曰:"居简此集,不撏拾宗门语录,而格意清拔,自无蔬笋之气。"②看来他挣脱了"蔬笋气",其努力取得了效果。淮海元肇诗云:"橘洲骨冷不容呼,正始遗音扫地无。一代风流今北磵,十年妙语得西湖。"③可见元肇推崇正始之音,并认为北磵是一代文学之翘楚。橘洲宝昙《请德和尚茶榜》云:"烟霞痼疾,或惯姜盐;云月肺肝,不含蔬笋。"④这是兼而论人格。无文道璨评云太虚曰:"故其发而为文则浑而厚,变而为诗则雅而正,溢而为骈俪则华而滋。"⑤反映了道璨接近于儒家的文学审美观念。

从五山禅僧的这些言论,可以看出他们对于"蔬笋气"、"酸馅气"的主动远离和对有个性的文学风格的自觉追求。而禅僧由于生活环境、生活方式的趋同,以及身份上的一些局限,其诗歌的内容、形式就往往比较雷同单一。如何把文学从这种千篇一律中解放出来,那就只有首先突破佛理的内容,书写个人化的情感经历、生命体验、心海波澜。于是我们看到,在北磵居简、无文道璨、淮海元肇、物初大观、觉庵梦真等人的诗集中,有亭台楼阁、花鸟虫鱼的吟咏,有离愁别绪、爱恨喜怒的倾诉,有与佛门内外友人的往来酬酢,有国破家亡之际的山河凋敝、民不聊生,等等。北磵居简有诗曰"犹将三万轴,清夜答弦歌"⑥,文学从承载佛理的负荷下解脱出来,成了个人化情感的表达载体。黄启江认为北磵是这个转折过程中的关键性人物,"他与官僚、文士多方面及多层面之互动,象征了佛教界,尤其是禅宗丛林成长与发展的一个新方向。此后的禅宗不再坚

---

① 刘震孙《北磵居简禅师语录序》,释大观编《北磵居简禅师语录》卷首附,《卍续藏》第121册。
② 《四库全书总目》卷一六四《北磵集》提要。
③ 释元肇《见北磵》,《淮海挐音》卷下,《全宋诗》第59册,第36913页。
④ 释宝昙《请德和尚茶榜》,《橘洲文集》卷八,《全宋文》第241册,第203页。
⑤ 释道璨《江湖祭云太虚》,《无文印》卷一三,《全宋文》第349册,第429页。
⑥ 释居简《谢疏寮高祕书同常博王省元见过》,《北磵诗集》卷五,《全宋诗》第53册,第33143页。

持文字与禅的对立,而逐渐以文士禅的面貌拓展其存在的空间"①。

三、从"晚唐体"到"江湖体"

回顾以往的诸种"中国文学史"著作,在述及宋代诗歌发展时,均会突出以下几个重要坐标点:宋初三体(白体、晚唐体、西昆体),江西诗派,中兴四大诗人,江湖诗派。晚唐体从字面上来看是晚唐时期的诗风,包括小李杜的缠绵悱恻以及姚贾等人的苦吟。而实际上宋初流行的晚唐体主要是师法贾岛的推敲苦吟之风,写作者多为僧人、隐士,代表人物是宋初"九僧"、林逋等。随着北宋中期以来梅尧臣、欧阳修、苏轼等士大夫诗人以及江西诗派的崛起,"晚唐体"后继乏人,似乎这一条线已经中断了。一直到南宋中晚期江湖诗人纷纷登上舞台,"江湖体"(即晚唐体)成为他们共同所采用的诗体,似乎它是在沉眠一个多世纪后在毫无铺垫的情况下又遽然复苏。这样的文学史描述不免给我们造成一种错觉:在两宋三百年间,晚唐体经历了"流行—消亡—流行"这一断裂的过程。

南宋五山禅僧的诗集,大部分在中土已经失传而仅存于东瀛等异域,前人难有机会获睹。近年来,随着中外学术交流的增强、域外汉籍的搜寻整理、禅宗文献的清理研究,我们终于有机会看到越来越多的南宋五山禅僧的诗歌作品。当我们把他们的诗歌置于文学史上来考量,那么关于晚唐体在宋代的消长情况的既往描述或许便很值得推敲。正如本节第一、第二部分所论述,南宋五山禅僧诗歌体裁上以七律、七绝、五律为主,内容上以写景、咏物、咏怀、唱酬等为主的相对趋同性,艺术上字斟句酌的"苦吟"风格,正是宋初"晚唐体"的继续。由此我们不难得出:宋初的"晚唐体"并没有因梅、欧、苏等士大夫诗人的崛起而中断,其命脉一直存在着,至少有很多禅僧都在进行着"晚唐体"的写

---

① 黄启江《一味禅与江湖诗》,第208页。

作。而南宋后期诗坛上的"江湖体"实际就是"晚唐体"之流亚,故而这些五山诗僧的创作,具有联结"晚唐体"和"江湖体"的文学史意义。

值得注意的是,南宋五山禅僧之诗总体上是承续"晚唐体"一脉而来,但也有一些新变。第一,晚唐体的重要特征之一正如杨慎在《升庵诗话》之"晚唐两诗派"条中所述:"又忌用事,谓之点鬼簿,惟搜眼前景而深刻思之,所谓'吟成五个字,拈断数茎须'也。"①即晚唐体较少使事用典,而着意于当前现实情境的描写刻画。这固然可以避免匠气过重、艰深晦涩等弊端,但也会带来另外一些不足:"晚唐诗虽然有着丰富的风格内涵,但浅切平俗确实是其重要特色之一。一方面表现为语意直露,缺乏含蓄委婉之致,另一方面甚至表现为大量使用俗语。"②而南宋五山禅僧的诗作,较好地矫正了这一弊病。如五山著名诗僧藏叟善珍就虽学晚唐,但又避免了"失之俗":

> 学陶、谢不及则失之放,学李、杜不及则失之巧,学晚唐不及则失之俗。泉南珍藏叟学晚唐,吾未见其失,亦未见其止,骎骎不已,庸不与姚、贾方轨!"薄霭遮西日,归雁带北云",题金山也。永嘉诗人刘荆山抵掌而作曰:"应是我辈语。"③

他们规避晚唐体弊端的方法,在于既写"眼前景",也不刻意回避使用各种历史典故,将"古典今情"融合在一起,丰富了诗歌的美学层次,避免了过于平白直露。试以淮海元肇的《洞庭用白乐天韵》二首为例:

> 两丸跳掷几升沉,谁识仙源洞府深。月在波间明片玉,舟从

---

① 杨慎《升庵诗话》卷一一"晚唐两诗派"条,《升庵集》卷六〇,《文渊阁四库全书》本。
② 张宏生《关于江湖诗派学晚唐的若干问题》,《唐代文学研究》第五辑,广西师范大学出版社,1994年,第648页。
③ 释居简《书泉南珍书记行卷》,《北磵文集》卷七,《全宋文》第298册,第287页。

水口出横金。夫差醉后无吴舞,范蠡来时有越吟。千古烟波兴废事,白鸥渔叟是知心。

　　西绡东峨日未沉,洞庭山水更幽深。微茫雪浪疑浮玉,(自注:焦山名。)杳霭烟霞似紫金。(自注:金山名。)坛上绿毛遗灶冷,橘中皓首采芝吟。桃花洞口年年发,自是寻人不尽心。①

这两首诗的主题是写洞庭湖。它们既描绘出了现实中洞庭湖的景致特点,又思接千载,融入了吴越之争、女娲遗灶、麻姑采芝、桃源寻人等历史故事、民间传说及文学典故,脱离了写景诗常有的平面、单调的窠臼,带给读者多层次的含蓄隽永的美学享受。

　　第二,南宋五山禅僧对于宋初"晚唐体"单一、狭窄的诗歌题材和艺术境界有较大的开拓。他们首先在主观理念上对中唐以降的诗歌之弊病就有清醒的认识:"诗至于唐,风雅已不竞。元和以后,体弱而徘,气惫而索,声浮而淫,诗道几亡矣。"②"杜少陵读破万卷,续三百篇之绝响。自兹而降,以风雅名家者,未有不策博约之勋,而后能古今众作、浅深疏密皆可考。沾沾晚生,单庸撷萼,组织风云月露,较工拙于片言只字间,儇轻浮薄,媚俗而已。以望夫风雅之垣,奚啻天渊相邈哉!"③宋初以"九僧"、隐士等为主要创作者的"晚唐体"单一、狭窄的诗歌题材和艺术境界,其实大致就是上文已提及的"蔬笋气"、"酸馅气"。南宋五山禅僧通过诗歌题材的扩展、艺术境界的拓宽来努力挣脱晚唐体通常所沾染的"蔬笋气"、"酸馅气"。此在本节第二部分已有专论,在此不再赘述。许红霞就指出觉庵梦真诗歌的重要特点在于:"总体来看,梦真的诗歌与'晚唐体'诗风不尽相同,他的诗思不像晚唐体诗人那样狭窄,而是比较

---

① 释元肇《洞庭用白乐天韵》,《淮海挐音》卷下,《全宋诗》第59册,第36918页。
② 释道璨《周衡屋诗集序》,《柳塘外集》卷三,《全宋文》第349册,第300页。
③ 释大观《藏叟诗序》,《物初賸语》卷一三,《珍本宋集五种——日藏宋僧诗文集整理研究》(下),第781页。

开阔的,诗歌体裁、题材也比较广泛。他也不像晚唐体诗人那样追求苦吟,雕琢字句,虽然他也十分注意遣词用句,但更倾向于自然天成。"①

总而言之,南宋五山禅僧的诗歌纠正了传统僧诗惯有的"蔬笋气"、"酸馅气"之弊病,客观上具有联结宋初"晚唐体"和南宋中后期"江湖体"的文学史意义,值得我们予以关注。同时,晚唐体在他们笔下并非被一味承续,而是产生了一些新变,题材内容得以大大拓展,艺术技巧更加丰富成熟。凡此种种,造就了唐代以来禅僧诗的崭新风貌。

附录:《宋代禅僧诗辑考》辨正与补遗

朱刚、陈珏所著《宋代禅僧诗辑考》,以《全宋诗》为平台,证以多方文献,对《全宋诗》及《全宋诗订补》失收、误收、重收的有宋一代禅僧诗作了全面的考订,对相关禅僧的生平、法系作了细致的梳理。全书近七十五万字,所涉及的作者之众、作品数量之富,令人叹为观止。此书的出版,可为开展宋代禅宗文学研究提供重要的文献基础。然智者千虑,在如此庞大的辑佚工作过程中,难免偶有微瑕。笔者仅就目前阅读所见,补正数例。

一、释宗杲(1089—1163)

1.《偈颂》

处处真,处处真,尘尘尽是本来人。真实说时声不现,正体堂堂没却身。

此诗《全宋诗》据《大慧普觉禅师语录》收于释宗杲名下,但先已

---

① 《珍本宋集五种——日藏宋僧诗文集整理研究》(上),第122页。

见于《圆悟佛果禅师语录》①。且在《圆悟佛果禅师语录》中圆悟克勤(1063—1135)明确指出是"古人道",可见当是前人语句,亦非克勤原创。此诗《全宋诗》误收。

2.《偈颂》

秋江清浅时,白露和烟岛。良哉观世音,全身入荒草。

此诗《全宋诗》收于释宗杲名下,第 35 册第 22056 页、第 38 册第 23588 页、第 47 册第 29667 页又分别归于释云、释咸杰(1118—1186)、释允韶名下;《宋代禅僧诗辑考》又辑在释应端(1069—1129)名下。据《续古尊宿语要》之《白云端和尚语》,此诗当为白云守端(1025—1072)禅师上堂偈颂②,《人天眼目》亦曰此诗乃白云守端颂古《韶国师四料拣·闻闻》之一③。故应辑于释守端之下。

3.《偈颂》

一刀截断生死路,摩醯正眼顶门开。无边业障俱销殒,寒山拾得在天台。

此诗《全宋诗》列于释宗杲名下,诗后题"黄德用请普说",据《大慧普觉禅师语录》,当为"定光大师请普说"④。

4.《偈颂》

清净慈门刹尘数,共生如来一妙相。一一诸相莫不然,是故

---

① 释绍隆编《圆悟佛果禅师语录》卷九,《大正藏》第 47 册。
② 释师明《续古尊宿语要》卷三,《卍续藏》第 118 册。
③ 释智昭《人天眼目》卷四,《大正藏》第 48 册。
④ 释蕴闻编《大慧普觉禅师语录》卷一三,《大正藏》第 47 册。

见者无厌足。

此颂《全宋诗》据《大慧普觉禅师语录》收于释宗杲名下,实乃宗杲上堂说法时引《华严经》语①。

5.《偈颂》

出队半个月,眼不见鼻孔。失却祖师禅,拾得个骨董。

此诗《全宋诗》据《大慧普觉禅师语录》收入释宗杲名下。据《法演禅师语录》②和《古尊宿语录》③,当是五祖法演(？—1104)禅师出队归后上堂语,宗杲说法时引用之。此诗应补辑至释法演名下。

6. 释宗杲诗,尚可补辑如下九首《偈颂》:

雨下地上湿,天晴日头出。小尽二十九,大尽三十日。(《大慧普觉禅师语录》卷一)

不传不然,海口难宣。须弥顶上,驾起铁船。(《大慧普觉禅师语录》卷六)

心不是佛,智不是道。南泉老人,和身放倒。

他人住处我亦住,他人行处我亦行。瞥喜瞥瞋无理会,新罗夜半日头明。

贼是善人为,佛是恶人做。佛贼善恶人,不出这两个。

猕猴入道场,箭穿红日影。两个老古锥,担雪共填井。(以上《大慧普觉禅师语录》卷七)

透出一字,却不相似。急转头来,张三李四。(《大慧普觉禅

---

① 《华严经·世主妙严品》,《大正藏》第10册。
② 释才良编《法演禅师语录》卷一,《大正藏》第47册。
③ 赜藏主《古尊宿语录》卷二〇,《卍续藏》第118册。

师语录》卷八)

有照用,无向背。只许老胡知,不许老胡会。睦州一向担板,赵州贵买贱卖。独有三圣瞎驴,至今遭人笑怪。

莲华峰顶真实说,三塔归来重泄机。两处路头俱剟脱,刹尘无不尽光辉。(以上《大慧普觉禅师语录》卷九)

二、释思岳

据《续古尊宿语要》之《东禅蒙庵岳和尚语》①,可补辑《偈颂》一首:

心不在内不在外,法无可传无可说。心法双忘性即真,渴若吃盐加得渴。

三、释了演

据《续古尊宿语要》之《谁庵演禅师语》②,可补辑《为巳上人入塔》一首:

刀山剑树横身去,烈火堆中转步来。直下二途俱不涉,白云影里笑哈哈。

四、释鼎需(1092—1153)

据《续古尊宿语要》之《懒庵需禅师语》③,可补辑《偈颂》五首:

浅水不可容大舶,止水不可藏狞龙。惟有四溟波浪阔,从容游戏在其中。

---

① 释师明《续古尊宿语要》卷五《东禅蒙庵岳和尚语》,《卍续藏》第118册。
② 同上书,卷五《谁庵演禅师语》。
③ 同上书,卷五《懒庵需禅师语》。

渔翁一笛兮自乐,长天万里兮何忧。了无忧,复何求。有时乘好月,不觉过沧洲。

逢佛杀佛,逢祖杀祖。逢父杀父,逢母杀母。生身陷地狱,仰天大叫苦。只将此德报深恩,吓杀南山白额虎。

兄弟添十字,同心着一仪。中眉垂两点,出世少人知。

浩浩尘中不染尘,正体堂堂没却身。拄杖横挑香水海,倒骑铁马出重城。

五、释守净

1.《偈颂》

堂前露柱久怀胎,生下孩儿颇俊哉。未解语言先作赋,一操直取状元来。

此诗《全宋诗》收于释守净名下,据《白云守端禅师语录》①,作者乃白云守端,当为守净引守端语,应补辑至释守端名下。

2. 据《续古尊宿语要》之《此庵净禅师语》②,可补辑《偈颂》四首:

三身既不有,一身何处起。无处起,正好劈头一杓水。

越格超宗,埋没先圣。依他建立,孤负己灵。不涉二途,如何通信。

达磨西来,老卢南至。列派张枝,儿孙遍地。尽言教外别传,又何曾梦见东禅脚下汗臭气。

大家泼一杓恶水,洗涤如来净边垢。垢尽众生烦恼除,师子

---

① 释守端《白云守端禅师语录》卷下,《卍续藏》第120册。
② 释师明《续古尊宿语要》卷五《此庵净禅师语》,《卍续藏》第118册。

便作狐狸吼。

六、释自护,南宋临济宗大慧派僧,法系:大慧宗杲——万寿自护。《全宋诗》《全宋诗订补》《宋代禅僧诗辑考》无其人。

据《五灯会元》卷二〇《剑州万寿自护禅师》①,可辑《偈颂》一首:

若人识得心,未是究竟处。甜瓜彻蒂甜,苦瓠连根苦。

七、释安永(? —1173)、释某
《偈颂》

路绕悬崖万仞头,担泉带月几时休。个中拨转通天窍,人自安闲水自流。

此诗《全宋诗》据《续古尊宿语要》录于释安永名下,题曰《洋屿庵造水筧》;又据《舆地纪胜》录于释某名下,题曰《石莲》。二者重出,作者俟考。

八、释慧光
《化盐颂》

合水和泥一处烹,水干泥尽雪花生。乘时索起撩天价,公验分明孰敢争。

此诗《宋代禅僧诗辑考》据清人性音重编《禅宗杂毒海》列于释慧

---

① 苏渊雷点校《五灯会元》卷二〇《万寿自护禅师》,第1344页。

光名下。然据宋人道融《丛林盛事》①,此《化盐颂》乃广南昙禅师所作(个别文字稍有出入)。广南昙,《全宋诗》《全宋诗订补》《宋代禅僧诗辑考》无其人,据《丛林盛事》,久依密庵咸杰,后在佛照德光会中为寮元,曾住霅之道场。

九、释崇寿
《中峰》

> 狐猿叫落中岩月,野客吟残半夜灯。此景此时谁会得,白云深处坐禅僧。

此诗《宋代禅僧诗辑考》据清人性音重编《禅宗杂毒海》列于释崇寿名下,据《五灯会元》②《五家正宗赞》③等,乃永明延寿(904—975)禅师之作,或当补至释延寿名下。

十、释慧真(1141—1238),号无念,慈溪程氏女,南宋临济宗大慧派女尼。法系:大慧宗杲——懒庵鼎需——木庵安永——晦翁悟明——无念慧真。《全宋诗》《全宋诗订补》《宋代禅僧诗辑考》无其人。

据释大观《无念禅师塔铭》④,可辑《遗偈》一首:

> 来时不着娘生裤,去时不挂本来衣。撒手便行无罣碍,倒骑铁马上须弥。

---

① 释道融《丛林盛事》卷下"昙广南"条,《卍续藏》第148册。
② 苏渊雷点校《五灯会元》卷一〇《永明延寿禅师》,第604页。文字略有不同。
③ 释绍昙《五家正宗赞》卷四,《卍续藏》第135册。
④ 释大观《无念禅师塔铭》,《物初賸语》卷二三,《珍本宋集五种——日藏宋僧诗文集整理研究》(下),第970页。

十一、释师寿(1181—1252),号此山,明州李氏子,南宋临济宗杨岐派僧。法系:五祖法演——圆悟克勤——华藏安民——石桥可宣——此山师寿。《全宋诗》《全宋诗订补》《宋代禅僧诗辑考》无其人。

据释大观《此山禅师塔铭》①,可辑《遗偈》一首:

七十二年,不然不然。撒手长空,日月丽天。

十二、释师范(1177—1249)
据德如抄《佛鉴禅师行状》②,可补辑《偈颂》一首:

不辞艰苦历江山,法器圆成何处安?拨向大峨峰顶上,熏天炙地大家看。

十三、释普济(1179—1253)
据释大观《大川禅师行状》③,可补辑《遗偈》一首:

来无地头,去无方所。虚空迸绽,山岳起舞。

十四、释坚璧、释心月(?—1254)
《偈颂》

参禅须是铁汉,着手心头便判。直趣无上菩提,一切是非莫管。

---

① 释大观《此山禅师塔铭》,《物初賸语》卷二三,《珍本宋集五种——日藏宋僧诗文集整理研究》(下),第966页。
② 释德如抄《佛鉴禅师行状》,京都国立博物馆藏。
③ 释大观《大川禅师行状》,《物初賸语》卷二四,《珍本宋集五种——日藏宋僧诗文集整理研究》(下),第991页。

此诗《全宋诗》据《续古尊宿语要》卷二录于释坚璧名下,又据《石溪心月禅师语录》录于释心月名下。据释晓莹《罗湖野录》①,及《石溪心月禅师语录》"尉(李遵勖)不觉中此毒,乃作颂曰:……"之语,可知此诗乃李遵勖(988—1038)之作。

十五、释大观(1201—1268)

《物初賸语》卷一至七为诗集,卷八至二五为文集。据《物初賸语》卷一七《跋施倅送行偈》②,尚可补辑《酬先维那用愚斋韵》一首:

> 跳出锦屏今几秋,话头未举已先周。诸方冷破都看了,为问如何是彻头。

十六、释正觉(1091—1157)、释祖钦(1216—1287)

《全宋诗》释祖钦名下录其《偈颂》:

> 即此见闻非见闻,无余声色可呈君。个中若了全无事,体用何妨分不分。

《全宋诗》释正觉名下又有《偈颂》:

> 即此见闻非见闻,更无声色可呈君。个中若了全无事,体用何妨分不分。

---

① 释晓莹《罗湖野录》卷下,《卍续藏》第142册。
② 释大观《跋施倅送行偈》,《物初賸语》卷一七,《珍本宋集五种——日藏宋僧诗文集整理研究》(下),第850—851页。

二者仅二字不同。据《雪岩祖钦禅师语录》①,乃祖钦上堂引前人诗句,非祖钦自作。《五灯会元》之《三平义忠禅师》②言此偈乃三平义忠所作。《宏智禅师广录》亦引此诗,并指出乃"三平颂"③。则此诗当为唐代禅僧义忠之作。

十七、释彬德,活跃于宁宗嘉泰、开禧间,四明人,临济宗大慧派僧。法系:大慧宗杲——佛照德光——退谷义云——东岩彬德。《全宋诗》《全宋诗订补》《宋代禅僧诗辑考》无其人。

据释大观撰《东岩遗语序》④,可辑《瞻忠定史越王基读隧道碑》一首:

丞相骑鲸去不归,至今草木尚含悲。我来漱口亭前水,细读纯诚厚德碑。

从以上补正数例我们不难看出,《全宋诗》《宋代禅僧诗辑考》对宋代禅僧诗的辑佚整理,其微瑕主要在于重出和误收:完全相同或仅有个别异文的诗作,却同时归在两个或者更多个禅师的名下;或是唐人的诗歌作品,却又出现在了宋僧名下。究其原因,乃在于《全宋诗》《宋代禅僧诗辑考》中所收录的禅僧偈颂等,有相当一部分辑自禅僧说法语录。而宋初确立了"试经"制度,即欲出家者必须通过考试才能取得为僧资格,较之北宋以前的时代,僧人"入行"的文化门槛大为提高;同时宋代由于印刷术的发达,僧人获取典籍、刊物极为便利,易于广泛接触各类文化资源。以上两点,共同造成了宋僧说法语录

---

① 释昭如等编《雪岩祖钦禅师语录》卷三,《卍续藏》第122册。
② 苏渊雷点校《五灯会元》卷五《三平义忠禅师》,第282页。
③ 释集成等编《宏智禅师广录》卷三,《大正藏》第48册。
④ 释大观《东岩遗语序》,《物初賸语》卷一三,《珍本宋集五种——日藏宋僧诗文集整理研究》(下),第785页。

的一个显著特色：旁征博引。并且他们的征引，不是仅仅局限于佛家内典，而是经、史、子、集等无所不包。先哲往贤之偈颂，由于既承载着佛理，又押韵齐整、琅琅上口，是他们语录中主要的称引内容之一，并且大多数情况下是不直接挑明的暗用，全凭听者自己已有的学识去判断。这就给我们后人进行禅僧诗的整理带来了一定的困难。因而我们从宋僧语录和相关僧传、灯录等典籍中进行诗歌辑佚时，并不能因为某一首诗出自某个僧人之口就机械地把著作权归于他，而应该联系前后语境细加甄辨，或参阅他书对该诗作的最早出处进行考订溯源，才能尽可能地减少此类误收、重出现象。宋代禅僧们说法时所引用的诗句，在当前语境中，大多已失去了它们的原意，而被赋予了新的意蕴，实乃假前人言句之躯壳，来寄托自己的神采和灵魂。而宋代诗学中所谓的"夺胎换骨"，其语源与禅宗有关已是无可争议的事实；[①]笔者猜测，除了语源，从它作为一种诗歌创作的技法层面来说，亦最有可能是受到禅家语录的影响和启发。

宋代禅僧诗的辑佚考订是一项长远和复杂的工作，《宋代禅僧诗辑考》已经作出了成功的尝试，在体例、文献等方面给予我们诸多启示。但该书之出版并不意味着此项工作已然划上句号，尚待我们继续搜辑考证。特别是近年来随着域外汉籍的不断发现与利用、电子检索手段的不断进步，为此项工作拂来了新的春风，相信日后必将还会结出新的硕果。

第三节　公案的诗化阐释：南宋 五山禅僧之颂古浅探

颂古是禅门特有的一种诗歌体裁。从现存文献看，唐代禅僧创

[①] 参周裕锴《文字禅与宋代诗学》第三章二"宋代诗学术语的禅学语源"，复旦大学出版社，2017年。

作的颂古作品并不多,至北宋中期开始,则在数量上有大幅跃升,此风流及南宋五山禅林,呈鼎盛之势,以至出现了《禅宗颂古联珠通集》(本节以下一般简称为《通集》)这样的一大颂古总集。《通集》所收颂古,南宋五山禅僧之作占据其泰半。以下将主要以《通集》为中心,对颂古这一文体的形成与流变、《通集》的成书与版本流传情况、南宋五山禅僧颂古创作的概貌等问题进行粗略考察。

一、颂古之源流

"颂古"为偈颂之一种。关于此名称之内涵,《禅林象器笺》有如下解释:"颂名本起于六诗(风、赋、比、兴、雅、颂),歌诵盛德,以告于神明者也。如禅家颂古,则举古则为韵语而发明之,以为人。亦是歌诵佛祖之盛德,而扬其美,故名颂古。"① 简而言之,"颂"即歌颂,"古"即禅林古则。关于颂古之起源及流变,大慧宗杲弟子卍庵道颜认为:

> 少林初祖衣法双传,六世衣止不传。取行解相应世其家业,祖道愈光,子孙益繁。大鉴之后,石头、马祖皆嫡孙,应般若多罗悬谶要假儿孙脚下行是也。二大士玄言妙语流布寰区,潜符密证者比比有之。师法既众,学无专门。曹溪源流,派别为五,方圆任器,水体是同,各擅佳声,力行己任。等闲垂一言、出一令,网罗学者,丛林鼎沸,非苟然也。由是互相酬唱,显微阐幽。或抑或扬,佐佑法化。语言无味,如煮木札羹、炊铁钉饭,与后辈咬嚼,目为拈古。其颂始自汾阳。暨雪窦宏其音、显其旨,汪洋乎不可涯。后之作者,驰骋雪窦而为之,不顾道德之奚若,务以文彩焕烂相鲜为美。使后生晚进,不克见古人浑淳大全之旨。乌乎!予游丛林,及见前辈,非古人语录不看,非百丈号令不行,岂

---

① [日] 无著道忠《禅林象器笺》"经录门",京都中文出版社,1972年,第603页。

特好古,盖今之人不足法也。望通人达士,知我于言外可矣。①

南宋黄龙派禅僧心闻昙贲则认为:

> 教外别传之道,至简至要,初无他说,前辈行之不疑,守之不易。天禧间,雪窦以辩博之才,美意变弄,求新琢巧,继汾阳为颂古,笼络当世学者,宗风由此一变矣。逮宣政间,圆悟又出己意,离之为《碧岩集》。彼时迈古淳全之士,如宁道者、死心、灵源、佛鉴诸老,皆莫能回其说;于是新进后生,珍重其语,朝诵暮习,谓之至学,莫有悟其非者。痛哉!学者之心术坏矣。绍兴初,佛日入闽,见学者牵之不返,日驰月骛,浸渍成弊,即碎其板,辟其说,以至祛迷援溺,剔繁拨剧,摧邪显正,特然而振之。衲子稍知其非而不复慕。②

昙贲提到的圆悟克勤《碧岩集》,作为颂古发展史上一大重要坐标,于第一则颂古后有评曰:"大凡颂古,只是绕路说禅,拈古大纲据款结案而已。"③直截地指出了颂古的根本性质是"绕路说禅",以曲折的方式(即所谓的"遮诠")阐释和表达禅理。《碧岩集种电钞》进一步申述云:

> 盖颂古者,颂出古则之奥义,令知斧头元是铁也。其中或有扬或有抑,虽涉言语,初无斧凿之迹。其言也如咬铁酸馅,其义也如望重溟而不可测其渊深也。故汾阳善昭禅师为颂古略示其秘要,其后雪窦以博达之才,乃继汾阳放开禅苑花锦,令学人入群玉之府而采其所求。然有至其奥旨,虽佛祖未容易企其步,何

---

① 释慧洪《禅林宝训》卷三,《大正藏》第 48 册。
② 释昙贲《与张子韶书》,《禅林宝训》卷四引,《大正藏》第 48 册。
③ 释克勤《佛果圆悟禅师碧岩录》卷一,《大正藏》第 48 册。

况初机后学者有委悉其玄旨乎!所谓雪窦颂古者颂古圣者,岂虚设哉!若夫久参上士,虽山河虚空水声鸟语唤作玄旨去在矣。①

元代禅僧竺仙梵僊,则将颂古比附为儒家的咏史之作:

> 颂古之作,譬之儒家,则犹咏史也。复几数百载矣。盖始于宋国初汾阳。是时尊宿,皆悉浑厚蕴藉,不尚浮靡。天禧间,雪窦以辩博之才,恢宏其音,莫不卷舒抑扬,纵横得妙。后之作者,莫出其右。然亦有以其美意变弄求新琢巧,变其宗风,失古淳全之作矣。②

综合以上数家言论,我们可以作如下梳理与归结:六祖慧能传法不传衣,各门派蜂起,石头、马祖之玄言妙语流布天下;至"一花开五叶"后,各宗派僧人为了显发宗义之幽微而对古则进行阐释、品评,即"拈古",其特点是"如煮木札羹、炊铁钉饭"、"如咬铁酸馅",即语言枯燥乏味、艰深晦涩,使人难解其意;汾阳善昭(947—1024,临济宗)则开创了以偈颂的形式来阐发古则奥义的"颂古"之先河,其《颂古百则》成为颂古之发端;雪窦重显(980—1052,云门宗)继承并发扬了汾阳开创的这一体制,亦创作了《颂古百则》,以笼络当时学者,使颂古走向繁盛,亦使宗风为之一变;而雪窦之后的禅僧亦步亦趋,纷纷效仿,却忽略了阐发宗义之本旨,一味追求辞藻文采,可谓舍本逐末;至南宋,禅僧们对颂古更是趋之若鹜,将其奉为圭臬,以致遭到当时的宗教领袖大慧宗杲的极力摒斥。通过以上四则材料的叙述,我们已经可以较清晰地看出从北宋到南宋,"颂古"这一体制的起源及流变的

---

① 《碧岩集种电钞》,元文四年(1739)刻本,日本蓬左文库藏。
② [日] 无著道忠《禅林象器笺》引,第604页。

大致脉络。很显然，以上四人皆以颂古为"今"时"繁"、"邪"之物，认为其遮蔽了禅法的淳古之旨，不足为训，对颂古泛滥所造成的积弊持忧心的态度。而我们若换个角度来看，这些从理论上对颂古进行较为详细的辨析、反思者——卍庵道颜、心闻昙贲、竺仙梵僊，均生活于南宋或元初，可间接反映出其时颂古创作在禅林中已然蔚成风气。

宋代禅僧中，除了汾阳善昭、雪窦重显以外，以现存著述来看，创作颂古较多或影响较大者，尚有白云守端(1025—1072，杨岐派)，存有110首，且在当时影响颇巨，"勤询学问，法悟杨岐，名播宗席。语要颂古，诸方盛传"①；保宁仁勇（杨岐派），作有60首；丹霞子淳(1064—1117，曹洞宗)，存有100首；宏智正觉(1091—1157，曹洞宗)，存有100首；无门慧开(1183—1260，临济宗)，其《无门关》(收于《大正藏》第48册)是一部专门的颂古集，收录了48首；虚堂智愚(1185—1269，虎丘派)，存有100首；等等。生活于南宋的宏智正觉、无门慧开、虚堂智愚，皆为五山僧人。

北宋中期以来禅门颂古之风的盛行，除了上述这些创作数量较多的个人颇为引人注目以外，我们还可从禅宗灯录、语录的编纂体例上窥得一斑。首先看灯录的情况。12世纪之前的灯录，如《祖堂集》《景德传灯录》《天圣广灯录》等，皆以人物为次第来帙卷编排（当然，《景德传灯录》略有些特殊：卷一至二七为祖师人物，卷二八为"诸方广语"，卷二九为"赞颂偈诗"，卷三〇为"铭记箴歌"。但毫无疑问，其主体部分是以人物为次第的，且"赞"、"颂"、"偈"、"诗"、"铭"、"记"、"箴"、"歌"等诸种文体渗杂参驳）；而成书于建中靖国元年(1101)的《建中靖国续灯录》则不然，全书总分为以下五门：

一曰正宗门（西天此土，诸祖相传，契悟因缘，直叙宗致）

---

① 《建中靖国续灯录》卷一四，《卍续藏》第136册。

> 二曰对机门(诸方师表,啐啄应机,敷唱宗猷,发明心要)
> 三曰拈古门(具大知见,拈提宗教,抑扬先觉,开凿后昆)
> 四曰颂古门(先德渊奥,颂以发挥,词意有规,宗旨无忒)
> 五曰偈颂门(古今知识,内外兼明,唱道篇章,录为龟鉴)①

不难看出,这样的编排体例,其背后所贯穿的思想、宗旨与《祖堂集》《景德传灯录》《天圣广灯录》等有本质上的差异:由既纯粹单一、又杂糅万象的"人物",变成对"人物行动"秩序井然的分门别类。而在这些人物行动的门类中,"颂古"占据了独立的一席之地。前文已述及,颂古是偈颂的一种;然而,《建中靖国续灯录》将颂古单独拈出,将其置于与偈颂相对等的地位,足可见出其时颂古的盛行以及灯录纂作者对颂古地位的特出;并言其"词意有规",即它作为一种文体,已比较成熟。其后的《嘉泰普灯录》,则总分为"示众机语二十一卷"、"圣君贤臣二卷"、"应化圣贤一卷"、"广语一卷"、"拈古一卷"、"颂古二卷"、"偈赞一卷"、"杂著一卷",此体例总体上与《景德传灯录》是相似的,但"广语"、"拈古"、"颂古"、"偈赞"、"杂著"等由《景德传灯录》的混杂状态变成各自分剖独立,且颂古占据了二卷。这两部灯录所体现出的显而易见的撰述体例的一大转向,从一个侧面反映出自北宋后期开始,颂古在禅门中如火如荼的发展样态。

再看禅僧语录的情况。以《汾阳无德禅师语录》卷中"颂古代别"为滥觞,北宋的若干禅僧语录中出现了颂古专卷,如《白云守端禅师广录》、《舒州龙门佛眼和尚语录》(收于《古尊宿语录》卷二七—三四)、《圆悟佛果禅师语录》等。而到了南宋五山禅僧那里,颂古专卷(或明确标出"颂古"之目而与其他文体合为一卷)在语录中比比皆是,如《大慧普觉禅师语录》《虚堂和尚语录》《宏智禅师广录》《应庵昙

---

① 《建中靖国续灯录》卷一,《卍续藏》第136册。

华禅师语录》《瞎堂慧远禅师广录》《率庵梵琮禅师语录》《北磵居简禅师语录》《物初大观禅师语录》《大川普济禅师语录》《龙源介清禅师语录》《松源崇岳禅师语录》《运庵普岩禅师语录》《无准师范禅师语录》，等等，不胜枚举。这种情形，一是表明颂古在南宋五山禅僧中极为风行，成为这个群体人人皆擅的一种日常性文体；二是反映出较之上堂说法时口头创作的颂古，有意的书面创作的颂古（详见本节第三部分）显著抬头的趋势。

二、《禅宗颂古联珠通集》之成书、版本及概貌

《禅宗颂古联珠通集》是一部主要收录宋代禅僧颂古的总集。该书最早著录于《直斋书录解题》卷一二"释氏类"："《禅宗颂古联珠集》一卷，僧法应编。"①可知宋僧法应编定的宋本名为《禅宗颂古联珠集》，卷数为一卷，现已亡佚不传。《通集》现存的三种版本皆为元僧普会的续补本：十卷本（残本），二十一卷本，四十卷本。十卷本为元刻本，在现存诸本中最为古老，卷首附有张抡序、法应自序。其残本现藏于日本宫内厅书陵部，有抄配。该版本的一大特点是每叶书口上皆镌有助刊者姓名，如"月岩道人叶觉明助刊"、"绍兴朱道坚助刊"、"普度比丘景沉助刊"、"江西瑞州智门比丘明净助"等。二十一卷本最早由明僧净戒（？—1418）于洪武壬申（1392）捐衣资锓板，后又在此版基础上校补，入《洪武南藏》（现藏于四川省图书馆），之后又为《永乐南藏》等所收，②今《中华大藏经》收录者即为《永乐南藏》本。四十卷本，目前所见最早者收于日本《弘教藏》，又见于《频伽藏》《卍续藏》等。③ 这三种版本，不仅分卷上存在差异，收录作品数量也不

---

① 陈振孙撰，徐小蛮、顾美华点校《直斋书录解题》卷一二，上海古籍出版社，2015 年，第358 页。
② 关于《通集》的《洪武南藏》本与《永乐南藏》本之关系，参张昌红《〈禅宗颂古联珠通集〉叙录》，《新世纪图书馆》2013 年第 1 期。
③ 《通集》应该还曾存在过四十五卷本，见《金陵梵刹志》卷四九（明刻本）。今已不传。

一：卷数越多者,所收公案及颂古数量也越多;四十卷本规模最为庞大,所收作品最为齐备。故本节以下引用或举例,一般依从四十卷本。

三种版本的共通点是体例皆极为明晰,收录的公案及颂古包含三种形态:第一种形态是没有任何标示的,为法应的原集;第二种形态是标有"【续收】"字样的,为普会在某则公案下续收的作品;第三种形态是标有"【增收】"字样的,为普会在原集基础上增收的公案及其颂古。如此,我们可以把法应的原集与普会的续集、增集一目了然地区分开来。

关于法应原集的成书经过,其自序云:

> 法应自昔南游访道,禅燕之暇,集诸颂古。咨参知识,随所闻持,同学讨论,去取校定三十余年,采撷机缘三百二十五则、颂二千一百首、宗师一百二十二人,编排成帙,命名《禅宗颂古联珠集》。愿与天下学般若菩萨共之。虽佛祖不传之妙,不可得而名言,初无字书,安有密语。临机直指,更不覆藏,彻见当人本来面目。故诸佛以一大事因缘出现于世,譬喻言词,说法开示,欲令众生悟佛知见,岂徒然哉?池阳信士哀金刻板,以广见闻,为大法光明之施。淳熙二年乙未腊八日编次谨书。①

张抡序则云:

> 池州报恩宝鉴大师法应,尝因禅悦余暇,哀集采撷,由佛世尊以至古今宗师,凡得机缘三百廿五则,颂古一百廿二人,目之《禅宗颂古联珠集》。可谓毗卢藏内全收众珍,旃檀林中莫非香木。开悟知见,利益后来,锓木流通,岂曰小补。以予夙慕宗

---

① 释法应《禅宗颂古联珠集序》,《禅宗颂古联珠通集》卷首附,《卍续藏》第115册。

乘,乐推法施,请为序引,不获固辞。淳熙岁在屠维大渊献冬十一月序。①

综观两篇序文,可知法应的原集名为《禅宗颂古联珠集》(此正可与《直斋书录解题》之记载相印证),编定于淳熙二年(1175),淳熙六年(1179)刊行,共收录了宗师122人、公案325则、颂古2100首。

普会序则云:

> 爰自一华敷而五叶联芳,方世传而两派支衍。机缘公案,五灯烨如。诸祖相继,有拈古焉,有颂古焉。拈古则见之于《八方珠玉》《类要》等集;颂古则有宝鉴大师宋淳熙间居池阳报恩,采集佛祖至茶陵机缘凡三百二十有五则,颂古宗师一百二十有二人,颂二千一百首,目之曰《禅宗颂古联珠》。丛林尚之,而板将漫灭。因念淳熙至今垂二百载,其间负大名尊宿星布林立,颂古亦不下先哲,惜乎联继之作阙如也。每惭滥厕宗门,且有年矣。禅无所悟,道无所诣,欲作之,复止之,趑趄者亦屡矣。元贞乙未,叨尸义乌普济山院,事简辄事续稿,仅得一二。萍梗之踪,或出或处,随见随笔,二十三四年间稍成次序。机缘先有者颂则续之,未有者增之,加机缘又四百九十又三则,宗师四百二十六人,颂三千另五十首,题曰《禅宗颂古联珠通集》,将募板行与后学共惑者。……时延祐戊午六月旦前住绍兴路天衣万寿禅寺钱唐沙门普会自序。

据此可以看出,在法应的原集《禅宗颂古联珠集》刊行后,普会又搜集了淳熙以后的公案、颂古,"采机缘而补前阙,缀颂古而入新刊"②,共

---

① 张抡《禅宗颂古联珠集序》,《禅宗颂古联珠通集》卷首附,《卍续藏》第115册。
② 释希陵《禅宗颂古联珠通集后序》,《禅宗颂古联珠通集》卷末附,《卍续藏》第115册。

增补了公案493则、颂古3 050首、宗师426人,于延祐四年(1317)编成,名曰《禅宗颂古联珠通集》。诚如云外云岫《后序》"《联珠颂古通集》,变本加丽,勾章棘句,愈出而愈多"所言①,这是一次规模巨大的增补。该《后序》时间署"至治春"(1321),则普会增补的《通集》之初刻,当在1321年后。

从四十卷本所收五百余位作者的时代来看②,其可考者,大部分生活于宋代,其次是宋元之际或元代。也有少量宋代以前的作者,如傅大士(497—569)、剋符道者(唐代)、虎头上座(唐代)、长沙景岑(唐代)、景遵(唐代)、曹山本寂(840—901)、法眼文益(885—958)、般若启柔(五代末)、龙济绍修(五代末)等。从作者身份看,绝大部分为禅宗僧人,也有两位天台宗僧人——竹庵可观、萝月昙莹;还有一些禅宗居士,如颜丙、赵善期、胡安国、圭堂居士、傅大士、刘经臣、吴伟明、张商英、张九成、杨杰等。故总体上而言,所占比例最大的是宋代的禅宗僧人。

四十卷本《通集》,卷二为"世尊机缘",卷三为"菩萨机缘",卷四为"菩萨机缘之余"及"大乘经偈",卷五为"大乘经偈之余",卷六至卷四〇为"祖师机缘"。其中,"世尊机缘"所颂公案共二十四则,"菩萨机缘"所颂公案共二十九则,远不及"祖师机缘"所颂公案之众,从一个侧面印证了宋元祖师禅对如来禅的超越。在"大乘经偈"中,所颂较多者依次是:《首楞严经》(十七则)、《金刚般若经》(十一则)、《圆觉经》(十则)、《法华经》(九则)、《华严经》(六则)、《维摩经》(五则),不难看出这几种佛经在宋元禅僧中的受欢迎程度。它们与宋代士大夫最爱阅读的几部佛教经典——《楞严经》《金刚经》《圆觉经》《维摩经》《华严经》等③大致重合,说明宋元的儒士与释子在对待佛教经典

---

① 释云岫《禅宗颂古联珠通集后序》,《禅宗颂古联珠通集》卷末附,《卍续藏》第115册。
② 关于四十卷本《通集》所收作者情况,参本书附录《禅宗颂古联珠通集》作者考"。
③ 参周裕锴《文字禅与宋代诗学》第二章"'文字禅'的阐释学语境:宋代士大夫的禅悦倾向";《中国古代文学阐释学十讲》,复旦大学出版社,2020年,第4页。

的态度上有比较相近的趋尚。在"祖师机缘"中,所颂较多者依次是:赵州从谂(六十九则)、云门文偃(六十二则)、雪峰义存(三十二则)、南泉普愿(二十七则)、洞山良价(二十六则)、沩山灵祐(二十五则)、仰山慧寂(二十二则)、曹山本寂(二十一则)、投子大同(十九则)、玄沙师备(十九则)、临济义玄(十七则)、睦州陈尊宿(十七则)、石霜慈明(十五则)、庞蕴居士(十四则)、药山惟俨(十四则)、德山宣鉴(十四则)、法眼文益(十四则)、岩头全豁(十三则)、洛浦元安(十二则)、疏山匡仁(十二则)、风穴延昭(十二则)、雪窦重显(十二则)、夹山善会(十则)、杨岐方会(十则)、五祖法演(十则)。很显然,赵州从谂和云门文偃在宋元禅僧中是显要的典刑人物。《景德传灯录》卷一五《赵州观音院从谂禅师》即载:"师之玄言布于天下,时谓赵州门风,皆悚然信伏矣。"①苏澥为云门文偃语录所作序则言:"祖灯相继数百年间,出类迈伦,超今越古,尽妙尽神,道盛行于天下者,数人而已。云门大宗师特为之最。擒纵舒卷,纵横变化。放开江海,鱼龙得游泳之方;把断乾坤,鬼神无行走之路。草木亦当稽首,土石为之发光。其传于世者,对机室录垂代勘辨。"②由《通集》来看,这两段对于赵州、云门其人其语影响力之巨的记述,洵非夸饰与虚语。

三、颂古之创作机制

《通集》这样一部卷帙浩繁的大型总集的编成,显而易见,其前提是在宋元禅僧尤其是南宋五山禅僧群体中,"颂古"这一体裁的创作已蔚成风尚。颂古的创作,概而言之主要有以下四种形式。

(一)颂古专集等有意的书面创作

从创作方式而言,颂古可以划分为书面创作与口头创作两种。

---

① 《景德传灯录》卷一五,《大正藏》第51册。
② 苏澥《云门匡真禅师广录序》,《云门匡真禅师广录》卷首附,《大正藏》第47册。

书面创作的颂古,与普通的诗、文等一样,是有意"写"出来的作品;口头创作的颂古,是禅僧们上堂说法时,为弘法之便宜而"说"出来的作品。在此先看书面创作尤其是颂古专集的情况。

与语录、诗文等专集一样,专门的颂古集在宋代禅僧中也非常流行。这些颂古集有的流传至今,例如丹霞子淳的《虚堂集》①、投子义青的《空谷集》②、宏智正觉的《颂古百则》③、雪庵从瑾的《雪庵从瑾禅师颂古集》④等。有的零散残存在《通集》《宗鉴法林》《禅林类聚》等总集、类书中,譬如正堂明辩(又作辨)"谢事庵居,作颂古百首"⑤,现《通集》中收录了48首;又如月堂道昌临终自述曰:"吾平生拈古、颂古流布其语已多,尚何言哉?"⑥现《通集》中收录其颂古62首;反过来,有些禅僧的传记资料中并没有关于颂古创作的记录,但《通集》《宗鉴法林》《禅林类聚》等总集、类书中收其作品颇多,我们可以猜测当时他们可能有颂古专集存在。还有的颂古专集,现已完全亡佚,我们无从睹其形迹。例如,佛慧法泉现存的颂古数量颇多,可推测其当时很可能有专集存在。

(二) 唱和

以《通集》所收作品看,通常是一则公案下,有数首乃至数十首同时代或不同时代的颂古。这样的一组作品,很显然属于"同题创作"。在一组作品中,有些颂古所用起句或韵字相同。那么我们基本可以判断,这些不仅题材相同、而且韵字相同的作品,很可能是有意识的唱和或追和之作。例如卷七于著名的六祖慧能"风动幡动"公案下,所收颂古中有如下数首:

---

① 《虚堂集》,《卍续藏》第124册。
② 《空谷集》,《卍续藏》第117册。
③ 见《宏智觉禅师语录》卷三,《嘉兴藏》第32册。
④ 释从瑾《雪庵从瑾禅师颂古集》,《卍续藏》第120册。
⑤ 《嘉泰普灯录》卷一六,《卍续藏》第137册。
⑥ 曹勋《净慈道昌禅师塔铭》,《松隐集》卷三五,《嘉业堂丛书》本。

不是风兮不是幡,黑花猫子面门斑。夜行人只贪明月,不觉和衣渡水寒。(法昌遇)

不是风兮不是幡,斯言形已播人间。要会老卢端的意,天台南岳万重山。(天衣怀)

不是风兮不是幡,于斯明得悟心难。胡言汉语休寻觅,刹竿头上等闲看。(圆通秀)

不是风兮不是幡,白云依旧覆青山。年来老大浑无力,偷得忙中些子闲。(雪峰圆)

不是风兮不是幡,清霄何事撼琅玕。明时不用论公道,自有闲人正眼看。(圆通僡)

不是风兮不是幡,寥寥千古竞头看。彻见始知无处所,祖庭谁共夜堂寒。(通照逢)

不是风兮不是幡,认为心者亦颟顸。风吹碧落浮云尽,月上青山玉一团。(疏山常)

不是风兮不是幡,几人北斗面南看。祖师直下无窠臼,眼绽皮穿较不难。(佛灯珣)

不是风兮不是幡,一重山后一重山。青春雨过无余事,独倚危楼望刹竿。(佛性泰)

不是风兮不是幡,多口阇黎莫可诠。若将巧语求玄会,特地千山隔万山。(琅琊觉)

不是风兮不是幡,碧天云静月团团。几多乞巧痴男女,犹向床头瓮里看。(水庵一)

不是风兮不是幡,入泥入水与人看。莫把是非来辨我,浮生穿凿不相干。(月林观)

不是风兮不是幡,白云尽处见青山。可怜无限英灵汉,开眼堂堂入死关。(淳庵净)

不是风兮不是幡,分明裂破万重关。谁知用尽腕头力,惹得

闲名落世间。(松源岳)

不是风兮不是幡,将军骑马出潼关。安南塞北都归了,时复挑灯把剑看。(天目礼)

此外,《通集》中的有些颂古虽然表面上看起来似乎没有有意唱和的痕迹,但实际上确实是在唱和过程中写就的。例如,《通集》在一些公案下,"鼓山珪"(鼓山士珪)与"径山杲"(大慧宗杲)经常成对出现,究其缘由,这些颂古应当是辑自两位禅师的唱和作品集,《大慧普觉禅师年谱》绍兴三年(1133)条即记载"东林珪禅师自仰山来同居,各作颂古一百一十篇",并在其后转录了鼓山士珪的《书颂古后》一文。① 很显然,当时鼓山士珪与大慧宗杲进行了有意识的颂古唱和,并且被编集成册。② 此外,《通集》中经常成对出现的还有"白云端"(白云守端)与"保宁勇"(保宁仁勇),其情形殆与鼓山士珪、大慧宗杲类似。③

(三)联句

联句作颂古的情形,在《通集》中也较为普遍,最常见的是某位禅僧作前数句,另一位禅僧续最后一句。例如宗杲《正法眼藏》云:"何必不必,绵绵密密。觌面当机。有人续得末后句,许你亲见二尊宿。"④《通集》卷二九即收录了无得慈的如下颂古:

何必不必,绵绵密密。觌面当机,官马厮踢。

---

① 吴洪泽编《宋编宋人年谱集目/宋编宋人年谱选刊》,巴蜀书社,1995年,第179页。此事《佛祖历代通载》卷二〇亦有记载:"(宗杲)阅二十年,辟地湖湘,转仰山,邂逅竹庵珪禅师,相与还云门,著颂古百余篇。"《卍续藏》第132册。
② 参见《东林和尚云门庵主颂古》,《古尊宿语录》卷四七,《卍续藏》第118册。
③ 在杨岐方会圆寂后,白云守端、保宁仁勇两人同游四方。《大慧普觉禅师年谱》绍兴三年条载:"妙喜曰:昔白云端师翁谢事圆通,约保宁勇禅师夏居白莲峰,作颂古一百一十篇,有'提尽古人未到处,从头一一加针锥'之语。吾二人今亦同夏于此,事迹相类,虽效颦无愧也。"吴洪泽编《宋编宋人年谱集目/宋编宋人年谱选刊》,第179页。
④ 释宗杲《正法眼藏》卷一,《卍续藏》第118册。

联句的性质非常明显。又例如：

> 王老明明要卖身，一时分付与傍人。可怜天下争酬价，请续此句。（佛印元）①
> 鲁祖当年不用功，逢僧面壁显家风。若遇上乘同道者，请续此一句。（黄龙新）②

上引两首颂古的续作虽然没有留存下来，但由此可以推测，当时的颂古创作存在联句这种形式。

（四）上堂说法

《通集》中有不少颂古是出自禅僧上堂说法时的口头创作，这可以通过两点清晰地反映出来。一是有很多作品，亦见于现存的禅僧说法语录中，例如《通集》卷二二所收宏智正觉颂古"凛凛将军令已行，八荒四海要澄清。提来剑气干牛斗，洗荡氛埃见太平"，据《宏智禅师广录》记载为住天童时上堂说法所言："上堂。举，僧问睦州：'高揖释迦，不拜弥勒时如何？'州云：'昨日有人问，赶出了也。'僧云：'和尚恐某甲不实。'州云：'拄杖不在，苕帚柄聊与三十。'师云：'好大众，驱耕夫之牛，夺饥人之食，方有宗师手段。天童不免随后赞叹去也。凛凛将军令已行……'"③又如《通集》卷三三所收无准师范颂古"云门一曲，从来无谱。韵出五音，调高千古。就中妙旨许谁知，几拟黄金铸子期"，据《无准师范禅师语录》记载为师范住庆元府雪窦山资圣禅寺时上堂说法所言："上堂。举，僧问云门：'如何是云门一曲？'门云：'腊月二十五。'师云：'云门一曲……'"④《通集》卷一五所收雪岩祖钦

---
① 《禅宗颂古联珠通集》卷一一，《卍续藏》第115册。
② 《禅宗颂古联珠通集》卷一三，《卍续藏》第115册。
③ 释正觉《宏智禅师广录》卷四，《大正藏》第48册。
④ 释师范《无准师范禅师语录》卷一，《卍续藏》第121册。

颂"沩山睡次,仰山问讯"公案"一杯晴雪早茶香,午睡方醒春昼长。拶着通身俱是眼,半窗疏影转斜阳",据《雪岩祖钦禅师语录》所载为上堂说法时所言:"上堂。一种平怀,泯然自尽,明暗情忘……听取一颂:一杯晴雪早茶香……"①此类例子不遑枚举。第二种情形是《通集》中的一些颂古,我们虽然无法在现今所存的禅僧语录中找到其出处,但它们带有一些比较明显的上堂说法的痕迹,即在独立完整的颂古作品之外,会附带有诸如"咄"、"咄咄"、"嗄"、"咦"等语气词,或"参"、"思之"、"奈我何"等插入语,或"喝一喝"、"击禅床"等动作提示语之类:

> 玉转珠回着眼看,有相干处没相干。只将此个以为主,[喝一喝云]一剑倚天星斗寒。(石溪月)
>
> 香严上树口衔枝,手不攀枝脚累垂。才开口,[咦]不答也又相违。未上树时道将来,金刚宝剑顶门挥。(卍庵颜)
>
> 不是心,不是佛,不是物,[以拂子击禅床]为君击碎精灵窟。天上人间知不知,鼻孔依前空突兀。(谁庵演)
>
> 连天野火了无涯,起处犹来辨作家。眼里瞳人双翳尽,面前遍界绝空华。道吾老,也堪夸。[且道毕竟从什么处起]汲水僧归林下寺,待船人立渡头沙。(佛灯珣)

上引数例,[ ]中的文字很显然并非颂古本身,而是上堂说法时动作词、语气词等的记录。除却[ ]中的部分外,还出现了一些三字句,如"才开口"、"不是心,不是佛,不是物"、"道吾老,也堪夸"等。这些三字句,于严格意义上的颂古体制不符,而都很口语化,且读来节奏铿锵,琅琅上口——毋宁说,其"说唱"的色彩较为明显。也就是说,这类颂古并非禅僧有意的书面创作,而是口头说法的一个构成部分。

---

① 释祖钦《雪岩祖钦禅师语录》卷三,《卍续藏》第122册。

这类颂古,应该是《通集》的编者从禅僧说法语录中辑出的。

四、文字禅:"拼图"的"点铁成金"、"夺胎换骨"

清代类书《骈字类编》中,收录了出自《通集》的米盆、米价、豆娘、菜篮、茶味、茶香、茶饭、茶瓶、茶碗、茶罢、药山、莲华、莲峰、莲座、莲出、藕花、芙蓉、菱华、芦花、草树、草头、草户、草履、草鞋、草料、草里、栗棘、木瓜、木人、木童、木球、竹篦、花影、花心、花月、花砖、花锦、花冠、花鼓、花酒、花狸、花里、花下、花红、花笑、花开、花秀、花落、花贴、花点、花簇、花拈、花付等五十余个语词,其数量之多,在禅宗典籍中是绝无仅有的;且其中有不少是首见于《通集》。这些词语从直观上来看,大多与禅林生活关系较为密切,正是很典型的宗门语。如《骈字类编》"凡例"所言,"至如字面虽实,而类聚不伦及不甚雅驯,或于对属无取者,概不泛及"①,可见该书收词原则为"雅驯"或有裨于"对属",简而言之即有助于诗歌创作。《通集》以片段式、日常性、生活化的意象选择与诗歌表达,实现对公案宗教性、抽象化内容的消解与重释;以跳跃、直观、微小、细致的语词,构成与宏观义理的比照——此乃宋诗式表现手法对性理表述的一种超越,是公案的诗意呈现,正是"文字禅"的典型。

"宗门中有一千七百则公案,名之今古,又曰长物。言之则污人唇齿,置之则回避无门。"②对公案的阐释,正是陷于"言之则污人唇齿,置之则回避无门"这样一种左右为难的困境之中:用语言文字去直接解释,则会背离"不立文字"的宗旨,所得终非"第一义";置之罔顾,则又是掩耳盗铃式的刻意逃避。本节第一部分已提到,颂古的根本性质是"绕路说禅",即惠洪所谓的"护持佛乘,指示心体。但遮其

---

① 《骈字类编》卷首"凡例",《文渊阁四库全书》本。
② 释淳朋《禅宗颂古联珠通集后序》,《禅宗颂古联珠通集》卷末附,《卍续藏》第115册。

非,不言其是。婴儿索物,意正语偏;哆啝之中,语意俱捐"①,以"遮诠"的方式在此困境之中开辟出了一条险径。

汾阳善昭《都颂》对颂古的功用有如下总结:"先贤一百则,天下录来传。难知与易会,汾阳颂皎然。空花结空果,非后亦非先。普告诸开士,同明第一玄。"②即无论公案是"难知"还是"易会",颂古都能发明其"第一玄"(即"第一义"),使之意蕴昭然。作为禅林文学的一种,颂古自然带有禅宗语言的一般特点,如隐晦性、乖谬性、游戏性、通俗性、随机性等,周裕锴《禅宗语言》下编已对此有深入探讨。在此主要讨论"点铁成金"、"夺胎换骨"等语言手段。

如上所述,颂古是对古德公案的歌颂。也就是说,每一首颂古所围绕的题材是固定的,即该则公案。这好比如今的"同题作文",无论正说反说、横说竖说,其"题"都始终是同一个。通过对《通集》的阅读可以发现,不仅某则公案下所收的作品题材同一,构成一个具有题材相同性的局部单元,而且从三十九卷(去除卷一目录)总体来看,每首颂古的每个句子,也大部分是"成句"或"成语"——这个"成",就是前人诗歌以及所谓的"宗门语"。更极端的是,甚至有些颂古,具有完全相同的数句,如卷一一"南泉玩月"公案下所收的两首颂古:

剑落寒潭谩刻舟,霜花浪急使人愁。若凭言语论高下,赢得南泉一默酬。(虎头上座)
剑落寒潭谩刻舟,霜花浪急使人愁。渔翁罢钓归深坞,一只鸳鸯落渡头。(上方岳)

这两首同题作品,前两句完全相同。此类例子比比皆是。概而言之,

---

① 释惠洪《六世祖师画像赞·初祖》,《石门文字禅》卷一八,《四部丛刊》本。
② 释善昭《都颂》,《汾阳无德禅师语录》卷中,《大正藏》第47册。

《通集》中的大部分句子都不是作者的新创或独创：小至每首颂古本身，大到整个《通集》，事实上都可以说是一张"拼图"，这张拼图的大部分"元素"，都可以在前人诗歌或禅宗典籍中找到。周裕锴《宋代诗学通论》即指出："古典诗歌的老化主要表现在两方面：一是语词的沿袭，意象的重复，即所谓'辞不出于《风》《雅》'；二是构思的沿袭，意境的重复，即所谓'思不越于《离骚》'。"[①] 显而易见，禅宗颂古正是处于这种"老化"的危险境地——"辞"多是成语或成句，"思"则是禅理或禅解。

既然语言元素具有相当大的趋同性，那么是否每首颂古都大同小异、了无新意呢？实际情况并非如此。我们可以发现，《通集》中的这些颂古，并没有陷入思想雷同、僵死的窘境，而都有自身的独到、超拔之处。即语言素材是"旧"的，但通过对语言素材的不同排列组合或改造变异，使拼出的"图"各各有异，从而表达"新"的思想，挣脱出"老化"的绝境。例如《通集》卷一九所收著名的"庭前柏树子"公案下，收录了涂毒智策、瞎堂慧远、长翁如净、石庵知玿、退庵道奇等南宋五山禅僧的颂古：

（一）庭前柏树子，分明向君举。大雪满长安，灯笼吞佛祖。（涂毒策）

（二）静鞭声里驾头来，紧握双拳打不开。打得开，云压香尘何处是，静鞭声里驾头来。（瞎堂远）

（三）西来祖意庭前柏，鼻孔寥寥对眼睛。落地枯枝才踔跳，松萝亮隔笑掀腾。（天童净）

（四）庭前柏树子，一二三四五。窦八布衫穿，禾山解打鼓。（石庵玿）

（五）快人一言，快马一鞭。赵州庭柏，洗脚上船。（退庵奇）[②]

---

① 周裕锴《宋代诗学通论》，上海古籍出版社，2019年，第152页。
② 《禅宗颂古联珠通集》卷一九，《卍续藏》第115册。为便于说明，此处序号为笔者所加。

第一首的第一、二句,是一种"顺着说"的策略:先重复了"庭前柏树子"这一话头,再强调这五个字已经说得很清楚了。第三句"大雪满长安"及第四句"××吞佛祖"在禅宗语录、偈颂中很常见,均为禅林熟语,但与第一、二句毫无关系,是一种大幅度的"跳跃"。第二首涉及的禅门熟语有"静鞭声"、"空手捏双拳"等,第一句与第四句相同,采用了回环式结构,而全诗与"庭前柏树子"表面上无直接关系,可以说是一种指东说西的"话题转移"。第三首的第一句,与第一首的第一句一样,也是"顺着说",第二句是承接第一句而作的评判,其中的"鼻孔"是禅林惯用语,禅僧问答中常见"失却鼻孔"、"穿却鼻孔"、"识取鼻孔"、"拈得鼻孔"、"鼻孔辽天"等之类的表述。第三、四句中"踍跳"、"掀腾"等是禅门熟语,"枯枝"、"松萝"、"亮隔"与主题"庭前柏树子"有一定的相关性,但又超脱常理:枯枝如何会"踍跳",松萝如何会"笑掀腾"?这是禅门常见的所谓的"反常合道"的"格外句"。① 第四首的四句全部是禅门极为常用的成句,"拼图"的痕迹最为明显,四句之间表面上无关联,彼此句意独立,这也是一种常见的颂古写法。第五首的"快人一言,快马一鞭"是成句,见于不少的禅僧说法语录中,"赵州庭柏"、"洗脚上船"亦是两个成句,整首是成句的组合,因此第五首与第四首的创作手法基本一致;两者的不同之处在于,第四首是先点题,第五首是先言不相干之事,到第三句再回归公案的题旨。

通过以上对具体作品的分析,我们可以看出实际上是采用了"点铁成金"和"夺胎换骨"这两种方法。正如《宋代诗学通论》所指出,"'点铁成金'是对'辞不出于《风》、《雅》'的应战,'夺胎换骨'则是对'思不越于《离骚》'的回答":②

---

① 参周裕锴《禅宗语言》下编第三章"反常合道:禅语的乖谬性"二"格外句"。
② 周裕锴《宋代诗学通论》,第161页。

"点铁成金"的前提是,"用古人语,而不用其意",也就是说,利用成语典故或袭用前人诗句,必须在意义上与原典文本的意义有相当大的距离。……这种"取古人之陈言入于翰墨",就不是蹈袭,而是改造,甚至创造。①

从纵向看,宋人的"夺胎换骨"可分为三个层次。一是意义和结构的因袭,缺乏自己的创造,虽改头换面,却弄巧成拙。……二是前人诗意的深化和转化。……三是前人诗意的否定和翻转,窥入前人之"诗胎",反其意而言之。②

《通集》中的颂古,就是通过诸如"旧瓶装新酒"、"新瓶装旧酒"等之类的手段,来实现既有语言材料的"点铁成金"和既有诗意的"夺胎换骨",来构造出"拼图"的千形万状。

颂古作为禅门特有的诗体、作为南宋五山禅僧文学创作的一大重要体裁,在禅宗文学发展史上有其重要意义。它生动了反映了在"文字禅"大盛的时代,禅宗那些抽象的教义,是如何披裹着机巧的语言文字的外衣,以审美化的形态呈现出来。此实堪视为南宋五山禅林士大夫化的一个重要标志,亦是"唐宋转型"在禅门之显要表征。

第四节　宋代古文的重要一翼:南宋五山禅僧之古文概览

宋濂在《水云亭小稿序》中谈及宋代禅僧时有云:"至于近代尊宿,如明教之嵩、宝觉之洪、北磵之简、无文之粲,咸私宗树教,作为文辞,其书满家,殆不可以一二数也。"③诚如他所言,宋代(主要是南宋)禅僧

---

① 周裕锴《宋代诗学通论》,第156页。
② 同上书,第169、170页。
③ 宋濂《水云亭小稿序》,《宋学士文集》卷八,《四部丛刊》本。

的确多有文章之好,留下了洋洋大观的古文、骈文。本书在第三章第四节"物初大观及其《物初賸语》小考"和第六章第一节"石溪心月《语录》《杂录》之'小佛事'四六"中,已分别选取了物初大观、石溪心月为个案,对他们的文章创作情况进行了具体探讨。本节和下一节将分别把南宋五山禅僧写作的古文、骈文置于中国文学史上进行总体考察。

一、五山禅僧古文创作概况

首先我们有必要从《全宋文》和五山禅僧语录、别集以及其他一些文献中整理归纳南宋五山禅僧古文创作的数量与种类。需要说明的是,《全宋文》中收录的禅僧之偈、颂、赞、铭等,有不少与《全宋诗》所录重复。这类文体在通常的理论上来说是属于"文"而非"诗",但由于禅僧创作的情况比较特殊,故而在此类作品的文体归类上往往容易发生淆乱[①],且它们一般多为齐言、押韵,所以为论述之方便,本书暂且不把这类作品作为"文"来考虑。

1. 大慧宗杲(1089—1163)

《全宋文》录其尺牍、法语、序、跋、祭文等一百三十余篇。

2. 云卧晓莹

《全宋文》录其尺牍、序三篇。

3. 无著妙总

云卧晓莹《罗湖野录》(《卍续藏》第 142 册)卷末附有其《罗湖野录跋》。

4. 遯庵宗演

《全宋文》录其跋二篇。

5. 佛照德光(1121—1203)

《全宋文》录其奏议四篇。

---

① 参朱刚、陈珏《宋代禅僧诗辑考》前言"禅僧诗的种类和辑佚用书"。

6. 北磵居简(1164—1246)

《北磵文集》中有文赋、记、传、序、跋等一百余篇,已为《全宋文》所收。《北磵和尚外集、续集》中另有题词、跋、法语十余篇。

7. 大川普济(1179—1253)

《全宋文》录其序、跋、题词四篇。

8. 淮海元肇(1189—1265)

《淮海外录集》卷下所收均为古文,有记、跋、祭文八十篇。《全宋文》据他书所录记、序各一篇,均在《淮海外录集》中。

9. 介石智朋

《全宋文》录其法语四篇。

10. 晦翁悟明

《联灯会要》(《卍续藏》第136册)卷首附有其《自序》一篇。

11. 藏叟善珍(1194—1277)

《藏叟摘稿》卷下有记、题词、跋、说、祭文四十余篇。

12. 物初大观(1201—1268)

《物初賸语》卷八至一三、卷一五至一七、卷二一至二二、卷二四至二五有说、传、记、序、跋、题词、祭文、行状、尺牍共计三百七十余篇。《全宋文》据他书录其序、跋、法语、行状共九篇,其中一篇序及四篇行状亦均见于《物初賸语》。

13. 无文道璨(1213—1271)

有诗文集《无文印》和《柳塘外集》,其中部分篇目在二书中重出。《全宋文》据此二书辑其尺牍、序、跋、题词、说、记、行状、祭文等三百余篇。

14. 虎丘绍隆(1077—1136)

《全宋文》录其序一篇。

15. 应庵昙华(1103—1163)

《全宋文》录其尺牍一篇。

16. 密庵咸杰(1118—1186)

《全宋文》录其法语、跋十余篇。

17. 松源崇岳(1132—1202)

《全宋文》录其法语、题词三篇。

18. 天目文礼(1167—1250)

《全宋文》录其序、跋各一篇。

19. 痴绝道冲(1169—1250)

《全宋文》录其赠序、跋各一篇。《痴绝道冲禅师语录》中有法语五十篇。

20. 石田法薰(1171—1245)

《全宋文》录其法语、题词、跋四十余篇。

21. 无准师范(1177—1249)

《全宋文》录其尺牍、序、跋、题词二十九篇。

22. 虚堂智愚(1185—1269)

《虚堂和尚语录》卷四有法语、序、跋十一篇,卷一〇有跋、法语、尺牍七篇。

23. 石溪心月(？—1254)

《石溪心月禅师语录》卷末《新添》有序、跋、法语各一篇。

24. 觉庵梦真

《月磵禅师语录》(《卍续藏》第150册)卷首有其《月磵和尚语录序》。

25. 虚舟普度(1199—1280)

《全宋文》录其跋一篇。

26. 西岩了惠(1198—1262)

《全宋文》录其记一篇。《西岩了惠禅师语录》卷下有法语、跋二十篇。

27. 断桥妙伦(1201—1261)

《断桥妙伦禅师语录》卷下有法语七篇。

28. 环溪惟一(1202—1281)

《全宋文》录其法语、序、跋十余篇。

29. 兀庵普宁(1199—1276)

《兀庵普宁禅师语录》卷三有法语、序、跋十余篇。

30. 雪岩祖钦(1216—1287)

《全宋文》录其跋一篇。《雪岩祖钦禅师语录》有法语、尺牍、序、说、题词、跋四十余篇。

31. 希叟绍昙(？—1297)

《希叟绍昙禅师语录》有法语三篇，《希叟绍昙禅师广录》卷六有题词、跋、序四十余篇。

32. 龙源介清(1239—1301)

《龙源介清禅师语录》有跋二篇。

33. 云谷怀庆

《云谷怀庆禅师语录》卷下有跋一篇。

34. 月磵文明(1231—？)

《月磵禅师语录》卷下有跋、题词等二十余篇。

总括起来，南宋五山禅僧创作的古文主要有法语、记、说、传、序、跋、题词、尺牍、祭文、行状等，也偶有少量的文赋、奏议。其中"法语"是佛门特有的古文种类，是高僧给参学者写的开示佛法禅理的文章，其标题一般多为《示××法语》或《××求法语》。其他几种文类与士大夫所作无大异。

从作者分布来看，主要集中于大慧宗杲、北磵居简、淮海元肇、藏叟善珍、物初大观、无文道璨等若干人，他们大多是大慧派禅僧，这也是大慧派禅僧著述的一大显著亮点。这些古文的内容题材极为广泛，涉及禅僧的人际交往、日常活动、审美态度，以及当时的佛教政策、文坛风气、社会情况等方方面面。它们在传统的士大夫古文之外，以另一个视角为我们展现出南宋社会生活的多个侧面。

二、五山禅僧何以能文

《四库全书总目》在《北磵集》提要中对宋代僧人的文章创作有这样的概括与评论：

> 以宋代释子而论，则九僧以下大抵有诗而无文。其集中兼有诗文者，惟契嵩与惠洪最著。契嵩《镡津集》好力与儒者争是非，其文博而辨；惠洪《石门文字禅》多宣佛理，兼抒文谈，其文轻而秀。居简此集，不撷拾宗门语录，而格意清拔，自无蔬笋之气。位置于二人之间，亦未遽为蜂腰矣。①

的确在北宋，除了契嵩与惠洪之外，其他禅僧大致上是"有诗而无文"的。因为相对于诗歌而言，"文"可以说是一种纯粹的士大夫的文体。可是到了南宋，暂且不论骈文，正如上一部分所列举，写作古文的五山禅僧数量就呈急剧的上升趋势，并且不乏像北磵居简、物初大观、无文道璨等这样的名家。那么造成这一变化的原因是什么？笔者认为，一是南宋禅僧文化水平的提高，使他们拥有了不亚于士大夫的写作能力；二是他们与士大夫的交往较之北宋越来越密切，写诗作文成为禅僧的一项必备技能。以下将分别论述之。

唐中宗景龙初年，诏行试经度僧。宋承唐之试经制度，考试合格者方得度牒。这从本质而言，就是科举考试在佛门内的特殊延伸，僧尼也可以被视作一批特殊的进士。而且宋代为缩减僧尼数量，试经制度比唐代更为严格。据《佛祖统纪》载，"太宗至道诏两浙福建路每寺三百人岁度一人，尼百人度一人，诵经百纸，读经五百纸，为合格"，

---

① 《四库全书总目》卷一六四《北磵集》提要。

"真宗诏释道岁度十人","仁宗诏试天下童行诵《法华经》,中选者得度,参政宋绶、夏竦监试"。① 可见从宋初一直到仁宗朝,僧人入门考试的严格程度逐渐增加。试经度僧制度在南宋一直被沿袭下来。而这些五山禅僧,皆出生于仁宗朝之后,因此在客观上无疑是朝廷为丛林选拔和造就的一批特殊的文化精英。

除了试经这一因素外,还有值得注意的一点是由于宋代科举考试体系和文官制度的高度成熟,社会上的读书风气甚浓,不少五山禅僧在出家前曾经入学校读书或者参加科举考试。譬如大慧宗杲十三岁时就"入乡校"②,大川普济"束发,浮沉乡校间"③,淮海元肇"入塾授书,过目成诵"④,痴绝道冲则"长应进士举,不利,受释氏学于梓州妙音院,礼修政落发"⑤,等等。科举体系之一环的学校教育,以及曾经的应考经历,构成了这些五山禅僧的学养基础,使他们在入佛门之前就具备了较高的文化素养,成为他们写作古文这种士大夫性质文体的必要条件之一。

接着看第二个方面。宋代的居士禅极为发达,不少高级士大夫皆热衷于参禅学佛,仅《五灯会元》中将之正式列入禅宗法嗣的宋代士大夫居士就有四十余人之多。而五山不仅是皇家寺院,地理位置上也处于都城及其周边区域,因此五山禅僧较之其他地方的僧人有更多的机会接近当时的高级士大夫,与他们之间形成了错综复杂的关系网络。关于这一点,黄启江在《一味禅与江湖诗》《无文印的迷思与解读》《文学僧藏叟善珍与南宋末世的禅文化》等著作中已有诸多

---

① 释志磐《佛祖统纪》卷五一"试经度僧"条,《大正藏》第49册。
② 《大慧普觉禅师年谱》"徽宗皇帝建中靖国元年辛巳"条,《宋人年谱集目/宋编宋人年谱选刊》,第169页。
③ 释大观《大川禅师行状》,《物初賸语》卷二四,《珍本宋集五种——日藏宋僧诗文集整理研究》(下),第990页。
④ 释大观《淮海禅师行状》,《物初賸语》卷二四,同上书,第1001页。
⑤ 赵若琚《径山痴绝禅师行状》,释智沂等编《痴绝道冲禅师语录》卷末附,《卍续藏》第121册。

具体的个案考察,在此不再赘述。站在功利的角度,五山僧人住持地位的获得,背后常常有某位士大夫的大力举荐;寺院的建设发展,往往也离不开士大夫的支持,例如物初大观《壑翁相国》记载:"嘉定间,无准范之建东西两阁,则史卫王之力也。笑翁堪之建法堂及舍利殿轩,则孟保相之力也。"①

禅僧与士大夫的交游互动,必然需要借助于文字这种媒介,而且为文质量的高下还会影响到法门盛衰,此在《无文印序》中有论及:

> 释子工文为剩法,至缘饰宗乘,藩卫门,凡舍是,则何以前哲大宗匠,道德满衍,亦兼工乎此?萨婆多师十二时中,许以一时习外典,镡津公尊僧谓三藏十二部,百家异道之书,他方殊俗之言,莫不备究。旨哉,斯言乎!今夫沉沉其居,林林其徒,凡所以承上应下,表章斯道,交际绅绥,亦多事矣。使一凡陋者执笔,适足以致笑侮。士之得失,系吾道重轻,讵不信然?②

可见当时禅僧作文的主要功用之一即在于"承上应下,表章斯道,交际绅绥",由此我们便也不难理解五山禅僧何以孜孜于古文了。

南宋五山禅僧的古文既然是孕育于这样一种土壤中,时人对它们的品评亦通常以士大夫古文的标准来进行。比如北磵居简之文,无论是佛门内弟子,还是佛门外士大夫,都以"载道"这一标准来对之予以衡量:

> 寓意诗文,发挥正宗。四方争呼,僧太史公。③

---

① 释大观《壑翁相国》,《物初賸语》卷二五,《珍本宋集五种——日藏宋僧诗文集整理研究》(下),第1028页。
② 释大观《无文印序》,《物初賸语》卷一三,同上书,第771页。
③ 释大观《老磵先师》,《物初賸语》卷二一,同上书,第936页。

> 北磵老师，人品甚高，造道甚深。其为文章，奇伟峭拔，甚似柳柳州。夫不逸于佛，固当在儒林丈人行。①
>
> 北磵禅师以载道之文，鸣于时。方壮岁，已为善知识，名公卿友而畏之。或者舍其造诣而声其文，岂深知吾北磵也耶？②

这些评价，反过来也说明南宋五山禅僧古文创作的风行，与士大夫有着莫大关系。

三、五山禅僧古文之艺术特点

南宋五山禅僧的古文，大体继承了北宋欧阳修、苏轼等人以来古文平易自然的风格，无生硬、佶屈之感。此外它们和南宋时代的其他古文相较来看，也呈现出一些鲜明的艺术特点。

一是为文当长则长、当短则短，但都着笔简练，表意于只言片语之间，无南宋古文通常的繁复冗长之习。如无文道璨的《无准祭开首座》：

> 才忌大奇，德忌大美，端、嘉之还，士丧以此。嗟夫！元光之死，予哭之恸。曾日月之几何，忍复以哭元光之泪而哭子乎！青松成阴，稚子至止。老我未死，尚期见之。③

这是他代无准师范写的一篇祭文，以寥寥数句表达出对开首座离世的悲痛、对天道不公的愤懑和年华流逝的身世之感。"才忌大奇，德忌大美"八字，就蕴含了对"天妒英才"这一规律的无奈和悲愤；"忍复

---

① 刘震孙《北磵居简禅师语录序》，释大观编《北磵居简禅师语录》卷首附，《卍续藏》第121册。
② 楼治《北磵居简禅师语录序》，《北磵居简禅师语录》卷首附。
③ 释道璨《无准祭开首座》，《无文印》卷一二，又见《柳塘外集》卷四，《全宋文》第349册，第413页。

以哭元光之泪而哭子"写出了连失二友后内心的无比哀恸;"青松成阴,稚子至止。老我未死,尚期见之",表现了强烈身世之感。全篇不足百字,却含有多个层次的丰富意蕴,体现出作者寓繁于简的文字驾驭能力。

五山禅僧古文的第二个突出特点是往往糅以口语、俗语或所谓的"宗门语",脱离了士大夫古文书斋气的"雅",而透露出"俗"的味道。如虚堂智愚的《跋梵书心经》:

> 横钩三点,似月如星。老胡用尽机关,一生拈弄不出。若更加其录录曲曲,自谓海外得来,何异楚人以鸡为凤。要得恁么,直须尽大地明眼译师无启口处方合斯旨。①

这篇短短的跋文,连用了"用尽机关"、"拈弄不出"、"录录曲曲"、"以鸡为凤"、"要得恁么"等不少极为日常化的用语。和语录一样,这种又俗又雅、又文又白的特殊用语,其实是一种"宗门语","'宗门语'作为一种特殊的语言形态在各种禅籍中得到突出的强化,它吸收了唐宋时期的雅言俗话、方言官话、文言白话等各种成分,通过自由灵活的组合方式将这些成分构造成令人眼花缭乱的语言迷宫"②,给这些古文带来了生动活泼的特色。前文已经提到,南宋时无论是佛门内外,对五山禅僧古文的评判往往都以"载道"为标准,这篇《跋梵书心经》也显然是"载道"之文(当然,其所阐述的"道"是佛家之道),但它并没有采用"载道"之文惯用的引经据典的方式,而是以平白活泼的宗门俗语、白话来阐述心中的"道"。这在宋代的士大夫古文中一般是较少见到的。

---

① 释智愚《跋梵书心经》,释妙源等编《虚堂智愚禅师语录》卷四,《大正藏》第47册。
② 周裕锴《禅宗语言》,第213页。

四、五山禅僧古文之文献价值

南宋五山禅僧的古文,不仅在艺术上有自身的鲜明特点,也具有极为重要的文献价值。在此笔者着重想讨论两点,一是其中的序跋等文章,著录了不少现在已经失传的宋僧诗文集,并对它们的题材、艺术、风格等多有叙述,为我们提供了全面认识南宋文坛的又一个窗口;二是其中多有《题××行卷》之类的文章,是我们重新审视"行卷"这一机制的极珍贵资料。

首先,笔者从五山禅僧创作的古文中,整理出所著录的现在业已失传、并且能够辨识出作者是宋代僧人的诗文集名称及其所署作者,归纳为下表:

出　　处	著录宋僧诗文集名称	文中署名作者
《北磵文集》卷七	《后溪敬堂诗卷》	后溪敬堂
《物初賸语》卷一三	《山居诗》	智愚谷
《物初賸语》卷一三	《樵屋吟稿》	昭樵屋
《物初賸语》卷一三	《自成集》	安危峰
《物初賸语》卷一三 《无文印》卷一〇	《康南翁诗集》	康南翁
《物初賸语》卷一三	《定胜叟文集》	定胜叟
《物初賸语》卷一六	《朴翁旧稿》	朴翁
《物初賸语》卷一五	《颐蒙诗卷》	颐蒙
《物初賸语》卷一五	《竹间遣困稿》	竹间
《物初賸语》卷一七	《讲余吟稿》	谷泉
《物初賸语》卷一三	《诗集》	吉上人
《柳塘外集》卷三 《无文印》卷八	《云太虚四六》	云太虚

(续表)

出　　处	著录宋僧诗文集名称	文中署名作者
《柳塘外集》卷三 《无文印》卷八	《橘林诗集》	橘林
《柳塘外集》卷三 《无文印》卷八	《潜仲刚诗集》	潜仲刚
《柳塘外集》卷三 《无文印》卷八	《莹玉涧诗集》	莹玉涧
《柳塘外集》卷三 《无文印》卷八	《韶雪屋诗集》	韶雪屋
《柳塘外集》卷三 《无文印》卷八	《仙东溪诗集》	仙东溪
《无文印》卷一〇	《金陵诗卷》	悟上人
《无文印》卷一〇	《俊癯翁诗集》	俊癯翁
《无文印》卷一〇	《清别涧诗集》	清别涧
《无文印》卷一〇	《复休庵诗集》	复休庵
《无文印》卷一〇	《礼菊泉诗集》	礼菊泉
《无文印》卷一〇	《越山诗卷》	越山

由此我们不难看出宋代僧人写诗作文的风潮之盛。这些诗文集现在都已失传，我们无法睹其真容，但五山禅僧们为这些诗集、文集作的序跋题记，为我们勾勒出了它们的大致面貌。无文道璨的《潜仲刚诗集序》就是很好的一例：

诗，天地间清气，非胸中清气者不足与论诗。近时诗家艳丽新美，如插花舞女，一见非不使人心醉，移顷则意败。无他，其所自出者有欠耳。仲刚生长藕花汀洲间，天地清气固以染其肺腑。

久从北涧游,受诗学于东嘉赵紫芝,警拔清苦,无近世诗家之弊。晚登华顶,窥雁荡,酌飞泉,萧散闲谈,大异西湖北山,但惜北涧、紫芝不及见也。自风雅之道废,世之善诗者不以性情而以意气,不以学问而以才力,甚者务为艰深晦涩,谓之托兴幽远,斯道日以不竞。风月三千首,自怜心尚在,顾予病长学落,不得与吾仲刚讲明此事。①

《潜仲刚诗集》现已不传,这篇序文不仅交代了诗僧潜仲刚的出身、交游、师承、创作特色等诸多信息,也直接反映出"近时诗家"的写作倾向。

接着再来看关于"行卷"的问题。禅门不拜佛像,因为禅宗修行的根本目标是使修行者自己"成佛",所谓"自性迷,佛即众生;自性悟,众生即是佛"②,佛与众生全在一念迷悟之间。这是禅宗"超佛越祖"精神的具体体现,也是个体自心自性的高度发挥。而一个人"成佛"与否,很简单,只要经过一位已经"成佛"的老和尚的印可。但并不是每一个学人都能得到印可,需要通过一定的考核与选拔,即所谓"选佛"。《景德传灯录》就记载一禅客对尚未出家、准备参加科举考试的丹霞天然道"选官何如选佛",因而禅堂又有"选佛场"之称。今天童寺及日本镰仓圆觉寺、京都天龙寺等的禅堂即名曰"选佛场"。这与科举考试在某种程度上具有一定的相似性:从应征者中使一部分人获得认可。故而庞蕴居士曾有偈曰"此是选佛场,心空及第归"③,"成佛"颇类似于进士及第。"选佛"与科举不同的是:科举有一整套完善的制度方案,考试时间、地点、内容、方式等均有严

---

① 释道璨《潜仲刚诗集序》,《无文印》卷八,又见《柳塘外集》卷三,《全宋文》第 349 册,第 301 页。
② 郭朋《坛经校释》,第 66 页。
③ 释悟明《联灯会要》卷六"襄州庞蕴居士",《卍续藏》第 136 册。

格的规定;而"选佛"则是无章可循,决定权全在于老禅师个人。他随时随地可以宣布某个学者已经"成佛"了,非常自由和灵活。也正是这种不以规矩的、没有固化为僵死制度的自由和灵活,使得"选佛"之举保持了旺盛的生命力,也使得禅宗对于佛教徒拥有了巨大的吸引力。

京都五山之一天龙寺"选佛场"(2014 年 3 月摄)

庞蕴居士的偈以成佛比为科举及第,可见当时人们就认识到两者之间存在某些共同之处。唐代科举重誉望,因而产生了进士行卷,即把自己的作品奉呈与达官显贵,以达到自我宣传从而成就声名之目的。禅门效仿这种做法,后学常常把自己的文字作品自荐给已经"成佛"的禅师,以冀获得印可,且他们把自己的这类作品亦名之曰"行卷"或"行诗"。宋代科举改革,以锁院、糊名、誊录等一系列措施来防止徇私舞弊,行卷之风也随之在科举中消失,却在禅门依然保留了下来。在五山禅僧的古文作品中,我们还能发现行卷的遗踪:

出　　处	篇　　名	文中署名作者
《北磵文集》卷七	《书泉南珍书记行卷》	珍藏叟
《无文印》卷一〇	《跋敬自翁庐山行卷》	敬自翁
《无文印》卷一〇	《书灵草堂天目行卷》	灵草堂
《无文印》卷一九	《与俊癯翁书》①	俊癯翁
《月磵禅师语录》卷下	《题龙岩庐山行卷》	龙岩

由以上所列的这些文章，可推断在宋僧创作的诗文作品中，肯定包含有行卷。既标明为"行卷"，便不是单纯的"以诗会友"、"以文会友"之风流雅尚，行卷在宋僧中的流行告诉我们：宋代禅僧凭借文学才能，完全可以获得"成佛"之认可，甚至谋取住持之席位。

虽然目前尚未有学者对五山禅僧的行卷进行系统的甄辨，我们暂无以观其全貌，但从某些侧面，还是能够窥得一斑。如北磵居简《书泉南珍书记行卷》：

> 学陶、谢不及则失之放，学李、杜不及则失之巧，学晚唐不及则失之俗。泉南珍藏叟学晚唐，吾未见其失，亦未见其止，骎骎不已，庸不与姚、贾方轨！"薄霭遮西日，归雕带北云"，题金山也。永嘉诗人刘荆山抵掌而作曰："应是我辈语。"暇日裴回孤山南北宕，吊天乐墓田，憩参寥泉，论炼意与炼句、炼字之别。噫，适然得之者，意何炼为？《书》曰："尔有嘉谋嘉猷，则入告尔后于内，尔乃顺之于外，曰斯谋斯猷，惟我后之德。"凡二十九言。《诗》则曰："讦谟定命，远猷辰告。"八言尽厥旨。《诗》之严句与字，均若浑钢百炼。书以遗珍，识是日博约。②

---

① 释道璨《与俊癯翁书》："亦闻青鞋布袜，时到苕溪雪水间，岸草汀花皆入行卷。"《全宋文》第 349 册，第 274 页。
② 释居简《书泉南珍书记行卷》，《北磵文集》卷七，《全宋文》第 298 册，第 287 页。

北磵明确指出藏叟善珍的诗歌行卷师法晚唐,从所引《题金山寺》诗句看,也非谈玄说妙的佛理作品。因而我们可以肯定的是,宋代禅僧行卷中肯定有不少异于宣传佛理的纯文学性质的诗文作品,折射出当时禅林崇尚翰墨文采之风气。"选佛"以及随之而产生的行卷之风在宋代丛林的衍续,无疑是促使五山禅僧写作欲望和写作能力提高的一个重要因素。唐代行卷之风与文学发展关系密切①,宋代禅僧行卷与文学之互动及关联,亦需要我们在清理文献的基础上进行更深入的思考。

第五节　"破体"的承续：南宋五山禅四六论略

南宋五山僧人之四六文创作,可以分为两类:一是"个人写作",即基于个人的言志抒情需要而写作的纯文学性质的四六;二是"公文写作",即禅僧用骈体文写作日常各类应用性文书。从数量上来看,第一类四六为数不多,仅有个别禅僧写作的数篇骈赋而已,并不具有代表性意义;他们创作的主要是第二类四六文。

在"个人写作"的场合,禅僧写作一篇文章是选择用散文还是骈文,其自主权完全掌握在自己手中,骈俪只是一种文学写作的体裁与手段;而在"公文写作"的场合,采用什么样的文体便不再是一种自由的选择,而是一种体制性的规定。我们不妨将这些"不得不"采用骈俪写作的禅门四六称之曰"禅四六"。换言之,"禅四六"即禅门文书中必须用四六为之者。南宋一朝,禅四六大显异彩,在禅林日常生活中蔚然成风,流传至今者为数甚多,各种书写体制也在南宋趋于完备和定型。故本节以南宋五山僧人的禅四六为考察对象,对其类型体制、文学特征、思想倾向、文献价值、对中外文学之影响等问题尝试作

---

① 参程千帆《唐代进士行卷与文学》,上海古籍出版社,1980年。

一浅显的初次探讨。

一、南宋五山禅四六概貌

从现有文献看,中唐以降至北宋,在禅四六创作上堪称名家者仅惠洪(1071—1128)一人,《全宋文》录其疏、榜 70 余篇。而南宋五山禅僧中则出现了几位成就非常突出者：橘洲宝昙(1129—1197),《全宋文》录其疏、榜近 60 篇;北磵居简(1164—1246),《全宋文》录其疏、榜、上梁文近 200 篇;无文道璨(1213—1271),《全宋文》录其疏、榜、上梁文、青词、起骨、起馆、下火等 30 余篇。在《全宋文》搜辑范围之外,另有石溪心月(？—1254),其《语录》《广录》中有"小佛事"四六 60 余篇;物初大观(1201—1268),其诗文集《物初賸语》中有疏、榜、谢表、上梁文 150 余篇;淮海元肇(1189—1265),其文集《淮海外录集》中有谢表、榜、疏、上梁文等 60 余篇;藏叟善珍(1194—1277),其诗文集《藏叟摘稿》中有疏、榜、上梁文等 40 余篇。此四人的禅四六作品,《全宋文》绝大部分失收。除了这几位禅僧创作数量较多、影响较大外,尚有其他个别僧人若干零星作品,散见于其语录或寺志中(以下论述过程中涉及具体篇章时,再一一注出来源)。

无著道忠在其《禅林象器笺》之"文疏门"中,将历代与禅林有涉之文书作了种类划分(其选取对象,不仅包括禅僧写作的文书,也包括士大夫写作的与禅林生活有关系的文书)。然而他的分类,有疏漏、重叠、繁冗等欠完善处。以下将在其研究基础上,对南宋禅四六尝试重新进行一种更为合理的分类方式并略作解释说明,以勾勒出它的大致面貌。

（一）疏

"疏者,条畅布陈其所蓄望也。"[①]根据使用场合的不同,主要有劝

---

① ［日］无著道忠《禅林象器笺》,京都中文出版社,1979 年,第 248 页。

请疏、劝缘疏、贺疏等三种。

1. 劝请疏

劝请疏为劝请某僧住持某寺院所作之文书,"旧说曰,士大夫为僧制请疏,泛论之,则南北朝时沈休文发讲疏为始;禅林请住持疏,韶州防御使何希范等制请疏,令云门偃禅师住灵树为始,其疏载在《云门语录》后也;僧疏,则九峰韶公作疏请大觉琏和尚住阿育王山,此为始矣"。① 可见禅僧作劝请疏肇端于北宋。根据出疏者之身份差别,劝请疏主要又可分为以下几种。

一是山门疏。"古之开堂,朝命下,或差官敦请,或部使者,或郡县遣币礼请就某寺,或本寺官给钱料设斋开堂。各官自有请疏及茶汤等榜,见诸名公文集。近来开堂,多是各寺自备。"②山门疏为迎请新住持时,寺院所出之疏。例如藏叟善珍《雪峰请环溪山门疏》《法石请愚谷山门疏》。

二是诸山疏。诸山疏为"本寺邻封之诸山制新住持入寺疏也"③,如橘洲宝昙《请德和尚住象田诸山疏》、物初大观《雪窦请西江诸山疏》。

三是江湖疏。江湖疏乃"江湖上禅刹人制新命入寺疏也"④,如物初大观《太虚住台州报恩江湖疏》《楫铁船出世洪祐江湖疏》。

大致来看,劝请疏在内容上一般为三段式结构:开篇第一部分先发议论,或论彼时佛法之盛衰,或论新来住持者修行之高下;第二部分常以"恭惟某人"一语领起,陈述新住持参学之师承渊源等;第三部分则致恳请、欢迎之意,多为客套语。

据《敕修百丈清规》⑤,劝请疏作毕,并非呈于新住持个人阅读,而

---

① [日]无著道忠《禅林象器笺》,京都中文出版社,1979年,第248页。
② 释德煇《敕修百丈清规》卷三,《大正藏》第48册。
③ [日]无著道忠《禅林象器笺》,第249页。
④ 同上。
⑤ 《敕修百丈清规》(《大正藏》第48册)卷三:"近来开堂,多是各寺自备。至时入院,侍者分付行者铺设法座,报众挂上堂牌,具写官员诸山名目,预呈住持。于座左设位,铺卓袱炉烛,排列疏帖,预先和会维那宣公文,首座宣山门疏以次,头首或诸山江湖名胜宣其余疏……(住持)先呈公文举法语毕,接付维那宣白,次山门、诸山、江湖疏,一一递上。有法语,分送宣读。"

是交付给寺院,在开堂日由首座、维那等当场公开宣读,名曰"宣疏";宣读毕,住持依次出法语一一回应,是为"拈疏法语"。

2. 劝缘疏

僧人化缘所用之疏,意为向个人或团体募集物质资助。根据所化之物不同,南宋禅林劝缘疏主要有以下几种。

一是修造疏。即寺院营修殿宇、屋堂、廊庑等建筑或塑造佛像时,向社会募集善款所用之疏。如物初大观《灌顶修殿塑佛疏》《大能仁造佛阁三门疏》。

二是求僧疏。南宋对僧道实行严格的度牒制度,"进纳度僧"(即通过缴纳钱财来换取度牒)从北宋中期开始渐渐大规模流行①,至南宋,度牒价格一度奇高。为募集度牒钱,而作此疏。求僧疏的使用者是欲出家而尚未正式取得僧人资格的人,故我们现在在禅僧集子中看到的求僧疏皆为代言之作。如橘洲宝昙《川行者求僧疏》《写法华经求僧疏》。

三是杂疏。寺院举行如结夏、佛诞、刻经、祈雨等法事活动或僧人化日常器物如食物、器具等时候,为筹集活动资金或募集器物所用之疏。例如藏叟善珍《朋介石开语录疏》《化芋疏》。

3. 贺疏

遇节日、诞辰、喜庆等场合为致庆贺意所作之疏。例如淮海元肇《史卫王寿疏》《赵寺丞寿疏》。

(二)榜

1. 茶汤榜

新住持入院时,寺院行茶汤之礼所张之榜。"凡十方寺院住持虚席,必闻于所司,伺公命下,库司会两序勤旧茶……茶汤榜请书记为

---

① 参曹旅宁《试论宋代的度牒制度》,《青海师范大学学报》(社科版)1990年第1期。

之。如缺书记,择能文字者分为之,用绢素写榜"①,"有榜当先安下处呈新命,入院日挂僧堂前"②。如物初大观《天童请西岩茶汤榜》《北磵老人住道场茶榜》。

2. 修造榜

为寺院兴土木营建之时劝缘之文书,例如物初大观《平江慧日修造榜》《径山火后再造榜》。

按,"修造榜"与"修造疏"虽在性质上有一定类似,常有混用的情况,如物初大观《庐州资国地藏院再造佛殿三门榜疏》《北关行堂榜疏》《育王行化榜疏》,但一般而言疏为下级对上级的文书,而榜为上级对下级或平级之间的文书③,是故疏、榜有分途。

3. 法事榜

寺院举行法事活动时,为布告僧俗而张贴之榜。如北磵居简《神林宝云诵莲经会榜》《圆明结夏光明经会榜》。上述茶汤榜,实则为法事榜之一种,因其数量较多,故此处单列为一类。

(三) 表

"圣旨敕黄,住持者即具谢表;示寂有遗表;或所赐所问,俱奉表进。"④南宋禅四六中,以谢表为最多,包括谢御赐匾额、谢赐紫衣师号、谢敕任住持等。如物初大观《谢御书觉皇宝殿表》《谢御书正遍知阁华严法界二扁》。

(四) 上梁文

王应麟谓后魏温子升《阊阖门上梁文》为上梁文之始⑤,而禅门上梁文则始见于南宋。如无文道璨《荐福法堂上梁文》《感山依云阁上

---

① 释德煇《敕修百丈清规》卷三"请新住持"条,《大正藏》第48册。
② 释弋咸《禅林备用清规》卷四,《卍续藏》第112册。
③ 参[日]玉村竹二《五山文学:大陆文化紹介者としての五山禅僧の活動》,东京至文堂,1955年。
④ 《敕修百丈清规》卷四"书记"条,《大正藏》第48册。
⑤ 王应麟《困学纪闻》卷二〇,《四部丛刊》本。

梁文》)。

(五)青词

又名"青疏",乃道教斋醮仪式所用文书,"凡太清宫、道观荐告词文,用青藤纸朱字,谓之青词"①。禅僧所作青词,均是为道士代言之作。如无文道璨《祈雨青词》《禳火醮青疏》。

(六)起龛、挂真、下火、起骨、入龛、指路等"小佛事"四六

均为释门丧荐仪式所用文书,为释门特有之四六。《四六文章图》卷五《禅家四六并偈颂类》中,专立"七佛事"一条:"一曰锁龛,二曰挂真,三曰起龛,四曰奠汤,五曰奠茶,六曰下炬,七曰念诵。或维那也,减锁龛、挂真,谓五佛事;减锁龛、挂真、起龛、念诵,谓三佛事;加取骨、安骨,谓九佛事也。"②另有一类"指路",其文未见录于禅僧语录、文集或寺志,但在南宋话本《钱塘湖隐济颠禅师语录》中有署名"道清长老"和湖隐济颠的三篇《指路》,可备参阅。③ 关于这类"小佛事"四六的产生背景、形成过程、文体特征等,本书已在第六章第一节以石溪心月所作为例作了探讨,兹不赘述。

以上对南宋禅四六作了大致的分类与介绍。回顾唐代和北宋,我们目前所能看到的禅四六体裁仅限于榜、疏两种;如果再往后看,那么元明清时代之禅四六,在体裁上已不出南宋这几类,不再有新创。因而,南宋既是禅四六的发展成熟期,也是它的定型期。

二、东坡四六之遗响远韵

南宋禅僧诗文集在刊行之初流传范围就不广④,后世又由于天灾

---

① 李肇《翰林志》,《知不足斋丛书》本。
② [日]大颠梵通《四六文章图》卷五,宽文六年刊本,光丘文库藏。
③ 据朱刚《宋话本〈钱塘湖隐济颠禅师语录〉考论》考证,现存该《语录》最早为隆庆三年(1596)本,其内容经过明人一定的添附改造;"隆庆本虽刊刻于明代,有一些明人改动的痕迹,但其内容接近南宋的原本"。因而其中所涉南宋之禅四六,基本可予信任。
④ 上文提及的南宋禅四六创作的几位名家,其诗文集为宋代书志、目录等著录者,仅《北磵文集》一种而已。

或人祸,有不少在中土亡佚,故南宋禅四六数百年来一直鲜为人知,我们现在很少能寻找到时贤及后人注解或品评它的只言片语。无文道璨《柳塘外集》中有一篇《云太虚四六序》,这是笔者至目前所见到的南宋以来唯一一篇集中论述禅四六的文章。在这篇文章中,他集中表达了自己对禅四六创作的看法。不妨将其主体部分抄录于下:

> 四六,词人难能之伎,变为榜疏,尤词人之所甚难能者。盖体格贵劲正,意味贵暴白,句法贵苍老,使工于词学为之,不失于优柔绰约,必流于怪僻诡俗,未见其能也。亡友云太虚,用力于此积三十年,劲正而婉娩,暴白而停蓄,苍老而敷腴,叙事无剩词,约理无遗意,纡余不牵合,简切不窘束。盖太虚以气为根本,学为枝干,词为花叶,此所以兼词人之能而无词人之失欤?①

云太虚,按丛林称呼规则,"云"当为法名下字,"太虚"为字或号,其人生平已阙考。该文作者无文道璨,大慧派禅僧,曾两次住持荐福寺,又住持开先寺,有诗文集《无文印》《柳塘外集》存世,为丛林所重,是南宋非常著名的一位文学僧。因而他的文章学观念,在相当程度上具有群体代表性,即反映着南宋禅林对于禅四六创作的普遍性、一般性看法。从他这篇序言中,首先当然可以看出禅宗和尚将四六公文写作看作一项非常高深的技能,在体格、立意、句法等方面都有自身特殊的内在轨范;接着他盛赞云太虚所作禅四六水平之高妙,最后从创作论上指出云太虚能取得如此成就的原因——"气"、"学"、"词"的有机统一。虽然他言之简略,但已经给我们提示了一条线索:南宋禅四六在内容、章法、辞采三方面都有自己的特性。我们对它的观

---

① 释道璨《云太虚四六序》,《无文印》卷八,又见《柳塘外集》卷三,《全宋文》第 349 册,第 299 页。

察,不妨就先从这三方面开始入手。

"在古文运动兴起时,体制上的优胜被认为是古文必须取代骈文的最显明彰著之理由。当然,这种优胜性的被确认,是与立意密切相关的,所谓立意,也就是'载道',古文的优越性,指的就是它比骈文更适于'载道'。"①诚然,中唐、北宋之际这次以古文取代骈文的人为的、有意识的文体改革,其倡导者提出的最冠冕的理论依据便是四六这种贵族化的文体不适合于议论说理,故难以"载道"。这个理由若排除韩、柳等人作为新起的科举士大夫的特殊身份而有意与旧贵族唱反调的成分,从客观来说还是具有一定合理性的:首先是骈文以骈四俪六、使事用典为根本体式,对自由表达造成限制;其次,四六从魏晋发展至中晚唐,苦心于追求形式和技巧,渐流于绮靡空洞,"除杜牧、李商隐等人能够做到文质彬彬、华实相扶之外,其他人如温庭筠、段成式等人则以绮艳浮靡相尚,即使是寻常书信也偶对连篇,华艳非常"②。但是,四六作为文体本身,真的不能够"载道"吗?《荆溪林下偶谈》中对两宋四六文有这样一段广为人知的评论:

> 本朝四六以欧公为第一,苏王次之。然欧公本工时文,早年所为四六,见《别集》,皆排比而绮靡。自为古文后,方一洗去,遂与初作迥然不同。他日见二苏四六,亦谓其不减古文,盖四六与古文同一关键也。然二苏四六尚议论,有气焰;而荆公则以辞趣典雅为主;能兼之者,欧公耳。……水心见筼窗四六数篇,如《代谢希孟上钱相》之类,深叹赏之。盖理趣深而光焰长,以文人之华藻,立儒者之典刑,合欧苏王为一家者也。③

---

① 朱刚《唐宋四大家的道论与文学》,东方出版社,1997年,第170页。
② 于景祥《中国骈文通史》,吉林人民出版社,2002年,第617页。
③ 吴子良《荆溪林下偶谈》卷二"四六与古文同一关键"条,王水照编《历代文话》第1册,复旦大学出版社,2007年,第554—555页。

可见在一些宋人自己看来,欧苏这一脉四六,在内容上恰恰是"尚议论"、"理趣深"而能"立儒者之典刑"的。在南宋禅四六中,议论、说理也正是其最普遍的表现手法。与士大夫在四六文书中针对具体事件发表议论不同,禅四六的议论和说理大多没有具体的针对对象,而倾向于普遍意义上的佛理的揭示阐发;且这种揭示阐发,并非以抽象的、说教的方式进行,而是借助于具体事物,以文学性语言表达。试看无文道璨《灵隐化钟楼浴堂疏》:

> 大小随吾扣尔,冷暖惟自知之。即耳处而悟圆通,更上一层始得;向镬汤而成正觉,要令合国咸知。声教无边,恩波不尽。①

虽然这是一篇为修造钟楼和浴堂而作的劝缘疏,却并不止于劝缘,而是通篇处处紧扣钟楼、浴堂二物,用形象的语言表达了禅宗的某些重要基本理念,明理而不流于说教,议论而不失风趣,极富文学色彩,是南宋禅四六议论说理的典型,其面貌全然不同于以说理为旨归的佛教义学僧和理学家之文。王志坚《四六法海》有云:"四六与诗相似,皆着不得议论。宋人长于议论,故此二事皆逊唐人。唐人非全不议论也,但其议论有镜花水月之致耳。"②结合语境,可知王志坚所言唐人四六议论的"镜花水月之致",是指说理的审美化、文学化,隔着一层,不直接点破,而给人自由思考、联想的空间。刘宁《骈文与说理——以中古议论文为中心的考察》一文指出:骈文是否适合说理,不可一概而论;中古议论文的两个传统——诸子学论著等"理论性论理之文"与针对现实问题的奏疏等"实用性议事之文"就在不同程度上对骈俪有所吸收,而议事之文吸收骈俪的优势在于可以增强文辞

---

① 释道璨《灵隐化钟楼浴堂疏》,《无文印》卷一一,《全宋文》第 349 册,第 450 页。
② 王志坚《四六法海》卷二,《文渊阁四库全书》本。

修饰。① 很显然,南宋禅四六属于"实用性议事之文"的范畴。它们通过审美化、文学化的说理,意在言外而理寓于中,避免了呆板、枯槁的说教式议论文的流弊,高处不减唐人。

在四六文创作中,用典作为一种基本的行文手段,直接反映出作者的学识深浅,"盖指事欲其曲以尽,述意欲其深以婉,泽以比兴,则词不迫切;资以故籍,故言为典章也"②。王禹偁在给赞宁(919—1001)文集所作序言中开篇即大力颂之曰:"释子谓佛书为内典,谓儒书为外学。工诗则众,工文则鲜。并是四者,其惟大师。"③在宋初人看来,一个和尚能兼通内外之学,是一件非常了不起的事情。然而到了南宋,后来居上者,已经屡出不鲜了。一个极为显目的直观表现,便是南宋禅四六中典故的运用:一是其中所用之典,内、外兼而有之,不仅显示出南宋禅僧文化修养的飞跃,也反映了他们对"外学"兼容并包的文化心态;二是在典故使用上,往往以己语化之,不露斧凿之痕,即使阅读者没有相关知识储备,也并不妨碍对文义的理解,使文章呈现出典雅而不晦涩、流丽而不艰深的总体风貌。例如淮海元肇《化茭笋疏》:

> 绿衣楚楚,散泽国之无边;白玉亭亭,当金风而露体。彼玉板师出尖太早,笑萝卜头踩根尤深。入泥入水处,正好提撕;吃粥吃饭时,切忌蹉过。④

这段话中"当金风而露体"典出《碧岩录》第 27 则:"举。僧问云门:树凋叶落时如何?云门云:体露金风。"元肇用之,既指茭笋在秋季成

---

① 刘宁《骈文与说理——以中古议论文为中心的考察》,《长江学术》2004 年第 1 期。
② 李兆洛《骈体文钞序·中编序》,《养一斋集》文集卷五,道光二十三年刊本。
③ 王禹偁《左街僧录通惠大师文集序》,《小畜集》卷二〇,《四部丛刊》本。
④ 释元肇《化茭笋疏》,《淮海外录集》卷上,宝永七年刻本。

熟,又生动描摹出了茭笋成熟时的情状。"玉板师"为东坡对竹笋的爱称,有诗云"不怕石头路,来参玉版师"(《刘器之好谈禅不喜游山中笋出戏语器之可同参玉版长老》)。"萝卜头"出自赵州语录"镇州出大萝卜头"。"入泥入水"为禅僧说法时常用语,谓高僧将佛法与大众说破:"又古德曰:此事不可以有心求,不可以无心得,不可以语言造,不可以寂默通。此是第一等入泥入水,老婆说话。"①由于茭笋栽植于水里泥沼中,故"入泥入水"一语颇为贴切。"吃粥吃饭"为禅家惯用话头,谓禅就在日常生活中,"问:乞师指个入路。师云:吃粥吃饭"②,"但着衣吃饭、行住坐卧、晨参暮请,一切仍旧,便为无事人也"③,此处亦指茭笋。短短数句,如风行水上,不着影迹,古典今情,融为一体。假如一个读者不具备与所用典故相关的任何知识,也能毫无障碍地从整体上理解作者所要表达的思想情感。

因四六的基本体制是对偶,故而前句用了典故,后句也必以典故与之相对。关于这种典故的对仗手法,宋人自己有一些说明,如《四六谈麈》云:"四六经语对经语,史语对史语,诗语对诗语,方妥帖。"④《四六话》云:"四六有伐山语,有伐材语。伐材语者,如已成之柱桷,略加绳削而已;伐山语者,则搜山搜山一作披山开荒,自我取之。伐材,谓熟事也;伐山,谓生事也。生事必对熟事,熟事必对生事。若两联皆生事,则伤于奥涩;若两联皆熟事,则无工。盖生事必用熟事对出也。"⑤这些规定,当然是非常严格的。而南宋禅四六的典故之对偶,显得非常宽松,上述淮海元肇《化茭笋疏》就是很好的一例。该疏无论是典故门类,还是所谓"生"、"熟",对仗都不符合宋人严格意义上的规则,而较为自由松散。

---

① 释蕴闻编《大慧普觉禅师语录》卷二五,《大正藏》第47册。
② 释守坚编《云门匡真禅师广录》卷上,《大正藏》第47册。
③ 释惠洪《禅林僧宝传》卷四《金陵清凉益禅师》,《卍续藏》第137册。
④ 谢伋《四六谈麈》,王水照编《历代文话》第1册,第34页。
⑤ 王铚《四六话》卷上,王水照编《历代文话》第1册,第8页。

在遣词造句上,南宋禅四六常融入散文句法,句子成分之间呈正常的语脉关系,较少用倒装、省略、互文、当句对等,行文平易畅达;且常常不避虚词,一如日常交流言说之语。诸如无文道璨《江湖劝请源灵叟住灵岩疏》:"圆悟三世而至中峰,落巨浸于九渊之底;破庵一传而得双径,灿朝阳于百卉之间。"①《饶州岳庙钧天阁修造榜》:"由宣和迄至于今,上横华阁;历嘉定重修而后,多涉岁时。朱檐欹燕雀之风,碧瓦乱鸳鸯之影。宗庙百官之富,尽在是矣;工师大木之求,岂可缓哉。"②橘洲宝昙《马道人造庵疏》:"京华年少,弃黄金真如泥;泽国秋深,顾白发恍如梦。"③等等。此外,他们还突破传统四六文创作多用四字句、六字句的风习,常以短句、长句交错铺排入文,信笔所至,句式参差错落。如淮海元肇《水乡出队疏》:

三吴跨太湖三万六千顷,乃是国一生缘;双径萃禅衲一千七百员,旧为妙喜世界。云自岭头闲不彻,月在波心说向谁。惟再三捞摝方知,故出没卷舒无碍。老浙翁祖风犹在,须水张帆;诸檀越乡情尚存,从苗辨地。红蓼岸白蘋汀到了,绿蓑衣青箬笠都抛。④

这篇疏最短的一联为十四字,而最长的一联有三十二字,极具摇曳多姿、跌宕有致之感。《四六谈麈》中指出:"四六施于制诰表奏文檄,本以便于宣读,多以四字六字为句。宣和间,多用全文长句为对,习尚之久,至今未能全变。前辈无此体也。此起于咸平王相翰苑之作,人多效之。"⑤而在禅四六中,并非多四字、六字句,亦非全用长句,而是笔随意转,在句式的选择上更加自由灵活;再加上上文所言的虚词的使

---

① 释道璨《江湖劝请源灵叟住灵岩疏》,《无文印》卷一一,《全宋文》第 349 册,第 446 页。
② 释道璨《饶州岳庙钧天阁修造榜》,《无文印》卷一一,同上书,第 444 页。
③ 释宝昙《马道人造庵疏》,《橘洲文集》卷八,《全宋文》第 241 册,第 205 页。
④ 释元肇《水乡出队疏》,《淮海外录集》卷上,宝永七年刻本。
⑤ 谢伋《四六谈麈》,王水照编《历代文话》第 1 册,第 34 页。

用、平易的文风等,使得文章的整体语势既节奏分明,又不失畅达。

  以上对南宋禅四六的文学特征稍作了浅显的分析。而如果我们把这些特征置于两宋文章史,从历时的角度加以审视的话,之前某些既有的对骈文发展的认识与概括或许便值得推敲。"皇朝四六,荆公谨守法度,东坡雄深浩博,出于准绳之外,由是分为两派"①,这已然成为文学史一般性常识。具体而言,"苏轼四六的两大特点一是长句排比,外形体制为骈体,实际上简直就是散文的偶句化,无晦涩之弊,极流畅之致;一是并非不用典,而是运典能化,甚至用全经语而如己出"②。通过对以上南宋禅四六具体例子的观察与分析,我们不难发现此处施著所指出的东坡四六"散文的偶句化"、"运典能化",再加上《荆溪林下偶谈》所言"尚议论"这三大特点,南宋禅四六的风貌与之十分契合。关于苏、王两家四六在南宋的传承情况,之前留给我们的印象,似乎是王安石一脉绵延不绝,而东坡一脉则后继乏人、枯萎凋敝,如《宋四六论稿》便指出"南宋普遍存在的求工稳的做法实际上已经表明,苏轼的用经语如己出做法的后继无人。相反,王安石尊体的做法在南宋得到更多回应"。③ 从南宋士大夫的四六创作来看,这种观点确实符合史实;然而在禅门中,四六创作延续和传承的基本是东坡破体一脉,它一直未曾断绝,在南宋始终有着长青的生命力。因而要全面把握宋代骈文史,对这些禅四六不可不予以重视。

三、士大夫化与世俗化:南宋五山禅四六的两种并行走向

  和北宋相比较,南宋禅四六不仅在直观数量上占据了绝对优势,还有两点值得我们注意。一是南宋禅四六文体较之前代更加多样和丰富,各种禅四六文体在南宋已经齐备,文体层面的禅四六在南

---

① 杨囷道《云庄四六余话》,同上书,第119页。
② 施懿超《宋四六论稿》,上海古籍出版社,2005年,第64页。
③ 同上书,第71页。

宋已经定型和成熟。在不同的场合——诸如延请住持、新住持上任、开展法事活动、修缮营建、受朝廷赏赐、与士大夫应酬往来、僧人迁化等——都有相应的文体可以使用，禅四六的创作和运用在南宋已经成为一种普遍风气，这在唐代和北宋是不曾见到的现象。这表明南宋禅四六不仅作为一种文体已经成熟，而且在相当程度上已经深深进入了制度层面，成为禅林日常行仪的一个重要组成部分。二是南宋禅四六的作者主要集中于若干禅僧，换言之即南宋禅四六创作已经形成了相对比较专门的写作队伍，作者群体呈现出专职化的趋向。宋代禅林执掌文书写作的职位叫"书记"。书记并不是宋代禅林的新创，刊刻于北宋崇宁二年（1103）的《禅苑清规》即列有"书状"一职；刊刻于元至元二年（1265）年的《敕修百丈清规》，则以"书记"之名取代之。虽然二者只是同一职位在不同时期的不同称呼，但若分别检视两部清规中的解说，则会发现二者有所差异。《禅苑清规》"书状"：

> 书状之职，主执山门书疏。应须字体真楷、言语整齐、封角如法及识尊卑触净僧俗所宜……院门大榜、斋会疏文，并宜精心制撰，如法书写。[1]

《敕修百丈清规》"书记"：

> 即古规之"书状"也。职掌文翰，凡山门榜疏书问祈祷词语悉属之。……而名之著者，自黄龙南公始。又东山演祖以是职命佛眼远公，欲以名激之，使兼通外典，助其法海波澜。[2]

---

[1] 释宗赜《重雕补注禅苑清规》卷三"书状"条，《卍续藏》第111册。
[2] 释德辉《敕修百丈清规》卷四"书记"条，《大正藏》第48册。

对比两条材料,前者更多强调的是禅门文书写作的法度(包括字体、语言、礼仪等),即禅门文书要合乎文书写作的一般规范;后者则强调写作者的学识,且主要是外学,并认为书记广博的学识有助于弘法。由此我们不难看出,从唐、北宋到南宋,对禅四六重要性的体认是逐渐升高的,它从一种单纯的禅林应用文体上升到影响法门盛衰的关键。因而,对于写作者(即书记)的要求也就非常严格,"非才学兼优者莫与其选"①。书记在禅门内受到极高的推崇,例如上述橘洲、北磵、无文、物初、淮海、藏叟这几位禅僧皆由书记而升任为南宋五山等大寺院的住持②。

四六文书在南宋禅林中应用上的制度化、创作者的专门化,不免使我们产生疑惑:文书本来是儒家政治体系中的行政手段,是朝廷、各级地方官府和官员个人传递信息的载体,何以在南宋彻底渗透到出世间的佛门,并且这种渗透几乎是无孔不入?日本学者镜岛元隆在《南宋禅林小考》中指出南宋"丛林职位的贵族化"和"禅门行仪的贵族化"③,的确,此时的禅宗,早已经过了"一日不作,一日不食"的农禅时代,相反大寺院林立,掌握着大量土地和物产。这与南宋朝廷对佛教的干预——诸如僧官制、系帐制、敕额制、敕差住持制、五山十刹制等是分不开的,其干预的范围和力度远远超过了前代。④ 当禅门失去了经济和精神上的独立,只能迎合依附于世俗政治权力,将国家统治秩序中的行仪轨则移植于佛门的土壤,在客观上被卷入士大夫化、贵族化的洪流。甚至有不少南宋禅僧,经常出入宫廷,如佛照德光、瞎堂慧远等⑤,几乎成为御用禅师。试看物初大观代人作《谢御书表》:

---

① 释元贤《禅林疏语小引》,《禅林疏语考证》卷首,《卍续藏》第112册。
② 橘洲曾住仗锡,北磵曾住净慈,淮海曾住育王、净慈、灵隐、径山,物初曾住育王,无文曾住荐福、开先,藏叟曾住育王、径山。
③ [日]镜岛元隆《南宋禅林の一考察》,《驹泽大学仏教学部研究纪要》第19号,1961年。
④ 参刘长东《宋代佛教政策论稿》,巴蜀书社,2005年。
⑤ 德光有《佛照禅师奏对录》(收于《古尊宿语录》卷四八,《卍续藏》第118册);《瞎堂慧远禅师广录》(《卍续藏》第120册)卷二有慧远多次"入内"说法的语录。

臣僧□言：月日中使传宣赐臣御书"圆照"二大字，并唐僧道源《发愿文》一轴者。龙蟠凤翥，配昭陵飞白之奇；玉转珠回，超贞观硬黄之秘。粲星河之黼黻，发严谷之光华。抃己知荣，扪心非称。……兹盖伏遇皇帝陛下，智烛万机，书周八法。揭仲尼之日月，莫匪生知；与妙觉之言诠，自然吻合。臣神驰北阙，道谢南阳。历衍万年，效涓埃于嵩祝；宝藏千古，严呵护于山灵。①

昔东晋慧远有"沙门不敬王者"之论，而在这篇谢表中，作为当时宗教界大德的大观，其笔下却屡对皇帝俯首称臣，并极尽客套恭维之语，去慧远何其远哉！在南宋这样一种世俗权力极力纳宗教于统治秩序、禅宗主动向世俗权力靠拢的两厢情愿的普遍风气下，便不难理解彼时的禅门何以乐于移植儒家政治体系中的四六文书并使之在佛土开花了。

"唐中叶以后，禅僧多隐栖山林，致力于实践修道，接触幽邃的自然风物，遂引发中国人固有的文字癖，再加上受到唐代文学风气勃兴的影响，因而产生了以禅门独特的韵文流露诗情的风尚"②，这固然是中晚唐之际在传统经、律、论之外"文字禅"开始萌芽的一个重要因素。中晚唐的禅文学，以寒山等人朴拙的、表达佛理禅解的白话诗为代表；到了北宋，经过文学手段修饰的、抒发个人生命体验的诗文成为禅文学的主流形态，出现了道潜、惠洪等大家；南渡之后，一方面北宋禅文学的血脉继续延伸以至于绚烂，另一方面在这条脉络之外，又有禅四六的发达。如果中晚唐禅文学产生的动因之一是禅僧"隐栖山林"，那么毫无疑问，南宋禅四六的如火如荼，其主要原因是禅僧"走向世俗"。因为禅四六不是以抒发个人情感体验为目的的创作，

---

① 释大观《谢御书表》，《物初賸语》卷一八，《珍本宋集五种——日藏宋僧诗文集整理研究》（下），第858页。
② ［日］高雄义坚著、陈季菁等译《宋代佛教史研究》，台北华宇出版社，1986年，第107页。

而是以实现礼仪功能、交际功能为目的的书写,只有当清净佛履踏入纷扰尘世,它的功用才得以显现。与禅宗在思想层面"走向世俗"相伴随,南宋禅四六的"世俗化"主要体现于以下两个方面。

一是在遣词造句上,南宋禅四六经常直接采用或化用日常生活口语、俚语俗言及又俗又雅的"宗门语",使文章呈现出活泼灵动、弥漫着人间烟火味的总体风格,与士大夫四六文书庄重典雅、书卷气息浓厚的面貌迥然有别。这样的例子举不胜举,如"某人英华尽敛,峭拔如常。借蛊毒死活人,可见血滴滴地;动溪声广长舌,谁辨干曝曝禅"①、"打鼓撞钟,管取一日钵盂两度湿;登门上户,莫怪去年和尚又来斋"②、"乃翁初时卖狗悬羊,解把虚空揣出骨;云容三载捞虾摝蚬,别移烟棹入芦花"③等,虽然用了一些内、外典故,但在语言上几乎是纯用日常口语作成,且"干曝曝"、"钵盂两度湿"、"卖狗悬羊"、"捞虾摝蚬"等"宗门语",暂时撇开它们在禅门的特殊含义不谈,单从语言角度说,皆为村言俚语,极鄙俗之至。本来中国禅宗自初创之日,禅师说法时即常以日常器物或惯用俗语为渡人之善巧方便,诸如在回答"如何是祖师西来意"等这类极具形而上色彩的问题时,对以"庭前柏树子"、"麻三斤"等。这一方面是由于早期禅宗的信众主要是文化水平并不高的农民,俗言俚语对他们来说"莫此亲切";另一方面是由于南宗禅本来即主张禅在日常生活中,行住坐卧、运水搬柴,无非妙道。这种以俗语解禅的传统并没有在后来因为参禅主体的改变(士大夫居士越来越多)而断裂,而是一直沿用了下来,成为禅宗语言的一大特色。这个特色亦在禅僧著述中得到充分发挥,最显著的表现就是禅宗和尚语录,多由白话、俗语作成。在南宋禅四六中,这种

---

① 释大观《传枯山住仗锡诸山疏》,《物初賸语》卷二〇,《珍本宋集五种——日藏宋僧诗文集整理研究》(下),第914页。
② 释元肇《化夏供疏》,《淮海外录集》卷上,宝永七年刻本。
③ 释元肇《狼山请贤老○嗣无用》,同上书。

"俗"的传统得以一以贯之,与它的实际功用是分不开的。南宋禅四六在各种体裁中,写给皇帝看的"谢表"以及呈予士大夫的"贺疏"之类只占了很小的一部分,其余的疏、榜、上梁文等面向的受众除了僧人自己以外,主要是文化水平并不高的非士大夫群体(即庶民)。而四六文在产生之初本来就是一种非常贵族化、书面化的文体,无论是写作还是阅读都需要相当高的文化修养。因此,南宋禅四六是用一种"雅"的文体,面向"俗"的受众的写作。这种文体性质与面向受众之间的错位与断层,无疑是促使南宋禅四六偏离传统四六创作的轨道,"破体为文"的重要因素。

二是在行文技法上,南宋禅四六不拘四六文章规则,信笔所至,常出于法度之外。例如前文所引"借蛊毒/死活人,可见/血滴/滴地;动/溪声广长舌,谁辨/干曝曝禅"一句,无论是上下句相同位置上语词的词性,还是句子内部的结构、停顿等,都不符合严格意义上的骈句对仗规则。本节第二部分亦已经提到南宋禅四六在内容上善于议论说理、用典上浅显通俗、句法上援散入骈等特点,都是突破一般创作规则的典型体现。施懿超《宋四六文体研究》在论及"宋四六的专门性和实用性"时,认为"在所有宋四六的文体体制中,有两个方面的问题最为突出,一则是宋四六的程序化写作特色,以及在程序化规范之下个性化的显现;再则是宋四六最高创作原则'得体'、'称旨'表现非常明显,以及在最高创作原则下对各类具体文体的不同要求"①。从南宋禅四六来看,程序化、"得体"、"称旨"等这些文体体制上趋同性表现得非常微弱,我们很难从这些作品中概括出每一类文体一般性的写作模式与体制来。与宋代士大夫四六注重文体规范不同,南宋禅四六着意追求的是作为一种禅僧自己书写的实用文体,面

---

① 施懿超《宋四六文体研究》,王水照、朱刚主编《中国古代文章学的成立与展开:中国古代文章学论集》,复旦大学出版社,2011年,第194页。

向非士大夫群体的读者时,如何才能更好地被理解和接受。换言之,南宋禅四六非常明显地表现出对普通庶民知识水平、审美趋尚等的努力迎合,而相对忽略其本身的内在文体要求。如果在这些四六文中不依凭具体事物而大谈深奥的道理、直接从古书中拈来艰深的典故而无所点化、使用佶屈聱牙的句式而不加节制,很难想象这样的四六文能够被文化水平有限的普通民众所理解和接受。

从这个角度来看,南宋禅四六无论是遣词造句上的俚语俗言的大量运用,还是在书写方式上的善议论说理、以己语化典、对仗宽松、句法援散入骈、行文平易畅达等特点,共同指向的是通俗性和世俗性。内藤湖南以宋代为中国"近世"的开始,而在文学史领域,所谓"近世"是以通俗性、世俗性为主要特征的,南宋禅四六正体现了这种倾向。禅四六作为文体层面的"雅"与其内容、技法层面的"俗",正好相反相成,正是这种矛盾的张力,造就了它有别于士大夫一般四六文的独特风貌。

四、南宋五山禅四六之文献价值

"骈四俪六,锦心绣口",四六由于其辞藻的极端华丽、技巧的刻意追求,使读者一眼看过去首先看到的就是它外在的华美璀璨、精巧工整,而容易忽略它内在所承载着的丰富的历史文化意蕴。禅四六由于使用范围的特定性,故其包含的文献史料信息主要集中于佛教史方面,可为我们今天的佛教史研究提供诸多有益的参考。据笔者目前的观察,南宋禅四六的文献价值至少存在于以下四个方面。

一是南宋禅四六中保存了不少南宋朝廷佛教政策的相关史料。南宋朝廷对佛教的干预空前加强,一方面实行较为严格的度牒制度,控制僧侣的数量,另一方面大力推行敕封皇家寺院、敕差住持、赐紫衣师号、赐宸翰御匾等"恩宠"措施。而正史中关于此方面的记载寥寥,给我们今日的南宋佛教政策研究带来了一定的障碍。然在南宋禅四六中,恰蕴藏了丰富的相关史料,可与正史互为补充参证。例如无文道璨《求僧疏》中有曰:"出岭二十年,居无所定;短发三千丈,老不饶人。厌听穷鬼之揶揄,羞见少时之行辈。"①物初大观《天竺行者求僧疏》则说得更为直白:"襄类杜陵羞涩,牒如少室价高。"②由此当时僧人度牒的价格之高已然可见一斑,高价售卖度牒俨然已成为朝廷的一条生财之道。同时诸多谢表也屡屡出现于他们的文集中,例如物初大观就有《谢御书觉皇宝殿表》《谢御书表》《谢御书正遍知阁华严法界二扁》《住育王谢表》等,不难看出南宋朝廷对于禅宗的极力拉拢。此前后两种政策看似略有矛盾,实则在根本上共同指向的是朝廷对禅宗的干预力量越来越强。

二是南宋禅四六中有不少篇章反映出南宋寺院的经济状况。在大部分劝缘疏、修造榜、上梁文等文书中,直接记载了寺院的日常用度、法事开支、营修费用、田地产业、朝廷及地方官府拨款、民间募集等多方面的收支途径。另外值得我们注意的是,越到南宋后期,劝缘疏的数量就越多,甚至连五山这样的大寺院也屡屡有之。这从一个侧面说明,南宋后期随着内忧外患诸种矛盾的加深,朝廷渐渐无法在物质上对宗教予以足够的支持,僧侣必须更多地涉足市井、寄迹于庶民之中自谋衣食。这种寺院经济状况的变化,或许也是南宋佛教走向世俗化的一个原因。

三是南宋禅四六中包含了不少当时禅林人事制度、人事变迁的相关情报。虽然明清以来编修的很多寺志中几乎都会有"历代住持"的记载,但由于这些寺志的编定跟南宋相隔了数百年的时间,且所本文献种类芜杂,既有正史、禅宗灯录、禅师语录,也有笔记杂著、野史轶

---

① 释道璨《求僧疏》,《无文印》卷一一,又见《柳塘外集》卷三,《全宋文》第 349 册,第 454 页。
② 释大观《天竺行者求僧》,《物初賸语》卷一八,《珍本宋集五种——日藏宋僧诗文集整理研究》(下),第 874 页。

闻、师资口耳授受等,甚至把话本小说也网罗在内,史料可信度参差不齐,编定者亦大多未顾及前后重复、脱漏、矛盾、错误等情况。且寺志一般仅仅简单罗列住持者名号,而其委任过程、住持时间等信息一般不予提及。而从南宋不少劝请疏、谢表等禅四六中,我们不仅可以较为详细地了解某住持的选举经过、到任时间等微观具体信息,而且通过对此类禅四六的整体观照,可以从宏观上看到南宋禅林在住持遴选上,存在着朝廷敕差、官府敦请、丛林选举,甚至拈阄等多种方式的并存以及在不同时期的此消彼长。诸如物初大观《住育王谢表》"仰朝家之为法,据舆论以择人"①,淮海元肇《径山谢表》"自高皇之临幸,眷国一之道场。凡曰住山,必由宸命"、"臣曾祖大慧杲被绍兴之特恩,大父佛照光受绍熙之眷渥。父佛心琰承明纶于嘉定之岁,兄佛智闻蒙睿旨于宝祐之年"②等陈述,是我们今日研究南宋禅林人事制度、人事变迁等问题的重要史料。

四是南宋禅四六为我们再现了南宋禅林生活之行仪习俗的多彩画面。上文已经提到,南宋时期禅四六已经渗透至禅林日常生活的方方面面,几乎每种不同的场合都有相应的文书必须使用,反映出南宋禅林对于仪式、轨范等的重视与践行。南宋禅四六中的每一类文体,都形象直接地再现了诸如新任住持入院开堂、寺院做法事、行脚化缘、谢朝廷礼遇、屋宇落成等种种场合中,禅门相应的特有风俗习惯。尤其值得一提的是,南宋中后期产生的起棺、下火、起骨等与丧葬仪式有关的文书,种类繁多,暗示着彼时僧侣丧葬仪式的过程非常烦琐。这类四六为前代禅林所未有,灯录、僧史中亦少见相关记载。通过它们,我们不仅可以从直观上了解彼时禅门丧仪的一般程序,而且可以看出南宋中后期禅门之行仪习俗与世俗社会越来越接近、方外与红

---

① 释大观《住育王谢表》,《物初賸语》卷一八,《珍本宋集五种——日藏宋僧诗文集整理研究》(下),第859页。
② 释元肇《径山谢表》,《淮海外录集》卷上,宝永七年刻本。

尘的界限越来越模糊。研究宋代禅宗史,对这些四六理应予以重视。

五、南宋五山禅四六于中外文学之影响

四六文作为一种"雅"的文体,至宋元之际,渐融入市井通俗文学的创作中,对通俗文艺产生了重要影响,我们可以在南宋之后的小说、戏曲中看到大量骈语。之前已有学者关注到这一现象,如马琳萍、朱铁梅《八股文对明代前期戏曲创作的影响——以〈香囊记〉的骈偶倾向为例》[1],颜建华《乾嘉骈文的艺术成就及其对小说、戏曲影响》[2],川浩二《战斗与闺阁——〈水浒传〉〈金瓶梅〉中骈语的叙述机能》[3],等等。这种影响的发生,并非始自明代,在南宋即已萌芽,比如南宋话本《钱塘湖隐济颠禅师语录》中就有很多骈句。于景祥《中国骈文通史》一书中"骈文对宋代小说和戏曲的影响、渗透"一节就指出:"宋代骈体文在社会各阶层中都被广泛使用,并且成为新兴的话本小说和戏曲的有机组成部分。虽然正统文学样式中骈文不甚发达,但小说戏曲中则有精湛的骈语。"[4]这的确是一个不争的事实。但宋元之际骈文对通俗文学的作用究竟是如何发生的、这种影响又具体是何种程度等诸问题,于著论之未详。本书前文已经论及南宋禅四六"俗"之特质——通俗的语言、破体为文的技法、主要面向非士大夫群体的受众,等等——较之文质彬彬的庙堂四六,天然地更贴近于市井凡尘,更贴近于世俗民众。因而,在考虑骈体文对于通俗文艺的影响时,南宋禅四六所起的作用不可不予以考虑。这是一个值得深究的问题,尚俟专文考证和论述。

---

[1] 马琳萍、朱铁梅《八股文对明代前期戏曲创作的影响——以〈香囊记〉的骈偶倾向为例》,《河北学刊》2011年第2期。
[2] 颜建华《乾嘉骈文的艺术成就及其对小说、戏曲影响》,氏著《清代乾嘉骈文研究》第九章,光明日报出版社,2011年。
[3] [日] 川浩二《闘と閨の語り―〈水滸伝〉・〈金瓶梅〉における駢語の叙述機能—》,《中国文学研究》第28期。
[4] 于景祥《中国骈文通史》,第712页。

南宋禅四六除了在之后的小说、戏曲等通俗文学中烙下了印记外,还远播东瀛,对日本僧人的创作产生了重要作用。日僧虎关师炼(1278—1346)集九峰鉴韶、清凉惠洪、橘洲宝昙、北磵居简、淮海元肇、藏叟善珍、物初大观、无文道璨、曾会、蒋之奇、汪应辰、李邴等人所撰疏、榜、祭文等,编成《禅仪外文集》一书。该书卷首附有康永元年(1342)师炼自序,可见在1342年之前,这些南宋禅僧的四六文就已经漂洋过海到了日本,并为师炼所得。师炼为《禅仪外文集》所作序云:

> 《语》曰:行有余力以学文。余有二焉:溢余,外余。孔孟之文者,道德溢余之力也;游夏之文者,仁义外余之力也。溢余文者,大醇矣;外余文者,不能无小疵矣。汉唐诸儒,咸外余而匪溢余焉。不特儒也,吾门亦然。三祖《信心铭》、石头《参同契》等者,溢余也;石门、橘洲以降,外余也。大凡衲子,吐演有内外文。提纲、拈提、偈赞等者,内也;疏、榜等,外也。内者不可亏矣,外者随宜矣。唐宋之间,迄于汴京,入院、开堂两也。南渡后合为一焉,是我门之大仪也,以故疏、榜出焉。疏、榜者,四六也,不得不文矣。若夫文者,法格体裁不可失矣。近世庸流,叨作句语,体格荡灭,故我撮古之有体制者,作类聚备鉴诫焉。①

从这篇自序可以看出,他编纂此书的目的,是给时人树立疏、榜等四六文书写作的模范法则。是书编成后,至江户时代,共产生了十余种刊本、抄本、注本等,足可见其传播范围之广、影响力之巨。而在14世纪初,日本五山汉文学"在汉文中古文占据主流地位,后来流行的四六骈体文在此时还看不到"②;自14世纪中叶左右开始,五山禅僧

---

① [日]虎关师炼《禅仪外文集序》,《禅仪外文集》卷首,谷村文库藏本。
② [日]丸井宪《日本早期"五山汉文学"渊源之探讨》,《北京大学学报》(哲社版)2003年第1期。

们创作的汉文学体裁主要有偈颂、语录、作为纯世俗文学的汉诗文和疏表等四六文四种①。因此被编入《禅仪外文集》的那些禅四六,称得上是日本五山汉文学中骈体文的最早渊源之一。

与中国情形不同的是,日本的五山禅僧还在国家的外交活动中扮演着重要角色,担负着写作外交文书的职责。在镰仓时代末期中国禅四六尚未传入时,作为外交使节的五山僧人主要通过汉诗与东亚其他国家进行交流;②而到了室町时代,他们学习了四六文作法,以表等作为外交文书之写作体裁。此在西尾贤隆《室町幕府外交中的绝海中津》③以及《日中禅林中从疏到表的展开》④中已有详尽探讨,故本书不再赘述。总而言之,南宋禅四六对于日本中世的文学、社会的影响都是不容忽视的。

第六节　士大夫文化的渗透:南宋五山　　禅僧道号及道号颂管窥

自北宋后期开始,禅林兴起了立道号之风,至南宋五山禅僧群体中发展至鼎盛,常见的是庵堂道号、由法名或地名引申、以禅僧个性或行为特征命名等,并有一些戏谑性的道号。此风在后世流布蔓延,以致泛滥为一些禅僧自我标榜的工具。道号多为自己或有声望的老禅师、士大夫所命名,使用时一般遵循"道号+法名"或"道号+法名殊名"的规则。五山禅僧好立道号之习,是士大夫文化影响以及"文字禅"风潮下的产物。与道号相伴随,产生了"道号颂(偈)"这一发达的禅门特有文体,对禅林"文学圈"的形成与稳固起到了重要

---

① 参[日]玉村竹二《五山文学:大陆文化紹介者としての五山禅僧の活動》,东京至文堂,1955年。
② [日]村井章介《東アジア往還—漢詩と外交—》,东京朝日新闻社,1995年。
③ [日]西尾贤隆《室町幕府外交における绝海中津》,氏著《中世の日中交流と禅宗》第九章,东京吉川弘文馆,1999年。
④ [日]西尾贤隆《日中禅林における疏から表への展開》,同上书,第十章。

的纽结作用。

一、禅僧道号源流略考

首先有必要对禅僧道号之源流略作梳理。就整个佛门而言,道号的起源或可追溯到梁武帝普通四年(523)。据《释氏通鉴》记载,是年"制中外毋斥法师惠约名,别号智者。沙门别号,自是而始"①。而从僧史、灯录、语录等记载来看,从唐代到北宋中后期,禅宗僧人绝大多数并无专门的道号,人们多以其所居之地名、山名或寺名尊称之,禅僧自己亦往往以此自称,如青原(行思)、南岳(怀让)、百丈(怀海)、首山(省念)、雪窦(重显)、黄龙(慧南)、灵云(志勤)等。② 不唯禅宗,佛门其他宗派亦是如此,例如天台(智𫖮)、慈恩(窥基)、荆溪(湛然)、圭峰(宗密)等。同一地、一山、一寺,高僧大德代代更迭,于是自然会产生称呼"共享"的现象,譬如"黄龙"可能指慧南,也可能指祖心,等等,需要根据具体的语境来判别。因此从理论上来说,以地名、山名或寺名作为禅僧的称呼,并不具有"特指"的意义;但实际上,在大部分情况下并不会引起混淆,譬如上举的青原、南岳、百丈、首山等,人们通常只会认为是行思、怀让、怀海、省念等,而基本不会有歧见。这种具有普泛意义、使用较广的称呼方式,在相当大的程度上具有了"定指"的功能,因此我们可以将其视为后来广泛使用的真正意义上的"道号"的前身。

禅僧中较早拥有明确的道号的,可能是道林(734—833)、马祖道一(709—788)的弟子慧海以及会昌间(841—846)的温州禅僧无绎。《宋高僧传》卷一一载:

---

① 释本觉《释氏通鉴》卷五,《卍续藏》第 131 册。
② 参周裕锴《维摩方丈与随身丛林——宋僧庵堂道号的符号学阐释》,《新宋学》第 5 辑,复旦大学出版社,2016 年,第 6—22 页。

> (道林)见秦望山峻极之势,有长松枝繁结盖,遂栖止于松巅。时感鹊复巢于横枝,物我都忘,羽族驯狎,由兹不下,近四十秋。每一太守到任,则就瞻仰,号"鸟窠禅师"焉。①

《景德传灯录》卷六载:

> 越州大珠慧海禅师者,建州人也,姓朱氏。……自撰《顿悟入道要门论》一卷,被法门师侄玄晏窃出江外,呈马祖。祖览讫,告众云:"越州有大珠,圆明光透,自在无遮障处也。"众中有知师姓朱者,迭相推识结契,来越上寻访依附。时号"大珠和尚"者,因马祖示出也。②

《永宁编》载:

> 温州瑞安本寂禅院僧无绎,因武宗会昌沙汰,隐于东北谷,结庵禅定,阅十年,藤萝缠绕,俨然不动,人号之藤萝尊者。③

由此可以看出,道林由于栖于树巅鸟巢四十载,故人以"鸟窠禅师"称之;马祖取珠"圆明光透,自在无遮障处"之义隐晦地褒赏慧海,同时"珠"又谐音慧海之俗姓"朱",因而众人敬称慧海为"大珠和尚";无绎则因久隐于山谷,身体被藤萝缠绕,故而人称"藤萝尊者"。总之,此三位禅僧无论是自己还是他人,皆非有意要立道号,只是被偶然地附会了一个"号",并流传开来了而已。然而与上述以地名、山名、寺名为号者的一个本质区别是:地名、山名、寺名之号都是客观的、中性

---

① 释赞宁《宋高僧传》卷一一,中华书局,1987年,第255页。
② 释道原《景德传灯录》卷六,《大正藏》第51册。
③ 释觉岸《释氏稽古略》卷三引,《大正藏》第49册。

的,不带有任何情感、道德意义;而"鸟窠"、"大珠"、"藤萝"这类称号,则或多或少地包含了某些主观的、正面的情感、道德上的评判,被赋予了或隐或显的"意义",尽管这种"意义"尚不如北宋后期以后的道号那么明显。

自北宋后期开始,立道号之风在禅林悄然兴起,常见的是以庵堂为道号,例如晦堂(祖心)、湛堂(文准)、长灵(守卓),等等。① 除了常见的庵堂道号以外,也有一些其他的命名道号的方式,譬如由法名、地名关联引申,《禅林象器笺》中即对此有举例:

> 《明极俊禅师语要》曰:"……崇福胤公藏主,问号于予。予曰:夫胤者,继也,嗣也,受经所禀师训,名既曰胤,宜以'嗣宗'二字号其道。"
>
> 忠曰:《语要》所言,道号字义自炳然。
>
> 虎关炼和尚曰:"圣一在中华时,需道号于无准。准曰:汝乡里名何? 一曰:骏河州久能。准云:不可别求,但'久能'为号,可也。"②

还有以禅僧个性或行为特征命名的,例如:

> 赋性绝雕饰,机语皆质直,故有"百拙"之号。③
>
> 告众曰:"适来有个汉,牙如剑树,口似血盆。手把一条垂绦,如铁鞭相似,老僧亲遭一下。汝等诸人,切须照顾。"自此号曰"铁鞭"。④

---

① 详参周裕锴《维摩方丈与随身丛林——宋僧庵堂道号的符号学阐释》,《新宋学》第5辑,第6—22页。
② [日]无著道忠《禅林象器笺》,京都中文出版社,1979年,第203页。
③ 释圆悟《枯崖漫录》卷一"衢州报恩百拙登禅师"条,《卍续藏》第148册。
④ 同上书,"铁鞭韶禅师"条。

等等。除了正式的道号以外,还有一种带有戏谑意味的特殊道号,宋代的几部禅门笔记里面即有不少记载:

> 白头因。因事立号,丛林素有之。因以少年头白,故得是名。如瞞头副、赤头璨、镢头通、安铁胡、觉铁嘴、刘铁磨、清八路、米七师、忽雷澄、踢天太、鉴多口、不语通、黑令初、明半面、一宿觉、折床会、岑大虫、独眼龙、锉师叔、周金刚、简淅客、陈蒲鞋、泰布衲、备头陀、大禅佛、王老师、浏阳叟,皆禅林之白眉。闻其名者,莫不慕其所以为道也。①
>
> 龟山光和尚……喜(大慧)见之,曰:"此正是禅中状元也。"因号为"光状元"。②
>
> 如无明,三衢人。参云盖智,悟汾阳十智同真话,凡说禅,便说十智同真,丛林号为"如十智"。③
>
> 中际可遵禅师,号野轩。早于江湖以诗颂暴所长,故丛林目之为"遵大言"。④
>
> 蒋山佛慧禅师,丛林号"泉万卷"者,有《北邙行》曰:……⑤
>
> 端往参礼,机缘相契,不觉奋迅翻身作狻猊状,岳因可之。自是丛林雅号为"端狮子"。⑥
>
> 台州护国元禅师,丛林雅号为"元布袋"。⑦
>
> 别峰遍身有长毫,时号"珍狮子"。⑧

---

① 释善卿《祖庭事苑》卷二,《卍续藏》第113册。
② 释道融《丛林盛事》卷上"龟山光"条,《卍续藏》第148册。
③ 同上书,"如无明"条。
④ 释晓莹《云卧纪谭》卷下"野轩诗颂"条,《卍续藏》第148册。
⑤ 同上书,卷下"泉大道颂"条。
⑥ 释晓莹《罗湖野录》卷上,《卍续藏》第142册。
⑦ 同上。
⑧ 释圆悟《枯崖漫录》卷三"介石朋禅师"条,《卍续藏》第148册。

从上举数例来看,这些带有戏谑意味的道号多是"因事"而立。与正式道号多为二字不同,它们基本是三字,或彰禅师修为,或表禅师文采,或述禅师性情,或状禅师形貌,等等,生动而贴切,饶有趣味。

对于道号的种种命名缘由,《丛林盛事》有如下概括和总结:

> 大抵道号有因名而召之者,有以生缘出处而号之者,有因做工夫有所契而立之者,有因所住道行而扬之者,前后皆有所据,岂苟云乎哉?①

这段话指出了道号命名皆有所依据,而非随意为之,常见的依据是"名"、"生缘出处"、"做工夫有所契"、"所住道行"等;同时其中也透露出一个信息:道号具有彰显修为、道行的作用。正因如此,道号成为一些禅僧自我标榜、自我炫耀的工具。《丛林盛事》中接着说道:

> 今之兄弟,才入众来,未曾梦见向上一着子,早已各立道号,殊不原其本故。②

由此可以看出,拥有道号对于禅僧而言是一件较有荣光的事,道号成为这些急功近利的禅僧们装点门面、显示自己悟道之深的一个招牌。这种风气代代相承,以致道号愈来愈沦为附庸风雅之具,流毒不小。明代笑话书《解愠编》中即记载了一则与此相关的笑话:

> 党太尉性愚骇,友人致书云:"偶有他往,敢借骏足一行。"太尉惊曰:"我只有双足,若借与他,我将何物行路?"左右告曰:"来

---

① 释道融《丛林盛事》卷下"庵堂道号"条,《卍续藏》第148册。
② 同上。

书欲借马,因致敬,乃称骏足。"太尉大笑曰:"如今世界不同,原来这样畜生也有一个道号。"①

"如今世界不同,原来这样畜生也有一个道号",巧妙地讽刺了道号泛滥、失去其原有典刑意义的现象。

在宋代禅林这股热衷于立道号的风潮中,长翁如净(1163—1228)较为特殊,虽然时人以"净长"之道号称之,但他不愿以此自称。其远法孙面山瑞方在如净行录中专门谈及此事:

> 祖师讳如净,在世不自称道号。其为人也颓然豪爽,是故当时丛林号曰"净长",用兹后来为传者,亦随呼长翁也。②

由这段记述可知,如净拒绝自称道号乃是有意为之,似乎具有一种对抗世俗的意味。这也从一个侧面反映出当时道号甚为普遍和流行,以致于被个别矫然不群的禅僧视作一种流俗劣迹而厌恶排斥。而如净之法嗣、日本曹洞宗开创者永平道元(1200—1253),亦是日本禅僧中罕见的无道号者,或许与其师之影响不无关系。

二、道号的命名、使用及其文化背景

禅僧出家后舍弃俗名,改称法名,同时也可以有表字、道号。道号除了上举的戏谑性质的以外,一般来说其取得主要有如下几种途径。一是自号,如庵堂道号多为禅僧为自己命名,再如"雪巢一和尚,自号村僧"③、"径山本首座,自号无住叟"④、"白云海会守从禅师……自号竹灵叟"⑤、

---

① 乐天大笑生纂辑《解愠编》卷九"道号非人"条,明道遥道人刻本。
② [日]面山瑞方编《天童如净禅师行录并序》,宝历二年(1752)刊本。
③ 释道融《丛林盛事》卷下,《卍续藏》第148册。
④ 释晓莹《云卧纪谭》卷上"径山本首座"条,《卍续藏》第148册。
⑤ 同上书,"海会守从"条。

"蜀僧普首座,自号性空庵主"①、"归里居梅岩十余年,自号云山耕叟"②,等等。二是由德高望重的尊宿所拟,如"师请道号,惠以无著号之"③、"庵主名志清,欲求别号,号之曰碧潭"④、"自是如痴似兀而度日,准书'兀庵'二大字遗之,因以为号焉"⑤、"亲见死心,对曰:'死心非真,真非死心。虚空无状,妙有无形。绝后再稣,亲见死心。'于是死心笑而已。灵源禅师遂以空室道人号之",⑥等等。此外还有个别由禅僧所交好的士大夫所命名,例如北宋著名诗僧道潜,"以诗见知于苏文忠公,号其为参寥子"⑦,等等。

从现有文献来看,自北宋后期道号兴起之后,表字、道号的地位或谓普及程度并非对等,相对而言,道号的使用更为常见和普遍。以南宋禅僧为例,我们根据其语录、行状、塔铭以及灯录、笔记等相关资料,可确定或大致认为有字的,仅晓莹(字仲温)、居简(字敬叟)、广闻(字偃溪)、元肇(字圣徒)、普岩(字少瞻)、行巩(字石林)、如珙(字子璞)、梦真(字友愚)、祖元(字子元)、绍嵩(字亚愚)等寥寥十余人;然而,据现有文献来看,南宋禅僧基本上都有道号,有些禅僧的道号还不止一个。表字与道号普及程度的巨大差异,是极为显见的。

在对宋代禅僧的称呼上,与表字一样,道号也必须采用全称,而不采用简称;道号与法名一起连用时,则大多采用"道号+法名"四字连称或"道号+法名殊名"⑧三字连称的形式,道号在前、法名在后,跟表字与法名连用时通常的法名在前、表字在后的习惯有所不同。以

---

① 释晓莹《罗湖野录》卷上,《卍续藏》第 142 册。
② 释圆悟《枯崖漫录》卷三"福州越山法深禅师"条,《卍续藏》第 148 册。
③ 释念常《佛祖历代通载》卷二〇,《大正藏》第 49 册。
④ 释了觉等编《石田法薰禅师语录》卷三《示清庵主》,《卍续藏》第 122 册。
⑤ [日] 虎关师炼《元亨释书》卷六,《大藏经补编》第 32 册。
⑥ 释晓莹《罗湖野录》卷上,《卍续藏》第 142 册。
⑦ 释晓莹《云卧纪谭》卷上"道潜参寥子"条,《卍续藏》第 148 册。
⑧ 关于"法名殊名",详参周裕锴《谈名道字——中国古人名字中的语言文化现象考察》,《四川大学学报》(哲学社会科学版)2008 年第 1 期。

《大藏经》《卍续藏》所收宋代禅僧语录为例,语录名之全称多采用"道号+法名+禅师语录"的形式,简称则多用"道号+和尚／禅师语录"的形式,如《北磵居简禅师语录》《虚堂和尚语录》等;再例如《禅宗颂古联珠通集》,在标示北宋后期以及南宋禅僧作者时,亦大多采用"道号+法名殊名"的形式,如"瞎堂远"(瞎堂慧远)、"野轩遵"(中际可遵)、"懒庵需"(懒庵鼎需)等。这除了反映出道号的普及程度之高外,也从一个侧面透露出道号如同士大夫之字一样,也具有"表德"这种功能,以道号称呼禅僧,带有尊敬和美化的意味。从这个意义上来说,禅僧道号与士大夫表字之性质、功能较为相似。

值得注意的是,在禅宗的话语系统里,"道号"与"法号"并非一回事。从用例来看,"法号"多指僧人法名。例如:

匼檐山晓了禅师者,传记不载。唯北宗门人忽雷澄撰塔碑,盛行于世。略曰,师住匼檐山,法号晓了,六祖之嫡嗣也。①

便往江西再谒马师。未参礼,便入僧堂内,骑圣僧颈而坐。时大众惊愕,遽报马师。马躬入堂视之曰:"我子天然。"师即下地礼拜曰:"谢师赐法号。"因名天然。②

问僧:"甚处来?"曰:"九华山控石庵。"师曰:"庵主是甚么人?"曰:"马祖下尊宿。"师曰:"名甚么?"曰:"不委他法号。"③

大师法号义存,姓曾氏,泉州南安邑人也。④

因而,我们有必要区分"道号"与"法号",不可将两者混同。

那么,北宋后期以来的禅僧们为何热衷于立道号、使用道号呢?

---

① 释道原《景德传灯录》卷五,《大正藏》第 51 册。
② 同上书,卷一四。
③ 释普济《五灯会元》卷五"长髭旷禅师",第 266 页。
④ 释龙集《雪峰义存禅师语录叙》,《雪峰义存禅师语录》卷末附,《卍续藏》第 119 册。

单从禅僧群体的内部看,似乎很难找到这个问题的答案;但若把观察视野扩大到士大夫群体,则不难发现其与士大夫有着某种共同的趋向。周裕锴《维摩方丈与随身丛林——宋僧庵堂道号的符号学阐释》中指出:"当禅僧日益将庵堂作为生活空间与精神空间之时,其功能便与士人的书斋有了某种相通之处。如果我们横向比较一下宋代禅僧庵堂道号与士人室名别号的符号学意义,便可看出二者之间有不少的共性。"如果把道号这种"符号"的"意义"进一步往前追溯到"起源",那么这一共性也同样存在。杨慎《升庵集》卷五〇"别号"条云:

> 幼名,冠字,长而伯仲,没则称谥,古之道也。未闻有所谓别号也。杜甫李白倡和,互相称名;张仲吉甫雅什,但闻举字。近世士夫,多称别号,厥名与字,懵然莫知。传刻诗文,但云张子李子,或云某庵某斋,当时尚不谙其谁何,后此安能辨其甲乙。……又近日民风漓猾,白衣市井,亦辄称号。永昌有锻工戴东坡巾,屠宰号一峰子。一善谑者见二人并行,遥谓之曰:"吾读书甚久,阅人固多,不知苏学士善锻铁,罗状元能省牲,信多能哉!"相传以为笑。①

赵翼《陔余丛考》卷三八"别号"条则更进一步追溯号的源流:

> 未必上古之人如后世于字、名外,别立一号,以自标榜也。别号当自战国时始。……然其人类多隐逸者流,欲自讳其姓名而为此,非如后人反借此以自标异也。两汉之时尚少。……至达官贵人,则自以官位相呼,不闻别署一号以托高致也。达官贵人之有别号,盖始于宋之士大夫,亦谓之道号。如长乐老、六一、

---

① 杨慎《升庵集》卷五〇"别号"条,《文渊阁四库全书》本。

老泉、半山、东坡之类,相习成风,遂至贩夫牙侩,亦莫不各有一号。宋人小说载某官拿获一盗,责其行劫,盗辄曰:"守愚不敢。"诘之,则"守愚"者,其别号也。盗贼亦有别号,更何论其他矣。近有人讥别号诗曰:"孟子名轲字未传,如今道号却纷然。子规本是能言鸟,又要人称作杜鹃。"可为一笑也。①

赵翼指出,在宋代以前,有别号(道号)的多是隐逸者之流,目的在于隐藏真实姓名;自宋代开始,则士大夫群体中也风行起了道号;士大夫对于道号的热衷,又辐射到了其周边群体及庶民阶层,使之纷纷效仿。而禅僧既然出家,本已舍弃俗姓、俗名,统一姓"释"、另立法名,已无以别号来隐藏姓名之需要;但自北宋后期开始,道号却在这个群体中日渐流行,以至到了南宋几乎各禅僧皆有道号,则显然如杨慎、赵翼所云,是士大夫取别号之习强大辐射下的产物——"民风漓猾,白衣市井,亦辄称号"、"相习成风,遂至贩夫牙侩,亦莫不各有一号",与禅宗的士大夫化不无关系。宋代尤其是南宋禅僧与士大夫之间空前密切的交流互动,使得禅僧们踵武士大夫之风雅,以道号标榜趣味性情;同时士大夫们也往往以"居士"或上引杨慎文中所谓的"某庵"为号,如东坡居士(苏轼)、淮海居士(秦观)、后山居士(陈师道)、石湖居士(范成大)、无尽居士(张商英)、无垢居士(张九成)、一庵(蔡沉)、月庵(刘思恭)、草庵(胡安国)、复庵(李直方)、晦庵(朱熹)、云庵(李邴),等等,不遑枚举。这种"禅"与"儒"相互的、双向的交融渗透的潮流,其蔓延的极致便是禅僧道号与士大夫之号"意义共享"或者趣味趋同的现象,譬如僧人的庵堂道号与士人书斋号的"意义共享"(如了庵、了堂/了斋,山堂/山斋,可庵/可斋、可轩,等等)就极为明显②。

---

① 赵翼《陔余丛考》卷三八,乾隆五十五年刻本。
② 参周裕锴《维摩方丈与随身丛林——宋僧庵堂道号的符号学阐释》,《新宋学》第 5 辑,第 6—22 页。

除了受士大夫的影响之外,宋代禅僧好立道号之习或许也是"文字禅"风潮下的产物。道号本质上是一种人为设置的"符号",以佛家的立场来看,属于"相"的范畴,而"凡有所相,皆是虚妄"(《金刚经》),宗门"第一义"是不需要也没有办法用言语来表达的。《坛经·顿渐品》中就记载:

> 一日,师告众曰:"吾有一物,无头无尾,无名无字,无背无面。诸人还识否?"神会出曰:"是诸佛之本源,神会之佛性。"师曰:"向汝道'无名无字',汝便唤作本源佛性。汝向去有把茅盖头,也只成个知解宗徒。"

在慧能看来,最高的"本源佛性"是"无名无字"、不能用语言道出的,否则便只是"知解宗徒"而已。慧能还在一首偈中说"妄立虚假名,何为真实义",也是同样的意思。禅宗又主张"无分别心",即从"佛性"的角度而言,无论是人兽,还是草木,抑或墙壁瓦砾,都是有"佛性"的,故而平等无差别。"为你众生界中见解偏枯,有种种差别,故立此差别名号,令汝于差别处识取此无差别底心"[①],立种种人人有殊的"名号"不过是为开导无明众生的权宜之举而已。而从中唐到北宋,随着禅宗从"不立文字"逐渐走向"不离文字",与"文字"关系极为密切的道号也开始大行其道,无疑是一种文饰的体现:

> 道号之称,虽起于末世,然义各有取,或因性急,而以韦自勉;或因性缓,而以弦自厉。有思亲而号望云,有隐江湖而号散人,纷然不同。然皆士流则有之。今也不然。而胥吏之徒,往往而有以号者众也。恒虑其相同,崇尚新奇,有名木者号曰半林,有姓管名

---

① 释宗杲《正法眼藏》卷三,《卍续藏》第118册。

箫者号曰四竹,穿凿亦甚矣,于义何居,且习以成俗,而称谓之间,有不谙大义者。或责其友曰:"我长于汝也,曷不以号称而字我邪?"嗟夫!孔子祖也,子思孙也,尝称仲尼;明道兄也,伊川弟也,尝称伯淳。盖字之者,乃所以尊之也,何独取于号乎?古者相语名之,质也;周人尚之以字,文矣;末世别以号称,弥文也哉?①

这段话中所谓的"道号"虽并非专指僧人道号,也包括士大夫甚至胥吏等在家人之号,但其实质是一样的:从古至今,从称名、到称字、再到称号,是一个从"质"、到"文"、再到"弥文"的过程,号是"末世"的产物。关于此,郎瑛《七修类稿》卷五一"道号"条、褚人获《坚瓠集》十集卷一"别号"条等亦皆有论及,兹不赘述。

三、道号颂的兴盛及其文学、文化意义

道号在宋代禅林的风行,并非一个孤立的文化现象,也给禅门文学带来了较大的影响。概言之,主要有两个方面:一是"道号颂(偈)"这一禅门特有文体的发达;二是对禅林"文学圈"的形成与稳固所起的重要纽结作用。

前文已经谈到,禅僧道号与士大夫表字具有很强的相似性。在士大夫群体中,起源于中唐、兴盛于两宋的"字说(序)"是一个重要的文类。② 此风亦波及禅林,例如惠洪《石门文字禅》中就收录了9篇为僧人所作的"字序"。③ 道号风行后,道号颂亦随之诞生,并且后来居上,声势日隆,在数量上、影响上都远远超越了禅僧所作的字说(序)。一个显著的体现是南宋宗杲集、清代性音重集的《禅宗杂毒海》(八卷)

---

① 徐官《古今印史》"道号"条,《宝颜堂秘笈》本。
② 参张海鸥《宋代的名字说与名字文化》,《中山大学学报》(社会科学版)2013年第5期;刘成国《宋代字说考论》,《文学遗产》2013年第6期。
③ 参周裕锴《〈石门文字禅校注〉的学术意义》,《光明日报》2018年8月8日第11版。

中"道号颂"占据了整整一卷(卷七),共收作品百余首,其诸位作者中,生平可考或可略知者,皆生活于两宋或宋元之际,其中较早的是参寥(道潜,1043—1106)、灵源叟(惟清,? —1117)、志芝庵主(嗣法黄龙慧南)等。除此之外,道号颂亦时时可见于一些禅僧语录、诗文集、笔记等文献中,譬如《希叟绍昙禅师语录》卷六收录了《漩翁》《黑山》等27首道号颂,《石溪心月禅师语录》卷三收录了《损翁》《溪翁》等20首道号颂,等等。较之惠洪《石门文字禅》中的9篇字序,北宋后期至整个南宋道号颂在数量上的直观性优势,是非常显著的。

道号颂一般直接以所颂道号为标题,形式上大多为七言绝句,亦偶有四言、五言或六句、八句、十句者;内容上,则主要是围绕着道号的文字,阐述字义或进一步申发出"理"(佛道禅理),这一点与字说(序)较为相似。例如:

灭　堂

　　瞎驴一喝惊天地,临济家风始大张。累及儿孙成话欛,无门无户可承当。(浙翁琰)

无　碍

　　三家村里讴歌去,十字街头烂醉来。红粉佳人归宿处,伽黎倒搭舞三台。(大川济)

月　航

　　平如镜面曲如钩,落在波心搅不浮。索性一篙都搣碎,冬冬擂鼓转船头。(参寥)[①]

《灭堂》紧扣"灭"字,首句本于临济义玄"谁知吾正法眼藏,向这瞎驴边灭却"之语,之后对其继续申发。《无碍》化用了多个禅宗典故,用

[①] 三首俱见于《禅宗杂毒海》卷七,《卍续藏》第114册。

四个并列性句子,从四个方面描述了事事"无碍"的景况。《月航》前两句写"月",后两句写"航",表达了佛性的普遍与永恒,但人又不必拘执于佛法的见解。它们既是在阐述作道号颂者对于佛道禅理的见解,同时又是对受颂者的赞扬;不仅具有理趣,也具有较强的文学性、形象性,含蓄蕴藉,恰到好处地运用典故而又最终落实到"本地风光",而并非枯燥单调的机械式说理。因而无论是从数量上还是文学价值上,道号颂都理应在禅门文学中占有一席之地。

从道号颂写作者的身份来看,多为当时较有名望的高僧或诗僧,禅僧往往以得到他们的一首道号颂为荣,甚至直接求其为自己立道号。如此,则必定有多番书札、人际往来或诗文唱酬。例如《丛林盛事》中就记载了了演与道融为同一禅僧的前后两个道号作道号颂之事:

> 竦空谷者,余杭人,在象田演座下充维那。为人清苦贫甚,冬则芦华当絮,自非本色丛林,断不放复。故演为颂其道号曰:"谷空空谷谷空空,空谷全超万象中。流水落华浑不见,清风明月却相容。"后在天童沿流缚屋,号曰"吊古"。多有兄弟陪其胜游。余时在玉几拙庵老人会中,以颂寄之曰:"闻君缚屋傍山阿,远吊龙湫诺讵罗。未必将身潜碧嶂,且图跷足向清波。韵传空谷人难到,门掩山华雪不过。我待秋风洗岩壑,杖藜相与傲烟萝。"①

这段记述,一则透露出道号颂在维持禅林人际关系中的重要作用,二则也显示出当时禅林文学风气、文学交流之盛。不难推测,这位禅僧也应当会致以答谢书札或诗文之类。

除了个别写作的道号颂外,还有多名禅僧围绕同一个道号为之作颂的"同题创作",如"无传"就是一例:

---

① 释道融《丛林盛事》卷上"竦空谷"条,《卍续藏》第148册。

> 钟山正知客,忽起故山之思,往别北磵于常熟慧日。磵喜其为正传室中真子,乃以"无传"号之。山中胜集,皆有出山句。横推竖推,无非以祖祖相传,传而无传,不是无传,而曰无传。盖无传即正传,正传即正无传也。噫,无传之旨,果如是耶?若言以心传心,却唤什么作心?即世谛则伪求之,可乎?离世谛则伪求之,可乎?或曰,到处见成亲受用,不从葱岭带将来。皆非吾所能知也。要识无传之旨,当从正无传问之。①

很显然,此次雅集的一项主要活动即是为无传作道号颂,并且事后这些作品被汇集为一编,心月为之写下了这篇跋文。此类由道号颂编集而成的颂轴(或颂编、偈编)在南宋甚为流行,成为当时禅林文学的一道引人注目的风景。② ——南宋禅僧们在参禅修道之余,不仅个人沉迷于舞文弄墨,还举行诗文雅集、围绕同一主题进行创作,足可见文字禅之风的浸染之深,更足见士大夫文化在禅门的渗透之深。

正如前文所述,道号具有彰显修为、道行的作用,因此常常含有印可、褒赏之意,故道号以及道号颂还往往被写成书法作品赠予弟子或参学者,如此它在维系禅林"文化圈"、"文学圈"之丰富与稳固上所起的作用就显然更为重大。例如,南宋虎丘派僧人普宁(1199—1276),嗣法无准师范,"自是如痴似兀而度日,准书'兀庵'二大字遗之,因以为号焉"③;日本东京的常盘山文库藏有断溪妙用赠入宋日僧白云慧晓(嗣法圆尔辨圆)道号颂之墨迹,落款为"右为日本晓禅翁题白云雅号。咸淳己巳,住越东山断溪老樵妙用拜手",钤"越关妙用"、"东山老樵"二印;同年,溪西广泽亦有赠白云慧晓道号颂墨迹(大阪藤田美术馆藏),落款为"日本晓上人以白云为号,佛日溪西广泽证以

---

① 释心月《跋无传颂》,《石溪心月禅师杂录》,《卍续藏》第123册。
② 关于禅林颂轴(或颂编、偈编),参本书第八章第一节。
③ [日]虎关师炼《元亨释书》卷六,《大藏经补编》第32册。

二十八字,咸淳己巳上元后二日书",钤"广泽"、"溪西"二印;京都长福寺藏有宋末元初禅僧古林清茂为弟子月林道皎所题道号及道号颂墨迹,卷首书"月林"二大字,中为四句颂,落款为"皎藏主号,为书,仍赋云。时泰定四年三月望日,金陵凤台清茂",钤"休居叟"、"金刚幢"二印。显而易见,在宋元时代,道号颂已超越了文体、文学本身,成为禅僧之间交流思想、维系情谊、礼节往还等的一种重要媒介。

在文学史上来看,道号颂固有其地位与价值;但如果将其置于思想史上来看,则不免违背了禅宗"不立文字"的本旨,执着拘泥于语言文字,在语言文字上苦心孤诣,尽逞机巧,失去了早期禅宗那种质朴活泼的机锋、"直指人心"的力量,确为禅道"烂熟"乃至"衰落"[①]时代的一个明证。对此辩证关系,元初的渡日禅僧竺仙梵僊有很深刻的体认:

> 至于景定、咸淳之间,所谓大道衰,变风变雅之作,于是雕虫篆刻竟之,仿效晚唐诗人,小巧声韵,思惟炼磨,而成二十八字,曰"道号颂"。时辈相尚,迨今莫遏。于中虽有深知其非,而深欲绝去之者,然以久弊,不能顿除,勉随其时,曲就其机,亦复不拒来命。时或秉笔,觌面信手赋塞所需,聊为方便接引之意也。然以其音律谐和,与夫事理句意俱到,而□脱者,使或哦之,诚亦可人。然譬如食蜜,中边皆甜,宜乎人其爱之。若夫欲济饥馁,不可得也。[②]

他肯定了道号颂的文学价值,也痛心其泛滥之状,最后更一针见血地指出"若夫欲济饥馁,不可得也",譬如蜂蜜,甜则甜矣,却不得济饥——终究非禅人学"道"之正途。这个评价,置于思想史上而言,是

[①] 参[日]忽滑谷快天著、朱谦之译《中国禅学思想史》(下)。
[②] 转引自[日]无著道忠《禅林象器笺》"经录门",第604页。

较为全面和公允的。

第七节　走向民间：南宋五山禅僧、"五山文学"与庶民世界、通俗文学

内山精也《宋末元初的文学语言——晚唐体的走向》一文开篇指出：

> 自12世纪末至13世纪初，所谓"中兴"士大夫诗人如范成大(1126—1193)、杨万里(1124—1206)、陆游(1125—1210)等相继去世，此后直至南宋灭亡(1279)，活跃于诗坛的是一群被称为"永嘉四灵"和"江湖派诗人"的寒士或布衣诗人。就个人来说，他们各自留在中国诗歌史上的痕迹是非常渺小的，根本不能与范、杨、陆三大家相比，但是，若将他们身后的时代纳入我们考察的视野，则其作为一个总体的存在意义便陡然提高。正如吉川幸次郎曾经指出的那样，他们是"贯穿元明清时期，主要由民间作者来承担的文学的先驱"①。换句话说，中国传统文学的主要承担者，从以范、杨、陆三家为最后代表的士大夫("士")下移到民间作者("庶")，而这一群寒士、布衣诗人就处在转折点上。②

这段论述颇具启发性：首先是这些寒士或布衣诗人作为个人而言在诗歌史上的地位或许并不足道，但当他们作为一个特定的创作"群

---

① [日]吉川幸次郎《民間詩人》，《宋詩概説》第六章第一节，东京岩波书店，1962年，第223页。
② [日]内山精也撰、朱刚译《宋末元初的文学语言——晚唐体的走向》，王次澄、齐茂吉主编《融通与新变：世变下的中国知识分子与文化》，新北华艺学术出版社，2013年，第181页。

体"而存在时,其文学史意义便随即彰显;其次,他们处于中国传统文学的主要创造者由以往的士大夫阶层向普通庶民阶层扩展的关捩点上。而如果将观察的视野从诗歌进一步扩展到古文、骈文、笔记等其他文学领域,那么以上两点论断同样行之有效。

关于"江湖文人"的界定,目前学术界颇有歧见。但是毫无疑问,从身份方面来看,热衷于笔墨的南宋五山禅僧是构成当时"江湖文人"的一大重要群体。就个人而言,他们中并不乏在文学创作上成就斐然、名动丛林者;但从中国文学史全局来看,他们每个个体的创作尚不足以成为其中重要的坐标或转折点。然而诚如上引内山论文所启示,若我们将南宋五山禅僧作为一个"总体"置于中国文学史上进行观察,便会发掘出一些值得注目的意义与价值。

一、南宋"江湖文人"的重要一翼

要考察南宋五山禅僧之创作在文学史上的地位与价值,首先有必要对他们的身份予以认识和定位。南宋的"士大夫"和"江湖文人"并不是两个绝然固定的群体,两者时而会发生转换,有时士大夫会因为革职等而沦为江湖文人,江湖文人也有可能在偶然的机缘下受官而进入精英阶层。[①] 然而禅僧由于是"出家人",一般而言不会有机会获得一官半职,因而他们在身份上比一般的江湖文人更具有稳定性,更有资格被归入相对稳定的"江湖文人"的范畴。

南宋朝廷对于禅宗的干预空前加强,通过试经颁发度牒、设立五山制度、敕差住持等种种措施将禅宗纳入统治秩序,五山禅僧在某种意义上又可以说是特殊的"科举士大夫"。他们也时常得以出入宫闱,即所谓的"入内"说法,譬如大慧宗杲、佛照德光、无准师范等,这

---

① 参侯体健《刘克庄的文学世界——晚宋文学生态的一种考察》第二章"江湖和魏阙:身份转换与文学活动",复旦大学出版社,2013年。

是他们较之唐和北宋禅僧"士大夫化"更为加深的一面;但与此同时,他们的"江湖化"程度也加深了。造成他们"江湖化"程度加深的最基本原因,是南宋中后期朝廷由于财政的紧张,对佛教的扶持力度不如从前,禅门的经济状况颇为堪忧,甚至到了有朝臣提议要提高免丁钱、卖紫衣师号来补贴国家财政的地步:"廷臣奏端、嘉以后牒廉僧众,而免丁不加畴昔,欲增常制三之一,荆湖总臣又奏令僧道买紫衣师号,俾以衣号住持"①,"径山以游火中微,石溪至卖衣钵买粮饱其众。期年偿山门逋六十万缗"②。在本章第四节中笔者已经提到,越到南宋后期,佛门劝缘疏的数量就越多,甚至连五山寺院也屡屡有之,这从一个侧面说明,朝廷渐渐无法在物质上对宗教予以足够的支持,僧侣必须更多地涉足市井、寄迹于庶民之中自谋衣食。这种寺院经济状况的变化,不能不说也是南宋佛教走向世俗化的一个很重要的客观方面的原因。

内山精也在《宋诗能否表现近世?》一文中指出,中国文学走向"近世"的特征之一,在于作者队伍的扩大,即平民作者、女性作者的抬头。③ 南宋的五山禅僧,其存在的意义自然不容忽视。诗僧的产生并非始于南宋,但同时代的诗僧构成一个庞大的创作群体、将文学创作从以往参禅之暇的"余事"转而视为安身立命的主要依托、创作的主要内容从以往的表达佛理禅解转而为抒发个人的生活体验,这些现象确实始自南宋的五山禅僧。他们作为士大夫以外的创作者,已然形成了一个较为独立、成熟和稳定的文学群体。毫无疑问,他们是组成"平民作者"、"江湖文人"的重要一支;况且在"平民作者"这个大集团中,我们再也找不出一个可与南宋五山禅僧相

---

① 释道璨《育王笑翁禅师行状》,《无文印》卷四,《全宋文》第 349 册,第 390 页。
② 释正知、释立石《御书传衣庵记》,《石溪心月禅师语录》卷末附,《卍续藏》第 123 册。
③ [日]内山精也《宋诗能否表现近世?》,周裕锴编《第六届宋代文学国际研讨会论文集》,巴蜀书社,2011 年。

匹敌的可贴上统一标签的同类型身份作者群,也找不出一个与南宋五山禅僧一样诗、词、文、笔记、语录等诸种文学体裁兼擅的作者队伍。因此可以说,在以"平民作者之抬头"为重要特征之一的中国文学走向"近世"的转折历程中,南宋五山僧人起到了相当巨大的推动作用。正是他们的存在,构成了促使这一"近世化"的浪潮变得澎湃汹涌而并非潜隐的细波暗流的重要力量之一。从这一意义上看,南宋五山僧人对于推动中国文学走向"近世"所起的作用是不容我们忽视的。

二、南宋五山禅林的"江湖"文学圈

北宋初的赞宁奉旨撰《宋高僧传》,体例依梁代慧皎《高僧传》及唐代道宣《续高僧传》,总分十科:译经第一,义解第二,习禅第三……杂科声德第十。显然,"译经"和"义解"占据最显要的地位,而文学创作则与"唱导"等被同归入"杂科声德",并不受到重视。而惟白成书于建中靖国元年(1101)的《建中靖国续灯录》,分五门,一曰正宗门,二曰对机门,三曰拈古门,四曰颂古门,五曰偈颂门,语言文字被大力推崇。它与《宋高僧传》比照,至少有两点可以引起我们的注意。一是《建中靖国续灯录》作成之后虽得徽宗赐序,并被敕入大藏流行,但写作之初非奉御旨,乃惟白一厢情愿之事。较之《宋高僧传》,《建中靖国续灯录》"民间写作"的色彩更浓。二是它虽为《景德传灯录》《天圣广灯录》之承续,但在根本框架上并没有沿袭二者主要依僧人法系撰述的体例,而是另起炉灶。对机、拈古、颂古、偈颂均关乎语言文字,而11世纪末、12世纪初正是以惠洪为代表的"文字禅"开始大行其道的时代。这两种细微的变化,成为南宋禅学转向的先声。王水照先生曾指出,南宋士人阶层分化加剧,大量游士、幕士、术士、隐士等组成的江湖士人群体纷纷涌现,形成"科举体制内的士大夫"与"科举体制外的士大夫"之分野。这种转型与分化,造成了文化的下移趋势,表现在文坛上,就是江湖文人登上文学舞台。①

"江湖"的本意即指禅林,当年马祖道一、石头希迁分别弘法于江西和湖南,门风各异,学人奔走于二师门下,谓之"江湖"。后来它的词义逐渐宽泛,与"庙堂"相对,类似于"在野"。南宋禅僧有着明确的"江湖"意识,兹举数例。道融《丛林盛事》:

> 今代有蜀人冯当可者,于宗门深有造入,与石头回禅师撰语录序,江湖沸传之。②
>
> 若岩主平日道德超迈,谈辩轩豁,钳锤学者有大手段,江湖间特有定论。③
>
> (曾幾)与心闻贲禅师为方外友,尝有世尊拈华一颂,江湖多赏之。④
>
> 松源在东湖日,干他殿者乞颂。源大书云:"……"湖海争诵之。⑤

晓莹《云卧纪谭》:

> 丰城净逊监寺,与庐陵道一维那,辅相泉南教忠光禅师法席,有声于江湖。⑥
>
> 中际可遵禅师,号野轩,早于江湖以诗颂暴所长。故丛林目之为遵大言。因题庐山汤泉,东坡见而和之,自是名愈彰。⑦

---

① 王水照《南宋文学的时代特点与历史定位》,《文学遗产》2010年第1期。
② 释道融《丛林盛事》卷下"士大夫序尊宿语"条,《卍续藏》第148册。
③ 同上书,"黄龙杨岐"条。
④ 同上书,"曾文清公"条,《卍续藏》第148册。
⑤ 同上书,"松源颂"条。
⑥ 释晓莹《云卧纪谭》卷上"净逊烧虱法语"条,《卍续藏》第148册。
⑦ 同上书,卷下"野轩诗颂"条,《卍续藏》第148册。

从所举例子来看,禅僧所谓的"江湖"是狭义上的,即指丛林。用现在的话来讲,就是丛林已经形成一个独立的"文化圈"。在这个文化圈里面,文学已经成为举足轻重的一环。谁的文学水平高,谁就可以在江湖上获得声名。譬如大慧派宗师大慧宗杲,就对于语言文字极为重视。他自己时常与僧俗往来酬唱,还玩一些文字游戏(如"御赐真赞师演成四偈"①),而且对于擅长文字功夫的禅人极有惺惺之意,仅《丛林盛事》中即记录了不少此类事例:

> (木庵永禅师)作《水筧颂》云:"路绕悬崖万仞头,担泉带月几时休。个中拨转通天窍,人自安闲水自流。"妙喜见之,曰:"鼎需有此儿,杨岐法道未至寂寥。"②
>
> 谷山旦,初参佛性泰和尚。……妙喜南行,旦呈颂云:"异类中行世莫猜,故教佛日暂云霾。度生悲愿还无倦,方作南安再出来。"妙喜赏之。③
>
> (龟山光和尚)作投机颂云:"当机一捋怒雷吼,惊起法身藏北斗。洪波浩渺浪滔天,拶得鼻孔失却口。"喜见之,曰:"此正是禅中状元也。"因号为"光状元"。④
>
> 贤颂勘婆话曰:"冰雪佳人貌最奇,常将玉笛向人吹。曲中无限华心动,独许东君第一枝。"妙喜一见,大称赏曰:"贲老有此儿,黄龙法道未至委地。"⑤
>
> 开善谦颂心不是佛、智不是道云:"太平时节岁丰登,旅不赍粮户不扃。官路无人夜无月,唱歌归去恰三更。"妙喜最喜之。⑥

---

① 释蕴闻编《大慧普觉禅师语录》卷一一,《大正藏》第47册。
② 释道融《丛林盛事》卷上"木庵永"条,《卍续藏》第148册。
③ 同上书,"谷山旦"条。
④ 同上书,"龟山光"条。
⑤ 同上书,"鉴咦庵"条。
⑥ 同上书,"开善谦颂古"条。

> （大圆智禅师）有《三关颂》并拈古，盛行丛林。初，妙喜闻其坦率不事事，不甚乐之。及观其拈古，乃抚几称赏善曰："真黄龙正传也。"掇笔大书四句于后曰："七佛命脉，诸祖眼睛。但看此录，一切现成。"①

他的弟子晓莹对老师这种"以文取人"的偏好也有所记载：

> 妙喜老师曰：湛堂读诸葛孔明《出师表》，而知作文关楗，遂著《罗汉疏》《水磨记》《炮炙论》。呜呼！尊宿于世间学尚尔其审，况出世间法乎？若夫《炮炙论》，文从字顺，详譬曲喻，而与《禅本草》相为表里。非真起膏肓必死之手，何能及此哉？②
>
> 南昌信无言者，早以诗鸣于丛林。徐公师川、洪公玉父，品第其诗，韵致高古，出瘦权、癞可一头地，由是收名定价于二公。……士大夫游小溪，喜言诗者，大慧必曰："此间有个园头能诗。"③
>
> 日涉园夫与杲上人同泛烟艇，溯修江而上，游炭妇港诸野寺。杲击棹歌《渔父》，声韵清越，令人意界萧然。因语园夫曰："子其为我作颂尊宿，《渔父》歌之。"自汾阳已下，戏成十首，付杲上人。④

赵与时《宾退录》则引《江乡志》云："佛日大师宗杲，每住名山，七月遇苏文忠忌日，必集其徒修供以荐。尝谓张子韶侍郎曰：'老僧东坡后身。'"⑤东坡卒于建中靖国元年(1101)，大慧生于元祐四年(1089)，焉

---

① 释道融《丛林盛事》卷下"大圆智"条，《卍续藏》第148册。
② 释晓莹《罗湖野录》卷下，《卍续藏》第142册。
③ 释晓莹《云卧纪谭》卷下"信园头能诗"条，《卍续藏》第148册。
④ 同上书，"尊宿渔歌"条。
⑤ 赵与时《宾退录》卷四，上海古籍出版社，1983年，第52页。

有后身早于往生之理? 姑且不论大慧谓己乃"东坡后身"一说是否属实,然大慧曾公开表示 "常爱东坡为文章,庶几达道者也"①,至少可以说明他对东坡景仰推崇之情。据大慧《年谱》,他还曾经多次去请前辈、著名诗僧惠洪作序;尝把自己作的颂举似惠洪,惠洪叹曰"作怪! 我二十年做工夫,也只道得到这里"②;还曾为惠洪作《觉范顶相赞》。观大慧语录,他经常与学人反复讨论"死句"和"活句"、探究文章技艺,并有不少文字作品传世。宗杲作为一代宗教领袖,对于学人文字功夫的公开激励称赏,无疑刺激和助长了门人乃至整个五山禅林的创作热情。

三、南宋"五山文学"与庶民文化、通俗文学

南宋时期,随着政治中心的南移,素来是经济重镇的江南地区之文化获得了进一步发展的重要契机,其中自然包括市井文化、庶民文化。五山地处临安及其周边区域,禅宗虽是出世之宗教亦难免受当时欣欣向荣的市井文化、庶民文化之浸染熏陶:一方面,我们从五山禅僧创作的文学作品中,可以清晰地看到不少庶民文化、通俗文学的元素;另一方面,在南宋乃至后世的通俗文学中,也可以看到五山禅文化、禅文学的影子。先来看第一个方面。

首先,在南宋五山禅僧创作的诗歌、文章等传统雅文学中,包含有不少庶民形象与庶民文化成分。譬如笔者在第六章第四节"松坡宗憩《江湖风月集》成书与解题"中就已经着重谈到,这部僧诗选集中有不少作品涉及民间音乐艺人、占卜算命者、裁缝、撞钟人、说话艺人、守更人、弹棉花匠人等社会下层劳动者。除了《江湖风月集》以外,北磵居简《北磵文集》卷六有《赠刀镊工》,虚堂智愚《虚堂和尚

---

① 释蕴闻编《大慧普觉禅师语录》卷一八,《大正藏》第 47 册。
② 《大慧普觉禅师年谱》"政和七年"条,《宋人年谱集目/宋编宋人年谱选刊》,第 173 页。

语录》卷七有《演僧史钱月林》,物初大观《物初賸语》卷四有《赠笔工》、卷六有《参古术士》,觉庵梦真《籁鸣集》卷上有《赠说史人》,等等。赴日高僧兰溪道隆也有一首颂古,描述了在故乡蜀地观看"川杂剧"的情景:"戏出一棚川杂剧,神头鬼面几多般。夜深灯火阑珊甚,应是无人笑倚栏。"①此类庶民形象、通俗文化在南宋五山禅僧的诗歌中频频出现,并非偶然现象。由此类作品我们不难想象五山禅僧与庶民世界的接触交流之广之深。

第二,如本章前文几节对于南宋五山禅僧的语录、古文、四六的总体观察所呈现,它们无一例外都体现出"白话化"、"世俗化"的倾向,出现了不少俗语、谚语、俚语等。这类例子比比皆是,不胜枚举,譬如"闹市里扬石头"、"垛生招箭"、"不唧嚠中又不唧嚠"②、"冬瓜直儱侗,瓠子曲弯弯"、"白日青天,大开眼了说梦"③、"我侬更胜渠些子,说到驴年不点头"④、"回生起死只这是,谁解浑仑一口吞"⑤,等等。虽然禅宗向来就不乏以俗言俚语接引学人的传统⑥,但值得注意的是较之北宋,南宋五山禅僧的作品中此类语句的密度显著地提高了,并且从偈颂扩展了一般的诗歌、文章等传统雅文学,相当多的篇章都带有浓重的"下里巴人"的味道。

第三,南宋五山禅僧之著述的文体样式、文体特征的形成与庶民文化、通俗文学有不可分割的关系。典型的例子如"小佛事"四六,这种文体在形成之初极有可能是受到了当时民间说唱艺术的影响,其写作特征上的体制宽松、注重押韵、大量使用日常口语和俗语、用己语化用典故等,皆十分符合"说唱"文学的特征;文本中间夹杂的不少

---

① 《建长开山大觉禅师语录》卷下,《大日本佛教全书》第 95 册,第 88 页。
② 释蕴闻编《大慧普觉禅师语录》卷二〇,《大正藏》第 47 册。
③ 释宗会等编《无准师范禅师语录》卷三,《卍续藏》第 121 册。
④ 释了惠《顽极》,《江湖风月集》卷上,朱刚、陈珏《宋代禅僧诗考》,第 703 页。
⑤ 释净日《指上人能医》,《重刊québec和类聚祖苑联芳集》卷四,同上书,第 640 页。
⑥ 参周裕锴《禅籍俗谚管窥》,《江西社会科学》2004 年第 2 期;《禅宗语言》下编第五章"老婆心切:禅语的通俗性"、第七章"看风使帆:禅语的随机性",复旦大学出版社,2017 年。

提示动作的语句,颇类似于戏曲表演的舞台提示,等等。

以上简要分析了南宋"五山文学"中的庶民文化、通俗文学的元素,接下来将考察我们现在所能读到的南宋以及后世的通俗文学作品中五山禅文化的影子。

朱刚在《宋话本〈钱塘湖隐济颠禅师语录〉考论》一文中,采用多种史料,论证了《钱塘湖隐济颠禅师语录》并非禅师语录而是一部话本,且其最初形成应该是在南宋。① 假设这个论证成立的话,那么《钱塘湖隐济颠禅师语录》就是我们现在唯一能看到的一部宋话本。这部宋话本的情节并非全部出自虚构,相反大部分是依据史实而来。话本中的登场人物,有不少是以南宋五山禅僧为原型,譬如"松少林"原型为少林妙崧,"铁牛印"原型为铁牛心印,他们均为大慧派门人。话本的内在主旨,也在于揭示南宋以来以大慧派佛照德光为代表的禅僧向世俗权力的依附,是造成道济疯疯癫癫、走向反主流人生的主要因素。可以说,话本《钱塘湖隐济颠禅师语录》故事的最基本舞台即是南宋五山禅林。

《京本通俗小说》之《菩萨蛮》(又见于冯梦龙《警世通言》卷七,题为《陈可常端阳仙化》)也是一篇以南宋五山禅林为背景的话本小说。故事的主要舞台是南宋五山之一灵隐寺。我们通过对该话本中的人物、细节等的观察,基本可以判定,它最初诞生于南宋或是宋元之交。以下略举数端,进行具体分析。

首先看话本的主人公陈可常。按话本记载,南宋高宗绍兴年间,温州府秀才陈义(字可常)"年方二十四岁,生得眉目清秀,且是聪明,无书不读,无史不通。绍兴年间,三举不第",遂到灵隐寺"投奔印铁牛长老出家,做了行者"。如本书第七章第四节所述,由于宋代科举

---

① 朱刚《宋话本〈钱塘湖隐济颠禅师语录〉考论》,《西南民族大学学报》(人文社会科学版) 2013 年第 12 期。

考试体制的高度成熟,社会上的读书风气甚浓,不少禅僧在出家前曾经入学校读书或曾参加科举考试,入佛门之前即具备较高的文化素养。话本对可常这个人物形象的塑造,与宋代的这种社会文化背景是比较契合的,这也为后文故事情节的展开作了重要的铺垫。话本接着写到,绍兴十一年(1141)端午节高宗母舅吴七郡王到灵隐寺斋僧,看到廊壁上所题四句诗,大为赞赏,欲找出题诗者,于是命甲、乙(可常)二侍者当场各作一首题粽子诗,最后可常之作胜出,郡王知道了壁上诗句乃可常所题,颇有怜才之意,遂"当日就差押番去临安府僧录司讨一道度牒,将乙侍者剃度为僧,就用他表字可常为佛门中法号,就作郡王府门内僧"。宋代度僧,主要有试经度僧、特恩度僧、进纳度僧三种形式,其中进纳度僧即政府买卖度牒,始于北宋中期,南宋时进一步泛滥。① 从以上记述来看,可常是通过买卖度牒的渠道进入佛门。

该话本中提到的有名字的禅僧,一是"印铁牛",一是"槁大惠"。"印铁牛"在这个话本中虽然算不上主角,但也是贯穿首尾的一个重要人物:首先是陈可常屡试不第,遂到灵隐寺"投奔印铁牛长老出家,做了行者";紧接着是绍兴十一年(1141)端午节高宗母舅吴七郡王到灵隐寺斋僧,"长老引众僧鸣锣摇鼓,接郡王上殿烧香,请至方丈坐下,长老引众僧参拜献茶",由此郡王看到了壁上可常所题之诗;后二年端午,家仆奉郡王之命去灵隐寺斋僧,又是印长老接待;可常被诬告与郡王府婢女有私,官府前来捉拿可常,"长老离不得安排酒食,送些钱钞与公人";可常被关押后,他又与传法寺住持槁大惠一起去郡王府求情;郡王听了求情,令官府从轻处罚,次日,官府将可常发落灵隐,众人劝印长老不要收留可常在寺中,以免玷辱宗风,但他一意孤行,将可常安顿下来;可常沉冤昭雪,结跏趺坐圆寂,印长老"将自

---

① 参曹旅宁《试论宋代的度牒制度》,《青海师范大学学报》(社科版)1990年第1期。

己冕子,妆了可常",又回奏官府,并呈上可常的《辞世颂》;最后亲自为可常下火,故事结束。从情节发展的角度看,印铁牛对整个故事起着非常重要的作用,并不是可有可无的人物。就性格而言,他宽厚仁慈、勇敢无畏,同时也深谙与权贵、官府的交接之道,大体上是一个积极正面的形象。

"印铁牛"并非一个完全虚构的人物,而是有其原型。这个人物,也出现在《钱塘湖隐济颠禅师语录》中,朱刚《宋话本〈钱塘湖隐济颠禅师语录〉考论》依据日本东福寺本《禅宗传法宗派图》,考证其乃临济宗大慧派僧人铁牛心印,嗣法佛照德光(1121—1203)。另据笔者所考,《北磵文集》卷九有《铁牛住灵隐疏三首石桥住净慈同法嗣》,云"道北道南,自是同工异曲;难兄难弟,孰非跨灶冲楼。四蜀两翁,一门双骏",由标题以及"一门双骏"之语可知,铁牛与石桥出自同一师门。"石桥"即石桥可宣,《补续高僧传》载其为"蜀嘉定许氏子,参佛炤(照)得法"①,那么铁牛心印亦当嗣法佛照德光。此师承关系,可与东福寺本《禅宗传法宗派图》所载相印证。由"四蜀两翁",可知铁牛心印为蜀人。又《请印铁牛住灵隐茶汤榜》:"洞庭君子封下邳,箕裘不坠;洛诵孙父事副墨,文采难藏。试从师友渊源,欲起烟霞沉疴。"②可见其与大慧派其他禅僧一样,有文字之癖,以文学名世。《枯崖漫录》卷上"铁牛印禅师"、《增集续传灯录》卷一"杭州灵隐铁牛印禅师"、《五灯会元续略》卷二"金陵钟山铁牛印禅师"中有其语录,《禅宗颂古联珠通集》收录其偈颂二首,《缁门警训》卷一〇有《钟山铁牛印禅师示童行法晦》,《虚舟普度禅师语录》卷末附《行状》、《枯崖漫录》卷上"宝峰端庵主"、《补续高僧传》卷一一"偃溪闻传"及"虚舟度传"等禅籍中亦尝简略提及。综合这些资料,我们似乎看不出他有多么

---

① 释明河《补续高僧传》卷一一,《卍续藏》第134册。
② 释居简《请印铁牛住灵隐茶汤榜》,《北磵文集》卷八,《全宋文》第298册,第33页。

鲜明的个性或独特的建树,只能大略知道他生活于南宋中期,曾住持过金陵钟山、杭州灵隐。那么,这样一个看似平淡无奇的人物,为何被两部话本不约而同地作为人物塑造的蓝本呢？此或许与他是佛照德光弟子有关。南宋五山禅僧与朝廷、士大夫往来密切,其中德光尤为突出,不仅历住灵隐、育王、径山三大刹,还三次入对选德殿,以至于长翁如净讥德光重交游甚于参禅。因此,选择铁牛心印这一德光系传人为故事中沟通士庶、系联僧俗的人物,具有充分的合理性和可信性。

"槁大惠"在话本中只出现过一次,那就是可常被投入狱中后,印铁牛"连忙入城去传法寺,央住持槁大惠长老同到府中,与可常讨饶"。从"槁大惠"这个称呼来看,"槁"当为法名下字,"大惠"为字或号。然而翻检灯录、宗派图等史料,并未发现有法名下字为"槁"的僧人。而印铁牛请他同往郡王府中求情,按常理来推测,他应该比时任灵隐寺住持的印铁牛的宗门地位更高,说话更具有力量。笔者猜测,这很可能指的是大慧(惠)宗杲(1089—1163),即佛照德光的嗣法之师,印铁牛的师祖。"槁"可能是话本传写过程中因音近而无意造成的讹误,或有意为高僧避讳也未可知。就在南宋禅门的地位和影响而言,宗杲无疑是首屈一指的人物,印铁牛找他同去王府求情是合乎情理的。然宗杲受赐"大慧"之号是在绍兴三十二年(1162),次年辞世,此时其弟子德光为四十一二岁,那么铁牛的年龄当更小,不太可能担任灵隐寺这样大刹的住持;至于槁大惠所在的"传法寺",并不在"五山十刹"之列,据《咸淳临安志》记载,"在佑圣观东。先东京太平兴国寺有传法院,绍兴初普照大师德明随驾南渡,乞建院。淳熙二年,慧辨大师智觉奏请,始赐太平兴国传法寺额。淳祐七年,赐以御扁及飞天法轮宝藏六字"①,其他史料中亦未尝发现有大慧宗杲住传法寺的记载。因此,印铁牛与传法寺槁大惠长老同往王府求情这

---

① 潜说友《咸淳临安志》卷七六"寺观二·太平兴国传法寺",《文渊阁四库全书》本。

个情节,无视于两人生活时代的差异,细节上也与史实有一定出入,可能是一种艺术的虚构,也可能是话本诞生的时间与他们生活的年代有一定距离而造成,但总而言之,他们都是五山禅僧,且都与朝廷和士大夫关系密切,这一虚构情节中包含着很大的必然性和合理性成分。且还有一个不可忽视的因素是,南宋禅宗最发达的杭州地区,同时也是说唱等通俗文艺最发达的地区,这为两者的碰撞乃至交融提供了重要的地缘契机。

该话本中有一些细节也值得我们注意。首先是"这个长老(指印铁牛),博通经典,座下有十个侍者,号为甲、乙、丙、丁、戊、己、庚、辛、壬、癸,皆读书聪明","皆能作诗"。印铁牛师徒皆饱读诗书、善于舞文弄墨,这是与士大夫交往的重要条件:郡王第一次注意到陈可常,即是因为读到其壁上题诗;随后因可常能诗,而对其大为赏识,并让他做了郡王府的门僧;之后陈可常无论是出入王府,还是往来应对,都是凭借自己的诗词创作才能。话本对于"读书聪明"和"能作诗"的强调,是贴合南宋五山禅林的实际状况的。

其次是可常临终前所作《辞世颂》"五月五日午时书,赤口白舌尽消除。五月五日天中节,赤口白舌尽消灭",这首颂前二句"书"、"除"属同一韵部,后二句"节"、"灭"又属另一韵部,整首作品不押韵,倒颇有拼凑而成的痕迹。而吴自牧《梦粱录》卷三记载南宋杭州习俗云:

> 杭都风俗,自初一日至端午日,家家买桃柳葵榴蒲叶,佛道又并市茭粽、五色水团时果、五色瘟纸,当门供养。自隔宿及五更,沿门唱卖声,满街不绝。以艾与百草缚成天师,悬于门额上,或悬虎头白泽,或士宦等家以生朱于午时书"五月五日天中节,赤口白舌尽消除"之句。①

---

① 吴自牧《梦粱录》卷三"五月重午附"条,第20页。

通过这段记录,可以猜测《辞世颂》的若干句子很可能是从南宋杭州的民间风俗中移植化用而来。

再次是话本中甲侍者作的咏粽子诗"四角尖尖草缚腰,浪荡锅中走一遭。若还撞见唐三藏,将来剥得赤条条",后两句是说,如果粽子撞到唐三藏手里,就会被剥光粽叶吃掉,即唐三藏是一个贪吃的人。而在《大唐三藏取经诗话》第十一章,有唐三藏命令猴行者去偷蟠桃的情节,也是把唐三藏塑造成一个贪吃的形象。对此,太田辰夫认为:"在宋元之际,玄奘是作为贪吃的花和尚被看待的。"太田氏所举例证,除了话本的这首咏粽子诗以外,还有《元曲选》壬集康进之的《李逵负荆》以及《东坡居士艾子杂说》等。① 宋元之际的禅僧断崖了义(1263—1334)亦有一首《粽子》诗:"头角峥嵘坚束腰,镬功里面转□遭。端的山僧开大口,通身剥地赤条条。"②

以上略举了若干个可资证明该话本最初是诞生于南宋或宋元之交的元素——我们很难想象,一个距离南宋时间比较久远的后世说唱艺人,可以编排出如此多的与南宋的社会、文化、宗教景观严丝合缝的细节。而另外一些与南宋的实际状况略有龃龉的成分,比如上文所述人物生活年代的错位、生平履历的不合等,则应该是此话本在创作之时有意无意的讹误,或是在之后不断的改造、演变过程中层层累积起来的附会。那些"南宋元素"犹如一块化石,为我们提供了判断该话本形成年代的最直观依据。总而言之,该话本反映出在南宋时代,五山僧人、五山禅林成为通俗文学的题材;南宋之后,这一题材的作品未尝消歇,仍活跃于庶民世界,以至不断有新的变化与成长。南宋五山禅文化对后世庶民文化的影响之深由此可见一斑。

综上所述,笔者想以"走向民间"来概括南宋五山禅僧这一"群

---

① [日]太田辰夫《西游记研究》,复旦大学出版社,2017年,第32—33页。
② 释了义《粽子》,《新撰贞和分类古今尊宿偈颂集》卷下,《大日本佛教全书》本。

体"在中国文学史上的意义:他们作为江湖文人的重要一翼,已然形成了一个既相对独立、又与士大夫文化及庶民文化相勾连错综的"江湖"文化圈;南宋五山禅僧语录的大量刊刻出版,掀起了中国出版史上第一次"白话出版"的浪潮;中国传统的诗、文等雅文学,在他们笔下明显出现了"俗"的变调;并且五山禅文化、禅文学,在当时以及后世的庶民文化、通俗文学中都留下了明晰可辨的烙印。这个"群体"人数众多,著述丰富,持续时间约一个半世纪,是之后元明清时代文学创作者由传统士大夫向所谓"中间阶层"乃至普通庶民的向下扩大、通俗文学的发展繁荣的一声相当响亮的前奏。

第八章
东海儿孙日转多：南宋"五山文学"之东渐

虚堂智愚在其嗣法弟子、入宋日僧南浦绍明（1235—1308）归国时，尝书一偈以赠别：

> 敲磕门庭细揣摩，路头尽处再经过。明明说与虚堂叟，东海儿孙日转多。①

的确在南宋后期（即公元13世纪中叶左右，当时日本正值镰仓时代后期），中日两国僧人的文化交流非常频繁。他们的交往有两种途径：一是有不少南宋僧随商船赴日，在日本进行中土禅文化的传播；二是有许多日本僧人来到中国拜师学法，学成后返回故土，把禅宗法脉带到了日本并绵延相续。当时南宋的高僧大德多云集驻锡于五山，又因五山地处东南沿海（今浙江杭州、宁波一带），海路交通极为便利，所以五山自然成为当时中日两国禅僧交往的中心。

中国的五山僧人，大多雅好文墨，留下了大量语录、诗歌、四六、古文、笔记等作品，这些著作有很多都在当时漂洋过海到了日本，并

---

① 释智愚《径山虚堂愚和尚送南浦明公还本国并序》，释妙源等编《虚堂和尚语录》卷一〇，《大正藏》第47册。

有相当一部分被刊刻或传抄、注释,在日本社会广泛流传开来,成为日本僧人进行汉诗文创作的模本。以南宋禅林文学(主要是五山僧人的作品)的传入为契机,汉诗文创作在日本禅僧中全面兴盛起来,成为镰仓末和室町时代文学的主流。日本文学由此进入史上著名的"五山文学"时代。

在南宋后期中日两国禅僧文化交流非常密切的大背景下,中国五山禅文化、禅文学究竟有哪些传播到了日本?其传播的具体方式、具体过程如何?它们传入日本后又对日本禅林的仪轨制度、文学样貌产生了怎样的影响?诸如此类问题的研究与清理,不仅关系到我们对中国古代文学史的全面审视和评价,也牵涉到对中日两国文化交流史的全面认识。本章诸节将主要从史实梳理入手,对以上诸问题进行简要回答。鉴于本书的研究课题为南宋"五山文学",故将相对侧重于禅文学传播、禅文学交流方面的考察。

第一节　入宋日僧与渡日宋僧

木宫泰彦《日中文化交流史》之"南宋、元篇"第二章"入宋僧、入籍宋僧和文化的移植"已经对入宋日僧、渡日宋僧中可考的僧人名单及其大致文化活动、文化交流和相互影响等问题进行了较为详尽的梳理。① 据木宫氏的考证,南宋之际来华的求法日僧共计有100余人之多,渡日的宋僧则有10余人。根据他所列名单,我们可以看到入宋日僧中70余人为禅宗僧,而渡日宋僧则无一例外皆为禅宗僧,其中除个别为曹洞宗僧人外,绝大部分都是临济宗僧。本节笔者将主要参考该著所提供的入宋日僧、渡日宋僧之名单,从文学角度出发,对当时两国僧人往来于文学之影响作大致鸟瞰。

---

① [日]木宫泰彦著、胡锡年译《日中文化交流史》,商务印书馆,1980年。

一、南宋来华日本禅僧与中土禅籍之东传

首先根据木宫氏该著作中的《南宋时代入宋僧一览表》[①],将其中笔者能够辨识的禅宗这一派的僧人及其嗣法或参学、宗派作如下整理：

入宋日僧	入 宋 年 代	嗣法(或参学)	宗派	功 绩
明庵荣西	第一次仁安三年(1168) 第二次文治三年(1187)	虚庵怀敞	黄龙	日本禅宗始祖
觉阿	承安元年(1171)	瞎堂慧远	杨岐	
金庆	承安元年(1171)	瞎堂慧远	杨岐	
练中	文治五年(1189)	佛照德光	大慧	
胜辨	文治五年(1189)	(佛照德光)	大慧	
明全	贞应二年(1223)	(长翁如净)	曹洞	
永平道元	贞应二年(1223)	长翁如净	曹洞	日本曹洞宗始祖
廓然	贞应二年(1223)	(长翁如净)	曹洞	
亮照	贞应二年(1223)	(长翁如净)	曹洞	
圆尔辨圆	嘉祯元年(1235)	无准师范、(痴绝道冲、笑翁妙堪等)	虎丘	
神子荣尊	嘉祯元年(1235)	无准师范	虎丘	
性才法心	嘉祯年间?(1235—1238?)	无准师范	虎丘	
大歇了心	嘉祯年间?(1235—1238?)			
随乘湛慧	嘉祯年间?(1235—1238?)	无准师范	虎丘	
天祐思顺	嘉祯年间?(1235—1238?)	北磵居简	大慧	
妙见道祐	仁治初年?(1240?)	(无准师范)	虎丘	
音禅人	仁治初年?(1240?)	(无准师范)	虎丘	

---

① [日]木宫泰彦著、胡锡年译《日中文化交流史》,第306—334页。

(续表)

入宋日僧	入宋年代	嗣法(或参学)	宗派	功绩
悟空敬念	宽元初年？(1243?)	(无准师范、兀庵普宁)	虎丘	
生藏主	宽元初年？(1243?)	(无准师范、无学祖元)	虎丘	
一翁院豪	宽元二年(1244)	(无准师范)	虎丘	
印上人	宽元二年(1244)	(无准师范)	虎丘	
觉琳	宽元年间(1243—1247)	无准师范	虎丘	
心地觉心	建长元年(1249)	无门慧开	杨岐	
觉仪	建长元年(1249)			
观明	建长元年(1249)			
无关普门	建长三年(1251)	断桥妙伦	虎丘	
无象静照	建长四年(1252)	石溪心月	虎丘	
寒岩义尹	建长五年(1253)			
无修圆证	建长年间(1249—1256)	西岩了惠	虎丘	
俊侍者	建长年间(1249—1256)	无准师范	虎丘	
圆海	建长年间(1249—1256)			
海月明心	建长年间(1249—1256)	大川普济	大慧	
南洲宏海	建长年间(1249—1256)	兀庵普宁	虎丘	
元禅人	建长年间(1249—1256)	圆尔辨圆	虎丘	
林叟德琼	建长末年(1256)	兰溪道隆	虎丘	
无隐圆范	建长末年(1256)	兰溪道隆	虎丘	
藏山空顺	建长末年(1256)	圆尔辨圆、(偃溪广闻、石林行巩)	虎丘	
常禅房	正嘉元年(1257)			
山叟惠云	正嘉二年(1258)	断桥妙伦	虎丘	

(续表)

入宋日僧	入宋年代	嗣法(或参学)	宗派	功绩
正见	正嘉年间(1257—1259)	断桥妙伦	虎丘	
彻通义介	正元元年(1259)			
南浦绍明	正元元年(1259)	虚堂智愚	虎丘	
寂岩禅了		(大川普济、兀庵普宁)	杨岐	
樵谷惟仙	文应、弘长年间(1260—1264)	别山祖智	虎丘	
禅忍	弘长元年(1261)	(兰溪道隆、虚堂智愚)	虎丘	
直翁智侃	弘长元年?(1261?)	(兰溪道隆)	虎丘	
仙侍者	弘长年间(1261—1264)	(物初大观)	大慧	
无传圣禅	弘长年间(1261—1264)	荆叟如珏、(大休正念)	杨岐	
智光	弘长年间(1261—1264)	(兰溪道隆、虚堂智愚、希叟绍昙)	虎丘	
寂庵上昭	弘长年间(1261—1264)	(虚堂智愚、偃溪广闻、介石智朋、简翁居敬、大休正念)	虎丘	
舜上人	弘长年间(1261—1264)	(偃溪广闻)	大慧	
合上人	弘长年间(1261—1264)	(石溪心月)	虎丘	
慈源	弘长年间(1261—1264)	(希叟绍昙)	虎丘	
玄志	弘长年间(1261—1264)	(希叟绍昙)	虎丘	
觉上人	弘长年间(1261—1264)	(希叟绍昙)	虎丘	
澄上人	弘长年间(1261—1264)	(希叟绍昙)	虎丘	
巨山志源	文永初年?(1264?)	虚堂智愚	虎丘	

(续表)

入宋日僧	入宋年代	嗣法(或参学)	宗派	功绩
景用	文永二年(1265)	(兀庵普宁、希叟绍昙)	虎丘	
白云惠晓	文永三年(1266)	希叟绍昙、(无学祖元)	虎丘	
无外尔然	文永三年(1266)	(希叟绍昙、无准师范)	虎丘	
承性	文永年间(1264—1275)			
约翁德俭	文永年间(1264—1275)	兰溪道隆、(寂窗有照、藏叟善珍等)	虎丘	
慈心	文永年间(1264—1275)	(大休正念)	虎丘	
道圆	文永年间(1264—1275)	(大休正念、无学祖元)	虎丘	
玉山玄提	文永年间(1264—1275)			
觉捻	文永年间(1264—1275)	大休正念、(兀庵普宁)	虎丘	
桂觉琼林	文永年间(1264—1275)	虚舟普度	虎丘	
不退德温	文永年间(1264—1275)	兰溪道隆、(希叟绍昙、无学祖元)	虎丘	
宗英	文永年间(1264—1275)和弘安二年(1279)两度入宋	兰溪道隆、(希叟绍昙、无学祖元)	虎丘	
龙峰宏云		(无学祖元)	虎丘	
桃溪德悟		兰溪道隆、(顽极行弥、无学祖元)	虎丘	

这些入宋的日本禅僧,与遣隋使、遣唐使由国家派遣不同,他们多是自发乘商船渡海。他们在中土受到很好的礼遇,有些终老于中土,如明全、觉上人等;有些得到了宋代朝廷所赐的封号,例如明庵荣西曾

被宋孝宗赐号"千光法师"。和中土禅僧一样,他们入宋后大多有着"饱参遍参"的经历,通常并非只在一位禅师座下习法,而是多方参访尊宿,上表所列"嗣法(或参访)",仅是禅门高僧而已,实际上他们还往往向天台宗、律宗、净土宗等僧人求学问道。然他们的活动范围,多集中于江浙一带,尤以"五山十刹"为主,玉村竹二在其《日本僧群集参访的宋末元初中国禅林诸僧》中,就指出当时门下渡海僧人最多的五位禅师是无准师范、虚堂智愚、古林清茂、中峰明本和楚石梵琦①。如此广泛的人际和宗门、而地域又相对集中的入宋日僧之活动与交游,"彼此之间逐渐与江浙禅友形成一法友联谊网络";同时,"日僧在求法过程中,因语言障碍而难获参悟,赖其师以书写偈颂助其开悟,并学习以偈颂之形式表达其证悟之经验,与禅师、法友互通声气,造成了江浙地区丛林之偈颂文化"②。

在这些入宋日僧中,当以圆尔辨圆(1202—1280)于中日两国文化交流史之贡献最大。圆尔辨圆于端平二年(1235)入宋,历参痴绝道冲、笑翁妙堪、石田法薰等诸大德,又于径山参无准师范,嗣其衣钵。他于淳祐元年(1241)归国,历住东福、寿福、建仁等大刹,门下出东山湛照、白云慧晓、无关普门、南山士云等弟子,于日本五山禅林大显异彩。应长元年(1311),他被赐谥"圣一国师"。其著述有《圣一国师法语》等。圆尔辨圆之更大功绩在于,他返回东瀛时携带了中国的二千一百多卷经论、章疏、语录、儒书等著作,其中既有佛教典籍,也有不少儒道等外学典籍,均被存放于东福寺普门院。毫无疑问,这堪称是宋学东传的一座伟大里程碑。14世纪中叶,时任东福寺住持的大道一以对这些典籍进行了整理和清点,撰成《普门院经论章疏语录

---

① [日]玉村竹二《日本僧の群参した宋末元初中国禅林の諸会下》,见氏著《日本禅宗史論集·下之一》,京都思文阁,1979年。
② 黄启江《参访名师:南宋求法日僧与江浙佛教丛林》,《佛学研究中心学报》第10期,2005年。

儒书等目录》①。通过该《目录》,我们可以很清楚地看到圆尔辨圆所携回日本的汉籍名称及卷数。时至今日,《目录》中记载的不少典籍仍被保存于普门院,其中不乏诸多善本、孤本②,可以说是南宋及南宋以前刻本、抄本的一座宝库,其文献价值不容低估。

东福寺普门院(2018 年 11 月摄)

二、传法东瀛的南宋高僧

南宋时除了大批日本禅人不惧鲸波入宋参访高僧大德外,也有一些中土禅僧万里迢迢远赴东瀛,将曹溪法脉传至异域。当时两国的禅僧往来之所以如此频繁,村井章介认为:"镰仓时代勃兴的新宗

---

① [日] 大道一以《普门院经论章疏语录儒书等目录》,《昭和法宝总目录》第 3 卷,大正新修大藏经刊行会,1979 年。
② 这些典籍中今日尚存于东福寺者,可参严绍璗《日本藏汉籍珍本追踪纪实——严绍璗海外访书志》,上海古籍出版社,2005 年。

派之一——禅宗,主要通过宗师对弟子的人格陶冶而非书面文字来传播佛法,即所谓的'不立文字,教外别传'。为了实现这一宗旨,就必须以从释迦传至达摩,再传至同时代的承续法脉的高僧为师,直接学习其人格。这是有志于修行的日本禅僧热衷于前往中国以及中国的高僧大德不畏艰险渡至边境之地日本的根本原因。"①抛开其他社会、政治等因素而言,这可以说是当时中日僧人密切往来的一个主要因素。接着就来看渡日南宋僧人的情况②:

渡日宋僧	渡日时间	嗣 法	宗派	功 绩
寂圆	安贞元年(1227)	孤云怀奘	曹洞	宝庆寺开山,住宝庆、妙法
义云	安贞元年(1227)	寂圆	曹洞	住宝庆、妙法
兰溪道隆	宽元四年(1246)	无明慧性	虎丘	建长寺开山,住常乐、建长、建仁、禅兴、寿福
义翁绍仁	宽元四年(1246)	兰溪道隆	虎丘	住建长、建仁
法平	宽元四年(1246)	兰溪道隆	虎丘	
兀庵普宁	文应元年(1260)	无准师范	虎丘	住建长
古涧泉	文应年间(1260—1261)		临济	
大休正念	文永六年(1269)	石溪心月	虎丘	住建长、寿福、圆觉
西涧子昙	文永八年(1271)	石帆惟衍	虎丘	住圆觉、建长
无学祖元	弘安二年(1279)	无准师范	虎丘	圆觉寺开山,住建长、圆觉
镜堂觉圆	弘安二年(1279)	环溪惟一	虎丘	住禅兴、净智、圆觉、建长、建仁
梵光一镜	弘安二年(1279)	无学祖元	虎丘	

① [日]村井章介《日本中世の異文化接触》,东京大学出版会,2013年,第25页。
② 表格制作,参考了[日]木宫泰彦著、胡锡年译《日中文化交流史》第369—370页《来日宋朝僧人一览表》。

与日本禅僧大多自发渡海不同,南宋禅僧多是应幕府之邀而赴日:兰溪道隆、兀庵普宁乃应北条时赖之延请,大休正念、西涧子昙、无学祖元乃是应北条时宗之延请。他们在中土就是声震一时的高僧大德,在东瀛亦被奉为尊宿,受到幕府的极高尊崇,不少受邀为大刹开山或屡屡住持五山寺院,身后还得到赐谥,如兰溪道隆谥"大觉禅师",义翁绍仁谥"普觉禅师",大休正念谥"佛源禅师",西涧子昙谥"大通禅师",无学祖元谥"佛光国师",镜堂觉圆谥"大圆禅师"。他们可以说是日本禅宗的主要奠基力量,于日本禅宗之草创与形成有筚路蓝缕之功。

譬如,虎关师炼这样描述宋元之际的高僧一山一宁赴日后的传法情状:

> 师性慈和无涯岸。近世执道柄者,严庄威重,以为法助,且棝鞭也。师孤坐一榻,不须通谒,新到远来,出入无间,人便于参请。禅策中无索隐,仅《事苑》而已。往往漫下雌黄者多,江湖患之。及师至,理阙疑。然言语不通,乃课觚牍,只字片句,朝咨暮询。师道韵柔婉,执翰酬之。教乘诸部、儒道百家、稗官小说、乡谈俚语,出入泛滥,辄累数幅,是以学者推博古。又善鲁公屋漏之法,携纸帛乞扫写者,铁闸或可折矣。[①]

这段短短的文字,生动记述了一山一宁在日本传授禅法、疏讲典籍、翰墨往来等的具体情形。虽然"言语不通",但并没有成为彼此交流的阻碍。

这些渡日宋僧中,最初以兰溪道隆之影响为最大,为镰仓五山第一山建长寺之开山。其后兀庵普宁、大休正念等相继渡日,皆是由于

---

① [日]虎关师炼《一山国师行状》,《济北集》卷一〇,收于《五山文学全集》卷一。

兰溪道隆向幕府的举荐。今镰仓建长寺有一古柏,据介绍云其种子即为当时兰溪道隆从中国蜀地携来。临济一脉,至今仍在异国长青。

建长寺古柏(2013年11月摄)

南宋时代,中国禅宗各个门派的发展情况大致如下:沩仰、法眼二宗在北宋中期以前即已衰亡,云门宗则在南渡后风流云散,故南宋时仅临济、曹洞两家尚有生息。但曹洞僧素来低调内敛,不擅与朝廷及士大夫交际,典型的例子如"芙蓉米汤";至南宋宏智正觉出世,又提倡"默照禅",即蒲团面壁、默默参究,所以几乎一直未获得朝廷的大力支持,始终不温不火。南宋最繁盛的是临济宗,他们凭借与朝廷、士大夫的密切关系,不仅几乎独占了"五山"法席,还经常"入内"说法。中土禅宗有"一花开五叶"之说,但南宋可以说是临济宗"一叶独秀"的时代。其中南宋前半期又以大慧派为最盛,南宋中期开始则虎丘派崛起,中日两国禅僧交往最频繁之际正是虎丘派如日中天的时代。所以前文表格中所列举的入宋日僧参访的中土尊宿以及渡日的中土高僧,大多是虎丘派僧人。南宋禅林各门派的盛衰状况,直接影响甚至决定了日本禅宗的格局。不妨先将日本禅宗各门派及其嗣法渊源表示如下(粗体字表示中国禅僧,一般字体表示日本禅僧)①:

曹洞宗永平下
真歇清了……**长翁如净**——永平道元

曹洞宗宏智派

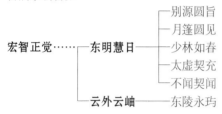

临济宗黄龙派
黄龙慧南……**虚庵怀敞**——明庵荣西

临济宗法灯派
五祖法演……**无门慧开**——无本觉心

临济宗大慧派
大慧宗杲……**东阳德辉**——中岩圆月

临济宗佛源派
虎丘绍隆……**石溪心月**——大休正念

临济宗法海派
虎丘绍隆……**石溪心月**——无象静照

临济宗大觉派
虎丘绍隆……**无明慧性**——兰溪道隆

---

① 参《禅宗传法宗派图》,见东京大学史料编纂所编《大日本古文書・東福寺文書之一》,东京大学出版会,1956年。

临济宗大通派
虎丘绍隆……石帆惟衍——西涧子昙

临济宗大应派
虎丘绍隆……**虚堂智愚**——南浦绍明

临济宗彻翁派
虎丘绍隆……**虚堂智愚**——南浦绍明……彻翁义亨

临济宗关山派
虎丘绍隆……**虚堂智愚**——南浦绍明……关山慧玄

临济宗古林派
虎丘绍隆……横川如珙——古林清茂

临济宗宗觉派
虎丘绍隆……无准师范——兀庵普宁

临济宗圣一派
虎丘绍隆……无准师范——圆尔辨圆

临济宗佛光派
虎丘绍隆……无准师范——无学祖元

临济宗梦窗派
虎丘绍隆……无准师范——无学祖元——高峰显日——梦窗疏石

临济宗大圆派、雪岩派
虎丘绍隆……无准师范——┬─环溪惟一
　　　　　　　　　　　　├─别山祖智
　　　　　　　　　　　　└─雪岩祖钦

临济宗幻住派
虎丘绍隆……无准师范……中峰明本

临济宗大鉴派
虎丘绍隆……愚极邦慧——清拙正澄

临济宗一山派
虎丘绍隆……顽极行弥——一山一宁

不难看出,曹洞宗仅有永平、宏智两派分灯东瀛,势力最盛的是临济宗,其中各派又多源出虎丘之下。因而虎丘派对于日本禅宗的影响最为巨大。

三、中日禅僧的笔墨交游

如前文所述,南宋时期,随着中日两国禅僧往来的日益频繁,且活动地域又相对集中,他们之间逐渐形成了一个紧密的交谊网络。这个网络的形成,无论是对中土禅僧还是对入宋日僧,无疑会为他们的文学创作起到积极的助推作用:他们在雅集、游赏、送别等之时,多会留下相关诗文,这正是南宋"五山文学"繁荣的一个不可忽视的重要因素。无文道璨就有一篇作于淳祐八年(1248)的《送一侍者归日本序》:

> 淳祐戊申春,予自西湖来四明,既哭笑翁老子,遂访樗寮隐君于翠岩山中。留十日,复归径山。初夏,日本一侍者闻予西沂,跟跄来送别。至江浒,夜漏已二十刻。又明日,予抵舟次,夕阳在西岭矣。一握手,别色黯然,见于面目。且言:"去国六年,首见痴绝老人于灵隐,来育王,侍笑翁老师且三年,翁今不作,莫知所向。茅屋石田在扶桑若木间,已办舻艎,解维在朝夕。"予念其请之勤而词之悲也,因谓之曰:"子逾海越漠,万里西游,昔也何所持而来乎?"曰:"无有也,驾风御潮,一日东归。""今也何所持而去乎?"曰:"无有也。"猗欤旨哉!无有之意,斯言足以蔽之,予虽巧为之说,无以尚也。子归国中,建大法幢,击大法鼓,升大法座,而以无得之法普告大众,育王有灵,必将为子点头,曰如是如是。①

---

① 释道璨《送一侍者归日本序》,《无文印》卷八,又见《柳塘外集》卷三,《全宋文》第349册,第297—298页。

这是一篇送序,下笔简练,用语素朴,然而永诀宗师之恸、执手别离之愁、家国万里之思、人生无常之悲,种种意绪,绾合交结在一起,情感之深重,如同水墨画上一团凝滞散不开的深浅交杂的墨迹,带给读者非常强烈的心灵冲击。虽然该文作者与所赠对象皆是佛门禅僧,但所流露出的情感却丝毫不异于俗世中人。而内容上脱离佛理禅解的"世俗化",正是南宋禅文学的主要特征之一。禅僧的日常生活较之俗世中人相对单调,天伦之情、男女之爱等这些最易触动情感之物显然是他们生活中所缺乏的,这不免是造成他们文学作品内容单一、题材狭窄等局限的一个重要因素。而同道之间的交游,特别是异国僧人之间的交游,由于有一方是漂洋过海远涉而来,又终有一日会返回故土,当下之短暂相聚就尤显弥足珍贵,一朝别去,便未审此生能否重逢。这就使得他们彼此间的情谊较于常人更加浓烈深重,他们常常以诗会友、以文会友,将同道之谊抒于笔墨之间。与异国僧人的唱酬赠答诗文,屡屡见于五山禅僧集子中,扩大了南宋"五山文学"的题材,丰富了"五山文学"的内容,是不容忽视的一类重要作品。

正因为当时中日禅僧之间普遍盛行以诗会友、以文会友,所以除了如以上所举的个人所作之作品外,他们还常常围绕一个主题,每人各作偈颂,最后荟为一编,其实就是一种"同题创作"。例如淮海元肇作有一篇题为《日本一侍者远持法华经舍入育王舍利塔,乃得笈翁法衣归。江湖作成颂轴以饯,请题其后》[①]的跋文,就是上文所提及的日本僧一侍者归国时,禅林友人纷纷作偈颂为之送行,这些作品被集结在一起,并附上了淮海跋文。这些颂轴(又云"偈编"、"颂编"等)而今多已不传,绝大部分我们无由窥其真貌,这不能不说是一种遗憾。以笔者所知,目前仅可见的两种是《无象照公梦游天台石桥颂轴》和《一帆风》。

---

① 释元肇《日本一侍者远持法华经舍入育王舍利塔,乃得笈翁法衣归。江湖作成颂轴以饯,请题其后》,《淮海外录集》卷下,宝永七年刻本。

《无象照公梦游天台石桥颂轴》为宋末中日禅僧唱和诗轴,中国素来无传,留存于日本,现有江户中期写本(彰考馆文库藏)、泷田英二所藏写本(《禅家丛书》收录)两个版本。首唱者为日本禅僧无象静照(1234—1306),他淳祐十二年(1252)入宋,上径山参石溪心月禅师,嗣其法;景定元年(1260)至育王寺,追随于虚堂智愚座下;咸淳元年(1265)归国。① 该颂轴题下有自注:"景定壬戌重阳前五日,登石桥,作尊者茶供,假榻桥边,梦游灵洞,所历与觉时无异。忽闻霜钟,不知声自何发。因缀小偈,以纪胜事云。"首先是无象静照的两首原倡之作:

> 崎岖得得为煎茶,五百声闻出晚霞。三拜起来开梦眼,方知法法总空花。
> 瀑飞双碥雷声急,云敛千峰金殿开。尊者家风只如是,何须赚我海东来。

于是四方衲子纷纷作偈应和,汇编成诗轴,后被静照携归日本。该《颂轴》共收录了中日 42 位僧人的绝句,其中有不少皆为五山禅僧。除"蜀 德全"仅录 1 首外,其余每人皆录 2 首,共计 83 首。除了物初大观作品外,其余 41 位作者之第一首诗皆押"茶"、"霞"、"花(华)"韵,第二首诗皆押"开"、"来"韵,显而易见这是一次有组织的大规模同题创作。

《一帆风》则是中土僧人赠别日本禅僧南浦绍明的诗集。南浦绍明(1235—1308),骏河人,仰慕临济禅法,曾参学于镰仓建长寺兰溪道隆座下。开庆元年(1259)南浦绍明入宋,遍参诸刹,最后于虚堂智愚座下开悟,承虎丘一派法脉。他于咸淳三年(1267)归国,诸多中土僧

---

① 无象静照之传记资料,可参释善金《净智第四世法海禅师无象和尚行状记》(《续群书类从》第九辑上)。

人皆作诗赠别,这些诗作被荟萃于一编,是为《一帆风》。它共收录了69位南宋僧人的69首诗作,其卷首有咸淳三年(1267)慧明所题序:

> 日本明禅师,留大唐十年,山川胜处,游览殆遍。洎见知识,典宾于辇寺,原其所由,如善窃者,间不容发,无端于凌霄峰顶,披认来踪。诸公虽巧为遮藏,毕竟片帆已在沧波之外。

该书在中国一直未见,据陈捷《日本入宋僧南浦绍明与宋僧诗集〈一帆风〉》的考述①,它在日本江户时代宽文四年(1664)被刊刻出版,而这69首诗作中有66首为《全宋诗》失收者,故其文献价值颇值得关注。"一帆风"之诗集名称,殆本自唐人韦庄《送日本国僧敬龙归》:

> 扶桑已在渺茫中,家在扶桑东更东。此去与师谁共到,一船明月一帆风。②

而集中所录诗作,有不少与韦庄此诗意义有所关联,比如:

> 家在扶桑何所求,梯山航海赋归休。大唐遑得单传旨,黄叶飘飘双径秋。(笠泽清达)
> 树头零落眼头空,路在千波万浪中。归到扶桑寻旧隐,依然午夜日轮红。(鄮山契和)

此外,无论是慧明所作《序》,还是集中诗作,颇多"一帆风"或类似意味之语,譬如"十幅浦帆万里风"(江西道洙)、"一帆风急鹭涛秋"(赤

---

① 陈捷《日本入宋僧南浦绍明与宋僧诗集〈一帆风〉》,《中国典籍与文化论丛》第9辑,2007年。
② 韦庄《送日本国僧敬龙归》,《浣花集》卷一,《四部丛刊》本。

城行弘)、"明朝帆逐海潮落"(重庆继宁)、"片帆高挂赋归欤"(东川慧林)、"万程烟水一帆风"(四明志平),等等。由此我们不难有这样的推断:《一帆风》中的这些赠别诗歌,并非僧人们个别的自发性、偶然性创作,而是和《无象照公梦游天台石桥颂轴》一样,是事先有规划、有组织的同题创作。当时中日禅僧对于"文字"的热衷程度,由此二种文献已然可见一斑。

总而言之,南宋时期中日两国禅僧之交通往来,是促成南宋"五山文学"之发展繁荣与面貌多样的一股不容小觑的重要力量。而相对于南宋当时已经臻于"烂熟"的禅思想与禅文化,日本禅宗尚处于草创和萌芽期,因此在这一双向交流互动过程中,更多的是日本禅僧向南宋高僧参访学习。故下一节将介绍南宋禅文化与禅文学在东土的"移植"情况。

第二节　南宋五山禅文化与禅文学在东瀛的移植

村井章介在其《日本中世的异文化接触》一书中,将日本镰仓时代中期(约13世纪中叶)开始的大约一百年时间,称为"渡来僧的世纪":

> 发源于镰仓的禅宗文化,通过日中禅宗界的双向交流,开启了日本瞭望东亚之眼。其中发挥重要作用的,是渡日僧人的教育活动。受他们教诲之刺激的日本年轻僧人,争相乘舟渡海。往中国的渡海参学,成为他们归国后担任住持的一道阶梯。在这个意义上,这一可被称作"渡来僧的世纪"的时代,与留洋归国便可出人头地的明治时代相比,显得较为特殊。[①]

---

① [日]村井章介《日本中世の異文化接触》,第238页。

本节标题中所用"移植"一词,并非笔者之新创,日本的禅宗史学者在述及日本镰仓时代禅文化之形成和发展时,亦往往偏爱使用此词。这是因为伴随着渡日宋僧以及归国的入宋日僧而传播至异域的中土禅文化,在被日本禅林接受的过程中很大程度上保留了原貌而并没有被太多地改造——南宋以五山为中心的禅文化,在东瀛生根、发芽、开花后,呈现出与中土极为相似之样相。

本节将主要从禅林制度、政教关系等禅宗文化以及禅宗文学两个方面入手,着重考察日本五山、五山文学与南宋五山、"五山文学"之共同特质。

一、南宋五山制度在日本的复制

南宋禅林五山制度的形成并没有确切的时间和正式文书规定,日本五山制度的形成同样如此。与南宋一样,日本的五山制度亦呈金字塔结构,即居于最高地位的是"五山",包括镰仓五山和京都五

建仁寺两足院(2017 年 3 月摄)

山;"五山"下有"十刹";"十刹"下又有"诸山"。至于"十刹",情形与南宋略有不同。日本所谓"十刹",并不是严格的十座寺院,而是一种"寺格",即寺院的等级或谓荣誉,具体数量并不止十座。

关于日本禅林五山制度的成立与定型,日本学者的研究已经相当详尽,例如今枝爱真《中世禅宗史研究》一书之第二章第二节"中世禅林的官寺机构——五山、十刹、诸山之展开"中对这一问题进行了细致和深入的考证和梳理。① 不妨将日本"五山"的开山、开基檀越、列位年次等整理于下:

地名	寺格	寺名	开山	开基檀越	列位年次
镰仓	五山第一	建长寺	兰溪道隆	北条时赖	镰仓末期五山,历应四年(1341)八月二十三日五山第一
	五山第二	圆觉寺	无学祖元	北条时宗	镰仓末期五山,历应四年八月二十三日五山第二
	五山第三	寿福寺	明庵荣西	北条政子	镰仓末期五山,历应四年八月二十三日五山第三
	五山第四	净智寺	兀庵普宁	北条宗政、北条师时	正安元年(1299)五月五山,历应四年八月二十三日准五山,约延文三年(1358)九月二日五山第五,至德三年(1386)七月十日五山第四

---

① 参[日]今枝爱真《日本の五山、十刹,诸山一览表》,见氏著《中世禅宗史の研究》,东京大学出版会,1970年,第188—189页。

(续表)

地名	寺格	寺名	开山	开基檀越	列位年次
镰仓	五山第五	净妙寺	退耕行勇	足利贞氏	建武年间十刹,历应四年八月二十三日准五山,约延文三年九月二日五山,至德三年七月十日五山第五
京都	五山之上	南禅寺	无关玄悟	龟山上皇	德治二年(1307)准五山,元弘四年(1334)正月二十六日以前十刹,是日五山第一,至德三年七月十日五山之上
京都	五山第一	天龙寺	梦窗疏石	足利尊氏	历应四年八月二十三日五山第二,至德三年七月十日五山第一
京都	五山第二	相国寺	梦窗疏石	足利义满	至德三年七月十日五山
京都	五山第三	建仁寺	明庵荣西	源赖家	建武年间五山,历应四年八月二十三日五山第四,至德三年七月十日五山第三
京都	五山第四	东福寺	圆尔辨圆	九条道家	建武年间五山,历应四年八月二十三日五山第五,至德三年七月十日五山第四
京都	五山第五	万寿寺	十地觉空、东山湛照	郁芳门院媞子内亲王	延文三年九月二日五山,至德三年七月十日五山第五

通过上表及其他史料,我们至少可以得出三点结论。首先,本书序章中曾引用宋濂的《净慈孤峰德禅师塔铭》,兹再引于下:

> 逮乎宋季,史卫王奏立五山十刹,如世之所谓官署,其服劳于其间者,必出世小院,候其声华彰著,然后使之拾级而升,其得至于五名山,殆犹仕宦而至将相,为人情之至荣,无复有所增加。①

而从上表"列位年次"一栏可以清楚地看出,日本五山制度与南宋一样,其等级的评定基本上是"拾级而升"。撰于贞和二年(1346)的《建长兴国禅寺碑文》中则这样记述道:

> 遍择灵地,至建长辛亥,得之于山内,曰巨福礼乡,十一月初八日,开基创草,为始作大伽蓝,拟中国之天下径山为五岳之首。②

"拟中国之天下径山为五岳之首"一句,明确告诉我们这种禅寺等级评定方式,是学习借鉴了南宋的做法。

第二,南宋禅宗五山的确立,完全是朝廷利用政治权力干预宗教的结果;后来其他宗派对此颇为歆羡,评定"教院五山",则是宗教内部的自发性行为。而日本五山制度的成立亦是宗教与世俗政治相融合的产物。五山与当时政权的关系非常密切,完全是在幕府的支持下才获得了如此殊荣。

第三,日本五山住持的任命方式与南宋基本类似,即五山皆为十方寺院,其住持多由幕府选定和任命;新住持开堂时,持幕府所给公帖,幕府公帖之性质与南宋朝廷颁发给住持僧的"敕黄"是类似的。

至于镰仓幕府不遗余力地支持禅宗的原因,木宫泰彦从比较纯粹的精神层面分析认为:"当时的旧佛教徒,只知贪图私利私欲,腐

---

① 宋濂《净慈孤峰德禅师塔铭》,《宋学士文集》卷四〇,《四部丛刊》本。
② 《建长兴国禅寺碑文》,转引自[日]鹫尾顺敬《日本禅宗史の研究》,东京教典出版,1945 年。

化堕落达于极点,而禅僧却与此相反,专以寡欲朴素为宗旨,除三衣一钵而外,不求居所,不贪衣食,遵循百丈禅师'一日不作一日不食'的精神,专心修道,这种情况可能感动了爱好勤俭朴素的北条时赖和镰仓的武士。而且丛林规矩的严正、禅僧们机锋锐利的态度等,也可能深为重礼节、尚义气的镰仓武士们所喜欢。"① 精神层面的因素固然是非常重要的一个方面,而村井章介又从现实和政治角度提出这样的看法:

> 荣西等的临济宗诸派,因为满足了旧佛教系诸派无法满足的镰仓政权的要求,而获得了发展的契机。其中扮演重要角色的,是中国的渡日僧。掌握着镰仓幕府实权的北条氏,在镰仓相继创建禅宗寺院,俾渡日僧入住持。北条氏的意图,在于通过提高镰仓佛教界的权威和幕府要员的宗教素养,将禅宗培育成为政权服务的新的宗教势力。②

很显然,这与南宋朝廷目睹当时禅宗如日中天的发展态势而有意拉拢之、俾其为朝廷所用之情形是如出一辙的。

南宋时期"移植"至东瀛的五山禅文化,除了寺院建制、住持任命等制度层面以外,还有文学、茶道、建筑、书法、绘画等艺术。以下将简要介绍南宋五山禅文学之东传概况,由此庶几可窥得日本汉文学史上所谓"五山文学时代"之根基与前奏。

二、南宋五山禅文学典籍向日本的传播

南宋以"五山文学"为中心的禅文学之东传,大致可从两个方面

---

① [日]木宫泰彦著、胡锡年译《日中文化交流史》,第371页。
② [日]村井章介《日本中世の異文化接触》,第25—26页。

进行考虑：一是南宋以"五山"禅僧为主的语录、笔记、诗文等作品向日本的传播，二是南宋"五山文学"之性格对于日本汉文学的影响。首先来看南宋以"五山"禅僧为主的语录、笔记、诗文等作品向日本的传播情况。

如前一节"入宋日僧与渡日宋僧"所述，南宋中晚期开始两国僧人之间的交流就已经空前频繁。这种活跃的交流，由于航海技术的日渐发达以及两国政治、文化等多方面的因素，在之后的元、明、清时代一直持续下来[①]。从南宋至清末，由渡日的中国僧人和来华日本僧人携带至日本的南宋禅籍，今日已难以一一尽数考证。其中将这些典籍携回日本规模最大者，当属上一节提及的圆尔辨圆。大道一以所编《普门院经论章疏语录儒书等目录》，以《千字文》为序列标记，今据此目录，将其中能够辨识的南宋五山禅文学典籍整理于下：

列：联灯录一部十册

张：宗派图二册

寒：五灯会元一部十册

收：宏智录二部各六册，石溪语二册，痴绝语一册，石田语一册

冬：无准和尚语二部各三册，无准行状二卷

藏：大慧语十册，大慧普说四册，同语录一册，又普说一册，法语一册

成：北磵文集一部六册，同语录一册，同外集一册，橘洲文一部二册，无文印三册，同录一册

光：大慧语一部十册，无准语三册，大慧普说一册，无门语一册

---

① 详参[日] 木宫泰彦著、胡锡年译《日中文化交流史》。

显而易见,仅圆尔辨圆一人携回日本的南宋"五山文学"典籍,就有灯录、语录、行状、宗派图、诗文集等多种,基本涵盖了南宋禅僧著述的各种体裁和形式。除了圆尔辨圆以外,其他来华僧人带回日本的南宋五山禅籍也颇为可观。

值得一提的是,有不少南宋五山禅籍今日在中国已经亡佚,但在日本却完好保存有宋刻本等,或者出现了在日本刊刻、抄写、笺注的版本。管见所及,至少有如下数种:

1. 云卧晓莹《云卧纪谭》二卷

今日本有贞和二年(1346)刻本等。

2. 北礀居简《北礀和尚语录》一卷

今日本有宋淳祐刊本(内阁文库、宫内厅书陵部藏)。

3. 北礀居简《北礀文集》十卷

今日本宫内厅书陵部存卷七至卷一〇。

4. 北礀居简《北礀和尚外集》《续集》各一卷

今日本有宋淳祐刻本(宫内厅书陵部藏)。

5. 淮海元肇《淮海挐音》二卷

今日本有元禄八年(1695)茨城方道仿宋刊本(东洋文库、国会图书馆、内阁文库、静嘉堂文库藏)、《成箦堂丛书》翻宋本(中央图书馆藏)。

6. 淮海元肇《淮海外录集》二卷

今日本有宝永七年(1710)活字本(国会图书馆、茨城大学图书馆藏)。

7. 藏叟善珍《藏叟摘稿》二卷

今日本有五山版(尊经阁文库、东洋文库、国会图书馆藏)、藤田六兵卫宽文十二年(1672)刻本(内阁文库藏)。

8. 物初大观《物初賸语》二十五卷

今日本有宋刻本(御茶之水图书馆藏)、宝永五年(1708)活字本(内阁文库、国会图书馆、驹泽大学图书馆藏)、抄配本(尊经阁文库藏)。

9. 密庵咸杰《密庵和尚语录》一卷

今日本有室町时代刊本(宫内厅书陵部藏)。

10. 松源崇岳《松源和尚语录》二卷

今日本有镰仓末期刊本(东洋文库藏)、室町时代刊五山版(国会图书馆藏)、元禄四年(1691)刊本(国会图书馆藏)、宽政十三年(1801)刊本(东北大学图书馆藏)。

11. 破庵祖先《破庵和尚语录》一卷

今日本有应安三年(1370)春屋妙葩刊五山版(国会图书馆、东洋文库、宫内厅书陵部藏)。

12. 运庵普岩《运庵和尚语录》一卷

今日本有南北朝刊五山版(国会图书馆藏)、宽永十八年(1641)刊本(东洋文库藏)。

13. 痴绝道冲《痴绝和尚语录》二卷

今日本有应永二十一年(1414)南禅寺大云庵刊本(东北大学图书馆藏)、宝永六年(1709)木活字本(国会图书馆藏)。

14. 石田法薰《石田薰和尚语录》

今日本有宋刻本(残本,现存一卷,宫内厅书陵部藏)。

15. 无准师范《无准师范禅师语录》六卷

今日本有淳祐十一年(1251)刊本(残本,存三卷,宫内厅书陵部藏)、应安三年(1370)刊五山版(国会图书馆藏)、宽永十九年(1642)刊本(东京大学总合图书馆藏)。

16. 虚堂智愚《虚堂和尚语录》

(1)《语录》三卷、《后录》一卷。今日本有正保四年(1647)刊本(佐野文库藏)。

(2)《语录》三卷、《后录》五卷。今日本有宽永九年(1632)刊本(内阁文库藏)。

(3)《语录》三卷、《续辑》一卷、《后录》一卷。今日本有五山版(国会图书馆、尊经阁文库藏)、古活字版(尊经阁文库藏)。

17. 觉庵梦真《籁鸣集》二卷、《续集》一卷

今日本有古抄本(尊经阁文库藏)。

18. 虚舟普度《大宋国虚舟和尚语录》一卷

今日本有嘉元元年(1303)刊本(东洋文库藏)。

19. 断桥妙伦《断桥和尚语录》

今日本有南北朝时代刊五山版(一卷,京都大学图书馆藏)、元禄十六年(1703)活字本(二卷,国会图书馆藏)。

20. 环溪惟一《环溪和尚语录》一卷

今日本有江户时代写本(国会图书馆藏)。

21. 兀庵普宁《兀庵和尚语录》

今日本有镰仓末刊五山版(一卷,东京大学总合图书馆藏)、宝永元年(1704)木活字本(三卷,国会图书馆藏)。

22. 希叟绍昙《希叟和尚语录》一卷

今日本有镰仓末刊五山版(东洋文库藏)。

23. 希叟绍昙《五家正宗赞》

今日本有贞和五年(1349)春屋妙葩刊五山版(不分卷,国会图书馆等藏)、庆长十三年(1608)刊活字本(四卷,东洋文库、国会图书馆等藏)、宽永十一年(1634)刊本(四卷,宫城县图书馆藏)。

24. 松坡宗憩《江湖风月集》

今日本有五山版(东洋文库藏)以及多种抄本、注本。

25. 无学祖元《佛光国师语录》

今日本有应安三年(1370)春屋妙葩刊五山版(不分卷,东洋文库藏)、宽文四年(1664)活字本(一卷,东洋文库藏)、享保十一年(1726)刊本(《语录》八卷,《拾遗杂录》一卷,佚名撰《年谱》一卷,东京大学总合图书馆等藏)。

26. 高峰原妙《高峰和尚语录》

今日本有南北朝刊本(三卷,内阁文库藏)、明历三年(1657)刊本(一卷,国会图书馆藏)、江户时期刊本(二卷,东京大学总合图书馆等藏)。

27. 高峰原妙《高峰和尚禅要》一卷

今日本有朝鲜京畿道朔宁郡地水清山龙腹寺刊本(国会图书馆、东洋文库藏)。

同时,随着中国禅籍的不断传入,日本的禅文献逐渐丰富,由此后来出现了不少禅僧文学总集,譬如日僧义堂周信(1325—1388)所编的《新撰贞和分类古今尊宿偈颂集》三卷和《重刊贞和类聚祖苑联芳集》十卷、虎关师炼(1278—1346)所编《禅仪外文集》等。这些总集中也网罗了很多中国已经亡佚的南宋五山禅僧的作品。

以上这些东瀛留存而国内业已失传的南宋五山禅僧的文学作品,对于宋代诗文辑佚、宋代文学研究的意义和价值,自然不容低估。

三、南宋"五山文学"在日本禅林的移植

从中唐到北宋,再到南宋,中土禅宗在"不离文字"的道路上越走越远。如果说北宋的禅文学大家,我们还仅仅只能举出道潜、惠洪等为数不多的几个人外,那么南宋可谓发生了翻天覆地的变化:一方面著述颇丰的诗僧、文学僧纷纷涌现,创作体裁也进一步扩大;另一方面这些诗僧、文学僧凭借自己的创作,不仅能收获文学方面的声誉,而且能因此登上名山大刹的住持席位。也就是说,当时世俗社会以及禅门内部对于禅僧的期许和评价,基本上已经忽略了禅僧作为"宗教"布道者所应具备的佛学方面的素养,而几乎只注重他们的"文学"才能了。

日本五山文学兴起之背景,与南宋几无二致。《日本诗史》中有形象而精当的概述:

五山禅林之文学代兴,亦气运盛衰之大限也。北条氏霸于关东也,其族崇尚禅学,创大刹于镰仓,今建长寺之属是也。流风所煽,延覃上国,京师五山,相寻营构。足利氏盛时,竭海内膏血,穷极土木之工、宏廊轮奂之美,所不必论。其僧徒,大率玉牒之籍、朱门之胄,锦衣玉食,入则重裀,出则高舆,声名崇重,仪卫森严。名是沙门,而富贵过公侯。禁宴公会,优游花月,把弄翰墨,一篇一章,纸价为贵。于是凡海内谈诗者,唯五山是仰。是其所以显赫乎一时,震荡乎四方也。元和以来,文运日隆。近时学者,昂昂乎蔑视前古,丱角之童,尚能诋排五山之诗,即其徒亦或倒戈内攻,要非笃论也。余谓五山之诗,佳篇不尠,中世称丛林杰出者,往往航海西游。自宋季世至明中叶,相寻不绝。参学之暇,从事艺苑,师承各异,体裁亦岐。其诗今存者数百千首,夷考其中,不能不玉石相混也。若夫辞艰意滞,涉议论、杂诙谑者,与藉诗以说禅演法者,皆余所不采也,其他平整流畅、清雅缜工者亦多,则不可概而摈之。①

显而易见,日本五山肇端于北条氏政权这一事实所反映出的对世俗政治的接近与依附、"穷极土木之工、宏廊轮奂之美"所反映出的建筑营造之铺张糜费、僧人"大率玉牒之籍、朱门之胄,锦衣玉食,入则重裀,出则高舆"所反映出的与高级士大夫或贵族不相上下的优渥殊遇、"禁宴公会,优游花月"所反映出的与士人乃至皇室的密切来往、"把弄翰墨,一篇一章,纸价为贵"所反映出的对文学创作的热衷、"所以显赫乎一时,震荡乎四方"所反映出的凭借文学而非禅学为世人所重,等等,与南宋五山之景况何其肖似,称之为"复制"或"移植"毫不为过。而五山之诗的具体作法,更是日僧们纷纷"航海西游"、"参学

---

① [日]江村北海《日本诗史》卷二,蔡镇楚编《域外诗话珍本丛书》第5册,第442—444页。

之暇,从事艺苑",直接取法、师承自中土,故能创作出体裁各异、"平整流畅,清雅缜工"的诸多佳篇。

竹贯元胜《新日本禅宗史——权力者与禅僧》之序言中指出:"日本中世、近世出现的禅僧数量有很多。禅宗史自不必说,日本史上那些引人注目的禅僧中,有专心修禅并悉心培育嗣法弟子者,有提出特色禅法而在思想史上大显异彩者,有在五山文学等禅文化史上声名颇著者,有善于经营禅院者,有具备政治才能者,有融入庶民群体者,等等。虽然他们被笼统地称作禅僧,但实际上存在着千差万别。"①毋庸置疑,南宋辉煌灿烂的"五山文学",是"在五山文学等禅文化史上声名颇著"的日本禅僧之创作的最初重要学习模仿对象之一。譬如前文已经提到的虎关师炼主要选取南宋五山禅僧所作骈文而编成的《禅仪外文集》,就是日本禅僧四六文写作的教科书。朝仓尚在其《禅林文学——中国文学受容样相》中指出:

> 中国的禅宗虽以"不立文字"为宗旨,却又呈现出文字禅之样相。从中国传入日本的禅文献数量很大,其中有宗教性很强者,而泰半是文学性很强者。于是日本禅宗亦呈"文字禅"之样相。随着时间推移,这种倾向不断增强。禅僧在肩负济渡众生之使命、作为宗教僧存在的同时,又热衷于以文字书写自己的内心世界,文学僧、诗僧的性格非常强烈。②

在"文学僧、诗僧的性格非常强烈"这一点上,可以说,日本禅林与中国五山禅林的确是如出一辙的,这也正是日本禅林"移植"南宋五山禅文化的一个极为重要的例证。

---

① [日]竹贯元胜《新日本禅宗史——時の権力者と禅僧たち》序言,京都禅文化研究所,1999年。
② [日]朝仓尚《禅林の文学——中国文学受容の様相》,大阪清文堂,1985年,第100页。

从整个日本文学史来看,南宋"五山文学"开始传入的镰仓时代末期,正是日本汉文学萎靡不振之时。中土禅文学的传来,为日本当时的汉文学注入了新的活力,冈田正之将此概括为"去旧就新"①,枯萎凋敝中正萌动出勃勃生机。此后的南北朝时代和室町时代,则进入五山文学全盛的黄金时期。关于这一历史过程,将在下一节详述。

第三节 日本五山文学概貌及其研究现状

日本自镰仓时代末期至室町时代(约14世纪初—16世纪末),其汉文学之代表为五山文学。虽然如本章第二节所述,日本有北条政权所创的"镰仓五山"(建长寺、圆觉寺、寿福寺、净智寺、净妙寺)和足利政权所创的"京都五山"(南禅寺、天龙寺、相国寺、建仁寺、东福寺、万寿寺),但实际上日本汉文学的真正繁荣是在室町时代,故而所谓日本的五山文学主要是京都五山僧人所创作的汉文学。本节拟对日本五山文学概貌及其研究现状作一初步和简单介绍。

一、日本五山文学概貌

日本的五山文学,其发展大致可以分为以下几个时期②:

(一)草创期(镰仓后期,约14世纪初)

日僧入宋求法蔚然成风,也有不少南宋高僧赴日,将"曹溪一滴水"从中土浇灌到东瀛大地。由于南宋禅林文字之风甚浓,故而借由两国僧人之交通往来,移植到东土的不仅仅有佛学禅理,也有诗文风流。渡日禅僧兰溪道隆(1213—1278)、大休正念(1215—1289)、无学祖元(1226—1286)、一山一宁(1247—1317)等,以及来华日僧圆尔辨

---

① [日]冈田正之《日本漢文学史》(增订版),东京吉川弘文馆,1996年,第282页。
② 分期参考了[日]堀川贵司等《五山文学研究の新段階》,《文学》2011年9、10月号《特集五山文学》,东京岩波书店,2011年。

圆(1202—1280)、无象静照(1234—1306)、南浦绍明(1235—1308)等,或可称得上是日本五山文学的奠基性人物。

(二)定型期(室町时代前期,约14世纪中期)

室町时代前期,五山文学的各种类型及体裁(包括诗文创作、诗文编选、诗话、语录、僧史等)形成和确立,呈现出多姿多彩的气象。代表人物及其主要著作有:

虎关师炼(1262—1346),通内外之学,内学著作有《语录》三卷、《佛语心论》十八卷、《禅余或问》二卷、《元亨释书》三十卷等,此外还有诗文集《济北集》二十卷、诗话著作《济北诗话》,并选录宋人(主要是南宋禅僧)所作的疏、榜、祭文等应用性文书,编为《禅仪外文集》。

雪村友梅(1290—1350),有诗文集《岷峨集》二卷,收录诗歌约300首。

中岩圆月(1300—1375),有《中岩语录》,诗文集《东海一沤集》《琐细集》。

义堂周信(1325—1388),有诗文集《空华集》二十卷,并搜集宋元禅僧和一些日本僧人的诗歌,分类编订,编为《新撰贞和分类古今尊宿偈颂集》三卷和《重刊贞和类聚祖苑联芳集》十卷。

绝海中津(1336—1405),曾入明留学,与太祖皇帝以及明代文人、禅僧等唱和,有语录《绝海录》一卷,诗文集《蕉坚稿》二卷。

(三)稳定期(室町时代前期,约14世纪中晚期至15世纪中期)

五山禅林文字之风继续蔓延,除了个人创作以外,编选的大型诗集也逐渐增多,成为当时汉诗创作的学习范本,主要有七言绝句集《花上集》《北斗集》,以及《百人一首》等。当时的著名诗文僧有:

惟肖得岩(1360—1434),当时被誉为"禅林四绝"之一,有诗文集《东海橘华集》。此外值得一提的是,他还热衷于诗画轴制作,收藏了不少图画,并为之题赞作跋。日本禅林中这类诗画轴很多,惟肖是重要开创者之一。

江西龙派(1375—1446),时为"禅林四绝"之一,有《续翠诗集》和《豕庵集》。他也注释了一些典籍,如《东坡诗抄》《江湖集抄》等。

瑞溪周凤(1391—1473),有诗集《卧云稿》。

(四)普及期(室町中期、后期,约15世纪后期至16世纪)

室町时代中期及晚期,由于应仁、文明之乱,不少禅僧离开京都,走向地方,将五山文学向地方普及。这一时期的代表人物是一休宗纯和万里集九。

一休宗纯(1394—1481),活跃于大德寺周边,放浪形骸,交游广泛,有诗集《狂云集》等存世。此外,后世日本小说有不少以一休宗纯为主人公,其形象颇类似于中国的济颠。这也从一个侧面说明五山文学的"普及"情况。

万里集九(1428—?),将学术与文学向地方普及,有东坡诗选注《天下白》、山谷诗选注《帐中香》,以及诗文集《梅花无尽藏》。

(五)融合期(安土桃山、江户初期,约16世纪至17世纪初)

这一时期文学的主要特征是联句、和汉联句的盛行以及狂歌的出现。代表人物是策彦周良和英甫永雄。

策彦周良(1501—1579),曾以使节身份两度入明,著述颇丰,有诗集《谦斋诗集》《城西联句》《汉倭联句》等。

英甫永雄(1547—1602),被尊为日本狂歌之祖,有狂歌集《雄长老百首》,诗文集《倒痾集》等。

二、日本学界对五山文学的研究现状

与中国学界对南宋"五山文学"鲜有人涉足问津之情形不同,日本学术界对其本国的五山文学之研究至今已持续了一个多世纪,可谓欣欣向荣,在文献整理、文献学研究、文学史及文化史研究等方面皆取得了丰硕的成果，并且研究者中不乏像玉村竹二先生等毕生专念致力于该领域者。由于五山文学是日本学术界研究的一大热点，故各种研究专著、学术论文、会议报告等可谓汗牛充栋，难以一一尽数。以下仅就笔者目前所知的20世纪以来具有代表性的研究专著以及近年来的相关重要研究项目作简要列举。

（一）文献整理

日本学界在五山文学的文献整理方面，首先值得注目的无疑是总集的编纂。1905—1915年，花园大学教授上村观光汇集日本五山禅僧的58种诗集、日记、语录等稀见书，出版了《五山文学全集》1—5卷（东京裳华房）；随后1967—1981年，东京大学教授玉村竹二先后出版《五山文学新集》1—6卷（东京大学出版会），是对前者的增补，网罗了不少寺院所存的稀见抄本，并对每一种集子皆附以详细"解题"。这两套总集基本网罗了日本五山禅僧创作的作品。

除了总集编纂外，不可忽视的还有日本五山禅僧的传记整理。1912年，上村观光出版《五山诗僧传》（东京民友社）；1983年，玉村竹二出版《五山禅僧传记集成》（东京讲谈社）。上村观光和玉村竹二两位先生的五山文学总集编纂和禅僧传记整理，无疑是集大成之作，为日后五山文学的具体研究提供了首要基础，他们可谓是日本五山文学研究的拓荒者和奠基人。2013年，榎本涉出版《南宋·元代日中渡航僧传记集成》（东京勉诚出版），其中包含了不少日本五山僧人的传记资料。

除了上述对五山僧传记的综合整理外，还有个别僧人的传记、年谱等的整理编著。东京大学史料编纂所编《大日本史料》（东京帝国大学／东京大学出版会，1901—　）以及《大日本古文书》（东京帝国大学／东京大学出版会，1901—　）中也辑录了不少与五山及五山文学有关的文献史料。

第三是目录、索引等工具书的出版。驹泽大学图书馆编有《禅籍目录》(驹泽大学图书馆,1928年)和在前者基础上进行增补的《新纂禅籍目录》(驹泽大学图书馆,1962—1964年),其中著录了大量五山禅籍名称及其版本。驹泽大学禅学大辞典编纂所编《新版禅学大辞典》(东京大修馆书店,1988年)中收录中、日禅宗相关语辞等上万条,资料颇为详赡,与五山文学相关者甚多。市木武雄编《五山文学用语辞典》(续群书类从完成会,2002年),如其书名所示,是一部专门的五山文学语汇辞典。

第四是文献点校。玉村竹二点校出版了《五山禅林宗派图》(京都思文阁,1985年)、《扶桑五山记》(镰仓市教育委员会,1963年;京都临川书店,1983年)等。入矢义高有五山文学的校注著作《五山文学集》(东京岩波书店,1990年)。

(二) 文献学研究

在与五山文学有关的文献调查以及目录、版本等文献学研究方面,日本学界主要有如下成果:

川濑一马《五山版研究(上、下卷)》(东京日本古书籍商协会,1970年);

京都大学附属图书馆编《京洛出版之轨迹:五山版、古活字版、八文字屋本》(京都大学附属图书馆,1993年);

赤尾荣庆等《五山禅宗寺院所传典籍的综合调查研究——以建仁寺两足院所藏本为中心》(2004—2007年度研究项目);

住吉朋彦等《日本汉籍文本形成研究——以五山版、古活字版为中心》(2005—2007年度研究项目);

赤尾荣庆等《建仁寺两足院所藏五山文学相关典籍类的调查研究》(2007—2010年度研究项目);等等。

(三) 文学史、文化史研究

在对五山文学的文学史研究方面,日本学术界可谓硕果累累,各种论著难以一一尽数。值得一提的是,日本学界不仅关注五山文学的文学史价值,也注意到了其文化史地位,出现了不少与儒学、艺术、外交等领域相结合的交叉研究。以下仅列举较有代表性的研究成果:

上村观光《五山文学小史》(东京裳华房,1906年)、《禅林文艺史谭》(东京大镫阁,1919年);

北村泽吉《五山文学史稿》(东京富山房,1941年);

芳贺幸四郎《东山文化研究》(东京河出书房,1945年)、《中世禅林的学问与文学研究》(日本学术振兴会,1956年);

玉村竹二《五山文学:作为大陆文化介绍者的五山禅僧的活动》(东京至文堂,1955年)、《五山诗僧》(东京讲谈社,1978年);

田山方南《禅林墨迹》(禅林墨迹刊行会,1955—1965年);

斋藤清卫、菊地良一《中世佛教与中世文学》(东京岩波书店,1958年);

荫木英雄《五山诗史研究》(东京笠间书院,1977年)、《中世禅林诗史》(东京笠间书院,1994年);

朝仓尚《禅林文学——中国文学受容样相》(大阪清文堂,1985年)、《禅林文学——诗会及其周边》(大阪清文堂,2004年);

入矢义高、岛田修二郎《禅林画赞》(东京每日新闻社,1987年);

村井章介《东亚往还——汉诗与外交》(东京朝日新闻社,1995年);

千坂嵥峰《五山文学世界:以虎关师炼、中岩圆月为中心》(东京白帝社,2002年);

浅见洋二《五山文学中的宋代诗文受容与展开——以诗文集注释及诗话为中心》(特定领域研究项目,2005—2009年);

太田亨《日本中世禅林的柳宗元接受研究》(2009—2011年度研究项目)、《日本中世禅林的杜诗接受研究》(2012—2015年度研究项目);

堀川贵司《五山文学研究:资料与论考》(东京笠间书院,2011年);

城市真理子《室町水墨画与五山文学》(京都思文阁,2012年);

等等。

  他山之石,可以攻玉。希望日本学界对他们本国五山文学多角度、多层次的研究方法和研究成果可以为我们所借鉴吸收,使得南宋"五山文学"这枝深谷幽兰的芬芳,飘向更广阔的空间。

结　语

陈寅恪先生有言:"华夏民族之文化,历数千载之演进,造极于赵宋之世。"①这"华夏民族之文化"中,毫无疑问也包含禅宗文化、禅宗文学。当然无论处于哪个时代,占据文坛主流地位的始终是士大夫,构成某个时代文学成就之巅峰、推动文学史向前发展或发生转折的也主要是士大夫文学。因此南宋五山禅僧的文学创作,并非象征文学的"高度",而更多是代表着文学的"密度"和"广度"——文学的主要创造者,由以往"居庙堂之高"的士大夫阶层向其之下的"处江湖之远"的阶层大幅扩展。五山禅僧作为士大夫之外的一个庞大创作"群体",活跃于炎宋一朝的文坛,持续了约一个半世纪的时间,乃史上前所未有。他们的著述,总体上呈现出"士大夫化"与"世俗化"这样两种并行的走向。南宋"五山文学",是宋代文学大花园里一枝亭亭而立的幽兰,是中国文学走向"近世"的旋律中一个独特的音符。

---

① 陈寅恪《邓广铭〈宋史职官志考证〉序》,《陈寅恪先生文集》第 2 卷《金明馆丛稿二编》,上海古籍出版社,1980 年,第 245 页。

附录
《禅宗颂古联珠通集》作者考

本附录以各位作者首次出现于《禅宗颂古联珠通集》的先后为序,将作者列于该卷次下。比如,"洞山聪"之名既出现于卷二,又出现于卷一五、一七、二一等,则将其列于卷二,后不复录。

为便于计数,每卷所列作者前标以序号。如有称呼不同、字形有误等情况但实则为同一人者,则第二次出现时不标序号,而以＊号标示。

叙述体例上,每位作者先列其法名全名;次考其生卒年;次述其乡里、姓氏、字号等;次述其所属宗派;次述其住持寺院等情况;此列其存世著作;次揭其法系;次述其传记所自。

卷 二

1. 洞山聪

洞山晓聪(？—1030),韶州曲江林氏子。北宋云门宗僧。住洞山。法系:云门文偃——德山缘密——文殊应真——洞山晓聪。传见《林间录》卷二、《禅林僧宝传》卷一一、《天圣广灯录》卷二三、《联灯会要》卷二七、《五灯会元》卷一五等。

2. 泉大道

芭蕉谷泉,福建泉州人。号大道。北宋临济宗僧。住懒瓒岩、芭蕉庵、保真庵等。后决杖配郴州。卒于嘉祐年间(1056—1063)。所作偈、颂等，多有语涉"大道"者，如《大道歌》。法系：风穴延昭——首山省念——汾阳善昭——芭蕉谷泉。传见《禅林僧宝传》卷一五、《建中靖国续灯录》卷七、《五灯会元》卷一二等。

3. 野轩遵

野轩可遵，号野轩。北宋后期云门宗僧。早以诗颂暴所长，故丛林又称之为"遵大言"。住福州中际。法系：云门文偃——香林澄远——智门光祚——雪窦重显——报本有兰——野轩可遵。传见《云卧纪谭》卷下、《五灯会元》卷一六等。

4. 佛印元

佛印了元(1032—1098)，饶州浮梁林氏子。字觉老。云门宗僧。住江西承天、大仰、淮山斗方、庐山开先、归宗、丹阳金山、焦山，四住云居。赐号佛印。法系：云门文偃——双泉仁郁——德山慧远——开先善暹——佛印了元。传见《禅林僧宝传》卷二九、《建中靖国续灯录》卷六等。

5. 海印信

海印超信，桂州人。北宋后期临济宗僧。住苏州定慧。法系：风穴延昭——首山省念——汾阳善昭——琅琊慧觉——海印超信。传见《联灯会要》卷一四、《建中靖国续灯录》卷二八、《五灯会元》卷一二、《续传灯录》卷七等。

6. 保宁勇

保宁仁勇，明州竺氏子。北宋临济宗杨岐派僧。少习天台，后谒雪窦、杨岐。住金陵保宁二十余年。法系：杨岐方会——保宁仁勇。传见《建中靖国续灯录》卷一四、《联灯会要》卷一五、《五灯会元》卷一九等。

7. 长灵卓

长灵守卓(1065—1124)，泉州庄氏子。号长灵。临济宗黄龙派僧。初习华严，后参灵源得法。住开封天宁、庐州能仁。有《长灵守卓禅师语录》一卷存世(附《室中百问》一卷，《卍续藏》第 120 册)。法系：黄龙慧南——黄龙祖心——灵源惟清——长灵守卓。传见介谌撰《行状》(《语录》卷末附)、《联灯会要》卷一六、《嘉泰普灯录》卷一〇、《五灯会元》卷一八等。

8. 草堂清

草堂善清(1057—1142)，保昌何氏子。临济宗黄龙派僧。初参大沩慕喆，后于晦堂祖心座下得悟。住黄龙、曹山、疏山、泐潭。有《草堂清和尚语》存世(《续古尊宿语要》天集)。法系：黄龙慧南——黄龙祖心——草堂善清。传见《联灯会要》卷一五、《嘉泰普灯录》卷六、《五灯会元》卷一七等。

9. 慈受深

慈受怀深(1077—1132)，六安夏氏子。云门宗僧。住真州资福、蒋山、焦山，后敕住东京大相国寺慧林禅院；南渡后乞归，住天台石桥、灵岩，敕住蒋山，又开山圆觉。有《慈受怀深禅师广录》四卷存世(《卍续藏》第 126 册)。法系：雪窦重显——天衣义怀——慧林宗本——长芦崇信——慈受怀深。传见《嘉泰普灯录》卷九、《五灯会元》卷一六等。

10. 南华昺

南华知昺，蜀之永康人。法名又作"智昺"。为人严冷，故丛林谓之"昺铁面"。两宋之际临济宗杨岐派僧。初住安徽太平，后敕住韶州南华，法系：五祖法演——佛鉴慧懃——南华知昺。传见《联灯会要》卷一七、《嘉泰普灯录》卷一六、《五灯会元》卷一九等。

11. 鼓山珪

鼓山士珪(1083—1146)，成都史氏子。号竹庵。临济宗杨岐派僧。初醉心《楞严》，后南游，参灵源惟清等诸师数年，于龙门清远座下得悟。历住和州天宁、褒禅、东林、西山、圣泉、鼓山，敕住雁荡能仁，又住江心龙翔。有与大慧宗杲唱和的《东林和尚云门庵主颂古》一卷(《古尊宿语录》卷四七)以及《竹庵珪和尚语》(《续古尊宿语要》辰集)存世。法系：五祖法演——佛眼清远——鼓山士珪。传见《联灯会要》卷一七、《嘉泰普灯录》卷一六、《五灯会元》卷二〇等。

12. 径山杲

大慧宗杲(1089—1163)，宣州宁国奚氏子。张商英名其庵曰妙喜，字之曰昙晦。钦宗赐号佛日，孝宗赐号大慧，赐谥普觉。临济宗大慧派僧。住云门、洋屿、育王、两住径山。有《大慧普觉禅师语录》《正法眼藏》《宗门武库》等多种著述存世。法系：杨岐方会——白云守端——五祖法演——圆悟克勤——大慧宗杲。传见《联灯会要》卷一七、《嘉泰普灯录》卷一五、《五灯会元》卷一九等。

13. 佛灯珣

佛灯守珣(1079—1134)，安吉施氏子。号佛灯。临济宗杨岐派僧。住庐陵禾山，安吉天圣、何山、天宁。法系：五祖法演——佛鉴慧懃——佛灯守珣。传见《嘉泰普灯录》卷一六、《五灯会元》卷一九、《释氏稽古略》卷四等。

14. 月庵果

月庵善果(1079—1152)，铅山余氏子。号月庵。临济宗杨岐派僧。初参死心悟新,获其印可;又谒开福道宁,道宁将入寂,以麈尾授之。住上封、道吾、福严,及闽中黄檗、东禅、西禅,晚住大沩。有《月庵果和尚语》存世(《续古尊宿语要》日集)。法系:五祖法演——开福道宁——大沩善果。传见《嘉泰普灯录》卷一七、《联灯会要》卷一七、《五灯会元》卷二〇等。

15. 疏山如

疏山了如,南宋初临济宗黄龙派僧。据《僧宝正续传》卷五,绍兴五年(1135),掌疏山院事。据《云卧庵主书》,编有《草堂行录》。法系:黄龙慧南——黄龙祖心——草堂善清——疏山了如。

16. 育王达

育王法达,饶州余氏子。号宝鉴。两宋之际临济宗黄龙派僧。住太平、育王。法系:黄龙慧南——福严慈感——育王法达。传见《建中靖国续灯录》卷二四、《五灯会元》卷一八等。

17. 雪窦宗

雪窦嗣宗(1085—1153),徽城陈氏子。号闻庵,丛林又称宗白头。曹洞宗僧。住泗州普照、常州善权、明州翠岩、雪窦。法系:芙蓉道楷——丹霞子淳——天童正觉——雪窦嗣宗。传见《嘉泰普灯录》卷一三、《五灯会元》卷一四、罗愿《鄂州小集》卷六《宗白头嗣宗传》等。

18. 佛鉴懃

佛鉴慧懃(1059—1117),舒州汪氏子。临济宗杨岐派僧。赐号佛鉴。初住舒州太平,政和元年(1111)敕住东京智海,五年后乞归,敕住建康蒋山。法系:杨岐方会——白云守端——五祖法演——佛鉴慧懃。传见《联灯会要》卷一六、《嘉泰普灯录》卷一一、《五灯会元》

卷一九、《释氏稽古略》卷四等。

19. 瞎堂远

瞎堂慧远(1103—1176),眉山彭氏子。号瞎堂,孝宗赐号佛海禅师。临济宗杨岐派僧。住滁州龙蟠、琅琊,婺州普济,衢州定业、报恩,潭州南台,台州护国、国清、鸿福,平江虎丘,乾道五年(1169)敕住开先,翌年敕住灵隐。多次入禁中说法。有《瞎堂慧远禅师广录》存世(《卍续藏》第120册)。法系:五祖法演——圆悟克勤——瞎堂慧远。传见周必大撰《灵隐佛海禅师远公塔铭》(《文忠集》卷四〇)、《嘉泰普灯录》卷一五、《五灯会元》卷一九、《释氏稽古略》卷四等。

20. 石窗恭

石窗法恭(1102—1181),奉化林氏子。号石窗叟。曹洞宗僧。初习南山律、天台,后参宏智有省。住越州光孝、能仁,明州报恩、瑞岩、雪窦。净慈空席,力请,航海以避命。法系:芙蓉道楷——丹霞子淳——宏智正觉——石窗法恭。传见楼钥撰《瑞岩石窗禅师塔铭》(《攻媿集》卷一一〇)、《嘉泰普灯录》卷一三、《五灯会元》卷一四、《补续高僧传》卷九等。

21. 懒庵需

懒庵鼎需(1092—1153),福州林氏子。号懒庵。临济宗大慧派僧。住福州西禅。有《懒庵需禅师语》(《续古尊宿语要》卷五)。法系:大慧宗杲——懒庵鼎需。传见《联灯会要》卷一七、《嘉泰普灯录》卷一八、《五灯会元》卷二〇等。

22. 正堂辩

正堂明辩(辨)(1085—1157),湖州俞氏子。号正堂。临济宗杨岐派僧。住天圣、积善、何山、道场、卫林。法系：五祖法演——佛眼清远——正堂明辩(辨)。传见《嘉泰普灯录》卷一六、《五灯会元》卷二〇等。

23. 月堂昌

月堂道昌(1089—1171)，宝溪吴氏子。号月堂，赐号佛行禅师。云门宗僧。住何山、穹隆、瑞光、育王、大吉、龟山，又敕住蒋山、径山、灵隐，绍兴三十年(1160)乞归，乾道二年(1166)敕住净慈。法系：雪窦重显——天衣义怀——慧林宗本——法云善本——雪峰思慧——月堂道昌。传见曹勋撰《净慈道昌禅师塔铭》(《松隐集》卷三五)、《嘉泰普灯录》卷一二、《联灯会要》卷二九、《五灯会元》卷一六等。

24. 天童净

长翁如净(1163—1228)，因颓然豪爽，丛林号曰"净长"，后世呼为"长翁"。曹洞宗僧。住建康清凉、台州瑞岩，敕住净慈、天童。有《如净禅师语录》二卷(《大正藏》第48册)、《如净禅师续语录》一卷(《大正藏》第48册)存世。法系：芙蓉道楷——丹霞子淳——真歇清了——天童宗珏——足庵智鉴——长翁如净。传见[日]面山瑞方编《如净禅师行录》、《枯崖漫录》卷上、《五灯会元续略》卷一等。

25. 应庵华

应庵昙华(1103—1163)，黄梅江氏子。号应庵。临济宗虎丘派僧。住衢之明果，饶之报恩、荐福，婺之宝林，江之东林，建康之蒋山，平江之万寿，蕲之德章，两住南康归宗，晚住天童。有《应庵昙华禅师语录》十卷(《卍续藏》第120册、《嘉兴藏》第24册)存世。法系：虎丘绍隆——应庵昙华。传见《联灯会要》卷一八、《嘉泰普灯录》卷一九、《佛祖历代通载》卷二〇等。

26. 或庵体

或庵师体(1108—1179),台州罗氏子。号或庵。临济宗杨岐派僧。住觉报、焦山。有《或庵师体禅师语》(见《续古尊宿语要》辰集)存世。法系:五祖法演——圆悟克勤——此庵景元——或庵师体。传见《嘉泰普灯录》卷二〇、《五灯会元》卷二〇、《续传灯录》卷三一等。

27. 月林观

月林师观(1143—1217),福州黄氏子。号月林。临济宗杨岐派僧。住圣因、承天、万寿、报因、灵岩、乌回。有《月林师观禅师语录》一卷存世(《卍续藏》第120册)。法系:五祖法演——开福道宁——大沩善果——大洪祖证——月林师观。传见陈贵谦《月林观禅师塔铭》(《月林师观禅师语录》卷末附)、《增集续传灯录》卷一、《续灯存稿》卷一等。

28. 运庵岩

运庵普岩(1156—1226),四明杜氏子。字少瞻。临济宗虎丘派僧。尝住四明运庵、镇江普照、真州光孝、安吉万寿。有《运庵普岩禅师语录》一卷存世(《卍续藏》第121册)。法系:密庵咸杰——松源崇岳——运庵普岩。传见宗著撰《运庵禅师行实》(《运庵普岩禅师语录》卷末附)等。

29. 天目礼

天目文礼(1167—1250),临安阮氏子。号灭翁,家天目山之麓,故别号天目。临济宗虎丘派僧。住广寿、能仁,敕住净慈、天童。法系:密庵咸杰——松源崇岳——天目文礼。传见德云撰《天目禅师行状》(《天童寺志》卷七)、《续传灯录》卷三六、《五灯会元续略》卷三、《南宋元明禅林僧宝传》卷七、《增集续传灯录》卷三等。

30. 北礀简

北礀居简(1164—1246),通泉龙氏子。字敬叟,号北礀,丛林常称"简敬叟"。历住般若、报恩、铁观音、大觉、圆觉、彰教、显庆、崇明、慧日、道场、净慈。有《北礀居简禅师语录》一卷(《卍续藏》第121册)、《北礀诗集》九卷、《北礀文集》十卷(《文渊阁四库全书》)、《北礀和尚外集、续集》各一卷等存世。法系:大慧宗杲——佛照德光——北礀居简。传见大观撰《北礀禅师行状》(《物初賸语》卷二四)、《续传灯录》卷三五、《补续高僧传》卷二四等。

31. 虚堂愚

虚堂智愚(1185—1269),四明陈氏子。号虚堂。临济宗虎丘派僧。尝住嘉兴兴圣,光孝,庆元显孝,瑞岩,开善,延福,婺之宝林,冷泉,又住育王,净慈,径山。理宗、度宗皆皈依于其座下。有《虚堂智愚禅师语录》十卷存世(《大正藏》第47册)。法系:密庵咸杰——松源崇岳——运庵普岩——虚堂智愚。传见法云撰《行状》(《虚堂智愚禅师语录》卷末附)、《增集续传灯录》卷四、《续灯存稿》卷四、《五灯会元》卷三等。

32. 西岩惠

西岩了惠(慧)(1198—1262),蓬州罗氏子。号西岩。临济宗虎丘派僧。尝住平江定慧、温州能仁、江州东林、庆元开善,敕住天童。有《西岩了慧禅师语录》二卷存世(《卍续藏》第122册)。法系:密庵咸杰——破庵祖先——兀准师范——西岩了惠(慧)。传见大观撰《西岩和尚行状》(《物初賸语》卷二四)、《增集续传灯录》卷四、《续灯存稿》卷四等。

33. 觉庵真

觉庵梦真(1214?—1288),宁国汪氏子。字友愚,号觉庵。临济宗虎丘派僧。历住永庆、连云、何山、承天。有《籁鸣集》二卷、《续集》一卷存世。法系：密庵咸杰——松源崇岳——大歇仲谦——觉庵梦真。传见《五灯全书》卷四九、《增集续传灯录》卷四等。

34. 丹霞淳

丹霞子淳(1064—1117)，梓潼贾氏子。曹洞宗僧。住南阳丹霞、唐州大乘、随州大洪。有《丹霞子淳禅师语录》二卷(《卍续藏》第124册)、《虚堂集》六卷(《卍续藏》第124册)存世。法系：梁山缘观——大阳警玄——投子义青——芙蓉道楷——丹霞子淳。传见韩韶撰《塔铭》(《湖北金石志》卷一〇)、《嘉泰普灯录》卷五、《五灯会元》卷一四、《补续高僧传》卷九、《续传灯录》卷一二等。

35. 圆悟勤

圆悟克勤(1063—1135)，彭州骆氏子。字无著，高宗赐号圆悟，徽宗赐号佛果，谥真觉禅师。临济宗杨岐派僧。住昭觉、六祖、夹山、道林、蒋山、开封天宁、金山、云居等。有《碧岩录》十卷(《大正藏》第48册)、《击节录》二卷(《卍续藏》第117册)、《佛果克勤禅师心要》四卷(《卍续藏》第120册)、《圆悟佛果禅师语录》二十卷(《大正藏》第47册)等存世。法系：杨岐方会——白云守端——五祖法演——圆悟克勤。传见孙觌撰《圆悟禅师传》(《鸿庆居士集》卷四二)、《联灯会要》卷一六、《嘉泰普灯录》卷一一、《五灯会元》卷一九、《佛祖历代通载》卷三〇、《释氏稽古略》卷四等。

36. 晦堂心

晦堂祖心(1025—1100)，南雄邬氏子。号晦堂，谥宝觉禅师。临济宗黄龙派僧。住黄龙。有《宝觉祖心禅师语录》一卷存世(《卍续藏》第120册)。法系：黄龙慧南——黄龙祖心。传见黄庭坚撰《黄龙心禅师塔铭》(《豫章黄先生文集》卷二四)、《建中靖国续灯录》卷一二、《禅林僧宝传》卷二三、《联灯会要》卷一四、《佛祖历代通载》卷一九等。

37. 佛心才

佛心本才,福州姚氏子。南宋初临济宗黄龙派僧。住潭州上封、道林,福州大乘、乾元、灵石、鼓山。有《佛心才和尚语》存世(《续古尊宿语要》月集)。法系:黄龙慧南——黄龙祖心——灵源惟清——佛心本才。传见《嘉泰普灯录》卷一〇、《联灯会要》卷一六、《五灯会元》卷一八、《续传灯录》卷二三等。

38. 佛照光

佛照德光(1121—1203),临江彭氏子。自号拙庵,孝宗赐号佛照,谥普慧宗觉,塔曰圆鉴。临济宗大慧派僧。曾住台州鸿福、光孝,以及灵隐、径山,两住育王。孝宗皈依于其座下。多次入禁中讲法。有《佛照光和尚语》(《续古尊宿语要》星集)、《佛照禅师奏对录》(《古尊宿语录》卷四八)存世。法系:大慧宗杲——佛照德光。传见周必大撰《圆鉴塔铭》(《文忠集》卷八)、《联灯会要》卷一八、《五灯会元》卷二〇、《佛祖历代通载》卷二〇、《续传灯录》卷三二等。

39. 无用全

无用净全(1137—1207),诸暨翁氏子。号无用。临济宗大慧派僧。住狼山、承天、广教、保宁、天童。法系:大慧宗杲——无用净全。传见钱象祖撰《天童无用净全禅师塔铭》(《吴都法乘》卷五上之下)、《续传灯录》卷三二、《五灯会元》卷二〇等。

40. 肯堂充

肯堂彦充,於潜盛氏子。号肯堂。南宋临济宗大慧派僧。敕住净慈。法系：大慧宗杲——卍庵道颜——肯堂彦充。传见《五灯会元》卷二〇、《释氏稽古略》卷四、《大明高僧传》卷八、《续传灯录》卷三四等。

41. 妙峰善

　　妙峰之善(1152—1235)，吴兴刘氏子。于庐山妙高峰下面壁十年，故人尊称为妙峰禅师。住慧因、鸿福、万年、瑞岩、万寿、华藏、灵隐。临济宗大慧派僧。法系：大慧宗杲——佛照德光——妙峰之善。传见《五灯会元续略》卷二、《五灯全书》卷四七、《续传灯录》卷三五、《增集续传灯录》卷一、《五灯严统》卷二〇等。

42. 顽石空

　　顽石空，《通集》收其颂古四首。按排列顺序，似是南宋禅僧。全名、法系、生平俟考。

43. 铁山仁

　　铁山仁，《通集》录其颂古多首。按排列顺序，似是南宋禅僧。全名、法系、生平俟考。

44. 介石朋

　　介石智朋，秦溪人。号介石，晚年匾其室曰青山外人。南宋中后期临济宗大慧派僧。住雁山、临平、大梅、香山、云黄、承天、柏山，敕住净慈。有《介石智朋禅师语录》一卷存世（《卍续藏》第121册）。法系：大慧宗杲——佛照德光——浙翁如琰——介石智朋。传见《枯崖漫录》卷三、《续传灯录》卷三五、《增集续传灯录》卷二、《续灯存稿》卷二、《五灯严统》卷二二等。

45. 痴绝冲

痴绝道冲(1169—1250),武信荀氏子。号痴绝。临济宗虎丘派僧。住嘉兴报恩光孝、金陵蒋山、福州雪峰、平江觉城等,敕住天童(兼育王)、灵隐、径山。有《痴绝道冲禅师语录》二卷存世(《卍续藏》第121册)。法系:密庵咸杰——曹源道生——痴绝道冲。传见赵若琚撰《径山痴绝禅师行状》(《痴绝道冲禅师语录》卷末附)、《释氏稽古略》卷四、《续传灯录》卷三六、《五灯会元续略》卷三、《补续高僧传》卷一一等。

46. 大歇谦

大歇仲谦(1174—1244),义乌应氏子。临济宗虎丘派僧。住昌国保宁、象山太平、鄞县仗锡、临安光岩、婺州宝林、平江灵岩、镇江金山、奉化雪窦,有旨住育王,敕未下而三日后示寂。法系:密庵咸杰——松源崇岳——大歇仲谦。传见楼扶撰《大歇谦禅师塔铭》(《雪窦寺志》卷六)、《增集续传灯录》卷三、《续灯存稿》卷三、《五灯会元续略》卷三等。

47. 无量寿

无量崇寿,抚州人。临济宗大慧派僧。与史弥远有交往,当活跃于南宋中期。尝隐于隆兴感山,晚住台州瑞岩。法系:大慧宗杲——佛照德光——秀岩师瑞——无量崇寿。传见《枯崖漫录》卷二、《五灯会元》卷二、《五灯严统》卷二二、《续灯存稿》卷二等。

48. 闲极云

闲极法云,尝为虚堂智愚(1185—1269)撰行状,当卒于咸淳五年(1269)之后。南宋末临济宗虎丘派僧。住虎丘。法系:密庵咸杰——松源崇岳——运庵普岩——虚堂智愚——闲极法云。传见《增集续传灯录》卷五、《山庵杂录》卷一、《五灯全书》卷五〇、《续指月录》卷六等。

49. 千峰琬

千峰如琬,《至大清规》弌咸序谓"丙戌(至元二十三年,1286)夏,留雪窦,千峰琬西堂论其详",《江湖风月集》所附跋文末署"戊子(至元二十五年,1288)夏千峰如琬",《横川行珙禅师语录》卷下有《寄雪窦千峰琬西堂》诗,则可知其号西堂,曾寓于雪窦,与横川行珙(又作如珙,1222—1289)为同时代人,主要活跃于元初,卒年在至元二十五年之后。芳泽胜弘考证其法系为:五祖法演——圆悟克勤——此庵景元——或庵师体——痴钝智颖——伊岩怀玉——千峰如琬。① 聊备一说。

50. 明招谦

明招德谦,五代末德山派僧,未知是否入宋。因失左目,故人号之为"独眼龙"。尝住明招山四十载。法系:德山宣鉴——岩头全豁——罗山道闲——明招德谦。传见《景德传灯录》卷二三、《联灯会要》卷二五、《五灯会元》卷八等。

51. 北塔祚

智门光祚,蜀人。北宋云门宗僧。历住双泉、智门、崇胜。有《智门祚禅师语录》一卷存世(《古尊宿语录》卷三九)。法系:云门文偃——香林澄远——智门光祚。传见《天圣广灯录》卷二二、《建中靖国续灯录》卷二、《联灯会要》卷二七、《五灯会元》卷二五等。

---

① [日]芳泽胜弘《江湖風月集訳注》,京都禅文化研究所,2003年。

52. 雪窦显

雪窦重显(980—1052),遂州李氏子。字隐之。赐号明觉大师。云门宗僧。住苏州翠峰、明州雪窦。宗风大振,号云门中兴。有《明觉禅师语录》六卷(《大正藏》第47册,包括《语录》《后录》《瀑泉集》《祖英集》等)及颂古百则(见《碧岩录》)存世。法系:云门文偃——香林澄远——智门光祚——雪窦重显。传见吕夏卿撰《明州雪窦山资圣寺第六祖明觉大师塔铭》(《明觉禅师语录》卷末附)、《天圣广灯录》卷二三、《建中靖国续灯录》卷三、《禅林僧宝传》卷一一、《联灯会要》卷二七、《五灯会元》卷一五等。

53. 正觉逸

正觉本逸,福州彭氏子。赐号正觉。北宋云门宗僧。住饶州荐福,神宗时敕住东京大相国寺智海禅院,为第一世。法系:云门文偃——双泉仁郁——德山慧远——开先善暹——正觉本逸。传见《建中靖国续灯录》卷六、《嘉泰普灯录》卷二、《五灯会元》卷一七等。

54. 白云端

白云守端(1025—1072),衡阳周氏子。临济宗杨岐派僧。住江州承天、圆通,舒州法华、龙门、白云等。有《白云守端禅师语录》二卷、《白云守端禅师广录》四卷(俱见《卍续藏》第120册)、《白云端和尚语》(《续古尊宿语要》日集)存世。法系:杨岐方会——白云守端。传见《建中靖国续灯录》卷一四、《禅林僧宝传》卷二八、《联灯会要》卷一五、《五灯会元》卷一九等。

55. 地藏恩

地藏守恩,福清丘氏子。北宋云门宗僧。住福州地藏、太平。法系:雪窦重显——天衣义怀——慧林宗本——地藏守恩。传见《建中靖国续灯录》卷一五、《嘉泰普灯录》卷五、《五灯会元》卷一六等。

56. 上方益

上方日益,北宋临济宗杨岐派僧。住安吉上方。法系：杨岐方会——保宁仁勇——上方日益。传见《建中靖国续灯录》卷二八、《五灯会元》卷一九等。

57. 大洪遂

大洪守遂(1072—1147),遂宁章氏子。赐号净严大师。曹洞宗僧。住水南、大洪。法系：梁山缘观——大阳警玄——投子义青——大洪报恩——大洪守遂。传见冯楫撰《净严大师塔铭》(《湖北金石志》卷一一)、《嘉泰普灯录》卷五、《五灯会元》卷一四、《五灯全书》卷三〇等。

58. 梦庵信

梦庵普信,南北宋之际临济宗黄龙派僧。住万寿、蒋山。法系：黄龙慧南——东林常总——宝峰应乾——胜因咸静——梦庵普信。传见《嘉泰普灯录》卷一三、《五灯会元》卷一八等。

59. 天童觉

宏智正觉(1091—1157),隰州李氏子。赐谥宏智。曹洞宗僧。住泗州普照,舒州太平,江州圆通、能仁,真州长芦,明州天童,敕住灵隐。倡默照禅,时与倡"看话禅"的大慧宗杲并称为禅林二甘露门。有《宏智觉和尚语》(《续古尊宿语要》地集)、《宏智觉禅师语录》四卷(《嘉兴藏》第32册)、《宏智禅师广录》九卷(《大正藏》第48册)存世。法系：芙蓉道楷——丹霞子淳——宏智正觉。传见《行实》、周葵撰《塔铭》(俱见《宏智觉禅师语录》卷末附)、《联灯会要》卷二九、《嘉泰普灯录》卷九、《五灯会元》卷一四、《佛祖历代通载》卷二〇等。

60. 龙门远

龙门清远(1067—1120),临邛李氏子。赐号佛眼禅师。初学律宗、《法华》。住舒州天宁、龙门,和州褒山。临济宗杨岐派僧。时与佛鉴慧懃、佛果克勤并称为"三佛"。有《佛眼和尚语录》八卷(《古尊宿语录》卷二七—三四)、《佛眼远禅师语》(《续古尊宿语要》日集)存世。法系:杨岐方会——白云守端——五祖法演——龙门清远。传见李弥逊撰《宋故和州褒山佛眼禅师塔铭》(《佛眼和尚语录》卷末附)、《联灯会要》卷一六、《嘉泰普灯录》卷一一、《五灯会元》卷一九等。

61. 楚安方

楚安慧方,醴陵许氏子。南宋初临济宗僧。住潭州楚安、钦山。法系:五祖法演——佛鉴慧懃——文殊心道——楚安慧方。传见《嘉泰普灯录》卷一九、《五灯会元》卷二〇、《续灯正统》卷六等。

62. 无著总

无著妙总,苏颂女孙,长适毗陵许氏,三十岁出家。号无著。南宋临济宗大慧派尼。住平江资寿。法系:大慧宗杲——无著妙总。传见《嘉泰普灯录》卷一八、《五灯会元》卷二〇等。

63. 灵岩安

灵岩仲安,《联灯会要》云为"蜀人",《通集》卷一二署"灌州灵岩安",则可知其为蜀地灌州人。南宋临济宗杨岐派僧。住澧州灵岩。法系:五祖法演——圆悟克勤——佛性法泰——灵岩仲安。传见《联灯会要》卷一七、《嘉泰普灯录》卷一九、《五灯会元》卷二〇等。

64. 木庵永

木庵安永(？—1173)，闽县吴氏子。号木庵。临济宗大慧派僧。住怡山、云门、乾元、黄檗、鼓山。有《木庵永和尚语》一卷存世(《续古尊宿语要》昴集)。法系：大慧宗杲——懒庵鼎需——木庵安永。传见《嘉泰普灯录》卷二一、《五灯会元》卷二○等。

65. 保宁勇

保宁仁勇，四明竺氏子。初学天台，后习禅。北宋临济宗杨岐派僧。住金陵保宁二十余载。有《保宁仁勇禅师语录》一卷存世(《卍续藏》第120册)。法系：杨岐方会——保宁仁勇。传见《建中靖国续灯录》卷一四、《联灯会要》卷一五、《嘉泰普灯录》卷四、《五灯会元》卷一九等。

66. 云溪恭

云溪恭，《通集》收其颂古多首。按排列顺序，似是北宋后期禅僧。全名、法系、生平俟考。

67. 断桥伦

断桥妙伦(1201—1261)，台州徐氏子。号断桥，又号松山子。临济宗虎丘派僧。住台州瑞峰、瑞岩，天台国清，敕住净慈。有《断桥妙伦禅师语录》二卷存世(《卍续藏》第122册)。法系：密庵咸杰——破庵祖先——无准师范——断桥妙伦。传见《行状》(《断桥妙伦禅师语录》卷末附)、《增集续传灯录》卷四、《五灯会元续略》卷三等。

68. 宝叶源

宝叶妙源(1207—1281)，象山陈氏子。临济宗虎丘派僧。住平江荐严、泉州水陆、明州定水。法系：密庵咸杰——松源崇岳——运庵普岩——虚堂智愚——宝叶妙源。传见袁桷撰《定水源禅师塔铭》(《清容居士集》卷三一)、《补续高僧传》卷一二、《山庵杂录》卷上等。

69. 汾阳昭

汾阳善昭(947—1024),太原俞氏子。临济宗僧。住汾阳太子院。谥无德禅师。有《汾阳无德禅师语录》三卷(《大正藏》第47册)、《汾阳昭禅师语录》一卷(《古尊宿语录》卷一〇)、《汾阳昭禅师语》一卷(《续古尊宿语要》天集)存世。法系:风穴延昭——首山省念——汾阳善昭。传见《景德传灯录》卷一三、《天圣广灯录》卷一六、《禅林僧宝传》卷三等。

70. 天衣怀

天衣义怀(993—1064),乐清陈氏子。云门宗僧。住越州天衣等凡九处道场。赐谥振宗大师。有《天衣怀和尚语》一卷存世(《续古尊宿语要》地集)。法系:云门文偃——香林澄远——智门光祚——雪窦重显——天衣义怀。传见《祖庭事苑》卷五、《建中靖国续灯录》卷五、《联灯会要》卷二八、《嘉泰普灯录》卷二、《佛祖历代通载》卷一八等。

71. 净照臻

净照道臻(1014—1093),古田戴氏子。字伯祥,赐号净照禅师。临济宗僧。住丹阳因圣、东京净因及慧林、智海二禅院。法系:风穴延昭——首山省念——叶县归省——浮山法远——净照道臻。传见《建中靖国续灯录》卷八、《禅林僧宝传》卷二六、《佛祖历代通载》卷一九等。

72. 成枯木

枯木法成(1071—1128),嘉兴潘氏子。号枯木。曹洞宗僧。住汝州香山,东京净因,潭州大沩、道林,韶州南华,镇江焦山等。谥普证大师。法系:梁山缘观——大阳警玄——投子义青——芙蓉道楷——枯木法成。传见程俱撰《宋故焦山长老普证大师塔铭》(《北山小集》卷三二)、《联灯会要》卷二九、《嘉泰普灯录》卷五等。

73. 佛性泰

佛性法泰,汉州李氏子。赐号佛性禅师。初习南山律。南宋初临济宗杨岐派僧。住鼎州德山,邵州西湖,潭州谷山、道吾,敕住大沩。有《佛性泰禅师语》一卷存世(《续古尊宿语要》日集)。法系:五祖法演——圆悟克勤——佛性法泰。传见《联灯会要》卷一六、《嘉泰普灯录》卷一四、《五灯会元》卷一九等。

74. 照堂一

照堂了一(1092—1155),明州徐氏子。云门宗僧。住石泉、黄檗,敕住径山。法系:雪窦重显——天衣义怀——慧林宗本——法云善本——雪峰思慧——照堂了一。传见《嘉泰普灯录》卷一二、《五灯会元》卷一六、《五灯全书》卷三六等。

75. 雪巢一

雪巢法一(1084—1158),襄阳李氏子。字贯道,号雪巢。临济宗黄龙派僧。住延福、天台万年、长芦等。法系:黄龙慧南——黄龙祖心——草堂善清——雪巢法一。传见《嘉泰普灯录》卷一〇、《五灯会元》卷一八、《续传灯录》卷二三等。

76. 大沩智

大沩智,四明人。号大圆叟。两宋之际临济宗黄龙派僧。住潭州大沩、秀州西庵等。其拈古为大慧宗杲所称赏。与陈去非善。法系：黄龙慧南——祐圣法宷——道林了一——大沩智。传见《罗湖野录》卷三、《丛林盛事》卷下、《嘉泰普灯录》卷一〇、《五灯会元》卷一八、《续传灯录》卷二三等。

77. 本觉一

本觉守一，江阴沈氏子。字不二，号法真。北宋末云门宗僧。住秀州本觉、杭州净慈等。法系：雪窦重显——天衣义怀——慧林宗本——本觉守一。传见《建中靖国续灯录》卷一六、《联灯会要》卷二七、《嘉泰普灯录》卷五、《五灯会元》卷一六等、《续传灯录》卷一四等。

78. 涂毒策

涂毒智策（1117—1192），天台陈氏子。号涂毒。临济宗黄龙派僧。历黄岩普泽等数刹，敕住径山。法系：黄龙慧南——真净克文——泐潭文准——典牛天游——涂毒智策。传见《嘉泰普灯录》卷一三、《五灯会元》卷一八、《续传灯录》卷三〇、《南宋元明禅林僧宝传》卷五等。

79. 高安悟

"安"疑当为"庵"，涉音近而误。高庵善悟（1074—1132），洋州李氏子。号高庵。临济宗杨岐派僧。住吉州天宁、南康云居，敕住金山，以疾辞。法系：五祖法演——佛眼清远——高庵善悟。传见《嘉泰普灯录》卷一六、《五灯会元》卷二〇、《大明高僧传》卷五等。

另，本卷所收"高安悟"之颂古"昨日与今日，说定说不定。寰中天子敕，塞外将军令。外道当年入梦乡，直至如今犹未省"，初见于《嘉泰普灯录》卷一六"遂宁府西禅文琏禅师"中；而西禅文琏传记位于"南康军云居高庵善悟禅师"之下。该首颂古，疑为《通集》编者所误辑，当为文琏之作。

80. 山堂淳

山堂德淳，上饶人。住泐潭。南宋临济宗杨岐派僧。法系：五祖法演——开福道宁——大沩善果——山堂德淳。传见《嘉泰普灯录》卷二一、《五灯会元》卷二〇等。

81. 湛堂准

湛堂文准(1061—1115)，兴元梁氏子。号湛堂。临济宗黄龙派僧。住云岩、泐潭。有《湛堂准和尚语》一卷存世(《续古尊宿语要》天集)。法系：黄龙慧南——真净克文——湛堂文准。传见惠洪撰《泐潭准禅师行状》(《石门文字禅》卷三〇)、《联灯会要》卷一五、《嘉泰普灯录》卷七、《五灯会元》卷一七等。

82. 别峰云

别峰云，南宋临济宗大慧派僧。住福州支提、福泉华严等。有《别峰云和尚语》一卷存世(《续古尊宿语要》辰集)。法系：大慧宗杲——西禅守净——别峰云。传见《丛林盛事》卷下、《增集续传灯录》卷一、《续灯存稿》卷一、《五灯全书》卷四七等。

83. 松源岳

松源崇岳(1132—1202)，龙泉松源吴氏子。自号松源。临济宗虎丘派僧。住平江澄照、江阴光孝、无为冶父、饶州荐福、明州香山、平江虎丘、杭州灵隐。有《松源崇岳禅师语录》二卷存世(《卍续藏》第121册)。法系：虎丘绍隆——应庵昙华——密庵咸杰——松源崇岳。传见陆游撰《松源禅师塔铭》(《渭南文集》卷四〇)、《佛祖历代通载》卷二〇、《释氏稽古略》卷四、《五灯会元续略》卷三等。

84. 无用全

无用净全(1137—1207),诸暨翁氏子。自号无用。临济宗大慧派僧。住狼山、承天、广教、保宁、天童等。法系：大慧宗杲——无用净全。传见钱象祖撰《天童无用净全禅师塔铭》(《天童寺志》卷七)、《续传灯录》卷三二、《五灯会元》卷二〇等。

85. 木庵琼

木庵道琼(？—1140),上饶人。临济宗僧。法系：石霜楚圆——翠岩可真——真如慕喆——泐潭景祥——木庵道琼。传见《嘉泰普灯录》卷一二、《五灯会元》卷一二等。

86. 遯庵演

遯庵宗演,福州郑氏子。号遯庵。南宋临济宗大慧派僧。住常州华藏。有《遯庵演和尚语》一卷存世(《续古尊宿语要》星集)。法系：大慧宗杲——遯庵宗演。传见《五灯会元》卷二〇、《续传灯录》卷三二等。

87. 象田卿

象田梵卿(？—1116),华亭钱氏子。临济宗黄龙派僧。住绍兴象田。法系：黄龙慧南——东林常总——象田梵卿。传见《嘉泰普灯录》卷六、《五灯会元》卷一七等。

88. 张无尽

张商英(1043—1121),新津人。字天觉,号无尽居士,谥文忠。醉心内典,与东林常总、兜率从悦、晦堂祖心、清凉惠洪、真净克文、圆悟克勤等禅僧交善。元祐间于兜率从悦座下开悟。法系：黄龙慧南——真净克文——兜率从悦——张商英。传见《宋史》卷三五一、

《五灯会元》卷一八等。

89. 退庵休

退庵休,南宋临济宗僧杨岐派僧。住饶州荐福。法系:五祖法演——佛眼清远——雪堂道行——退庵休。传见《嘉泰普灯录》卷二〇、《五灯会元》卷二〇等。

90. 真如喆

真如慕喆(?—1095),临川闻氏子。赐号真如禅师。临济宗僧。住岳麓、大沩,敕住东京智海禅院。尝入内说法。法系:风穴延昭——首山省念——汾阳善昭——石霜楚圆——翠岩可真——真如慕喆。传见《禅林僧宝传》卷二五、《嘉泰普灯录》卷四、《五灯会元》卷一二等。

91. 东谷光

东谷妙光(?—1253),号东谷。曹洞宗僧。住嘉禾本觉、苏州灵岩、常州华藏等,敕住育王、灵隐。法系:芙蓉道楷——丹霞子淳——天童正觉——自得慧晖——明极慧祚——东谷妙光。传见《枯崖漫录》卷三、《增集续传灯录》卷六等。

92. 投子青

投子义青(1032—1083),青社李氏子。曹洞宗僧。初习《华严》,有"青华严"之称。后参浮山法远,有契悟,浮山以大阳警玄衣履付之,令嗣其法。住白云、投子。有《投子义青禅师语录》二卷(《卍续藏》第124册)、《投子青和尚语》一卷(《续古尊宿语要》地集)、颂古专集《空谷集》(《卍续藏》第117册,即《投子义青禅师语录》卷下"颂古一百则")存世。法系:梁山缘观——大阳警玄——投子义青。传见

《行状》(《投子义青禅师语录》卷末附)、《建中靖国续灯录》卷二六、《禅林僧宝传》卷一七、《五灯会元》卷一四等。

93. 南堂兴

南堂道兴(1065—1135),阆州赵氏子。原名元静,后改名道兴。临济宗杨岐派僧。住大随、昭觉、能仁等。有《南堂兴和尚语》一卷存世(《续古尊宿语要》日集)。法系:杨岐方会——白云守端——五祖法演——南堂道兴(元静)。传见《嘉泰普灯录》卷一一、《五灯会元》卷一九等。

94. 心闻昙贲

心闻昙贲,永嘉人。号心闻。南宋临济宗黄龙派僧。住瑞岩、江心、台州万年等。有《心闻贲和尚语》一卷存世(《续古尊宿语要》月集)。法系:黄龙慧南——黄龙祖心——灵源惟清——长灵守卓——育王介谌——心闻昙贲。传见《嘉泰普灯录》卷一七、《五灯会元》卷一八等。

95. 无际派

无际了派,建安张氏子。南宋临济宗大慧派僧。住保安、天童。法系:大慧宗杲——佛照德光——无际了派。传见《枯崖漫录》卷上、《增集续传灯录》卷一、《五灯会元续略》卷三等。

96. 别山智

别山祖智(1200—1260),顺庆杨氏子。临济宗虎丘派僧。住西余、蒋山,敕住天童。法系:密庵咸杰——破庵祖先——无准师范——别山祖智。传见《南宋元明禅林僧宝传》卷七、《五灯会元续略》卷三等。

97. 皖山凝

皖山正凝(1191—1274),舒州李氏子。临济宗杨岐派僧。住福州钓台、万岁、鼓山。法系：五祖法演——开福道宁——大沩善果——大洪祖证——月林师观——孤峰德秀——皖山正凝。传见《五灯会元续略》卷二、《继灯录》卷二、《五灯全书》卷五四等。

98. 云耕静

"静",疑为"靖"之讹,因音近而误。云耕靖,全名俟考,临济宗虎丘派僧。住虎丘。法系：密庵咸杰——松源崇岳——天目文礼——云耕靖。传见《增集续传灯录》卷四、《五灯全书》卷四九、《续灯正统》卷二一等。

99. 虚舟度

虚舟普度(1199—1280),江都史氏子。号虚舟。临济宗虎丘派僧。住建康半山、镇江金山、潭州鹿苑、抚州疏山、平江承天、临安中天竺,敕住灵隐、径山。有《虚舟普度禅师语录》一卷存世(《卍续藏》第123册)。法系：密庵咸杰——松源崇岳——无得觉通——虚舟普度。传见行端撰《行状》(《虚舟普度禅师语录》卷末附)、《五灯会元续略》卷三、《增集续传登录》卷四等。

卷 三

1. 佛慧泉

蒋山法泉,随州时氏子。北宋云门宗僧。住大明、千顷、灵岩、南明、蒋山等,敕住大相国寺智海禅院。与苏轼善。因博览全书、过目成诵,时有"泉万卷"之称。谥佛慧禅师。法系：云门文偃——德山缘密——文殊应真——洞山晓聪——云居晓舜——蒋山法泉。传见《罗湖野录》卷下、《建中靖国续灯录》卷二九、《嘉泰普灯录》卷三、《释氏稽古略》卷四等。

2. 真净文

真净克文(1025—1102),阌乡郑氏子。号云庵,赐号真净大师。临济宗黄龙派僧。住洞山、圣寿、报宁、归宗、泐潭等。有《云庵克文禅师语录》六卷存世(《卍续藏》第 120 册)。法系:黄龙慧南——真净克文。传见惠洪撰《云庵真净和尚行状》(《石门文字禅》卷三〇)、《建中靖国续灯录》卷一三、《禅林僧宝传》卷二三、《五灯会元》卷一七等。

3. 云居祐

云居元祐(1030—1095)[①],上饶王氏子。临济宗黄龙派僧。住道林、庐山罗汉、云居等。法系:黄龙慧南——云居元祐。传见《建中靖国续灯录》卷一三、《禅林僧宝传》卷二五、《联灯会要》卷一四、《五灯会元》卷一七、《佛祖历代通载》卷一九等。

4. 云盖智

云盖守智(1025—1115),剑州陈氏子。临济宗黄龙派僧。住道吾、云盖等。法系:黄龙慧南——云盖守智。传见《罗湖野录》卷下、《建中靖国续灯录》卷一二、《联灯会要》卷一四、《嘉泰普灯录》卷四、《五灯会元》卷一七等。

5. 宝峰照

阐提惟照(1084—1128),简州李氏子。号阐提。曹洞宗僧。住招提、甘露、三祖、圆通、泐潭等。法系:梁山缘观——大阳警玄——

---

① 关于其生卒年,另一说为 1027—1092。此处从《禅林僧宝传》之记载。

投子义青——芙蓉道楷——阐提惟照。传见《僧宝正续传》卷一、《嘉泰普灯录》卷五、《五灯会元》卷一四等。

6. 石门易

石门元易(1053—1137),潼川税氏子。曹洞宗僧。历住招提、石门等十刹。法系:梁山缘观——大阳警玄——投子义青——芙蓉道楷——石门元易。传见《嘉泰普灯录》卷五、《五灯会元》卷一四等。

7. 智海清

智海智清(?—1110),泉州叶氏子。赐号佛印。临济宗黄龙派僧。敕住东京大相国寺智海禅院。尝入内说法。法系:黄龙慧南——云居元祐——智海智清。《建中靖国续灯录》卷二一、《续传灯录》卷二一等。

8. 禾山方

禾山慧(惠)方(1073—1129),临江龚氏子。号超宗。临济宗黄龙派僧。住禾山、云岩等。有《超宗慧方禅师语录》一卷存世(《卍续藏》第120册)。法系:黄龙慧南——黄龙祖心——死心悟新——禾山慧方。传见《僧宝正续传》卷三、《联灯会要》卷一六、《嘉泰普灯录》卷一〇、《五灯会元》卷一八等。

9. 龙牙才

龙牙智才(1067—1138),舒州施氏子。临济宗杨岐派僧。住岳麓、龙牙。因以"苏噜苏噜"应接学人,故丛林呼为"才苏噜"。法系:五祖法演——佛鉴慧懃——龙牙智才。传见《云卧纪谭》卷上、《五灯会元》卷一九等。

10. 洪觉范

觉范惠洪(1071—1128),惠又作慧,瑞州彭氏子。后易名德洪,字觉范,号冷斋、寂音、明白庵、明白老、老俨、俨师、筠溪、甘露灭、石门精舍等,赐号宝觉圆明。临济宗杨岐派僧。住金陵清凉,先后四次入狱。有《冷斋夜话》《林间录》《禅林僧宝传》《石门文字禅》等多种著作存世。法系:黄龙慧南——真净克文——觉范惠(慧)洪。传见《嘉泰普灯录》卷七、《五灯会元》卷一七、《佛祖历代通载》卷一九等。另有周裕锴《宋僧惠洪行履著述编年总案》(高等教育出版社,2010年)对其生平、著述考证甚为详赡,可参阅。

11. 圆觉演

圆觉宗演,恩州崔氏子。赐号圆觉禅师。北宋末云门宗僧。住永福、雪峰。宣和年间尝入内说法。法系:雪窦重显——天衣义怀——天钵重元——元丰清满——圆觉宗演。传见《嘉泰普灯录》卷九、《五灯会元》卷一六、《补续高僧传》卷二四等。

12. 白杨顺

白杨法顺(1076—1139),魏城文氏子。临济宗杨岐派僧。住白杨。法系:五祖法演——佛眼清远——白杨法顺。传见《僧宝正续传》卷四、《嘉泰普灯录》卷一六、《五灯会元》卷二〇等。

13. 石碧明

石碧戒明,北宋晚期临济宗黄龙派僧。住黄岩石碧义泉院。法系:黄龙慧南——云居元祐——石碧戒明。嗣法弟子有三祖昧。

14. 开福宁

开福道宁(1053—1113),婺源汪氏子。临济宗杨岐派僧。住潭州开福。有《开福道宁禅师语录》二卷(《卍续藏》第120册)、《开福宁和尚语要》一卷(《续古尊宿语要》日集)存世。法系：杨岐方会——白云守端——五祖法演——开福道宁。传见《丛林盛事》卷上、《联灯会要》卷一六、《嘉泰普灯录》卷一一、《五灯会元》卷一九等。

15. 开善谦

开善道谦,建宁人。号密庵。南宋临济宗大慧派僧。住玄沙、开善。法系：大慧宗杲——开善道谦。传见《丛林盛事》卷上、《嘉泰普灯录》卷一八、《联灯会要》卷一七、《五灯会元》卷二○等。

* 佛县光

《中华大藏经》本《通集》本首颂古作者作"佛照光",是。盖"縣"与"照"因形近而误。见卷二"佛照光"条。

16. 密庵杰

密庵咸杰(1118—1186),福清郑氏子。号密庵。临济宗虎丘派僧。住三衢乌巨、祥符,金陵蒋山,常州华藏,敕住径山、灵隐,淳熙四年召对选德殿,晚归老于天童。有《密庵咸杰禅师语录》一卷存世(《大正藏》第47册)。法系：虎丘绍隆——应庵昙华——密庵咸杰。传见葛郯撰《密庵和尚塔铭》(《密庵咸杰禅师语录》卷末附)、《联灯会要》卷一八、《嘉泰普灯录》卷二一、《五灯会元》卷二○等。

17. 孤峰深

孤峰深,《通集》收其颂古6首,按排列顺序,似为南宋僧人。全名、生平、法系俟考。

18. 石庵玿

石庵知玿，号石庵。南宋临济宗大慧派僧。住白云、鼓山。有《石庵玿和尚语》一卷存世(《续古尊宿语要》星集)。法系：大慧宗杲——东禅思岳——石庵知玿。传见《五灯会元续略》卷二、《五灯全书》卷四七、《续灯正统》卷一〇等。

19. 雪庵瑾

雪庵从瑾(1117—1200)，永嘉郑氏子。号雪庵。临济宗黄龙派僧。住仪征灵岩，又住天童。有《雪庵从瑾禅师颂古集》一卷存世(《卍续藏》第 120 册)。法系：长灵守卓——育王介谌——心闻昙贲——雪庵从瑾。① 传见《增集续传灯录》卷一、《续灯存稿》卷一等。

20. 幻庵觉

《通集》收其颂古 2 首。从排列顺序看，似为南宋禅僧。全名、生平、法系俟考。

21. 剑门分

剑门安分，福州林氏子。号分禅。住剑门。南宋临济宗大慧派僧。法系：大慧宗杲——懒庵鼎需——剑门安分。传见《联灯会要》卷一八、《嘉泰普灯录》卷二一、《五灯会元》卷二〇等。

22. 无准范

无准师范(1177—1249)，梓潼雍氏子。号无准，赐号佛鉴禅师。临济宗虎丘派僧。历住清凉、普济、雪窦，敕住育王、径山。尝入内说法。有《无准师范禅师语录》五卷(《卍续藏》第 121 册)、《无准和尚奏

---

① 《五灯会元续略》将其列为天童如净法嗣。

对语录》一卷(《卍续藏》第121册)存世。法系：密庵咸杰——破庵祖先——无准师范。传见道璨撰《径山无准禅师行状》(《无准和尚奏对语录》卷末附)、《增集续传灯录》卷三、《五灯会元续略》卷五等。

23. 无门开

无门慧开(1183—1260)，钱塘梁氏子。赐号佛眼禅师。临济宗杨岐派僧。住安吉报国、隆兴天宁、黄龙、翠岩、镇江普济、平江开元、建康保宁，敕住护国仁王寺。有《无门慧开禅师语录》二卷存世(《卍续藏》第120册)。法系：五祖法演——开福道宁——大沩善果——大洪祖证——月林师观——无门慧开。传见《续传灯录》卷三五、《五灯严统》卷二二、《五灯全书》卷五三、《五灯会元续略》卷二等。

24. 横川珙

横川如珙(1222—1289)，永嘉林氏子。法名又作"行珙"，字子璞，号横川。临济宗虎丘派僧。住雁荡灵岩、能仁，又住育王。有《横川行珙禅师语录》二卷存世(《卍续藏》第123册)。法系：密庵咸杰——松源崇岳——天目文礼——横川如珙。传见圆至撰《横川和尚塔记》(《牧潜集》卷三)、《增集续传灯录》卷四、《续灯存稿》卷四等。

25. 照觉总

东林常总(1025—1091)，剑州施氏子。先后赐号广慧禅师、照觉禅师。临济宗黄龙派僧。灯录将其列为苏轼嗣法之师。住泐潭、东林。元丰五年(1082)，敕住大相国寺智海禅院，拒诏不就。法系：黄龙慧南——东林常总。传见《禅林僧宝传》卷二四、《建中靖国续灯录》卷一二、《五灯会元》卷一七、《佛祖历代通载》卷一九等。

26. 石田薰

石田法薰(1171—1245),眉山彭氏子。号石田,谥佛海禅师。临济宗虎丘派僧。住平江高峰、普明,建康太平兴国,敕住净慈、灵隐。有《石田法薰禅师语录》四卷存世(《卍续藏》第 122 册)。法系:密庵咸杰——破庵祖先——石田法薰。传见大观撰《行状》(《石田法薰禅师语录》卷末附)、《增集续传灯录》卷三、《续灯存稿》卷三等。

27. 掩室开

掩室善开,字掩室。南宋临济宗虎丘派僧。住金山。法系:密庵咸杰——松源崇岳——掩室善开。传见《续传灯录》卷三六、《增集续传灯录》卷三等。

28. 简翁敬

简翁居敬,南宋临济宗虎丘派僧。住天童。法系:密庵咸杰——曹源道生——痴绝道冲——简翁居敬。① 传见《增集续传灯录》卷四、《五灯会元续略》卷三、《五灯严统》卷二一、《五灯全书》卷四九、《天童寺志》卷三等。

29. 褚衲秀

褚,疑为"楮"之讹。楮衲秀,据《吴都法乘》卷五载"(行中至仁)有嗣法弟子楮纳(衲)秀",为元代临济宗大慧派僧,法系:大慧宗杲——佛照德光——妙峰之善——藏叟善珍——元叟行端——行中至仁——楮衲秀。全名、生平俟考。

---

① 《增集续传灯录》将其列为无准师范法嗣。

30. 月庭忠

月庭正忠,潭州人。南宋临济宗虎丘派僧。住蒋山。法系：密庵咸杰——破庵祖先——无准师范——无学祖元——月庭正忠。[①]传见《增集续传灯录》卷五、《续灯正统》卷二三、《续灯存稿》卷六等。

31. 文殊道

文殊心道(1058—1129),眉州徐氏子。临济宗杨岐派僧。住襄州天宁、常德文殊。法系：五祖法演——佛鉴慧懃——文殊心道。传见《嘉泰普灯录》卷一六、《五灯会元》卷一九、《续传灯录》卷二九等。

32. 且庵仁

且庵守仁(？—1183),上虞人。少习天台。临济宗杨岐派僧。住长芦。法系：五祖法演——佛眼清远——雪堂道行——且庵守仁。传见《丛林盛事》卷上、《嘉泰普灯录》卷二〇、《续传灯录》卷三三、《五灯会元》卷二〇、《续灯正统》卷六等。

33. 枯禅镜

枯禅自镜,长乐高氏子。号枯禅。南宋临济宗虎丘派僧。住隆兴上蓝,建康旌忠,抚州白杨,福州大平、西禅等,敕住灵隐,复移天童。法系：虎丘绍隆——应庵昙华——密庵咸杰——枯禅自镜。传见《续传灯录》卷三五、《增集续传灯录》卷二、《五灯全书》卷四八等。

34. 巳庵深

巳庵深[②],温州人。南宋云门宗僧。住温州报恩。有《巳庵深和

[①] 明清灯录多将其列为无学祖元法嗣。
[②] 巳,禅籍中或作已。未审何者为是。

尚语》存世(《续古尊宿语要》地集)。法系：慧林宗本——长芦崇信——慈受怀深——寂室慧光——痴禅元妙——巳庵深。传见《丛林盛事》卷上、《五灯会元》卷一六、《五灯严统》卷一六等。

* 云居悟

见卷二"高安悟"条。

35. 野云南

野云处南，会稽人。南宋临济宗大慧派僧。住雪窦。法系：大慧宗杲——无用净全——野云处南。传见《枯崖漫录》卷上、《五灯全书》卷四七、《续灯正统》卷一一、《续灯存稿》卷一等。

36. 觉海元

觉海赞元(？—1086)，义乌傅氏子。字万宗，赐号觉海禅师。临济宗僧。住苏台、天峰、龙华、白云、蒋山等。法系：风穴延昭——首山省念——汾阳善昭——石霜楚圆——觉海赞元。传见《禅林僧宝传》卷二七、《五灯会元》卷一二、《佛祖历代通载》卷一九等。

37. 南叟茂

南叟宗茂，南宋临济宗虎丘派僧。住清凉。法系：密庵咸杰——松源崇岳——掩室善开——石溪心月——南叟宗茂。传见《增集续传灯录》卷五、《五灯全书》卷五〇、《续灯存稿》卷六等。

38. 自得晖

自得慧晖(1097—1183)，上虞张氏子。赐号自得禅师。曹洞宗僧。住补陀、万寿、吉祥、雪窦等，敕住净慈。有《净慈慧晖禅师语录》六卷存世(《卍续藏》第 124 册)。法系：芙蓉道楷——丹霞子淳——天童正觉——自得慧晖。传见《丛林盛事》卷上、《联灯会要》卷二九、《嘉泰普灯录》卷一三、《五灯会元》卷一四、《南宋元明禅林僧宝传》卷六等。《净慈慧晖禅师语录》附有石窗洪恭撰《塔铭》,然其记载与诸灯录多有龃龉处。

39. 少室睦

少室光睦,南宋临济宗虎丘派僧。住瑞岩。法系:密庵咸杰——松源崇岳——少室光睦。传见《枯崖漫录》卷上、《增集续传灯录》卷三、《五灯会元续略》卷三、《五灯严统》卷二一、《五灯全书》卷四八等。

40. 蒙庵岳

蒙庵思岳,江州(一说福州)人。号蒙庵。南宋临济宗大慧派僧。住鼓山、东禅。有《东禅蒙庵岳和尚语》一卷存世(《续古尊宿语要》星集)。法系:大慧宗杲——蒙庵思岳。传见《联灯会要》卷一七、《嘉泰普灯录》卷一八、《五灯会元》卷二〇等。

41. 退庵奇

退庵道奇,南宋临济宗大慧派僧。住金山。有《金山退庵奇禅师语》一卷存世(《续古尊宿语要》辰集)。法系:五祖法演——圆悟克勤——华藏安民——别峰宝印——退庵道奇。传见《枯崖漫录》卷上、《增集续传灯录》卷一、《续灯存稿》卷一等。

42. 笑翁堪

笑翁妙堪(1177—1248),慈溪毛氏子。号笑翁。临济宗大慧派僧。住妙胜、金文、报恩、虎丘等,又住灵隐、净慈、育王。法系:大慧宗杲——无用净全——笑翁妙堪。传见大观撰《笑翁禅师行状》(《物初賸语》卷二四)、道璨撰《行状》(《无文印》卷四)、《增集续传灯录》卷一、《五灯会元续略》卷三等。

43. 石室辉

石室辉，全名俟考。南宋临济宗虎丘派僧。住庆元彰圣、绍兴光孝。法系：密庵咸杰——破庵祖先——无准师范——石室辉。传见《枯崖漫录》卷二、《增集续传灯录》卷四等。

44. 剋符道者

剋符道者（剋，又作尅、克），涿州人。唐代临济宗僧。因以纸为衣，又称纸衣和尚、纸衣道者。法系：临济义玄——剋符道者。传见《景德传灯录》卷一二、《天圣广灯录》卷一三、《联灯会要》卷一〇、《五灯会元》卷一一等。

45. 东山空

东山慧空（1096—1158），福州陈氏子。临济宗黄龙派僧。住雪峰。有《雪峰慧空禅师语录》一卷（《卍续藏》第 120 册）、《东山空和尚语》一卷（《续古尊宿语要》辰集）、《东山外集》二卷存世。法系：黄龙慧南——黄龙祖心——草堂善清——东山慧空。传见《嘉泰普灯录》卷一〇、《五灯会元》卷一八、《续传灯录》卷二三、《五灯全书》卷三九等。

46. 葛庐覃

葛庐净覃，南宋临济宗虎丘派僧。法系：密庵咸杰——松源崇岳——运庵普岩——虚堂智愚——葛庐净覃。① 传见《增集续传灯录》卷五、《续灯存稿》卷三、《续灯正统》卷七、《五灯全书》卷五四等。

---

① 《增集续传灯录》卷五将其列为虚堂智愚法嗣，《续灯存稿》卷三、《续灯正统》卷七、《续指月录》卷四、《五灯全书》卷五四则皆列为容庵海法嗣。《虚堂和尚语录》中，有《净覃藏主游方》《净覃藏主请》等偈颂，《灵隐立僧普说》署"侍者净覃编"。此处姑从《增集续传灯录》所记。

47. 湖隐济

湖(胡)隐道济(1148—1209),临海人,俗名李修元。号方圆叟。南宋临济宗杨岐派僧。因性情狂简,人称"济颠"。尝任净慈寺掌书记,故禅籍中常称"济颠书记"。《卍续藏》第121册收录《钱塘湖隐济颠禅师语录》,实为话本。法系:五祖法演——圆悟克勤——瞎堂慧远——湖隐道济。传见《补续高僧传》卷一九、《五灯全书》卷四六、《南宋元明禅林僧宝传》卷四等。

48. 一衲戒

一衲戒①,南宋晚期临济宗杨岐派僧。住双林。法系:五祖法演——开福道宁——大沩善果——大洪祖证——月林师观——孤峰德秀——一衲戒。传见《增集续传灯录》卷三、《五灯会元续略》卷二、《五灯严统》卷二二等。

49. 足庵鉴

足庵智鉴(1105—1192),滁州吴氏子。号足庵。曹洞宗僧。住栖真、定水、广慧、香山、报恩、雪窦等。法系:芙蓉道楷——丹霞子淳——真歇清了——天童宗珏——足庵智鉴。传见楼钥撰《雪窦足庵禅师塔铭》(《攻媿集》卷一一〇)、《嘉泰普灯录》卷一七、《五灯会元》卷一四、《续灯正统》卷三五等。

卷 四

1. 云峰悦

云峰文悦(997—1062),南昌徐氏子。临济宗僧。住翠岩、法轮、云峰。有《云峰悦禅师语录》一卷存世(《古尊宿语录》卷三一)。法

---

① 灯录中,戒又作介。

系：风穴延昭——首山省念——汾阳善昭——大愚守芝——云峰文悦。传见《禅林僧宝传》卷二二、《建中靖国续灯录》卷八、《联灯会要》卷一四、《五灯会元》卷一二、《佛祖历代通载》卷一八等。

2. 圆通秀

圆通法秀(1027—1090)，陇城辛氏子。赐号圆通禅师，丛林又称秀铁面。云门宗僧。住四面、栖贤、蒋山、保宁、长芦等，敕住东京法云，为第一祖。法系：云门文偃——香林澄远——智门光祚——雪窦重显——天衣义怀——圆通法秀。传见《禅林僧宝传》卷二六、《建中靖国续灯录》卷一〇、《联灯会要》卷二八、《五灯会元》卷一六、《佛祖历代通载》卷一九等。

3. 佛国白

佛国惟白，北宋晚期云门宗僧。住龟山、法云，晚住天童。编有《建中靖国续灯录》三十卷，另有《文殊指南图赞》一卷存世(《大正藏》第45册)。哲宗、徽宗皈依于其座下，谥佛国禅师。法系：雪窦重显——天衣义怀——圆通法秀——佛国惟白。传见《嘉泰普灯录》卷五、《五灯会元》卷一六、《佛祖历代通载》卷一九等。

4. 环溪一

环溪惟一(1202—1281)，资州贾氏子。号环溪。临济宗虎丘派僧。住建宁瑞岩，临江惠力，隆兴宝峰、崇恩，建昌资圣，瑞州报恩光孝，袁州太平兴国，福州崇圣，敕住天童。至元更化中，抗节不屈，以老病谢事。有《环溪惟一禅师语录》二卷存世(《卍续藏》第122册)。法系：密庵咸杰——破庵祖先——无准师范——环溪惟一。传见觉此撰《行状》(《环溪惟一禅师语录》卷末附)、《增集续传灯录》卷四等。

5. 双泉琼

双泉仁琼,北宋云门宗僧。住随州双泉。法系：云门文偃——双泉师宽——双泉仁琼。传见《建中靖国续灯录》卷二、《天圣广灯录》卷二一等。

6. 灵隐本

灵隐玄本,字幻旻。北宋法眼宗僧。庆历八年(1048)住灵隐,皇祐五年(1053)住上天竺。法系：清凉文益——灵隐清耸——支提辨隆——灵隐玄本。传见《天圣广灯录》卷二八、《五灯会元》卷一〇、《武林灵隐寺志》卷三、《杭州上天竺讲寺志》卷五等。

7. 广鉴英

英,疑当作瑛。广鉴行瑛,永福毛氏子。赐号广鉴禅师。北宋临济宗黄龙派僧。住庐山开先华藏禅院。有《开先广鉴瑛和尚语》一卷存世(《续古尊宿语要》辰集)。法系：黄龙慧南——东林常总——广鉴行瑛。传见《建中靖国续灯录》卷一九、《联灯会要》卷一六、《嘉泰普灯录》卷六、《五灯会元》卷一七等。

8. 浙翁琰

浙翁如琰(1151—1225),台州周氏子。号浙翁,赐号佛心禅师。临济宗大慧派僧。住越州能仁、明州光孝、建康蒋山等,敕住天童、径山。法系：大慧宗杲——佛照德光——浙翁如琰。传见洪咨夔撰《佛心禅师塔铭》(《平斋集》卷三一)、《增集续传灯录》卷一、《五灯会元续略》卷二等。

9. 大川济

大川普济(1179—1253),奉化张氏子。号大川。临济宗大慧派僧。住妙胜、宝陀、岳林、光孝、大慈、兰亭、净慈、灵隐等。有《大川普济禅师语录》一卷存世(《卍续藏》第121册),编有《五灯会元》二十卷(《卍续藏》第138册)。法系：大慧宗杲——佛照德光——浙翁如琰——大川普济。传见大观撰《灵隐大川禅师行状》(《大川普济禅师语录》卷末附)、《增集续传灯录》卷二等。

10. 延庆忠

延庆忠,《通集》收其颂古2首,均出自《五相智识颂》(《卍续藏》第95册)。此书潘兴嗣序称作者为"忠上人",苏辙、佛印了元跋称"忠师",张商英于卷末附自作颂一首,称作者为"延庆老"。"延庆忠"当合"延庆老"、"忠上人"、"忠师"而成,可知其为北宋中后期僧。全名、生平、法系俟考。

11. 棘田心

棘田心,《通集》收其颂古3首。按排列顺序,似是南宋末禅僧。全名、生平、法系俟考。

12. 坦堂圆

坦堂圆,《通集》收其颂古1首。《补陀洛迦山传》"兴建沿革品第四"云："恢大基业,恩球以次相续者,曰雪屋立、坦堂圆、蘧庵成、还庵深、鉴庵宝、小庵高、间云韶、大川济……"可知其为南宋禅僧。全名、生平、法系俟考。

13. 杨无为

杨杰,无为人。字次公,号无为子。嘉祐四年(1059)进士。元祐间为礼部员外郎,出知润州,提点两浙刑狱。晚从天衣义怀游。法系：云门文偃——香林澄远——智门光祚——雪窦重显——天衣义怀——杨杰。传见《宋史》卷四四三、《嘉泰普灯录》卷二二、《五灯会元》卷一六、《居士分灯录》卷一等。

14. 萝月昙莹

萝月昙莹,号萝月,嘉兴人。善言《易》,洪迈称其为"易僧"(《容斋续笔》卷二)。有《珞琭子赋注》二卷,建炎元年(1127)自为序。昙莹法系,诸书皆不载,考《四明尊者教行录》载昙莹为知礼书信所作跋云:"法智与其侄书前云:'二子粗着工夫,后期二利之行。'于人念念不忘于道,盖戒誓之绪余耳,百世之师也。乾道二年四月八日萝月昙莹谨书。"知礼法师,人称四明尊者,是北宋初天台宗义学大师。昙莹称知礼为"百世之师",大致可见其宗派立场。《佛祖统纪》卷四七:"中竺寺沙门昙莹学禅悟《易》,屡对禁中。至是,策以《易》数,谓亮当毙于江北。"《杭州上天竺讲寺志》卷五:"宋昙莹法师,善《易》,金主亮入寇,莹卜,当自毙于江北。已而果然,时甚神之。"上天竺寺是天台宗大本营之一,此寺志将昙莹列入别传,也可见他与天台宗的瓜葛。《佛祖统纪》卷四七称"中竺寺沙门昙莹学禅悟《易》",中竺寺为天台讲寺,所谓"学禅",应当指天台止观的"四禅八定"。总之,就现有文献所载来看,昙莹的身份更接近天台宗,在此姑且将他视为天台宗僧。另《乐邦文类》录其《西归轩》诗,《了堂惟一禅师语录》卷三有《次萝月莹公墨迹》。

15. 此山应

此山应,全名俟考。南宋临济宗虎丘派僧。住高台。法系:密庵咸杰——曹源道生——痴绝道冲——此山应。传见《增集续传灯录》卷四、《五灯全书》卷四九等。

16. 闲林英

闲林英,《通集》收其颂古5首。按排列顺序,似为南宋末尼。全名、生平、法系俟考。

17. 旻古佛

古佛道旻(1046—1113)①,仙游蔡氏子。世称古佛,赐号圆机。临济宗黄龙派僧。住灌溪、圆通。法系：黄龙慧南——东林常总——宝峰应乾——古佛道旻。传见《嘉泰普灯录》卷一〇、《五灯会元》卷一八、《续传灯录》卷二六等。

18. 罗汉南

罗汉系南(1050—1094),汀州张氏子。临济宗黄龙派僧。住庐山罗汉禅院。黄龙慧南被称为老南,罗汉系南被称为小南。法系：黄龙慧南——云居元祐——罗汉系南。传见李之仪撰《庐山承天罗汉院第九代南禅师塔铭》(《姑溪居士后集》卷一四)、《云卧纪谭》卷上、《建中靖国续灯录》卷二一、《联灯会要》卷一六、《五灯会元》卷一八等。

19. 疏山常

疏山了常,两宋之际临济宗黄龙派僧。住疏山。法系：黄龙慧南——真净克文——兜率从悦——疏山了常。传见《嘉泰普灯录》卷一〇、《五灯会元》卷一八等。

20. 灵岩因

"灵"(靈),疑为"云"(雲)之讹,因形近而误。云岩因,南宋临济宗黄龙派僧。法系：黄龙慧南——黄龙祖心——草堂善清——云岩因。

---

① 生卒年据《江西通志》卷一〇五引《圆通纪胜》："政和三年集众示偈而逝,寿六十八。"按《嘉泰普灯录》所记,则为 1047—1114 年在世。

法系见《嘉泰普灯录》卷一〇、《续传灯录》卷二二。全名、生平俟考。

21. 绝岸湘

绝岸可湘(1206—1290),宁海葛氏子。号绝岸。临济宗虎丘派僧。住嘉兴流虹、温州能仁、越州九岩、天台护国、临安崇恩、温州龙翔、福州雪峰等。法系:密庵咸杰——破庵祖先——无准师范——绝岸可湘。有《绝岸可湘禅师语录》一卷存世(《卍续藏》第 121 册)。传见《继灯录》卷三、《增集续传灯录》卷四、《续灯存稿》卷四等。

22. 崇觉空

崇觉法空,姑孰人。南宋临济宗黄龙派僧。住杭州南荡。法系:黄龙慧南——黄龙祖心——死心悟新——崇觉法空。传见《罗湖野录》卷上、《嘉泰普灯录》卷一〇、《五灯会元》卷一八、《续传灯录》卷二三等。

23. 简堂机

简堂行机(1113—1180),台州杨氏子。号简堂。临济宗杨岐派僧。住江州圆通、台州国清。法系:五祖法演——圆悟克勤——此庵景元——简堂行机。传见《联灯会要》卷一八、《嘉泰普灯录》卷二〇、《五灯会元》卷二〇、《续传灯录》卷三一、《补续高僧传》卷一一等。

24. 嘿堂定

嘿堂定,《通集》录其颂古 13 首。按排列顺序,似为南宋僧。全名、生平、法系俟考。

25. 朴翁铦

朴翁义铦,原名葛天民,字无怀,会稽人。法名义铦,号朴翁,南宋临济宗大慧派僧。住湖州上方。后返初服。有《不可刹那无此君》一卷(《卍续藏》第101册)、《葛无怀诗》一卷(又名《葛天民小集》《葛无怀小集》,见《江湖小集》卷六七、《两宋名贤小集》卷二八五)存世。法系：大慧宗杲——佛照德光——朴翁义铦。传见《续传灯录》卷三五、《五灯会元续略》卷二等。

26. 潜庵光

潜庵慧光,南宋临济宗虎丘派僧。住净慈。法系：虎丘绍隆——应庵昙华——密庵咸杰——潜庵慧光。传见《续传灯录》卷三五、《五灯严统》卷二一、《增集续传灯录》卷二等。

27. 西余端

西余净端(1030—1103),湖州丘氏子。字表明,丛林称端狮子。临济宗僧。住吴山、西余。有《吴山净端禅师语录》二卷存世(《卍续藏》第126册)。法系：风穴延昭——首山省念——谷隐蕴聪——龙华齐岳——西余净端。传见《罗湖野录》卷上、《嘉泰普灯录》卷三、《五灯会元》卷一二等。

28. 卍庵颜

卍庵道颜(1094—1164),潼川鲜于氏子。号卍庵。临济宗大慧派僧。住卞山、荐福、报恩、白杨、东林等。法系：大慧宗杲——卍庵道颜。传见《嘉泰普灯录》卷一八、《五灯会元》卷二〇、《释氏稽古略》卷四等。

卷　五

1. 冶父川

冶父道川,昆山狄氏子。南宋临济宗僧。隆兴元年(1163)住冶父山实际禅院。有《金刚经注》三卷存世(《卍续藏》第 38 册)。法系：石霜楚圆——翠岩可真——大沩慕喆——普融道平——瞒庵继成——冶父道川。传见《嘉泰普灯录》卷一七、《五灯会元》卷一二、《续传灯录》卷三〇等。

2. 雪堂行

　　雪堂道行(1089—1151)，括苍叶氏子。临济宗杨岐派僧。住寿宁、法海、乌巨等。有《雪堂行和尚语》一卷存世(《续古尊宿语要》辰集)。法系：五祖法演——佛眼清远——雪堂道行。传见《云卧纪谭》卷下、《丛林盛事》卷上、《嘉泰普灯录》卷一六、《五灯会元》卷二〇等。

3. 圆极岑

　　圆极彦岑，仙居人。南宋临济宗杨岐派僧。住卞山、隐静、华藏等。法系：五祖法演——佛眼清远——云居法如——圆极彦岑。传见《丛林盛事》卷上、《嘉泰普灯录》卷二一、《五灯会元》卷二〇等。

4. 佝堂仁

　　佝堂中仁(？—1203)[①]，洛阳人。号佝堂。临济宗杨岐派僧。住大觉、中天竺、灵峰等。淳熙元年(1174)入内说法。法系：五祖法演——圆悟克勤——佝堂中仁。传见《嘉泰普灯录》卷一五、《续传灯录》卷二八、《五灯会元》卷一九、《南宋元明禅林僧宝传》卷四等。

5. 无庵全

　　无庵法全(1114—1169)，姑苏陈氏子。号无庵。临济宗杨岐派僧。住道场。法系：五祖法演——圆悟克勤——育王端裕——无庵

---

① 按《南宋元明禅林僧宝传》卷四所记，其法名为守仁。

法全。传见《联灯会要》卷一八、《嘉泰普灯录》卷一九、《续传灯录》卷三一等。

6. 道场融

道场融,《通集》收其颂古1首。按排列顺序,似是南宋禅僧。全名、生平、法系俟考。

7. 祖印明

祖印明,《通集》收其颂古16首。李之仪《姑溪居士前集》卷三四有《与明祖印》,可知为北宋后期僧。全名、生平、法系俟考。

8. 懒庵枢

懒庵道枢(?—1176),吴兴徐氏子。号懒庵。临济宗黄龙派僧。住何山、华藏,敕住灵隐。尝入内说法。法系:黄龙慧南——黄龙祖心——灵源惟清——长灵守卓——道场居慧——懒庵道枢。传见《丛林盛事》卷上、《五灯会元》卷一八、《续传灯录》卷三三等。

9. 高峰妙

高峰原妙(1238—1295),吴江徐氏子。号高峰。临济宗虎丘派僧。住湖州双髻庵、天目山师子禅寺。有《高峰原妙禅师语录》《高峰原妙禅师禅要》存世(俱见《卍续藏》第122册)。法系:密庵咸杰——破庵祖先——无准师范——雪岩祖钦——高峰原妙。传见洪乔祖撰《行状》、家之巽撰《塔铭》(《高峰原妙禅师语录》卷末附)、《增集续传灯录》卷五、《五灯全书》卷五〇等。

10. 冰谷衍

冰谷衍,全名俟考。南宋临济宗虎丘派僧。住嘉兴天宁。法系:

密庵咸杰——松源崇岳——天目文礼——冰谷衍。传见《续灯存稿》卷四、《增集续传灯录》卷四等。

11. 慈明圆

　　石霜楚圆(986—1039)，全州李氏子。号慈明。临济宗僧。住南源、道吾、石霜、福严、兴化等。有《石霜楚圆禅师语录》一卷(《卍续藏》第120册)、《慈明禅师语录》一卷(《古尊宿语录》卷一一)、《慈明圆禅师语》一卷(《续古尊宿语要》天集)存世。法系：风穴延昭——首山省念——汾阳善昭——石霜楚圆。传见《禅林僧宝传》卷二一、《建中靖国续灯录》卷四、《嘉泰普灯录》卷二、《五灯会元》卷一二等。

12. 大洪恩

　　大洪报恩(1058—1111)，黎阳刘氏子。曹洞宗僧。住少林、大洪。法系：梁山缘观——大阳警玄——投子义青——大洪报恩。传见《随州大洪山十方崇宁恩禅师塔铭》(《湖北金石志》卷一〇)、《云卧纪谭》卷下、《嘉泰普灯录》卷三、《五灯会元》卷一四等。

13. 讷堂思

　　讷堂梵思，苏台朱氏子。南宋临济宗杨岐派僧。住衢州天宁。法系：五祖法演——圆悟克勤——讷堂梵思。传见《嘉泰普灯录》卷一四、《五灯会元》卷一九等。

14. 别峰印

　　别峰宝印(1109—1190)，嘉州李氏子。临济宗杨岐派僧。住临邛凤凰、广汉崇庆、武信东禅、成都龙华、眉山中岩、金陵保宁、镇江金山、明州雪窦等，敕住径山。尝入对选德殿。孝宗作《圆觉经注》赐之。谥慈辨禅师，庵曰别峰。法系：五祖法演——圆悟克勤——華藏安民——别峰宝印。传见《嘉泰普灯录》卷一九、《五灯会元》卷二〇、《续传灯录》卷三一等。

15. 水庵一

水庵师一(1107—1176),东阳马氏子。号水庵。临济宗杨岐派僧。住慈云、净慈等。有《水庵一禅师语》一卷存世(《续古尊宿语要》辰集)。法系:五祖法演——圆悟克勤——佛智端裕——水庵师一。传见《丛林盛事》卷上、《联灯会要》卷一八、《嘉泰普灯录》卷一九、《五灯会元》卷二〇等。

16. 傅大士

傅大士(497—569),俗名傅翕,东阳人。梁代著名居士。又称善慧大士、双林大士、东阳大士等。遵达摩指点,居于松山顶。后舍宅于松山下因双梼树而创寺,名曰双林。有《善慧大士语录》四卷存世(《卍续藏》第120册)。传见《傅大士传》(《善慧大士语录》卷末附)、《续高僧传》卷二五、《景德传灯录》卷二七等。

17. 宝相元

宝相元,全名俟考。北宋末临济宗黄龙派僧。住台州宝相。法系:黄龙慧南——云居元祐——宝相元。传见《建中靖国续灯录》卷二一、《五灯会元》卷一八等。

18. 孤云权

孤云道权,陕西人。南宋临济宗大慧派僧。住育王。法系:大慧宗杲——佛照德光——孤云道权。传见《五灯会元续略》卷二、《增集续传灯录》卷一、《明州阿育王山续志》卷一六等。

19. 法眼益

法眼文益(885—958),余杭鲁氏子。法眼宗始祖。赐号净慧禅师。住报恩、清凉。谥大法眼禅师、大智藏大导师。有《金陵清凉院文益禅师语录》一卷存世(《大正藏》第47册)。法系：雪峰义存——玄沙师备——罗汉桂琛——法眼文益。传见《宋高僧传》卷一三、《景德传灯录》卷二四、《祖庭事苑》卷六等。

20. 野庵璇

野庵祖璇,南宋临济宗杨岐派僧。住沩山、仰山、石亭。法系：五祖法演——开福道宁——大沩善果——野庵祖璇。[①] 传见《丛林盛事》卷上、《嘉泰普灯录》卷二一、《五灯会元》卷二〇、《续传灯录》卷三三、《五灯全书》卷四六等。

21. 雪岩钦

雪岩祖钦(1216—1287),婺州人。号雪岩。临济宗虎丘派僧。住潭州龙兴、道林,处州佛日,台州护圣,湖州光孝,袁州仰山。有《雪岩祖钦禅师语录》存世(《卍续藏》第122册)。法系：密庵咸杰——破庵祖先——无准师范——雪岩祖钦。传见《五灯会元续略》卷三、《五灯严统》卷二一、《增集续传灯录》卷四等。

卷　六

1. 黄檗胜

黄檗惟胜,梓州罗氏子。号真觉。北宋临济宗黄龙派僧。住黄檗。法系：黄龙慧南——黄檗惟胜。传见《建中靖国续灯录》卷一二、《嘉泰普灯录》卷四、《五灯会元》卷一七等。

[①] 此从《丛林盛事》《嘉泰普灯录》等记载。部分禅籍将其列为大慧宗杲法嗣。

2. 雪峰预

雪峰庆预(1078—1140),京山胡氏子。赐号慧照。曹洞宗僧。住水南兴国、随州大洪,晚年入闽,住雪峰。法系:芙蓉道楷——丹霞子淳——雪峰庆预。传见《慧照禅师塔铭》(《湖北金石志》卷一一)、《嘉泰普灯录》卷九、《五灯会元》卷一四、《补续高僧传》卷二四等。

3. 宝华鉴

宝华普鉴(?—1144),平江周氏子。临济宗黄龙派僧。住宝华、高峰。法系:黄龙慧南——真净克文——宝华普鉴。传见《嘉泰普灯录》卷七、《五灯会元》卷一七、《续传灯录》卷二二等。

4. 湛堂深

湛堂智深(?—1177),武林人。临济宗杨岐派僧。住常州华藏。法系:五祖法演——圆悟克勤——此庵景元——湛堂智深。传见《嘉泰普灯录》卷二〇、《五灯会元》卷二〇、《续传灯录》卷三一等。

5. 惠通旦

惠(慧)通清旦,蓬州严氏子。字明及,号慧通。住潭州芙蓉。法系:五祖法演——圆悟克勤——佛性法泰——慧通清旦。传见《联灯会要》卷一七、《嘉泰普灯录》卷一九、《续传灯录》卷三一等。

6. 万年闲

万年道闲(?—1147),黄岩洪氏子。临济宗杨岐派僧。住台州万年等数刹。法系:五祖法演——佛眼清远——高庵善悟——万年道闲。传见《云卧纪谭》卷下、《嘉泰普灯录》卷二〇、《五灯会元》卷二〇等。

7. 蒙庵聪

蒙庵元聪(1136—1209),福州朱氏子。临济宗杨岐派僧。住雪峰,敕住径山。法系：五祖法演——佛眼清远——雪堂道行——龟峰慧光——蒙庵元聪。传见《增集续传灯录》卷一、《续灯存稿》卷一、《五灯全书》卷四七等。

8. 道场如

道场法如,衢州徐氏子。寻常多说十智同真,故丛林号为如十同。两宋之际临济宗黄龙派僧。住道场等。法系：黄龙慧南——云盖守智——道场法如。传见《嘉泰普灯录》卷六、《五灯会元》卷一八、《续传灯录》卷一八等。

*开先瑛

见卷四"广鉴英"条。

9. 高原泉

高原祖泉,南宋临济宗杨岐派僧。住灵隐。法系：五祖法演——圆悟克勤——华藏安民——别峰宝印——金山道奇——高原祖泉。传见《增集续传灯录》卷二、《五灯全书》卷五三等。

10. 云衲庆

云衲庆(衲,又作纳),《通集》收其颂古8首。按排列顺序,似是南宋末禅僧。全名、生平、法系俟考。

11. 石溪月

石溪心月(?—1254),青神王氏子。赐号佛海。临济宗虎丘派僧。住建康报恩、能仁、太平兴国,平江虎丘,又住灵隐、径山。有《石溪心月禅师语录》《石溪心月禅师杂录》(俱见《卍续藏》第 123 册)存世。法系：密庵咸杰——松源崇岳——掩室善开——石溪心月。传见《增集续传灯录》卷四、《续灯存稿》卷四、《续灯正统》卷二一等。

12. 琅琊觉

琅琊慧觉，西洛人。赐号广照禅师。北宋临济宗僧。住琅琊。时与雪窦重显并称为二甘露门。法系：风穴延昭——首山省念——汾阳善昭——琅琊慧觉。传见《建中靖国续灯录》卷四、《联灯会要》卷一二、《五灯会元》卷一二等。

13. 永明寿

永明延寿(904—975)，余杭王氏子。字冲玄、抱一子。法眼宗僧。住雪窦、灵隐、永明。谥智觉禅师。有《宗镜录》一百卷、《万善同归集》三卷(俱见《大正藏》第 48 册)等存世。法系：清凉文益——天台德韶——永明延寿。传见《宋高僧传》卷二八、《景德传灯录》卷二六、《禅林僧宝传》卷九等。

14. 咦庵鉴

咦庵宗鉴，会稽人。南宋临济宗黄龙派僧。住沩山。法系：长灵守卓——育王介谌——心闻昙贲——咦庵宗鉴。传见《嘉泰普灯录》卷二一、《五灯会元》卷一八、《续传灯录》卷三四等。

* 法云秀

见卷四"圆通秀"条。

* 云汉恭

汉(漢)，疑为"溪"之讹。见卷二"云溪恭"条。

15. 太平古

太平慧古(？—1136),舒州项氏子。号灵峰叟。临济宗黄龙派僧。住太平、真乘、光孝、净光等。法系：黄龙慧南——黄龙祖心——灵源惟清——太平慧古。传见《嘉泰普灯录》卷一〇、《法华经显应录》卷下、王日休《龙舒增广净土文》卷七等。

*云岩因

见卷四"灵岩因"条。

16. 痴钝颖

痴钝智颖,字痴钝。南宋临济宗杨岐派僧。住茶陵严福、保宁、蒋山、绍兴报恩、灵岩、雪窦等,又住天童。法系：五祖法演——圆悟克勤——此庵景元——或庵师体——痴钝智颖。传见《增集续传灯录》卷一、《续灯存稿》卷一等。

17. 雪屋珂

雪屋珂,全名俟考。宋元之际临济宗虎丘派僧。住杭州中天竺。元兵下江南,伯颜请住灵隐,拒之。法系：密庵咸杰——破庵祖先——石田法薰——雪屋珂。传见《增集续传灯录》卷四、《五灯会元续略》卷三等。

18. 德岩祐

德岩祐(佑),元初临济宗虎丘派僧。住明州天王。法系：密庵咸杰——松源崇岳——无得觉通——虚舟普度——德岩祐(佑)。法系见《增集续传灯录》等。全名、生平俟考。

19. 南山省堂主

南山省堂主,谢池杨氏子。北宋法眼宗僧。法系：清凉文益——清凉泰钦——云居道齐——南山省堂主。传见《天圣广灯录》卷二九等。

*高庵悟

见卷二"高安悟"条。

20. 月坡明

月坡普明,鄞州人。南宋末临济宗虎丘派僧。住天童。法系：密庵咸杰——破庵祖先——无准师范——月坡普明。传见《增集续传灯录》卷四、《五灯会元续略》卷三、《五灯全书》卷四九、《天童寺志》卷三等。

21. 简庵清

简庵嗣清,宋末元初临济宗杨岐派僧。住仰山。法系：五祖法演——圆悟克勤——育王端裕——水庵师一——简庵嗣清。传见《续灯存稿》卷一、《五灯全书》卷四七等。

22. 五祖演

五祖法演(？—1104),绵州邓氏子。临济宗杨岐派僧。住四面、太平、白云等,晚住五祖。有《法演禅师语录》三卷存世(《大正藏》第47册)。法系：杨岐方会——白云守端——五祖法演。传见《建中靖国续灯录》卷二〇、《禅林僧宝传》卷三〇、《联灯会要》卷一六、《五灯会元》卷一九等。

23. 虎丘隆

虎丘绍隆(1077—1136),和州汪氏子。临济宗虎丘派始祖。住开圣、彰教、虎丘。有《虎丘绍隆禅师语录》一卷存世(《卍续藏》第120册、《嘉兴藏》第24册)。法系：杨岐方会——白云守端——五祖法演——圆悟克勤——虎丘绍隆。传见徐林撰《宋临济正传虎丘隆和尚塔铭》(《虎丘绍隆禅师语录》卷末附)、《嘉泰普灯录》卷一四、《五灯会元》卷一九等。

24. 开善祖

开善祖,《通集》收其颂古2首。按排列顺序,似是南宋初禅僧。全名、生平、法系俟考。未知是否"开善谦"之讹。

卷 七

1. 谁庵演

谁庵了演,福州人。号谁庵。南宋临济宗大慧派僧。住龙翔、兴教、崇先、灵隐等。有《谁庵演禅师语》一卷存世(《续古尊宿语要》星集)。法系：大慧宗杲——谁庵了演。传见《丛林盛事》卷下、《嘉泰普灯录》卷一八、《五灯会元》卷二〇等。

2. 息庵观

息庵达观(1138—1212),婺州赵氏子。号息庵。临济宗杨岐派僧。住灵岩、天童、灵隐等。法系：五祖法演——圆悟克勤——育王端裕——水庵师一——息庵达观。传见居简撰《天童山息庵禅师塔铭》(《北磵文集》卷一〇)、《增集续传灯录》卷一、《续灯存稿》卷一、《五灯全书》卷四七等。

3. 隐山璨

隐山法璨(璨),晋江人。住泉州法石。南宋临济宗僧。有《隐山璨和尚语》一卷存世(《续古尊宿语要》地集)。法系：风穴延昭——

首山省念——汾阳善昭——琅琊慧觉——凉峰洞渊——隐山法璨（燦）。传见《枯崖漫录》卷上等。

4. 毒庵常

毒庵常，《通集》收其颂古 3 首。按排列顺序，似是南宋末禅僧。全名、生平、法系俟考。

5. 死心新

死心悟新（1043—1114），曲江黄氏子。[①] 号死心。临济宗黄龙派僧。住云岩、翠岩、黄龙等。有《死心悟新禅师语录》一卷（《卍续藏》第 120 册）、《死心新和尚语》一卷（《续古尊宿语要》天集）存世。法系：黄龙慧南——黄龙祖心——死心悟新。传见《禅林僧宝传》卷三〇、《联灯会要》卷一五、《嘉泰普灯录》卷六、《五灯会元》卷一七等。

6. 西塔□

《通集》收其颂古 1 首（"黄梅席上数如麻"）。该首颂古亦见于《五灯会元》等灯录，云为西塔显殊之作。西塔显殊，北宋后期云门宗僧。住婺州宝林。法系：云门文偃——双泉师宽——五祖师戒——泐潭怀澄——西塔显殊。传见《五灯会元》卷一五、《续传灯录》卷五等。

7. 破庵先

破庵祖先（1136—1211），广安王氏子。号破庵。临济宗虎丘派僧。住果州清居、梓州望川、夔州卧龙、常州荐福、真州灵岩、平江秀峰、凤山资福等。有《破庵祖先禅师语录》一卷存世（《卍续藏》第 121

[①] 《禅林僧宝传》所载为王氏。

册)。法系：虎丘绍隆——应庵昙华——密庵咸杰——破庵祖先。传见宗性撰《行状》(《破庵祖先禅师语录》卷末附)、《五灯会元续略》卷三、《五灯严统》卷二一、《增集续传灯录》卷二等。

8. 辛庵俦

辛庵俦，《通集》收其颂古6首。按排列顺序，似是南宋末禅僧。全名、生平、法系俟考。

9. 瑞鹿先

瑞鹿本先(942—1008)，永嘉郑氏子。法眼宗僧。住温州瑞鹿。法系：清凉文益——天台德韶——瑞鹿本先。传见《景德传灯录》卷二六、《禅林僧宝传》卷七、《联灯会要》卷二八、《五灯会元》卷一〇等。

10. 法昌遇

法昌倚遇(1005—1081)，漳州林氏子。云门宗僧。住分宁法昌。有《法昌倚遇禅师语录》一卷存世(《续古尊宿语要》地集)。法系：云门文偃——洞山守初——福严良雅——北禅智贤——法昌倚遇。传见《禅林僧宝传》卷二八、《建中靖国续灯录》卷六、《联灯会要》卷二八、《五灯会元》卷一六等。

11. 三祖宗

三祖法宗，北宋临济宗黄龙派僧。住舒州三祖山。法系：黄龙慧南——三祖法宗。传见《建中靖国续灯录》卷一三、《嘉泰普灯录》卷四、《续传灯录》卷一六等。

12. 雪峰圆

雪峰道圆，南雄州人。北宋临济宗黄龙派僧。住大庾岭雪峰寺。

法系：黄龙慧南——雪峰道圆。传见《林间录》卷下、《嘉泰普灯录》卷四、《续传灯录》卷一六、《补续高僧传》卷八等。

13. 圆通僊

圆通可僊(一作可遷)，严陵陈氏子。北宋临济宗黄龙派僧。住圆通、石霜、黄龙等。法系：黄龙慧南——东林常总——圆通可僊。传见《嘉泰普灯录》卷六、《建中靖国续灯录》卷一九、《续传灯录》卷二〇等。

14. 通照逢

通照德逢(1073—1130)，靖安胡氏子。赐号通照。临济宗黄龙派僧。住云岩、天宁、黄龙，敕住东京报恩，靖康改元后南归，住开福、小庐山。法系：黄龙慧南——黄龙祖心——灵源惟清——通照德逢。传见《僧宝正续传》卷三、《嘉泰普灯录》卷一〇、《五灯会元》卷一八等。

15. 黄龙震

黄龙道震(1079—1161)，金陵赵氏子。临济宗黄龙派僧。住曹山、广寿、黄龙等。法系：黄龙慧南——黄龙祖心——草堂善清——黄龙道震。传见《罗湖野录》卷上、《僧宝正续传》卷六、《嘉泰普灯录》卷一〇、《五灯会元》卷一八等。

16. 常庵崇

常庵择崇，宁国府人。南宋临济宗黄龙派僧。住饶州荐福。法系：黄龙慧南——黄龙祖心——灵源惟清——通照德逢——常庵择崇。传见《嘉泰普灯录》卷一三、《五灯会元》卷一八、《续传灯录》卷三〇等。

17. 淳庵净

　　淳庵(一作纯庵)善净,南宋临济宗杨岐派僧。住华藏。法系:五祖法演——圆悟克勤——佛智端裕——水庵师一——息庵达观——淳庵善净。传见《枯崖漫录》卷上、《增集续传灯录》卷二、《五灯全书》卷五三等。

卷　八

1. 刘兴朝居士

　　刘经臣,字兴朝。初参东林常总,后于正觉本逸座下开悟,被灯录列入正觉法嗣。作《发明心地颂》《明道论儒篇》等。法系:云门文偃——双泉仁郁——德山慧远——开先善暹——正觉本逸——刘经臣。传见《嘉泰普灯录》卷二二、《五灯会元》卷一六、《居士分灯录》卷一、《居士传》卷二五等。

2. 自默恭

　　自默恭,《通集》收其颂古 1 首("道个佛来也不著")。按排列顺序,似是南宋禅僧。该首颂古又见于《江湖风月集》,署"自然恭"。全名、生平、法系俟考。

3. 宝峰乾

　　泐潭应乾(1034—1096),萍乡彭氏子。临济宗黄龙派僧。住泐潭宝峰禅院。法系:黄龙慧南——东林常总——泐潭应乾。传见《建中靖国续灯录》卷一九、《嘉泰普灯录》卷六、《五灯会元》卷一七等。

4. 真觉添

　　真觉志添,泉州陈氏子。赐号真觉大师。北宋临济宗黄龙派僧。住泉州开元。法系:黄龙慧南——东林常总——真觉志添。传见

《建中靖国续灯录》卷一九、《续传灯录》卷二〇等。

5. 秀岩瑞

秀岩师瑞(？—1223)，九江谢氏子。号秀岩。临济宗大慧派僧。住舒州兴化、浮山投子等，敕住育王。法系：大慧宗杲——佛照德光——秀岩师瑞。传见《宝庆四明志》卷九、《五灯会元续略》卷二、《续灯存稿》卷一等。

6. 北山隆

北山绍隆，南宋临济宗虎丘派僧。住福州神光。法系：密庵咸杰——曹源道生——痴绝道冲——北山绍隆。传见《续灯存稿》卷四、《增集续传灯录》卷四、《续灯正统》卷二二等。

7. 杀六岩辉

杀六岩辉，《通集》收其颂古5首。《枯崖漫录》卷下载东山道源(1191—1249)"上衢州祥符，见杀六岩"，《南宋元明禅林僧宝传》卷七载别山祖智(1200—1260)"偶闻姑苏僧诵杀六岩法语，字字皆点着自己禅病。时岩住姑苏之穹窿山，智径走见，以古德因缘求指，岩惟瞑目端坐，展掌示之。不决请益，岩如前无它语。于此又二载。智所求益哀。岩竟不换机智……"按禅僧的称呼惯例，一般为"字／号＋法名下字"，或单称法名下字，故其法名疑当为"辉岩"。由上引记述可知杀六辉岩为南宋中后期僧人，曾住衢州祥符、姑苏穹窿。生平、法系俟考。

8. 雪溪戒

雪溪戒，《通集》收其颂古1首。按排列顺序，似是南宋末禅僧。全名、生平、法系俟考。

9. 南岩胜

南岩胜,全名俟考。南宋临济宗杨岐派僧。法系:五祖法演——大随元静——南岩胜。传见《嘉泰普灯录》卷一七、《五灯会元》卷二〇等。

*宝峰淳

疑即泐潭德淳。见卷二"山堂淳"条。

10. 沩山秀

大沩怀秀,信州应氏子。北宋临济宗黄龙派僧。住沩山。法系:黄龙慧南——大沩怀秀。传见《建中靖国续灯录》卷一二、《联灯会要》卷一六、《五灯会元》卷一七等。

11. 翠岩真

翠岩可真(?—1064),福州人。临济宗僧。以遍参自负,丛林号为真点胸。住翠岩。有《翠岩真禅师语》一卷存世(《续古尊宿语要》天集)。法系:风穴延昭——首山省念——汾阳善昭——石霜楚圆——翠岩可真。传见《联灯会要》卷一四、《嘉泰普灯录》卷三、《五灯会元》卷一二等。

12. 宝峰祥

泐潭景祥(1062—1132),南丰傅氏子。临济宗僧。因常叉手夜坐,故丛林称为祥叉手。住泐潭宝峰、金陵蒋山、九江圆通、福建鸿福。法系:石霜楚圆——翠岩可真——真如慕喆——泐潭景祥。传见《僧宝正续传》卷四、《嘉泰普灯录》卷八、《五灯会元》卷一二、《续传灯录》卷一七等。

13. 戴无为

戴无为,《通集》收其颂古3首。按排列顺序,似为南宋人。本名、生平、法系俟考。

14. 印空叟

空叟宗印,西蜀人。南宋临济宗大慧派僧。住崇光、育王等。有《空叟印禅师语》一卷存世(《续古尊宿语要》星集)。法系:大慧宗杲——佛照德光——空叟宗印。传见《增集续传灯录》卷一、《五灯会元续略》卷二、《续灯正统》卷一一等。

15. 正法灏

正法灏,南宋临济宗杨岐派僧。法系:五祖法演——圆悟克勤——佛性法泰——正法灏。法系、语录见《嘉泰普灯录》卷一九、《五灯会元》卷二〇等。全名、生平俟考。

16. 无禅才

无禅立才,南宋临济宗大慧派僧。住福州中际。法系:大慧宗杲——西禅守净——无禅立才。传见《增集续传灯录》卷一、《五灯全书》卷四七等。

卷 九

1. 中庵空

中庵慧空(1106—1174),赣县蔡氏子。临济宗大慧派僧。住教忠、大安、崇福、法石等。法系:大慧宗杲——教忠弥光——中庵慧空。传见《嘉泰普灯录》卷二一、《五灯会元》卷二〇、《增集续传灯录》卷一等。

2. 投子舒

　　投子舒,《通集》收其颂古8首。按排列顺序,似是南宋禅僧。全名、生平、法系俟考。

3. 佛陀逊

　　慧林德逊,侯官杨氏子。赐号佛陀禅师。北宋临济宗黄龙派僧。住汾阳净土、太原白云,敕住慧林。尝入内说法。大观年间示寂。法系:黄龙慧南——佛陀德逊。传见《续传灯录》卷一六、《五灯全书》卷三七等。

* 石□□

　　本首颂古("马驹千里行"),《中华大藏经》本署"石碧明"。见卷三"石碧明"条。

4. 张无垢

　　张九成(1092—1159),钱塘人。字子韶,号无垢居士、横浦居士。绍兴二年(1132)状元。历任礼部侍郎、太常博士等。与大慧宗杲交善,被灯录列为其法嗣。法系:大慧宗杲——张九成。传见《宋史》卷三七四、《五灯会元》卷二〇、《丛林盛事》卷二、《居士分灯录》卷二等。

5. 石头回

　　石头自回,石照人。南宋临济宗杨岐派僧。世为石工,虽不识字而志慕空宗,离家投大随元静,因凿石时瞥见火光而大悟,故丛林称回石头。住合州钓鱼台。法系:五祖法演——大随元静——石头自回。传见《云卧纪谭》卷上、《嘉泰普灯录》卷一七、《五灯会元》卷二〇等。

6. 牧庵忠

　　牧庵法忠(1084—1149),四明姚氏子。号牧庵。临济宗杨岐派僧。初习天台,后于佛眼清远座下开悟。住南岳、胜业、南木、云盖、大沩、黄龙等。法系:五祖法演——佛眼清远——牧庵法忠。传见《嘉泰普灯录》卷一六、《五灯会元》卷二〇、《佛祖历代通载》卷二〇、《释氏稽古略》卷四等。

* 真如诘

本首颂古("马师曾玩月"),《中华大藏经》本署"真如喆"。盖因"诘(詰)"与"喆"形近而误。见卷二"真如喆"条。

* 楮衲秀

见卷三"褚衲秀"条。

7. 金陵俞道婆

俞道婆,两宋之际金陵人。市油糍为业,参琅琊永起而有省,被列入临济宗杨岐派法系。法系:杨岐方会——白云守端——琅琊永起——俞道婆。传见《罗湖野录》卷上、《嘉泰普灯录》卷一一、《五灯会元》卷一九、《优婆夷志》等。

8. 典牛游

典牛天游,成都郑氏子。两试不第,遂慕丹霞,出家受具。两宋之际临济宗黄龙派僧。结庵于武宁,号典牛庵。住云盖、云岩。法系:黄龙慧南——真净克文——湛堂文准——典牛天游。传见《丛林盛事》卷上、《嘉泰普灯录》卷一〇、《五灯会元》卷一八等。

9. 信相修

信相戒修,南宋临济宗杨岐派僧。住成都信相。法系:五祖法演——佛眼清远——牧庵法忠——信相戒修。传见《嘉泰普灯录》卷二〇、《五灯会元》卷二〇等。

10. 中际能

中际善能,严陵人。南宋临济宗杨岐派僧。住福州中际。法系:五祖法演——佛眼清远——高庵善悟——中际善能。传见《嘉泰普灯录》卷二〇、《五灯会元》卷二〇、《五灯严统》卷二〇等。

11. 般若柔

般若启柔,五代末云门宗僧。住南岳般若、荆南延寿、京兆广教。法系:云门文偃——般若启柔。传见《景德传灯录》卷二三、《联灯会要》卷二六等。

12. 北海心

北海悟心,南宋临济宗虎丘派僧。住湖州道场。物初大观(1201—1268)随其薙发受具。法系:密庵咸杰——松源崇岳——北海悟心。传见《增集续传灯录》卷三、《五灯全书》卷四八等。

卷一〇

1. 天宁琏

天宁齐琏(1073—1145),潼川牟氏子。曹洞宗僧。住永兴崇宁、襄阳普宁、京兆天宁、能仁、大随、无为、超悟、大智等。法系:梁山缘观——大阳警玄——投子义青——芙蓉道楷——天宁齐琏。传见《嘉泰普灯录》卷五、《五灯会元》卷一四、《续传灯录》卷一二等。

2. 龙牙言

龙牙梵言,太平州人。北宋晚期临济宗黄龙派僧。住洞山、龙牙。法系:黄龙慧南——真净克文——龙牙梵言。传见《嘉泰普灯录》卷七、《五灯会元》卷一七等。

3. 百丈政

百丈惟政,北宋临济宗僧。住百丈。法系:风穴延昭——首山省念——汾阳善昭——石霜楚圆——百丈惟政。传见《联灯会要》卷五、《五灯会元》卷一二、《续传灯录》卷七等。

4. 佛迹昱

佛迹道昱,北宋临济宗黄龙派僧。法系见《建中靖国续灯录》《续传灯录》等。法系:黄龙慧南——佛迹道昱。生平俟考。

＊大庾岭圆

见卷七"雪峰圆"条。

5. 兜率悦

兜率从悦(1044—1091),虔州熊氏子。临济宗黄龙派僧。住分宁兜率。谥真寂禅师。有《兜率悦禅师语》一卷存世(《续古尊宿语要》天集)。法系:黄龙慧南——真净克文——兜率从悦。传见《建中靖国续灯录》卷二三、《嘉泰普灯录》卷七、《联灯会要》卷一五、《五灯会元》卷一七等。

6. 佛智裕

佛智端裕(1085—1150),绍兴钱氏子。号蓬庵。临济宗杨岐派僧。住丹霞、虎丘、径山、玄沙、万寿、西禅等,敕住保宁、灵隐、育王。谥佛智禅师、大悟禅师。法系:五祖法演——圆悟克勤——佛智端裕。传见《嘉泰普灯录》卷一四、《联灯会要》卷一七、《五灯会元》卷一九、《佛祖历代通载》卷二〇等。

7. 道吾真

道吾悟真,北宋临济宗僧。住道吾山兴化寺。有《潭州道吾真禅师语要》一卷存世(《古尊宿语录》卷一九)。法系:风穴延昭——首山省念——汾阳善昭——石霜楚圆——道吾悟真。传见《建中靖国续灯录》卷七、《联灯会要》卷一四、《五灯会元》卷一二等。

8. 鸿福文

鸿福子文,南宋临济宗杨岐派僧。住台州鸿福。法系:五祖法演——圆悟克勤——鸿福子文。传见《嘉泰普灯录》卷一五、《五灯会元》卷一九等。

9. 宣祕(秘)礼

宣祕(秘)礼,全名俟考。南宋临济宗黄龙派僧。住扬州石塔。法系:黄龙慧南——东林常总——圆通可僊——明招文慧——宣祕(秘)礼。传见《嘉泰普灯录》卷一三、《五灯会元》卷一八、《续传灯录》卷三〇等。

* 苏州定慧信

见卷二"海印信"条。

10. 三峰印

三峰印,全名俟考。婺州人。南宋临济宗杨岐派僧。法系:五祖法演——佛眼清远——高庵善悟——双林德用——三峰印。传见《丛林盛事》卷上、《五灯会元》卷二〇、《增集续传灯录》卷一等。

11. 率庵琮

率庵梵琮,号率庵。南宋临济宗大慧派僧。住仗锡、云居。有

《率庵梵琮禅师语录》一卷存世（《卍续藏》第 121 册）。法系：大慧宗杲——佛照德光——率庵梵琮。传见《增集续传灯录》卷一、《续灯正统》卷一一等。

12. 延寿慧

延寿慧，两宋之际法眼宗僧。法系见《续传灯录》《佛祖宗派图》。法系：清凉文益——归宗义柔——罗汉行林——延寿慧。全名、生平俟考。

13. 佛日才

佛日智才，台州人。南宋云门宗僧。住杭州佛日山。法系：云门文偃——香林澄远——智门光祚——雪窦重显——天衣义怀——佛日智才。传见《建中靖国续灯录》卷一〇、《联灯会要》卷二八、《嘉泰普灯录》卷三、《五灯会元》卷一二等。

14. 护国钦

护国钦，全名俟考。南宋曹洞宗僧。住温州护国。法系：芙蓉道楷——石门元易——天衣法聪——护国钦。传见《嘉泰普灯录》卷一三、《五灯会元》卷一四等。

15. 石鼓夷

石鼓希夷，南宋临济宗大慧派僧。住灵隐。法系：大慧宗杲——无用净全——石鼓希夷。传见《增集续传灯录》卷一、《五灯会元续略》卷二、《武林灵隐寺志》卷三等。

＊大圆智

见卷二"大沩智"条。

16. 伊庵权

伊庵有权(？—1180),临安祁氏子。号伊庵。临济宗杨岐派僧。住常州华藏。法系：五祖法演——圆悟克勤——育王端裕——无庵法全——伊庵有权。传见《丛林盛事》卷下、《联灯会要》卷一八、《嘉泰普灯录》卷二一、《五灯会元》卷二〇等。

17. 吴元昭

吴伟明,邵武人。字元昭。崇宁五年(1106)进士。任应天府提点刑狱等。初参真歇清了,后至洋屿参大慧宗杲有省,被灯录列入大慧法嗣。法系：大慧宗杲——吴伟明。传见《罗湖野录》卷下、《嘉泰普灯录》卷二三、《五灯会元》卷二〇、《居士分灯录》卷二等。

18. 灵岩日

灵岩圆日,嘉兴人。南宋云门宗僧。住灵岩、圆觉。法系：慧林宗本——长芦崇信——慈受怀深——圆觉昙——灵岩圆日。传见《嘉泰普灯录》卷一七、《五灯会元》卷一六等。

19. 遯庵珠

遯庵祖珠,南平人。南宋临济宗大慧派僧。住公安。法系：大慧宗杲——卍庵道颜——遯庵祖珠。传见《嘉泰普灯录》卷二一、《五灯会元》卷二〇等。

20. 如庵用

如庵用,《通集》收其颂古3首。按排列顺序,似是南宋禅僧。全名、生平、法系俟考。

21. 蓬庵会

蓬庵德会，重庆何氏子。南宋临济宗杨岐派僧。住云居。法系：五祖法演——大随元静——石头自回——蓬庵德会。传见《五灯会元》卷二〇、《续传灯录》卷三三等。

卷一一

1. 希叟昙

希叟绍昙(？—1297)，西蜀人。号希叟。临济宗虎丘派僧。住庆元佛陇、雪窦、瑞岩、平江法华。有《希叟绍昙禅师语录》《希叟绍昙禅师广录》各一卷(俱见《卍续藏》第122册)、《五家正宗赞》四卷(《卍续藏》第135册)存世。法系：密庵咸杰——破庵祖先——无准师范——希叟绍昙。传见《增集续传灯录》卷四、《续灯存稿》卷四、《五灯全书》卷四九等。

＊阐提照

见卷三"宝峰照"条。

2. 胡文定公安国

胡安国(1074—1138)，建宁人。字康侯，号青山，又号草庵居士，学者称武夷先生，谥文定。绍圣四年(1097)进士。任太学博士、中书舍人等。通《春秋》学。《宋元学案》中有《武夷学案》。灯录列为上封祖秀禅师法嗣。法系：黄龙慧南——黄龙祖心——死心悟新——上封祖秀。传见《宋史》卷四三五、《嘉泰普灯录》卷二三、《五灯会元》卷一八等。

3. 光孝憨

光孝果憨，桃源人。南宋临济宗黄龙派僧。住广德光孝。法系：黄龙慧南——东林常总——宝峰应乾——胜因咸静——光孝果憨。

传见《嘉泰普灯录》卷一三、《五灯会元》卷一八等。

4. 檇李棨

《通集》收其颂古一首("提处分明斩处亲"），该颂亦见于《嘉泰普灯录》卷二三，署"李倅棨"。李棨，字承叔，南宋闽县人。绍兴十二年(1142)进士。任泉州通判，饶州、衡州知州，朝奉大夫等。传见《(淳熙)三山志》卷二八、《(乾隆)福州府志》卷三六等。

5. 虎头上座

虎头上座，唐代禅僧，曾参香严智闲、夹山善会。事见《联灯会要》卷八、卷二一等。法名、生平、法系俟考。

6. 上方岳

上方齐岳，北宋云门宗僧。住上方。法系：云门文偃——双泉师宽——福昌重善——上方齐岳。传见《建中靖国续灯录》卷三、《五灯会元》卷一五、《续传灯录》卷二等。

7. 正觉显

正觉宗显，潼川王氏子。号方庵，称正觉禅师。少为进士，后依昭觉得度。两宋之际临济宗黄龙派僧。住长松、保福、信相等。法系：黄龙慧南——黄檗惟胜——昭觉纯白——正觉宗显。传见《嘉泰普灯录》卷一〇、《五灯会元》卷一八等。

8. 铁牛印

铁牛心印，蜀人。南宋临济宗大慧派僧。住金陵钟山、杭州灵隐等。法系：大慧宗杲——佛照德光——铁牛心印。传见《枯崖漫录》卷上、《增集续传灯录》卷一、《五灯会元续略》卷二等。

＊智门祚

见卷二"北塔祚"条。

9. 万庵如

万庵如，《通集》收其颂古一首（"不出方丈门"）。按排列顺序，似是南宋禅僧。全名、生平、法系俟考。

10. 复庵封

复庵可封，福州林氏子。号复庵。南宋临济宗杨岐派僧。住扬州建隆、常州保安。淳熙末示寂。有《复庵封禅师语》一卷存世（《续古尊宿语要》日集）。法系：五祖法演——开福道宁——大沩善果——复庵可封。传见《丛林盛事》卷下、《嘉泰普灯录》卷二一、《五灯会元》卷二〇等。

11. 戏鱼静

戏鱼咸静，楚州高氏子。南宋临济宗黄龙派僧。住胜因时，临池为堂以宴息，名曰戏鱼，因以为号。法系：黄龙慧南——东林常总——宝峰应乾——戏鱼咸静。传见《嘉泰普灯录》卷一〇、《五灯会元》卷一八等。

12. 野牛平

野牛平，《通集》收其颂古4首。按排列顺序，似是南宋末禅僧。全名、生平、法系俟考。

13. 痴禅妙

痴禅元妙(1111—1164)，东阳王氏子。云门宗僧。住灵石、中天竺等。法系：慧林宗本——长芦崇信——慈受怀深——寂室慧光——

痴禅元妙。传见《嘉泰普灯录》卷一七、《五灯会元》卷一六等。

14. 赵善期通判

赵善期，字诚（成）父，号定庵。宋太宗七世孙。淳熙六年(1179)，为巴州化城丞。传见《宋诗纪事补遗》卷九二、《道光巴州志》卷一五等。参问不详。

卷一二

1. 一关溥

一关德溥，南宋临济宗虎丘派僧。法系：密庵咸杰——松源崇岳——大歇仲谦——一关德溥。传见《增集续传灯录》卷四、《续灯存稿》卷四等。

2. 云巢岩

云巢道岩，南宋临济宗虎丘派僧。住瑞岩。法系：密庵咸杰——松源崇岳——云巢道岩。传见《枯崖漫录》卷下、《增集续传灯录》卷三等。

3. 翠岩芝

大愚守芝，太原王氏子。北宋临济宗僧。法系：风穴延昭——首山省念——汾阳善昭——大愚守芝。住大愚、翠岩。嘉祐初示寂。有《大愚芝和尚语录》一卷存世（《古尊宿语录》卷二七）。传见《禅林僧宝传》卷一六、《天圣广灯录》卷一七、《五灯会元》卷一二等。

4. 善权智

善权法智，陕府柏氏子。初学华严，后习禅。南宋曹洞宗僧。住常州善权、秀州金粟。有《善权智和尚语要》一卷存世（《续古尊宿语要》地集)。法系：芙蓉道楷——丹霞子淳——宏智正觉——善权法智。传见《嘉泰普灯录》卷一三、《五灯会元》卷一四等。

5. 愚谷困

愚谷困，《通集》收其颂古1首（"依依杨柳欲藏鸦"）。按排列顺序，似是南宋禅僧。该颂亦见于《指月录》卷九。全名、生平、法系俟考。

6. 穷谷琏

玉泉宗琏(1097—1160)，合州董氏子。号穷谷。南宋临济宗杨岐派僧。住上封、报恩、福严、玉泉等。法系：五祖法演——开福道宁——大沩善果——玉泉宗琏。传见《嘉泰普灯录》卷八、《五灯会元》卷二〇等。

7. 普融平

普融道平(？—1127)，仙都许氏子。号普融。临济宗僧。住东京智海等。法系：石霜楚圆——翠岩可真——真如慕喆——普融道平。传见《嘉泰普灯录》卷八、《五灯会元》卷一二等。

8. 此庵净

此庵守净，福州人。号此庵。南宋临济宗大慧派僧。住福州西禅。有《此庵净禅师语》一卷存世（《续古尊宿语要》星集）。法系：大慧宗杲——此庵守净。传见《联灯会要》卷一七、《五灯会元》卷二〇等。

9. 绝象鉴

绝象（像）无鉴，南宋临济宗虎丘派僧。住隆教。法系：密庵咸杰——破庵祖先——无准师范——断桥妙伦——绝象（像）无鉴。传见《增集续传灯录》卷五、《五灯会元续略》卷三等。

10. 竹屋简

竹屋简,全名不详。南宋临济宗虎丘派僧。住归宗。法系:密庵咸杰——破庵祖先——无准师范——断桥妙伦——竹屋简。传见《增集续传灯录》卷五、《五灯会元续略》卷三等。

11. 崇胜珙

崇胜珙,全名不详。北宋临济宗杨岐派僧。住袁州崇胜。法系:杨岐方会——白云守端——崇胜珙。传见《五灯会元》卷一九、《续传灯录》卷二○等。

12. 法灯钦

法灯泰钦(?—974),魏府人。法眼宗僧。住洪州双林、金陵清凉。谥法灯禅师。法系:清凉文益——法灯泰钦。传见《景德传灯录》卷二五、《五灯会元》卷一○等。

卷一三

1. 梁山冀

梁山善冀,北宋曹洞宗僧。住梁山。法系:梁山缘观——梁山岩——梁山善冀。传见《天圣广灯录》卷二四、《五灯会元》卷一四等。

2. 药山昱

药山利昱,北宋曹洞宗僧。住药山。法系:梁山缘观——药山利昱。传见《天圣广灯录》卷二四、《五灯会元》卷一四等。

3. 宝寿乐

宝寿最乐,古田人。两宋之际临济宗黄龙派僧。住福州宝寿。法系:黄龙慧南——云盖守智——宝寿最乐。传见《嘉泰普灯录》卷

六、《五灯会元》卷一八等。

卷一四

1. 大禅明

　　大禅了明(？—1165)，秀州陆氏子。临济宗大慧派僧。志气豪迈，机锋敏捷，应酬施设必以法喜为乐，故得丛林大禅之誉。住投子、长芦，敕住径山。法系：大慧宗杲——大禅了明。传见《云卧纪谭》卷上、《佛祖历代通载》卷二〇、《续传灯录》卷三二、《增集续传灯录》卷六等。

2. 普庵玉

　　普庵玉，《通集》收其颂古5首。按排列顺序，似是南宋禅僧。全名、生平、法系俟考。

＊方庵显

　　见卷一一"正觉显"条。

3. 圆照本

　　慧林宗本(1020—1100)，无锡管氏子。字无喆，号法空，赐号圆照禅师。云门宗僧。住苏州瑞光，又住净慈，敕住大相国寺慧林禅院，为第一世。有《慧林宗本禅师别录》存世(《卍续藏》第126册)。法系：云门文偃——香林澄远——智门光祚——雪窦重显——天衣义怀——慧林宗本。传见《建中靖国续灯录》卷九、《禅林僧宝传》卷一四、《嘉泰普灯录》卷三等。

4. 成首座

　　成首座，《通集》收其颂古1首。从排列顺序看，为南宋或南宋以后僧人。《月江正印禅师语录》①卷三有《送成首座礼祖》,未知是否此人。全名、生平、法系俟考。

5. 隐静俨

隐静守俨,两宋之际云门宗僧。住太平隐静。法系:雪窦重显——天衣义怀——慧林宗本——隐静守俨。传见《建中靖国续灯录》卷二八、《续传灯录》卷一四等。

6. 谷源道

谷源至道,南宋临济宗虎丘派僧。住瑞岩、净慈。法系:密庵咸杰——松源崇岳——谷源至道。传见《五灯会元续略》卷三、《五灯全书》卷四八等。

7. 无相范

无相范(?—1231),全名俟考。与无准师范同时行道,丛林称无相为"大范"。南宋临济宗虎丘派僧。住焦山、雪窦。法系:密庵咸杰——松源崇岳——无相范。传见《枯崖漫录》卷中、《增集续传灯录》卷三、《续灯存稿》卷三等。

8. 妙高台主

妙高台主,《通集》收其颂古1首。按排列顺序,似是北宋禅僧。法名、生平、法系俟考。

* 退庵演

退,疑为"遯"之讹。见卷二"遯庵演"条。

---

① 月江正印,元代禅僧,活跃于至治年间。

9. 石帆衍

石帆惟衍，南宋临济宗虎丘派僧。住天童、净慈。法系：密庵咸杰——松源崇岳——运庵普岩——石帆惟衍。传见《增集续传灯录》卷四、《五灯会元续略》卷三、《续灯存稿》卷四等。

卷一五

1. 寂岩中

寂岩中，《通集》收其颂古2首。按排列顺序，似是南宋禅僧。全名、生平、法系俟考。

*已庵深

见卷三"巳庵深"条。

*南□兴

本首颂古（"象王嚬呻"），《中华大藏经》本《通集》署"南堂兴"，《禅林类聚》署"南堂静"。南堂道兴，原名元静。见卷二"南堂兴"条。

2. 寂窗照

寂窗有照，闽县邓氏子。南宋临济宗虎丘派僧。住大乘、黄檗、江心、玉几、育王等。法系：密庵咸杰——枯禅自镜——寂窗有照。传见《增集续传灯录》卷三、《续灯存稿》卷三、《五灯全书》卷四八等。

3. 东叟颖

东叟仲颖，南宋临济宗大慧派僧。住净慈。法系：大慧宗杲——佛照德光——妙峰之善——东叟仲颖。传见《增集续传灯录》卷二、《续灯存稿》卷二等。

卷一六

1. 东山源

　　东山道源(1191—1249),连江黄氏子。南宋临济宗大慧派僧。住奉化清凉、苏州虎丘。法系:大慧宗杲——佛照德光——浙翁如琰——东山道源。传见《枯崖漫录》卷中、《增集续传灯录》卷二等。

＊大沩秀

　　见卷八"沩山秀"条。

2. 宝峰明

　　宝峰择明,两宋之际临济宗杨岐派僧。住泐潭宝峰。法系:五祖法演——佛鉴慧懃——宝峰择明。传见《五灯会元》卷一九、《续传灯录》卷二九等。

3. 混源密

　　混源昙密(1120—1188),天台卢氏子。号混源。临济宗大慧派僧。住上方、紫箨、鸿福、万年等,敕住净慈。有《混源密和尚语》一卷存世(《续古尊宿语要》星集)。法系:大慧宗杲——晦庵弥光——混源昙密。传见《嘉泰普灯录》卷二一、《五灯会元》卷二〇等。

4. 曹源生

　　曹源道生,南剑州人。号曹源。南宋临济宗虎丘派僧。住妙果、龟峰、荐福等。有《曹源道生禅师语录》一卷存世(《卍续藏》第121册)。法系:虎丘绍隆——应庵昙华——密庵咸杰——曹源道生。传见《增集续传灯录》卷二、《续灯存稿》卷二等。

5. 颜如如

　　颜丙,字守中,号如如居士。灯录列为雪峰慧然法嗣。法系：大慧宗杲——雪峰慧然——颜丙居士。传见《五灯会元续略》卷二、《五灯严统》卷二〇、《居士传》卷三一等。①

6. 神鼎諲

　　神鼎洪諲,襄水扈氏子。北宋临济宗僧。住神鼎。有《潭州神鼎山第一代諲禅师语录》一卷存世(《古尊宿语录》卷二四)。法系：风穴延昭——首山省念——神鼎洪諲。传见《禅林僧宝传》卷一四、《嘉泰普灯录》卷一、《五灯会元》卷一一等。

7. 诺庵肇

　　诺庵元肇,南宋临济宗虎丘派僧。法系：密庵咸杰——松源崇岳——诺庵元肇。传见《枯崖漫录》卷下、《增集续传灯录》卷三、《五灯严统》卷二一等。

8. 无隐鉴

　　无隐鉴,《通集》收其颂古 2 首。按排列顺序,似是南宋末禅僧。全名、生平、法系俟考。

9. 啸岩蔚

　　啸岩文蔚,南宋临济宗杨岐派僧。住天衣。法系：五祖法演——圆悟克勤——育王端裕——水庵师一——息庵达观——啸岩文蔚。传见《续灯存稿》卷二、《五灯全书》卷五三等。

----

① 另可参[日]永井政之《南宋における一居士の精神生活—如如居士颜丙の场合—》(一)、(二)、《驹泽大学仏教学部論集》第 15、16 号,1984、1985 年。

10. 石林巩

石林行巩(1220—1280),字石林。婺州叶氏子。临济宗虎丘派僧。住上方、法宝、黄龙、承天,后住净慈。法系:密庵咸杰——松源崇岳——天目文礼——石林行巩。传见《增集续传灯录》卷四、《五灯会元续略》卷三、《五灯全书》卷四九等。

卷一七

1. 真歇了

真歇清了(1088—1151),安昌雍氏子。曹洞宗僧。住长芦,敕住育王、径山及崇先,为第一世。谥悟空。法系:芙蓉道楷——丹霞子淳——真歇清了。传见《嘉泰普灯录》卷九、《五灯会元》卷一四、《佛祖历代通载》卷二〇等。

2. 竟陵海首座

竟陵海首座,《通集》收其颂古1首。按排列顺序,似是南宋初禅僧。全名、生平、法系俟考。

3. 苏台辩

南峰云辩,平江人。南宋临济宗杨岐派僧。住思忆、观音、南峰。法系:五祖法演——圆悟克勤——南峰云辩。传见《嘉泰普灯录》卷一五、《五灯会元》卷一九、《续传灯录》卷二八等。

4. 末宗本

末宗德本,"末宗"又作"永宗",南宋临济宗虎丘派僧。住西禅。法系:密庵咸杰——破庵祖先——无准师范——断桥妙伦——末宗德本。传见《增集续传灯录》卷五、《五灯全书》卷五〇等。

5. 清溪彻

清溪通彻,南宋临济宗大慧派僧。法系:大慧宗杲——佛照德光——浙翁如琰——偃溪广闻——清溪通彻。生平俟考。

*□□□

《通集》所收其颂古("藏身无迹更无藏"),亦见于《嘉泰普灯录》卷一九、《续古尊宿语要》辰集等,皆载为水庵师一之作。参卷五"水庵一"条。

6. 解空观

竹庵可观(1092—1182),华亭戚氏子。字宜翁,称解空尊者。天台宗僧。住圣寿、北禅等,五住当湖。住当湖时,大慧宗杲到访,对语终日,敬之曰"教海老龙"。法系:车溪择卿——竹庵可观。传见《佛祖统纪》卷一五、《释氏稽古略》卷四等。

7. 弁山阡

弁山阡,全名俟考,"弁山"又作"辨山","阡"又作"仟"。南宋临济宗大慧派僧。住天童。法系:大慧宗杲——佛照德光——浙翁如琰——弁山阡。传见《增集续传灯录》卷二、《续灯存稿》卷二、《天童寺志》卷三等。

*夷庵鉴

夷,疑为"咦"之讹。见卷六"咦庵鉴"条。

卷一八

1. 三圣昌

三圣继昌,九陇黎氏子。两宋之际临济宗黄龙派僧。住三圣、云居。法系：黄龙慧南——黄龙祖心——三圣继昌。传见《嘉泰普灯录》卷六、《五灯会元》卷一七等。

2. 景福顺

　　景福顺(1009—1093)，西蜀人。灯录又称"上蓝顺"，全名俟考。苏辙《栾城后集》卷五有《香城顺长老真赞》。住景福、香城、双峰等。法系：黄龙慧南——景福顺。传见《林间录》卷下、《嘉泰普灯录》卷四、《续传灯录》卷一六等。

3. 少林通

　　少林通，《通集》收其颂古1首。按排列顺序，似是北宋后期禅僧。该颂古亦见于《禅林类聚》(刊行于大德八年，1307)卷九。全名、生平、法系俟考。

4. 云盖昌

　　云峰慧(惠)昌，北宋临济宗黄龙派僧。住云峰，晚住云盖山。法系：黄龙慧南——云居元祐——罗汉系南——云峰慧(惠)昌。传见《临汀志》(《永乐大典》引)、《建中靖国续灯录》卷二四、《续传灯录》卷二三等。

5. 西蜀广道者

　　九峰希广，两宋之际临济宗黄龙派僧。住九峰。尝与大慧宗杲游。法系：黄龙慧南——真净克文——九峰希广。传见《罗湖野录》卷上、《嘉泰普灯录》卷七、《五灯会元》卷一七等。

*明大禅

　　见卷一四"大禅明"条。

6. 妙慧尼净智

慧光净智,成都范氏女。南宋曹洞宗尼。住东京妙慧。法系:梁山缘观——大阳警玄——投子义青——芙蓉道楷——枯木法成——慧光净智。传见《云卧纪谭》卷下、《嘉泰普灯录》卷九、《五灯会元》卷一四等。

7. 文殊业

文殊思业,南宋临济宗杨岐派僧。住常德文殊。法系:五祖法演——佛鉴慧懃——文殊心道——文殊思业。传见《嘉泰普灯录》卷一九、《五灯会元》卷二〇、《续灯正统》卷六等。

8. 老衲证

老衲祖证(證),法名又作祖灯(燈)。浏阳潘氏子。南宋临济宗杨岐派僧。住西林道行、随州大洪。法系:五祖法演——开福道宁——大沩善果——老衲祖证(灯)。传见《丛林盛事》卷下、《嘉泰普灯录》卷二一、《五灯会元》卷二〇等。

卷一九

1. 五祖戒

五祖师戒(?—1035)[①],云门宗僧。住五祖山。法系:云门文偃——双泉师宽——五祖师戒。传见《联灯会要》卷二七、《天圣广灯录》卷二一、《五灯会元》卷一五等。

2. 承天宗

承天了宗,南宋云门宗僧。住金陵承天。法系:雪窦重显——

---

① 卒年据《禅林僧宝传》卷二九"云居佛印元禅师"。

天衣义怀——慧林宗本——承天了宗。事见《丛林盛事》卷上,法系见《建中靖国续灯录》等。

3. 瞒庵成

瞒庵继成(? —1143),瞒庵又作蹒庵。宜春刘氏子。临济宗僧。住显忠、净因、华顶、秀峰等。法系:石霜楚圆——翠岩可真——真如慕喆——普融道平——瞒(蹒)庵继成。传见《嘉泰普灯录》卷一二、《五灯会元》卷一二、《续传灯录》卷二五等。

4. 随庵缘

随庵守缘,汉州史氏子。南宋临济宗杨岐派僧。住栖禅、无为中岩。法系:五祖法演——佛鉴慧懃——宝峰择明——随庵守缘。传见《嘉泰普灯录》卷二〇、《五灯会元》卷二〇等。

5. 护国元

护国景元(1094—1146),乐清张氏子。号此庵。临济宗杨岐派僧。住处州连云、台州护国等。法系:五祖法演——圆悟克勤——护国景元。传见《联灯会要》卷一七、《嘉泰普灯录》卷一五、《五灯会元》卷一九等。

6. 稠岩赟

稠岩了赟,南宋临济宗杨岐派僧。法系:五祖法演——佛鉴慧懃——佛灯守珣——稠岩了赟。传见《嘉泰普灯录》卷二〇、《五灯会元》卷二〇等。

7. 南书记

南书记,全名俟考。福州人。南宋临济宗虎丘派僧。绍兴末,终于归宗。法系：虎丘绍隆——应庵昙华——南书记。传见《五灯会元》卷二〇、《续传灯录》卷三四等。

8. 即庵然

《通集》收其颂古1首（"二十四州铁"）。按排列顺序，似是南宋禅僧。该首颂古亦见于《宗鉴法林》卷一六，署"朗庵然"。法名、生平、法系俟考。

* □□□

该首颂古（"看经也在生死里"）亦见于《楞严经宗通》卷一〇，云乃"天童颂"。《楞严经宗通》提及"天童"有多处，其可考辨者，皆指宏智正觉。即该颂为宏智正觉之作。见卷二"天童觉"条。

卷二〇

1. 退耕宁

退耕德宁（？—1270）①，临济宗虎丘派僧。住嘉兴崇圣，苏州报恩、慧日、承天、万寿，又住灵隐。法系：密庵咸杰——破庵祖先——无准师范——退耕德宁。传见《五灯会元续略》卷三、《增集续传灯录》卷四、《五灯全书》卷四九等。

2. 圭堂居士

圭堂居士，南宋人，生活于13世纪上半叶，主要活跃于江西地区，曾到福建寺院修行，有《佛法大明录》存世。② 本名、生平、参学俟考。

---

① 卒年据《希叟绍昙禅师广录》卷三《庆元府瑞岩山开善崇庆禅寺语录》"退耕遗书至"一节。
② 参金程宇《日藏南宋圭堂居士〈佛法大明录〉文献价值考述》，《古典文献研究》2016年第2期。

* 堂堂思

该首颂古("描不成塑不就"),《中华大藏经》本《通集》署"讷堂思"。见卷五"讷堂思"条。

3. 慈云照

圆照修慧(惠),北宋云门宗僧。住处州慈云。法系:云门文偃——德山缘密——文殊应真——洞山晓聪——云居晓舜——圆照修慧(惠)。传见《建中靖国续灯录》卷一一、《联灯会要》卷二八、《五灯会元》卷一六等。

4. 大沩行

大沩行,全名俟考。南宋临济宗杨岐派僧。法系:五祖法演——开福道宁——大沩善果——大沩行。传见《嘉泰普灯录》卷二一、《五灯会元》卷二〇等。

* 汾源岳

该首颂古("识不识"),《中华大藏经》本《通集》署"松源岳",亦见于《松源崇岳禅师语录》卷下。见卷二"松源岳"条。

5. 廓庵远

廓庵师远,合川鲁氏子。南宋临济宗杨岐派僧。住鼎州梁山。有《住鼎州梁山廓庵和尚十牛图颂》一卷存世(《卍续藏》第 113 册)。法系:五祖法演——大随元静——廓庵师远。传见《嘉泰普灯录》卷一七、《五灯会元》卷二〇等。

6. 古岩璧

古岩坚璧,南宋曹洞宗僧。住雪窦、净慈。有《古岩璧禅师语》一卷存世(《续古尊宿语要》地集)。法系：芙蓉道楷——丹霞子淳——宏智正觉——石窗法恭——古岩坚璧。法系见《五灯全书目录》《续灯正统目录》等。

7. 江陵柔

江陵柔,《通集》收其颂古1首("机境相投是妄真")。按排列顺序,似是宋代僧人。全名、生平、法系俟考。

卷二一

1. 长沙岑

长沙景岑,唐代禅僧。住长沙鹿苑,为第一世,其后居无定所,随宜说法,故时谓之长沙和尚。谥招贤大师。法系：南岳怀让——马祖道一——南泉普愿——长沙景岑。传见《祖堂集》卷一七、《景德传灯录》卷一〇、《五灯会元》卷四等。

2. 浮山远

浮山法远(991—1067),郑州王氏子。临济宗僧。住舒州太平兴国、天柱月华、苏州太平等,晚住浮山。因晓吏事,故众称之为远录公。谥圆鉴禅师。法系：风穴延昭——首山省念——叶县归省——浮山法远。传见《云卧纪谭》卷上、《禅林僧宝传》卷一七、《联灯会要》卷一三、《嘉泰普灯录》卷二等。

3. 退谷云

退谷义云(1149—1206),福州黄氏子。临济宗大慧派僧。住香山、台州光孝、镇江甘露、虎丘、长芦等,敕住育王、净慈。法系：大慧宗杲——佛照德光——退谷义云。传见《枯崖漫录》卷上、《补续高僧传》卷一一、《增集续传灯录》卷一等。

4. 最庵印

最庵道印,汉州人。南宋临济宗大慧派僧。住京口鹤林,又住灵隐。法系:大慧宗杲——最庵道印。传见《丛林盛事》卷下、《五灯会元》卷二〇、《武林灵隐寺志》卷三等。

卷二二

1. 笑庵悟

笑庵了悟,常熟周氏子。南宋临济宗虎丘派僧。住灵隐。有《笑庵悟和尚语》一卷存世(《续古尊宿语要》月集)。法系:虎丘绍隆——应庵昙华——密庵咸杰——笑庵了悟。传见《枯崖漫录》卷下、《增集续传灯录》卷二等。

2. 雪矶纲

雪矶纲,南宋临济宗虎丘派僧。住光孝。法系:密庵咸杰——破庵祖先——无准师范——断桥妙伦——雪矶纲。传见《增集续传灯录》卷五等。

3. 喝堂一

喝堂一,《通集》收其颂古1首("毗卢师法身主")。按排列顺序,似是南宋或南宋以后僧。全名、生平、法系俟考。

4. 万庵柔

万庵致柔,潮州陈氏子。南宋临济宗虎丘派僧。住广法、隐静等。法系:虎丘绍隆——应庵昙华——密庵咸杰——万庵致柔。传见《枯崖漫录》卷上、《增集续传灯录》卷二、《五灯全书》卷四八等。

5. 唐景遵

唐景遵，《通集》收其颂古 1 首（"了然无别法"）。该首颂古，亦见于《碧岩录》卷三，云乃"唐僧景遵"之作。生平、法系俟考。

﹡此庵元

见卷一九"护国元"条。

﹡辛庵寿

寿，疑为"俦"之讹。见卷七"辛庵俦"条。

6. 即庵觉

即庵慈觉，蜀人。南宋临济宗虎丘派僧。住保宁、云居。法系：密庵咸杰——破庵祖先——即庵慈觉。传见《枯崖漫录》卷中、《增集续传灯录》卷三、《续灯存稿》卷三等。

卷二三

1. 首山念

首山省念(926—993)，莱州狄氏子。临济宗僧。住首山，为第一世，又住宝安山广教、宝应禅院。有《首山念和尚语录》一卷存世(《古尊宿语录》卷八)。法系：风穴延昭——首山省念。传见《禅林僧宝传》卷三、《天圣广灯录》卷一六、《五灯会元》卷一一等。

2. 国清绍

垂慈普绍，南宋云门宗僧。住国清。法系：雪窦重显——天衣义怀——慧林宗本——长芦崇信——慈受怀深——垂慈普绍。传见《嘉泰普灯录》卷一二、《五灯会元》卷一六等。

3. 慈航朴

慈航了朴,福州人。号慈航。南宋临济宗黄龙派僧。住明州芦山,又住育王、天童。尝入内说法。有《慈航朴和尚语》一卷存世(《续古尊宿语要》月集)。法系:黄龙慧南——黄龙祖心——灵源惟清——长灵守卓——育王介谌——慈航了朴。传见《丛林盛事》卷上、《嘉泰普灯录》卷一七、《五灯会元》卷一八等。

＊惠照预

见卷六"雪峰预"条。

4. 报恩演

报恩法演,果州人。南宋临济宗大慧派僧。住汀州报恩。法系:大慧宗杲——卍庵道颜——报恩法演。传见《嘉泰普灯录》卷二一、《五灯会元》卷二〇等。

＊大洪邃

该首颂古("力士曾遗额上珠"),《中华大藏经》本《通集》及《禅林类聚》《宗鉴法林》等皆署"大洪邃"。盖"邃"为"遂"之讹,因形近而误。见卷二"大洪遂"条。

卷二四

＊阐提点

该首颂古("千尺丝纶直下垂"),《嘉泰普灯录》卷二七列于"泐潭阐提照禅师五首"中(见卷一一"阐提照"条);《禅林类聚》卷一三则列为"南堂静颂"(见卷二"南堂兴"条)。俟考。

* 净因成

见卷一九"瞒庵成"条。

1. 石门聪

谷隐蕴聪(965—1032),南海张氏子。临济宗僧。住襄州石门、谷隐太平。谥慈照禅师。有《石门山慈照禅师凤岩集》一卷存世(《古尊宿语录》卷九)。法系:风穴延昭——首山省念——谷隐蕴聪。传见李遵勖撰《先慈照聪禅师塔铭》(《天圣广灯录》卷一七本传附)、《天圣广灯录》卷一七、《联灯会要》卷一二、《五灯会元》卷一一等。

2. □□□

该首颂古("山猱得树尾连颠"),亦见于《中华大藏经》本《通集》卷一二及《宗鉴法林》卷五一,均阙名。俟考。

3. 明极祚

明极慧祚,法名又作法祚,南宋晚期曹洞宗僧。住常州华藏。法系:芙蓉道楷——丹霞子淳——宏智正觉——自得慧晖——明极慧祚。传见《五灯会元续略》卷一、《续灯正统》卷三五等。

4. 妙湛慧

妙湛思慧(1071—1145),杭州俞氏子。云门宗僧。住道场、径山、净慈,敕住大相国寺智海禅院,又住显亲、黄檗、雪峰等。法系:雪窦重显——天衣义怀——慧林宗本——法云善本——妙湛思慧。传见《嘉泰普灯录》卷八、《联灯会要》卷二九、《五灯会元》卷一六等。

* 瞒庵戌

戌,疑为"成"之讹,因形近而误。见卷一九"瞒庵成"条。

* 大洪预

见卷六"雪峰预"条。

卷二五

* 白鹿先

"白",疑为"瑞"之讹。见卷七"瑞鹿先"条。

1. 乾明慧觉

乾明慧觉,北宋云门宗僧。住岳州乾明。法系:雪窦重显——天衣义怀——慧林宗本——乾明慧觉。传见《建中靖国续灯录》卷一六等。

* 西禅净

见卷一二"此庵净"条。

2. 九峰升

九峰升,《通集》录其颂古1首,该颂古亦见于《江湖风月集》。按排列顺序,似为南宋禅僧。全名、生平、法系俟考。

3. 雁山元

枯木祖元,长乐林氏子。参大慧于洋屿,危坐终日,大慧目为"元枯木"。南宋临济宗大慧派僧。住连江福严、雁荡能仁。法系:大慧宗杲——枯木祖元。传见《罗湖野录》卷上、《嘉泰普灯录》卷一八等。

4. 曹山寂

曹山本寂(840—901),莆田黄氏子。曹洞宗始祖。住曹山。谥元证大师。有《抚州曹山本寂禅师语录》二卷存世(《大正藏》第47

册)。法系:洞山良价——曹山本寂。传见《祖堂集》卷八、《宋高僧传》卷一三、《禅林僧宝传》卷一等。

卷二六

*大沩喆

见卷二"真如喆"条。

1. 偃溪闻

偃溪广闻(1189—1263),侯官林氏子。号偃溪,赐号佛智。临济宗大慧派僧。住庆元显应、香山、万寿、雪窦,敕住育王、净慈、灵隐、径山。有《偃溪广闻禅师语录》二卷存世(《卍续藏》第121册)。法系:大慧宗杲——佛照德光——浙翁如琰——偃溪广闻。传见林希逸撰《径山偃溪佛智禅师塔铭》(《鬳斋续集》卷二一)、《增集续传灯录》卷二等。

2. 瞎驴见

瞎驴无见,南宋临济宗杨岐派僧。住华藏。法系:五祖法演——开福道宁——大沩善果——大洪祖证——月林师观——无门慧开——瞎驴无见。传见《增集续传灯录》卷三、《五灯会元续略》卷二等。

3. 德山清

"清",疑为"涓"之讹,因形近而误。德山子涓,潼川人。南宋临济宗杨岐派僧。住德山。法系:五祖法演——开福道宁——大沩善果——大沩行——德山子涓。传见《嘉泰普灯录》卷二一、《五灯会元》卷二〇、《增集续传灯录》卷一等。

4. 在庵贤

在庵贤,全名俟考。南宋临济宗黄龙派僧。住温州龙鸣。法系:

长灵守卓——育王介谌——心闻昙贲——在庵贤。传见《嘉泰普灯录》卷二一、《五灯会元》卷一八等。

* 涿州克符道者

见卷三"尅符道者"条。

* 空叟印

见卷八"印空叟"条。

卷二七

* 云衲庆

见卷六"云衲庆"条。

1. 象潭泳

象潭濡泳,南宋临济宗虎丘派僧。住慧岩。法系:密庵咸杰——松源崇岳——大歇仲谦——象潭濡泳。传见《增集续传灯录》卷四、《续灯存稿》卷四、《续灯正统》卷二一等。

卷二八

1. 无境彻

无境彻,境又作镜。全名俟考。南宋临济宗大慧派僧。住明州天宁。法系:大慧宗杲——佛照德光——无际了派——无境彻。传见《续灯存稿》卷二、《五灯会元续略》卷二等。

2. 梓岩玉

梓岩玉,《通集》收其颂古1首。卷三二有署"秤岩玉"者1首。"梓"、"秤"形近易讹,或为同一僧。《横川行珙(1222—1289)禅师语录》卷二有《寄梓岩西堂和尚》,《了堂惟一(活跃于至正、至顺年间)禅师语录》卷四有《梓岩》("吾闻梓是木中王"),俟考。

3. 象外超

象外超,《通集》收其颂古1首("困有眠床饥有饭")。全名、生平、法系俟考。

4. 兴教寿

兴教洪寿(944—1022),钱塘曹氏子。法眼宗僧。住杭州兴教。法系:清凉文益——天台德韶——兴教洪寿。传见《天圣广灯录》卷二七、《五灯会元》卷一○等。

卷二九

1. □□□

该首颂古("无量劫来"),亦见于《宗鉴法林》卷四三、《雪峰志》卷一○,均阙名。俟考。

2. 越州天章和尚

该首颂古("念经不问念维摩"),亦见于《建中靖国续灯录》卷二八"越州天章元善禅师"。天章元善,北宋云门宗僧。住越州天章。法系:云门文偃——香林澄远——智门光祚——雪窦重显——天衣义怀——天章元善。传见《建中靖国续灯录》卷一○、《嘉泰普灯录》卷三、《五灯会元》卷一六等。

3. 无得慈

无得慈,《通集》收其颂古1首("何必不必,绵绵密密。觌面当机,官马厮踢")。宗杲《正法眼藏》卷一:"何必不必,绵绵密密。觌面当机。有人续得末后句,许你亲见二尊宿。"该首颂古或为续宗杲之作,则无得慈可能为南宋或南宋以后僧。全名、生平、法系俟考。

4. □□纯

□□纯,《通集》收其颂古 1 首("猎狗迷踪还觳觫")。全名、生平、法系俟考。

5. □□□

《通集》收其颂古 1 首("即此非此")。俟考。

6. □□□

《通集》收其颂古 1 首("朗月当空未入关")。该首颂古,亦见于《宗鉴法林》卷六二,阙名。俟考。

＊古木成

该首颂古("出路从来无十成"),《中华大藏经》本《通集》署"成枯木"。"古"为"枯"之讹。见卷二"成枯木"条。

7. □□□

《通集》收其颂古 1 首("故国安居象帝先")。该首颂古,亦见于《宗鉴法林》卷六二,署"古德"。俟考。

卷三〇

＊枯木成

见卷二"成枯木"条。

1. 智门宽

双泉师宽,北宋云门宗僧。住双泉、智门。法系:云门文偃——双泉师宽。传见《景德传灯录》卷二二、《联灯会要》卷二六、《五灯会元》卷一五等。

2. 本寂观

本寂文观(1083—1178),瑞安叶氏子。临济宗黄龙派僧。住温州本寂。法系:黄龙慧南——黄龙祖心——灵源惟清——长灵守卓——本寂文观。传见《嘉泰普灯录》卷一三、《五灯会元》卷一八等。

3. 东野敷

东野敷,《通集》收其颂古1首。按排列顺序,似是南宋禅僧。全名、生平、法系俟考。

4. 西山亮

西山亮(1153—1242),全名俟考。梓州税氏子。号西山。临济宗大慧派僧。住建康清真、四明小灵隐。有《西山亮禅师语录》一卷存世(《卍续藏》第121册)。法系:大慧宗杲——遯庵宗演——西山亮。传见居简撰《塔铭》(《西山亮禅师语录》卷末附)、《枯崖漫录》卷中等。

5. 西禅寂

西禅寂,《通集》收其颂古1首("重兴古殿辨来风")。全名、生平、法系俟考。

卷三一

1. 天衣哲

天衣如哲(?—1160),云门宗僧。住天衣,退席后寓平江万寿。

法系：雪窦重显——天衣义怀——慧林宗本——长芦崇信——天衣如哲。传见《嘉泰普灯录》卷九、《五灯会元》卷一六等。

2. 柏堂雅

柏堂南雅，闽人。号柏堂。南宋临济宗大慧派僧。住紫箨、净社、龙翔。有《柏堂雅和尚语》一卷存世(《续古尊宿语要》星集)。法系：大慧宗杲——懒庵鼎需——柏堂南雅。传见《丛林盛事》卷上、《联灯会要》卷一八、《五灯会元》卷二○等。

3. 晦室明

晦室师明，号佛灯。《续古尊宿语要》编者。据《续古尊宿语要》卷首嘉熙二年(1238)自序，可知其曾住鼓山，卒年当不早于1238年；又《明州阿育王山续志》卷一六将其列为第三十八代住持，可知其曾住育王。法系俟考。

＊止庵颜

该首颂古（"因我得礼你"），《中华大藏经》本《通集》署"卍庵颜"。见卷四"卍庵颜"条。

4. 大中隆

大中德隆，号海印。北宋云门宗僧。住福州大中。法系：云门文偃——双泉仁郁——德山慧远——开先善暹——正觉本逸——大中德隆。传见《建中靖国续灯录》卷一一、《嘉泰普灯录》卷三等。

5. 姜山爱

姜山昭爱，北宋法眼宗僧。住福州支提、越州天衣。法系：清凉文益——归宗义柔——罗汉行林——姜山昭爱。传见《建中靖国续灯录》卷二六、《续传灯录》卷一一等。

卷三二

1. 一翁如

　　一翁庆如,长乐范氏子。南宋临济宗虎丘派僧。住蒋山,晚年退隐南昌西山。法系：虎丘绍隆——应庵昙华——密庵咸杰——一翁庆如。传见《增集续传灯录》卷二、《续灯存稿》卷二等。

2. □□坚

　　□□坚,《通集》收其颂古1首("保福从来不谩人"),按排列顺序,似为北宋以后禅僧。全名、生平、法系俟考。

3. 建隆原

　　建隆原,姑苏夏氏子。全名俟考。南宋云门宗僧。住扬州建隆、洞庭翠峰。法系：雪窦重显——天衣义怀——圆通法秀——佛国惟白——建隆原。传见《嘉泰普灯录》卷九、《五灯会元》卷一六等。

＊秤岩玉

　　见卷二八"梓岩玉"条。

4. 东京净因佛日

　　净因惟岳,福州陈氏子。北宋云门宗僧。赐号佛日。住常州承天,东京华严、净因。尝入内说法。法系：雪窦重显——天衣义怀——慧林宗本——净因惟岳。传见《建中靖国续灯录》卷一六、《续传灯录》卷一四等。

卷三三

1. 灵竹通

《通集》收其颂古 1 首("云门透法身"),该颂古亦见于《天圣广灯录》卷二一"鄂州建福智同禅师"、《五灯会元》卷一五"鄂州建福智同禅师"。"灵竹"、"建福"皆为鄂州寺院名,"灵竹通"当即建福智同,"通"为"同"之讹,盖因音近而误。建福智同,北宋云门宗僧。法系:云门文偃——双泉师宽——建福智同。法系、语录见《传法正宗记》卷八、《天圣广灯录》卷二一、《联灯会要》卷二七等。

2. 法华举

法华全举,全举又作齐举,号举道者。北宋临济宗僧。住舒州法华、白云海会。有《舒州法华山举和尚语要》一卷存世(《古尊宿语录》卷二六)。法系:风穴延昭——首山省念——汾阳善昭——法华全举。传见《禅林僧宝传》卷一五、《嘉泰普灯录》卷二、《联灯会要》卷一三、《五灯会元》卷一二等。

3. 玉涧林

罗汉行林,号祖印。北宋法眼宗僧。住承天罗汉。法系:清凉文益——归宗义柔——罗汉行林。传见《天圣广灯录》卷二六、《五灯会元》卷一〇等。

4. 甘露天

甘露天,《通集》收其颂古 1 首("东西南北")。按排列顺序,似是北宋禅僧。全名、生平、法系俟考。

5. 普云圆

《通集》收其颂古 1 首("南北东西万万千")。该首颂古,首见于

《石霜楚圆禅师语录》,又见于《禅林类聚》卷二、《续古尊宿语要》天集(皆署石霜楚圆,见卷五"慈明圆"条)、《嘉泰普灯录》卷二〇、《五灯会元》卷二〇、《续传灯录》卷三三等(皆署普云自圆)。普云自圆,绵州雍氏子。南宋临济宗杨岐派僧。住云居。法系:五祖法演——佛眼清远——高庵善悟——普云自圆。传见《嘉泰普灯录》卷二〇、《五灯会元》卷二〇、《续传灯录》卷三三等。

《石霜楚圆禅师语录》卷首有天圣五年(1027)序,故该首颂古,当为石霜楚圆之作,《通集》误归于普云自圆名下。

6. 觉报清

觉报清,全名俟考。南宋临济宗杨岐派僧。住平江觉报。法系:五祖法演——佛眼清远——正堂明辨——觉报清。传见《嘉泰普灯录》卷二一、《五灯会元》卷二〇等。

7. 荆叟珏

荆叟如珏,婺州人。字荆叟。南宋临济宗杨岐派僧。住育王、灵隐、径山。法系:五祖法演——圆悟克勤——此庵景元——或庵师体——痴钝智颖——荆叟如珏。传见《增集续传灯录》卷二、《补续高僧传》卷一一等。

8. 惠因净

惠因净,《通集》收其颂古1首("问处分明答处新")。按排列顺序,似是南宋初禅僧。全名、生平、法系俟考。

*大愚芝

见卷一二"翠岩芝"条。

卷三四

* 拙庵光

　　见卷二"佛照光"条。

1. 龙华本

　　无住本,广德人。南宋临济宗黄龙派僧。住临安龙华。法系:长灵守卓——育王介谌——无住本。传见《五灯会元》卷一八、《续传灯录》卷三二等。

2. 孤峰源

　　孤峰源,《通集》收其颂古1首("胆逐滩滩尽")。按排列顺序,似是南宋禅僧。该首颂古,亦见于《宗鉴法林》卷五〇,署"孤峰原"。法名、生平、法系俟考。

卷三五

1. 龙济修

　　龙济绍修,五代末禅僧。住抚州龙济。法系:雪峰义存——玄沙师备——罗汉桂琛——龙济绍修。传见《景德传灯录》卷二四、《联灯会要》卷二六、《五灯会元》卷八等。

2. 文殊能

　　文殊宣能,两宋之际临济宗黄龙派僧。住德安文殊。法系:黄龙慧南——真净克文——文殊宣能。传见《嘉泰普灯录》卷七、《五灯会元》卷一七等。

3. 百拙登

　　百拙善登,和州闵氏子。号百拙。南宋临济宗虎丘派僧。住衢州报恩。法系：虎丘绍隆——应庵昙华——百拙善登。传见《枯崖漫录》卷上、《增集续传灯录》卷一等。

卷三六

1. 福岩雅

　　"岩"(巖)，疑为"严"(嚴)之讹，因形近而误。福严良雅，北宋云门宗僧。住南岳福严。法系：云门文偃——洞山守初——福严良雅。传见《天圣广灯录》卷二二、《五灯会元》卷一五等。

＊玉泉琏

　　见卷一二"穷谷琏"条。

2. 觉铁觜

　　光孝慧觉，唐末禅僧。住扬州光孝。法系：马祖道一——南泉普愿——赵州从谂——光孝慧觉。传见《景德传灯录》卷一一、《联灯会要》卷六、《五灯会元》卷四等。

3. 韶禅师

　　韶禅师，《通集》收其颂古1首("得人一牛")。按排列顺序，似是南宋初禅僧。全名、生平、法系俟考。

4. 月窟清

　　月窟慧清，福州人。南宋临济宗大慧派僧。住临汝天宁、湖州何山。法系：大慧宗杲——遯庵宗演——月窟慧清。传见《枯崖漫录》卷下、《增集续传灯录》卷一等。

5. 全庵己

全庵齐己(？—1186)，邛州谢氏子。南宋临济宗杨岐派僧。住鹅湖、广慧、东山，晚年退居天童。法系：五祖法演——圆悟克勤——瞎堂慧远——全庵齐己。传见《嘉泰普灯录》卷二〇、《五灯会元》卷二〇等。

卷三七

* 太源岳

该首颂古（"出水何如未出水"），亦见于《松源崇岳禅师语录》卷下。"太"为"松"之讹。见卷二"松源岳"条。

1. 柏庭永

圆通永，号柏庭。南宋禅僧。住长干天禧、信溪。其法系，有嗣龟峰慧光、密庵咸杰二说。① 传见《丛林盛事》卷下等。

2. 止泓鉴

止泓鉴，全名俟考。南宋临济宗大慧派僧。住信州真如，后住天童。法系：大慧宗杲——佛照德光——浙翁如琰——偃溪广闻——止泓鉴。传见《增集续传灯录》卷三、《五灯全书》卷五四、《天童寺志》卷六等。

卷三八

1. 怀玉宣首座

怀玉用宣，四明彭氏子。南宋临济宗僧。初参泐潭景祥，后随侍大慧宗杲，诸公以列刹礼迎，不就。法系：石霜楚圆——翠岩可真——真

---

① 参朱刚、陈珏《宋代禅僧诗辑考》，第423页。

如慕喆——泐潭景祥——怀玉用宣。传见《云卧纪谭》卷上、《嘉泰普灯录》卷一二、《五灯会元》卷一二等。

2. 石岩琏

　　石岩希琏,潮阳马氏子。南宋临济宗虎丘派僧。住温州江心。法系:密庵咸杰——松源崇岳——石岩希琏。传见《增集续传灯录》卷三、《续灯存稿》卷三等。

卷三九

* 梁山远

　　见卷二〇"廓庵远"条。

1. 径山云庵庆

　　径山云庵庆,建阳人。《通集》收其颂古 1 首("杨岐一头驴")。按排列顺序,似是南宋初禅僧。传见《五灯会元续略》卷二、《续灯存稿》卷一二等。全名、法系俟考。

2. 道场林

　　普明慧林,林又作琳,福州人。南宋临济宗黄龙派僧。住湖州道场。法系:黄龙慧南——黄龙祖心——灵源惟清——长灵守卓——普明慧林(琳)。传见《嘉泰普灯录》卷一三、《五灯会元》卷一八等。

3. 普融藏主

　　普融藏主,古田人。北宋末临济宗杨岐派僧。法系:杨岐方会——白云守端——五祖法演——普融藏主。传见《嘉泰普灯录》卷一一、《五灯会元》卷一九等。

4. 晦叟光

晦叟光,《通集》收其颂古 2 首。按排列顺序,似是南宋或南宋以后禅僧。全名、生平、法系俟考。

卷四〇

1. 福州清凉坦

清凉坦,全名俟考。南宋临济宗杨岐派僧。住福州清凉。法系:五祖法演——圆悟克勤——育王端裕——清凉坦。传见《五灯会元》卷二〇、《续传灯录》卷三一等。

2. 觉圆明

觉圆明,《通集》收其颂古 1 首("问处天左旋")。按排列顺序,似是南宋禅僧。全名、生平、法系俟考。

3. 双杉元

双杉中元,福州郑氏子。字双杉。南宋临济宗虎丘派僧。住秀州天宁、苏州虎丘。法系:密庵咸杰——隐静致柔——双杉中元。传见《枯崖漫录》卷中、下,《历朝释氏资鉴》卷一一,《续灯正统》卷三等。

4. 独木林

独木林,南宋临济宗虎丘派僧。住苏州觉报、穿隆。法系:密庵咸杰——松源崇岳——天目文礼——石林行巩——独木林。传见《增集续传灯录》卷五。

主要参考文献

一、文献史籍

晁公武《郡斋读书志》,上海古籍出版社,1990年。
陈起《江湖小集》,《文渊阁四库全书》本。
陈起《圣宋高僧诗选》,《续修四库全书》本。
陈振孙《直斋书录解题》,上海古籍出版社,1987年。
[日]大颠梵通《四六文章図》,宽文六年刊本。
[日]大正一切经刊行会《大正新修大藏経》,东京:大正一切经刊行会,1934年。
[日]东京大学史料编纂所《大日本古文書·東福寺文書》,东京:东京大学出版会,1956—   。
方回《瀛奎律髓》,上海古籍出版社,1986年。
[日]芳泽胜弘《江湖風月集訳注》,京都:禅文化研究所,2003年。
[日]佛书刊行会《大日本仏教全書》,东京:佛书刊行会,1922年。
郭绍虞辑《宋诗话辑佚》,哈佛燕京学社,1937年。
[日]国书刊行会《卍新撰大日本続蔵経》,东京:国书刊行会,1989年。
何文焕辑《历代诗话》,中华书局,1981年。
[日]虎关师炼《禅儀外文集》,宽永本。
胡仔《苕溪渔隐丛话》,人民文学出版社,1962年。
[日]荒木见悟标点译注《大慧書》,东京:筑摩书房,1969年。

厉鹗《宋诗纪事》,上海古籍出版社,2013年。

[日]柳田圣山、椎名宏雄《禅学典籍叢刊》,京都:临川书店,1999—2001年。

释普济《五灯会元》,中华书局,1984年。

脱脱等《宋史》,中华书局,1977年。

王水照编《历代文话》,复旦大学出版社,2007年。

吴洪泽编《宋人年谱集目／宋编宋人年谱选刊》,巴蜀书社,1995年。

[日]玉村竹二《五山禅林宗派図》,京都:思文阁,1985年。

[日]玉村竹二《扶桑五山記》,京都:临川书店,1983年。

赜藏主《古尊宿语录》,中华书局,1994年。

[日]椎名宏雄《五山版中国禅籍叢刊》,京都:临川书店,2012—　。

二、辞典、索引、目录等

[日]禅学大辞典编纂所《新版禅学大辞典》,东京:大修馆书店,1985年。

[日]大道一以《普門院経論章疏語録儒書等目録》,《昭和法宝総目録》第3卷,东京:大正新修大藏经刊行会,1979年。

[日]驹泽大学图书馆《新纂禅籍目録》,东京:驹泽大学图书馆,1962—1964年。

《建仁寺両足院蔵書目録》,京都大学图书馆藏本。

[日]铃木哲雄《中国禅宗人名索引》,名古屋:其弘堂书店,1975年。

[日]石井修道《十一種宋代禪門隨筆集人名索引(上、下)》,《驹沢大学仏教学部研究紀要》第42、43号,1984、1985年。

三、研究专著

（一）汉语著作

方立天《中国佛教文化》,中国人民大学出版社,2006年。

方新蓉《大慧宗杲与两宋诗禅世界》,中华书局,2013年。

方勇《南宋遗民诗人群体研究》,人民出版社,2000年。

[日]高雄义坚著、陈季菁译《宋代佛教史研究》,台湾华宇出版社,1986年。

葛兆光《中国思想史》第2卷《七世纪至十九世纪中国的知识、思想与信仰》,复旦大学出版社,2014年。

龚隽、陈继东《中国禅学研究入门》,复旦大学出版社,2009年。

[日]忽滑谷快天著、朱谦之译《中国禅学思想史》,上海古籍出版社,2002年。

胡适《白话文学史》,百花文艺出版社,2001年。

黄启江《一味禅与江湖诗》,台湾商务印书馆,2010年。

黄启江《无文印的迷思与解读》,台湾商务印书馆,2010年。

黄启江《文学僧藏叟善珍与南宋末世的禅文化》,台湾新文丰,2010年。

江静《赴日宋僧无学祖元研究》,商务印书馆,2011年。

李国玲《宋僧录》,线装书局,2001年。

李国玲《宋僧著述考》,四川大学出版社,2007年。

李致忠《中国出版通史》4《宋辽西夏金元卷》,中国书籍出版社,2008年。

刘长东《宋代佛教政策论稿》,巴蜀书社,2005年。

吕澂《中国佛学源流略讲》,中华书局,1979年。

[日]木宫泰彦著、胡锡年译《日中文化交流史》,商务印书馆,1980年。

[日]内山精也著、张淘等译、慈波校译《庙堂与江湖——宋代诗学的空间》,复旦大学出版社,2017年。

钱锺书《宋诗选注》,人民文学出版社,1982年。

钱锺书《管锥编》,生活·读书·新知三联书店,2007年。

钱锺书《谈艺录》,生活·读书·新知三联书店,2007年。

[日]浅见洋二著、李贵等译《文本的密码——社会语境中的宋代文学》,复旦大学出版社,2017年。

施懿超《宋四六论稿》,上海古籍出版社,2005年。

史伟《宋元之际士人阶层分化与诗学思想研究》,人民文学出版社,2013年。

汪圣铎《宋代社会生活研究》,人民出版社,2007年。

王水照《宋代文学通论》,河南大学出版社,1997年。

王水照《半肖居笔记》,东方出版中心,1998年。

王水照《王水照自选集》,上海教育出版社,2000年。

王水照《走马塘集》,复旦大学出版社,2016年。

王水照、熊海英《南宋文学史》,人民出版社,2009年。

魏承思《中国佛教文化论稿》,上海人民出版社,1991年。

[日]无著道忠《禅林象器笺》,京都:中文出版社,1979年。

[日]小川隆著、彭丹译《禅思想史讲义》,复旦大学出版社,2017年。

许红霞辑著《珍本宋集五种——日藏宋僧诗文集整理研究》,北京大学出版社,2013年。

严耀中《中国东南佛教史》,上海人民出版社,2005年。

严绍璗《日本藏宋人文集善本钩沉》,杭州大学出版社,1996年。

严绍璗《日本藏汉籍珍本追踪纪实——严绍璗海外访书志》,上海古籍出版社,2005年。

杨曾文《宋元禅宗史》,中国社会科学出版社,2006年。

杨曾文《日本佛教史》,人民出版社,2008年。

杨绳信《中国版刻综录》,陕西人民出版社,1987年。

[日]衣川贤次《禅宗思想与文献丛考》,复旦大学出版社,2017年。

[日]衣川贤次《禅宗语言丛考》,复旦大学出版社,2020年。

于景祥《中国骈文通史》,吉林人民出版社,2002年。

曾枣庄《宋文通论》,上海人民出版社,2008年。

张宏生《江湖诗派研究》,中华书局,1995年。

张福清《宋代集句诗校注》,上海古籍出版社,2014年。

周裕锴《中国禅宗与诗歌》,复旦大学出版社,2017年。

周裕锴《文字禅与宋代诗学》,复旦大学出版社,2017年。

周裕锴《禅宗语言》,复旦大学出版社,2017年。

周裕锴《宋代诗学通论》,上海古籍出版社,2019年。

周裕锴《中国古代阐释学研究》,复旦大学出版社,2019年。

周裕锴《法眼与诗心——宋代佛禅语境下的诗学话语建构》,中国社会科学出版社,2014年。

周裕锴《梦幻与真如——佛教与中国文学论集》,中国社会科学出版社,2016年。

周裕锴《语言的张力——中国古代文学的语言学批评论集》,中国社会科学出版社,2016年。

朱刚《百家一说——倾听圣贤的声音》,上海古籍出版社,2007年。

朱刚、陈珏《宋代禅僧诗辑考》,复旦大学出版社,2012年。

朱刚《唐宋四大家的道论与文学》,东方出版社,1997年。

朱刚《中国文学传统》,高等教育出版社,2018年。

朱迎平《宋代刻书产业与文学》,上海古籍出版社,2008年。

祝尚书《宋人别集叙录》,中华书局,1999年。

祝尚书《宋人总集叙录》,中华书局,2004年。

(二) 外语专著

[日] 朝仓尚《禅林の文学——中国文学受容の様相》,大阪:清文堂,1985年。

[日] 朝仓尚《禅林の文学——詩会とその周辺》,大阪:清文堂,2004年。

[日] 冲本克己《禅思想形成史の研究》,京都:花园大学国际禅

学研究所,1998 年。

［日］川瀬一马《五山版の研究》,东京：日本古书籍商协会,1970 年。

［日］村井章介《東アジア往還—漢詩と外交—》,东京：朝日新闻社,1995 年。

［日］村井章介《日本中世の異文化接触》,东京：东京大学出版会,2013 年。

［日］大木康《明清文学の人びと——職業別文学誌》,东京：创文社,2008 年。

［日］吉川幸次郎《宋詩概説》,东京：岩波书店,2006 年。

［日］榎本涉《南宋・元代日中渡航僧伝記集成》,东京：勉诚出版,2013 年。

［日］今泉淑夫《禅僧たちの室町時代：中世禅林ものがたり》,东京：吉川弘文馆,2010 年。

［日］今泉淑夫《日本中世禅籍の研究》,东京：吉川弘文馆,2004 年。

［日］今枝爱真《禅宗の歴史》,东京：至文堂,1986 年。

［日］今枝爱真《中世禅宗史の研究》,东京：东京大学出版会,1970 年。

［日］柳田圣山《初期禅宗史書の研究》,京都：法藏馆,2000 年。

［日］柳田圣山《純禅の時代：祖堂集ものがたり》,京都：禅文化研究所,1984 年。

［日］入矢义高《求道と悦楽—中国の禅と詩—》,东京：岩波书店,1983 年。

［日］入矢义高《自己と超越：禅・人・ことば》,东京：岩波书店,2012 年。

［日］森大狂《日本禅宗年表》,京都：临川书店,1974 年。

［日］西尾贤隆《中国近世における国家と禅宗》，京都：思文阁，2006年。

［日］西尾贤隆《中世の日中交流と禅宗》，东京：吉川弘文馆，1999年。

［日］小川隆《語録の思想史：中国禅の研究》，东京：岩波书店，2011年。

［日］玉村竹二《五山文学：大陸文化紹介者としての五山禅僧の活動》，东京：至文堂，1955年。

［日］玉村竹二《五山詩僧》，东京：讲谈社，1978年。

［日］玉村竹二《五山禅僧伝記集成》，京都：思文阁，2003年。

［日］玉村竹二《日本禅宗史論集（上，下之1，下之2）》，京都：思文阁，1976—1981年。

［日］泽田瑞穗《仏教と中国文学》，东京：国书刊行会，1975年。

［日］竺沙雅章《宋元仏教文化史研究》，东京：汲古书院，2000年。

［日］竺沙雅章《中国仏教社会史研究》，京都：朋友书店，2002年。

［日］竹贯元胜《新日本禅宗史——時の権力者と禅僧たち》，京都：禅文化研究所，1999年。

四、论文

（一）汉语论文

曹旅宁《试论宋代的度牒制度》，《青海师范大学学报》（社科版）1990年第1期。

陈捷《日本入宋僧南浦绍明与宋僧诗集〈一帆风〉》，《中国典籍与文化论丛》第9辑，2007年。

冯国栋《〈宋史·艺文志〉释氏别集、总集考》，《中华佛学研究》第10辑，2006年。

黄启江《参访名师：南宋求法日僧与江浙佛教丛林》，《佛学研究中心学报》第 10 期,2005 年。

金程宇《尊经阁文库所藏〈籁鸣集〉、〈籁鸣续集〉校录》,见氏著《稀见唐宋文献丛考》,中华书局,2009 年,第 52—92 页。

李贵《宋末诗僧觉庵梦真及其〈籁鸣集〉小考》,见《项楚先生欣开八秩颂寿文集》,中华书局,2012 年,第 219—224 页。

刘宁《骈文与说理——以中古议论文为中心的考察》,《长江学术》2004 年第 1 期。

祁伟《宋代禅林笔记的忆古情结与书写策略》,见周裕锴主编《第六届宋代文学国际研讨会论文集》,巴蜀书社,2011 年,第 621—632 页。

任竞泽《论宋代"语录体"对文学的影响》,《文学遗产》2009 年第 6 期。

施懿超《宋四六文体研究》,见王水照、朱刚主编《中国古代文章学的成立与展开：中国古代文章学论集》,复旦大学出版社,2011 年,第 182—201 页。

[日]丸井宪《日本早期"五山汉文学"渊源之探讨》,《北京大学学报》(哲社版)2003 年第 1 期。

许红霞《晓莹生平事迹初探》,《北京大学中国古文献研究中心集刊》第 5 辑,2005 年。

许红霞《居简交游考》,《北京大学中国古文献研究中心集刊》第 6 辑,2006 年。

许红霞《从南宋诗僧诗文集的刊刻流传情况看南宋诗僧与日本五山诗僧的密切关系》,《宋代文化研究》第 16 辑,2009 年。

杨玉华《语录体与中国古代白话学术》,《四川大学学报》(哲社版)1999 年第 3 期。

张宏生《关于江湖诗派学晚唐的若干问题》,《唐代文学研究》,广西师范大学出版社,1994 年,第 643—661 页。

朱刚《宋话本〈钱塘湖隐济颠禅师语录〉考论》,《西南民族大学学报》(人文社科版)2013年第12期。

（二）外语论文

［日］镜岛元隆《南宋禅林の一考察》,《驹泽大学仏教学部研究紀要》第19号,1961年。

［日］石井修道《中国の五山十刹制度の基礎的研究》(一、二、三、四),《駒沢大学仏教学部論集》第13、14、15、16号,1982、1983、1984、1985年。

［日］石井修道《松源崇岳の宗風——松源の二転語と坐禅》,《印度学仏教学研究》第55卷第1号,2006年。

［日］永井政之《中国仏教成立の一側面—中国禅宗における葬送儀礼の成立と展開—》,《駒沢大学仏教学部論集》第26号,1995年。

［日］中村元《民衆化的傾向—近世の禅の世界史的考察をかねて—》,《禅研究所紀要》第6号,1976年。.

［日］椎名宏雄《宋金元版禅籍所在目録初稿》,《駒沢大学仏教学部論集》第14号,1983年。

图书在版编目(CIP)数据

南宋"五山文学"研究/王汝娟著. —上海：复旦大学出版社,2021.6
(复旦宋代文学研究书系/王水照主编. 第二辑)
ISBN 978-7-309-14227-3

Ⅰ.①南… Ⅱ.①王… Ⅲ.①中国文学-古典文学研究-南宋 Ⅳ.①I206.442

中国版本图书馆 CIP 数据核字(2019)第 043672 号

南宋"五山文学"研究
王汝娟　著
责任编辑/方尚芹

复旦大学出版社有限公司出版发行
上海市国权路579号　邮编：200433
网址：fupnet@fudanpress.com　http://www.fudanpress.com
门市零售：86-21-65102580　团体订购：86-21-65104505
出版部电话：86-21-65642845
上海盛通时代印刷有限公司

开本 890×1240　1/32　印张 17.25　字数 432 千
2021 年 6 月第 1 版第 1 次印刷

ISBN 978-7-309-14227-3/I·1141
定价：98.00 元

如有印装质量问题，请向复旦大学出版社有限公司出版部调换。
版权所有　　侵权必究